普通高校本科计算机专业特色教材精选·网络与通信

计算机网络（第2版）

沈鑫剡　编著

清华大学出版社

北京

内 容 简 介

这是一本真正以 TCP/IP 体系结构讨论各种传输网络之间互连,及 Internet 端到端数据传输机制的教材,书中详细、透彻地讨论了交换式以太网原理,VLAN 划分、三层交换等局域网关键技术,无线局域网工作机制,主流 Internet 接入网,IPv6 及基于 IPv6 网络的数据传输过程,IPv6 和 IPv4 的互连技术等。本教材不是将这些技术单独作为一个个知识点进行介绍,而是在具体网络环境下深入讨论这些技术之间的相互关系和作用过程,将 Internet 作为一个有机整体介绍给读者。

本教材在具体网络环境下深入讨论网络基本原理、算法、协议及各协议间的相互作用过程,既有理论总结,又有应用实例,为读者提供透彻、完整的网络知识。同时,着重对当前主流网络技术及应用展开详细、深入地讨论,解决课程内容和实际应用脱节的问题,使读者能够学以致用。

本教材以通俗易懂、循序渐进的方式叙述网络知识,并通过大量的例子来加深读者对网络知识的理解,内容涵盖教育部计算机学科专业基础综合考试大纲的全部知识点。本教材既可作为计算机专业本科生的计算机网络教材,也可作为计算机专业研究生的计算机网络教材,同时对从事计算机网络工作的工程技术人员来说也是一本理想的参考书。

图书在版编目(CIP)数据

计算机网络 / 沈鑫剡编著 . —2 版 . —北京:清华大学出版社,2010.8
(普通高校本科计算机专业特色教材精选·网络与通信)
ISBN 978-7-302-22585-0

Ⅰ. ①计…　Ⅱ. ①沈…　Ⅲ. ①计算机网络—高等学校—教材　Ⅳ. ①TP393

中国版本图书馆 CIP 数据核字(2010)第 075031 号

责任编辑:袁勤勇　李玮琪
责任校对:梁　毅
责任印制:杨　艳

出版发行:清华大学出版社　　　　　　　　　　　　地　　址:北京清华大学学研大厦 A 座
　　　　　http://www.tup.com.cn　　　　　　　　邮　　编:100084
　　　社　总　机:010-62770175　　　　　　　　邮　　购:010-62786544
　　　投稿与读者服务:010-62795954,jsjjc@tup.tsinghua.edu.cn
　　　质　量　反　馈:010-62772015,zhiliang@tup.tsinghua.edu.cn
印　刷　者:北京密云胶印厂
装　订　者:北京市密云县京文制本装订厂
经　　销:全国新华书店
开　　本:185×260　　　　印　张:24.75　　　　字　数:600 千字
版　　次:2010 年 8 月第 2 版　　　　印　次:2010 年 8 月第 1 次印刷
印　　数:1～3000
定　　价:35.00 元

产品编号:036921-01

前 言

俗 话说："师傅领进门，修行在个人。"一本好的计算机网络教材就应该是一个好师傅，承担起将读者领入计算机网络知识殿堂的责任。这样的教材必须提供完整、系统的计算机网络知识，详细介绍主流计算机网络技术，理清计算机网络知识的脉络，讲清各种传输网络发展变化的必然规律。不仅能够使读者具备解决与计算机网络有关的实际问题的专业技能，还为读者今后深入学习和研究计算机网络技术打下扎实的理论基础。

网络技术发展很快，作为一本教材当然需要着重于基本原理、基本技术和基本方法，但一方面网络和其他课程不同，许多方法、技术和具体的传输网络密切相关，而且，一些原理也只有在具体网络环境中讨论才能言之有物，才能讲清讲透。另一方面，目前网络的实际状况是多种传输网络独立发展，如以太网、无线局域网、ATM、SDH 等，但通过 TCP/IP 协议互连在一起，构成 Internet。如果将多种传输网络比作计算机硬件及指令系统，则TCP/IP 协议就是高级语言，而各种 IP over X（X 指各种传输网络）技术就是将高级语言转变成适合不同计算机系统的机器语言的编译系统。就像由高级语言实现程序在不同计算机之间的可移植性一样，TCP/IP 协议实现了数据跨越多个不同传输网络的端到端传输。因此，完整讨论网络，必须详细讨论目前主流的传输网络，IP over X 技术及数据端到端的传输过程。由于计算机网络是一个复杂的系统，网络中端到端的数据传输过程是各种协议、各种网络技术相互作用的结果，因此，只有在实际的网络环境下讨论各种协议的工作流程、各种网络技术的工作机制及它们之间的相互作用过程，才能提供完整、系统的网络知识，才能讲清楚网络的工作原理，才能培养读者设计网络、应用网络的能力。

一本好的计算机网络教材不能只罗列一些概念和技术；不能和实际主流技术脱节；不能脱离具体网络环境空对空地讨论基本原理、基本技术和基本方法；不能让读者了解了教材中列出的每一个知识点，仍不知网络为何物；不能让读者对教材中罗列的一大堆网络技术不知所云，弄不清网络技术的发展规律和趋势。

为编写一本真正成为能够将读者领入计算机网络知识殿堂的计算机网络教材，本教材在以下五个方面作了革新。一是在具体网络环境下深入讨论网络基本原理、算法、协议及各协议间的相互作用过程，为学生提供透彻、完整的网络知识。二是重点讨论主流网络技术，并将它们讲深讲透，让读者学以致用。三是讲清楚各种网络技术的相互关系，发展变化的必然性，让读者了解网络发展过程和发展趋势。四是完全根据 TCP/IP 体系结构和 Internet 发展现状及趋势讨论网络原理、协议及端到端数据传输过程。五是内容涵盖教育部计算机学科专业基础综合考试大纲的全部知识点，各章节按照试题样式编排了例题。

第2版主要作了以下改动：一是对内容结构作了较大幅度的调整，内容的逻辑性和条理性更强；二是考虑到课时数的限制，内容范围以教育部计算机学科专业基础综合考试大纲为主要依据；三是充实了每一章的习题，作为附录给出了部分习题答案。

全书内容安排如下：第1章概述着重讨论了导致计算机网络飞速发展的因素和分层网络体系结构的必要性，通过例子讲清楚了电路交换和分组交换的异同和各自适用范围。第2章数据通信基础讨论了有关数据通信的一些基本概念和网络中的一些基本技术和方法。第3章局域网详细讨论了以太网从共享式到交换式、从 10Mbps 传输速率到 10Gbps 传输速率的发展过程，VLAN 划分和交换式以太网的设计过程，令牌环网的基本工作原理。第4章无线局域网详细讨论了无线局域网的工作机制。第5章 IP 和网络互连详细讨论了 IP 实现不同类型传输网络互连及数据跨越多个不同传输网络的端到端传输过程，介绍了路由的概念和路由器转发 IP 分组的机制，通过实例详细讨论了路由协议 RIP、OSPF 和 BGP 生成路由表的过程，详细讨论了三层交换机和 IP over Ethernet 的实现机制，详细讨论了组播 IP 分组的组播过程和移动终端实现网络层无缝漫游的机制。第6章 IPv6 详细讨论了 IPv6 及基于 IPv6 网络的数据传输过程，IPv6 和 IPv4 的互连技术。第7章 PPP 与 Internet 接入详细讨论了 Internet 接入网的一般原理，PPP 的接入控制过程及两种最流行的 Internet 接入技术。第8章传输层详细讨论了 UDP 和 TCP 的工作机制及各自适用范围。第9章应用层详细讨论了应用层协议——DNS、DHCP、HTTP、SMTP 和 POP3 及 FTP 的工作原理。

本教材的参考学时数为 60 学时。

在教材编写过程中，解放军理工大学工程兵工程学院计算机应用教研室的同事俞海英、伍红兵、谭明金、胡勇强、魏涛和龙瑞对教材内容提出了许多很好的建议和意见，其他同事也给予了很多帮助和鼓励，在此向他们表示衷心的感谢。作为一本无论在内容组织、叙述方法还是教学目标都和传统计算机网络教材有一定区别的新教材，错误和不足之处在所难免，殷切希望使用该教材的老师和学生批评指正，也殷切希望读者能够就教材内容和叙述方式提出宝贵建议和意见，以便进一步完善教材内容。作者 E-mail 地址为：shenxinshan@ 163.com。

作　者

2010 年 2 月于南京

目录

第 **1** 章 概 述

1.1 网络概述

1.1.1 互联网结构

图 1.1 是常见的互联网结构,企业中的 PC 和服务器用两端带水晶头的双绞线接入集线器或交换机,接入集线器或交换机的 PC 和服务器互连在一起,构成一个以太网,整个以太网接入 Internet。家庭中的 PC 通过串行口连接线连接 Modem,Modem 通过用户线连接公共交换电话网(Public Switched Telephone Network,PSTN),PSTN 和 Internet 相连。在图 1.1 中,以太网中的 PC 和服务器之间能够相互通信,连接 PSTN 的 PC 之间也能相互通信,以太网和 PSTN 本身就是一个用于实现 PC 之间通信的传输网络,而 Internet 又把无数个以太网和 PSTN 这样的传输网络互连在一起。因此,目前的现状是传输网络连接 PC 和服务器,Internet 互连传输网络。事实上,Internet 本身也是一个由无数个传输网络互连而成的网际网。互联网由两部分组成,一是连接在网络上的 PC、服务器等主机系统,二是实现主机系统之间通信的通信系统,通信系统由传输网络和互连传输网络的设备组成,用于互连不同类型传输网络的设备称为路由器。每一个传输网络可能又由线路和连接设备组成,如一个简单的以太网可能由集线器和用于实现集线器和 PC 之间连接的双绞线缆组成。数据传输过程中,主机系统或是数据的发送端,或是数据的接收端,属于末端设备,因此也将连接在网络上的主机系统称为网络终端。网络终端及路由器、集线器这样的连接设备统称为结点,有时为了区分,将网络终端称为终端结点,将连接设备称为转发结点。

严格地讲,网络指某种特定类型的传输网络,如以太网,互联网指图 1.1 所示的由多种不同类型传输网络互连而成的网际网,但在不需要严格区分网络和互联网的情况下,用网络泛指传输网络和互联网。

网络上的许多应用系统,如用于实现让用户用某个主机系统中的浏览器访问另一个主机系统上的 Web 页面的万维网系统,往往是一个主机系统中的应用进程提出访问请求,另一个主机系统中的应用进程提供访问结果,当

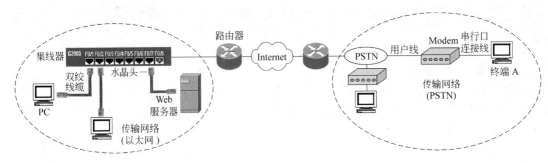

图 1.1   互联网结构

在浏览器地址栏中输入：http://www.tsinghua.edu.cn 时，由域名为 www.tsinghua.edu.cn 的主机系统中的 Web 服务器进程提供默认 Web 页面，对于这种应用系统，提出服务请求的浏览器称为客户，提供服务的 Web 服务器进程称为服务器，运行 Web 服务器进程的主机系统通常也称为服务器，有时为了区分，将后者称为服务器平台。

网络的作用就是实现两个不同主机系统上的应用进程之间的通信，而且，这两个主机可以连接在不同类型的传输网络上，如图 1.1 中终端 A 运行的浏览器和 Web 服务器运行的服务器进程之间的通信。因此，网络需要解决的问题一是实现连接在不同传输网络上的终端之间的通信，二是在此基础上实现运行在不同主机系统上的应用进程之间通信，三是在实现应用进程之间通信的基础上，构建网络应用系统，如万维网系统。

1.1.2   基本术语

1. 物理线路、物理链路、逻辑链路和链路

物理线路指实际接触到的线缆，如双绞线电缆，光纤等。物理链路指实现信号传输的信道，由于存在复用技术，一条物理线路可能包含多条物理链路，这些物理链路和物理线路的关系是固定的。逻辑链路是指在物理链路基础上增加了类似检错、流量控制和可靠传输等功能后的数据传输路径(或数据传输通路)。通俗一些讲，物理线路好像高速公路，物理链路是高速公路中的一个特定车道，特定车道和高速公路的关系是固定的，逻辑链路指增加了类似检修、加油等服务后的汽车行驶路线。在互联网结构下，链路指两个端点之间不包含路由器的传输路径，由于通常情况下，不同传输网络之间用路由器实现互连，因此，链路通常是同一传输网络上两个端点之间的传输路径，不同的传输网络，对应着不同的链路类型，但也存在由网桥实现不同传输网络之间互连的情况，这种情况下，链路可能由多段属于不同传输网络的传输路径组成，由网桥实现这些传输路径的交接。

2. 数据和信号

数据(Data)是运送信息的实体，而信号(Signal)则是数据的电气或电磁的表现，信号可以是模拟的，也可以是数字的，模拟信号是指时间和幅度都是连续的信号，而数字信号是指时间和幅度都是离散的信号，由于计算机中的数据都用二进制数表示，因此，由数字信号表现用二进制数表示的数据最为方便、直接。

3. 传输速率

传输速率是指终端单位时间内经过连接的线路发送或接收的二进制位数，单位为比特每秒，缩写为 bit/s、b/s 或 bps，有时也称为比特率。当传输速率较高时，采用的传输速率单

位有 kbps、Mbps、Gbps 和 Tbps，$1kbps = 10^3 bps$，$1Mbps = 10^6 bps$，$1Gbps = 10^9 bps$，$1Tbps = 10^{12} bps$，这和计算机表示内存容量的单位不同，计算机表示内存容量的单位 K、M、G、T 分别等于 2^{10}、2^{20}、2^{30}、2^{40}。

4. 带宽

带宽(bandwidth)本来指线路上允许通过的信号频段宽度，单位为 Hz，如某条线路允许通过的频段为 $20\sim3220Hz$，则该线路的带宽等于 $3200Hz$。由于目前广泛采用数字信号传送方式，而传送数字信号的线路用单位为 bps 的传输速率作为其性能指标，因此，对于传送数字信号的线路，带宽等同于传输速率。

5. 时延

时延指图 1.2 中终端 A 发送一组长度为 M 字节的数据给终端 B 所需要的时间，即从终端 A 发送第一位数据，到终端 B 接收最后一位数据的时间间隔。图 1.2 表明直接用长度为 L 的线路互连终端 A 和终端 B。

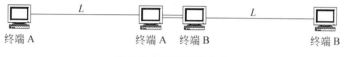

图 1.2　直接相连方式

针对图 1.2 所示的连接方式，时延由两部分组成，一是终端 A 发送数据所需的发送时延，二是表示数据的电信号从线路一端传播到线路另一端所需的传播时延。

发送时延取决于终端 A 的传输速率和数据长度，假定数据长度为 M 字节，终端 A 的传输速率为 $X bps$，得出发送时延 $=(M\times8)/X$，单位为秒。

传播时延取决于电信号的传播速度和线路长度，电信号传播速度和线路类型有关，对于普通电缆(包括双绞线和同轴电缆)，传播速度是 $(2/3)c$，c 是光速。在线路长度为 L 的条件下，得出传播时延 $=(3L)/(2c)$。由此得出总的时延 $=(M\times8)/X+(3L)/(2c)$，从中可以看出，在假定条件不变的情况下，时延是确定的。

信号传播速度虽然和传输媒体有关，但差别不大，如光信号在光纤中的传播速度和电信号在电缆中的传播速度大致相当，因此，在以后的分析中基本假定信号传播速度为常量，等于 $(2/3)c$，这就确定传播时延只与物理链路的长度有关，与信号类型、传输媒体类型无关，这意味着不同传输速率的物理链路，有着相同的传播速度。

如果终端 A 和终端 B 之间连接方式如图 1.3 所示，终端 A 发送给终端 B 的数据需要经过终端 C 转发，即先由终端 C 通过连接终端 A 的线路完整接收长度为 M 的数据，然后，找到连接终端 B 的线路，把数据发送给终端 B。将终端 C 从通过连接终端 A 的线路接收最后一位数据，到终端 C 通过连接终端 B 的线路发送第一位数据的时间间隔称为处理时延，在其他假定不变的情况下，终端 A 发送数据给终端 B 的总时延 $=2\times((M\times8)/X+(3L)/(2c))+$ 处理时延。

图 1.3　中继方式

6. 比特时间、比特长度和时延带宽积

比特时间是单个比特的时间宽度，它是发送速率的倒数，如果发送速率为 10Mbps，即比特时间为 100ns，表示单个比特的时间宽度为 100ns。假定电信号经过线路的传播速度是 V，则单个比特占用线路的长度 = $V \times$ 比特时间。以此可以计算出长度为 L 的线路允许同时容纳的比特数 = $L/(V \times$ 比特时间$)$，实际上它是线路的传播时延乘以终端的发送速率，这个乘积被称为时延带宽积。因此，可用时延带宽积表示这些传输中的二进制位数，即比特数。对于图 1.3 所示的连接方式，将端到端（源终端至目的终端）传输时延乘以终端的发送速率作为时延带宽积，端到端传输时延是数据从一端（源终端）传输到另一端（目的终端）所需要的时间，等于时延减去发送时延。时延带宽积相当于端到端传输管道的容量，当发送端发送的数据能够填满该传输管道时，传输管道的效率最大。

7. 吞吐率

发送端持续以发送速率发送数据时，传输管道的效率最大，为 100%，吞吐率等于某段时间内发送端实际发送的数据量除以发送端能够发送的数据量，发送端能够发送的数据量等于时间段 T 乘以发送端发送速率。

1.2　Internet 结构和标准化工作

1.2.1　Internet 结构

熟悉交通运输系统的人应该知道，中国的道路可以分为国道、省道、县道和村级公路等。村级公路将村庄连接到县道上，县道将整个县连接到省道上，省道将全省连入全国交通干道。当然，县道可以多点接入省道，省道也可以多点接入国道，图 1.4 就是一张四级公路示意图。国道作为国家的交通干道承担着省际之间的汽车通行，随着商业活动的发展，跨省流动的人口、货物越来越多，省际之间的汽车流量越来越大，要求国道的通行能力必须越来越强。同样，在商业活动频繁的今天，对省道、县道甚至村级公路的通行能力也都提出了很高的要求，但由于功能上的差别，这几级公路的通行能力需求还是有所区别的。除了通行能力的区别外，这几级公路的覆盖范围也存在较大区别。

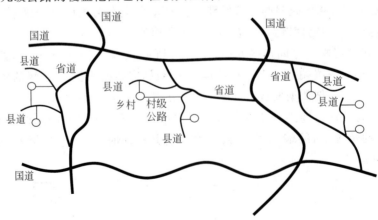

图 1.4　公路交通结构图

Internet 和公路交通网非常相似,如图 1.5 所示,它由核心主干网、多级 ISP 网络和接入网组成,核心主干网、ISP 网络本身也是一个互连多种传输网络而成的互联网,而路由器就是实现不同传输网络之间互连的设备。ISP(Internet Service Provider,Internet 服务提供商)网络是 Internet 作为商业用途网络后,将需要接入 Internet 的用户连接到 Internet 的网络,Internet 中存在多级 ISP 网络,上一级 ISP 网络负责将下一级 ISP 网络接入 Internet。连接最终用户的 ISP 网络称为接入网。网络接入点(Network Access Point,NAP)是 ISP 网络接入主干网的结点,在一个完全商业化的 Internet 中,主干网其实也是 ISP 网络,只是面向服务的对象不同。

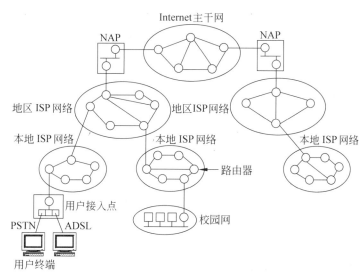

图 1.5　Internet 结构

对于中国而言,一个企业有一个用于将企业内网络终端互连的企业网,而一个城市又有一个用于将城市内各个企业网及个人网络终端互连的城市网,全国又有用于将多个城市网互连的国家网,而每一个国家网只有接入 Internet 主干网才能实现相互通信,因此图 1.5 所示的 Internet 对于中国而言,地区 ISP 网络就是国家网,而本地 ISP 网络就是城市网,整个国家网通过 NAP 接入 Internet 主干网。

对 Internet 结构作出详细描述是不可能的事,图 1.5 的作用只是用来说明用户终端和校园网接入 Internet 的过程。用户终端通过类似 PSTN、ADSL(一种传输速率比拨号接入高的 Internet 接入方式)和以太网这样的接入网接入本地 ISP 网络中离用户最近的用户接入点,用户接入点通过传输网络和本地 ISP 网络互连,由局域网构建的校园网也通过传输网络连接到本地 ISP 网络。图 1.5 中的圆圈表示路由器,线表示实现相邻两个路由器之间通信的链路,不同等级的 ISP 网络由不同性能的传输网络互连而成,因此,不同等级 ISP 网络中互连相邻路由器的链路的性能也不同。虽然 Internet 由多级 ISP 网络组成,但多级 ISP 网络和 Internet 主干网的功能和作用差别不大,在本教材中将其统一作为主干网技术进行讨论,这样,可以将组成 Internet 的网络类型分成局域网、适合构建主干网和适合作为接入网这三种不同类型。

1.2.2　网络标准化工作

如果在全世界范围构建图 1.5 所示的 Internet，必须在两个层面进行标准化工作，一是各种类型的传输网络必须标准化，使不同厂家生产的和特定传输网络相关的设备能够实现互连。二是不同传输网络之间的互连技术必须标准化，允许多个厂家生产的网络互连设备能够协调工作。目前，存在多种类型的传输网络，它们各自有着不同的发展历程和相应的标准化机构。

1. ITU-T

国际电信联盟电信标准化部门（ITU-T）负责制定电信网络的标准化工作，由于电信网络是目前分布最广的信息传输网络，因此，被 Internet 用来实现远距离数据传输，如 PSTN、SDH，都是电信网络，但都作为传输网络，在 Internet 中承担远距离数据传输任务。

2. IEEE

电气和电子工程师协会（IEEE）成立了 802 委员会，负责制定局域网（LAN）和城域网（MAN）标准，目前已由 802 委员会制定了多种适合作为局域网和城域网的传输网络标准，但在 Internet 中普遍使用的只有以太网和无线局域网这两种传输网络，它们的标准编号分别为 802.3 和 802.11。

3. IETF

为了管理 Internet，成立了一个叫做 Internet 协会的国际组织，Internet 协会下面有个技术组织叫做 Internet 体系结构委员会（IAB），它下设两个工程部，其中 Internet 工程部（IETF）负责 TCP/IP 相关协议和不同传输网络互连技术标准的制定，这些标准通常以 RFC 文档发表，RFC 文档根据发表时间先后进行编号，如 RFC2460 为 IPv6 规范。

4. ISO

国际标准化组织（ISO）是由各个国家的标准化机构组成的国际组织，由它发表所有组织内大多数成员认为应该统一的标准，它所发表的标准涉及各个领域。

1.3　网络发展过程

1.3.1　从 ARPA 网络到 Internet

网络已经深刻地影响着人们的生活、工作方式，但网络为什么能够在短短几年内如此迅速地发展起来，并占据如此重要的位置呢？

人们或许更熟悉电视事业，可以通过比较电视事业的发展来更好地了解网络的发展过程。电视事业的发展取决于以下三个因素：

- 电视机制造工业；
- 电视信号传播设备；
- 电视节目制作、播放单位。

这三个因素是相辅相成的，对电视节目制作、播放单位而言，只有拥有广大的电视观众，它才有经济和精神动力来制作、播放优秀的电视节目。而电视信号传播设备的研发、生产厂家，只有在发现巨大的市场空间的情况下，才有可能投入大量资金进行研发、生产，才能有先进的电视信号传播设备问世,但这一巨大市场空间的形成,又与电视机走入千家万户,形成一个巨大的电视观众群密不可分。而巨大的电视观众群的形成,不仅需要有价廉物美的电视机,更需要有大量电视画面清晰、节目丰富多彩的电视频道,而做到这一点又和其他两个因素相关。可以说,只有当随着电子技术发展,生产出价廉物美的电视机成为可能,电视机真正走入千家万户时;当由于巨大市场空间的推动,卫星和有线电视传播设备应运而生,能够为观众提供画面清晰的电视频道时;当由于存在巨大的电视观众群,电视节目制作和播放单位在强大的经济、精神动力下不断提供丰富多彩的电视节目时,电视事业才能飞速发展、空前繁荣。

和电视事业相似,计算机网络的发展程度也由下述三个因素决定:

- 网络终端设备制造工业;
- 数据传输设备;
- 网络信息制作、提供单位。

当然,和电视事业一样,决定计算机网络发展的三个因素也是相辅相成的,PC 的飞速发展,形成大量的网络终端需要互连成网的局面,这样巨大的市场需求又强力地推动数据传输设备生产企业研发、生产更多更好的数据传输设备,而 Web 技术和众多网络客户使网络内容提供者成为极富生命力的行业,而众多网络内容提供者又吸引了更多的网络客户,这种良性循环使 Internet 急剧膨胀,使其在 20 世纪 90 年代成为人们生活中不可分割的一部分。

从 ARPA 网到 Internet,既有技术因素,也有市场因素,从技术层面讲:PC、交换机和路由器及 Web 技术的诞生及发展为 Internet 的兴起和发展提供了技术保障,从市场层面讲,丰富的网络信息资源,尤其是网络的交互性,极大地提高了人们上网的积极性,网络彻底改变了人们的生活、工作方式。

1.3.2 从低速网络到高速网络

一旦汽车普及,道路就成为制约因素。同样,当人们开始热衷于上网娱乐、游戏,带宽就成为制约因素。现在用 ADSL、10Mbps 的以太网上网的用户估计想象不出 20 世纪 90 年代初人们通过电话线,以 2400bps 传输速率上网的情景,也无法想象出在 20 世纪 90 年代中后期,整个大学用于接入中国教育科研网的物理链路带宽只有 2Mbps。

由于组成 Internet 的网络类型可以分为局域网、适合作为接入网和适合构建主干网这三种不同类型,因此讨论网络的速率变化需要分三个方面进行讨论:一是用于将校园内或企业内各个网络终端互连的局域网的速率变化,二是用于直接将个人网络终端接入城市网的接入网络(Access Network,AN)的速率变化,三是城市网、全国网甚至是 Internet 主干网的速率变化。

1. 以太网的速率变化过程

以太网是目前用于构建校园网和企业网的主要网络技术。但从以太网诞生到 20 世纪 90 年代初,它的速率基本上都维持在 10Mbps,只在 20 世纪 90 年代初(1990 年)以太网技术从共享发展成了交换(共享和交换的差别在第 3 章详细讨论)。1992 年,以太网速率从 10Mbps 升级到了 100Mbps。1996 年,以太网速率又从 100Mbps 升级到了 1Gbps (1000Mbps)。2003 年,以太网速率从 1Gbps 升级到了 10Gbps。人们从上述发展过程中也可以感觉到,以太网的发展从 20 世纪 90 年代开始突飞猛进,这恰恰印证了前面所讲的结论:只有当技术和市场相结合,技术和市场形成良性互动,这一技术才能飞速发展,PC 如此,以太网产品也是如此。

2. 接入网络的速率变化过程

个人网络终端接入 Internet 的技术大致有三种：通过 PSTN 接入、通过 ADSL (Asymmetric Digital Subscriber Line,非对称数字用户线)接入、通过 10Mbps 的以太网接入。

在 20 世纪 90 年代初,通过 PSTN 接入 Internet 是主流,PC 通过电话线(用户线)接入城市网并因此接入 Internet。这种接入方式的传输速率从 33.6kbps 发展到上行速率为 33.6kbps,下行速率为 56kbps(上行是指从 PC 到 Internet 方向,下行是指从 Internet 到 PC 的方向)。

到 20 世纪 90 年代末,一种新的接入技术——ADSL 逐渐取代 PSTN 成为主流技术, ADSL 仍然使用 PSTN 的用户线,而且通过 PSTN 的用户线可以同时传输语音和数据,目前 ADSL 普遍能够达到的速率是上行 32kbps 或 64kbps,下行为 1Mbps 或 2Mbps。

同时和 ADSL 一起作为宽带接入技术的还有 10Mbps 的以太网,拨号接入和以太网接入技术的技术特点和操作过程将在第 7 章详细讨论。

3. 主干网的速率变化过程

Internet 的主干网是相对的,对于个人网络终端或需要接入 Internet 的企业网或校园网而言,城市网即是主干网;对于城市网而言,国家网才是主干网;对于国家网而言,互连国家网的 Internet 主干网才是真正的主干网。

虽然主干网的定义不同,但速率变化过程却相差不大,主干网的速率变化过程主要分为三个阶段：第一阶段是用数字数据网(Digital Data Network,DDN)构建主干网,传输速率由最初的 2Mbps 到几十兆比特每秒,第二阶段是用异步传输模式(Asynchronous Transfer Mode,ATM)构建主干网,传输速率从 155Mbps 发展到 622Mbps,第三阶段是用同步数字体系 (Synchronous Digital Hierarchy,SDH)构建主干网,传输速率从 2.5Gbps 发展到 10Gbps。

1.3.3　从数据网络到统一网络

数据网络的任务就是实现连接在网络上的两个终端之间的数据传输过程,即端到端传输过程,早期的数据网络只能提供一种类型的传输服务——尽力而为(best-effort)服务,所谓尽力而为服务是指网络尽最大能力把数据从发送端传输到接收端,但一不能保证每一次都能把数据正确地从发送端传输到接收端。二不能保证在指定时间范围内把数据从发送端传输到接收端。根据以上特点,尽力而为服务非常像邮局提供的平信业务,虽说平信正确送达的概率很大,但也偶尔发生丢失的情况。

就像相同寄信人和收信人的两封信件,快则两天,慢则 4 天才到,不是什么问题一样,对一般的数据传输,传输时间不确定的问题也不是什么问题。平信业务已经为人们服务了多年,人们并不因为它的这两个不足而放弃使用,同样,Internet 的尽力而为服务也成功地为人们提供了数据传输服务。

1. 语音信号传输过程

在讨论统一网络的性能要求前,先看语音信号的传输过程,语音信号是模拟信号,是声/电转换后产生的幅度连续、时间连续的电信号,要将模拟信号经过数据网络进行传输,必须在发送端先对其进行 A/D 转换,变成数字信号后才能在数据网络上进行传输。在接收端再将数字信号通过 D/A 转换还原成模拟信号,经过听筒的电/声转换,进入人的耳朵,语音信号传输的整个过程如图 1.6 所示。

嘴巴　话筒　模拟语音信号　　　数字化语音信号　　　模拟语音信号　听筒　耳朵

图 1.6　语音信号传输过程

对模拟信号进行采样时,为了保证能够正确还原模拟信号,采样频率至少是模拟信号中频率最大的谐波信号频率的两倍。由于语音信号的频率范围为 $20\sim3000$Hz,考虑冗余因素,可以得出语音信号中频率最大的谐波信号频率小于 4kHz,因此,可以将采样频率定为 8kHz。由于采样后的信号仍是幅度连续的电信号,而用有限数字位表示的电信号总是有限等级的,如用 8 位二进制数表示 $0\sim5$V 的电信号,只能将 $0\sim5$V 电信号分成 256 个等级,其中值 $x(0\leqslant x\leqslant255)$ 所表示的电信号的幅度为 $\frac{x}{256}\times5$V,因此,在选定表示采样信号的二进制数位数后,必须用有限等级的信号幅度来拟合幅度连续的电信号,如幅度为 U 的电信号,如果满足条件 $\frac{x}{256}\times5\text{V}\leqslant U<\frac{x+1}{256}\times5\text{V}$,就用值 x 表示。当然,表示采样信号的二进制数的位数越多,则拟合的精度就越高。

2. 统一网络性能要求

如图 1.7 所示,为了保证接收端听到的语音清晰、连贯,接收端必须保证用与采样频率相同的频率进行 D/A 转换,这就要求接收端一旦开始 D/A 转换,D/A 转换就不能停顿。而且从发送端开始第一次采样到接收端开始第一次 D/A 转换的时延不能太长(要求图 1.7 中,$(T_2-T_1)<150$ms),否则就影响交互性。这种情况下,数据网络原来提供的尽力而为服务就有点问题了,一是偶尔丢失数据引发的问题,偶尔丢失数据,将在接收端发生 D/A 转换停顿,而且由于 D/A 转换必须连续进行,不可能在接收端发现一些采样值丢失后,等待发送端重新发送丢失的采样值后继续 D/A 转换,这样会使停顿的间隔更长,更影响接收端语音信号的连贯性。二是传输时延长,且变化大引发的问题。由于接收端一旦开始 D/A 转换,便不能停顿,因此,接收端何时开始 D/A 转换就有些讲究,如果接收端在接收到第一个采样值后就开始 D/A 转换,那么必须保证后续采样值的传输时延比第一个采样值的传输时延要短,因为传输时延短的采样值到达接收端时,还没有轮到它进行 D/A 转换,可以先存储在接收端,而传输时延长的采样值到达接收端时,已经过了对它进行 D/A 转换的时间,因此已没有任何价值,只能丢弃,这就对传输时延的变化范围有了非常严格的要求。如图 1.7 所示,由于数据网络的传输时延变化较大,虽然接收端接收到标号为 1 的数据后,延迟一段时间才开始播放,但当标号为 7 的数据到达时,因为过了播放时间,只能丢弃。因此,如果用数据网络传输语音信号,单一的尽力而为服务已不能满足语音信号的传输要求,为了保证对话双方的交互性和语音信号的清晰、连贯,要求传输语音信号的网络一是可靠,二是传输时延要短,三是传输时延变化要小。

同样,为了保证语音信号的传输,必须让语音信号拥有比其他信号更高的优先级,如免予排队优先转发、有专用传输信道等,这就要求网络提供分类服务(Class of Service,CoS),即对不同类型的信息流提供不同的服务质量。

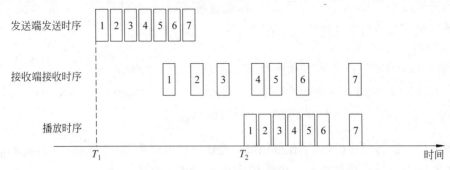

图 1.7　数据网络传输语音信号的过程

目前常见的信号传输网络有三种：专门用于传输语音的 PSTN、专门用于传输数据的数据网络和专门用于传输视频信号的有线电视网络。所谓统一网络就是能够同时实现语音、视频和数据传输的数据网络，为保证语音、视频的传输质量，早先数据网络单一的尽力而为服务已不能满足当前的需要，数据网络必须具有提供多种服务的功能，对不同类型的信息提供不同的服务，保证每一种信息相应的服务质量。

1.4　计算机网络的定义和分类

1.4.1　计算机网络的定义

计算机网络的精确定义并未统一，目前最简单的定义是：一些互相连接的、自治的计算机的集合。这个定义并不能完全反映计算机网络的特征，计算机网络的特征主要体现在以下几个方面。

1. 共享资源

互连计算机的目的是为了实现资源共享，这些资源包括软件、硬件和数据，但对于计算机网络而言，资源所在的计算机系统对用户不是透明的，用户访问网络中某个计算机系统中的资源时，需要明确指定该计算机系统。

2. 自治系统

实现互连的必须是自治系统，自治系统是能够独立运行并提供服务的系统，一个由一台计算机和用该计算机的串行口和并行口连接的多台外设组成的系统不能算是计算机网络，因为这些外设必须在计算机控制下才能提供服务。但如果这些外设是网络设备，能够直接连接到以太网，并独立提供服务，如网络打印机，它们就是自治系统，由这些自治系统互连而成的系统就是计算机网络。

3. 遵守统一的通信标准

互连这些自治系统的目的是为了实现资源共享，实现资源共享就必须相互交换数据，因此，这些互连的自治系统必须遵守统一的通信标准，这样，才能实现相互通信。

1.4.2　计算机网络的分类

可用于计算机网络分类的依据很多，但必须选择能够体现计算机网络本质区别的依据来给计算机网络分类，这样的分类才能体现计算机网络的技术特征。这里用交换方式和作用范围作为分类网络的依据,是因为交换方式是网络最重要的技术特征,而作用范围直接确定网络的传输技术。

1. 电路交换和分组交换

网络设计的第一步是实现终端之间通信,实现终端之间通信最简单、直接的办法是终端之间实现两两相连,如图 1.8(a)所示。但当需要互连的计算机数目增多时,实现如图 1.8(a)所示的两两相连的方式就很难了,如果实现 N 台计算机两两相连,共需要 $N \times (N-1)/2$ 对线路。由于计算机之间的通信通常是间歇性的,因此,没有必要两两相连,可以采用图 1.8(b)所示的连接方式,计算机直接与交换机相连,在交换机端口之间建立如图 1.8(b)所示的连接之前,计算机之间无法进行通信。如果两台计算机之间需要进行通信,必须先由交换机在两台计算机之间动态建立连接,并在通信完成后,释放连接。从图 1.8(b)可以看出,虽然任何两台计算机之间都能建立连接,但无法同时实现计算机之间的两两通信,因此,必须根据通信要求,动态地建立、释放连接。这种为了实现计算机之间的通信,由交换机在端口之间动态建立、释放连接的过程称为交换。

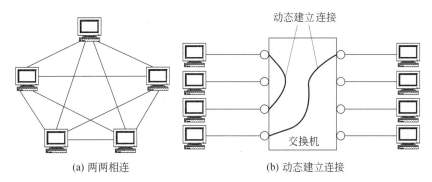

(a) 两两相连   (b) 动态建立连接

图 1.8 交换的含义

1)电路交换

人们熟悉的电路交换网络就是 PSTN,图 1.9 给出了两台话机进行通信的过程,一旦两个话机之间通过呼叫连接建立过程建立双向点对点、带宽固定的语音信道,相互之间可以以指定传输速率连续地发送、接收语音信号。呼叫连接建立的过程就是主叫话机拨号连通被叫话机的过程。

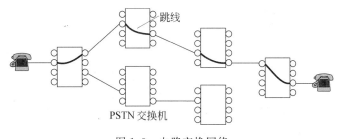

图 1.9 电路交换网络

这种用电路交换方式建立的语音信道与直接相连的线路的区别在于它不是永久存在,而是通过交换动态建立的,但一旦建立,与直接相连的点对点线路没有区别。因此,电路交换的特点有两个:一是进行通信前必须先建立连接,通信结束后释放连接;二是通信过程中,源端和目的端之间的语音信道一直被它们独占,无论源端和目的端之间是否进行语音通信,该语音信道的带宽都为它们保留。如果源端和目的端之间建立连接后的通信是连续不断的,语音信道的利用率就很高,如果源端和目的端之间建立连接后的通信是间歇性的、突发性的,语音信道的利用率就很低。

2) 虚电路分组交换

用电路交换方式建立两个终端之间的数据传输通路是非常不合适的,因为数据传输的特点是间歇性、突发性,如果为需要进行数据传输的两个终端建立独占的点对点信道,信道的利用率就很低。因此,需要一种与电路交换不同的交换方式来建立两个终端之间的数据传输通路。

从电路交换方式出发来思考适合数据传输的交换方式,很容易得出如图 1.10 所示的虚电路分组交换方式,它也需要两个终端在传输数据前,建立一条点对点的连接,在完成数据传输后,释放连接。但这种点对点连接与电路交换中的点对点连接不同,它只是确定了两个终端之间传输数据的路径,并没有独占传输路径所经过的交换机之间的线路,因此,被称为虚电路。图 1.10 中,分组交换机 3 和分组交换机 4 之间的线路被四对终端之间的虚电路所共享,这就意味着,只要四对终端之间,有一对终端进行数据传输,分组交换机 3 和分组交换机 4 之间的线路就不会被闲置,解决了因为数据传输的间歇性、突发性导致信道利用率低的问题。但这样做会给分组交换机的交换方式和传输的数据格式带来很大变化。

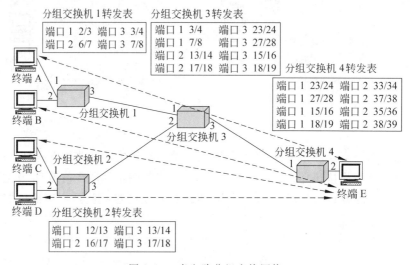

图 1.10 虚电路分组交换网络

（1）分组交换方式

分组交换机的交换方式如图 1.11 所示,它与图 1.9 中的 PSTN 交换机的交换方式有很大不同,对于分组交换机,建立虚电路后,只是通过转发表为每一条虚电路确定输入、输出端口之间的关联,如图 1.10 中,分组交换机 3 对于终端 A 和终端 E 之间的虚电路,用转发项＜端口 1 3/4 端口 3 23/24＞确定了端口 1 和端口 3 之间的输入输出关联,3/4 和 23/24 用于唯一标识终端 A 和终端 E 之间的虚电路。分组交换机 3 并不像 PSTN 交换机,直接在端口 1 和端口 3 之间用跳线进行连接,当分组交换机 3 从端口 1 接收到终端 A 发送给终端 E 的数据,必须首先确定该数据所属的虚电路,然后,通过该虚电路确定和端口 1 关联的端口:

端口 3,以此确定数据的输出端口是端口 3,交换结构完成数据从输入端口到输出端口的传输过程,由于端口 3 可能需要输出属于多条虚电路的数据,因此,必须在端口 3 设置输出队列,在端口 3 正在输出属于其他虚电路的数据时,用输出队列缓存数据。由于输入端口和输出端口之间没有 PSTN 交换机这样的固定连接,分组交换机无法一边从输入端口接收数据,一边直接从输出端口输出数据,因此,必须先通过输入端口完整接收数据,在输出端口空闲时,再通过输出端口输出数据,这种转发数据方式被称为存储转发方式,和电路交换的直接转发不同。

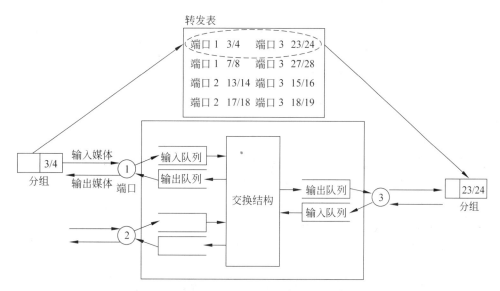

图 1.11　图 1.10 中分组交换机 3 交换分组过程

（2）虚电路标识符和分组格式

为实现分组交换,要求数据必须携带用于确定数据所属虚电路的虚电路标识符,这样,经过虚电路传输的信息必须包含两部分:数据和虚电路标识符,虚电路标识符不是终端实际传输的数据,只是用于实现数据的端到端传输,因此,将其称为控制信息。电路交换在两个终端之间建立专用的点对点信道后,发送端发送的数据必然沿着专用的点对点信道到达接收端,因此,发送端无须对发送的数据作任何包装,这种数据称为原始数据。这种由数据和用于确定数据所属虚电路的虚电路标识符构成的信息不再是原始数据,而是原始数据封装后的形式。如果把原始数据看作信纸,则原始数据封装后的形式就像用信封封装信纸后形成的信件。如果将原始数据看作字节流,则封装过程就是先将字节流分段,然后为每一段原始数据贴上虚电路标识符,这种在分段后的原始数据上贴上虚电路标识符的格式,就称作分组。

终端 E 和终端 A、B、C、D 建立的 4 条虚电路都需要分配唯一的标识符。某条虚电路经过的两个分组交换机之间的线路称为一段,某条虚电路经过的每一段的标识符是不一样的,如 33/34 就是用于标识终端 E 和终端 A 之间虚电路中终端 E 和分组交换机 4 之间这一段的标识符,它由终端 E 或分组交换机 4 分配。不能为整条虚电路分配唯一标识符,必须逐段分配标识符的原因是虚电路的端设备无法确定该虚电路和哪些虚电路共享某段线路,这些虚电路的标识符是什么。因而无法为新建立的虚电路选择一个在任何一段线路上都和其他共享该线路的虚电路的标识符不同的虚电路标识符。

（3）分组传输过程

对于如图 1.10 所示的虚电路分组交换网络，终端 E 发送给终端 A 的数据必须封装成分组，携带用于表明数据属于终端 E 和终端 A 之间的虚电路的标识符：33/34，当分组交换机 4 通过端口 2 接收到虚电路标识符为 33/34 的分组时，用端口 2 和虚电路标识符 33/34 检索转发表，找到虚电路对应的转发项＜端口 1 23/24 端口 2 33/34＞，确定分组的输出端口是端口 1，输出端口所连接的这一段线路的虚电路的标识符是 23/24。将数据从端口 1 发送出去，并将虚电路标识符从 33/34 变为 23/24。同样，当分组交换机 3 通过端口 3 接收到虚电路标识符为 23/24 的分组时，将分组从端口 1 发送出去，并将虚电路标识符从 23/24 变为 3/4。分组交换机 1 通过端口 3 接收到虚电路标识符为 3/4 的分组时，将分组通过连接终端 A 的线路发送给终端 A，完成终端 E 至终端 A 的数据传输过程。数据传输过程中，分组交换机根据建立虚电路时创建的转发表、接收分组的端口及分组携带的虚电路标识符完成分组转发。

（4）分组交换引发的问题

分组交换引发的第一个问题是拥塞，当终端 A、B、C、D 同时向终端 E 发送分组时，分组交换机 3 的端口 3 就会发生拥塞，因为来自终端 A、B、C、D 的分组有可能同时通过端口 1 和端口 2 进入分组交换机 3，又需要通过同一个端口（端口 3）发送出去。这种情况下，即使在端口 3 设置输出队列，由于分组到达端口 3 的速率大于分组从端口 3 输出的速率，在持续一段时间后，也会发生输出队列溢出的情况。一旦输出队列溢出，后续数据将被丢弃，表明端口 3 发生了拥塞。

分组交换引发的第二个问题是排队时延，当分组交换机需要从某个端口输出分组时，首先需要判定输出端口是否空闲，如果输出端口正在输出分组，则需要将该分组存入输出队列，输出端口根据先到先服务原则逐个输出存储在输出队列中的分组，因此，某个分组从到达输出端口输出队列，到开始通过输出端口输出存在时延，这种时延称为排队时延，排队时延是不确定的，它和经过输出端口的分组流量有关。排队时延是引入时延变化，即时延抖动的主要原因。

虚电路分组交换解决了信道利用率低的问题，但在传输数据前，发送端和接收端之间必须先建立虚电路，而且在虚电路所经过的分组交换机上都需要为该虚电路在转发表中创建一项。对于一个用浏览器在 Internet 上冲浪的用户，他可能不断变换 Web 服务器，和每一个 Web 服务器都只有很少的数据交换，如果采用虚电路分组交换方式，需要频繁地建立、释放虚电路，当大量用户终端同时上 Internet 冲浪时，分组交换机中的转发表会很快溢出。因此，虚电路分组交换方式不适合用户终端之间的数据传输，一般用于实现路由器之间的远距离通信。

3）数据报分组交换

数据报分组交换方式没有建立连接过程，必须将需要传输的数据封装在一个分组内，分组除了数据外，还必须包含发送终端和接收终端的地址。每一个分组交换机必须配置一张转发表，转发表中对所有连接在网络上的终端都有对应项，对应项中给出目的终端地址及转发端口，如图 1.12 所示，分组交换机 1 转发表已表明送往终端 A 的分组只有通过端口 2 发送出去才能送达，送往终端 B 的分组只有通过端口 5 发送出去才能送达。分组交换机在完整接收整个分组后,用分组携带的目的终端地址检索转发表,根据检索到的对应项确定输出端口。如果终端 A 向终端 B 发送分组,终端 A 首先将分组发送给分组交换机 1,分组交换机 1 通过查找转发表确定输出端口(端口 5)后,将分组从端口 5 发送出去。分组交换机 2 接收到分组后,同样通过查找转发表将分组从端口 7 发送出去。中间交换机依据此操作,直到分组交换机 4 通过端口 7 将分组发送给终端 B。数据报分组交换方式和虚电路分组交换方式相比有以下不同:一是由于虚电路分组交换中的每一条虚电路都关联着一对需要数据交换的终端,确定了虚电路,就确定了发送和接收终端,因此分组只需携带虚电路标识符;二是由于虚电路标识符只有本地意义,因此,表示虚电路标识符所需要的二进制数位数比表示发送和接收终端地址所需要的二进制数位数要少;三是虚电路分组交换方式是在建立虚电路时确定两个终端之间的传输路径,并在转发表中将某条虚电路所经过的传输路径和该虚电路的虚电路标识符绑定在一起,而数据报分组交换方式中转发表的内容,更像城市路口的路标,引导分组从发送端逐步走向接收端。转发表中内容的含义及创建过程将在第 5 章详细讨论。与虚电路交换方式相同的是数据报分组交换方式也同样存在拥塞和排队时延问题。

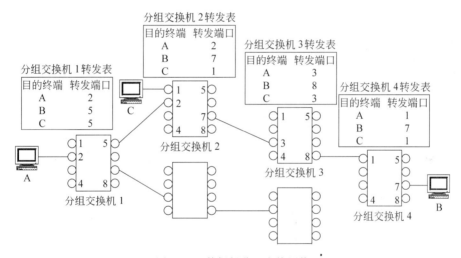

图 1.12　数据报分组交换网络

需要强调的是,和虚电路分组交换方式建立虚电路时确定两个终端之间的传输路径不同,数据报分组交换方式使得分组交换机必须对每一个分组进行传输路径选择,在计算机网络中将选择分组传输路径的过程称为路由选择(或路径选择),简称为路由(或选径),因此,每一个分组必须携带发送端和接收端地址,以便分组交换机根据分组携带的接收终端地址作出正确的路由选择(在图 1.12 中,选择正确的输出端口)。两种分组交换方式相同的是,任何时候、任何物理链路都没有被两个终端之间的通信独占,任何两个终端之间相互传输的分组都和其他终端发送的分组共享所经过的物理链路,如果发生和其他终端发送的分组争用某条物理链路的情况,通过排队等候解决争用问题。由于数据传输的间歇性、突发性,这种共享特性可以极大地提高物理链路的利用率。

4) 三种交换方式的对比

电路交换就像建立如图 1.13(a)所示的 A 和 D 之间的专用通道,通过这样的专用通道驾驶车辆，由于没有任何阻塞，完全能够控制行驶时间，如果持续有大型车队通过专用通道行驶，专用通道的利用率可能高过其他情况，但对于只有零散车辆通过专用通道行驶的情况，专用通道的利用率就变得很低。因此，得出电路交换的特点如下：

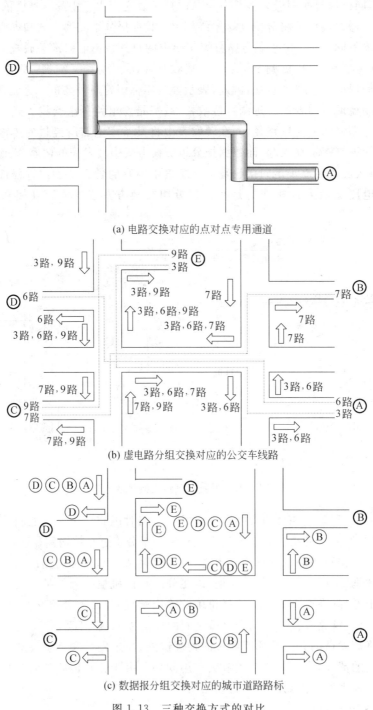

(a) 电路交换对应的点对点专用通道

(b) 虚电路分组交换对应的公交车线路

(c) 数据报分组交换对应的城市道路路标

图 1.13　三种交换方式的对比

- 通信前需要建立连接,通信完成后需要释放连接;
- 独占连接经过的物理链路的带宽;
- 由于传输时延和信道带宽确定,适合传输要求时延抖动(时延变化)小的语音和视频数据;
- 传输突发性和间歇性数据会导致信道利用率降低。

虚电路分组交换类似公交线路,如图 1.13(b)所示,需要事先确定公交线路的行驶路线,在确定每一条公交线路的行驶路线后,各个路口将标识相关公交线路的行驶方向,每一辆公交车根据所属的线路和路口标识的行驶方向选择行驶路线。虽然,每一条公交线路的行驶路线是事先确定的,但并不能独占行驶路线经过的道路,多条公交线路可以共享某段道路。在交通流量高峰时段,也有可能在某个路口发生拥塞,但由于在确定每一条公交线路的行驶路线时,已经充分考虑了行驶路线所经过道路的承载能力,因此,发生拥塞的频率及拥塞的严重程度都有一定的控制。因此,得出虚电路分组交换的特点如下:

- 通信前需要建立虚电路,通信完成后需要释放虚电路,或者建立永久虚电路;
- 建立虚电路的过程只是确定虚电路两端之间的传输路径,并不占用传输路径所经过的物理链路的带宽;
- 多条虚电路共享物理链路带宽;
- 数据经过虚电路传输时,必须封装成分组形式,携带数据所属虚电路的虚电路标识符,虚电路标识符用于在各个结点为分组选择传输路径;
- 由于可以在建立虚电路时,充分考虑该虚电路的性能要求,因此,可以有效控制经过虚电路传输的分组的传输时延和时延抖动,因此,虚电路分组交换比较适合传输语音、视频数据。

数据报分组交换类似自驾车辆的行驶过程,如图 1.13(c)所示,行驶前不需要任何操作,行驶过程中根据目的地和路口的路标选择行驶路线,在发生拥塞的路口,排队等待,每一辆自驾车辆独立选择行驶路线。因此,得出数据报分组交换的特点如下:

- 不需要连接建立过程,每一个分组独立选择传输路径;
- 数据必须封装成分组形式,携带源和目的地址,中间结点根据分组的目的地址选择传输路径;
- 由于没有连接建立过程,传输分组前既不了解传输路径的状况,也不可能对经过传输路径的流量进行规划,因此,传输时延和传输时延抖动是无法控制的。

5) 与交换方式有关的一些术语

对电路交换而言,一旦端到端之间建立连接,发送端至接收端的传输时延是几乎不变的(变化很小),而且由于建立连接后,端到端之间有了点对点专用信道,发送端可以以指定传输速率连续地发送数据,接收端也可以以指定速率连续地接收数据。但对于分组交换方式,由于没有点对点专用信道用于数据传输,数据必须封装成分组形式才能进行传输,分组交换机必须在完整接收整个分组后,才能进行转发处理。分组交换机端口完整接收或发送一个分组所需的时间与分组长度和端口传输速率有关,因此,每一个分组中所包含的数据长度直接影响总的时延。如果数据的长度较大,将数据分段,每一段数据封装为一个分组,通过传输多个分组的方式完成数据传输有利于减少时延。为此,将分组交换定义为将数据封装成多个分组进行传输的方式,而将报文交换定义为将数据封装成单个分组进行传输的方式,因此,有了如下和交换方式有关的术语。

电路交换：独占端到端信道带宽的传输方式。

报文交换：发送端将需要传输的数据封装成单个分组,并用分组交换方式完成端到端传输的传输方式。

分组交换：分组交换和报文交换的主要区别是发送端将需要传输的数据分段,每段数据封装成独立的分组进行传输。当发送端连续发送这些由数据段产生的分组时,由于端到端传输路径中的多个结点可以并行转发这些分组,因此,总的传输时延小于报文交换。

对于分组交换方式,根据传输数据前是否需要建立端到端虚电路,可以分为虚电路分组交换和数据报分组交换。

6) 电路交换和分组交换的一些定量分析

通过例子对电路交换和分组交换做一些定量分析,以便读者更清楚地了解它们之间的异同。

【例 1.1】 如图 1.14 所示,假定终端 A 和终端 B 之间相隔 3 个结点和 4 条通信线路,每条通信线路的长度为 L,电信号经过通信线路的传播速度为 2/3 光速,在电路交换方式下,如果点对点信道的带宽为 Xpbs,忽略连接建立和释放时间,也忽略中间结点的转发时间,求出从终端 A 开始发送到终端 B 接收完 M 字节长度数据所需要的时间。

图 1.14 电路交换方式下端到端信道

【解析】 根据图 1.14,从终端 A 开始发送数据到终端 B 接收完数据所需要的时间＝终端 A 从开始发送数据到发送完最后一位数据需要的时间＋最后一位数据从终端 A 传播到终端 B 所需要的时间。终端 A 发送 M 字节所需要的时间＝$(M×8)/X$,由于忽略了中间结点的转发时间,最后一位数据从终端 A 传播到终端 B 的传播时延＝$3×(4×L)/(2c)$。得出时延＝$(M×8)/X+(12L/2c)$。

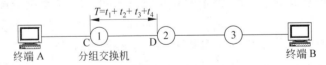

图 1.15 分组交换计算时延的过程

对于分组交换,计算时延的方法要复杂得多,从图 1.15 中可以看出,分组从 C 点传输到 D 点的总的时延由四部分组成,一是分组交换机 1 完整接收分组所需要的时间 t_1,t_1 取决于分组长度和分组交换机 1 输入端口的速率。二是分组交换机 1 根据分组所携带的目的地址(或虚电路标识符)确定输出端口的时间,还有在发生拥塞的情况(多个分组争用同一条通信链的情况)下,在输出队列中排队等待的时间,这两部分时间的和称为 t_2,第一部分交换时间是固定的,随着分组交换机性能的改进,这一部分时间可以忽略,第二部分排队等待时间是变化的,与该结点的拥塞程度有关。三是分组交换机将分组从输出端口发送出去的时间 t_3,t_3 取决于分组长度和分组交换机 1 输出端口的速率。四是数据经过分组交换机 1 和交换机 2 之间通信链路的传播时间 t_4。

【例 1.2】　假定图 1.15 中所有中间结点的端口传输速率均为 Xbps,结点之间通信线路的长度为 L,电信号经过通信线路的传播速度为 2/3 光速,地址信息为 N 字节(或为源和目的地址,或为虚电路标识符),分别根据分组中数据长度为 M 字节(一个分组)和分组中数据长度为单个字节(M 个分组)这两种情况,计算出从终端 A 传输 M 字节数据到终端 B 的总时延(忽略所有中间结点的交换和排队等待时间)。

【解析】　如图 1.16 所示,对于分组中数据长度为 M 字节的情况,终端 A 从开始发送分组到结束发送的时间 $=((M+N)\times 8)/X$(将 M 字节数据封装成分组时,必须加上 N 字节的地址信息,故分组长度为 $M+N$ 字节),而最后一位到达结点 1 的传播时间 $=3L/2c$,因此,终端 A 到结点 1 的时延 $=((M+N)\times 8)/X+3L/2c$。由于每一个结点必须在接收完整个分组后,才能开始向一个结点转发,而时延 $((M+N)\times 8)/X+3L/2c$ 只能使结点 1 接收完整个分组,因此,结点 1 发送完整个分组且使结点 2 接收完整个分组需要的时延也是 $((M+N)\times 8)/X+3L/2c$。由此,可得出结点 1 到结点 2、结点 2 到结点 3、结点 3 到终端 B 的时延 $=((M+N)\times 8)/X+3L/2c$。因而算出总时延 $=4\times(((M+N)\times 8)/X+3L/2c)$。

图 1.16　M 字节数据分组单段时延

由于没有考虑电路交换建立连接所需要的时间,电路交换和分组交换之间的总时延差 $=4\times(((M+N)\times 8)/X+3L/2c)-((M\times 8)/X+12L/2c)=3\times((M+N)\times 8)/X+(N\times 8)/X$。由此可以得出:只有当连接建立时间大于 $3\times((M+N)\times 8)/X+(N\times 8)/X$ 时,分组交换的总时延才能够小于电路交换的总时延。而对于虚电路分组交换方式,如果忽略分组交换机转发分组的速度差别和用于选择传输路径的控制信息的长度差别(虚电路方式下分组交换机转发分组的速率和虚电路标识符的二进制位数优于数据报方式下转发分组的速率和标识源和目的终端地址的二进制位数),考虑建立虚电路所需要的时间,总时延应大于数据报分组交换方式,这也是为什么虚电路分组交换方式不适合用于用户终端之间数据传输的又一个原因,因为这种传输方式需要频繁地建立、释放虚电路。

对于每一个分组中只有一字节数据的情况,总的时延如图 1.17 所示。

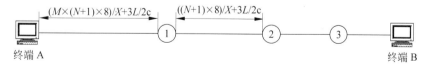

图 1.17　单字节数据分组总时延

由于各个结点可以并行转发分组,即结点 1 通过输入端口接收第二个分组时,可以通过输出端口发送第一个分组,而当结点 1 向结点 2 发送第二个分组时,结点 2 可以向结点 3 发送第一个分组。因此,经过 $(M\times(N+1)\times 8)/X+3L/2c$(每个分组包含 1 字节数据和 N 字节地址信息,故分组长度为 $N+1$ 字节)时延后,最后一个分组进入结点 1,结点 1 发送完最后一个分组且使结点 2 接收完最后一个分组需要的时延为 $((N+1)\times 8)/X+3L/2c$,由此得出最后一个分组经过结点 2、结点 3 送达终端 B 所需要的时延为 $3\times(((N+1)\times 8)/X+$

$3L/2c$)，故总时延为：

$$T_总 = (M \times (N+1) \times 8)/X + 3L/2c + 3 \times (((N+1) \times 8)/X + 3L/2c)$$
$$= ((M+3) \times (N+1) \times 8)/X + 12L/2c$$

如果每一个分组中包含 q 字节数据，则

$$T_总 = \left(\frac{M}{q} + 3\right) \times (N+q) \times 8/X + 12L/2c$$

从上述例子可以看出，电路交换适用于持续传输数据方式，虚电路分组交换适用于终端之间的虚电路长时间存在的数据传输方式，因为这种应用方式下，建立虚电路所需要的时间可以忽略不计，转发处理快及表示虚电路标识符所需的二进制数位数少的优势将显现，而数据报分组交换适用于用户终端之间的数据传输。对于分组交换方式，分组长度和总时延有关，为了降低总时延，应该减少分组长度，但减少分组长度，将导致每一分组中有效数据和地址信息的比例降低（假定分组长度为 M，地址信息长度为 N，则有效数据和地址信息的比例 $=(M-N)/N$），使通信效率降低。如图 1.18 所示给出了电路交换、报文交换（M 字节数据封装为单个分组）和分组交换（M 字节数据封装为多个分组）的传输过程（图中忽略了建立和释放连接所需要的时间）。

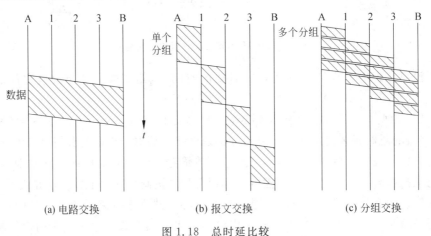

图 1.18　总时延比较

2. 局域网、城域网与广域网

数据网络都是分组交换网络，因此，分类数据网络主要依据网络的分布范围，目前根据网络的分布范围不同，可以分为局域网、城域网和广域网。

局域网（Local Area Network，LAN）的特点是分布范围在 $2km^2 \sim 4km^2$，而且整个网络分布在某个单位的管辖范围内，因此，可以实行自主布线。最常见的局域网技术是以太网，实际应用中常常通过互连多个以太网来构建校园网，由于可以自主布线，用以太网来构建校园网时，光缆和双绞线均可自主铺设，不需要经过市政部门的许可。

城域网（Metropolitan Area Network，MAN），顾名思义，它的分布范围应该是一个大城市所覆盖的地理范围，由于结点之间的物理链路跨越市区，除了类似电信这样的部门，一般单位不可能具有跨市区铺设光缆或电缆的能力。因此，城域网往往是类似电信这样的部门组建的公共传输网络，如 SDH。如果用以太网作为城域网，一般需要向电信购买或租用用于互连以太网交换机的光纤。

广域网(Wide Area Network,WAN)的分布范围可以是一个省,一个国家,甚至全球。广域网往往是类似电信这样的部门组建的公共传输网络,目前常见的广域网有 PSTN、SDH 和 ATM。

Internet 是由多级网络组成的,这些网络中有局域网、城域网和广域网,通常用局域网构建校园网和企业网,用城域网构建本地 ISP 网络,用广域网构建主干 ISP 网络,各个单位构建的企业网接入 Internet 的过程大致如下:各个单位先用局域网互连单位内的终端,然后用宽带接入技术(ADSL 或以太网)接入本地 ISP 网络中的接入点,由本地 ISP 网络将分布在城市各个位置的宽带接入点互连在一起。用主干 ISP 网络互连多个本地 ISP 网络。

1.5　计算机网络协议和体系结构

1.5.1　网络分层的必要性

OSI/RM 将网络分成 7 层,而 TCP/IP 协议栈又将网络分成 4 层,下面先讨论分层结构的含义,再通过一个邮政系统的实例来讨论网络分层的必要性。

1. 分层结构

分层是将一个复杂的功能体分解为若干个功能子体,每一个功能子体完成功能体的部分功能,所有功能子体协调完成功能体的全部功能,且功能子体之间符合如图 1.19 所示的层次结构的系统模块化过程。

在图 1.19 所示的层次结构中,两层之间存在接口,上层通过接口要求下层提供服务,下层通过接口向上层回送服务结果,请求服务的过程必须是单向的,即只允许上层向下层请求服务。

图 1.19　层次结构

2. 邮政系统的几点启示

图 1.20 是一个位于南京的寄信人向一个位于长沙的收信人投递信件的过程,寄信人首先将内容写在信纸上,然后将信纸封装在标准信封内,在信封的正确位置写上收信人和寄信人的地址、邮编和姓名,贴上邮票后投入邮筒或直接交给邮局。信件在邮局分类,寄往同一个城市的信件被装入信袋,送到火车站。由于南京和长沙之间没有直达列车,信袋可能还需要在上海转换列车。信袋到达长沙后,由邮政人员将信袋送往邮局,再由邮递员根据收信人地址将信件送到收信人手上,收信人打开信封,取出信纸,阅读信纸上的内容,完成寄信人到收信人之间的通信过程。通过如图 1.20 所示的邮政系统投递信件过程,可以得到如下几点启示。

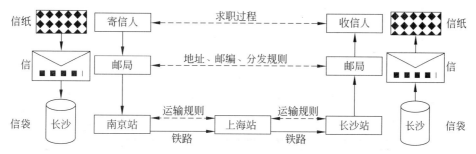

图 1.20　邮政系统投递信件过程

1) 用层次结构构建复杂系统

在图 1.20 中,寄信人和邮局之间有明显的接口存在,寄信人是提出服务请求的一方,邮局是提供服务的一方。邮局和火车站之间也有明显的接口,邮局是提出服务请求的一方,而火车站是提供服务的一方。因为存在明显的服务界面,在信件实际开始运往长沙之前,必须经过寄信人、邮局、火车站这三层处理机构。可以说,由于需要公共传输系统提供服务,必须设计标准的服务接口,由请求服务一方提出服务请求,由提供公共传输服务的一方完成服务。对于邮政系统这样的复杂系统,必须通过多层处理机构协调工作,才能实现通信功能,而且多层处理机构之间的关系必须符合图 1.19 所示的层次结构。

2) 垂直调用和逐层封装

虽说通信过程在寄信人和收信人之间进行,但寄信人并不直接将信纸递交给收信人,而是将信纸封装成信件后,通过和邮局之间的接口,将信件提交给邮局,同样,南京邮局并没有将信件直接传输给长沙邮局,而是将信件封装成信袋后,通过和火车站之间的接口,将信袋提交给铁路运输系统,由铁路运输系统真正完成信袋从南京到长沙的运输过程。由此可以得出以下结论。

- 寄信人通过垂直方向逐层调用,最终由垂直方向的最低层实际完成从发送地到接收地的运输过程,而收信人通过从最低层开始的逐层提供的服务,最终获得寄信人的信纸;

- 寄信人一端每一层调用过程中,都需要重新封装要求下一层传输的东西,如寄信人需要将信纸封装成信件后,才能提交给邮局,同样,邮局将信件封装成信袋后,才能提交给火车站,封装的目的一是将需要下一层传输的东西封装成适合下一层运输的形式,二是提供下一层完成传输功能所需要的控制信息,如邮局完成信件投递需要的收信人地址、姓名、邮编等。收信人一端从最低层开始逐层剥离封装,最终将信纸提供给收信人。

3) 两端每一层之间都有相应的约定

寄信人和收信人之间为了正确交流,需要约定信纸中文字类型、描述内容的方式等,同样,南京邮局和长沙邮局之间为了完成信件投递,需要约定信封的书写方式、统一的邮政编码等。两端每一层之间的约定只用于解决两端该层之间的通信问题,如信纸中文字类型等约定只与寄信人和收信人之间能否正确交流有关,而与邮局能否正确投递信件无关,同样,信封书写方式等约定只与邮局能否正确投递信件有关,与寄信人和收信人之间能否正确交流无关。

3. 网络分层的原因

图 1.21 是 TCP/IP 体系结构,在开始学习网络之前,可以对照图 1.20 来理解。

- 用户通过浏览器访问某个 Web 服务器的过程是一个极其复杂的数据交换过程,需要借助电信这样的公共数据传输系统才能实现,因此,就像无法由寄信人和收信人直接完成信纸递交一样,也无法由浏览器和 Web 服务器直接完成双方之间的数据交换,浏览器发送数据给 Web 服务器的过程和寄信人发送信纸给收信人的过程一样,必须由多层功能体共同完成。

- 虽说终端运行的浏览器软件似乎直接和用户访问的 Web 服务器通信,但通过图 1.21 可以明白:浏览器传输给 Web 服务器的数据通过逐层封装、逐层调用,最终由最低

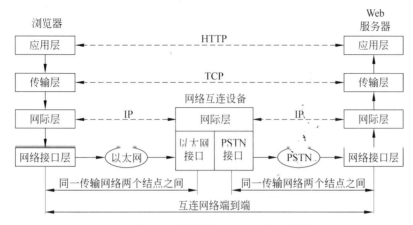

图 1.21　用户通过浏览器访问 Web 服务器的过程

层的传输网络,如图中给出的以太网和 PSTN,真正完成用户终端至 Web 服务器的数据传输。

- 图 1.21 中两端每一层之间为了实现正常通信,需要制定一些规则,这些规则是以后各章中学习的重点内容。

下面简要介绍网络采用图 1.21 所示的 TCP/IP 体系结构的必要性。将应用层和传输层分开的目的是不同的应用层,如浏览器、电子邮件等,需要一些共同的服务,如果不将这些共同的服务分离出,所有应用层软件都将重复这些共同的服务,这在软件设计上是不可取的。分层的另一个理由是屏蔽底层的差异,如 PC 主板是有差异的,不同的 PC 主板并不完全兼容,但为什么都能运行同一个操作系统,如 Windows,原因是 PC 也是分层结构,如图 1.22 所示。虽然不同主板存在差异,但这些主板的 BIOS 提供给操作系统(OS)的界面都是一样的,也就是说从 OS 看 BIOS 提供的界面,所有主板都是一样的,使所有 PC 都能运行同一个操作系统,这就是 BIOS 这一层屏蔽了主板差异所

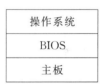

图 1.22　PC 结构

带来的好处,就像寄信人把信件提供给邮局,无须理会邮局是通过铁路、航运还是公路完成信件从寄信人所在地到收信人所在地的运输任务。

从以上分析可以得出,网络分层不是凭空得出的结果,而是有其必要性,这种必要性体现在四个方面:一是借助公共数据传输系统必须清晰地提供和公共数据传输系统之间的接口;二是分层符合软件设计规范;三是分层可以屏蔽低层的差异;四是分层可以独立发展传输网络技术,如以太网等,而且某一种传输网络技术的发展,只要不改变为网际层提供的服务功能,网际层不需作任何改变就能享受传输网络技术发展所带来的好处,当以太网从共享到交换,传输速率从 10Mbps 到 1Gbps,用以太网作为传输网络的用户,除了感到快速,不需要有任何改变。

4. 和分层有关的概念

1) 对等层和协议

在计算机网络中,对等层是指在体系结构中处于同一地位,起相同作用的功能层,如用户终端的浏览器和服务器的 Web 服务器。实体是指真正完成所处层功能的硬件和软件集合,由于高层功能主要由软件实现,因此,实体也就是实现该层功能的软件模块。

在实现通信过程中,对等层之间必须遵守什么样的规则呢？ 如果位于南京的某个人希望通过互通信件向位于长沙的某个企业负责人寻求某个职务,那么,对于他们双方而言,必须做到:

① 以他们双方都能识别的文字类型、信件格式来书写信件;

② 以他们都能接受的方式进行信息交换,提供双方所需要的资料;

③ 严格按照国家和企业规定的过程依次完成提供材料、资格审查、能力考核和录用这些步骤。

对于两地邮局而言,都必须依照标准信封的正确位置书写的信息进行分类、处理。因此,每一层两个对等实体之间都有严格的约定和规范,这种同层对等实体之间的约定和规范,在计算机网络中就称为协议。协议主要由三个要素组成,分别是语法、语义和同步。

语法规定了相互交换的信息的结构和格式。

语义规定了相互交换的信息种类,接收方应该作出的反应。

同步规定了各个事件的发生顺序。

2) 协议的生活解释

以位于南京的某个人希望通过互通信件向位于长沙的某个企业负责人寻求某个职务为例解释协议的三要素。

语法：规定书写信件的文字类型、信件的格式等。

语义：规定双方交换的信件种类及对接收到的各种信件的处理方式,假如长沙的企业负责人需要招聘一名网络管理员,针对不同的求职信需要规定不同的处理方式,如果求职信表明求职人有大型企业网络管理经验,立即联系面试;如果求职信表明求职人是相关专业应届毕业生,列入后备名单;如果求职信表明求职人的学历和工作经验与网络管理无关,不予理睬。

同步：规定招聘流程,如整个招聘流程包括提交求职信、提供证明材料、面试、资格审查、能力考核和录用。

1.5.2 OSI 体系结构

将计算机网络分层结构、各层功能、各层对应的协议及协议之间的相互关系合并称为网络的体系结构,最早用于定义网络体系结构的是国际标准化组织(International Organization for Standardization, ISO)提出的开放系统互连/参考模型(Open Systems Interconnection/Reference Model, OSI/RM),如图1.23所示。它将网络功能划分成7层,分别是物理层、数据链路层(简称链路层)、网络层、传输层、会话层、表示层和应用层。

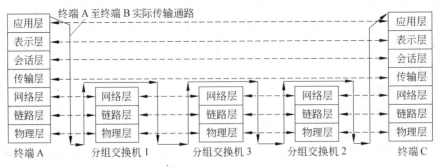

图 1.23　开放系统互连/参考模型(OSI/RM)

OSI/RM 对应的网络模型如图 1.24 所示,终端通过物理链路接入分组交换机,一般情况下,终端和分组交换机之间、两个分组交换机之间采用点对点连接方式,但也允许存在多点连接方式,如图中分组交换机 4 连接终端 E 和终端 F 的物理链路。每一个分组交换机通过多个端口连接多条物理链路,这些物理链路可以直接连接终端,也可以连接其他分组交换机。这种情况下,物理层和链路层标准用于解决物理链路两端设备(点对点连接方式)或接入物理链路的多个设备(多点接入方式)之间的通信问题,网络层用于解决连接在不同物理链路上的终端之间的通信问题,这些终端之间的传输路径由多条物理链路和互连这些物理链路的分组交换机组成,在实现端到端通信时,分组交换机必须根据分组携带的路由信息(虚电路标识符或目的终端地址)选择离目的终端最近的物理链路转发分组。传输层以上各层只与终端有关,与传输系统无关。

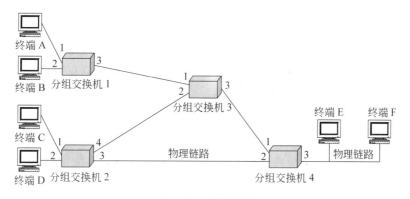

图 1.24 网络模型

物理层解决的问题是通过物理链路传输表示数据的信号,这些信号可以是模拟信号,也可以是数字信号,目前大多数物理链路采用数字信号传输方式,这种情况下,物理层的功能主要实现发送端和接收端之间的信号同步,信号同步是指双方对 0、1 的表示方式和每一位二进制数的时间间隔达成一致。保证发送端发送的数字信号序列和接收端接收的数字信号序列相同。如果物理链路不是固定的,需要动态建立,如通过 PSTN 连接两台计算机的情况,物理层还需包含建立物理连接的功能,必须在通信双方开始通信前,建立用于双方通信的信道。

对于图 1.24 所示的分组交换网络,终端发送的数据必须封装成分组,但分组经过物理链路传输时,需要封装成帧,实际在物理链路上传输的是表示帧中信息的数字信号序列。这与经过邮局投递的是信件,而经过铁路运输系统运输的是信袋,信袋是对信件重新封装后的形式是一样的。因此,链路层的功能主要有四个:一是在并不可靠的物理链路上实现两个端点之间可靠的通信,链路层实现这个功能需要在帧中包含检错码,接收端通过检错码对接收到的帧进行差错检测,如果发现有错,就丢弃接收到的帧,否则就向发送端发送一个确认应答(也称肯定应答),表明发送端发送的帧已经被正确接收,发送端在规定时间内接收不到来自接收端的确认应答,将再次发送帧;二是进行流量控制,通过限制发送端的发送速率来保证接收端有足够缓冲空间和处理能力对接收到的帧进行处理;三是将分组封装成链路层要求的帧结构;四是能够从物理链路传输的数字信号序列中正确分离出属于每一帧的数字信号序列,这种功能被称为帧定界。

网络层的功能是把分组从发送端传送到接收端，实现分组的端到端传输，其核心是分组交换机的路由功能。实现分组交换机的路由功能一是必须建立转发表，二是必须使分组携带路由信息，针对数据报分组交换和虚电路分组交换这两种分组交换方式，无论分组格式、转发表内容，还是转发表建立过程都不一样。

传输层的主要功能有两个：一是在网络层提供的不可靠的端到端传输服务上提供可靠的端到端传输服务；二是实现进程之间通信。在多任务系统中，一台主机可以同时运行多个进程，但网络层只能实现主机间通信，即网络层地址中没有用于标明进程的信息，而传输层实现的是进程间通信，由传输层在网络层地址所提供的主机标识信息上，加上标识主机中进程的信息。

会话层功能用于管理两个进程间进行的会话，如用户下载文件时，可在中途中断退出，但在下一次下载时，不需要重新开始下载，而是从中断处继续下载即可，同一个下载文件的会话可以建立多个传输层连接，以加快下载速度。

表示层的功能用于统一通信双方描述传输信息所使用的语义和语法。为了和不同类型的主机通信，必须定义一种统一的信息表示方式，表示层就用于描述这种统一的信息表示方式。

应用层的功能是定义某个应用的消息格式和实现过程，如HTTP就定义了浏览器访问Web服务器所涉及的命令、响应格式及相互作用过程。

图1.23中的每一层似乎都直接和对方的对等层通信，但实际传输过程并不是如此，如终端A应用层产生的数据，并不能直接传输给终端B的应用层，而是通过逐级服务请求，最终由物理层将数据发送给下一跳分组交换机的物理层，图1.23给出终端A至终端C应用层数据的实际传输路径。对等层之间传输的数据单位称为协议数据单元（Protocol Data Unit，PDU），上层协议数据单元提交给下层时，作为下层的服务数据单元（Service Data Unit，SDU）。下层在服务数据单元的基础上增加本层的协议控制信息后，产生本层的协议数据单元。如网络层的协议数据单元是分组，链路层的协议数据单元是帧，封装帧时，分组作为帧的服务数据单元。值得强调的是，虽然OSI/RM将网络层协议数据单元称为分组，将链路层协议数据单元称为帧，但对于分组交换的本质而言，所有由数据和控制数据传输的控制信息组成的信息结构均是分组，因此，OSI/RM链路层帧和网络层分组都符合分组交换中分组的定义。这一点务必清楚，数据传输网络的基本传输单元都符合分组交换中分组的定义，但为了清楚表达不同层的协议数据单元，一般将链路层协议数据单元称为帧，网络层协议数据单元称为分组。

对于图1.24所示的网络模型，终端只要遵守物理层和链路层协议，就可实现和连接同一物理链路上的其他设备之间的通信，如果终端遵守网络层协议，则可与其他终端实现端到端通信，如果一对终端都遵守某个应用层协议，如文件传输协议，则可在两个终端之间实现文件传输功能，这种因为遵守了各层协议，以此能够和网络中其他系统实现通信的系统称为开放系统。虽然，ISO已经为各层制订了一些协议标准，但OSI/RM并没有给出每一层的协议，及各层协议之间的相互关系，因此，OSI/RM并不完全符合本节一开始对网络体系结构的定义，它的确切称呼应该是网络体系结构的参考模型。

【例1.3】 下述层次中，哪一个是OSI参考模型中，自下而上，第一个提供端到端服务的层次？

A. 数据链路层　　　　B. 传输层　　　　C. 会话层　　　　D. 应用层

【解析】 OSI 参考模型中,自下而上,四个选项中第一个提供端到端服务的层次是传输层,因此,正确答案是 B。

【例 1.4】 下列选项中,哪一项不属于网络体系结构中所描述的内容?

A. 网络层次　　　　　　　　　　B. 每一层使用的协议

C. 协议的内部实现细节　　　　　D. 每一层必须完成的功能

【解析】 根据本节对网络体系结构的定义,不属于网络体系结构中所描述的内容是协议的内部实现细节,因此,正确答案是 C。

1.5.3　TCP/IP 体系结构

如图 1.25 所示是 TCP/IP 体系结构,从图 1.25 中可以看出,TCP/IP 体系结构是由多层协议组成的,由于其形状很像一个栈结构,因此,常用 TCP/IP 协议栈来称呼图 1.25 所示的 TCP/IP 体系结构,有的文献也用 TCP/IP 协议族来称呼图 1.25 所示的 TCP/IP 体系结构。

图 1.25　TCP/IP 体系结构

TCP/IP 体系结构和 OSI 体系结构相比,有很大不同,没有了物理层和链路层,增加了网络接口层,网络接口层上面是网际层协议(IP)。这样做的原因是 TCP/IP 体系结构是基于图 1.26 所示的互联网结构提出的,图 1.26 中的每一个传输网络都有独立的编址方式、路由方式和交换方式,这些传输网络都是单独发展的,有着各自的物理层和链路层标准,按照 OSI 体系机构的功能划分,有些传输网络还需具有网络层功能,如以太网属于图 1.12 所示的数据报分组交换网络,ATM 网属于图 1.10 所示的虚电路分组交换网络,PSTN 属于图 1.9 所示的电路交换网络。互联网需要解决的问题是实现连接在不同传输网络上的终端之间的通信,如连接在 PSTN 上的终端 B 和连接在以太网上的终端 A 之间的通信。这种通信过程和图 1.24 所示网络模型中的两个终端之间的通信过程不同,一是由于不同的传输网络都有着独立的物理层和链路层标准,因此,符合某种传输网络物理层和链路层标准的终端只能接入对应的传输网络。二是不同的传输网络都有着独立的编址方式,因此,对应某种传输网络的协议数据单元只能在连接在同一传输网络上的两个结点之间传输。这种情况下,需要引入用于互连不同类型传输网络的设备——路由器,路由器有多个端口,可以连接多个不同的传输网络,如路由器 1 端口 1 连接以太网,端口 2 连接 ATM 网。由于某个传输网络对应的协议数据单元只能给出属于同一传输网络的结点地址,无法给出连接在其他传输网络上的终端的地址,路由器无法根据接收到的和某个传输网络对应的协议数据单元确定连接在其他传输网络上的目的终端,因而也无法寻找通往目的终端的传输路径。网际层协议(IP)就是为了解决这一问题而提出的,它规定了 IP 地址和 IP 分组格式,IP 地址是与传输网络无关的逻辑地址，互连网络中的每一个结点分配整个互连网络唯一的 IP 地址。IP 分组格式是用于端到端传输、与传输网络无关的协议数据单元，它用 IP 地址标识发送端和接收端地址。IP 分组经过不同的传输网络时，需要封装成传输网络对应的协议数据单元，端到端传输路径上的路由器根据 IP 分组携带的目的终端的 IP 地址寻找通往目的终端传输路径上的下一个路由器，因此，IP 是一种实现不同传输网络互连的协议，并不等同于 OSI 体系结构中的网络层。TCP/IP 体系结构在承认多种传输网络并存，并独立发展的事实的基础上，提出了实现端到端数据传输的机制，定义网络接口层的原因就是每一种传输网络有着各自的物理层、链路层标准，因此，实现 IP 分组端到端传输首先需要每一个传输网络实现 IP 分组从当前结点至通往目的终端传输路径上下一个结点的传输过程，即所谓的 IP over X，X 指特定的传输网络，它就是网络接口层定义的功能，包含了实现 IP 和各种传输网络之间相互作用过程的机制。

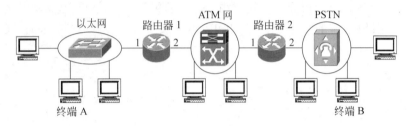

图 1.26　互联网结构

TCP/IP 体系结构没有会话层和表示层，传输层和应用层的功能和 OSI 体系结构基本相同，UDP 提供非连接的进程间通信服务，TCP 提供面向连接的、可靠的进程间通信服务，应用层定义了大量的应用层协议，如文件传输协议（FTP），电子邮件协议（POP3 和SMTP），万维网协议（HTTP），因此，TCP/IP 体系结构的特点是利用 IP 实现不同类型的传输网络互连，又利用 IP 实现不同的网络应用，即 IP over everything 和 everything over IP。

1.5.4　OSI 和 TCP/IP 体系结构比较

OSI/RM 体系结构的最大好处是清楚地定义了网络中每一层的功能，无论对网络设计者，还是对网络学习者都提供了清晰的思路，因此，在本教材的学习过程中，读者需要不时回顾 OSI/RM 体系结构定义的每一层的功能。但读者了解了 OSI/RM 以后，以为目前确实有通用的物理层、链路层标准，而一些教材一开始就从物理层、链路层开始讲起也加深了读者的误会。实际上，为网络制定统一的物理层和链路层标准和为计算机制定统一的硬件系统和指令系统一样不可行，计算机的发展只能是八仙过海，各显神通，每个厂家独立发展自己的硬件系统和指令系统，但只要每种计算机提供针对某个标准高级语言的编译系统，用该高级语言编写的应用程序就可以在所有计算机系统上运行。同样的道理，多种传输网络并行发展，每一种传输网络都有着特定的物理层和链路层功能块，不存在通用的物理层、链路层标准，可用 IP 实现不同传输网络之间的互连，因此，目前的网络模型是图 1.26 所示的互联网结构，实现互联网端到端通信功能的是 TCP/IP 体系结构。

TCP/IP 体系结构成为实际使用的网络体系结构的原因是它认可了各种传输网络并存，并各自发展的事实，像高级语言和对应的编译系统解决了不同计算机系统之间的程序可移植性一样,用 TCP/IP 协议族和 IP over X(X 为某种类型的传输网络)技术解决了各种不同的传输网络之间互连和跨多个传输网络的端到端数据传输问题。

1.5.5 服务和协议之间的关系

分层结构必须清晰地定义相邻两层之间的接口,接口的主要内容就是确定上层的服务请求格式和下层所能提供的服务,上层通过服务请求要求下层提供服务,下层通过响应向上层通报完成服务的情况,这些在相邻两层之间交换的请求和响应称为服务原语。图 1.27 给出了相邻两层之间的关系。服务是垂直的,是下层通过接口向上层提供的,而协议是水平的,是对等实体之间通信的规则。下层通过协议实现上层请求的服务。下面通过一个实例来进一步说明服务和协议之间的关系。

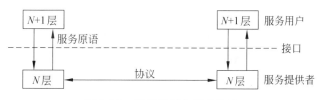

图 1.27 相邻两层之间的关系

图 1.28 中定义了四条服务原语,其含义如下。

SEND(R,M):请求命令,请求向地址为 R 的实体发送 M 字节数据。

SINDI(OK):响应命令,表示成功地发送数据。

RECV(S):请求命令,请求接收地址为 S 的实体发送的数据。

RINDI(S,M):响应命令,表示成功地从地址为 S 的实体接收到 M 字节数据。

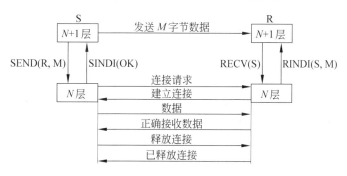

图 1.28 服务和协议之间的关系

地址为 S 的 $N+1$ 层,通过向 N 层发出 SEND(R,M)请求命令,请求 N 层完成向地址为 R 的 $N+1$ 层发送 M 字节数据的服务。而地址为 R 的 $N+1$ 层,通过向 N 层发出 RECV(S)请求命令,请求 N 层完成接收由地址为 S 的 $N+1$ 层发送的数据的服务。

地址为 S 的 N 层只向地址为 R 的 N 层发送数据,数据发送、接收过程由双方之间的协议完成。为成功地发送数据,地址为 S 的 N 层先和地址为 R 的 N 层建立连接,建立连接的目的是使双方协调好数据发送、接收过程,如,甲需要向乙送货,为保证一次送货成功,甲在送货前先通过电话和乙约定送货时间及验货程序,得知乙已准备就绪后,再开始送货过程。建立连接过程就是这样的联系、协调过程。在成功建立连接后,地址为 S 的 N 层向地址为

R 的 N 层发送数据，地址为 R 的 N 层成功接收到数据后，向地址为 S 的 N 层发送已成功接收到数据的响应消息，并释放建立的连接。释放连接的目的是需要双方释放为发送、接收数据而保留的资源，如内存空间、物理链路带宽等。双方的 N 层在通过它们之间的协议成功完成发送、接收数据的任务后，向 $N+1$ 层发送响应命令，地址为 S 的 N 层向 $N+1$ 层发送的响应命令给出成功完成数据发送的状态信息，而地址为 R 的 N 层向 $N+1$ 层发送的响应命令给出成功接收到的由地址为 S 的 $N+1$ 层发送的 M 字节数据，完成了地址为 S 的 $N+1$ 层向地址为 R 的 $N+1$ 层发送 M 字节数据的服务。

$N+1$ 层和 N 层之间的功能划分是可以调整的，图 1.28 中，$N+1$ 层只向 N 层提出数据传输服务请求，包含连接建立、数据传输和连接释放等步骤的数据传输过程完全由 N 层实体控制完成。当然，也可以由 $N+1$ 层控制数据传输流程，由 N 层完成每一步骤的操作，这样，$N+1$ 层的服务原语还需增加建立连接和释放连接对应的服务命令，$N+1$ 层为完成向对等层传输数据的任务，依序向 N 层发出建立连接、数据传输和释放连接的服务请求命令。

值得指出的是，N 层之间传输数据的过程，常常由 $N-1$ 层提供的服务完成，经过逐层调用，最终由物理层真正实现数据传输过程。

从图 1.28 中可以看出，为了能够实现上层请求的服务，对等层之间的协议需要具备以下一种或多种功能。

① 差错控制功能，使双方的通信更加可靠。

② 流量控制功能，使发送端发送数据的速率和接收端接收数据的速率能够协调。

③ 分段和重装，图 1.28 中，如果 N 层无法在单个协议数据单元（PDU）中传输长度为 M 字节的数据，需要将长度为 M 字节的数据分散在多个 N 层的协议数据单元（PDU）中传输，这就需要在发送端对数据进行分段，在接收端重新拼装数据。

④ 复用和分用，多条上层对等实体之间的连接，复用下层对等实体之间的单条连接。

⑤ 连接建立和释放。

以后各节将针对不同的协议，详细讨论上述功能的实现过程。

1.5.6 TCP/IP 体系结构数据封装过程

从图 1.20 可以看出，寄信人和收信人交换的信息是信纸内容，但寄信人不能直接将信纸提交给邮局，必须用信封将信纸封装成信件，而且还需要在信封上按标准格式写上寄信人、收信人地址，姓名及邮编后，才能提交给邮局。同样，邮局必须把信件封装成信袋，在信袋上写上目的地长沙后，才能提交给铁路运输系统。到了长沙，整个过程刚好相反。通过网络传输数据的过程也一样，如图 1.29 所示。应用层产生的数据首先必须封装成传输层报文，将应用层产生的数据封装成传输层报文的过程实际上就是在应用层产生的数据的基础上加上一个传输层首部（首部也称头），由于传输层主要解决进程间通信问题，因此，传输层首部内容主要就是标识发送进程和接收进程的信息。传输层报文经过网际层传输时，又被封装成 IP 分组，IP 分组是在传输层报文的基础上，加上一个 IP 首部，由于网际层主要解决终端之间的端到端通信问题，因此，IP 首部内容主要就是标识发送终端和接收终端的终端地址信息。当 IP 分组经过传输网络完成连接在同一传输网络上的两个结点之间通信时，IP 分组又被封装成适合该传输网络传输的帧。帧是在 IP 分组的基础上，加上一个帧首部，由于传输网络主要解决直接和它相连的两个结点之间的通信问题,因此,帧首部内容主要就是用该传输网络所规定格式标识发送结点和接收结点的结点地址信息。帧通过物理层传输时变为比特流或字节流。发送端的封装过程如图 1.29 所示,接收端的处理过程刚好相反,链路层必须具有从比特流或字节流中分离出每一帧的功能,同样,每一层都须具有从下层结构中正确分离出本层结构的功能,这也是增加首部这种控制信息的原因之一。传输层封装形式称为报文,网际层封装形式称为分组,传输网络封装形式称为帧,是一种约定叫法,主要为了便于区别每一层的封装形式。值得指出的是计算机网络中将所有经过封装过程产生的数据组织形式都称为分组,如分组交换中的分组,为了表明该分组是网际层封装形式,通常在分组前面加上网际层协议名称,如 IP 分组,以示区别。

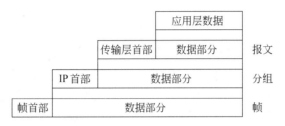

图 1.29　TCP/IP 体系结构数据封装过程

习　题　1

1.1　论述 Internet 在 20 世纪 90 年代飞速发展的必然性。

1.2　数据传输网络尽力而为服务的特征是什么?数据网络提升为统一网络的技术基础是什么?

1.3　1.5.1 节中讨论邮政系统时,由于没有南京至长沙的直达列车,南京送往长沙的信袋需要在上海中转一下,如果选择中转地和中转列车的工作必须由邮局完成,1.5.1 节中讨论的南京至长沙的信件投递过程要作何修改?

1.4　在家通过 PC 上网的方式有多种,通过以太网接入、通过 ADSL 接入、通过 PSTN 拨号接入等,但无论使用何种方式,均可用相同的浏览器访问 Web 主页,为什么浏览器不区分接入方式呢?

1.5　为什么以太网作为接入网时不采用 1Gbps 传输速率?试解释原因。

1.6　端口的发送时延是指通过该端口将某个分组发送出去所需要的时间,而传播时延是指分组从一端传播到另一端所需要的时间,在图 1.30 中,从端口 A 开始发送分组到端口 B 完全接收分组需要的时间是多少(假定分组长度为 1500 字节,端口速率为 10Mbps,A 点到 B 点的长度为 2.5km,电信号在 A 端至 B 端的电缆上的传播速度为 $2/3c=200\,000$ km/s)?如果端口速率从 10Mbps 提高到 1Gbps,重新计算所需要的时间并比较两次计算结果中发送时延和传播时延的比例。

图 1.30　题 1.6 图

1.7 电路交换和分组交换的主要不同是什么？为什么数据网络采用分组交换？举例说明为什么电路交换比分组交换能更有效地传输数据。

1.8 1Gbps 链路上，每一位二进制数的时间宽度是多少？假定信号传播速度是 $(2/3)c$，每一位二进制数的物理距离是多少？一条 1km 的电缆能容纳多少位二进制数？

1.9 计算下述实时应用所需要的带宽：

（1）视频，分辨率为 640×480，每个像素占 3 字节，30 帧/秒。

（2）音频，采样频率为 44.6kHz，每个采样值 16 位。

1.10 根据分组交换的特点说明数据传输网络尽力而为服务的本质。

1.11 电路交换结点和分组交换结点的工作机制有哪些区别？

1.12 分组交换结点为什么采用存储转发方式？

1.13 分组交换意味着数据以分组为单位进行传输，为什么？

1.14 试在下列条件下比较电路交换和分组交换，需要传输的报文长度为 M 字节，源端点至目的端点经过 K 条链路，这些链路的传播时间和传输速率相同，分别为 $d(s)$ 和 Xbps，在电路交换时，电路的建立时间为 $s(s)$，分组交换时分组的长度为 P 字节（先忽略不计路由信息），假定结点转发处理及排队等待时延可以忽略不计，问在怎样的条件下，分组交换时延比电路交换小？如果报文分割为分组时，需要加上 H 字节的路由信息，每一个分组包含的数据字节数 P 多大时，总的时延最小？

1.15 分组交换网络如图 1.31 所示，图中分组交换机采用存储转发方式，所有链路的传输速率均为 100Mbps，分组大小为 1000 字节，其中 20 字节是首部，如果主机 H1 向主机 H2 发送一个大小为 980 000 字节的文件，在不考虑分组拆装和传播时延的情况下，计算从 H1 开始发送到 H2 完全接收所需要的最少时间。

图 1.31 题 1.15 图

1.16 什么是分层结构，为什么网络分层是必要的？

1.17 层次结构中，接口的作用是什么？

1.18 为什么实际网络模型是互联网结构？

1.19 说明 TCP/IP 取得成功的理由。

1.20 说明 OSI/RM 体系结构无法在现实世界中实现的原因。

1.21 讨论 OSI/RM 体系结构在网络学习中的作用。

1.22 解释以下名词：协议、对等层、实体、服务、协议数据单元、局域网、城域网、广域网。

1.23 只要具有相应的编译系统，各种标准的高级语言可在不同计算机系统中并存，但由不同高级语言编写的程序之间的转换却是十分困难的，将这个例子引申到网络，能说明什么问题？

1.24 协议和服务有什么关系？

1.25 数据为什么必须逐层增加控制信息？从应用层提供的数据到物理层传输的比特流或

字节流的封装过程是怎样的？

1.26 封装是逐层增加首部这种控制信息,相对比较容易,而封装过程的相反操作是分离出每一层的结构,它有什么难度？

1.27 为什么 TCP/IP 体系结构不设置物理层和链路层而改为网络接口层？网络接口层的功能是什么？

1.28 IP 实现不同类型传输网络互连的机制是什么？

1.29 解释 everything over IP 和 IP over everything 的含义。

第2章 数据通信基础

在第 1 章中已经讲到,目前多种类型的传输网络并存,并没有适用于所有类型的传输网络的物理层和链路层标准,但有一些基本方法适用于多种传输网络的物理层和链路层功能的实现过程,当然,不同传输网络应用这些方法的机制还是有所区别的,为此,本章集中对这些方法进行讨论,在讨论具体的传输网络时,再对该传输网络应用这些方法的机制进行说明。

2.1 数据通信基本知识

2.1.1 数据通信系统模型

数据通信系统模型如图 2.1 所示,它由信源、发送器、传输系统、接收器和信宿组成。

图 2.1 数据通信系统模型

信源产生需要传输的数据,并输出用于表示数据的信号,计算机网络中典型的信源是输出数据的终端设备。

发送器用于完成信源输出的信号形式至传输系统要求的信号形式的转换,当信源输出的信号形式和传输系统要求的信号形式不符时,如信源输出数字信号,传输系统只能传输模拟信号,需要发送器完成不同信号形式之间的转换。编码是指将数字或模拟信号转换成数字信号的过程,如图 2.2(a)所示,如模拟语音信号转换成 PCM 码,NRZ(不归零数字信号)转换成曼彻斯特编码。调制是指数字或模拟信号转换成模拟信号的过程,调制过程中需要使用载波信号,调制后的模拟信号是以载波信号为中心的带通信号,即模拟信号能量集中在载波信号频率附近,如图 2.2(b)所示。

传输系统完成信号从发送器至接收器的传输过程,在实际计算机网络中,传输系统本身可以是一个复杂的网络系统。

接收器用于完成传输系统信号形式至信宿要求的信号形式的转换,和编码对应的转换过程是解码,和调制对应的转换过程是解调。

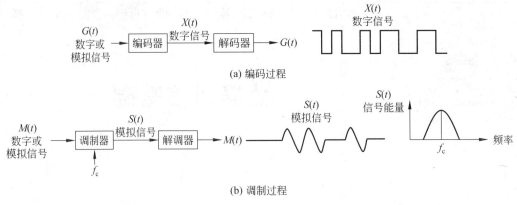

图 2.2　编码/调制过程

信宿接收接收器输出的信号，并将其还原成信源传输的数据。

2.1.2　通信方式

通信双方交互数据的方式有如下三种。

1. 单工通信

单工通信又称单向通信，指数据只能沿一个固定方向传输，即传输是单向的，而且任何时候都不能改变数据传输方向，如图 2.3 所示。

2. 半双工通信

半双工通信又称双向交替通信，指数据允许沿两个方向传输，但是，任一时刻只能沿一个方向传输数据，这意味着两端设备都允许发送、接收数据，但任一时刻或者发送数据，或者接收数据，不能同时既发送又接收数据，如图 2.4 所示。

3. 全双工通信

全双工通信，又称双向同时通信，指允许同时沿两个方向传输数据，这种通信方式下，两端设备之间必须同时存在两个方向的信道，如图 2.5 所示。

图 2.4　半双工通信方式　　　　　图 2.5　全双工通信方式

2.1.3　数字通信和模拟通信

数字通信是指通过在物理链路上传送数字信号达到数据传输目的的传输系统，而模拟通信是指通过在物理链路上传送模拟信号达到数据传输目的的传输系统。直接用两种不同的电压表示二进制数字 0 和 1 的数字信号称为基带信号，在计算机网络中，除非特别说明，数字信号就是指基带信号。图 2.6 就是基带信号和模拟信号的例子。

由于物理链路存在电阻、电感和电抗，信号经过物理链路传播会引发衰减，衰减程度和物理链路的长度成正比。所有非正弦周期信号可以由一系列不同频率的正弦信号叠加而

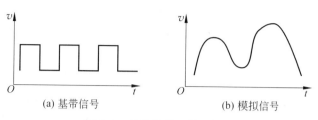

图 2.6　基带信号和模拟信号

成,而物理链路对不同频率的正弦信号所造成的衰减不同,因此,信号经过物理链路传播就会造成失真。失真指信号形状发生变化,而不仅仅是信号幅度等比例降低,图 2.7 给出了基带信号和模拟信号失真的情况。

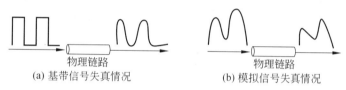

图 2.7　信号失真情况

复原基带信号是一件比较容易的事情,由于基带信号只有两种幅度,通过设置一个阈值,可以将失真后的信号重新变为两种幅度的信号,如图 2.8 所示,只要不出现因为失真使原来低电平信号的幅度高于阈值,或者,使原来高电平信号的幅度低于阈值的情况,基带信号是可以复原的,当然,通过阈值复原的基带信号其不同电平信号的宽度可能发生变化,必须通过同步手段将不同电平信号的宽度恢复到和原始基带信号相同的宽度。将失真后的基带信号通过阈值重新确定信号电平、用同步重新确定不同电平信号的宽度的过程称为信号再生,通过信号再生,可以使失真后的基带信号恢复成原始基带信号。

图 2.8　基带信号再生过程

模拟信号由于是幅度连续的信号,只能通过用放大电路放大信号的方法来弥补信号衰减,但由于构成模拟信号的不同谐波信号的衰减程度不同,用放大电路放大信号的方法不仅不能解决信号失真,反而会加剧信号的失真程度。假定某个模拟信号 M 由三种不同频率的正弦信号构成($M = af_1 + bf_2 + cf_3$),该模拟信号经过某段物理链路传播后产生了衰减,由于不同频率的正弦信号所产生的衰减不同,衰减后的模拟信号为 $M' = \alpha_1 af_1 + \alpha_2 bf_2 + \alpha_3 cf_3$($\alpha_1$、$\alpha_2$、$\alpha_3$ 分别是这三种谐波信号的衰减系数),如果放大电路的放大倍数为 β,则放大后的信号为 $M' = \beta \times (\alpha_1 af_1 + \alpha_2 bf_2 + \alpha_3 cf_3)$。当信号经过多段物理链路传播和多级放大后,最终变成 $M' = \beta^n \times (\alpha_1^n af_1 + \alpha_2^n bf_2 + \alpha_3^n cf_3)$($n$ 为信号经过的物理链路数和放大次数),由于这三种谐波信号的衰减系数不同,无法同时使 $\beta^n \times \alpha_1^n$、$\beta^n \times \alpha_2^n$、$\beta^n \times \alpha_3^n$ 等于 1,导致最终传输到目的端的信号失真。

信号失真程度取决于物理链路的频率特性和传输距离，物理链路频率特性决定不同频率的正弦信号的衰减差异，频率特性好的物理链路对较大频率范围的正弦信号有着相同的衰减特性，只要构成基带或模拟信号的谐波信号频率在物理链路有着相同衰减特性的频率范围内，信号就可无失真地通过该物理链路，物理链路的带宽就是指这样一种频率范围。当构成基带或模拟信号的谐波信号频率超出物理链路有着相同衰减特性的频率范围，即带宽范围时，传输距离越长，各谐波信号之间的衰减差异越大，信号失真就越严重。

根据上述分析，可以得出数字通信优于模拟通信的原因：一是目前的转发结点大多采用数字处理器，容易接收、处理、输出数字信号。二是数字信号容易再生，能够实现跨多段物理链路的无失真传输。三是有些物理链路，如光纤，适合传输数字信号，而这样的物理链路正逐渐成为信号的主要传输通路。但数字通信不是没有缺点，在频率特性较差的物理链路上，如果中间没有再生电路，基带信号的传播距离不能很长，在基带信号传输速率较大时，更是如此。这种情况下常用单一频率的正弦信号作为载波信号来承载数字信号所表示的数据，这种方法将在2.3节中详细讨论。

理想情况下，单一频率的正弦信号是不会失真的，进一步，只要构成基带或模拟信号的谐波信号频率在物理链路有着相同衰减特性的频率范围内，即带宽内，该信号也是不会失真的。但实际上，物理链路和接收、发送信号的电路都会产生噪声，因此，单一频率的正弦信号也可能因为噪声而失真，这种情况下，需要加大信号的能量，提高信噪比（信号能量和噪声能量的比例）。

2.2　传 输 媒 体

传输媒体也称为传输介质或传输媒介，它是数据传输系统中信号发送器和信号接收器之间的物理通路。传输媒体可以分为两大类，导向传输媒体和非导向传输媒体，在导向传输媒体中，电磁波被导向沿着固体媒体（铜线或光纤）传播，非导向媒体指自由空间，在非导向传输媒体中传输电磁波的方式常被称为无线传输。本节只讨论导向传输媒体，非导向传输媒体在第4章结合无线局域网进行讨论。

2.2.1　同轴电缆

同轴电缆是因其结构而得名，如图2.9所示。同轴电缆由中心导体和同轴向放置的外导体屏蔽层组成，中心导体和外导体屏蔽层之间由绝缘塑料等绝缘材料隔离，并用保护外套封裹外导体屏蔽层。外导体屏蔽层可以是金属箔加漏线或是网状金属线编织物，有些同轴电缆，如以太网早期使用的粗电缆可能有双层外导体屏蔽层。理论上，环绕着中心导体同轴向放置外导体屏蔽层的方法可以将所有电磁场保持在两个导体之间，如图2.10所示。这种操作模式被称为"不平衡"模式，和下一节讨论的双绞线的平衡模式相反。用不平衡模式传输信号时，外导体屏蔽层保持零电势，信号驱动电路将信号发送给中心导体。

由于外导体屏蔽层接地，同轴电缆外部的干扰信号无法进入电缆并耦合到中心导体，因此，同轴电缆具有较好的频率特性，可以较长距离传输高速基带信号（10Mbps）。在同轴电缆安装中，接地是非常重要的，电缆的频率特性和良好的接地（包括大地和信号地）有关。

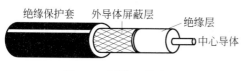

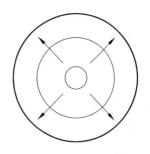

图 2.9　同轴电缆结构　　　　　　　图 2.10　同轴电缆结构将电磁场
　　　　　　　　　　　　　　　　　　　　　　　保持在两个导体之间

存在与多种标准阻抗匹配的同轴电缆,目前,常见的标准阻抗有 50Ω 和 75Ω 两种,适用于网络传输的同轴电缆是标准阻抗为 50Ω 的同轴电缆,标准阻抗为 75Ω 的同轴电缆用于传输有线电视信号。

同轴电缆标准衰减在 10MHz 下每 30m(100 英尺)小于 1.5dB,100MHz 下每 30m 小于 5dB,由于受信号衰减和信号失真的限制,同轴电缆的可用距离随着频率的提高而减小。

2.2.2　双绞线

双绞线电缆由公用外套内组合在一起的一对或多对扭绞在一起的绝缘线路构成,图 2.11 给出一对双绞线实例。绝缘线路中的导体可以是实心线路,也可以是一束导线绞合而成的绞合线路,双绞线电缆的主要特性是线路规格、绞合、扭绞间距、绝缘材料类型、阻抗特性和外套材料类型,这些项中的每一项都可能影响电缆对某个特定应用的适用性。

图 2.11　一对双绞线实例

两根线路的相互扭绞,使得电磁场耦合在每一根线路上的干扰都是相等的,如图 2.12 所示,因此有效地消除了干扰信号的影响,这种操作模式被称为“平衡”传输。为正确消除干扰,要求用平衡驱动电路和负载将传输信号加载到一对线路上,尽管存在干扰信号的共模成分,相等的耦合干扰信号在平衡负载上可以忽略不计。双绞线的另一个优点是减少了来自平衡双绞线的电磁辐射,这就防止了高频 LAN 信号干扰其他设备的情况发生。

图 2.12　双绞线抵消耦合干扰信号的原理

双绞线可分为屏蔽双绞线(Shielded Twisted Pair,STP)和非屏蔽双绞线(Unshielded Twisted Pair,UTP)两种,如图 2.13 所示。屏蔽双绞线在双绞线的外面加上了一个用金属线编织的屏蔽层,以此提高双绞线抗电磁干扰的能力。目前最常用的双绞线是非屏蔽双绞线。美国工业电子协会(EIA)和电信工业协会(TIA)联合制定了用于室内传送数据的非屏蔽双绞线和屏蔽双绞线的标准,将非屏蔽双绞线分成了多个种类,适合在计算机网络中传输数据的 UTP 种类有 5 类（Category 5 或 CAT 5）、5e 类和 6 类 UTP，5 类 UTP 适合传输 100Mbps 的基带信号。5e 类 UTP 是为适应当时的千兆以太网而制定的，能够传输 1Gbps 的基带信号，但真正支持传输 1Gbps 的基带信号的 UTP 是 6 类 UTP。目前，万兆以太网已投入应用，不久的将来，肯定会推出支持传输 10Gbps 基带信号的 7 类 UTP。

图 2.13 屏蔽双绞线和非屏蔽双绞线

不同种类 UTP 的关键差别在于线路导体直径和每单位长度的扭绞次数，好的 UTP（5e 类或 6 类 UTP）采用较大直径的实心导体，每厘米 3～4 次扭绞。另外，线路的绝缘材料类型，保护外套的材料类型，也对 UTP 的频率特性有一定影响。

2.2.3 光纤

熟悉微机发展过程的人都会被微机主频的提高速度所惊讶，20 多年的时间，从 PC/XT 的 4.7MHz 提高到目前 Pentium 4 的 3GHz，但网络物理链路传输速率的提高速度更快，在几十年时间内，从早期的 56kbps 提高到目前的 10Gbps。而且无中继传输距离也从几百米提高到几十，甚至几百千米。导致这一现象发生的重要原因是出现了光纤通信技术，可以说，光纤通信技术激发了现代广域通信革命。

光纤通信就是利用光导纤维（简称为光纤）传递光脉冲来进行通信。有光脉冲相当于数字信号 1，没有光脉冲相当于数字信号 0。由于可见光的频率非常高，约为 10^8 MHz 量级，因此，一个光纤通信系统的带宽远远大于目前其他各种传输媒体的带宽。

光纤是光纤通信的传输媒体，在发送端用光源产生表示基带信号的光脉冲，可以采用发光二极管或半导体激光器作为光源，它们在作为基带信号的电脉冲的作用下产生光脉冲。在接收端用光电二极管做成光检测器，通过用光检测器检测光脉冲来还原出作为基带信号的电脉冲。

光纤是由非常透明的石英玻璃拉成的细丝，是由纤芯和包层构成的双层通信圆柱体，纤芯很细，其直径只有 $8～100\mu m(1\mu m = 10^{-6}m)$，光波正是通过纤芯进行传导的。包层较纤芯有较低的折射率，当光信号从高折射率的媒体射向低折射率的媒体时，其折射角将大于入射角，如图 2.14 所示。当入射角足够大时，就会出现全反射，即光信号碰到包层时就会全部

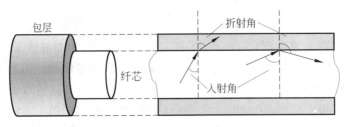

图 2.14 光信号在光纤中的折射

折射回纤芯。这个过程不断重复,使光信号沿着光纤传播下去。

图 2.15 画出了光信号在纤芯中传播的示意图。现代生产工艺可以制造出超低损耗的光纤,使光信号在光纤中传播数千米而基本没有损耗,这一点正是光纤通信技术引发现代广域通信革命的主要因素。

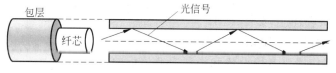

图 2.15　光信号在光纤中的传播过程

图 2.15 中只画了一条光信号,实际上,只要从纤芯中射到包层表面的光信号的入射角大于某一个临界角度,就可产生全反射。因此,一条光纤中可以同时有许多条不同角度入射的光信号在传播,这种光纤就称为多模光纤。光脉冲在多模光纤中传播时会逐渐展宽,造成失真,故多模光纤只适合近距离传输,如图 2.16(a)所示。若光纤直径小到只有光的波长,则只有轴向角度的光信号能进入光纤,且使光信号一直向前传播,而不会产生多次反射,这样的光纤称为单模光纤,如图 2.16(b)所示。单模光纤的纤芯直径为 $8\sim10\mu m$,而目前常见的多模光纤的纤芯直径为 $50\mu m$ 和 $62.5\mu m$。照理讲因为单模光纤的制造工艺比多模光纤复杂,单模光纤的制造成本应该更高一些,但目前市场上同一厂家的单模光纤价格低于多模光纤,这主要因为单模光纤的销量远大于多模光纤。单模光纤的光源必须使用昂贵的半导体激光器,而不能使用较便宜的发光二极管,因此,单模光纤的驱动电路成本远高于多模光纤,但单模光纤的无中继传输距离远大于多模光纤。

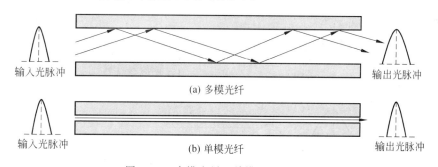

图 2.16　多模光纤和单模光纤的比较

目前,光纤通信中常用的三个波段的中心波长分别为 $0.85\mu m$、$1.30\mu m$ 和 $1.55\mu m$,选择这三个波段的原因是后两个波段的衰减比较小,中心波长为 $0.85\mu m$ 的波段的衰减虽然较大,但其他特性都很好。由于波长(λ)×频率(f)=光信号传播速度(v),可以得出 $f=v/\lambda$,当 $\lambda=0.85\mu m=0.85\times10^{-6}$ m,$v=(2/3)c=2\times10^{8}$ m/s,$f=2.3529\times10^{14}$ Hz $=2.3529\times10^{5}$ GHz,如果假定中心波长为 $0.85\mu m$ 波段的波长范围为 $0.80\sim0.90\mu m$,得出带宽为 2.7777×10^{4} GHz,可见光纤的通信容量非常大。

由于光纤非常细,连同包层的直径只有 $125\mu m$,因此,必须将光纤做成很结实的光缆。少则只有一根光纤,多则可包括数十至数百根光纤,再加上用于增强光缆机械强度的加强芯和填充物,必要时,还放入远供电源线,最后加上保护层和外套,就构成了达到施工要求强度的光缆。图 2.17 为四芯光缆剖面的示意图。

光纤和其他传输媒体相比有如下优点：

- 传输速率高，传输距离远。
- 抗雷电性和抗电磁干扰性好，适合户外铺设。
- 光信号不易泄漏，传输保密性强。
- 体积小，重量轻，便于安装、施工。

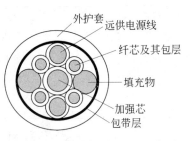

图 2.17　四芯光缆剖面的示意图

光纤的主要问题是信号驱动电路比较昂贵，安装施工时，光纤的端接操作需要专用设备和经过专业培训的操作人员。

2.3　信号调制技术

在 2.1.3 节中已经得出结论：由基带信号传输用二进制数表示的数据是计算机网络中最合适的通信方式，但数字通信对物理链路的频率特性有较高要求，要求物理链路有较高的带宽，下面通过以基带信号方式重复传输字母 b 的 ASCII 码的例子，量化数字通信传输速率和物理链路带宽之间的关系。

图 2.18(a)是字母 b 的 ASCII 码的基带信号，图 2.18(b)是将图 2.18(a)所示的周期性

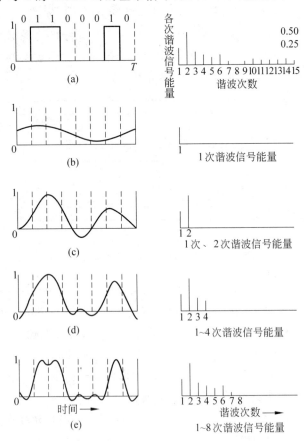

图 2.18　用多个谐波叠加来拟合周期性基带信号的过程

基带信号用傅里叶级数展开后得到的一次谐波,如果基带信号的传输速率为 $X\,\mathrm{bps}$,则图 2.18(a)的周期 $T=8/X$,一次谐波的频率 $f_1=X/8$。显然,用一次谐波拟合的基带信号根本无法让接收端正确还原原始基带信号。从理论上讲,只有通过无穷次谐波叠加,才能真正生成图 2.18(a)所示的周期性基带信号,但实际应用中,用多次谐波叠加后生成的信号拟合的周期性基带信号已经可以让接收端正确还原出原始基带信号,图 2.18(e)就是用 8 次谐波叠加后生成的信号拟合的周期性基带信号,这样精确度的信号已足以让接收端正确还原出图 2.18(a)所示的基带信号。但对于传输速率为 $X\,\mathrm{bps}$ 的基带信号,如果要求保证接收端接收到的信号达到图 2.18(e)所示的精确度,物理链路的带宽必须大于 $X\,\mathrm{Hz}$,即如果基带信号的传输速率为 30kbps,则传输该基带信号的物理链路的带宽必须为 0~30kHz。

需要说明的是,0~30kHz 的带宽是指该频率范围内的各次谐波信号经过该物理链路传输后,其衰减程度相同,且不存在外部噪声的影响。否则,为了使接收端接收到图 2.18(e)所示精确度的信号,必须增加物理链路允许通过的信号频率的上限。

并不是所有实际使用的物理链路都能达到传输高速基带信号所要求的频率特性,最典型的物理链路就是 PSTN 的用户线。PSTN 的用户线不适合传输基带信号的原因如下:一是由于 PSTN 的工作特性,只允许通过 300~3400Hz 频率范围的信号;二是该频率范围内的信号经过用户线传输后,其衰减程度也随信号频率不同而不同;三是传输信号受到外部噪声的影响。这种情况下,如果勉强在用户线上直接传输基带信号,会引发下列问题:一是传输速率很低,在用 8 次谐波叠加后生成的信号拟合基带信号的前提下,最大传输速率为 3000bps;二是传输距离因为信号失真受到限制;三是考虑到外部噪声的影响,无论最大传输速率,还是传输距离都要有所降低。因此,在用户线这样的物理链路上,直接传输基带信号是不明智的。

可以在带宽范围内选择载波信号,通过调制技术实现用模拟信号来表示基带信号表示的二进制数。调制过程通过改变载波信号的特性,使其具有表示不同的二进制数的功能。载波信号的特性有幅度、频率和相位,因此也有了分别针对这三种特性的调幅、调频、调相和综合改变这三种特性中的两种的正交调制技术。在调制过程中,模拟信号变化的基本单位称为码元,而模拟信号变化速度称为波特,1 波特表示每秒改变一次信号。如果某条物理链路的带宽为 $W\,\mathrm{Hz}$,则该物理链路的最高波特为 $2\times W$,即最高码元传输速率 $=2\times W$,这就是著名的奈氏准则。

2.3.1　振幅键控调制技术

振幅键控调制技术(Amplitude Shift Keying,ASK)用两种不同幅度的载波信号来表示两个不同的二进制数,通常一种载波的幅度为 0,另一种载波的幅度用正常值表示,调制后的载波信号如下:

$$S(t)=\begin{cases}A\cos(2\pi f_c t), & \text{二进制数 1}\\ 0, & \text{二进制数 0}\end{cases}$$

其中,$A\cos(2\pi f_c t)$ 是载波信号。

ASK 是一种效率较低的调制技术,在语音频率范围内,数据传输速率只能达到几千比特每秒,ASK 的调制过程如图 2.19 所示。

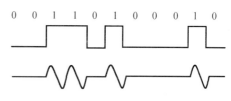

图 2.19　ASK 调制过程

2.3.2　移频键控调制技术

移频键控调制技术（Frequency Shift Keying, FSK）用两种不同频率的载波信号来表示两个不同的二进制数，调制后的信号如下：

$$S(t) = \begin{cases} A\cos(2\pi f_1 t), & \text{二进制数 1} \\ A\cos(2\pi f_2 t), & \text{二进制数 0} \end{cases}$$

这里的 f_1 和 f_2 的频率都和载波信号的频率存在数量相等，但方向相反的偏差。FSK 的调制过程如图 2.20 所示，数据传输速率也只能达到几千比特每秒。

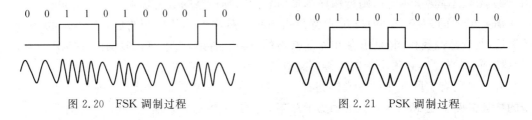

图 2.20　FSK 调制过程　　　　　图 2.21　PSK 调制过程

2.3.3　移相键控调制技术

移相键控调制技术（Phase Shift Keying, PSK）通过改变载波信号的相位来表示不同的二进制数，图 2.21 是一个具有两种不同相位的系统，在这样一个系统中，二进制 0 由和前面信号相同相位的载波信号表示，二进制 1 由和前面信号相反相位（相差 180°）的载波信号表示，这种调制技术称为差分 PSK（DPSK），移相值参考前一位二进制数发送的载波信号，而不是根据固定的参考信号，调制后的信号如下：

$$S(t) = \begin{cases} A\cos(2\pi f_c t + \pi), & \text{二进制数 1} \\ A\cos(2\pi f_c t), & \text{二进制数 0} \end{cases}$$

相位相对前一位二进制数的信号确定。

2.3.4　正交幅度调制技术

在上述三种基本调制技术中，每改变一次信号，表示一位二进制数，因此，每一个码元代表一位二进制数。而波特为码元传输速率的单位，1 波特＝1 码元/秒，由此可以推出：在上述三种基本调制技术中，二进制数传输速率＝码元传输速率＝波特。

为了提高二进制数传输速率，可以让一个码元表示多位二进制数，例如：不是用相差 180°的 2 个不同的相位来表示一位二进制数的 2 个不同的二进制值，一种称为正交相位调制（QPSK）的技术，用相差 90°的 4 个不同的相位来表示二位二进制数的 4 个不同的二进制值：

$$S(t) = \begin{cases} A\cos(2\pi f_c t + 0°), & 00 \\ A\cos(2\pi f_c t + 90°), & 01 \\ A\cos(2\pi f_c t + 180°), & 10 \\ A\cos(2\pi f_c t + 270°), & 11 \end{cases}$$

这里，每一个码元表示两位二进制数，而不是一位。

在图 2.22 中,输入的二进制位流以 2 位为单位进行调制。输入的 8 位二进制数 9CH

(本教材用 9CH 表示十六进制 9C),被分成 4 组: 10、01、11、00,分别用相位为 $180°$、$90°$、$270°$ 和 $0°$ 的载波信号表示(注意: 这里是绝对调相,信号 相位不是相对于前面信号的相位,而是相对于共 同的参考信号相位)。这种方法可以进一步延 伸,如用 8 个不同的相位来表示三位二进制数的 8 个不同的二进制值。

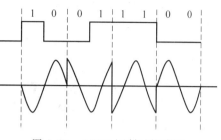

图 2.22 QPSK 调制后的波形

同样的方法也可用于调幅和调频过程,但由 于调频过程需要多种频率支持,使单个码元所能表示的二进制数的位数受到限制,因此,常 通过增加信号幅度的方法来增加每一个码元表示的二进制数的位数。图 2.23 就是一个用 4 种幅度的信号使一个码元表示两位二进制数的调制过程。

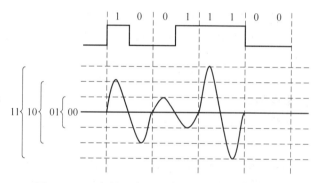

图 2.23 一个码元表示两位二进制数的调制过程

在图 2.23 中,载波信号有 4 种幅度($A_i \cos(2\pi f_c t)$,$A_1=0$、$A_2=1.5V$、$A_3=3V$、$A_4=4.5V$),每一种幅度代表 2 位二进制数的某个二进制值,如 0V 代表二进制数 00,1.5V 代表 二进制数 01,3V 代表二进制数 10,4.5V 代表二进制数 11,输入的二进制位流以 2 位为单 位进行调制。如图 2.23 中输入的 8 位二进制数 9CH,分成 4 组: 10、01、11、00,分别用幅度 为 3 伏、1.5 伏、4.5 伏、0 伏的载波信号表示。

可以通过同时改变信号的相位和幅度,使每一个码元表示更多位的二进制数,结合 图 2.22 和图 2.23,通过 4 种不同相位和不同幅度的两两组合,可以使信号具有 16 种不 同的状态,这样,可以用信号的 16 种不同的状态来表示 4 位二进制数的 16 个不同的二进 制值。图 2.24 给出了这种调制过程。二进制数 9E71H 被分成 4 位一组: 1001、1110、0111、0001,每一组 4 位二进制数的高两位决定载波信号的相位,低两位决定载波信号的 幅度。

图 2.24 这种通过同时改变信号幅度和相位的调制方式称为正交幅度调制(Quadrature Amplitude Modulation,QAM),这种调制方法可用 QAM 星座图表示,图 2.25 是 QAM-64 星座图,意味着每一个码元可以表示 6 位二进制数。

图 2.24 能很好地说明数据传输速率 R(bps)和信号调制速率 D(波特)的差别。通过 图 2.24 所示的 QAM 方法调制后的模拟信号有 16 种不同的状态,每一种状态可以代表 4 位二进制数的某个二进制值。因此,调制速率等于 $R/4$。由于载波信号的每一次状态改

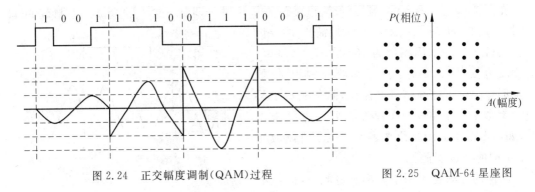

图 2.24　正交幅度调制(QAM)过程　　　　图 2.25　QAM-64 星座图

变可以传输 4 位二进制数,当物理链路的调制速率 D 为 2400 波特时,数据传输速率为 9.6kbps,这也是通过复杂的调制方法可以在频率特性较差的物理链路上取得较高数据传输速率的原因。

现在讨论带宽和数据传输速率之间的相互关系,没有噪声的理想物理链路的传输速率 $C=2W\log_2 L$,这里的 W 为物理链路的带宽,L 为信号的状态数。由于不同的信号状态可以表示不同的二进制值,每一个码元可以表示的二进制数的位数为 $n=\log_2 L$,因此,当信号的状态数为 64 时,每一个码元可以表示的二进制数的位数为 $n=\log_2 L=\log_2 64=6$。

【例 2.1】　对于无噪声的理想物理链路,如果带宽为 3kHz,采用 4 个相位,每个相位 4 种幅值的 QAM 调制技术,在下述选项中选择该物理链路的最大数据传输速率。

　　A. 12kbps　　　　　　B. 24kbps　　　　　　C. 48kbps　　　　　　D. 96kbps

【解析】　4 个相位,每个相位 4 种幅值,意味着码元的状态数 $=4\times 4=16$,根据公式 $C=2W\log_2 L$,求出最大数据传输速率 $=2\times 3k\times \log_2 16=24$kbps,正确答案是 B。

通过计算公式 $C=2W\log_2 L$ 不难明白,现代调制技术能够在频率特性较差的物理链路上取得那么高的数据传输速率的主要原因是采用 QAM 调制技术。是否可以通过无限地增加信号状态数 L,来不加限制地提高数据传输速率呢? 答案是否定的,这主要因为无论是物理链路本身,还是发送、接收电路都有可能产生噪声。考虑噪声对物理链路传输速率的影响,得出噪声情况下物理链路的传输速率的计算公式 $C=W\log_2 (1+S/N)$,W 是物理链路的带宽,S 是信号的平均功率,而 N 是噪声的平均功率,这就是著名的香农公式。从香农公式可以看出,要想提高物理链路的传输速率,可以提高物理链路的带宽,或者提高信号的平均功率,以此来提高信号的信噪比(S/N)。

调制技术主要应用在由于受频率特性或传输网络工作特性的限制,无法远距离传输基带信号的物理链路上,如 PSTN 用户线。另外在无线通信中,数据也必须经过调制,加载到载波信号中。

2.4　复　用　技　术

复用是指在单一线路上同时传输多路信号的技术,根据传输信号的不同,存在适用模拟信号传输的频分复用(Frequency Division Multiplexing,FDM)技术和适用数字信号传输的时分复用(Time Division Multiplexing,TDM)技术,光纤作为传输媒体时,用光信号作为传输信号,由于光纤的带宽很高,多种不同波长的光信号可以同时通过光纤进行传输,这种通过单一光纤同时传输多种不同波长的光信号的复用技术被称为波分复用（Wavelength Division Multiplexing，WDM）技术。由于光信号的波长确定光信号的频率，因此，波分复用技术实际上也是一种频分复用（FDM）技术。但这种频分复用技术和传输模拟信号的频分复用技术不同，由于模拟信号是时间和幅度连续的信号，每一路模拟信号必须占用一段连续的频段，而且频段内信号的幅度也必须是连续的。光信号通过光纤传输时，不采用一种需要连续的频段且幅度连续的模拟信号，而是采用一种无论是时间上，还是幅度（光信号亮度）上都是离散的数字信号，因此，每一路信号只需要单一波长（单一频率）的光信号，而不是一组波长连续的光信号。光信号的强度也只是有光、无光这两种。另外，还有一种广泛应用于无线传输的复用技术——码分多址（Code Division Multiple Access，CDMA）。

2.4.1　频分复用技术

传输一路模拟电视信号所需要的带宽为 6MHz，而一根 75Ω 同轴电缆的带宽在 400MHz 左右，因此，可用一根 75Ω 同轴电缆传输多路模拟电视信号，这也是目前模拟有线电视的传输原理。但每一路模拟电视信号的带宽都是 0～6MHz，如何通过频分复用技术将多路带宽在 0～6MHz 的模拟电视信号通过一根 75Ω 同轴电缆所具有的 0～400MHz 的带宽进行传输呢？

图 2.26 给出了模拟有线电视用频分复用技术通过一根 75Ω 同轴电缆传输三路模拟电视信号的过程。三路模拟电视信号的带宽均为 0～6MHz，这些模拟电视信号经过 75Ω 同轴电缆传输前，先由复用器将其中两路模拟电视信号的频段分别调至 6MHz～12MHz 和 12MHz～18MHz，然后，将分别位于三个不同频段的模拟电视信号复合在一起，通过一根 75Ω 同轴电缆进行传输。在接收端，由分用器将位于不同频段的信号还原为带宽为 0～6MHz 的模拟电视信号。每一路模拟信号分配固定的频段，分用器根据模拟信号和频段之间的固定分配关系，确定每一路模拟信号。

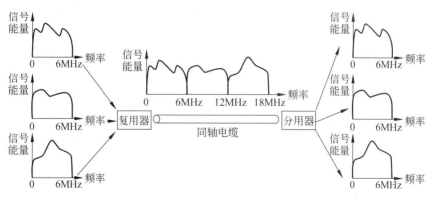

图 2.26　信号复用分用过程

2.4.2　时分复用技术

如果有多路传输速率为 64kbps 的数字信号，需要同时经过一条传输速率为 2.048Mbps 的线路进行传输，如何实现呢？基带信号和模拟信号不同，单路基带信号占用线路的全部带宽，因此，无法像频分复用过程一样，在一条高速的线路上同时传输多路低速基带信号。为了在一条传输速率为 2.048Mbps 的线路传输多路传输速率为 64kbps 的数字信号，需要将线路的传输时间以 T 为周期进行划分，假定 $T=125\mu s$，则每一周期内线路可以传输的字节数 $=125\mu s\times10^{-6}\times2.048\times10^{6}/8=32$，相同时间周期内，传输速率为 64kbps 的数字信号传输的字节数 $=125\mu s\times10^{-6}\times64\times10^{3}/8=1$，这样，可以把 $125\mu s$ 分成 32/1 个时间片（也称时隙），每一个时隙分配一路传输速率为 64kbps 的数字信号，32 个时隙可以同时传输 32 路传输速率为 64kbps 的数字信号。当然，线路上任何指定时刻，只能传输一路数字信号，所谓的同时传输是指 32 路传输速率为 64kbps 的数字信号在 $125\mu s$ 时间周期内到达线路的数据，肯定在下一个 $125\mu s$ 时间周期内全部传输完毕。

图 2.27 是 4 路传输速率为 64kbps 的数字信号通过时分复用技术同时经过传输速率为 256kbps 的线路进行传输的过程。每一路传输速率为 64kbps 的数字信号每 $125\mu s$ 传输 1 个字节，4 路数字信号每 $125\mu s$ 传输 4 个字节，而传输速率为 256kbps 的线路每 $125\mu s$ 传输 4 个字节，恰好能够将 4 路传输速率为 64kbps 的数字信号在 $125\mu s$ 时间内到达的 4 个字节全部传输完毕，因此，将 $125\mu s$ 划分为 4 个时隙，每一个时隙固定分配给一路传输速率为 64kbps 的数字信号。为了将 4 路 64kbps 的数字信号在 $125\mu s$ 时间到达的 4 字节数据复用到各自对应的时隙中，复用器需要将这 4 个字节的数据缓存在缓冲器中，然后，在下一个 $125\mu s$ 的时间内通过各自对应的时隙完成传输。$125\mu s$ 成为线路传输数据的基本时间单位，称为帧长，该帧是线路为了实现时分复用而固定划分的传输时间间隔，和链路层的数据封装格式是完全不同的两个概念。每一路数字信号在线路传输的每一帧数据中有着位置固定的时隙，线路接收端的分用器就是根据时隙和信号之间的固定关系重新将每一数据帧中包含的属于不同信号的数据分离出来。因此，复用器需要有缓冲功能，而且，4 路数字信号从到达复用器，到通过线路传输出去需要一定的等待时间，该等待时间不会超过 $125\mu s$。线路帧长越短，数据在复用器中可能等待的时间越短，但每一帧包含的数据越少，在后面讨论具体传输网络时会讲到，线路传输的每一帧数据帧，除了各路信号传输的数据外，还有一些开销，因此，减少每一帧中包含的数据会降低线路的有效利用率（有效利用率＝线路传输的数据字节数/线路传输的总字节数）。当然，对 PSTN，$125\mu s$ 有特殊的意义，第 7 章将详细讨论 PSTN 的时分复用过程。

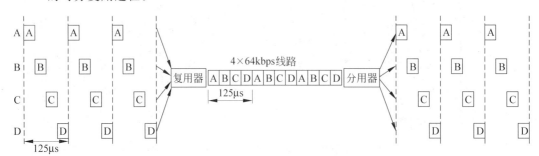

图 2.27　信号复用和分用过程

图 2.28 给出了通过时分复用技术互连 4 对终端的过程，图 2.28(a) 所示的连接方式完全等同于图 2.28(b) 所示的连接方式，只是图 2.28(a) 所示的连接方式将 4 条传输速率为 64kbps 的点对点物理链路复用到 1 条传输速率为 256kbps 的点对点线路上。但图 2.29 所示的终端互连方式和图 2.28 相比，有着本质区别。分组交换结点输出端口根据先来先服务

原则输出通过输入端口输入的数据,每一个输入端口占用输出端口的时间是随机的,由通过该输入端口输入的数据的长度和密度确定。如果一段时间内,只有某个输入端口输入数据,则由该输入端口完全占用输出端口的服务时间。在所有输入端口以相同密度输入数据的情况下,各个输入端口占用输出端口的时间比例也是不同的,由通过输入端口输入的数据的长度确定。当然,如果输入端口输入数据的速率之和超过了输出端口的输出速率,输出端口的输出队列将最终溢出,导致一部分通过输入端口输入的数据被丢弃。但由于通过输入端口输入的数据具有间歇性和突发性,而输出端口的输出队列可以存储短时间内无法输出的数据,允许短时间内输入端口输入速率之和大于输出端口的输出速率。

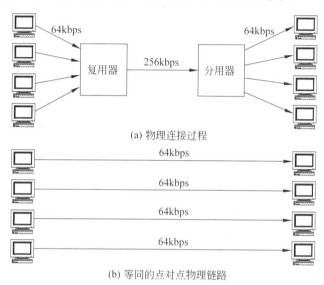

(a) 物理连接过程

(b) 等同的点对点物理链路

图 2.28　用时分复用技术实现 4 对终端之间连接

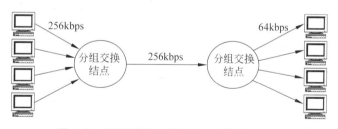

图 2.29　通过分组交换结点互连终端的情况

2.4.3　波分复用技术

波分复用(WDM)过程和频分复用过程十分相似,但与频分复用不同的是,波分复用是将多个单一波长的光信号复用在一起,而且每一种光信号只有有光和无光这两种强度。图 2.30 是波分复用过程。根据同一光纤上复用的不同波长的光信号的数量,存在波分复用(WDM)和密集波分复用(DWDM)这两种复用技术,一般将同时在一根光纤上复用 16 种及 16 种以上不同波长的光信号的复用过程称为密集波分复用。由于受光/电或电/光转换电路的限制,用单一波长光信号传输数据的数据传输速率目前很难超过 10Gbps,在远距离传输时,因为存在色散问题,更是如此,因此,波分复用技术是目前提高单根光纤数据传输速率的有效方法。

　　和频分复用过程一样，发送端首先将多个相同波长的光信号调制为不同波长的光信号，每一路光信号和波长之间的分配关系是固定的，如图 2.30 所示，复用器（也称合波器）将不同波长的光信号复用到同一光纤上。接收端用分用器将不同波长的光信号分离出来，然后根据光信号和波长之间的固定关系确定每一路光信号，整个过程如图 2.30 所示。

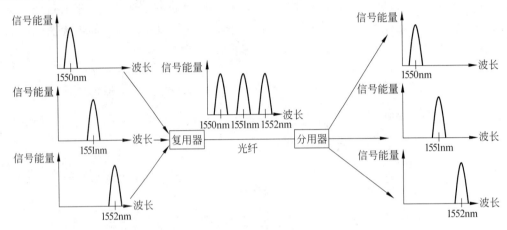

图 2.30　信号复用和分用过程

　　在讨论了复用技术后，必须区分物理链路和线路的不同，通过复用技术，同一线路上可以同时存在多条物理链路，如时分复用技术中传输速率为 256kbps 的线路上就同时存在 4 条传输速率为 64kbps 的物理链路，这种通过复用技术占有的，并以此传输数据的高带宽线路中的某段固定频段或固定时隙称为物理链路，有时也叫物理通路，在一些传输网络中被叫做信道。

2.4.4　码分复用技术

　　CDMA 的应用环境如图 2.31 所示，主要用于解决多个移动站共享通信频段的问题，在提出 CDMA 技术之前，解决图 2.31 所示应用环境的方法主要有分频和分时复用技术，分频复用技术将通信频段分割为多个子频段，每一个需要和基站通信的移动站动态分配一个子频段，子频段的数目决定同时可以与基站通信的移动站数目。分时复用技术用使用周期 T 划分频段使用时间，又将使用周期 T 划分为多个时隙，每一个需要和基站通信的移动站动态分配一个时隙，使用周期 T 中包含的时隙数决定同时可以与基站通信的移动站数目。CDMA 技术和前两种技术不同，它为每一个移动站分配一个码片，实际应用中的码片一般是 64 或 128 位二进制数，这里为了讨论方便，将码片长度定为 8 位二进制数。不同移动站的码片两两正交，即它们的内积结果为 0。在计算时，二进制数 1 作为 +1，二进制数 0 作为 −1，因此，图 2.31 中 4 个移动站的码片如下：

　　　　A 站码片（−1 −1 −1 +1 +1 −1 +1 +1）

　　　　B 站码片（−1 −1 +1 −1 +1 +1 +1 −1）

　　　　C 站码片（−1 +1 −1 +1 +1 +1 −1 −1）

　　　　D 站码片（−1 +1 −1 −1 −1 −1 +1 −1）

基站

A 站码片　　　　B 站码片　　　　C 站码片　　　　D 站码片
00011011　　　　00101110　　　　01011100　　　　01000010

图 2.31　CDMA 应用环境

　　两个不同移动站的码片的内积结果为 0,如移动站 A 和移动站 B 码片的内积结果如下:

$$A \cdot B = \frac{1}{m} \sum_{i=1}^{m} A_i \times B_i = (1+1+(-1)+(-1)+1+(-1)+1+(-1))/8 = 0;$$

m 是码片长度,这里为 8。

　　两个相同码片的内积结果为 1。

$$A \cdot A = \frac{1}{m} \sum_{i=1}^{m} A_i \times A_i = 1$$

码片和其反码的内积结果为 -1。

$$A \cdot (\overline{A}) = \frac{1}{m} \sum_{i=1}^{m} A_i \times (\overline{A}_i) = -1; \overline{A} 是 A 的反码,即如果 A = (-1 \ -1 \ -1 \ +1 \ +$$

$1 \ -1 \ +1 \ +1)$,则 $\overline{A} = (+1 \ +1 \ +1 \ -1 \ -1 \ +1 \ -1 \ -1)$。

　　当某个移动站需要发送二进制数据 1 时,移动站发送码片,发送二进制数 0 时,移动站发送码片的反码。假定所有移动站实现位同步,即需要发送数据的移动站实现码片同步,则所有移动站可以同时使用频段和基站通信,却不会相互干扰。假定移动站 A 发送数据 101,移动站 B 发送数据 011,移动站 C 发送数据 110。它们分别发送如下码片:

　　移动站 A($-1-1-1+1+1-1+1+1$)($+1+1+1-1-1+1-1-1$)($-1-1-1+1+1-1+1+1$)

　　移动站 B($+1+1-1+1-1-1-1+1$)($-1-1+1-1+1+1+1-1$)($-1-1+1-1+1+1+1-1$)

　　移动站 C($-1+1-1+1+1+1-1-1$)($-1+1-1+1+1+1-1-1$)($+1-1+1-1-1-1+1+1$)

　　累计结果($-1+1-3+3+1-1-1+1$)($-1+1+1-1+1+3-1-3$)($-1-3+1-1+1-1+3+1$)

　　由于所有移动站实现位同步,发送的码片经叠加后,成为累计结果表示的值。当基站接收到累计结果时,分别用移动站 A、B、C 和 D 的码片内积累计结果,得到如下计算结果:

　　累计结果($-1+1-3+3+1-1-1+1$)($-1+1+1-1+1+3-1-3$)($-1-3+1-1+1-1+3+1$)

　　A 码片($-1-1-1+1+1-1+1+1$)($-1-1-1+1+1-1+1+1$)($-1-1-$

$1+1+1-1+1+1$）

内积结果（（$1+(-1)+3+3+1+1+(-1)+1)/8=+1$）

（（$1+(-1)+(-1)+(-1)+1+(-3)+(-1)+(-3))/8=-1$）

（（$1+3+(-1)+(-1)+1+1+3+1)/8=+1$）

即（$+1-1+1$），表示成二进制数后，为（101）和移动站 A 发送的数据相同。

同样可以得出累计结果和移动站 B、C 和 D 的码片的内积结果分别为（$-1+1+1$）、（$+1+1-1$）和（000），表明移动站 B、C 分别发送数据（011）和（110），移动站 D 由于内积结果为 0，表示没有发送数据。

CDMA 的基本思路是当多个移动站同时发送数据时，实际传播的信号是叠加后的信号，即表示累计结果的信号，接收端用某个移动站的码片对累计结果内积时，得到的只是该移动站发送的数据，如上例，累计结果是（$A+(\bar{B})+C)((\bar{A})+B+C)(A+B+(\bar{C})$）

$$A \cdot (A+(\bar{B})+C) = A \cdot A + A \cdot (\bar{B}) + A \cdot C = A \cdot A = +1$$
$$A \cdot (\bar{A}+B+C) = A \cdot (\bar{A}) + A \cdot B + A \cdot C = A \cdot (\bar{A}) = -1$$
$$A \cdot (A+B+(\bar{C})) = A \cdot A + A \cdot B + A \cdot (\bar{C}) = A \cdot A = +1$$

移动站将每一位二进制数扩展为码片，且保证所有移动站的码片两两正交是接收端能够通过将累计结果和某个移动站的码片内积，提取出该移动站发送的数据的关键。

2.5　差错控制技术

数据传输过程分为两种情况，一种是基于 OSI 体系结构数据链路层（简称链路层）定义的连接方式，源终端和目的终端直接用物理链路连接，中间不经过任何分组交换设备，如图 2.32(a)所示。这种情况下，由于信号经过物理链路传播时受信号衰减、噪声干扰等因素的影响，可能导致目的终端接收到的二进制位流和源终端发送的二进制位流不符，但决不会发生源终端发送的数据顺序和目的终端接收的数据顺序不同的情况，而且能够控制源终端至目的终端的数据传输时延。另一种情况基于互联网结构，如图 2.32(b)所示，存在多条源终端至目的终端的传输路径，每一条传输路径包含多个传输网络，这些传输网络通过路由器互连，数据由传输网络负责从一个路由器传输到下一个路由器，并由路由器负责选择通往目的终端的最短路径。数据无论是经过传输网络传输，还是经过路由器存储转发，都有可能出错，更为严重的是，由于存在源终端至目的终端的多条传输路径，且每一条传输路径包含多个分组交换设备，可能导致源终端发送数据顺序和目的终端接收数据顺序不符，同时也使源终端至目的终端的传输时延无法控制。差错控制技术就是针对这两种数据传输过程，实现出错数据检测，并对出错数据进行处理的技术。

2.5.1　数据检错和纠错

数据检错是指当数据在传输或存储转发过程中出错时，能够发现错误的机制，而数据纠错是指当数据在传输或存储转发过程中出错时，不仅能够发现错误，而且能够纠正错误的机制。为了实现检错或纠错，传输的信息结构必须由两部分组成：数据和用于检错或纠错的控制信息。在讨论分组交换时已经提到，分组是一种由数据和用于实现数据源终端至目的

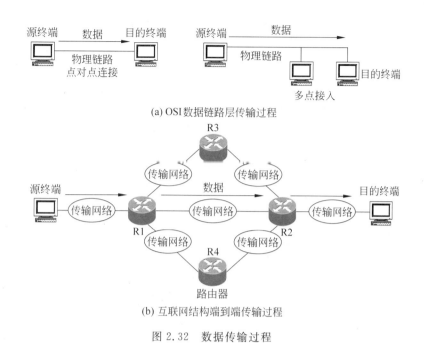

(a) OSI 数据链路层传输过程

(b) 互联网结构端到端传输过程

图 2.32　数据传输过程

终端传输过程的控制信息组成的信息结构,这里,应该扩大分组中控制信息的成分,不仅包含用于实现数据源终端至目的终端传输过程的路径选择信息(源和目的终端地址或虚电路标识符),还应包含用于对数据传输过程中发生的错误进行检测,甚至进行纠正的差错控制信息。根据约定称呼,数据链路层的信息结构称为帧,网际层的信息结构称为 IP 分组。为了表示某个传输系统的可靠性,引进了误码率的概念,误码率是出错的比特数和总的比特数的比率。

1. 检错码

1) 奇偶校验码

数据检错功能是通过在数据末尾添加冗余信息实现的,奇偶校验码在数据末尾添加一位冗余信息,该位冗余信息使全部二进制数(包括数据和冗余信息)中 1 的位数或为奇数(奇校验),或为偶数(偶校验)。如果包含冗余信息的二进制数在传输或存储转发过程中出现 1 位或奇数位二进制数错误,必然改变其奇偶特性,接收端通过检测二进制数的奇偶特性是否改变来判别二进制数是否出错。

【例 2.2】　假定数据为二进制数 11000101,采用奇校验,求出添加的冗余信息,如果该二进制数在传输过程中出错,给出接收端的检错过程。

【解析】　由于数据中 1 的位数为偶数(4 位),为了使添加冗余信息后的二进制数中的 1 的位数为奇数,添加的 1 位二进制数必须为 1,故添加冗余信息后的二进制数为 11000101**1**。

如果数据最高位在传输过程中出错,二进制数变为 010001011,二进制数中 1 的位数变为偶数,接收端可以据此判定数据传输出错。

奇偶校验是一种非常简单的检错技术,但在计算机网络中较少使用,原因是数据经过计算机网络传输的过程中,一旦发生错误,往往不是 1 位二进制数出错,而是连续多位二进制数出错,这样,用奇偶校验码只能检测出 50%（奇数位二进制数出错）的错误,显然没有实用价值。

2）检验和

检验和的计算过程如下：将数据以固定长度（一般是字节的整数倍）分段,然后将每一段取反后根据反码运算规则进行累加,再将累加结果取反作为检验和。在接收端,重新将数据分段,取反后根据反码运算规则进行累加,并将累加结果和检验和相加,再将相加结果取反,如果取反后的结果为全 0,表明数据在传输过程中没有出错,否则,判定数据有错。这种方法既简单,又能检测出连续多位二进制数出错。实际应用中通常以两个字节为单位进行分段。

【例 2.3】 数据为字符串 C="0123456",以 8 位为单位分段,求出检验和,如果字符'0'传输过程变为字符'7',给出接收端的检错过程。

【解析】 字符'0'～'6'的 ASCII 码分别为 00110000～00110110,将它们以字节为单位分段后,分别是每一个字符的 ASCII 码,取反累加过程如下。

11001111	'0'ASCII 码反码
11001110	'1'ASCII 码反码
11001101	'2'ASCII 码反码
11001100	'3'ASCII 码反码
11001011	'4'ASCII 码反码
11001010	'5'ASCII 码反码
11001001	'6'ASCII 码反码
10011001	累加和
01100110	累加和取反即为检验和

从计算检验和的过程中可以看出,由于检验和是将数据分段、取反,根据反码运算规则累加后的结果再取反得到的结果,因此,将数据分段、取反,根据反码运算规则累加后的结果和检验和相加得到的结果应该是全 1,将这样一种结果取反,必然是全 0。所以,在传输没有出错的情况下,得到的结果应该是全 0。

如果传输出错,字符'0'变为字符'7',则第一个字符的 ASCII 码由 00110000 变为 00110111,接收端进行的计算过程如下。

11001000	'7'ASCII 码反码
11001110	'1'ASCII 码反码
11001101	'2'ASCII 码反码
11001100	'3'ASCII 码反码
11001011	'4'ASCII 码反码
11001010	'5'ASCII 码反码
11001001	'6'ASCII 码反码
10010010	累加和
01100110	加检验和
11111000	
00000111	相加结果取反后,不为 0

检验和能够有效地检测出单段数据中的连续多位二进制数错误,但对于分布在多段数据中的二进制数错误,有可能无法检测出,如某段数据由于出错其值增 1,而另一段数据由于出错其值又减 1,导致累加结果不变。因此,检验和虽然简单、有效,在计算机网络中常常被用来作为检错技术,但有时为了提高传输网络的检错能力,需要和其他检错技术一起使用。

3) 循环冗余检验

循环冗余检验(Cyclic Redundancy Check,CRC)的检错机制如下:将需要传输的数据表示成一个多项式,$N+1$ 位数据可以表示成 N 阶多项式,如 8 位数据 11000011,表示成多项式为 $1 \times X^7 + 1 \times X^6 + 0 \times X^5 + 0 \times X^4 + 0 \times X^3 + 0 \times X^2 + 1 \times X^1 + 1 \times X^0 = X^7 + X^6 + X^1 + 1$。假定传输的数据为 $M(X)$,找一个不为 0 的项的最高阶数为 r,并且保证阶数最低的那一项不为 0 的生成多项式 $G(X)$,如 $r = 4$ 的 $G(X) = X^4 + X + 1$。得到多项式 $X^r M(X)$,使得 $R(X)$ 为 $X^r M(X)/G(X)$ 得到的余数,且使得 $T(X) = X^r M(X) - R(X)$,如果 $T(X)$ 在传输过程中没有出错,则 $T(X)/G(X) = 0$。一旦 $T(X)/G(X) \neq 0$,表明 $T(X)$ 在传输过程中出错。在计算 $X^r M(X)/G(X)$ 或 $T(X)/G(X)$ 时,遵循以下规则:

- 进行 $B(X)/C(X)$ 运算的前提是 $B(X)$ 的最高阶数大于或等于 $C(X)$;
- 和整数除法运算规则相似,从最高位开始取和 $C(X)$ 相同位数的多项式 $H(X)$ 进行除法操作,当 $H(X)$ 的最高阶数等于 $C(X)$ 时,$H(X)/C(X)$ 所得的余数 $R(X) = H(X) - C(X)$;
- 计算余数 $R(X)$ 时,所做的减法操作为模 2 运算,也就是异或运算。

因此,根据上述操作规则,当 $H(X) = 1000,C(X) = 1101$ 时,$H(X)/C(X)$ 所得的余数 $R(X) = 1000 \oplus 1101 = 101$。由于是模 2 运算,因此,$T(X) = X^r M(X) - R(X) = X^r M(X) + R(X)$。

【例 2.4】　假定 $M(X) = 1101011011,G(X) = 10011(1X^4 + 0X^3 + 0X^2 + 1X + 1X^0)$,求出传输的数据序列 $T(X)$,如果 $T(X)$ 在传输过程中发生两个两位错误,给出接收端的检错过程。

【解析】　由于 $r = 4$,$X^r M(X) = 11010110110000$,$X^r M(X)/G(X)$ 的计算过程如图 2.33(a) 所示。

$X^r M(X)/G(X)$ 得到的余数为 1110,以此求出 $T(X) = 11010110111110$,如果 $T(X)$ 在传输过程中没有出错,则 $T(X)/G(X)$ 得到的余数为 0,如图 2.33(b) 所示。一旦 $T(X)$ 在传输过程中出错,如图 2.33(c) 所示的两个连续两位错,则 $T(X)/G(X)$ 得到的余数不为 0。

可以证明:通过精心挑选生成多项式,如果其最高阶数为 r,则循环冗余检验可以检测出所有奇数位二进制数错,所有长度 $\leq r$ 的连续位错,和大多数长度 $\geq r+1$ 的连续位错。

目前 Internet 中常用的检错码是检验和与循环冗余检验(CRC),很显然,CRC 的检错能力远大于检验和,因此,CRC 通常用于检测数据经过某个传输网络时发生的错误,而检验和通常用于检测端到端传输过程中发生的错误。

2. 纠错码

纠错码是指通过在数据中添加冗余信息,使接收端不仅能检错,而且还能确定发生错误的二进制数的位置,通过将该位二进制数求反,达到纠错目标的编码技术。纠错码比较复杂,这里不再举例。

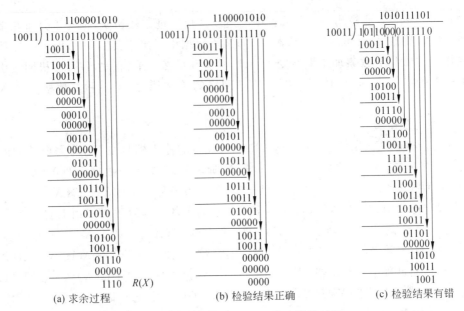

(a) 求余过程　　　　　(b) 检验结果正确　　　　　(c) 检验结果有错

图 2.33　循环冗余校验码生成和检错过程

2.5.2　数据链路层差错控制技术

　　根据 OSI 网络体系结构，当发送端网络层希望向接收端网络层发送数据时，发送端网络层作为服务请求者，请求链路层完成数据传输功能，链路层接收到网络层的请求后，又请求物理层完成数据传输功能，链路层请求物理层传输的数据被封装成帧结构，物理层将帧中信息转换成电信号后通过连接接收端物理层的物理链路发送出去，电信号经过物理链路传播时由于受衰减和噪声的影响，使得一部分电信号发生失真，接收端物理层从失真电信号中还原出的信息可能与发送端通过物理链路发送的信息不同，接收端链路层通过帧中的检错码检测出这种不同，并丢弃这些信息发生变化的帧，因此，接收端网络层接收到的数据与发送端网络层发送的数据可能不同，如图 2.34(a)所示。

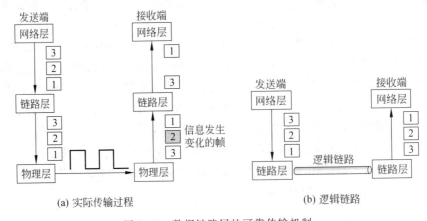

(a) 实际传输过程　　　　　　　　　　(b) 逻辑链路

图 2.34　数据链路层的可靠传输机制

　　链路层的功能如果只是将网络层请求传输的数据封装成帧，然后请求物理层传输，或者通过帧中的检错码检测帧中信息是否发生改变，并丢弃包含发生改变信息的帧，是无法保证将发送端网络层请求传输的数据正确无误地传输给接收端网络层的,因此,在物理层无法保证正确传输每一帧的前提下,为了保证接收端链路层向网络层提供的数据序列和发送端网络层请求链路层传输的数据序列完全相同,必须在链路层增加可靠传输机制,从网络层角度看,发送端和接收端链路层之间的逻辑链路就是一条能够保证出来的数据序列与进入的数据序列完全相同的传输管道,如图 2.34(b)所示。

为了实现图 2.34(b)所示的逻辑链路功能,数据链路层差错控制技术必须对这些因为在传输过程中发生无法纠正的错误而被丢弃的帧进行恢复处理,恢复处理的核心是确认应答和重新传输,它的基本思路如下:接收端接收到一帧,如果用检错码没有检测出错误,认为这是正确接收到的帧,向发送端发送一个确认应答(ACK)(也称肯定应答)。发送端发送完一帧后,启动定时器,并将发送的帧保留在缓冲器中,只有接收到表示接收端已成功接收该帧的确认应答,发送端才能从缓冲器中清除该帧,并关闭定时器。如果直到定时器溢出都没有接收到表示接收端已成功接收该帧的确认应答,发送端将再次发送保留在缓冲器中的该帧,因此,定时器溢出成为触发帧重新传输的条件,这种定时器被称为重传定时器,或者超时计时器,定时器溢出也称为超时。这种通过确认应答和定时器来实现帧重新传输的机制称为自动请求重传(Automatic Repeat Request,ARQ)。

1. 停止等待算法

停止等待算法的基本思想是发送端发送一帧给接收端,并把发送的帧存储在缓冲器中,同时启动定时器,然后开始等待确认应答,如果在定时器溢出前,接收到表示接收端已成功接收该帧的确认应答,发送端从缓冲器中清除该帧,关闭定时器,并发送下一帧。如果直到定时器溢出都没有接收到表示接收端已成功接收该帧的确认应答,发送端将重新发送存储在缓冲器中的该帧,并重新启动定时器。停止等待算法是最简单的 ARQ,它的要点是发送端每次发送一帧,且只有在发送端确认该帧已经被接收端成功接收的情况下,才发送下一帧。

1)正常传输过程

正常传输过程如图 2.35(a)所示,发送端发送帧后,将该帧存储在缓冲器中,启动定时器,接收端成功接收帧后,向发送端发送确认应答(ACK),确认应答在定时器溢出前到达接收端,接收端从缓冲器中清除该帧,关闭定时器,发送下一帧。

2)帧传输出错情况

如果帧传输过程中发生错误,接收端通过检错码检测到错误,因而丢弃出错帧,由于接收端没有成功接收该帧,因此,不会向发送端发送确认应答,发送端直到定时器溢出,都没有接收到表明接收端已成功接收该帧的确认应答,重新发送存储在缓冲器中的该帧,这种情况如图 2.35(b)所示。

3)确认应答丢失情况

如果发送端发送的帧被接收端成功接收,但接收端发送的确认应答因为传输出错未被发送端接收。由于发送端直到定时器溢出,都没有接收到表明帧已被接收端成功接收的确认应答,将重新发送存储在缓冲器中的帧,如图 2.35(c)所示。这种情况下,接收端重复接收了同一帧。

4)确认应答迟到情况

接收端成功接收帧后,向发送端发送确认应答,但确认应答未能在发送端定时器溢出前到达发送端,导致发送端重新发送存储在缓冲器中的帧,如图 2.35(d)所示。这种情况下,

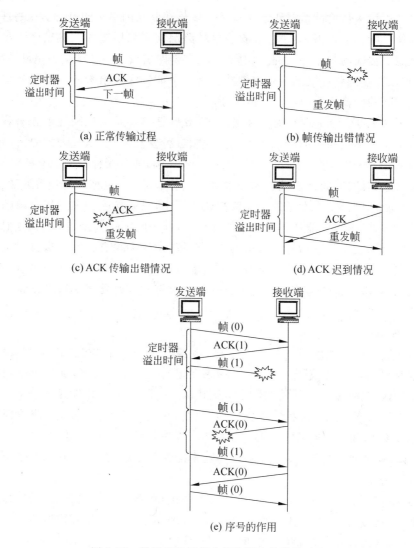

图 2.35　数据链路层停止等待算法的操作过程

不仅接收端重复接收了同一帧，而且使发送端错误地将迟到的确认应答作为重新发送的帧的确认应答，导致传输过程发生混乱。发生这种情况的原因是定时器溢出时间小于发送端和接收端之间的往返时延，其实，数据链路层发生这种情况的可能性不大，尤其是点对点物理链路，因为点对点物理链路的往返时延是基本固定的，确定一个大于发送端和接收端之间往返时延的定时器溢出时间并不困难。对于基于互联网结构的端到端传输路径，由于传输路径包含若干分组交换设备，而分组在分组交换设备中的排队时延又变化很大，因此，很难确定端到端往返时延。

　　5）序号

　　为了让接收端能够识别重复接收的帧，需要对每一帧进行编号，并使发送的帧携带该编号，由于这些编号是一组递增的数字序列，因而被称为序号。停止等待算法中，接收端需要通过序号区分相邻两帧，因此，只需用一位二进制数作为序号。

　　图 2.35(e)给出接收端通过序号识别重复接收帧的过程，发送端的发送序号指定当前

发送的帧的序号,接收端的接收序号指定接收端允许接收的帧的序号。发送端的初始发送序号和接收端的初始接收序号均为 0。开始帧传输时,发送端发送的帧携带序号 0(发送序号值),当接收端接收到序号为 0(和接收序号相同)且用检错码没有检测出错误的一帧后,将接收序号取反,表明成功接收该帧,期待接收下一帧,并在确认应答中给出当前接收序号 1,接收端用确认应答中给出的下一帧的序号 1 表明序号为 0 的帧已成功接收,期待接收序号为 1 的下一帧,由于确认应答中的接收序号 1 具有对序号为 0 的帧的确认功能,因而也将确认应答中的接收序号称为确认序号。当发送端接收到序号为 1 的确认应答,表明接收端已成功接收缓冲器中序号为 0 的帧,发送端取反发送序号,发送下一帧,并使新发送的帧携带序号 1。显然,该帧的序号和接收端的接收序号相同。如果序号为 1 的帧在传输过程中出错,接收端将丢弃该帧,维持接收序号 1 不变。发送端因为定时器溢出重新传输缓冲器中序号为 1 的帧,当接收端接收到序号为 1(和接收序号相同)且用检错码没有检测出错误的一帧后,将接收序号变为 0,并在发送给发送端的确认应答中给出接收序号 0。如果该确认应答未被发送端接收,在定时器溢出后,发送端将再次重发缓冲器中序号为 1 的帧,由于该帧的序号和接收端的接收序号不符,因而被接收端确定为重复接收的帧,接收端丢弃这样的帧,维持接收序号 0 不变,再次发送确认应答,并在确认应答中给出接收序号 0。同样,接收端用确认应答中的序号 0 表明序号为 1 的帧已成功接收,期待接收序号为 0 的下一帧。当发送端接收到序号为 0 的确认应答,且发现缓冲器中帧的序号为 1,确定该帧已被接收端成功接收,取反发送序号,发送下一帧,显然,下一帧的序号和接收端的接收序号相同。

6) 停止等待算法对物理链路传输效率的影响

停止等待算法是一种既简单,又有效的差错控制机制,但存在传输效率低的问题。传输效率等于规定时间内实际传输的字节数除以接口能够传输的字节数。如图 2.36 所示,假定两个相邻结点之间的电缆长度为 10km,信号传播速度为 2/3c,结点的发送、接收速率为 1Gbps,帧长为 1000B,接收结点的处理时延和确认应答的发送时延可以忽略不计,可以根据以下计算过程计算出传输效率。由于接收结点的处理时延和确认应答的发送时延忽略不计,往返时延等于帧的发送时延 $+2\times$ 电缆传播时延 $=(1000\times8)/10^9+2\times10^4/(2\times10^8)=8\times10^{-6}+10^{-4}=108\times10^{-6}\mathrm{s}$,传输效率 $=(1000\times8)/(108\times10^{-6}\times10^9)=0.074$。

图 2.36 用点对点线路互连结点的传输环境

为了提高物理链路的传输效率,必须使结点能够持续发送帧,因此,在往返时延内,结点能够持续发送的字节数 $=((108\times10^{-6}\mathrm{s})\times10^9)/8=13\,500\mathrm{B}$。这就意味着在发送结点接收到第一帧对应的确认应答前,应该连续发送 13 帧,而不是一帧。这种不是发送一帧就停止,等待对方发送的确认应答,而是在等待对方对第一帧的确认应答时,连续发送多帧的机制称为连续 ARQ。

2. 连续 ARQ

1) 滑动窗口协议

连续 ARQ 允许多帧处于传输过程中,处于传输过程中的帧是指发送端已经发送,但接收端没有确认的帧,发送窗口指允许处于传输过程中的最大帧数,显然,停止等待算法由于只允许一帧处于传输过程中,因而它的发送窗口为 1。连续 ARQ 需要为每一帧分配一个序号,这里先不考虑序号的二进制位数,允许帧中序号无限制递增。对于发送端需要定义以下参数:一是期待确认序号(LAR),它是所有没有被接收端确认的帧中最先发送的帧的序号;二是发送序号,它是当前发送的帧的序号,发送端每发送一帧,递增发送序号;三是允许发送的最大序号(LFS),它是发送端允许处于传输过程中的帧的最大序号,意味着发送端允许连续发送序号小于或等于 LFS 的帧。显然,在发送窗口(SWS)确定的情况下,满足下列等式:

$$LFS - LAR = SWS - 1 \tag{2.1}$$

所有处于传输过程中的帧都需存储在发送缓冲器中,并为每一帧启动定时器,如果在定时器溢出前接收到表明该帧被接收端成功接收的确认应答,从发送缓冲器中清除该帧,并关闭对应的定时器,一旦定时器溢出,发送端重传该帧。

对于接收端,连续 ARQ 需要定义以下参数,一是接收序号(LFR),它是接收端期待接收的帧的序号,也是按序到达的下一帧的序号;二是接收窗口(RWS),它是接收端允许接收的帧的数目,如果接收端只允许接收按序到达的帧,即只允许接收其序号和接收序号相同的帧,则接收窗口为 1,如果允许接收未按序到达的帧,即允许接收其序号和接收序号不同的帧,则接收窗口大于 1;三是接收端允许接收的最大序号(LAF),接收端任何时候只允许接收其序号大于或等于接收序号,但小于或等于允许接收的最大序号的帧,对所有序号不等于接收序号,但小于或等于允许接收的最大序号(LAF)的帧,接收端将其存储在接收缓冲器中,但维持接收序号不变,不发送确认应答。允许接收的最大序号(LAF)、接收序号(LFR)和接收窗口(RWS)的关系如式(2.2)。

$$LAF = LFR + RWS - 1 \tag{2.2}$$

对于接收窗口等于 1 和大于 1 这两种情况,接收端的接收操作是不同的,对于接收窗口等于 1 的情况,接收端只允许接收其序号和接收序号相同,且没有用检错码检测出错误的帧,这样的帧称为按序到达的帧,在接收到按序到达的帧后,递增接收序号,发送确认应答,并在确认应答中给出接收序号,对所有其他类型的帧,即用检错码检测出错误或序号不等于接收序号的帧,一律予以丢弃,维持接收序号不变,不发送确认应答。

对于接收窗口大于 1 的情况,接收端允许接收所有序号大于或等于接收序号,但小于等于允许接收的最大序号(LAF)的帧,对于序号在允许接收的序号范围,但和接收序号不同的帧,接收端将其存储在接收缓冲器中,暂时不予处理,维持接收序号不变,不发送确认应答。对用检错码检测出错误的帧或序号不在允许接收的序号范围的帧,接收端一律予以丢弃。接收端一旦接收到序号和接收序号相同的帧,调整接收序号,发送确认应答,确认应答中给出接收序号。当接收窗口大于 1 时,接收端每接收一帧序号和接收序号相同的帧,不是简单地递增接收序号,而是需要考虑前面接收到的未按序到达的帧来调整接收序号,假定接收序号为 2,先接收到序号为 3、4 和 6 的帧,由于这些帧的序号与接收序号不同,接收到这些帧(序号小于等于 LFR)后,接收端维持接收序号 2 不变,一旦接收到序号为 2 的帧,由于序号为 2、3 和 4 的帧都是序号连续的帧,接收端可以一起处理这三帧,同时,将接收序号调整为 5,意味着按序到达的下一帧的序号为 5。接收端发送确认应答,并在确认应答中给出接收序号 5。显然,确认应答中给出的接收序号,既是接收端期待接收的帧的序号,又是对发送端序号小于接收序号的帧的确认,即确认应答中的接收序号具有累积确认的功能,它不仅仅是对当前成功接收的帧的确认,而且是对所有已经被接收端成功接收的帧的确认。当接收端接收到未按序到达的帧,表示序号和接收序号相同的帧已经因为传输出错被接收端丢弃,因此,接收端在接收到第一帧未按序到达的帧时,发送否认应答(NAK),并在否认应答中给出接收序号,需要强调的是否认应答只表明序号和接收序号相同的帧传输出错,即只要求发送端重新传输发送缓冲器中序号和接收序号相同的帧。

对于发送端,确认应答中给出的接收序号就是所有已经发送,但未被接收端确认的帧中最先发送的帧的序号,因此,当发送端接收到确认应答,使 LAR 等于确认应答中的接收序号,并使 LFS=LAR+SWS-1,重新将发送端允许处于传输过程中的帧的序号范围调整为 LAR~LFS,随着发送端不断接收到确认应答,LAR 不断增加,导致 LFS 不断增加,使得允许处于传输过程中的帧的序号范围不断变化,但处于传输过程中的帧的数目必须小于或等于发送窗口。这种变化过程非常像用一个长度固定的标尺(发送窗口)滑过有着数字刻度的长尺,标尺处于长尺不同位置时,标尺对应的长尺的刻度范围是不同的,因而把这种允许处于传输过程中的帧的序号范围的调整过程称为滑动窗口机制,如图 2.37 所示。

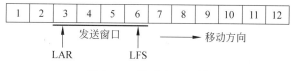

图 2.37　滑动窗口机制

如果发送端接收到否认应答,且否认应答中接收序号指定的帧在发送缓冲器中,重发该帧,重新设置该帧对应的定时器,但不修改发送序号。

同样,接收端如果不断接收到序号和接收序号相同,且没有用检错码检测出错误的帧,不断调整接收序号,导致允许接收的最大序号也随之增加,接收端允许接收的帧的序号范围(LAF~LFR)也跟着调整,其过程等同于图 2.37 所示的滑动窗口机制。

2) Go Back N 和选择重传

如果接收窗口等于1,接收端只接收按序到达的帧,丢弃所有序号不等于接收序号或传输出错的帧。只要不是成功接收到按序到达的帧,接收端维持接收序号不变,不发送确认应答。这种接收方式下,只要其中一帧由于传输出错被丢弃,后续的帧由于序号和接收序号不符,全部被接收端丢弃,这种丢弃过程一直持续到再一次接收到序号和传输出错的帧相同的帧开始的帧序列。发送端根据 LAR 和发送窗口计算出允许连续发送的帧的序号范围(LAR~LFS),在接收到确认应答后,将参数 LAR 调整为确认应答中给出的接收序号,随着 LAR 增加,LFS 也随之增加,发送端继续发送序号小于等于 LFS 的帧。如果其中一帧传输出错,传输出错的帧被接收端丢弃,发送端不可能接收到接收序号大于传输出错帧序号的确认应答,最终导致 LAR 等于传输出错帧的序号,这种情况下,发送端发送完序号在 LAR~LAR+SWS-1 范围的帧后,再也接收不到确认应答,当序号为 LAR 的帧对应的定时器溢出时,发送端将重发序号在 LAR~LAR+SWS-1 范围的帧,如果这些帧传输过程中没有出错,接收端将接收到序号和接收序号相同的帧开始的帧序列,正常接收过程得到恢复。由于这种接收方式导致序号在传输出错帧序号~传输出错帧序号+SWS-1 范围的帧全部重新传输,被称为后退 N(Go Back N,GBN)机制。

设置大于1的接收窗口(通常使接收窗口等于发送窗口)的目的是在某帧传输出错时,使发送端只重新传输出错帧,而不用重新传输出错帧以后发送的帧,因而也将接收窗口大于

1的接收方式称为选择重传方式,在选择重传方式下,如果接收端发现某帧传输出错,向发送端发送否认应答,否认应答中给出传输出错的帧的序号,发送端接收到否认应答,重传否认应答中指定序号的帧,并重新设置该帧对应的定时器,然后继续正常发送过程。

　　3）连续 ARQ 传输过程

　　图 2.38 给出连续 ARQ 的传输过程,图 2.38(a)假定发送窗口为 4,接收窗口为 1,发送端的初始发送序号和接收端的初始接收序号为 0,由于发送窗口为 4,允许发送端连续发送

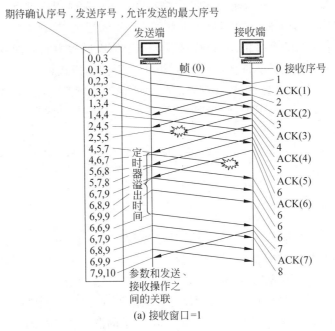

(a) 接收窗口=1

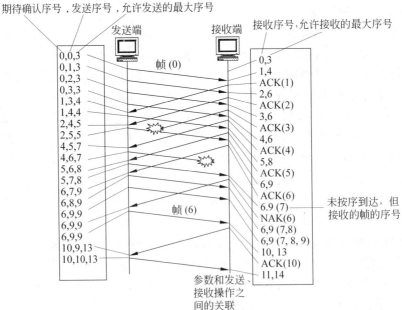

(b) 接收窗口=发送窗口

图 2.38　连续 ARQ 传输过程

序号为 0、1、2、3 帧,在没有收到确认应答前,序号 0 为期待确认序号,序号 3 为允许发送的最大序号,每发送一帧,递增发送序号。由于最多有数量等于发送窗口的帧等待接收端的确认应答,因此,发送端的发送缓冲器必须能够存储发送窗口指定数量的帧,这里为 4,并为已经发送的每一帧启动单独的定时器。当接收端接收到序号为 0 的帧,由于帧的序号等于接收序号且没有检测出错误,接收端递增接收序号,并发送接收序号为 1 的确认应答。当发送端接收到确认应答,根据接收序号 1 确定序号为 0 的帧已被接收端成功接收,从发送缓冲器中清除序号为 0 的帧并关闭该帧对应的定时器,将 LAR 调整为 1,并求出 LFS＝1＋3＝4,发送序号为 4 的帧。由于确认应答中的接收序号是对所有已经成功接收的帧的确认应答,因此,如果中间有确认应答传输出错,并不会影响传输过程,如图 2.38(a)中接收序号为 2 的确认应答虽然传输出错,但接收序号为 3 的确认应答是对序号为 0、1 和 2 的帧的确认应答,包含了接收序号为 2 的确认应答的确认功能,因此,接收端可以采用累积确认的方式,即不是每成功接收一帧就发送一个确认应答,而是成功接收若干帧后,发送一个确认应答,但需要考虑前面接收的帧的定时器溢出问题。

如果某个帧传输出错,如图 2.38(a)中序号为 6 的帧,由于接收窗口等于 1,导致所有序号大于 6 的帧都被接收端丢弃,发送端接收到接收序号为 6 的确认应答后,再也接收不到确认应答,导致序号为 6 的帧对应的定时器溢出,发送端重发序号范围为 6(传输出错帧的序号)～9(传输出错帧的序号＋发送窗口－1)的帧,接收端接收到序号为 6 且没有检测出错误的帧后,恢复正常的接收过程。在序号为 6 的帧传输出错的情况下,由于发送端发送完序号为 9 的帧后,LAR 不再递增,导致发送端在序号为 6 的帧对应的定时器溢出前停止发送帧,使得物理链路的传输效率降低。

图 2.38(b)假定发送窗口和接收窗口均为 4,和图 2.38(a)不同的是在序号为 6 的帧传输出错的情况下,当接收端接收到序号为 7 的帧时,表明序号为 6 的帧因为传输出错被接收端丢弃,接收端发送否认应答,并在否认应答中给出传输出错帧序号 6,然后,接收端依然接收序号为 7、8 和 9 的帧,但维持接收序号 6 不变,不发送确认应答。发送端接收到否认应答后,发送否认应答中接收序号指定序号的帧。当接收端接收到序号为 6 且没有用检错码检测出错误的帧,将接收序号调整为 10,允许接收的序号范围调整为 10～13,发送接收序号为 10 的确认应答。发送端接收到接收序号为 10 的确认应答,将允许连续发送的帧的序号范围调整为 10～13,并连续发送序号为 10～13 的帧,恢复正常的连续 ARQ 传输过程。

需要指出的是由于数据链路层往返时延基本确定,而发送窗口和定时器溢出时间又基于往返时延确定,因此,在发送完发送窗口规定的帧数需要的时间约等于往返时延的前提下,采取选择重传方式并不能较大幅度地提高物理链路传输效率,反而增加数据链路层协议的复杂性。如果是基于互联网结构的端到端传输,由于往返时延变化很大,导致发送窗口和定时器溢出时间必须保守设置,这种情况下,选择重传方式能有效改善端到端传输性能。

4) 序号二进制位数与发送窗口和接收窗口的关系

前面讨论时假定序号可以无限制递增,事实上这是不可能的,因为帧中序号需要用二进制数表示,有限位二进制数只能表示有限的序号,问题是对应发送窗口 SWS 和接收窗口 RWS,最少需要多少位表示序号的二进制数,才能使接收端正确分辨出每一帧。由于 SWS 确定允许处于传输过程中的最大帧数,因此,序号的范围必须大于等于 SWS,这样才能保证处于传输过程中不同的帧具有不同的序号。由于每一帧都可能传输出错,因此,同时处于传输过程中的两个不同的帧如果具有相同的序号,有可能使接收端将这两个不同的帧作为同一个帧处理,假如 SWS 为 8,处于传输过程中的帧的序号为 $\{0,1,2,3,4,5,0,1\}$,一旦前面序号为 $0\sim5$ 的帧都传输出错,接收端本不应该将后面序号为 0 和 1 的两帧作为按序到达的帧,但事实上接收端将其作为最前面的两帧而成功接收,并将接收序号递增为 2,使接收过程发生错误。如果使序号范围等于 SWS,也将出现问题,假定 SWS 为 8,RWS 为 4,假定序号为 $\{0,1,2,3,4,5,6,7\}$ 的帧被接收端成功接收,接收端的接收序号重新还原为 0,允许接收的序号范围为 $0\sim3$,如果所有的确认应答全部传输出错,发送端没有接收到任何确认应答,序号为 0 的帧对应的定时器溢出,发送端重发序号为 $0\sim7$ 的帧,但接收端将再次成功接收这些帧,导致这些帧被重复接收,因此,必须使序号范围大于或等于 SWS+RWS,才能保证重新发送的帧的序号范围和接收端允许接收的序号范围没有重叠,避免因为确认应答全部传输出错而导致接收端重复接收的情况出现。因此,在确定发送和接收窗口的情况下,取保证下述不等式成立的最小 N 作为表示序号的二进制位数。

$$2^N \geqslant \mathrm{SWS} + \mathrm{RWS} \tag{2.3}$$

【例 2.5】 数据链路层采用后退 N 帧(GBN)协议,发送方已经发送了序号为 $0\sim7$ 的帧,当定时器溢出时,发送方只收到序号为 0、2 和 3 帧的确认,则发送方需要重发的帧数是:

A. 2   B. 3   C. 4   D. 5

【解析】 首先需要强调的是,本教材在确认应答中给出的接收序号是期待接收的帧的序号,同时也是对序号小于接收序号的帧的确认,因此,不要对序号为 0、2 和 3 帧的确认理解为接收到 ACK(0)、ACK(2) 和 ACK(3),按照本教材的说法,应该是接收到 ACK(1)、ACK(3) 和 ACK(4)。有些教材可能在确认应答中给出确认帧序号,只要能自圆其说,没有什么问题,但理解题意时务须分清对序号为 0、2 和 3 帧的确认和接收到接收序号为 0、2 和 3 的确认应答的区别。

由于后退 N 帧协议采用累积确认机制,对序号为 3 的帧的确认,意味着对序号为 $0\sim3$ 的帧的确认,因此,重发的帧的序号范围是 $4\sim7$,正确答案是 C。

【例 2.6】 在选择重传协议中,如果帧的序号字段为 3 比特,发送窗口等于接收窗口,求发送窗口最大的值为:

A. 2   B. 4   C. 6   D. 8

【解析】 根据式(2.3),由于 SWS=RWS,求出满足 $2 \times \mathrm{SWS} \leqslant 2^3$ 的最大 SWS 为 4,正确答案是 B。

3. 数据链路层协议——HDLC

1) 适用连接方式

高级数据链路控制(High-level Data Link Control,HDLC)是在图 2.39 所示物理连接方式下实现数据可靠传输的数据链路层协议,HDLC 定义了三种工作站类型、两种链路配置类型和三种数据传送操作方式。

(1) 三种工作站类型

- 主站:负责控制链路操作,由主站发出的帧一般称为命令帧。
- 从站:在主站控制下操作,由从站发出的帧一般称为响应帧,主站和每一个从站都保持一条独立的逻辑链路,当然,所有独立的逻辑链路可以复用同一条物理链路。
- 复合站:具有主站和从站的特性,复合站既可发命令帧,又可发响应帧。

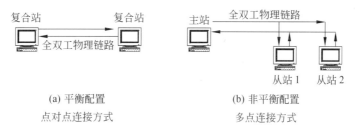

(a) 平衡配置
点对点连接方式

(b) 非平衡配置
多点连接方式

图 2.39　HDLC 适用连接方式

(2) 两种链路配置类型

- 非平衡配置：有一个主站和若干个从站构成的、支持全双工和半双工通信的链路配置类型，多于一个从站时，只能采用图 2.39(b)所示的多点连接方式，只有一个从站时，也可采用图 2.39(a)所示的点对点连接方式。
- 平衡配置：由两个复合站构成的、支持全双工和半双工通信的链路配置类型，只能采用图 2.39(a)所示的点对点连接方式。

(3) 三种数据传送模式

- 正常响应模式(NRM)：用于非平衡配置，主站可发起向从站传送数据，但从站只有在收到主站发来的命令后，作为响应，向主站传送数据，任何时候只允许一个从站向主站发送数据。
- 异步平衡模式(ABM)：用于平衡配置，任何一个复合站都可以在没有得到对方接收许可的情况下，向对方传送数据。
- 异步响应模式(ARM)：用于非平衡配置，从站可以在没有得到主站明确许可的情况下，发起向主站传送数据，主站仍然负责对链路的控制，包括初始化、错误恢复和断开逻辑链路，ARM 一般较少使用，它主要用于需要从站主动发起向主站传送数据过程的特定应用。

2) HDLC 帧结构

图 2.40 是 HDLC 帧结构，它主要由数据和实现数据正确传输的控制信息组成，控制信息又可以分为用于确定接收端或发送端的地址信息，用于检测帧传输过程中发生的错误的检错码及其他信息。

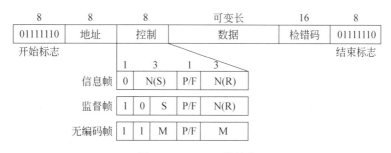

图 2.40　HDLC 帧结构

标志字段以独有的位流模式 01111110 来标志帧的开始和结束，在连续的帧传送过程中，可只用一个标志字段来标志当前帧的结束和下一帧的开始。物理链路上是用电信号表示的二进制位流，接收端必须具有从连续的二进制位流中分辨出属于每一帧的二进制位流的能力,这种能力称为帧定界。接收端通过搜索标志序列来确定帧的开始。在接收帧中其他字段后,接收端继续通过搜索标志序列来确定帧的结束。因此,位流模式01111110只允许出现在帧的开始和结束。由于数据是由任意二进制位流组成的,当然有可能在帧的数据字段中出现01111110位流序列,这将破坏帧级同步,为避免发生这种情况,使用一种称为位填充的技术来解决这个问题。在帧开始标志发送之后和帧结束标志发送之前,发送端在发送出五个连续的二进制1以后,自动插入一个额外的二进制0。接收端在检测到开始标志后,一直监测着接收到的二进制位流,一旦收到五个连续的二进制1,将检测第六位,如果第六位是二进制0,则删除该位二进制0。如果第六位是1,并检测到第七位为0,表明收到一个新的标志字段。如果第七位继续为1,表明该帧传输失败,接收端产生一个接收错误的状态标志。由于使用了位填充技术,任何二进制位流模式都可插入帧的数据字段,这个特性称为数据透明传输。

地址字段只在多点连接方式下有效,由于数据传输只在主站和从站之间进行,因此,只需给出接收数据或发送数据的从站地址。

HDLC的检错码是CRC,生成多项式是$x^{16}+x^{12}+x^5+1$,用于检测帧除标志字段外所有其他字段传输过程中发生的错误。

控制字段给出帧的类型和实现可靠传输需要的信息。信息帧用于传输数据,因为数据传输过程是双向的,所以进行数据传输的主站和从站既是发送端,又是接收端。这种情况下,可以在发送给对方的数据中捎带确认信息,因此,信息帧中同时具有序号N(S)和接收序号N(R)。HDLC采用连续ARQ传输机制,因此,主站或从站必须设置发送序号和接收序号,发送序号是为当前发送的信息帧分配的序号,接收序号是期待接收的信息帧携带的序号,同时也表明已成功接收其序号小于接收序号的信息帧,信息帧中的序号N(S)是发送信息帧一端分配给该帧的序号,而接收序号N(R)是期待另一端发送的信息帧的序号,同时,也是对另一端序号小于接收序号的信息帧的确认。结合前面对连续ARQ传输机制的讨论,信息帧同时具有了序号为N(S)的数据帧和接收序号为N(R)的确认应答的功能。

如果数据是单向传输,则接收端必须通过监督帧发送确认应答或否认应答,表2.1给出HDLC定义的监督帧。监督帧中只有接收序号N(R),无论是确认应答还是否认应答,接收序号均有对序号小于接收序号的信息帧的确认功能。

表2.1　HDLC定义的监督帧

类型码(S)	名　　称	功　能　描　述
00	接收就绪(RR)	期待接收接收序号指定的帧,确认序号小于接收序号的帧
01	接收未就绪(RNR)	停止发送帧,确认序号小于接收序号的帧
10	拒绝(REJ)	重传发送缓冲器中从接收序号开始的帧
11	选择拒绝(SREJ)	重传发送缓冲器中接收序号指定的帧

很显然,接收就绪(RR)就是确认应答,接收未就绪(RNR)的功能等同于确认应答,但它要求发送端停止发送信息帧。发送端和接收端之间存在流量控制问题,发送端不能一直根据发送窗口发送信息帧,当接收端的处理能力不能及时处理发送端发送的信息帧时,它可以要求发送端降低发送速率,甚至停止发送,这种机制称为流量控制机制,接收未就绪

（RNR）就用于实现流量控制功能。

　　前面讨论的 Go-Back-N 机制表明，当某个帧传输出错时，发送端一直接收不到确认该信息帧及以后发送的信息帧的确认应答，导致该信息帧对应的定时器溢出，发送端重传该信息帧及以后发送的信息帧，如果接收端检测出某信息帧传输出错，为了加快发送端的重传过程，可以向发送端发送拒绝（REJ）帧，发送端一旦接收到拒绝（REJ）帧，立即重传发送缓冲器中从接收序号开始的帧。选择拒绝（SREJ）帧的功能等同于前面讨论的否认应答，只要求发送端重传接收序号指定的信息帧，它作用于接收窗口大于 1 的情况。

　　可靠传输的前提是接收端已经就绪，作好接收信息帧的一切准备，如初始化接收序号，确定接收窗口大小，向系统申请接收缓冲器等，有些参数可能需要发送端和接收端协商后才能确定，因此，发送端和接收端开始传输信息帧之前，需要有一个感知对方就绪（如从站在线，允许接收信息帧），协商传输信息帧过程中使用的一些参数的过程，这个过程称为逻辑链路建立过程，它的实际作用是在发送端和接收端之间作好实施连续 ARQ 传输过程所要求的一切准备。无编号帧的作用就是建立发送端和接收端之间的逻辑链路。

　　对于非平衡配置的正常响应模式，从站不能主动向主站发送信息帧，必须在接收到主站 P 标志位置 1 的信息帧或监督帧后才能向主站发送信息帧，并在本次发送的最后一帧信息帧中将 F 标志位置 1，表明向主站发送信息帧的过程完成。

2.5.3　端到端差错控制技术

　　实际的端到端传输过程如图 2.41(a)所示，发送端应用层传输给接收端应用层的数据最终是通过逐跳传输实现的，由传输网络实现从当前结点到下一跳结点的传输过程，为了表述方便，也将经过传输网络传输的信息格式称为帧，当然，不同类型传输网络对应的信息格式是不同的。同样，图 2.41(a)所示的实际端到端传输过程并不能保证接收端应用层接收到的数据序列和发送端应用层发送的数据序列完全相同，如帧经过传输网络 A 的传输过程中，会发生错序，序号为 3 的帧先于序号为 2 的帧到达路由器，帧经过传输网络 B 的传输过程中，序号为 1 的帧因为传输出错被接收端网络接口层丢弃。为了在不可靠的由路由器互连多个传输网络构成的端到端传输路径的基础上，实现应用层之间的可靠传输，必须如图 2.41(b)所示，在发送端传输层和接收端传输层之间建立传输层连接，从应用层角度看，发送端传输层和接收端传输层之间的传输层连接是一条保证输出数据序列和输入数据序列相同的可靠传输管道。同样，通过传输层差错控制技术实现传输层连接的功能。传输层差错控制技术和链路层差错控制技术基本相同，但端到端传输路径和物理链路相比具有下述特性：

* 端到端往返时延远大于物理链路的往返时延；
* 端到端往返时延变化范围，即往返时延抖动很大，而物理链路的往返时延是基本固定的；
* 由于发送端和接收端之间存在多条端到端传输路径，每一个 IP 分组可以选择不同的传输路径，导致出现发送端发送 IP 分组的顺序和接收端接收 IP 分组的顺序不同的情况，事实上，由于有的传输网络本身就是一个数据报分组交换网络，因此，帧经过某个传输网络时，也可能导致错序的情况发生，这一点和物理链路的传输过程不同，经过物理链路传输帧时，可能出错，但决不会错序。

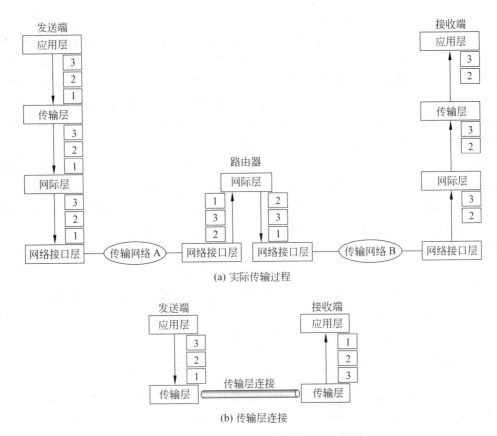

(a) 实际传输过程

(b) 传输层连接

图 2.41   端到端可靠传输机制

这些特性导致传输层差错控制技术也有一些与链路层差错控制技术不同的特点。

1. 采用连续 ARQ 算法

由于端到端传输路径的往返时延很大，因此，传输层一般不会采用停止等待算法，而是连续 ARQ 算法。由于往返时延不仅很大，而且变化范围也很大，因此，不会基于往返时延确定发送窗口，而是基于接收端的处理能力和端到端传输路径的拥塞状况确定发送窗口。定时器溢出时间也相对保守，需要考虑较坏情况下的往返时延。

2. 序号的二进制位数基于传输层报文的最大生存时间

由于存在错序的情况，序号的范围不是基于发送和接收窗口，而是基于传输层报文的最大生存时间，对于指定发送端和接收端，存在最短传输时延和最长传输时延，最长传输时延就是传输层报文在网络中的最大生存时间，由于某个传输层报文在最大生存时间内可以随时到达接收端，因此，该传输层报文及在该传输层报文发送之后发送，且可能在该传输层报文最大生存时间内到达接收端的传输层报文必须具有不同的序号，如果假定最短和最长传输时延分别是 TMIN 和 TMAX，每一个传输层报文的发送时延为 T（由传输层报文长度和发送端发送速率确定），则在最坏情况下，即某个传输层报文以最长传输时延到达接收端，所有在该传输层报文后发送的传输层报文以最短传输时延到达接收端，且发送窗口不会限制发送端连续发送传输层报文，那么，接收端在该传输报文的最大生存时间内可能接收到的传输层报文数为：

$$S = (\text{TMAX} - \text{TMIN})/T$$

表示序号的二进制位数必须取满足下述不等式的最小 N。

$$2^N \geqslant ((\text{TMAX} - \text{TMIN})/T) + 1$$

3. 选择重传后需加大发送窗口

对于图 2.38(b) 所示的传输过程,一是由于存在错序的情况,不能根据接收到序号和接收序号不同的传输层报文就断定序号为接收序号的传输层报文丢失或传输出错。二是当发送端接收到否认应答,重传否认应答中接收序号指定的传输层报文时,由于发送端已经发送完当前发送窗口限制的传输层报文数,在接收到该传输层报文对应的确认应答前,发送端停止发送传输层报文,由于端到端往返时延很大,发送端停止发送时间显得很长,这将严重降低端到端传输路径的传输效率,因此,发送端在接收到否认应答,并重传否认应答中接收序号指定的传输层报文时,应该能够自动加大发送窗口,能够在重传该传输层报文后,继续发送其他传输层报文。

2.6　拥塞控制技术

2.6.1　网络拥塞现象

在讨论拥塞控制技术之前,先了解何种现象被称为网络拥塞。网络结点(交换机或路由器)的内部结构如图 2.42 所示,包含输入队列、交换结构、输出队列,数据从输入端口输入,存储在输入队列,然后根据数据携带的路由信息(目的终端地址或虚电路标识符)确定输出端口,通过内部交换结构将数据从输入端口的输入队列交换到输出端口的输出队列,如果输出端口正在传输数据,则需要在输出队列中排队等候。当然,现代网络结点为了提高数据交换速率,采取了许多新的技术和方法,在物理结构上未必存在图 2.42 所示的内部结构,但数据交换过程大致如此。针对图 2.42 所示的网络结点内部结构,数据从输入端口到输出端口的交换过程中可能存在两种情况,一是交换结构能否线速交换数据的问题。线速交换是指网络结点的交换结构具有能够在所有端口以最大速率输入数据的情况下,没有延迟地将输入数据从输入端口的输入队列交换到输出端口的输出队列的能力。假定网络结点有 10 个传输速率为 1Gbps 的全双工端口,而数据允许的最短长度为 64 字节,则可以按如下过程求出该网络结点的线速交换速率。由于数据的最短长度为 64 字节,意味着数据交换单位(帧或分组)的最短长度为 64 字节,即 512 位,端口的输入速率为 1Gbps,可计算出每秒到达的最大帧或分组的数量为 $10^9/512 = 1\,953\,125$ 个,当 10 个端口都以最高速率输入帧或分组时,可求出网络结点每秒到达的最大帧或分组的数量为 $1\,953\,125 \times 10$ 个 $= 19.531\,25$M 个/秒,这就是网络结点的线速交换速率,它与网络结点的端口数、端口输入速率、帧或分组的最短长度有关。如果网络结点达到线速交换速率,则数据不会在端口的输入队列中积累,否则,数据就可能需要在端口的输入队列中排队等待,当某个端口的输入队列中累积较多数据时,有可能使输入队列溢出。如果发生网络结点某个端口的输入队列溢出的情况,就认为该网络结点发生了拥塞,这种情况下,发生输入队列溢出的端口不再接收并存储数据,传输给该端口的数据将被丢弃。二是发生从多个端口输入的数据需要从同一端口输出的情况。这种情况下,数据只能先存储在端口的输出队列,然后逐个输出,如果这种情况持续较长时间,而输出端口的传输速率又小于这些端口的输入速率之和，端口的输出队列终将溢出。发生这种情况也认为该网络结点发生了拥塞，这种情况下，端口只能丢弃后续的想从该端口输出的数据。

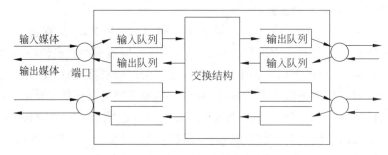

图 2.42 网络结点内部结构

网络结点的第一种拥塞情况，可通过增强交换结构的性能，使其具有线速交换能力而得以解决。但不同层实现交换的情况不同，链路层帧交换所涉及的处理相对比较简单，实现线速交换比较容易。网际层分组交换所涉及的处理比较复杂，实现线速交换比较困难。因此，使一个网络结点无论在链路层，还是在网际层都能实现线速交换并非易事，网络结点还是有可能发生第一种拥塞情况。第二种拥塞情况是不可避免的，它与网络结点的性能无关，只与信息流的传输方向有关，而网络中信息流的传输模式是任意的。

2.6.2 拥塞控制技术分类和评价标准

1. 拥塞控制技术分类

如图 2.43 所示，某个网络结点发生拥塞，表明流经该网络结点的信息流量超出了该网络结点的处理能力。拥塞控制技术的功能就是保证流经网络结点的流量在网络结点能够承受的范围内。

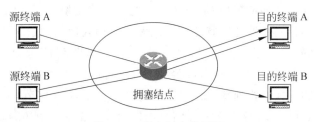

图 2.43 发生拥塞的原因

1）用路由机制解决拥塞

针对图 2.42 所示的网络结点结构，不断改进的交换结构使第一种拥塞情况有了较大改善，但第二种拥塞情况随着网络应用的日益增多，接入网络的终端数的不断增大，用于接入终端的接入网络的带宽不断提高而越发严重。或许有人想到通过增加输出队列的容量来缓解这种拥塞情况，但这样做不仅不能解决问题，而且有可能使拥塞进一步恶化，因为增加输出队列容量会延长数据在网络结点中的排队等待时间，导致发送端缓冲器中和这些数据关联的定时器溢出，使发送端重新发送这些数据，进一步恶化网络结点的拥塞情况。在发生交通拥塞时，交通管制部门往往通过交通电台及时通报发生拥塞的路口或路段，让车辆绕开这些拥塞路口,达到缓解,甚至消除拥塞的目的。网络中某些结点发生拥塞,能否采用城市交通缓解拥塞的办法,让数据也重新选择传输路径,绕开拥塞结点,达到缓解,甚至消除拥塞的目的呢? 如图 2.44 所示,源终端和目的终端之间存在多条传输路径,如果传输路径源终端→R1→R3→R5→目的终端发生拥塞,可以重新选择源终端→R1→R2→R5→目的终端的传输路径,这样一方面可以减少经过路由器 R3 的信息量,逐步缓解路由器 R3 的拥塞,另一方面可以使新的分组绕开拥塞端口。但让分组重新选择传输路径的过程和让车辆重新选择道路的过程是不一样的,车辆是由人驾驶的,而人是有智能的,因此,可以立即调整车辆的行驶方向。但分组本身是没有智能的,完全由路由器替它选择传输路径,而路由器为分组选择传输路径的依据是通过运行路由协议生成的路由表。因此,即使网络监测到某个结点的端口发生拥塞,网络也无法立即让经过该拥塞端口传输的分组重新选择传输路径,而是需要经过公告网络结点状态、重新生成路由表等一系列操作后,才能让分组通过新选择的传输路径进行传输。完成这些操作需要一定的时间,因此,从网络监测到某个网络结点发生拥塞,到路由器重新生成绕开拥塞网络结点的新的传输路径存在一定的时延,这个时延会造成源终端→R1→R3→R5→目的终端的传输路径进一步加重拥塞。当分组选择源终端→R1→R2→R5→目的终端的传输路径传输时,可能导致路由器 R2 发生拥塞,因而又重新选择源终端→R1→R3→R5→目的终端的传输路径。源终端至目的终端的信息流在这两条传输路径间反复,不仅没有消除拥塞,还造成路由振荡。因此,通过重新选择传输路径来消除拥塞的方法在网络中也不是有效且治本的方法。

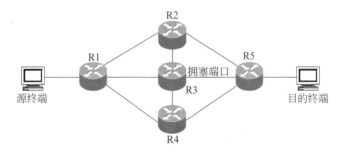

图 2.44 通过重新选择路由来消除拥塞

2）预留资源避免拥塞

每一个网络结点的转发性能及网络结点所连接的物理链路的带宽都是确定的,如果终端之间通信采用虚电路分组交换方式,那么,终端之间开始通信前,需要建立虚电路,这种情况下,建立虚电路过程不仅可以确定虚电路经过的网络结点和物理链路,而且,可以在经过的网络结点和物理链路上申请实现终端间通信所需要的资源,只有虚电路经过的网络结点和物理链路均能满足申请的资源,才能成功建立虚电路,一旦虚电路成功建立,只要终端间通信流量在预留资源的范围内,网络结点就不会发生拥塞。对于数据报分组交换方式,实现资源预留有一定的难度。

3）通过反馈控制拥塞

如果终端间通信方式采用数据报分组交换方式,由于每一个分组都单独选择传输路径,因此,较难采用预留资源的方法。这种情况下,终端在整个通信过程中需要感知网络状态,在发现网络发生拥塞的情况下,通过降低发送速率来缓解,直至消除网络中出现的拥塞,这种拥塞控制技术的要点是能够将网络状态反馈给终端，因此，被称为基于反馈机制，它是目前端到端的传输层协议采用的拥塞控制技术，解决拥塞问题的步骤如下：

（1）网络结点能够监测自身各个端口的状态，及时发现发生拥塞的端口；

（2）网络结点能够将发生拥塞的情况及时通报给流经拥塞端口的信息流的发送端；

（3）流经拥塞端口的信息流的发送端必须及时调整信息流的发送速率，以此缓解，直至消除拥塞情况。

2. 拥塞控制技术评价标准

拥塞控制和流量控制不同，流量控制是将发送端的发送速率控制在接收端的处理能力能够承受的范围内，因此，流量控制发生在两个终端之间，而拥塞控制需要将进入网络的流量控制在网络能够承受的范围内，因此，拥塞控制需要控制总的进入网络的流量，即网络负载。拥塞控制的目的是将进入网络的流量，即网络负载，控制在这样的一个水平，既尽可能增加吞吐率，又使网络结点及所连物理链路处于适度忙碌程度。过度提高网络吞吐率，可能会导致某些网络结点拥塞，分组经过这些网络结点时会增加输出队列的排队时间，导致分组的传输时延增大，一旦某个分组因为输出队列溢出而被丢弃，传输时延变为无穷大。过度降低网络吞吐率，又会导致某些网络结点及所连物理链路发生欠载的情况，降低整个网络的利

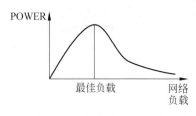

图 2.45　最佳负载示意图

用率。因此，一个好的拥塞控制技术是一种能够在吞吐率和传输时延之间取得平衡的技术，为了表示这种平衡关系，引入参数如下：

$$POWER＝吞吐率/传输时延$$

因此好的拥塞控制技术就是一种能够将网络负载控制在使参数 POWER 最大化的程度的技术，即能够将网络负载控制在图 2.45 所示的最佳负载的技术。

2.6.3　基于反馈的拥塞控制技术

1. 网络结点监测拥塞机制

网络结点通过监测端口输出队列占用长度（L）来确定端口是否发生拥塞，输出队列占用长度指队列中等待发送的分组的总的字节数，当有新的分组存入输出队列等待输出时，计算出存入新的分组后的输出队列占用长度 L_{NEW}，平均输出队列占用长度 $L_{AVE}＝\alpha\times L_{NEW}＋(1-\alpha)L_{OLD}(0\leqslant\alpha\leqslant1)$，$L_{OLD}$ 是前一次计算出的平均输出队列占用长度。如果新计算出的平均输出队列占用长度大于某个设定阈值，就认为该端口发生了拥塞。用平均输出队列占用长度 L_{AVE}，而不是瞬时输出队列占用长度 L_{NEW} 来比较设定阈值是因为发送端发送的数据有着间歇性和突发性，短时间内输出队列占用长度超过设定阈值是允许的，但这种状况不能持续太长时间，当输出队列占用长度超过设定阈值的情况持续一段时间，就应该断定是拥塞发生，α 的取值决定了断定是拥塞发生的输出队列占用长度超过设定阈值的情况的持续时间。

2. 网络结点通知拥塞机制

当网络结点监测到某个端口发生拥塞的情况时，通过两种拥塞通知机制通知流经拥塞端口的信息流的发送端，它们是显式和隐式通知机制。

1）显式通知机制

显式通知机制实现过程如图 2.46 所示，源终端发送的分组中携带经历拥塞标志位 CE，

该位的初始值为 0,每一个路由器通过拥塞监测机制监测各个端口的状态,以确定该端口是否处于拥塞状态,如果某个端口处于拥塞状态,置 1 所有通过该端口输出的数据携带的经历拥塞标志位(CE=1),表明该分组经过的源终端至目的终端的传输路径上至少有一个路由器发生了拥塞。目的终端接收到 CE=1 的分组后,在发送给源终端的分组中(捎带确认)或在发送给源终端的确认应答中置 1 通知标志位 Echo,源终端接收到 Echo=1 的分组或确认应答后,必须调整数据发送速率。

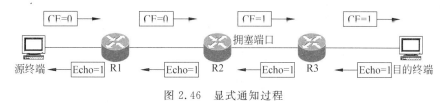

图 2.46　显式通知过程

2) 隐式通知机制

在隐式通知机制实现过程中,每一个路由器仍然通过拥塞监测机制监测各个端口的状态,以确定该端口是否处于拥塞状态,分组中不携带与网络拥塞有关的标志位,如果某个端口处于拥塞状态,则由路由器丢弃一部分需要通过拥塞端口输出的分组。由于源终端对每一个已经发送且未被确认的分组启动定时器,这些被丢弃的分组由于一直接收不到目的终端的确认应答,导致定时器溢出,源终端以此判定有分组在源终端至目的终端的传输过程中因为经历拥塞端口而被丢弃,源终端在重新传输这些分组时,调整数据发送速率。在差错控制机制这一节讨论过,源终端至目的终端传输路径上的每一个中间结点都对接收到的分组进行检错,如果发现传输出错,同样丢弃已经出错的分组,因此,成功实现隐式通知机制的前提是网络的可靠性很高,分组传输过程中发生传输出错的可能性很小,基本上可以把丢弃分组的原因归咎于分组在传输过程中经历拥塞端口。

3. 流量控制机制

发送端发送数据时并不允许持续以接入网络提供的速率发送数据,而必须综合考虑接收端的处理能力和发送端至接收端传输路径上中间结点端口的状态,流量控制机制就是一种找出既能满足接收端处理能力限制,并使发送端至接收端传输路径上中间结点的端口不发生拥塞,又尽可能使发送端发送数据的速率达到最大的方法。实现流量控制机制的步骤如下:

(1) 接收端在发送给发送端的确认应答中给出综合考虑了接收端处理能力和适用缓冲器数量后确定的窗口大小,该窗口作为发送端发送窗口的上限;

(2) 发送端为了测试出接收端通知窗口限制下的最大发送数据速率,采用逐渐增大数据发送速率的方法。在初始发送数据时,采用设定的最低阈值,然后逐渐增大发送速率,这种不断增大数据发送速率的过程一直持续,直到发送数据速率或者达到接收端通知窗口限制下的最大发送数据速率,或者通过监测到有分组丢弃确定传输路径发生拥塞。前一种情况下,发送端一直维持允许的最大发送速率,后一种情况下,发送端将立即降低数据发送速率;

(3) 发送端在低速发送数据时,通过接收到接收端表明成功接收所有发送分组的确认应答,确定通过降低数据发送速率已经消除传输路径上的拥塞,发送端重新开始增加发送速率的过程。

习 题 2

2.1 解释下列名词：数字信号、模拟信号、码元、波特、传输速率、单工通信、半双工通信、全双工通信。

2.2 模拟信号和数字信号有什么区别？目前采用数字信号传输方式是否因为数字信号在电缆上传得更远？

2.3 分别用模拟信号和数字信号实现的越洋语音通信系统在语音通信质量上有什么区别？造成这种区别的原因是什么？

2.4 如果在一根带宽为 W 的电缆上传输数据，一种是通过将数据调制成模拟信号后进行传输，另一种是直接传输基带信号，哪一种传输方式速率更高？为什么？

2.5 目前常用的传输媒体有哪些？各有什么特点？

2.6 以太网用双绞线取代同轴电缆的原因是什么？为什么目前是光纤和双绞线成为了主要传输媒体？

2.7 5 类、6 类双绞线的频率特性有什么区别？根据它们支持的数据传输速率，大致求出它们的带宽。

2.8 单模和多模光纤在传输特性上有什么区别？分别适用于什么样的应用环境？

2.9 是否是光纤的频率特性将目前光纤的传输速率限制为 10Gbps？目前有什么提高单根光纤传输速率的方法？

2.10 全光网络是指光信号端到端传输通路中不引入光/电转换，直接对光信号进行交换和放大的网络，这种全光网络对传输速率有什么影响？

2.11 假定光纤的波长范围是 $0.9 \sim 1.1 \mu m$，求其带宽。

2.12 波特和数据传输速率有何区别？带宽为 W，理想通道情况下最大波特是多少？能据此计算最大传输速率吗？

2.13 如果信道带宽为 3000Hz，信噪比 $(S/N)=1000$，求最大传输速率。如果将最大传输速率提高到 48kbps，信噪比应多大？

2.14 什么情况下需要将数字信号调制成模拟信号后进行传输？模拟信号传输过程中的失真情况是否影响数字信号传输的正确性？

2.15 数据调制成模拟信号有几种方式？针对每一种调制方式大致求出在能够正确还原数字信号的前提下，允许模拟信号失真的程度。

2.16 假定码元传输速率＝2000 波特，采用振幅调制技术，码元的幅度有 16 个等级，求传输速率。

2.17 正交调制为什么采用幅度和相位变化的组合？

2.18 常常用 QAM16 表示采用 16 种不同信号状态的 QAM 调制技术，如果载波信号带宽为 3000Hz，求数据传输速率。在 QAM256 下重求数据传输速率。

2.19 什么是复用技术？为什么采用复用技术？

2.20 讨论频分复用的工作原理。

2.21 讨论时分复用的工作原理。

2.22 讨论波分复用的工作原理。

2.23 讨论码分复用的工作原理。

2.24 共有 4 个站和基站进行 CDMA 通信,这 4 个站的码片序列分别如下:

A (-1 -1 -1 $+1$ $+1$ -1 $+1$ $+1$)   B (-1 -1 $+1$ -1 $+1$ $+1$ $+1$ -1)

C (-1 $+1$ -1 $+1$ $+1$ $+1$ -1 -1)   D (-1 $+1$ -1 -1 -1 -1 $+1$ -1)

如果接收到这样的累计结果(-1 $+1$ -3 $+1$ -1 -3 $+1$ $+1$),问哪些站发送了数据,发送的数据是什么?

2.25 波分复用和频分复用有哪些异同,为什么频分复用适合传输模拟信号,而波分复用适合传输数字信号?

2.26 以时分复用为例,讨论线路和物理链路的区别。对于电路交换,如果输入端口和输出端口连接的线路均是时分复用线路,交换结点的交换是如何完成的?

2.27 数据为 11001010,采用偶校验,求出 1 位奇偶校验码,并解释网络中不采用奇偶校验码的理由。

2.28 发送的数据为 11010011,生成多项式 $G(x)=x^4+x+1$,求出 CRC 校验码,如果数据的最后一位在传输过程中出错(1 变成 0),给出 CRC 检错过程。

2.29 逻辑链路和物理链路有什么区别?

2.30 HDLC 是如何解决帧定界、透明传输和差错控制的?

2.31 HDLC 如何发送二进制序列:11010111110101111101011111110?

2.32 如果接收端接收到二进制序列:110101111101011111100101111110110,实际接收的二进制序列是什么? 有什么错误?

2.33 如果接收端接收到二进制序列:011010111110101001111111101101011111110,实际接收的二进制序列是什么? 有什么错误?

2.34 是不是只有数据链路层有帧定界问题,其他层有没有? 为什么?

2.35 用 HDLC 给出一个完整的连续 ARQ 传输过程,包含传输出错,分别用 Go Back N 和选择重传恢复过程。

2.36 差错控制过程可以在任何一层进行,只在底层采用差错控制能否保证高层数据正确传输? 为什么? 反之,只在高层采用差错控制,能否保证高层数据传输正确? 是否存在只在高层采用差错控制无法保证高层数据传输正确的情况,请各举一例说明。

2.37 假定在一条 20km 的点对点光纤上运行 ARQ 算法,试计算下列值:

(1) 假定光信号传播速度为 2/3c,求光信号传播时延;

(2) 选择合适的定时器溢出时间;

(3) 在上述定时器溢出时间下,是否会发生确认应答迟到的情况,给出迟到的理由;

(4) 假定分组的长度为 1KB,光纤传输速率为 10Gbps,分别求出滑动窗口算法下 RWS=1 和 RWS=SWS 的表示序号的二进制位数。

2.38 停止等待算法中,确认应答帧是否需要序号,为什么?

2.39 如何在数据链路层实现流量控制? 接收端如何在确认应答中给出接收能力?

2.40 如果线路两端采用连续 ARQ 协议,表示序号的二进制数位数为 n 时,举例说明在 Go Back N 算法中,发送窗口大小 $\leqslant 2^n-1$,在选择重传算法中,如果接收窗口等于发送窗口,则接收窗口大小 $\leqslant 2^{n-1}$ 的原因,如果端到端采用连续 ARQ 协议,发送窗口和接收窗口的大小还能满足上式吗？试举例说明。

2.41 端到端传输过程如图 2.47 所示，端到端实施停止等待算法，假定每一段线路成功传输数据的概率为 80％，分别用链路层实施停止等待算法和不实施差错控制这两种情况计算端到端传输 10 组数据所经过线路的次数。

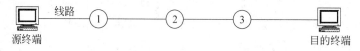

图 2.47　题 2.41 图

2.42 现实生活中，如果发生交通拥塞，通过合理分流交通流量来缓解交通拥塞，网络中能否通过重新选择端到端传输路径来缓解拥塞，为什么，这两者实施时有什么不同？

2.43 解决拥塞必须实施端到端流量控制，实施同一传输网络的两个端点之间的流量控制有用吗？试举例说明。

第 3 章 局 域 网

1.4.2 节中将网络按其分布范围分成局域网、城域网和广域网,由于不同的分布范围对实现数据传输的要求不同,因而相应有了适用于实现局域网、城域网和广域网对应分布范围内数据传输的传输网络,本章主要讨论适用于实现局域网对应分布范围内数据传输的传输网络——以太网和令牌环网,重点讨论适用于实现局域网和城域网对应分布范围内数据传输的传输网络——以太网。

3.1 局域网拓扑结构

在讨论具体传输网络时,不时会提到网络拓扑结构,拓扑(Topology)是拓扑学中研究由点、线组成几何图形的一种方法,用此方法可以把计算机网络看作是由一组结点和链路组成的几何图形,这些结点和链路所组成的几何图形就是网络的拓扑结构。由于局域网是一个可以由某个单位单独拥有,且允许自主布线的网络,因此,用户对局域网的拓扑结构有较大的选择空间。局域网常见的拓扑结构有总线形、星形、环形、树形和网状。

1. 总线形拓扑结构

总线形拓扑结构如图 3.1 所示,通常用同轴电缆作为网络中的总线。为了防止反射信号干扰总线上用于传输数据的基带信号,总线两端必须接匹配阻抗。总线形拓扑结构的优点是简单。缺点是连接在总线上的任何一个终端发生故障,都有可能使总线的阻抗发生变化,导致基带信号传输失败。

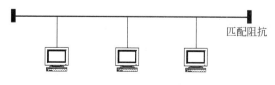

图 3.1 总线形拓扑结构

2. 星形拓扑结构

星形拓扑结构如图 3.2 所示,网络核心设备是物理层的集线器或链路层的交换机,核心设备和终端之间的传输媒体一般为双绞线或光纤,尤其是双绞线作为局域网传输媒体后,其柔软性非常容易满足办公环境下的布线要求,因此出现了一个新的行业——综合布线,并因此将局域网设计和实施分为同等重要的两部分:解决设备之间互连问题的布线系统和实现数据端到端传输及提供应用服务的网络传输系统和应用系统。星形拓扑结构是目前局域网设计中普遍使用的网络结构,当然,实际局域网常常通过级联集线器或交换机将多个星形网络连接在一起。星形拓扑结构的优点是核心设备能够隔离每一个终端,因此,某个终端发生故障或者核心设备用于连接终端的某个端口发生故障,不会影响其他终端之间的通信,这是星形拓扑结构取代总线形拓扑结构的主要原因。

3. 环形拓扑结构

环形拓扑结构如图 3.3 所示,这种拓扑结构最初因为令牌环网(Token Ring)而得名,目前,令牌环网虽已不是局域网的主流技术,但环形拓扑结构的容错性,即环形物理链路任何一处发生故障,都不会影响终端之间连通性的特性,要求有容错性的局域网往往采用这种拓扑结构。

图 3.2　星形拓扑结构

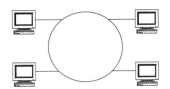

图 3.3　环形拓扑结构

4. 树形拓扑结构

树形拓扑结构如图 3.4 所示,这种拓扑结构实际上就是通过级联交换机或集线器将多个星形拓扑结构连接在一起的网络结构。正常的树形结构要求任何两个终端之间不允许存在环路。

5. 网状拓扑结构

有容错性要求的局域网为了保证故障情况下终端之间的连通性,往往使交换机之间构成环路,这种在树形拓扑结构上增加环路的拓扑结构称为网状拓扑结构,如图 3.5 所示。

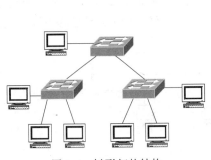

图 3.4　树形拓扑结构

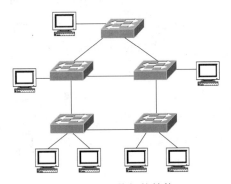

图 3.5　网状拓扑结构

3.2　以　太　网

3.2.1　以太网体系结构

　　以太网是 20 世纪 70 年代初由 Bob Metcalfe 和 David Boggs 发明的,并以历史上表示传播电磁波的以太(Ether)命名。在 20 世纪 70 年代末,Dec、Intel 和 Xerox 这三家公司联合起来开发以太网产品,并在 1980 年 9 月发表了关于以太网规约的第一个版本——DIX V1 (DIX 由这三家公司名称的第一个字母组合而成),1982 年又修改发表了第二个版本——DIX Ethernet V2。电子和电气工程师协会(IEEE)802 委员会在此基础上制定了第一个局域网标准,编号为 802.3。实际上,802.3 标准和 DIX Ethernet V2 还是有点差别的,但目前人们已习惯将符合 802.3 标准的局域网称作以太网。以太网并不是 IEEE 802 委员会制定的唯一局域网标准,在制定 802.3 标准以后,又陆续制定了多个不同的局域网标准,如 3.1 节中讲到的令牌环网,由于不同局域网的链路层标准并不相同,为了给网络层提供统一的局域网功能界面,802 委员会将局域网的链路层分成两个子层:逻辑链路控制(Logical Link Control,LLC)子层和媒体接入控制(Medium Access Control,MAC)子层,因此,可以得出如图 3.6 所示的以以太网为传输网络的 TCP/IP 体系结构。

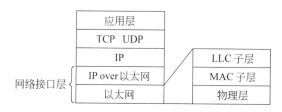

图 3.6　基于以太网的 TCP/IP 体系结构

　　不同局域网的 MAC 子层是不同的,但 LLC 子层和网际层之间的接口界面是相同的,也就是说 LLC 子层屏蔽了由于多种局域网并存而造成的 MAC 子层的不同,就像 BIOS 屏蔽了主板的差异一样。

　　以太网的物理层主要解决与传输媒体之间的接口,数字信号 0、1 的表示方式,数字信号的同步等问题。MAC 子层解决与通过以太网传输数据有关的其他一些问题。本章将重点讨论这两层的功能和实现机制。

　　随着以太网的发展,以太网在局域网市场中已完全取得垄断地位,目前已不存在多种局域网技术并存的问题,而且,LLC 子层是 802 委员会为屏蔽多种局域网之间的差异而提出的,显然不是 DIX Ethernet V2 中的一部分,因此,实际基于以太网的 TCP/IP 体系结构删除了 LLC 子层,如图 3.7 所示。

　　802.3 标准是将以太网作为适用于实现局域网、城域网对应分布范围内数据传输的传输网络提出的,而且,随着以太网的发展,以太网不仅在局域网市场中完全取得垄断地位,还成为城域网市场中的主流网络,这也是本章着重讨论以太网的原因。

3.2.2　总线形以太网

　　802.3 标准定义的以太网是一种采用总线形拓扑结构,物理层采用曼彻斯特编码,

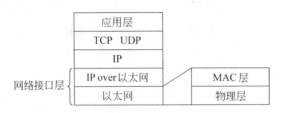

图 3.7　基于以太网的 TCP/IP 体系结构

MAC 层用 CSMA/CD 算法解决终端争用总线问题的网络。但随着以太网的发展，无论物理层的编码技术，还是网络拓扑结构都发生了很大变化。本节从总线形以太网开始，循序渐进，完整讨论以太网的发展历程。

1. 基带传输与曼彻斯特编码

1）基带传输和时钟同步

总线形以太网如图 3.8 所示，图中多台 PC 共同争用一根总线，总线两端连接匹配阻抗。图中 PC 可以称为终端，有时也称为站点。在双绞线出现之前，人们见到的以太网就是这种采用同轴电缆作为总线的总线形以太网结构。以太网物理层采用基带传输方式，所谓基带传输就是直接在同轴电缆上传输表示二进制数 0、1 的数字信号。这种传输方式下，以太网必须解决基带信号的同步问题，即确定二进制数 0 和 1 的表示方式及每一位二进制数的时间间隔。说到基带传输，很容易想到用两种不同幅度的电压来表示 0 和 1，为了简单起见，往往用 0V 电压表示二进制数 0，5V 电压表示二进制数 1（这里为讨论方便，基带信号采用 TTL 电平，实际上，为了消除直流电压，往往用对称的正负电压表示二进制数 0 和 1，如用 1.5V 表示二进制数 0，用 −1.5V 表示二进制数 1）。每一位二进制数的时间间隔由传输速率确定，实际上它就是传输速率的倒数，如果以太网的传输速率为 10Mbps，则每一位二进制数的时间间隔 $=10^{-7}$s$=100$ns。发送数据的计算机用时钟精确控制每一位二进制数的时间间隔，图 3.9 给出了发送端用时钟控制每一位二进制数时间间隔的过程。

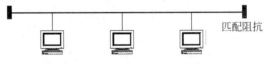

图 3.8　总线形以太网结构

接收端的时钟必须与发送端同步，即接收端时钟和数据中体现的发送端时钟同频同相。为了提高数据接收的可靠性，接收端在每一位数据的中间用时钟的正跳变来锁存数据。在接收端时钟和发送端时钟完全同步的情况下，这种传输过程可以正确进行，如图 3.9 中同步接收时钟和正确接收数据这部分内容。但要使两块网卡上的时钟严格一致是不可能的，它们之间肯定存在误差，图 3.9 中不同步接收时钟的波形表明接收端时钟周期小于发送端时钟周期（接收端时钟频率大于发送端时钟频率）。当然，两个时钟虽有误差，肯定不会像图 3.9 所示的那样严重，但时钟误差如果累积，出现图 3.9 中错误接收数据这样的情况只是时间早晚而已。实际上，两块网卡的时钟误差还是比较小的，只要这种误差不累积，就不会出现图 3.9 中错误接收数据这样的情况，但必须经常重新使接收时钟和发送时钟同步。重新同步是指即使接收时钟和发送时钟的频率不同，也强迫接收时钟的下降沿（或上升沿）和数据中体现的发送时钟的下降沿(或上升沿)一致的过程,这样的时钟同步过程可以发生在每一个时钟周期,在保证累积时钟误差不会导致发生数据接收错误的情况下,也可以间隔若干个时钟周期发生一次,图3.9中重新同步的接收时钟是每一个时钟周期都重新同步接收时钟的情况。

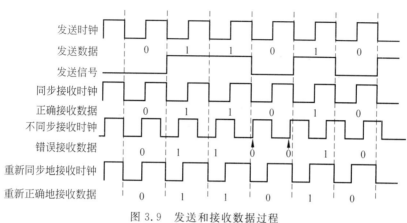

图 3.9 发送和接收数据过程

2) 用曼彻斯特编码传输发送时钟信息

由于发送端只发送数据给接收端,接收端为了使自己的时钟和发送端同步,必须能够从接收到的数据中提取发送端的时钟信息。实际上,图3.9所示的发送信号中包含着发送端的时钟信息,因为信号从0到1跳变或从1到0跳变恰好和发送时钟同步,接收端可以利用这种跳变来同步自己的时钟,但问题是如果基带信号中出现连续多位0或1的情况,接收时钟就很难和发送时钟同步了。

另外,多台计算机争用同一条总线,意味着任何时候只有一台计算机能够经过总线传输数据,在已经有计算机经过总线传输数据的情况下,别的计算机如何通过判别总线的状态来确定总线是闲还是忙? 能否有一种总线状态只有总线空闲时才具有,发送任何二进制数位流模式都不可能与此总线状态相同? 由于数字信号只用两种总线状态分别表示二进制数0和1,针对当前用0V电压表示二进制数0,5V电压表示二进制数1的信号表示模式,可以肯定地说没有。

为了解决在数据中提取出发送端时钟信息的问题,另外也为了能够找到一种表示总线空闲的总线状态,以太网标准提出了曼彻斯特编码。

曼彻斯特编码将每一位二进制数的时间间隔分成两部分,对于二进制数0,前半部分为高电平,而后半部分为低电平。对于二进制数1,恰好相反,前半部分为低电平,后半部分为高电平(也可以采用相反约定,即1是先高后低,0是先低后高)。一旦采用曼彻斯特编码,如果数据是连续1或连续0,则同轴电缆上的电信号在每一位数据位的开始和中间都发生跳变。如果数据是0、1交替出现,则同轴电缆上的电信号在每一位数据的中间发生跳变。因此,无论何种二进制数位流模式,每一位数据至少发生一次跳变,接收端可以用该跳变来同步接收时钟。图3.10给出数据的曼彻斯特编码过程和用每一位数据中间的跳变来同步接收端时钟的情况。

如果采用曼彻斯特编码,一旦传输数据,总线上的电信号在每一位二进制数间隔内至少

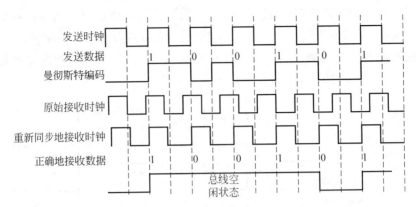

图 3.10　曼彻斯特编码和接收端时钟同步过程

发生一次跳变,因此可用一段时间内检测不到电信号跳变的总线信号状态来表示总线空闲。

2. MAC 帧结构

按照 OSI 网络体系结构,总线形以太网两端接匹配阻抗的单根同轴电缆就是物理链路,在物理链路上传输的是称为 MAC 帧的信息格式,它由数据和用于实现数据传输的地址信息及检测传输过程中出错情况的检错码等组成,总线形以太网的链路层称为 MAC 层,除了必须实现帧定界、寻址、差错控制这些基本链路层功能外,还需实现多点接入网络的接入控制功能。总线形以太网的多点接入方式和 HDLC 中的多点接入方式不同,HDLC 中由主站控制数据传输过程,数据传输只能在主站和从站间进行,但总线形以太网中每一个接入终端都是平等的,任何一个终端可以通过总线向另一个终端传输数据。总线只能进行半双工通信,另外,任何一个终端通过总线发送的数据可以被其他所有终端接收,总线的这一特性使其被称为广播信道。

1）帧定界

数据通过总线进行传输时,必须先对数据进行封装,由于总线形以太网的链路层为 MAC 层,因此,将总线形以太网的链路层封装形式称为 MAC 帧。由于在总线上通过基带信号传输的是一串二进制数位流,从一串二进制数位流中分离出每一帧,即确定每一帧的起始和结束字节的过程就是帧定界。

MAC 帧结构如图 3.11 所示,先导码和帧开始分界符并不是 MAC 帧的一部分,它们的作用是帮助接收终端完成帧定界的功能。

7	1	6	6	2	46~1500	4
先导码	帧开始分界符	目的地址	源地址	类型	数据	FCS

图 3.11　MAC 帧结构

先导码是由 7 个二进制数位流模式为 10101010 的字节组成的一组编码,它的作用是让连接在总线上的终端进行位同步(让接收端能够正确接收 MAC 帧中的每一位二进制数)。

帧开始分界符为 1 字节二进制数位流模式为 10101011 的编码,用于通知接收端该编码后面是 MAC 帧。这意味着连接在总线上的每一个终端,都必须通过先导码和帧开始分界符从经过总线传输的一串数字信号中正确定位 MAC 帧的起始字节(目的地址字段的第一个字节)。

如果连接在总线上的每一个终端都能够正确监测到先导码和帧开始分界符,实现帧定界是没有问题的。由于总线形以太网规定在传输完每一帧后,必须让总线空闲一段时间,而曼彻斯特编码很容易让终端监测到总线从空闲状态转变为发送先导码状态,并因此实现帧定界功能。所以,严格地说,总线形以太网的帧定界并不是由 MAC 层实现,而是由物理层实现的。

2) 寻址

由于总线形以太网在同一总线上连接多个终端,通过总线传输的每一帧寻找接收终端的过程就是寻址过程。

MAC 帧中的目的地址和源地址字段给出该 MAC 帧的接收端和发送端的地址,由于这些地址在总线形以太网的 MAC 层识别和处理,被称为 MAC 地址,MAC 地址由 6 个字节组成。48 位 MAC 地址的最低位是 I/G 位,该位为 0,表示该 MAC 地址对应单个终端,该位为 1,表示该 MAC 地址对应一组终端,由于源地址表示发送 MAC 帧的终端地址,因此,源地址的 I/G 位为 0。48 位 MAC 地址的次低位是 G/L 位,该位为 0,表示该 MAC 地址是局部地址,该位为 1,表示该 MAC 地址是全局地址,全局地址是指该 MAC 地址全球范围内唯一。MAC 帧携带 MAC 地址的原因是总线形以太网是一个多点接入网络,允许同时有多个(大于 2 个)终端或网络互连设备接入总线形以太网,这种情况下,只有携带用于标识接收端的目的地址信息的 MAC 帧,才能确定它的接收终端,并因此实现寻址功能。

安装在终端中的每一块以太网卡(也称网络适配器)都有唯一的 48 位 MAC 地址。网卡 MAC 地址在出厂时已经设定,不可更改。当终端 A 发送 MAC 帧给终端 B 时,用终端 A 网卡的 MAC 地址作为 MAC 帧的源 MAC 地址,用终端 B 网卡的 MAC 地址作为 MAC 帧的目的 MAC 地址,当终端 A 通过总线发送该 MAC 帧时,连接在总线上的所有终端都接收到该 MAC 帧,但都用自己网卡的 MAC 地址和 MAC 帧中的目的 MAC 地址比较,如果相符,则继续处理,否则将该 MAC 帧丢弃。因此,当一个终端想要给另一个终端发送 MAC 帧时,它必须先获取另一个终端的 MAC 地址,否则,只能以广播方式发送 MAC 帧。

MAC 地址分为单播地址、广播地址和组播地址。

广播地址是 48 位全 1 的地址,用十六进制数表示是 ff:ff:ff:ff:ff:ff(6 个用冒号分隔的全 1 字节)。

组播地址范围是：01:00:5e:00:00:00～01:00:5e:7f:ff:ff。

单播地址是广播和组播地址以外且 I/G 位为 0 的 MAC 地址。

MAC 帧的源 MAC 地址必须是单播地址,目的 MAC 地址可以是单播地址、组播地址或广播地址。对于图 3.8 所示的总线形结构,目的 MAC 地址类型对 MAC 帧的发送方式没有影响,无论目的 MAC 地址是单播、组播或广播地址,都同样将 MAC 帧发送到总线上,被连接在总线上的所有其他终端所接收。

目的 MAC 地址类型对接收到 MAC 帧的终端的处理方式有极大关系,如果是单播 MAC 地址,则只有目的 MAC 地址和其网卡 MAC 地址相符的单个终端接收并处理该 MAC 帧。如果是广播地址,则连接在总线上的所有终端均需接收并处理该 MAC 帧。如果是组播地址,只有属于组播地址所指定的组播组的终端才需要接收并处理该 MAC 帧。组播地址前 25 位是固定不变的,为 01:00:5e:0x(第 4 个字节中只有最高位固定为 0),后 23 位用于标识组播组。组播是一种非常有用的技术,主要用于视频点播(VOD)、视频会议和远程教育等。

3) 差错控制功能

帧检验序列(FCS)字段用于接收端检验 MAC 帧在传输过程中是否出错。总线形以太网采用循环冗余检验(CRC)码对 MAC 帧进行检错,使用的生成多项式如下:

$$G(x) = x^{32} + x^{26} + x^{23} + x^{22} + x^{16} + x^{12} + x^{11} + x^{10}$$
$$+ x^8 + x^7 + x^5 + x^4 + x^2 + x + 1$$

32 位帧检验序列(FCS)就是用生成多项式除以由目的地址、源地址、类型、数据和填充字段组合成的二进制数位流后得到的余数。由于 CRC 对检测连续多位二进制数出错非常有效,而且无论用同轴电缆、双绞线还是光纤传输基带信号,有效传输距离内的误码率都很低,因此,总线形以太网在 MAC 层通过帧检验序列(FCS)字段能够检测出大多数的传输错误。

接收端一旦通过 FCS 字段检测出 MAC 帧传输过程中发生的错误,将丢弃该 MAC 帧。由于 MAC 层只有检错功能,没有重传机制,因此,一旦发生 MAC 帧传输出错的情况,MAC 层并没有相应的补救措施。

4) MAC 帧其他字段功能

类型字段用于标明数据类型,MAC 帧所封装的数据可以是 IP 分组,也可以是 ARP 请求及其他类型的数据,包含不同类型数据的 MAC 帧需要提交给不同的进程进行处理,类型字段就用于接收端选择和数据的类型相对应的进程。

数据字段用于传输数据,和其他字段不同,数据字段才真正承载高层协议要求传输的数据,而其他字段只是用于保证数据的正确传输,因此,把数据字段称作 MAC 帧的净荷字段(也称载荷字段),数据字段的长度是可变的。MAC 帧的这种组织结构很容易让终端从 MAC 帧中分离出数据。

MAC 帧有着严格的长度限制,它的长度必须在 64 字节和 1518 字节之间,由于其他字段占用了 18 个字节(6 个字节源 MAC 地址＋6 个字节目的 MAC 地址＋2 个字节类型＋4 个字节帧检验序列),数据字段长度应该在 46 字节和 1500 字节之间,但高层协议要求传输的数据的长度应该是任意的,一旦数据的字节数不足 46 字节,就需要用填充字段将 MAC 帧的长度延长到 64 字节,由此可以推出填充字段的长度在 0 字节和 46 字节之间。

对 MAC 帧规定长度上限可以理解,因为一是每个接收终端的缓冲器空间有限,二是不能允许某个终端通过发送无限长的 MAC 帧独占总线,三是一旦长度很长的 MAC 帧传输出错,重新传输的代价太大。但对 MAC 帧规定长度下限却不好理解,下面章节将详细讨论对 MAC 帧规定长度下限的意义。

3. CSMA/CD 操作过程

1) CSMA/CD 工作原理

如果图 3.8 中某一个终端想要发送数据,通过 CSMA/CD 算法解决和其他终端争用总线的问题。CSMA/CD 的中文是载波侦听(Carrier Sense,CS)、多点接入(Multiple Access,MA)/冲突检测(Collision Detection,CD),它用于解决多个终端争用总线的机制如下:

(1) 先听再讲

想发送数据的终端必须确定总线上没有其他终端正在发送数据后,才能开始往总线上发送数据,即先要侦听总线上是否有载波(这里的载波指其他终端发送 MAC 帧时产生的高低电平有规律跳变的电信号,不是调制过程中使用的特定频率的正弦信号),在确定总线空闲(无载波出现)的情况下,才能开始发送数据。一旦开始发送数据,随着电信号在总线上传播,总线上所有其他终端都能侦听到载波存在,这就是先听(侦听总线载波)再讲(发送数据)。

(2) 等待帧间最小间隔

并不是一侦听到总线空闲就立即发送数据,而必须侦听到总线空闲一段时间(称为帧间最小间隔:IFG,10Mbps 以太网的帧间最小间隔为 $9.6\mu s$)后,才能开始发送数据。这样做的目的有三:一是如果接连两帧 MAC 帧的接收终端相同,必须在两帧之间给接收终端一点用于腾出缓冲器空间的时间。二是一个想连续发送数据的终端,在发送完当前帧后,不允许接着发送下一帧,必须和其他终端公平争用发送下一帧的机会。三是总线在发送完一帧 MAC 帧后,必须回到空闲状态,以便在发送下一帧 MAC 帧时,能够让连接在总线上的终端正确监测到先导码和帧开始分界符。

(3) 边讲边听

一旦某个终端开始发送数据,其他终端都能侦听到载波,即使这些终端中存在想发送数据的终端,它也必须等待,直到总线空闲一段时间(由 IFG 确定)后,才能开始发送数据。但可能存在这样一种情况,两个终端都想发送数据,因此都开始侦听总线,当当前帧发送完毕时,两个终端同时侦听到总线空闲,并在总线空闲状态持续一段时间后,同时发送数据,这样,两个终端发送的电信号就会叠加在总线上,导致冲突发生。其实,由于电信号经过总线传播需要时间,如果两个终端相隔较远,即使一个终端开始发送数据,在电信号传播到另一个终端前,另一个终端仍然认为总线空闲,因此,即使不是同时开始侦听总线,只要两个终端开始侦听总线的时间差在电信号传播时延内,仍然可能发生冲突。因此,某个终端开始发送数据后,必须一直检测总线上是否发生冲突,如果检测到冲突发生,停止正常的数据传输,发送 4 字节或 6 字节长度的阻塞信号(也称干扰信号),加重冲突情况,使所有发送数据的终端都能检测到冲突情况的发生。这就是边讲(发送数据)边听(检测冲突是否发生)。检测冲突是否发生的方法很多,其中比较简单的一种是边发送边接收,并将接收到的数据和发送的数据进行比较,一旦发现不相符的情况,表明冲突发生。

(4) 退后再讲

一旦检测到冲突发生,停止数据发送过程,延迟一段时间后,再开始侦听总线。两个终端的延迟时间必须不同,否则可能进入发送→冲突→延迟→侦听→发送→冲突这样的循环中。如果两个终端的延迟时间不同,延迟时间短的终端先开始侦听总线,在侦听到总线空闲并持续空闲一段时间后,开始发送数据,当延迟时间长的终端开始侦听总线时,另一个终端已经开始发送数据,它必须等待总线空闲后,才可以开始发送过程,CSMA/CD 操作过程如图 3.12 所示。

2) 后退算法

发生冲突后,两个终端的延迟时间必须不同,否则将再次发生冲突,如何使两个终端产生不同的延迟时间呢?以太网采用称为截断二进制指数类型的后退算法,算法的基本思路如下:

① 确定参数 K。开始时 $K=0$,每发生一次冲突,K 就加 1,但 K 不能超过 10,因此,$K=\mathrm{MIN}[$冲突次数$,10]$。

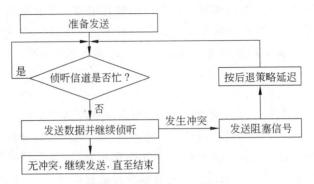

图 3.12　CSMA/CD 操作过程

② 从整数集合 $[0,1,\cdots,2^K-1]$ 中随机选择某个整数 r。

③ 根据 r，计算出后退时间 $T=r\times t$（t 是最大往返时延，对于 10Mbps 以太网，$t=51.2\mu s$）。

④ 如果连续重传了 16 次都检测到冲突发生，则终止传输，并向高层协议报告。

一旦两个终端发生冲突，每一个终端单独执行后退算法，在计算延迟时间时，对于第一次冲突，$K=1$，两个终端各自在 $[0,1]$ 中随机挑选一个整数，由于只有 2 种挑选结果，两个终端挑选相同整数的概率为 50%。如果两个终端在第一次发生冲突后挑选了相同整数，则将再一次发生冲突。当检测到第二次冲突发生时，两个终端各自在 $[0,1,2,3]$ 中随机挑选整数，由于选择余地增大，两个终端挑选到相同整数的概率降为 25%。随着冲突次数不断增加，两个终端产生相同延迟时间的概率不断降低。当两个终端的延迟时间不同时，选择较小延迟时间的终端先成功发送数据。

截断二进制指数类型的后退算法是一种自适应后退算法，为了提高总线的利用率，在发生冲突时，最好做到：①同时参与争用总线行动的终端的延迟时间不能相同；②最小的且与其他终端的延迟时间不同的延迟时间最好为 0。当参与争用总线行动的终端少时（最少为 2 个），有 50% 的可能是一个终端选择 0 延迟时间，另一个终端选择 $51.2\mu s$ 的延迟时间，选择 0 延迟时间的终端可以立即侦听总线，并在总线空闲时发送数据，这对提高总线利用率当然有益。但当有多个终端（假定为 100 台）参与争用总线的行动时，在第一次冲突发生时，其中一个终端选择 0 延迟时间，其余 99 个终端选择 $51.2\mu s$ 延迟时间的概率实在太小。但随着冲突次数的不断增多，整数集合的不断扩大，很有可能在发生 16 次冲突前，有一个终端选择了整数 r，它和所有其他终端选择的整数不同，且小于所有其他终端选择的整数。

3）捕获效应

截断二进制指数类型的后退算法在两个终端都想连续发送数据的情况下，有可能导致一个终端长时间内一直争到总线发送数据，而另一个终端长时间内一直争不到总线发送数据，即所谓的捕获效应。

如图 3.13 所示，当两个终端同时想长时间发送数据时，都去侦听总线，当总线空闲后（总线持续空闲 IFG 规定的时间），两个终端同时向总线发送数据，导致冲突发生，用截断二进制指数类型算法求出后退时间，假定终端 A 选择的后退时间为 $0\times t$，而终端 B 选择的后退时间为 $1\times t$，终端 A 的第 1 帧数据发送成功。由于终端 A 有大量数据需要发送，在发送完第 1 帧数据后，紧接着发送第 2 帧数据，但必须通过争用总线过程才能获得发送第 2 帧数据的机会。当终端 A 和终端 B 又侦听到总线空闲，并又同时发送数据，导致冲突再次发生时,对于终端 A 而言,由于它是因为发送第 2 帧数据而导致发生的第 1 次冲突,因此冲突次数 $K=1$,在整数集合 $[0,1]$ 之间随机挑选一个整数 r,而对于终端 B 而言,它是因为发送第 1 帧数据而导致发生的第 2 次冲突,冲突次数 $K=2$,在整数集合 $[0,1,2,3]$ 中随机挑选一个整数 r',显然,$r<r'$ 的概率更大,使得终端 A 又一次成功发送第 2 帧数据。根据终端 B 选择的延迟时间大小和终端 A 的 MAC 帧长度,有可能在终端 B 的后退时间内,终端 A 已成功发送若干 MAC 帧。但当终端 B 再次开始侦听总线并试图发送数据时,又将和终端 A 发生冲突,对于终端 A,仍然在整数集合 $[0,1]$ 中随机挑选一个整数 r,而终端 B 将在整数集合 $[0,1,2,3,4,5,6,7]$ 中随机挑选一个整数 r',$r<r'$ 的概率比前一次更大,又导致终端 A 发送成功。这样,就使得终端 A 长时间通过总线发送数据,而终端 B 一直得不到发送数据的机会。

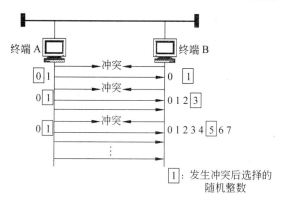

图 3.13 捕获效应示意图

捕获效应是非常严重的问题,如果不是以太网从共享发展成交换,端口通信方式从半双工发展为全双工,捕获效应将成为厂家需要面对的一个重大问题。后面章节将讲到,随着交换式以太网的兴起和以太网交换机端口与主机之间广泛采用全双工通信方式,捕获效应问题自然消失。

4. 冲突域直径和最短帧长

1)冲突域直径

在前面讨论 MAC 帧字段时已经讲到,接收端对接收到的 MAC 帧进行差错检验,如果发现接收到的 MAC 帧在传输过程中出错,接收端将丢弃该 MAC 帧,否则,将 MAC 帧提交给高层协议。对于接收端而言,无论接收到的 MAC 帧正确与否,都不会向发送端提供任何有关该 MAC 帧是否成功接收的信息,因此,发送端只要将 MAC 帧发送成功,就认为对该 MAC 帧的处理已经完成,即使该 MAC 帧在传输过程中出错,由高层协议(如 TCP),而不是由 MAC 层进行差错控制。这就要求经过以太网传输的 MAC 帧的出错率必须保持在很低的水平,避免发生在终端之间重复传输传输层报文的情况。对于总线形以太网,最有可能导致 MAC 帧传输出错的原因是发生冲突,因此,发送端一旦检测到冲突发生,就不能认为发送成功,而是后退一段时间后,再次重发。那么如何确保发送端能够检测到任何情况下发生的冲突呢?

在总线形以太网中,只允许一个终端发送数据,一旦有两个或以上终端同时发送数据,就会发生冲突,因此,将具有这种传输特性的网络所覆盖的地理范围,称为冲突域,将同一冲突域中相距最远的两个终端之间的物理距离称为冲突域直径。在下面的讨论中,不是用距离而是用时间来标识冲突域直径，是因为在知道电信号传播速度的情况下，传播时间和传播距离是可以相互换算的。假定同轴电缆的长度为 L，电信号传播速度为 V，则传播时间 $T=L/V$。如果在真空中，电信号传播速度等于光速 c。在电缆中由于阻抗的因素，电信号的传播速度约为 $(2/3)c$，因此，$T=3L/2c$。反过来，确定了传播时间 T，也可得出电缆长度 $L=(2/3)c \times T$。

2) 中继器扩展电信号传播距离

电信号通过电缆传播会产生衰减，衰减程度与电缆的长度成正比，因此，单段电缆不允许很长，表 3.1 中给出了不同传输媒体单段电缆的长度。为了扩大冲突域直径，必须使用电缆连接设备——中继器（或转发器）。中继器是一个物理层设备，它的功能是将衰减后的电信号再生，即放大和同步，图 3.14 给出中继器再生基带信号的过程。中继器将一端接收到的已经衰减的电信号经放大、同步后从另一端输出的过程需要时间，因此，在使用中继器互连电缆的冲突域中，不能简单地根据作为冲突域直径的时间 T，推算出物理距离 $L=(2/3)c \times T$，而必须考虑电信号经过中继器所花费的时间。如果每一个中继器的延迟时间为 T'，冲突域中有 N 个中继器，根据作为冲突域直径的时间 T，可大致推算出冲突域直径的物理距离 $L=(2/3)c \times (T-N \times T')$。

表 3.1   各种类型电缆的物理距离

传输媒体类型	中继器数量	单段电缆长度/m	冲突域直径/m
粗同轴电缆	4	500	2500
细同轴电缆	4	185	925
双绞线	4	100	500

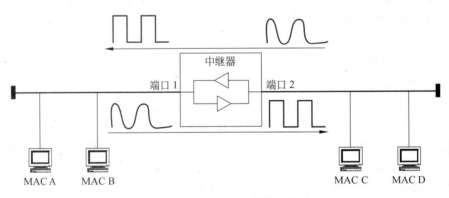

图 3.14   中继器再生基带信号的过程

中继器是物理层互连设备，理论上可以通过中继器的信号再生功能无限扩大冲突域，即经过中继器互连的同轴电缆总长不受限制。

3) MAC 帧的最短帧长

为了保证发送端能够检测到任何情况下发生的冲突，MAC 帧的发送时间和冲突域直径之间存在密切关联。而 MAC 帧的长度和总线的传输速率又决定了 MAC 帧的发送时间，因此，冲突域直径和 MAC 帧的最短帧长之间存在密切关联，下面通过图 3.15 讨论它们之间的关系。

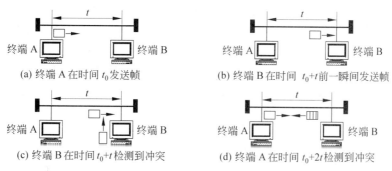

(a) 终端 A 在时间 t_0 发送帧　　　　　(b) 终端 B 在时间 t_0+t 前一瞬间发送帧

(c) 终端 B 在时间 t_0+t 检测到冲突　　　(d) 终端 A 在时间 t_0+2t 检测到冲突

图 3.15　冲突域直径和最短帧长之间的关系

图 3.15 中假定已经知道了冲突域直径是时间 t，这意味着电信号从终端 A 传播到终端 B 所需要的时间为 t（电信号传播过程中可能经过若干中继器），那么如何确定最短帧长呢？

假定终端 A 在时间 t_0 开始发送 MAC 帧，在 t_0+t 前一瞬间，终端 B 由于侦听到总线空闲也开始发送数据（如图 3.15(b)所示）。当然，终端 B 立即检测到冲突发生（如图 3.15(c)所示）。它一方面停止发送 MAC 帧，另一方面通过发送阻塞信号来强化冲突，方便终端 A 对冲突的检测。但终端 B 发送的电信号必须经过时间 t 才能到达终端 A（见图 3.15 (d)），与终端 A 发送的电信号叠加，使终端 A 能够检测到冲突发生。由于终端 A 发送每一个 MAC 帧的过程是边发送边检测冲突是否发生，因此，为了确保能够检测到任何情况下发生的冲突，终端 A 发送 MAC 帧的时间不能小于 $2t$，因此，将发送时间为 $2t$ 的 MAC 帧长度称为最短帧长，如果最短帧长为 M，网络传输速率为 S，则 $M/S=2t$，求出 $M=2t\times S$。10Mbps 以太网标准规定 $t=25.6\mu s$，$2t=51.2\mu s$，$S=10$Mbps，求出 MAC 帧最短帧长 $=51.2\times10^{-6}\times10\times10^6=512b=64B$。64B 最短帧长的含义是：在确定冲突域直径为 $25.6\mu s$ 的前提下，发送端只有保证每一帧的发送时间 $\geqslant51.2\mu s$，才能检测到任何情况下发生的冲突。$2t$ 称为争用期，也称为冲突窗口，任何一个终端只有在冲突窗口内没有检测到冲突发生，才能保证该次发送不会发生冲突。

4）最短帧长对高速以太网冲突域直径的限制

如果没有中继设备，冲突域两端之间直接用电缆连接，$25.6\mu s$ 的冲突域直径转换成的物理距离 $=25.6\times10^{-6}\times2\times10^8$ （$2c/3=2\times10^8$m/s）$=5120$m，但无论是粗同轴电缆，还是细同轴电缆，单段电缆的长度都不可能达到 5120m，如表 3.1 所示，因此，必须使用中继器，使用中继器后的冲突域直径的物理距离和冲突域两端之间通路中的中继器数量及中继器实现信号再生所需要的时间有关。表 3.1 给出了不同传输媒体下 $25.6\mu s$ 传播时间能够达到的物理距离，即转换成物理距离的冲突域直径，需要强调的是：表 3.1 是标准推荐的冲突域直径的物理距离，它不仅需要考虑中继器信号再生过程所需要的时间，还须有一定的冗余，因此，小于极端条件下计算出的物理距离。

在明白了最短帧长和冲突域直径之间的关系后，就会发现以太网发展过程中遇到的诸多困难。电信号传播时间与终端发送数据的速率无关，基本上只和传输距离和中间经过的中继器数量有关，当终端网卡的传输速率从 10Mbps 上升到 100Mbps 时，如果保持冲突域直径不变（仍然为 $25.6\mu s$），发送端发送 MAC 帧的时间必须大于 $25.6\mu s\times2=51.2\mu s$，计算出最短帧长 $=(51.2\times10^{-6})\times(100\times10^6)=5120b$，即 640B。如果为了兼容，要求最短帧长不变,仍为64B,则冲突域直径必须缩小到以100Mbps传输速率发送512位二进制数所需时间的一半($t=M/(2S)$),即$(512/(100×10^6×2))$s$=2.56\mu$s,将其转换成物理距离,大约在200m(考虑中间存在中继器的情况)。100Mbps以太网选择了最短帧长和10Mbps以太网兼容,但将转换成物理距离的冲突域直径降低到216m,图3.16是标准推荐的100Mbps以太网的连接方式。216m是冲突域两端之间通路存在2个中继器的情况下,电信号在2.56μs时间内所能传播的最大物理距离。

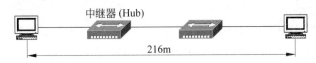

中继器(Hub)

216m

图3.16 100Mbps以太网的连接模式

当以太网传输速率从100Mbps发展到1000Mbps时,如果维持最短帧长不变,仍为64B,则冲突域直径将缩小到以1000Mbps传输速率发送512位二进制数所需时间的一半,即$(512/(1000×10^6×2))$s$=0.256\mu$s。最短帧长和冲突域直径之间矛盾更加突出。这种情况下,转换成物理距离的冲突域直径将下降为50m左右,网络将失去实际意义。因此,1000Mbps以太网将最短帧长选择为640B,这样,冲突域直径可以提高到以1000Mbps传输速率发送5120位二进制数所需时间的一半,即$(5120/(1000×10^6×2))$s$=2.56\mu$s,仍然能够将转换成物理距离的冲突域直径维持在200m左右。

1000Mbps以太网扩大最短帧长的方法有两种,一种是将多个帧长小于640B的MAC帧集中起来当作一个MAC帧发送,保证发送时间大于2.56μs。另一种方法是如果发送的MAC帧的长度小于640B,网卡在发送完MAC帧后,继续发送填充数据,保证每次发送时间大于2.56μs,通过这两种方法既保证了将最短帧长扩大到640B,又和10Mbps、100Mbps以太网兼容。

【**例3.1**】 根据CSMA/CD工作原理,下述情况中需要提高最短帧长的是:

A. 网络传输速率不变,冲突域最大距离变短

B. 冲突域最大距离不变,网络传输速率变高

C. 上层协议使用TCP概率增加

D. 在冲突域最大距离不变的情况下,减少线路中的中继器数量

【**解析**】 最短帧长$=2×T×S$,T是化作时间的冲突域直径,即电信号经过冲突域最大距离传播所需要的时间,S是网络传输速率。

A情况中,T减小,S不变,最短帧长应该减小,不是提高。

B情况中,T不变,S变高,最短帧长应该提高。

C情况中,底层网络的工作过程应该和高层协议无关,这也是分层的主要原因,因此,上层使用TCP的概率和最短帧长无关。

D情况中,由于线路中的中继器数量减少,在冲突域最大距离不变的情况下,电信号经过冲突域最大距离传播所需要的时间T减少,最短帧长应该减小。

综合以上分析,正确答案是B。

【**例3.2**】 在一个采用CSMA/CD的网络中,传输介质是一根完整的电缆,传输速率为1Gbps,电缆中的信号传播速度为$(2/3)c(2×10^8 m/s)$,若最小帧长减少800b,则相距最远的

两个站点之间的距离至少需要多少?

　　A. 增加 160m　　　B. 增加 80m　　　C. 减少 160m　　　D. 减少 80m

　　【解析】　根据公式:最短帧长(最小帧长)=2×T×S,求出作为冲突域直径的时间差(T−T′)=最小帧长差/(2×S)=800/(2×10⁹)=4×10⁻⁷s,冲突域直径的距离差=冲突域直径的时间差(T−T′)×电信号传播速度=4×10⁻⁷s×2×10⁸m/s=80m。正确答案是减少 80m,选 D。

　　【例 3.3】　某局域网采用 CSMA/CD 协议实现介质访问控制,数据传输速率为 10Mbps,主机甲和主机乙相距 2km,信号传播速度为 200 000km/s,请回答下列问题并给出计算过程。

　　(1) 若主机甲和主机乙发送数据时发生冲突,从开始发送数据到两个主机均检测到冲突发生的最短和最长时间分别是多少(假定主机甲和主机乙发送数据期间,其他主机不发送数据)?

　　(2) 若网络不存在任何冲突和差错,主机甲以以太网标准允许的最长数据帧(1518B)向主机乙发送数据,一旦主机乙成功接收当前数据帧,主机甲立即发送下一帧,问主机甲的有效数据传输速率是多少(不考虑 MAC 帧的先导码)?

　　【解析】　(1) 主机甲和主机乙同时发送数据的情况下,所需时间最短,为端到端传播时延,等于 2/200 000=1×10⁻⁵s。一方发送的数据到达另一方时,另一方才开始发送数据的情况下,所需时间最长,为端到端传播时延的两倍,等于 2×(2/200 000)=2×10⁻⁵s。

　　(2) 主机甲两帧数据帧的发送间隔=(1518×8)/(10×10⁶)+(2/200 000)=1.2244×10⁻³,有效数据传输速率等于间隔时间内实际发送的字节数/间隔时间=(1518×8)/(1.2244×10⁻³)=9.92Mbps。

　　5) 集线器和星形以太网结构

　　自从出现双绞线作为传输媒体的以太网标准,人们开始广泛采用集线器(HUB)来互连终端。集线器是一个多端口中继器,端口支持的传输媒体类型通常为双绞线,因此,用集线器连接终端方式构建的以太网仍然是一个共享式以太网,即整个以太网是一个冲突域,图 3.17 是用集线器互连终端的网络结构和集线器工作原理图。

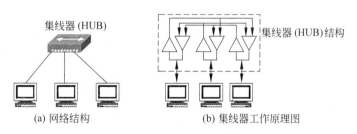

图 3.17　集线器互连终端的网络结构和集线器工作原理图

　　从图 3.17 中可以看出:虽然连接终端的双绞线电缆分别有一对双绞线用于发送,一对双绞线用于接收,但一旦某个终端发送数据,发送的数据将传播到所有终端的接收线上,因此,任何时候仍然只允许一个终端发送数据。可以说集线器只改变了以太网的拓扑结构,将以太网从总线形变为星形,但终端通过争用总线传输数据的实质没有改变。可以将集线器想象为缩成一个点的总线,把这种物理上的星形网络当作逻辑上的总线形网络,即从物理连接方式看是星形,但从信号传输方式看,仍然和总线形以太网相同。因此,仍然可以将由集线器连接终端构成的冲突域作为单个广播信道。

集线器互连终端的方式如图 3.18 所示，将两端连接水晶头的双绞线缆的一端插入集线器 RJ-45 标准端口。另一端插入 PC 网卡 RJ-45 标准端口，RJ-45 是双绞线接口标准。多台集线器可以通过双绞线缆串接在一起，根据以太网标准，10Mbps 的集线器最多串接 4 个，冲突域直径为 500m。100Mbps 的集线器最多串接 2 个，冲突域直径为 216m，图 3.16 就是串接两个集线器的网络结构。

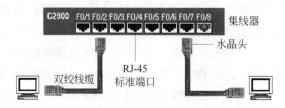

图 3.18　集线器互连终端示意图

从前面讨论中可以得出：CSMA/CD 算法虽然解决了冲突域内终端争用总线的问题，但严格限制了同一冲突域内的终端数量和两个终端之间的最大物理距离，这使得以太网的应用前景蒙上了阴影，尤其在 ATM 技术出现后，人们纷纷预测 ATM 网络将在不久会取代以太网。

3.2.3　透明网桥与冲突域分割

1. 网桥分割冲突域原理

如果想要扩大以太网的作用范围，必须能够将一个大型以太网分割成若干个冲突域，并用一种设备将多个冲突域互连在一起，这种互连多个冲突域的设备就是网桥。

图 3.19 是一种用双端口网桥将 2 个冲突域互连成一个以太网的结构，终端 A、终端 B 和网桥端口 1 构成一个冲突域，终端 C、终端 D 和网桥端口 2 构成一个冲突域。和中继器不同，网桥不会将从一个端口接收到的电信号经放大、整形后从另一个端口发送出去。网桥实现电信号隔断和位于不同冲突域的终端之间通信功能的原理如图 3.20 所示。

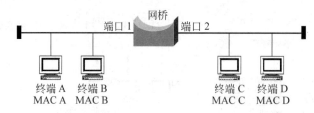

图 3.19　用双端口网桥互连 2 个冲突域的以太网结构

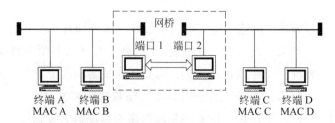

图 3.20　网桥实现电信号隔断并在不同冲突域之间转发 MAC 帧的原理

一个网络成为单个冲突域是因为连接在网络中的任何一个终端所发送的电信号都被传播到整个网络中,中继器虽然从物理上将电缆分割成了两段,但连接在其中一段电缆上的终端所发送的电信号通过中继器传播到另一段,只是中继器在将电信号从一个端口连接的电缆传播到另一个端口连接的电缆时,还将已经衰减的电信号放大、整形、同步,还原成标准的基带信号。虽然网桥和中继器的物理连接方式一样,但网桥完全隔断了电信号的传播通路,对于图 3.19 所示的连接方式,电信号只能在单段电缆上传播,一段电缆上的电信号无法通过网桥传播到另一段电缆上。从电信号传播的角度看,通过网桥连接的两段电缆完全是相互独立的两个冲突域,双端口网桥将网络分割为 2 个相互独立的总线形以太网,如图 3.20所示。

在同一个冲突域中,网桥端口和其他终端的功能是一样的,一方面,它也接收其他终端经过总线发送的 MAC 帧。另一方面,它也通过连接的总线发送数据,发送数据时,同样需要遵循 CSMA/CD 算法,在侦听到总线空闲并维持 IFG 所规定的时间间隔后,才能开始数据发送。为了实现位于不同冲突域的两个终端之间的通信功能,网桥能够从一个端口接收MAC 帧,再从另一个端口将 MAC 帧转发出去。但切记,当网桥从另一个端口转发MAC 帧前,它必须先侦听另一个端口所连总线是否空闲,只有在另一个端口所连总线空闲的情况下,网桥才开始转发 MAC 帧的操作。这表明:①网桥必须有缓冲器空间来存储因另一个端口所连总线忙而无法及时转发的 MAC 帧;②2 个冲突域可以同时进行数据传输而不会发生冲突,比如图 3.19 中的终端 A 和终端 B、终端 C 和终端 D 就允许同时进行数据传输。同一个冲突域中,由 N 个终端共享总线带宽 M,在不考虑因为冲突导致的带宽浪费的情况下,每一个终端平均分配 M/N 带宽。由于网桥每一个端口连接的冲突域都是独立的,因此,对于 N 个端口的网桥,当每一个端口连接的冲突域的带宽为 M 时,总的带宽是 $N×M$。

2. 网桥根据转发表转发 MAC 帧

如果是位于同一个冲突域的两个终端之间进行数据传输,如图 3.19 中的终端 A 向终端 B 发送数据,网桥连接该冲突域的端口虽然也接收到该 MAC 帧,但丢弃该 MAC 帧,不对该 MAC 帧作任何处理。如果是位于某个冲突域的终端向位于另一个冲突域的终端发送数据,如图 3.19 中的终端 A 向终端 C 发送数据,网桥从连接发送终端所在冲突域的端口接收 MAC 帧,在另一个端口所连的总线空闲的情况下,通过另一个端口将该 MAC 帧转发出去。问题在于网桥如何得知哪些 MAC 帧是需要转发的,哪些 MAC 帧是可以丢弃的呢?

这个功能通过网桥中的转发表来实现,表 3.2 是图 3.19 中网桥所建立的转发表,转发表中的每一项称为转发项,转发项给出的 MAC 地址是某个终端所安装的网卡上的 MAC地址,对应的转发端口表明该 MAC 地址所对应的终端连接在转发端口所连的冲突域上。如转发表中其中一项转发项的 MAC 地址是 MAC A,转发端口为端口 1,这表明和 MAC A这个 MAC 地址关联的终端(终端 A)连接在端口 1 所连的冲突域上。

表 3.2　转发表

MAC 地址	转发端口	MAC 地址	转发端口
MAC A	端口 1	MAC C	端口 2
MAC B	端口 1	MAC D	端口 2

网桥中有了表 3.2 给出的转发表后,就能够轻易解决从一个端口接收到的MAC帧是否需要从另一个端口转发出去的问题。由于每一个 MAC 帧都携带源 MAC 地址和目的 MAC 地址,源 MAC 地址给出发送终端的 MAC 地址,而目的 MAC 地址给出接收终端的 MAC 地址,当网桥从一个端口接收到 MAC 帧,它根据 MAC 帧携带的目的MAC地址去查找转发表,假定在转发表中找到一项转发项,该转发项的 MAC 地址和 MAC 帧的目的 MAC 地址相同,而该转发项的转发端口为 X,如果端口 X 就是接收到该 MAC 帧的端口,意味着发送该 MAC 帧的终端和接收该 MAC 帧的终端位于同一个冲突域,即网桥端口 X 所连的冲突域,网桥无须对该 MAC 帧作任何处理。如果端口 X 不是网桥接收到该 MAC 帧的端口,意味着接收终端连接在端口 X 所连接的冲突域上,而且和发送终端不在同一个冲突域,网桥必须通过 CSMA/CD 算法成功地通过端口 X 转发该 MAC 帧。如果某项转发项的 MAC 地址和 MAC 帧的目的 MAC 地址相同,表示该转发项和该 MAC 帧的目的 MAC 地址匹配。

3. 网桥工作流程

有了表 3.2 所示的转发表,网桥可以正常工作,但转发表是如何建立的呢?建立转发表的方法有两个,一是通过手工配置,由网络管理人员完成对每一个网桥的转发表的配置工作,这不仅非常麻烦,而且几乎不可行。二是由网桥通过学习自动建立转发表。当网桥从端口 X 接收到一个 MAC 帧,意味着端口 X 和该 MAC 帧的发送终端位于同一个冲突域,网桥就可以在转发表中添加一项,该项的 MAC 地址为该 MAC 帧携带的源 MAC 地址,而转发端口为网桥接收到该 MAC 帧的端口 X。只有当网桥所连的 2 个冲突域上的所有终端均发送了 MAC 帧,网桥才能完整建立表 3.2 所示的转发表,如果网桥刚初始化,对接收到的第一个 MAC 帧作何处理? 或者虽然转发表中已有若干项,但就是没有与接收到的 MAC 帧所携带的目的 MAC 地址所匹配的项,那又将如何? 这种情况下,网桥将从除接收到该 MAC 帧的端口以外的所有其他端口广播该 MAC 帧。图 3.21 给出了网桥地址学习和 MAC 帧转发的过程。

如果网桥在转发表中找到和 MAC 帧源地址相同的项,但该项转发端口字段中给出的端口号和网桥接收该 MAC 帧的端口 X 不同,表示终端位置发生改变,用 X 取代该项的转发端口,这一操作图 3.21 中称为更新传送方向。网桥对转发表中的每一项都设置了一个定时器,如果在规定时间内没有接收到以该转发项中 MAC 地址为源 MAC 地址的 MAC 帧,将从转发表中删除该项,这样做的原因在于网络中终端的位置不是一成不变的,因此,网桥端口和终端之间的关联必须是动态的。

4. 网桥无限扩展以太网

中继器或集线器是传输媒体扩展设备,由于电信号在传播过程中会发生衰减,因此,单段传输媒体的长度受到严格限制,如单段双绞线的长度必须小于100m。中继器的信号再生功能使得由中继器互连的传输媒体长度得到扩展,这也是称中继器为物理层互连设备的主要原因。如果单从电信号传播质量考虑,两个终端之间串接的集线器可以有无穷个,但由于存在冲突域直径限制,使两个终端之间串接的集线器数目受到严格限制。扩展以太网的另一种方法是用网桥互连多个冲突域,虽然每一个冲突域受冲突域直径限制,但由于网桥的互连级数没有限制,因此,经网桥扩展后的以太网的端到端传输距离可以无限大。

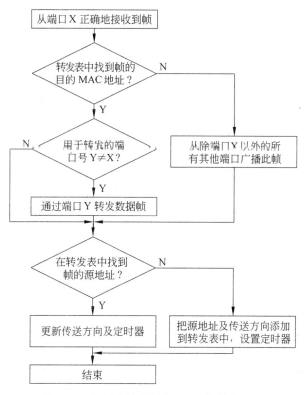

图 3.21　网桥地址学习和 MAC 帧转发过程

5. 全双工通信扩展无中继传输距离

图 3.19 是一个双端口网桥,如果是一个多端口网桥,而且每一个端口只连接一个终端,是否就不存在冲突域了? 答案显然是否定的,仍然存在冲突域,只是每一个冲突域由终端和网桥端口组成。这种情况下,网桥端口和终端之间允许的最大物理距离就是转换成距离后的冲突域直径。假定网桥端口和终端网卡都符合 1000Mbps 以太网标准,在最短帧长只有 64B 的情况下,它们之间允许的最大距离等于 $(512/(2\times1000\times10^{6}))\times(2/3)c=51.2\text{m}$。

1000Mbps 传输速率、以双绞线为传输媒体的以太网采用 4 对双绞线进行传输,其中一对用于发送数据,一对用于接收数据,如果只有一个终端和网桥端口互连,可以采用全双工通信方式,这样,网桥端口和终端可以同时发送、接收数据,不再存在冲突域,也没有了争用总线的问题。对于光纤这一传输媒体,由于存在发送和接收光纤,也支持全双工通信方式,也可消除冲突域。因此可以得出如下结论:如果网桥每一个端口只连接一个终端,且终端和网桥端口之间采用全双工通信方式,冲突域将不复存在,终端和网桥端口之间传输距离不再受冲突域直径限制。同样,互连网桥的物理链路也可采用全双工通信方式,以此消除冲突域直径对两个网桥之间的传输距离的限制。

6. 网桥工作过程举例

【例 3.4】　如果图 3.22 中的互连设备是集线器,计算出图 3.22 中的冲突域数量。

【解析】　由于图中三个互连设备都是集线器,因此,整个网络是一个冲突域,所以图 3.22 中只有一个冲突域,根据以太网标准,图 3.22 所示网络结构只适用于 10Mbps 以太网。

【例 3.5】　如果图 3.22 是用一个网桥互连 2 个集线器的网络结构,即用网桥取代集线

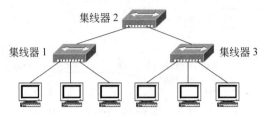

图 3.22   用集线器构建网络

器 2，重新计算出图 3.22 中的冲突域数量。

　　【解析】   这种情况下，图 3.22 中的冲突域数量为 2，每一个冲突域范围是网桥端口加上集线器所连接的终端。

　　【例 3.6】   如果图 3.22 是用 3 个网桥构建的网络结构，每一个网桥端口只连接一个终端，终端和网桥之间、网桥和网桥之间采用全双工通信方式，重新计算出图 3.22 中的冲突域数量。

　　【解析】   这种情况下，图 3.22 中不存在冲突域，所有对冲突域的限制对上述假定下的图 3.22 所示网络不起作用。

　　【例 3.7】   如果图 3.22 是用 3 个网桥构建的网络结构，每一个网桥端口只连接一个终端，假定这三个网桥的转发表的初始状态是空表，请给出按照顺序进行的终端 A→终端 D、终端 C→终端 D、终端 E→终端 A、终端 C→终端 E 的数据传输过程。

　　【解析】   当终端 A 想要给终端 D 发送数据时，它将需要发送的数据封装在 MAC 帧中的数据字段，以终端 A 的 MAC 地址（MAC A）为 MAC 帧的源 MAC 地址，终端 D 的 MAC 地址（MAC D）为 MAC 帧的目的 MAC 地址，然后将 MAC 帧发送给网桥 1，网桥 1 从端口 1 接收到该 MAC 帧，用该 MAC 帧携带的目的 MAC 地址去查找转发表，由于转发表为空，当然找不到匹配项，网桥 1 将该 MAC 帧从除接收端口（端口 1）以外的所有其他端口（端口 2、3、4）发送出去。用该 MAC 帧携带的源 MAC 地址去查找转发表，如果找不到匹配项，则在转发表中添加一项，其中 MAC 地址为该 MAC 帧携带的源 MAC 地址，转发端口为接收该 MAC 帧的端口（端口 1），如图 3.23 所示。网桥 1 的广播操作使网桥 2 的端口 1 和终端 B、C 均接收到该 MAC 帧，终端 B、C 发现该 MAC 帧携带的目的 MAC 地址和自身的 MAC 地址不符，将该 MAC 帧丢弃。而网桥 2 和网桥 1 一样，由于在转发表中找不到该 MAC 帧对

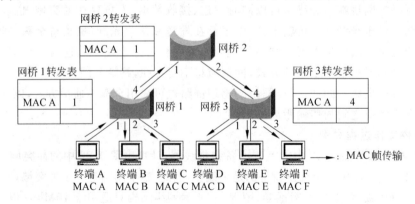

图 3.23   终端 A→终端 D 转发过程

应的转发端口,广播该帧,并根据该 MAC 帧携带的源 MAC 地址在转发表中添加一项,如图 3.23 所示。

该 MAC 帧到达网桥 3,最终从网桥 3 的端口 1、2、3(除接收该 MAC 帧的端口 4 以外的其他端口)转发出去,并根据该 MAC 帧携带的源 MAC 地址在网桥 3 的转发表中添加一项,如图 3.23 所示。从网桥 3 的端口 1、2、3 转发出去的 MAC 帧到达终端 D、E、F,由于终端 D 自身的 MAC 地址(MAC D)和该 MAC 帧携带的目的 MAC 地址相同,继续处理该 MAC 帧,其他终端丢弃该 MAC 帧,传输过程结束。

终端 C→终端 D 的传输过程和终端 A→终端 D 的传输过程基本相同,由于终端 C 的 MAC 地址在转发表中找不到匹配项,因此,网桥 1、2、3 的转发表中都增加了 MAC 地址为 MAC C 的项,如图 3.24 所示。

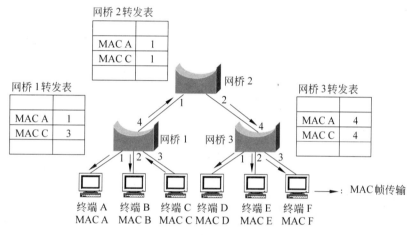

图 3.24　终端 C→终端 D 转发过程

当网桥 3 接收到终端 E 发送的源 MAC 地址为 MAC E,目的 MAC 地址为 MAC A 的 MAC 帧时,网桥 3 用该 MAC 帧携带的目的 MAC 地址去查找转发表,找到匹配项,并获知该 MAC 帧的转发端口为端口 4,将该 MAC 帧从端口 4 发送出去(不广播,只从端口 4 转发该 MAC 帧),同时,在转发表中添加一项,该项的 MAC 地址为 MAC E(该 MAC 帧携带的源 MAC 地址),转发端口为端口 2(网桥 3 接收到该 MAC 帧的端口)。

从网桥 3 端口 4 发送出去的该 MAC 帧到达网桥 2 端口 2,网桥 2 同样根据转发表将该 MAC 帧从端口 1 发送出去,并在转发表中添加一项。网桥 1 依此操作,将该 MAC 帧通过端口 1 发送给终端 A,同时在转发表中添加一项,如图 3.25 所示。

MAC 帧从终端 C 传输到终端 E 的过程,与 MAC 帧从终端 E 传输到终端 A 的过程基本相同,由于网桥 1、2、3 都能在转发表中找到与该 MAC 帧携带的目的 MAC 地址(MAC E)匹配的项,都能从指定端口发送该 MAC 帧,但由于转发表中已经存在和该 MAC 帧源 MAC 地址匹配的项,且该项给出的转发端口和网桥接收该 MAC 帧的端口相同,因此,网桥只复位和转发表中该项关联的定时器(重新开始计时),而不用添加新的项,如图 3.26 所示。

当转发表中不存在与需要转发的 MAC 帧携带的目的 MAC 地址匹配的项时,网桥就广播该 MAC 帧,因此,在转发表完全建立之前,大量 MAC 帧是以广播方式传输的。为了

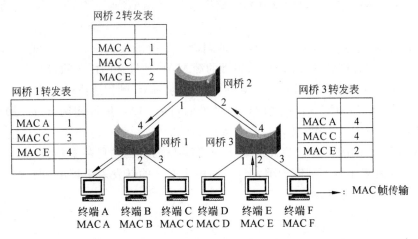

图 3.25　终端 E→终端 A 转发过程

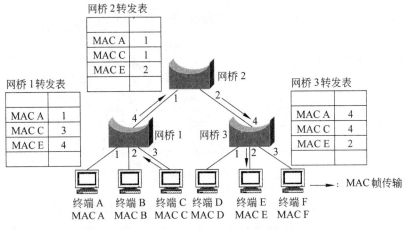

图 3.26　终端 C→终端 E 转发过程

使网络中所有终端在所有网桥的转发表中都有匹配项，每一个终端在加电启动后以自身 MAC 地址为源 MAC 地址，以广播地址(48 位全 1)为目的 MAC 地址广播一帧 MAC 帧，以便让网络中的所有网桥都在转发表中添加与该终端自身 MAC 地址匹配的项，这样，当有其他终端向该终端发送 MAC 帧时，该 MAC 帧经过的网桥就不需要以广播方式转发该 MAC 帧了。

7. 网桥为互连设备的以太网的本质含义

网桥本质上是一个数据报分组交换机，如图 3.27 所示，转发表中各项指出通往由 MAC 地址指定的目的终端的传输路径，每当完整接收一帧 MAC 帧，先用 MAC 帧携带的检错码检测 MAC 帧是否出错，如果出错则丢弃该 MAC 帧，否则，根据转发表和 MAC 帧携带的目的 MAC 地址确定输出端口，然后，通过交换结构实现输入端口至输出端口的交换过程，由输出端口完成输出操作，如果输出端口正在输出其他 MAC 帧，则先在输出端口的输出队列中等待。

网桥有多个端口，每一个端口可以连接点对点信道，也可以连接广播信道，当然，广播信

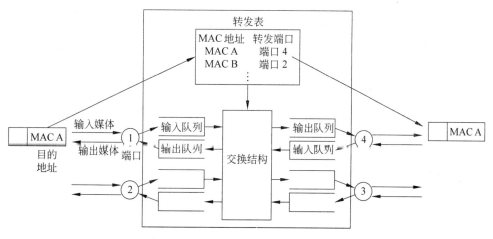

图 3.27　网桥——数据报分组交换机

道可以是单段总线,或是由中继器互连的多段总线,也可以是由集线器互连的多对双绞线缆,目前常见的广播信道是由集线器构成的星形冲突域。如果某个端口连接的是全双工点对点信道,则可以直接通过输出物理链路输出 MAC 帧,不需在输出 MAC 帧时进行CSMA/CD 操作。如果某个端口连接的是广播信道或是半双工点对点信道,则通过CSMA/CD 操作输出 MAC 帧,由于广播信道和半双工点对点信道本身是一个冲突域,最远距离受冲突域直径限制。网桥在 MAC 帧端到端传输过程中完成的功能有二,一是检测MAC 帧经过每一段物理链路传输后是否出错,并丢弃出错的 MAC 帧。二是选择通往目的终端的传输路径。因此,图 3.28 所示的由网桥互连点对点信道或广播信道构成的网络就是一个数据报分组交换网络,根据 OSI 网络体系结构所定义的功能,点对点信道或广播信道实现物理层要求的基带信号传输功能,CSMA/CD 实现广播信道或半双工点对点信道的链路层功能,全双工点对点信道的链路层功能相对简单,只是完成 MAC 帧封装、帧定界及检错等功能,网桥实现网络层要求的路由功能。

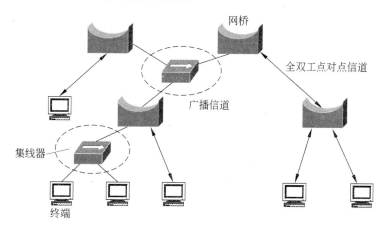

图 3.28　数据报分组交换网络

　　实际的讨论中为什么将网桥作为链路层设备?其主要原因是目前习惯将网际层等同于网络层,这样,网络层的功能被定义为路由 IP 分组,因此,只有用于互连不同类型传输网络的路由器被称为网络层设备，而网桥因为路由 MAC 帧被定义为链路层设备。这也表明 OSI 体系结构的功能定义适用于单种类型的传输网络，并不适用于互联网结构，因此，在以后的讨论中对设备按层分类的依据是该设备处理的对象，如果处理的对象是电信号或光信号，则为物理层设备，如果处理的对象是和特定传输网络相关的信息格式，如以太网的 MAC 帧，则为链路层设备，如果处理的对象是 IP 分组，则为网际层设备，为了与人们目前的习惯一致，也可以称为网络层设备。网络层设备也被称为三层设备，依次类推，链路层设备可以称为二层设备。

以太网网桥常被称为透明网桥，主要原因是 MAC 帧端到端传输过程中经过的网桥对 MAC 帧的发送端是透明的，即发送端发送 MAC 帧时，不需要知道端到端传输路径所经过的网桥，这种称呼完全是为了和源路由网桥（或源选径网桥）相区分，顾名思义，源路由网桥必须在发送 MAC 帧前，获悉端到端传输路径所经过的所有网桥，并在 MAC 帧中给出这些网桥的标识符，源路由网桥多用在令牌环网中。以太网中由网桥和互联网桥的物理链路构成的端到端传输路径称为交换路径，以此凸显网桥的分组交换功能。

3.2.4 生成树协议

1. 生成树协议基本功能

网桥在没有完全建立转发表之前，以广播方式转发 MAC 帧的机制对网桥之间的连接方式带来很大限制，图 3.29 是两个网桥之间存在环路的连接方式，这种连接方式对传输 MAC 帧会带来一些问题。

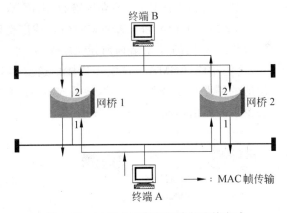

图 3.29　网桥之间存在环路的连接方式

假定网桥 1 和网桥 2 中转发表还没有学习到终端 B 的 MAC 地址，当终端 A 向终端 B 发送 MAC 帧，网桥 1 和网桥 2 的端口 1 均收到该 MAC 帧，由于网桥 1 和网桥 2 转发表中均没有和终端 B 的 MAC 地址匹配的项，网桥 1 和网桥 2 又都从端口 2 将该 MAC 帧发送出去（广播方式）。同样，网桥 1 端口 2 通过争用共享媒体发送的 MAC 帧被网桥 2 的端口 2 收到，而网桥 2 端口 2 通过争用共享媒体发送的 MAC 帧又被网桥 1 的端口 2 收到。此时，虽然终端 B 已经重复 2 次收到该 MAC 帧，但网桥 1 和网桥 2 仍然又通过端口 1 将该 MAC 帧发送出去（广播方式）。使得该 MAC 帧在由网桥 1、网桥 2 构成的环路内不停地兜圈子，白白浪费了网络带宽。导致该问题发生的罪魁祸首就是网桥之间形成的环路，因此，用网桥互连而成的网络中,任何两个终端之间只允许存在一条传输路径。

在设计网络时做到这一点并不难,可以设计一个树形结构的网络,终端为树的叶结点,从树根到任何叶结点之间不容许有任何环路存在(只允许有一条传输路径),这样的树形网络结构如图 3.30 所示。但这种网络结构的可靠性不高,任何一段链路发生故障,都有可能使一部分终端无法和网络中的其他终端通信。是否能够设计这样一种网络,它存在冗余链路,但在网络运行时,通过阻塞某些端口使整个网络没有环路,当某条链路因为故障无法通信时,通过重新开通原来阻塞的一些端口,使网络终端之间依然保持连通性,而又没有形成环路,这样,既提高了网络的可靠性,又消除了环路带来的问题。生成树协议(Spanning Tree Protocol,STP)就是这样一种机制,图 3.31 就是描述生成树协议作用过程的示意图。

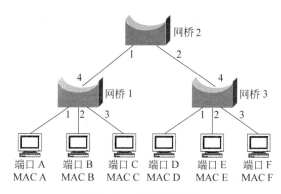

图 3.30　树形网络结构

2. 生成树协议操作过程

为了将图 3.31 (a)这样的网状拓扑结构变成图 3.31 (b)以网桥 4 为根的树形结构,生成树协议必须完成下述功能:

(1) 产生根网桥;

(2) 其他网桥找出与根网桥路径最短的根端口;

(3) 对任何与两个或两个以上网桥端口相连的链路,找出指定网桥和指定端口。

根网桥是形成图 3.31(b)所示的生成树后,作为树根的网桥。而某个网桥的根端口是指这样一个端口,网桥通过该端口到达根网桥的路径最短。某个网桥的根路径距离就是通过该网桥的根端口到达根网桥的距离,它是该网桥到达根网桥的最短路径距离。如果某条链路不是根路径所经过的链路,且这条链路连接两个或以上网桥端口,该链路就会形成环路,这样的链路只能由一个端口进行正常的输入输出操作,其余端口都将被阻塞,进行正常的输入输出操作的端口就是该链路的指定端口,端口所在网桥就是指定网桥。为了产生根网桥,必须对所有网桥分配一个标识符,标识符格式如图 3.32 所示,前 2 个字节的网桥优先级可以手工配置,后 6 个字节的网桥 MAC 地址是厂家在生产网桥时设定的,不能修改。所有网桥中网桥标识符值最小的网桥为根网桥。因此,如果希望某个网桥成为根网桥,可将该网桥的网桥优先级字段配置成较小的值。

为了计算根路径距离,必须为网桥的每一端口设置路径距离,早期生成树协议规定端口路径距离＝1000Mbps/端口速率,在端口速率为 10Mbps、100Mbps 时,用这个公式计算出

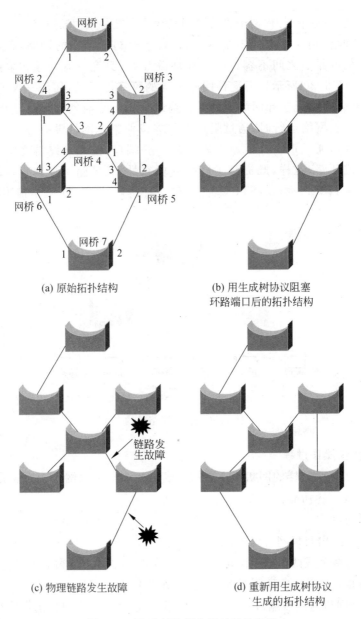

(a) 原始拓扑结构

(b) 用生成树协议阻塞
环路端口后的拓扑结构

(c) 物理链路发生故障

(d) 重新用生成树协议
生成的拓扑结构

图 3.31　生成树协议作用过程示意图

2	6
网桥优先级	网桥 MAC 地址

图 3.32　网桥标识符

的端口路径距离不仅是整数,而且能够反映出端口的速率差别,即端口速率越高,路径距离越小,端口速率差 10 倍,则路径距离也差 10 倍。但当端口速率为 10Gbps 时,求得的路径距离为小数,这和生成树协议对路径距离必须为整数的要求不符。如果将所有小于 1 的路径距离置为 1,又混淆了端口速率差别,因此,IEEE 重新对端口速率和路径距离之间的对应关系作了定义,如表 3.3 所示。

表 3.3　端口速率和端口路径距离之间的对应关系

端口速率	端口路径距离	端口速率	端口路径距离
10Mbps	100	1Gbps	4
100Mbps	19	10Gbps	2

为了生成以根网桥为树根的树形拓扑结构,由根网桥周期性地产生,并向其他网桥发送网桥协议数据单元(Bridge Protocol Data Unit,BPDU),BPDU 格式及主要包含的内容如图 3.33 所示。BPDU 的目的 MAC 地址固定为 01:80:C2:00:00:00,网桥将目的 MAC 地址为 01:80:C2:00:00:00 的 MAC 帧提交生成树协议进行处理。

图 3.33　BPDU 格式

1) 产生根网桥、其他网桥的根路径距离和根端口

每一个网桥加电或初始化后,认为自身就是根网桥,以此为每一个端口产生端口 BPDU,并周期性地从所有端口发送端口自身 BPDU。假定某个网桥的标识符为 I(简称网桥 I),加电或初始化后,该网桥确定根网桥标识符=I,根路径距离=0,以此为所有端口产生端口 BPDU,不同端口的端口 BPDU 中根网桥标识符、根路径距离和发送网桥标识符都是相同的,不同的只是端口标识符,如端口标识符为 P_i 的端口 BPDU 为<根网桥标识符=I,根路径距离=0,发送网桥标识符=I,发送端口标识符=P_i>,简写为<I,0,I,P_i>,端口 P_i 周期性发送 BPDU<I,0,I,P_i>。如果某个网桥的根网桥和根路径距离等网桥参数,通过某个接收到的或自身 BPDU 得出的,则该 BPDU 称为该网桥的网桥最佳 BPDU,显然,初始化后,网桥 I 的网桥最佳 BPDU 为该网桥自身 BPDU<I,0,I>。

初始化后,当网桥 I 通过端口标识符为 P 的端口接收到 BPDU<X,N,Y,P_j>(该 BPDU 由网桥 Y 通过端口 P_j 发出,而且表明网桥 Y 确定网桥 X 为根网桥,得出根路径距离为 N),Z=N+端口 P 路径距离,如果 X<I,进行如下操作:

① 根网桥标识符=X,根路径距离=Z,根端口标识符=P,BPDU<X,N,Y,P_j>为网桥最佳 BPDU;

② 重新为每一个端口生成端口 BPDU,端口标识符为 P_i 的端口 BPDU 为<X,Z,I,P_i>;

③ 一旦确定根网桥不是自身,只有在从根端口接收到网桥最佳 BPDU 的情况下,才通过除根端口以外的每一个非阻塞端口发送自身端口 BPDU。

一般情况下,假定网桥 I 根据目前的网桥最佳 BPDU <X,N1,Y1,P_i>得出根网桥标识符 X,根路径距离 Z,根端口标识符 P。当网桥从端口标识符为 P_i 的端口接收到 BPDU <X1,N2,Y2,P_j>,Z2=N2+端口 P_i 路径距离,依次进行下述各项操作,在上一项条件不成立的情况下，进行下一项操作：

① IF $X1<X$，$X=X1$，$Z=Z2$，$P=P_i$；

② IF $X1=X \cdot AND \cdot Z2<Z$，$Z=Z2$，$P=P_i$；

③ IF $X1=X \cdot AND \cdot Z2=Z \cdot AND \cdot N2<N1$，$P=P_i$；

④ IF $X1=X \cdot AND \cdot Z2=Z \cdot AND \cdot N2=N1 \cdot AND \cdot Y2<Y1$，$P=P_i$；

⑤ IF $X1=X \cdot AND \cdot Z2=Z \cdot AND \cdot N2=N1 \cdot AND \cdot Y2=Y1 \cdot AND \cdot P_i<P$，$P=P_i$。

在其中一项条件成立的情况下，将 BPDU$<X1,N2,Y2,P_j>$作为网桥最佳 BPDU，得出新的根网桥标识符 X，根路径距离 Z，根端口标识符 P。

一旦根网桥或根端口发生改变，网桥 I 重新为每一个端口生成端口 BPDU，如端口标识符为 P_k 的端口 BPDU 为$<X,Z,I,P_k>$，除根端口以外，每一个非阻塞端口发送自身端口 BPDU。以后，网桥只有在从根端口接收到网桥最佳 BPDU 的情况下，才通过除根端口以外的每一个非阻塞端口发送自身端口 BPDU。

确定网桥最佳 BPDU 的过程就是找到一条通往标识符最小的网桥的最短路径的过程，如果 BPDU$<X1,N2,Y2,P_j>$为网桥最佳 BPDU，表明网桥 Y2 是网桥 I 通往网桥 X1 的最短路径的上游网桥，网桥 I 通往网桥 X1 的最短路径距离＝网桥 Y2 通往网桥 X1 的最短路径距离 N2＋连接上游网桥的链路的路径距离。比较两个 BPDU 哪一个更优，就是比较以下五点：①以发送 BPDU 的网桥为上游网桥的两条路径中哪一条是通往标识符最小的网桥的路径。②如果两条路径通往同一个网桥，哪一条路径的距离更短。③如果两条路径距离相等，网桥 I 连接哪一条路径的端口的速率较快。④如果连接两条路径的端口的速率相同，哪一条路径的上游网桥标识符较小。⑤如果两条路径有着同一个上游网桥，哪一条路径连接的端口的标识符较小。

2）确定阻塞端口

如果网桥 I 的参数是根网桥标识符 X，根路径距离 Z，根端口标识符 P。当网桥 I 从端口标识符为 P_i 的端口接收到 BPDU$<X1,N1,Y1,P_j>$，在确定 BPDU$<X1,N1,Y1,P_j>$不是网桥最佳 BPDU 且 $X1=X$ 的前提下，依次进行下述各项操作，在上一项条件不成立的情况下，进行下一项操作：

① IF $N1<Z$，阻塞端口 P_i；

② IF $N1=Z \cdot AND \cdot Y1<I$，阻塞端口 P_i；

③ IF $N1=Z \cdot AND \cdot Y1=I \cdot AND \cdot P_j<P_i$，阻塞端口 P_i。

某个端口为阻塞端口，表明通过该端口接收到的 BPDU 优于根据网桥参数产生的端口 BPDU，如上例中，端口 P_i 的端口 BPDU 为$<X,Z,I,P_i>$，如果通过端口 P_i 接收到 BPDU$<X1,N1,Y1,P_j>$，依次比较：Z 和 N1；I 和 Y1；P_i 和 P_j，在前一项相等的情况下，比较下一项，只要其中一项比较结果是接收到的 BPDU 中的值小于端口 BPDU 的值，表明接收到的 BPDU 优于端口 BPDU，阻塞该端口，并将接收到的 BPDU 作为该端口的最佳 BPDU。一旦某个端口处于阻塞状态，只允许接收 BPDU。需要指出的是，确定阻塞端口的前提是接收到的 BPDU 不是网桥最佳 BPDU，因此，该 BPDU 不会改变网桥中已经确定的根网桥标识符和根路径距离。如果一条链路连接 2 个或 2 个以上端口，且这些端口位于不同网桥时，确定根路径距离最小的网桥为指定网桥，位于指定网桥的端口为指定端口。如果多个端口所在网桥的根路径距离相同，选择标识符较小的网桥为指定网桥，位于指定网桥的端口为指定端口。当多个端口位于同一个网桥时,选择标识符较小的端口为指定端口。

如果网桥新接收到的 BPDU 改变了网桥的根网桥标识符或根路径距离,即网桥最佳 BPDU 发生改变,则需要重新更新每一个端口的端口 BPDU,如果更新后的端口 BPDU 优于导致端口阻塞的端口最佳 BPDU,则重新将端口 BPDU 作为该端口的最佳 BPDU,将该端口从阻塞状态转变为非阻塞状态。

在生成树协议收敛之前,端口状态是不断变化的,因此,只能将持续一段时间处于非阻塞状态的端口转换成转发端口,只允许转发端口正常输入输出 MAC 帧。每一个网桥转换成转发端口的端口中只有一个是根端口,其余为指定端口,要求的持续时间是生成树协议的收敛时间。

3. 生成树协议操作实例

假定图 3.31 中网桥 i 的 MAC 地址为 ii:ii:ii:ii:ii:ii,所有网桥端口速率均为 100Mbps,根据表 3.3 求得每一个端口的路径距离为 19。网桥 4 的优先级为 100,其余网桥的优先级为 200,网桥 4 的网桥标识符简写为 104,其余网桥的网桥标识符简写为 20i,i 是图中网桥编号。网桥 5 初始化后确定自身为根网桥,网桥最佳 BPDU 为<205,0,205>,各个端口的端口 BPDU 分别为<205,0,205,i>,i 为端口号,周期性地通过各个端口发送端口 BPDU。

一旦网桥 5 通过端口 2 接收到网桥 3 发送的 BPDU<203,0,203,1>,将端口 2 的路径距离累加到 BPDU 中的根路径距离,得出累加后的值为 19,由于根网桥标识符一项的比较结果是接收到的 BPDU 优于网桥最佳 BPDU(203<205),网桥 5 确定网桥 3 为根网桥,端口 2 为根端口,求出根路径距离为 19,确定 BPDU<203,0,203,1>为网桥最佳 BPDU,得出各个端口的端口 BPDU 分别为<203,19,205,i>,i 为端口号,网桥 5 只有在通过根端口接收到网桥最佳 BPDU 的情况下,才通过除根端口以外的所有其他端口发送端口 BPDU。

一旦网桥 5 通过端口 3 接收到网桥 4 发送的 BPDU<104,0,104,1>,将端口 3 的路径距离累加到 BPDU 中的根路径距离,得出累加后的值为 19,同样由于根网桥标识符一项的比较结果是接收到的 BPDU 优于网桥最佳 BPDU(104<203),网桥 5 确定网桥 4 为根网桥,端口 3 为根端口,求出根路径距离为 19,确定 BPDU<104,0,104,1>为网桥最佳 BPDU,得出各个端口的端口 BPDU 分别为<104,19,205,i>,i 为端口号,网桥 5 只有在通过根端口接收到网桥最佳 BPDU 的情况下,才通过除根端口以外的所有其他端口发送端口 BPDU。

假定网桥 6 从网桥 4 接收到 BPDU<104,0,104,4>,得出各个端口的端口 BPDU 分别为<104,19,206,i>,i 为端口号。如果网桥 6 通过端口 1 和 2 发送的端口 BPDU(<104,19,206,1>和<104,19,206,2>)分别被网桥 7 和网桥 5 接收,网桥 7 将其作为网桥最佳 BPDU。网桥 5 从端口 4 接收 BPDU<104,19,206,2>后,首先确定它不是最佳 BPDU,因为,将端口路径距离累加到该 BPDU 根路径距离后的结果是 38,大于根据最佳 BPDU<104,0,104,1>求出的根路径距离 19。其次,用该 BPDU 和网桥 5 端口 4 的端口 BPDU 比较,由于发送网桥标识符一项的比较结果是端口 BPDU 优于网桥 5 发送的 BPDU(206>205),网桥 5 端口 4 维持非阻塞状态不变。

当网桥 5 分别从端口 1 和 4 发送端口 BPDU(<104,19,205,1>和<104,19,205,4>),网桥 7 从端口 1 接收 BPDU<104,19,205,1>,发现发送网桥标识符一项的比较结果是该 BPDU 优于网桥最佳 BPDU<104,19,206,1>(205<206),网桥 7 将其作为网桥最佳 BPDU,并得出网桥参数:根网桥标识符=104,根路径距离=38,根端口=端口 2。网桥 6

从端口 2 接收 BPDU<104,19,205,4>后，首先确定它不是最佳 BPDU，因为，将端口路径距离累加到该 BPDU 根路径距离后的结果是 38，大于根据最佳 BPDU<104,0,104,4>求出的根路径距离 19。其次，用该 BPDU 和网桥 6 端口 2 的端口 BPDU 比较，由于发送网桥标识符一项的比较结果是该 BPDU 优于网桥 6 端口 2 的端口 BPDU(205<206)，网桥 6 端口 2 成为阻塞端口，该 BPDU 成为网桥 6 端口 2 的最佳端口 BPDU。

一旦生成树协议收敛，所有网桥端口不是成为阻塞端口，就是转换成转发端口（根端口和指定端口），图 3.31(b)就是删除连接阻塞端口链路后得到的网络拓扑结构。

从图 3.31(b)中看到，网桥 7 端口 1 和网桥 6 端口 1 之间的链路被删除了，实际上网桥 6 端口 1 是转发端口，如果网桥 6 端口 1 和网桥 7 端口 1 之间的链路通过集线器连接终端，如图 3.34(a)所示，则运行生成树协议后得到的树形结构如图 3.34(b)所示。

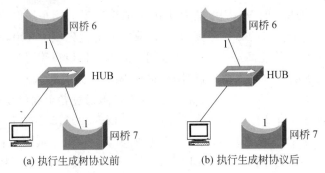

(a) 执行生成树协议前　　　　　　　(b) 执行生成树协议后

图 3.34　生成树协议作用过程示意图

4. 生成树协议的容错功能

网桥中无论是网桥最佳 BPDU，还是每一个端口的端口最佳 BPDU 都设置了定时器，为了保证网桥最佳 BPDU 和每一个端口的端口最佳 BPDU 有效，必须在定时器溢出前通过根端口接收到网桥最佳 BPDU，通过对应端口接收到端口最佳 BPDU。如果网桥最佳 BPDU 对应的定时器溢出，网桥相当于重新回到初始化状态，通过比较各个端口接收到的 BPDU，找出网桥最佳 BPDU。如果端口最佳 BPDU 对应的定时器溢出，该端口回到非阻塞状态，用根据网桥参数求出的端口 BPDU 作为端口最佳 BPDU。假定发生图 3.31(c)所示的链路发生故障，由于网桥 5 无法通过端口 3 接收到网桥最佳 BPDU<104,0,104,1>，导致该 BPDU 对应的定时器溢出，网桥 5 设定 BPDU<205,0,205>为网桥最佳 BPDU，通过比较分别从端口 2 和 4 接收到的 BPDU(<104,19,203,1>和<104,19,206,2>)，发现发送网桥标识符一项的比较结果是网桥 3 发送的 BPDU 优于网桥 6 发送的 BPDU(203<206)，网桥 5 端口 2 成为根端口，以此得出端口 4 的端口 BPDU 为<104,38,205,4>，由于网桥 6 发送的 BPDU<104,19,206,2>优于网桥 5 端口 4 的端口 BPDU，端口 4 成为阻塞端口，BPDU<104,19,206,2>为端口 4 的最佳 BPDU。同理，网桥 6 端口 2 成为指定端口。同样，网桥 7 将网桥 6 发送的 BPDU 作为网桥最佳 BPDU，端口 1 成为根端口，网络拓扑结构转变为图 3.31(d)所示。

3.2.5　以太网交换机与交换式以太网

1. VLAN 与广播域分割

在学习了网桥的工作原理后，可以给网桥下一个更全面的定义：网桥是一种具有地址学习和根据转发表转发 MAC 帧、支持通过浏览器或 Telnet 实现远程配置等功能的分组交换设备。在以太网中，以太网交换机和网桥这两种称呼是可以互换的，但在本章中，为了讨论方便，将以太网交换机定义为在网桥的基础上增加了虚拟局域网（Virtual LAN，VLAN）划分及其他一些增强网络性能的功能的一种分组交换设备，以此和网桥相区别。

1）广播域

用集线器或总线构成的以太网是一个共享式以太网，任何终端发送的 MAC 帧能够被其他所有终端接收，因此，在共享式以太网中，即在同一个冲突域中，单播传输方式和广播传输方式是相同的。但在由网桥构成的以太网中，对于单播方式传输的 MAC 帧，网桥通过查找转发表确定单一转发端口转发该 MAC 帧，网络中其他非目的终端接收不到该 MAC 帧。图 3.35 给出了共享式和交换式以太网转发终端 A→终端 B MAC 帧的差别。

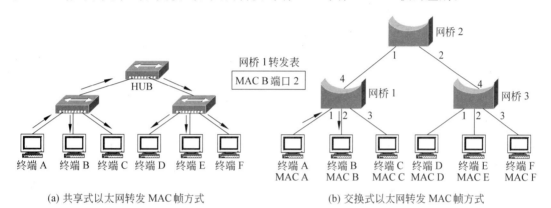

(a) 共享式以太网转发 MAC 帧方式　　　　(b) 交换式以太网转发 MAC 帧方式

图 3.35　共享式和交换式以太网转发 MAC 帧的差别

如果 MAC 帧的目的 MAC 地址为广播地址，或者虽然 MAC 帧的目的 MAC 地址为单播地址，但在网桥转发表中找不到和该 MAC 帧的目的 MAC 地址匹配的项，该 MAC 帧仍将广播到网络中的所有其他终端，如图 3.36 所示。因此，可以将广播域定义为目的地址为广播地址的广播帧在网络中的传播范围，并由此得出广播域和冲突域的最大区别在于任何终端发送的任何 MAC 帧均覆盖整个冲突域，而只有以广播方式传播的 MAC 帧才可能覆盖整个广播域。虽然由网桥构建的以太网消除了冲突域带来的问题，但整个网络仍然是一个广播域。在以太网中，广播操作是不可避免的，一是只有在不断的广播操作中，网桥才能建立起完整的转发表。二是 TCP/IP 协议栈中的许多协议如 ARP、DHCP 都是面向广播的协议。如果整个以太网就是一个广播域，而广播操作又频繁地进行，网络带宽的利用率及终端的负荷都将成为问题。

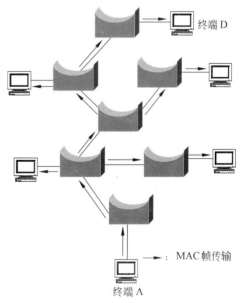

图 3.36　终端 A→终端 D 端到端传输引发的广播

2）通过 VLAN 分割广播域

为了解决这个问题，只有将一个大型的交换式以太网分割成若干个较小的子网，用路由器将这些子网互连在一起，每一个子网就是一个广播域，即使是目的 MAC 地址为广播地址的 MAC 帧，也不能跨越路由器从一个子网广播到另一个子网，如图 3.37 所示。使用子网这个术语是为了说明这些小型以太网是划分大型以太网后产生的，实际上，每一个子网就是一个独立的以太网。

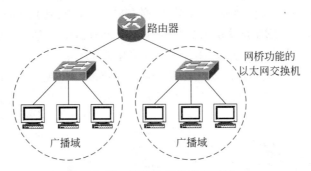

图 3.37　用路由器分割广播域

图 3.37 是 VLAN 出现前一种常见的网络拓扑结构，用以太网交换机（或网桥）构成若干个较小的以太网，用路由器将这些小型以太网互连成一个大型网络。但这种结构也有着一些缺陷：一是由于传输距离的限制，某个交换机所连接的终端必须局限在相对较小的地理范围内，导致子网必须以物理地域作为划分单位。二是一旦网络完成设计和实施，增加或删除一个子网，或者重新划分子网都是一件十分不容易的事。但在实际应用中，人们非常希望不受物理地域限制来划分子网，如一个课题组包含了数学系、计算机系和无线电系的若干教员，这些教员分散在不同的大楼内，但需要相互共享一些与课题有关的文件和程序，简单而安全的共享方式要求他们所使用的终端必须在一个子网内。如为了对不同应用的服务器设置不同的安全等级，也常常需要重新划分子网，将不同安全等级的服务器分配到相应子网中，但这种分配最好不需要对现有网络架构进行物理调整。这就要求有一种全新的子网划分（或叫广播域分割）技术出现，这种技术就是虚拟局域网技术。

虚拟局域网功能上完全等同于一个独立的交换式以太网，虽然，多个虚拟局域网可以存在于同一个由交换机组成的物理交换式以太网中，但这些虚拟局域网是相互独立的，属于不同虚拟局域网的终端之间是不能通信的。为了讨论方便，将网桥作为一种无论物理上，还是逻辑上都只能属于单个 VLAN 的设备，而将以太网交换机作为一种支持 VLAN 划分的设备，一旦某台以太网交换机被划分为多个 VLAN，该以太网交换机等同于若干个功能独立的网桥。

图 3.38(a) 是一个拥有 9 个端口的交换机，对这样一个交换机如何划分子网（或分割广播域）呢？本来整个以太网交换机就是一个广播域，连接任何端口的终端所发送的广播帧（目的 MAC 地址为广播地址）将从以太网交换机的所有其他端口发送出去，任何一个连接在该以太网交换机端口的终端都将收到该广播帧，那么如何才能分割广播域，使得广播帧只在少数几个端口内广播呢？比如说连接端口 1 的终端所发送的广播帧，只从以太网交换机的端口 3、5 发送出去，其他端口并不转发该广播帧。这就需要用到以太网交换机的 VLAN 功能，以太网交换机的 VLAN 功能可以使以太网交换机用任意端口组合来构成一个广播

域。在图 3.38(b)中,用以太网交换机的端口 1、3、5 构成一个广播域,用以太网交换机的端口 2、4、7 构成另一个广播域,而以太网交换机的剩余端口(端口 6、8、9)又构成一个广播域,每一个广播域可以想象成一个用网桥连接的以太网。这样,将 9 个端口分割成 3 个广播域后的以太网交换机,逻辑上等同于在以太网交换机内设置了三个独立的网桥,这三个网桥分别连接属于三个不同广播域的端口,如图 3.38(c)所示。以太网交换机每个广播域的端口配置是任意的,因此,以太网交换机内的网桥也只有逻辑意义。当以太网交换机配置了一个广播域,该广播域就拥有单独的转发表,当从属于该广播域的某个端口输入一个 MAC 帧,首先判别该 MAC 帧的目的 MAC 地址是否是广播地址,若是,就从属于该广播域的其他端口发送出去,否则就用该 MAC 帧的目的 MAC 地址去查找转发表,如果找到匹配项,就从该匹配项指定的转发端口发送出去,MAC 帧输入端口和输出端口必须属于同一个广播域,如果在转发表中找不到匹配项,和广播帧一样,从属于该广播域的其他端口发送出去。

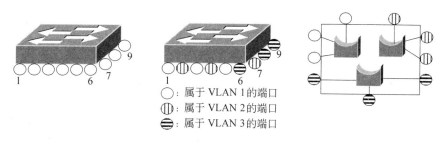

　　(a) 9 端口以太网交换机　　　(b) 9 个端口被划分成 3 个　　(c) 划分成 3 个不同的 VLAN
　　　　　　　　　　　　　　　不同的 VLAN　　　　　　　后的以太网交换机的逻辑结构

图 3.38　交换机划分 VLAN 过程

3) 跨交换机 VLAN 配置规则

可以对以太网交换机任意配置广播域解决动态分割广播域的问题,但分割的广播域仍然有着物理地域限制,真正不受物理地域限制的广播域划分是可以将一个由以太网交换机组成的大型交换式以太网的任意若干个端口组成一个广播域,如图 3.39 所示,这种划分广播域的技术称为跨以太网交换机配置 VLAN 技术。

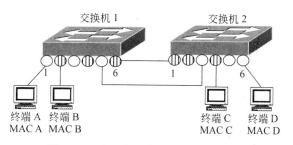

图 3.39　跨以太网交换机 VLAN 划分

如果两个位于不同以太网交换机的端口属于同一个 VLAN,则两个端口之间必须存在交换路径,假定端口 A 位于交换机 1,端口 B 位于交换机 2,为了建立端口 A 和端口 B 之间的交换路径,在交换机 1 中选择某个端口 C,它和端口 A 属于同一个 VLAN,且连接交换机 2 和端口 B 属于同一个 VLAN 的某个端口 D。因此,交换机 1 中至少配置一个和端口 A 属于同一个 VLAN 的端口 C,并使端口 C 连接交换机 2 的端口 D。交换机 2 也必须将端口 D

和端口 B 配置成属于同一个 VLAN 的两个端口。保证属于同一个 VLAN 的两个端口之间存在交换路径是跨交换机 VLAN 的配置规则。

如图 3.39 所示，为了实现终端 A 和终端 D 之间互相通信，终端 B 和终端 C 之间互相通信，终端 A、D 和终端 B、C 之间不能互相通信的目标，分别在交换机 1 和交换机 2 中将连接终端 A 和终端 D 的端口配置给 VLAN 1，连接终端 B 和终端 C 的端口配置给 VLAN 2。在每一个以太网交换机端口只能属于一个 VLAN 的情况下，必须在交换机 1 和 2 选择两个端口，并将两个端口分别配置给 VLAN 1 和 VLAN 2，用 2 条物理链路互连交换机 1 和交换机 2 中分别属于 VLAN 1 和 VLAN 2 的两对端口（注意：这里的每一条物理链路都是指全双工点对点信道）。但这样做也会带来一些问题，如果两个以太网交换机之间的物理距离很远，就需要配置光端口用于以太网交换机之间互连，而且必须在以太网交换机之间铺设光缆，但每个以太网交换机的光端口数量和需要的光纤对数是不确定的，随着跨以太网交换机 VLAN 的数量变化而变化。如果是一个大型交换式以太网实现 VLAN 动态划分，用于以太网交换机之间互连的物理链路数更是不可预测的，这仍将对网络的设计、实施带来困难。因此，实现跨以太网交换机 VLAN 划分必须解决的问题是，通过以太网交换机之间单一的物理链路建立任何两个属于同一个 VLAN 的端口之间的交换路径。

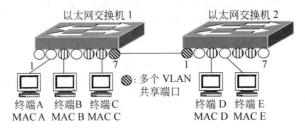

图 3.40　单一物理链路实现跨以太网交换机 VLAN 内终端之间通信

2. 802.1Q 与 VLAN 内数据传输

图 3.40 是用单一物理链路实现跨以太网交换机 VLAN 内终端之间通信的网络结构图，图 3.41 是任意 VLAN 内两个终端之间完成通信的过程。

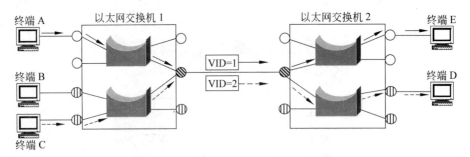

图 3.41　跨以太网交换机 VLAN 内终端之间实现通信的过程

针对图 3.40 所示的 VLAN 划分，交换机 1 端口 7 和交换机 2 端口 1 必须同时属于 VLAN 1 和 VLAN 2，这种同时属于多个 VLAN 的端口称为共享端口，连接这两个共享端口的物理链路必须成为任何一对属于同一 VLAN 的跨交换机端口之间的交换路径的一部分。但这样配置对实现终端 A→终端 E 之间通信有什么难度呢？当终端 A 通过端口 2 向以太网交换机 1 发送源 MAC 地址为 MAC A,目的 MAC 地址为 MAC E 的 MAC 帧时,以太网交换机 1 由于通过端口 2 接收到该 MAC 帧,确定在 VLAN 1 内转发该 MAC 帧,如果在和 VLAN 1 关联的转发表中找不到和 MAC E 匹配的项,以太网交换机 1 通过端口 1、4 和 7 将该 MAC 帧转发出去。如果在和 VLAN 1 关联的转发表中找到和 MAC E 匹配的项,则只通过端口 7 转发该 MAC 帧。通过端口 7 转发出去的 MAC 帧通过以太网交换机 2 的端口 1 输入以太网交换机 2,由于以太网交换机 2 的端口 1 是共享端口,以太网交换机 2 无法根据接收该 MAC 帧的端口确定转发该 MAC 帧的 VLAN。

其实,以太网交换机 1 在将该 MAC 帧从其端口 7 转发出去时,是知道该 MAC 帧所属的 VLAN 的,而且以太网交换机 1 也知道端口 7 是共享端口,属于不同 VLAN 的 MAC 帧都有可能从该端口转发出去。为了让接收从该端口转发出去的 MAC 帧的设备能够确定每一个从其转发出去的 MAC 帧所属的 VLAN,以太网交换机 1 对所有从共享端口转发出去的 MAC 帧加上一个 VLAN 标识符字段(VID),包含 VLAN 标识符字段的 MAC 帧的格式如图 3.42 所示。这种携带 VLAN 标识符字段的 MAC 帧结构称为 802.1Q 帧格式,802.1Q 是 IEEE 802 委员会为实现跨以太网交换机的 VLAN 内的终端之间通信而制定的标准。图 3.42 中源 MAC 地址字段之后的 2 字节 8100H(本教材用 8100H 表示十六进制 8100)用于指明该 MAC 帧携带 VLAN 标识符,为与类型字段相区分,类型字段值中不允许出现 8100H。

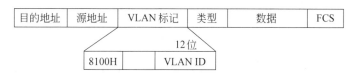

图 3.42　带 VLAN 标识符字段的 MAC 帧格式(801.1Q)

如图 3.41 所示,由于以太网交换机 1 通过共享端口(端口 7)转发 MAC 帧时,在 MAC 帧上加上了 VLAN 标识符(VID=1),当以太网交换机 2 通过共享端口(端口 1)接收到该 MAC 帧时,不是通过接收该 MAC 帧的端口,而是通过该 MAC 帧所携带的 VLAN 标识符(VID=1)确定用于转发该 MAC 帧的广播域(或 VLAN),并用该 MAC 帧携带的目的 MAC 地址查找和该广播域关联的转发表,如果在转发表中找到匹配项,通过匹配项给出的转发端口(端口 4)转发该 MAC 帧,否则,通过广播域内的所有其他端口(端口 2、4、7)转发该 MAC 帧。

3. 端口确定 MAC 帧所属 VLAN 规则

如果以太网交换机支持 802.1Q,单个端口可能属于多个 VLAN,为了确定从该端口输入的 MAC 帧所属的 VLAN,MAC 帧需要携带 VLAN 标识符,以太网交换机通过该 MAC 帧携带的 VLAN 标识符确定用于转发该 MAC 帧的 VLAN。为了标识从某个共享端口输出的 MAC 帧所属的 VLAN,需要给通过共享端口输出的 MAC 帧加上 VLAN 标识符。这种必须通过 MAC 帧携带的 VLAN 标识符确定用于转发该 MAC 帧的 VLAN 的端口被称为标记端口。而那些通过输入 MAC 帧的端口就能确定用于转发该 MAC 帧的 VLAN 的端口被称为非标记端口。某个端口可以同时作为标记端口和非标记端口加入多个 VLAN,作为标记端口可以同时加入若干个 VLAN,作为非标记端口只允许加入一个 VLAN。假定某个端口作为非标记端口加入了 VLAN 1,作为标记端口加入了 VLAN 2 和

VLAN 3。从该端口输入 MAC 帧时，首先判别该 MAC 帧是否携带 VLAN 标识符，如果携带 VLAN 标识符且 VLAN 标识符为 2 或 3，则确定 VLAN 2 或 VLAN 3 为用于转发该 MAC 帧的 VLAN。如果该 MAC 帧没有携带 VLAN 标识符，则确定 VLAN 1 为用于转发该 MAC 帧的 VLAN。其他情况下，丢弃该 MAC 帧。

4. VLAN 配置举例

【例 3.8】 假定网络结构如图 3.43 所示，终端 A、终端 D 和终端 E 属于一个 VLAN（VLAN 1），终端 B、终端 C 和终端 F 属于另一个 VLAN（VLAN 2）。

① 如何进行 VLAN 配置？

② 给出终端 B→终端 C、终端 A→终端 D、终端 F→终端 B 的传输过程。

③ 能否实现终端 B→终端 D 的通信？为什么？

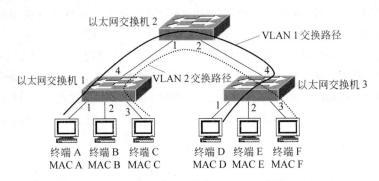

图 3.43   网络拓扑结构及 VLAN 划分

【解析】 ① 配置 VLAN 的原则是所有属于同一个 VLAN 的终端之间必须存在交换路径，如果某个端口只有单个 VLAN 内终端之间的交换路径经过，则配置为该 VLAN 的非标记端口；如果某个端口被多对属于不同 VLAN 的终端之间的交换路径经过，则配置为被这些 VLAN 共享的标记端口。根据图 3.43 给出的终端之间交换路径，得出 VLAN 配置如图 3.44 所示。以太网交换机 1 配置 2 个 VLAN，分别命名为 VLAN 1 和 VLAN 2。VLAN 1 包括端口 1 和 4，其中端口 4 为标记端口，被 2 个 VLAN 共享。VLAN 2 包括端口

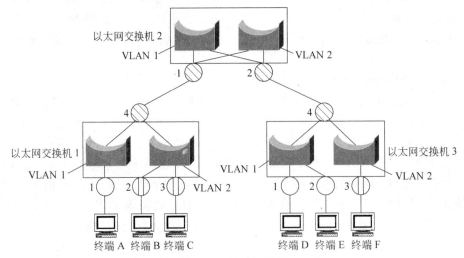

图 3.44   VLAN 配置

2、3 和 4,端口 4 为标记端口。以太网交换机 2 配置 2 个 VLAN,端口 1 和 2 均被 VLAN 1 和 VLAN 2 所共享,因此,2 个端口均是标记端口。以太网交换机 3 配置 2 个 VLAN, VLAN 1 包括端口 1、2 和 4,VLAN 2 包括端口 3 和 4,端口 4 为标记端口,被 VLAN 1 和 VLAN 2 所共享。

②　在链路层传输 MAC 帧,必须事先知道源和目的终端的 MAC 地址,在本例中,假定终端 B 已经知道终端 C 的 MAC 地址为 MAC C,终端 B 构建一个以 MAC B 为源 MAC 地址,MAC C 为目的 MAC 地址的 MAC 帧,并将该帧通过端口 2 发送给以太网交换机 1,以太网交换机 1 根据该 MAC 帧进入的端口(端口 2)确定该 MAC 帧在 VLAN 2 内传输,用目的 MAC 地址(MAC C)去查找与 VLAN 2 关联的转发表,由于没有找到匹配项(一开始转发表为空),在 VLAN 2 内广播该 MAC 帧,同时在以太网交换机 1 内和 VLAN 2 关联的转发表中添加 MAC 地址为 MAC B,转发端口为端口 2 这一项。对于以太网交换机 1 而言,属于 VLAN 2 的端口为端口 2、3 和 4,因此,它通过除接收端口(端口 2)以外的所有其他端口(端口 3、4)转发该 MAC 帧,由于端口 4 对于 VLAN 2 是 802.1Q 标记端口,从端口 4 转发出去的 MAC 帧需要携带 VLAN 标识符。因此,以太网交换机 1 在从端口 4 转发出去的 MAC 帧上带上 VLAN 2 的 VLAN 标识符(VID=2)。以太网交换机 2 通过端口 1 接收到该 MAC 帧,通过该 MAC 帧携带的 VLAN 标识符(VID=2)得知该 MAC 帧在 VLAN 2 内传输,同样用该 MAC 帧携带的目的 MAC 地址(MAC C)去查找和 VLAN 2 关联的转发表,也找不到匹配项,以太网交换机 2 继续以广播方式广播该 MAC 帧,同时在和 VLAN 2 关联的转发表内添加该 MAC 帧源 MAC 地址(MAC B)对应的项,该 MAC 帧一直在图 3.44 所示的 VLAN 2 中广播,到达属于 VLAN 2 的所有终端,广播过程如图 3.45 所示。

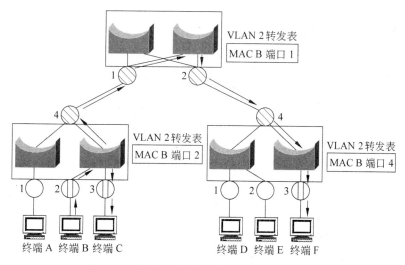

图 3.45　终端 B→终端 C 传输 MAC 帧的过程

终端 A→终端 D 的通信过程与终端 B→终端 C 的通信过程大致相同。由于以太网交换机 1、2、3 和 VLAN 1 关联的转发表中均没有与该 MAC 帧目的 MAC 地址(MAC D)匹配的项,该 MAC 帧在 VLAN 1 内广播,广播过程如图 3.46 所示。

终端 F→终端 B 的传输方式与前两次传输方式有所不同,由于以太网交换机 1、2、3 和 VLAN 2 关联的转发表中均有该 MAC 帧目的 MAC 地址匹配的项,因此,以太网交换机 3

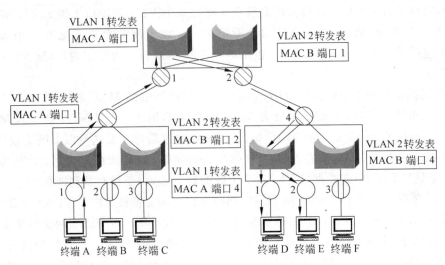

图 3.46   终端 A→终端 D 传输 MAC 帧的过程

从端口 3 接收到该 MAC 帧后，只从端口 4 将该 MAC 帧转发出去，当然，转发出去的 MAC 帧携带 VLAN 2 的 VLAN 标识符（VID＝2）。以太网交换机 2 通过查找和 VLAN 2 关联的转发表，将该 MAC 帧从端口 1 转发出去。以太网交换机 1 也通过查找和 VLAN 2 关联的转发表，将该 MAC 帧从端口 2 转发出去，由于在配置 VLAN 2 时指定端口 2 为非 802.1Q 标记端口，在将该 MAC 帧从端口 2 转发前，必须先移走该 MAC 帧上的 VLAN 标识符（VID＝2），传输过程如图 3.47 所示。

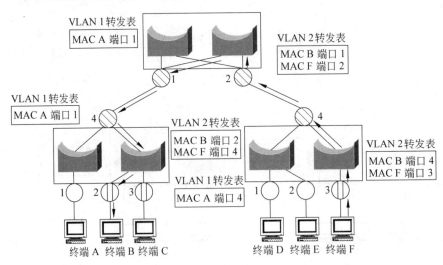

图 3.47   终端 F→终端 B 传输 MAC 帧的过程

③ 不能实现终端 B→终端 D 的通信。由于在和 VLAN 2 关联的转发表中找不到 MAC D 匹配的项，以 MAC B 为源 MAC 地址，MAC D 为目的 MAC 地址的 MAC 帧只能以广播方式在 VLAN 2 内广播，但只能到达属于 VLAN 2 的所有终端，如图 3.45 中终端 B→终端 C 的传输过程。终端 D 属于 VLAN 1，该 MAC 帧到达不了终端 D。

【例 3.9】   VLAN 配置如图 3.48 所示，以太网交换机 1 的端口 1、2、4 和 7 属于 VLAN 1，

端口 3、5 和 6 属于 VLAN 2,所有端口均为非 802.1Q 标记端口。以太网交换机 2 的端口 2、4 和 7 属于 VLAN 1,端口 1、3、5 和 6 属于 VLAN 2,所有端口均为非 802.1Q 标记端口。问:

①　终端 A 能否和终端 E 通信? 为什么?

②　终端 B 能否和终端 D 通信? 为什么?

③　终端 A 能否和终端 D 通信? 为什么?

④　终端 B 能否和终端 E 通信? 为什么?

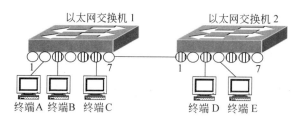

图 3.48　VLAN 配置图

【解析】　图 3.48 和图 3.40 的差别在于以太网交换机 1 的端口 7 和以太网交换机 2 的端口 1 的配置,在图 3.40 中,这两个端口均被 VLAN 1 和 VLAN 2 所共享,且都是 802.1Q 标记端口,这种配置下,题中 4 个问题很容易回答,即使跨以太网交换机,同一个 VLAN 内的终端之间也可以互相通信,不同 VLAN 内的终端之间,即使连接在同一个以太网交换机上,也不可以互相通信。但如图 3.48 所示的 VLAN 配置方式,情况就不同了,对于①所要求的传输方式,由于终端 A 所连的端口 2 和端口 7 属于同一个 VLAN,终端 A 发送给终端 E 的 MAC 帧可以从端口 7 转发出去,进入以太网交换机 2 的端口 1。由于以太网交换机 1 的端口 7 是非 802.1Q 标记端口,进入以太网交换机 2 端口 1 的 MAC 帧没有携带任何 VLAN 标识信息,而以太网交换机 2 的端口 1 又属于 VLAN 2,该 MAC 帧被以太网交换机 2 在 VLAN 2 对应的广播域内进行转发,当然无法到达属于 VLAN 1 的端口 4,和连接在端口 4 上的终端 E。对于②所要求的传输方式,由于终端 B 所连的端口 3 和端口 7 不属于同一个 VLAN,终端 B 发送的 MAC 帧无法从端口 7 转发出去,因而也无法进入以太网交换机 2 的端口 1,导致通信失败。对于③所要求的传输方式,由于终端 A 所连的端口 2 和端口 7 属于同一个 VLAN,终端 A 发送给终端 D 的 MAC 帧可以从端口 7 转发出去,进入以太网交换机 2 的端口 1。由于进入以太网交换机 2 的端口 1 的 MAC 帧没有携带任何 VLAN 标识信息,而以太网交换机 2 的端口 1 又属于 VLAN 2,该 MAC 帧被以太网交换机 2 在 VLAN 2 对应的广播域内进行转发,而终端 D 所连的端口 3 属于 VLAN 2,该 MAC 帧能够到达终端 D。对于④所要求的传输方式,由于终端 B 所连的端口 3 和端口 7 不属于同一个 VLAN,终端 B 发送的 MAC 帧无法从端口 7 转发出去,因而也无法进入以太网交换机 2 的端口 1,导致通信失败。造成上述情况的原因在于:如果输出端是非 802.1Q 标记端口,VLAN 只有本地意义,如终端 A 发送的 MAC 帧,由于端口 2 属于 VLAN 1,被以太网交换机 1 在 VLAN 1 对应的广播域内进行转发,但该 MAC 帧离开以太网交换机 1,就像终端 A 刚发送的 MAC 帧一样,由于没有携带任何 VLAN 标识信息,其他以太网交换机只能重新通过接收该 MAC 帧的端口来确定用于转发该 MAC 帧的 VLAN。

3.2.6　以太网标准

1. 10Mbps 以太网标准

（1）10BASE5。10BASE5 是用粗同轴电缆作为传输媒体的以太网标准，10 代表 10Mbps，BASE 代表基带传输方式，即直接在电缆上传输数字信号，5 代表单段电缆的长度限制为 500m，超过 500m 需要由中继器互连的两段电缆组成，这个标准已经淘汰。

（2）10BASE2。10BASE2 是用细同轴电缆作为传输媒体的以太网标准，10 和 BASE 的含义与 10BASE5 相同，2 代表单段电缆的长度限制为 200m，超过 200m 需要由中继器互连的两段电缆组成，这个标准已经淘汰。

（3）10BASE-T。10BASE-T 是用双绞线作为传输媒体的以太网标准，它采用 4 对双绞线组成的双绞线电缆，用其中一对双绞线发送数据，另一对双绞线接收数据，因此，可以实现全双工通信。10BASE-T 的出现是以太网发展史上的一个里程碑，它同时引发了一个新的行业：综合布线，使得综合布线作为计算机网络的基础设施，在计算机网络的实施过程中成为必不可少的一部分。10BASE-T 用于以集线器或以太网交换机为组网设备的以太网中，网络设备之间、网络设备和终端之间的距离必须小于 100m。

2. 100Mbps 以太网标准

（1）100BASE-TX。100BASE-TX 必须采用 5 类以上布线系统，和 10BASE-T 一样，它也只用于以集线器或以太网交换机为组网设备的以太网中，网络设备之间、网络设备和终端之间距离必须小于 100m。如果以集线器为组网设备，整个网络构成一个冲突域，冲突域直径必须小于 216m，这样，整个网络中最多只能有 2 个集线器级联。如果以以太网交换机为组网设备，由于以太网交换机的互连级数不受限制，导致网络覆盖距离不受限制。如果以太网交换机之间、以太网交换机和终端之间均采用全双工通信方式，就可消除冲突域，无中继通信距离不再受冲突域直径的限制。

支持 100BASE-TX 的以太网交换机端口或网卡一般都支持 10BASE-T，在标明速率时，用 100/10BASE-TX 表明同时支持 100BASE-TX 和 10BASE-T，而且能够根据对方端口或网卡的速率标准自动选择速率（如果对方支持 100BASE-TX，则选择 100BASE-TX，如果对方只支持 10BASE-T，则选择 10BASE-T）。

（2）100BASE-FX。用双绞线作为传输媒体有一些限制：一是距离较短，不要说楼宇之间，就是同一楼层两端之间的距离就有可能超出 100m。二是必须要避开强电和强磁设备。三是封闭性不够，不能用于室外。因此，室外通信或超过 100m 的室内通信均采用光缆，而且室外通信必须采用铠装光缆——一种封闭性很好，又有金属支撑和保护的光缆，可直埋地下或架空。

100BASE-FX 采用 2 根 $50/125\mu m$ 或 $62.5/125\mu m$ 的多模光纤，分别用于发送和接收数据，因此，支持全双工通信方式。如果两个 100BASE-FX 端口（通常情况下，一个是以太网交换机端口，另一个是以太网交换机端口或网卡）以全双工方式进行通信，它们之间的传输距离可达 2km，但如果以半双工方式进行通信，传输距离在 500m 左右，这是由于一旦采用半双工通信方式，则两个 100BASE-FX 端口之间就构成一个冲突域，对于 100BASE-FX 而言，512 位的最短帧长将冲突域直径限制为 $2.56\mu s$，换算成物理距离，大约等于 $2/3c \times 2.56 \times 10^{-6} = 2 \times 10^8 \times 2.56 \times 10^{-6} = 512m$，因此，光纤连接的 2 个端口之间只有在采用全双工通信方式的情况下,才能真正体现光纤传输的远距离特点。

3. 1Gbps 以太网标准

(1) 1000BASE-T。1000BASE-T 必须采用 5e 类以上的布线系统,支持 1000BASE-T 标准的端口通常也支持 100BASE-TX 标准,因此,常常标记成 1000/100/10BASE-TX,而且能够根据双绞线另一端连接的端口所支持的速率标准,从高到低自动选择速率。

(2) 1000BASE-SX。1000BASE-SX 在全双工通信方式(许多 1Gbps 以太网光纤端口只支持全双工通信方式)下,如果采用 $62.5/125\mu m$ 多模光纤,其传输距离可达 225m,如果采用 $50/125\mu m$ 多模光纤,其传输距离可达 500m。

(3) 1000BASE-LX。1000BASE-LX 在全双工通信方式下,采用 $9\mu m$ 单模光纤,其最小传输距离为 2km,不同 1000BASE-LX 端口,由于采用的激光强度不一样,其传输距离可在 2～70km 之间。

在市场上,$9\mu m$ 单模光纤价格比 $62.5/125\mu m$ 多模光纤便宜,关键是 1000BASE-LX 端口的价格是 1000BASE-SX 端口的 2 倍,因此,目前采用 1000BASE-LX 的成本还是有一点高。

4. 10Gbps 以太网标准

(1) 10GBASE-LR。10GBASE-LR 只能工作在全双工通信方式,采用单模光纤作为传输媒体,传输距离为 10km。很显然,交换和全双工通信方式完全消除了冲突域直径问题,使得以太网无论在传输速率上,还是无中继传输距离上都成为城域网的最佳选择之一。

(2) 10GBASE-ER。10GBASE-ER 只能工作在全双工通信方式,采用单模光纤作为传输媒体,传输距离为 40km。

10Gbps 以太网从 2004 年推向市场后,逐渐成为校园网主干网络所采用的技术,在城域网中也与 SDH(同步数字体系)并驾齐驱,随着 10Gbps 以太网逐渐成为 LAN 和 MAN 主流技术,10GBASE-T 标准与 7 类布线系统的出台,10Gbps 以太网也会像 1Gbps 以太网一样得到普及。

3.3　令牌环网

3.3.1　令牌环网物理结构

令牌环网物理结构如图 3.49 所示,每一个终端(也称站)通过多站接入单元 (MultiStation Access Unit,MSAU)接入令牌环网,多站接入单元的每一个端口通过中继器和终端相连,如果该端口接入正常工作状态的终端,中继器处于开路状态,信号由终端转发,

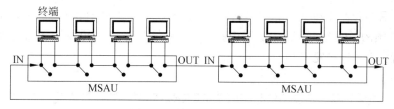

图 3.49　令牌环网物理结构

如果该端口没有接入终端，或者接入终端被诊断出处于非正常状态，中继器处于旁路状态，信号直接经过中继器传输，如图3.50所示。

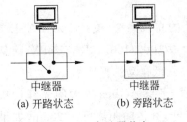

图3.50　中继器状态

令牌环网的物理结构表明它不是环形总线网，信号并不在环形总线上传播，而是由接入终端转发，每一个终端接收上游终端发送的信号，并转发给下游终端。另外，它也与终端之间用点对点链路连接的环形网络结构不同，终端并没有路由功能，只是根据固定传输方向转发信号，且终端不是分组转发设备。这样的物理结构保证某个终端发送的帧能够被所有其他终端接收，而且中间终端转发该帧时能够对该帧进行检错，因此，每一个终端在转发帧时，需要执行链路层功能：帧定界、检错等。需要指出的是终端不是从上游终端完整接收帧后，再转发给下游终端，而是接收一位，转发一位，只是在接收转发过程中，对所有接收到的信息进行处理（帧定界、检错等），并把处理结果反映在帧后面的状态信息中。

终端和连接端口与终端的物理线路发生故障，不会影响令牌环网其他终端间的正常通信，如果中继器之间链路发生故障，将导致令牌环网无法正常通信。令牌环网的帧传输过程是单向环传输，但终端连接方式是星形连接方式，每一个终端都和多站接入单元相连，当然，多个多站接入单元可以构成一个环路。

3.3.2　令牌环网帧结构

1. 帧定界

令牌环网的帧结构如图3.51所示，帧定界由帧开始定界符（Starting Delimiter，SD）和帧结束定界符（End Delimiter，ED）实现，8位SD是JK0JK000，8位ED的前6位为JK1JK1，令牌环网采用差分曼彻斯特编码，差分曼彻斯特编码和曼彻斯特编码相似，将表示1位二进制数的信号分成不同电平的两部分，保证中间发生一次跳变，对于二进制数1，信号开始不跳变，只在信号中间发生跳变，对于二进制数0，信号开始和中间都发生跳变，J和K是和正常差分曼彻斯特编码不同的信号编码，中间没有跳变，J的电平和前一个信号的后半部分电平相同，K的电平和前一个信号的后半部分电平相反，图3.52给出SD和ED的信号编码。由于JK信号编码只能在开始和结束定界符中出现，终端以此确定帧的开始和结束。

	1B	1B	1B	2或6B	2或6B	≥0B	4B	1B	1B
数据帧	SD	AC	FC	DA	SA	数据	FCS	ED	FS

令牌帧	SD	AC	ED

图3.51　令牌环网帧结构

ED的最后两位是I和E位，I位是中间帧标志位，如果终端连续发送多帧，最后一帧的I位置0，其他帧的I位置1。E位是错误指示位，如果某个终端转发该帧过程中检测到错误，将E位置1，否则，转发E位。

2. AC

AC是接入控制字段，8位AC是PPPTMRRR，高3位PPP是优先级位，T位是令牌帧指示位，M位是管理器位，低3位RRR是保留位。每一位的作用在后面讨论令牌环网工作

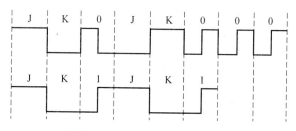

图 3.52　SD 和 ED 的信号编码

机制时介绍。

3. FC

FC 是帧控制字段,用于确定帧的类型和一些帧的功能。

4. DA 和 SA

目的和源地址字段,可以采用 16 位或 48 位地址,采用 48 位地址时,其格式和以太网 MAC 地址相同。

5. FCS

FCS 是 32 位检错码,和以太网一样,采用循环冗余检验(CRC)码计算 CRC 时,只包含帧的 FC、DA、SA 和数据字段。因此,FCS 只能检测出这些字段传输过程中发生的错误。

6. FS

FS 是帧状态字段,用于指示目的终端接收帧的情况,8 位 FS 是 ACrrACrr,A 是地址识别位,C 是帧复制位。每一位的作用在后面讨论令牌环网工作机制时介绍。

3.3.3　令牌环网工作机制

1. 正常传输过程

令牌环网中某个终端需要传输数据时,将数据封装成传输格式,传输格式包含图 3.51 所示的 FC、DA、SA、数据和 FCS 字段。当该终端接收到 AC 字段中 T 位为 0 的令牌帧时,将 T 位置 1,并在 AC 字段后面接着发送封装好的传输格式,发送完传输格式中的各个字段后,接着发送 ED 字段,最后发送 A 和 C 位置 0 的 FS 字段。如果终端需要发送多个帧后,才能释放令牌,除了最后一帧,将 ED 字段中的 I 位置 1。如果是最后一帧,或者终端本次只需要发送一帧,将 ED 字段中的 I 位置 0。由此可以看出 AC 字段中的 T 位是区分令牌帧和数据帧的指示位。

数据帧沿着环指定的传输方向传输,每一个终端接收 1 位,转发 1 位,因此,每一个终端只有一位转发时延。除此之外,终端还需进行如下操作:

- 如果终端是目的终端,即数据帧中的 DA 字段和自己的地址相同,将 FS 字段中的 A 位置 1。如果终端成功复制下数据帧(即成功接收数据帧),将 FS 字段中的 C 位置 1。

- 如果终端不是目的终端,但检测出数据帧传输出错,置位 ED 字段中的 E 位。

当数据帧返回到发送终端时,根据 FS 字段中的 A、C 和 ED 字段中的 E 位确定该数据帧传输结果,如果 AC=11,表示目的终端成功接收该数据帧,如果 AC=10,表示目的终端存在,但无法正确接收数据帧,如果 AC=00,表示目的终端不存在。如果 AC≠11 且 E 位为 1,表示数据帧因为传输出错而无法到达目的终端。

在接收到返回的数据帧后,如果发送终端需要继续发送数据,可以再次发送新的数据帧,发送终端持有令牌的时间由令牌持有时间(Token Holding Time,THT)确定,在发送终端没有数据发送或者持有令牌时间超过 THT 时,发送终端结束数据发送,通过发送令牌帧释放令牌,令牌帧在环中传输,直到到达某个需要发送数据的终端。

2. 发送优先级

不同终端的数据具有不同的优先级,优先级高的数据应该优先发送,但令牌帧是沿着环形传输方向逐个经过终端,如果上游终端有数据发送,则某个下游终端必须在所有上游终端完成数据发送后,才有机会发送数据。为了解决这一问题,允许终端为需要发送的数据设置优先级。如果某个终端需要发送优先级为 P_f 的数据,执行如下操作:

- 当终端接收到数据帧,且 AC 字段中保留位(低 3 位 RRR)值 $P_r < P_f$,用 P_f 取代 P_r;
- 当终端接收到令牌帧,且 AC 字段中优先级位(高 3 位 PPP)值 $P > P_f >$ AC 字段中保留位值 P_r,用 P_f 取代 P_r;
- 当终端接收到令牌帧,且 $P_f \geqslant$ AC 字段中优先级位值 P,持有令牌,发送数据帧。

显然,当数据帧重新返回到发送终端时,AC 字段中保留位值给出的是所有期待发送的数据的最高优先级,基于优先级高的数据优先发送的原则,下一次发送的数据应该就是优先级等于 P_r 的数据,为此,发送终端发送令牌帧时将 AC 字段中的优先级位值置为 P_r,保留位值置为 0,当某个终端接收到令牌帧时,只有等待发送的数据的优先级 $P_f \geqslant$ AC 字段中优先级位值 P 时,才允许持有令牌,发送数据帧,否则,继续转发令牌帧。

3. 释放令牌方式

发送终端发送完最后一帧数据帧后,可以立即通过发送令牌帧释放令牌,这种释放令牌方式称为提前释放方式,也可以在数据帧返回后,再通过发送令牌帧释放令牌,这种释放方式称为延迟释放方式。

4. 令牌环网管理

令牌环网初始化后,通过竞争产生管理终端,管理终端的主要任务一是检测令牌是否丢失,二是删除兜圈子的数据帧。

管理终端为了检测令牌是否丢失,保持一个定时器,定时器溢出时间设置如下:

$$终端数 \times THT + 环传输时延$$

每当接收到令牌帧,刷新定时器,只要保证两次接收令牌帧的间隔小于定时器溢出时间,定时器是不会溢出的。一旦定时器溢出,表明令牌丢失,管理终端将重新生成令牌,发送令牌帧。定时器溢出时间给出了正常情况下,令牌帧从离开管理终端到重新返回到管理终端所需要的最大时间。

正常情况下,同一个数据帧只能被管理终端接收一次,如果同一个数据帧被接收两次,表明该数据帧已经在令牌环网中兜圈子,造成数据帧兜圈子的主要原因是数据帧发送终端发送完数据帧后不再处于正常工作状态。管理终端为了检测出兜圈子的数据帧,在第一次接收到该数据帧时,置位 AC 字段中的管理器位(M 位),如果接收到 M 位置 1 的数据帧,管理终端将停止转发该数据帧。

3.3.4 源路由网桥与源路由算法

令牌环网中的终端只能串行传输数据,所有接入令牌环网中的终端共享令牌环的带宽,因此,令牌环网的规模和总线形以太网一样受到限制,和通过透明网桥互连多个独立的总线形以太网实现以太网扩展一样,也可以通过网桥实现多个令牌环网的互连,如图 3.53 所示。用于互连令牌环网的网桥可以是透明网桥,但透明网桥之间不能形成环路,需要通过生成树协议将形成环路的网桥端口阻塞掉。实际上常用源路由网桥(也称源选径网桥)用于实现令牌环网的互连。源路由网桥要求源终端发送的帧中包含源终端至目的终端传输路径所经过的令牌环网和网桥,每一个网桥根据帧中给出的传输路径选择转发端口。因此,源终端在发送帧之前,必须通过源路由算法(也称源选径算法)获得源终端至目的终端的传输路径。

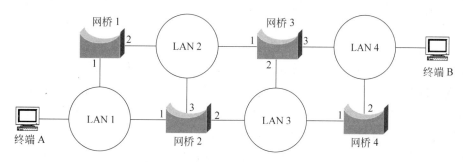

图 3.53 网桥互连多个令牌环网结构

1. 路由信息字段

为了在帧中给出源终端至目的终端的传输路径,需要增加路由信息字段(Routing Information Field,RIF),路由信息字段位于源地址和数据字段之间,对于不需要跨网桥传输,或者用透明网桥实现令牌环网互连的情况,路由信息字段是不需要的,因此,只有需要源路由网桥转发的帧才需要路由信息字段,用源地址字段的最低位来标识帧中是否包含路由信息字段,最低位为 0,表明不包含路由信息字段,最低位为 1,表明包含路由信息字段,源地址字段最低位本来用于确定该地址是否是组播地址,由于源地址不可能是组播地址,因此,用该位作为路由信息指示位(Routing Information Indicator,RII)。

路由信息字段(如图 3.54 所示)由两部分组成:路由控制和路由描述符子字段,路由描述符子字段给出源终端至目的终端传输路径所经历的令牌环网和网桥,每一个路由描述符分别用 12 位的环网编号和 4 位的网桥编号表示,环网编号必须是互联网中唯一的,网桥编号用于区分连接在同一个环网上的多个网桥。路由控制子字段包含以下内容:

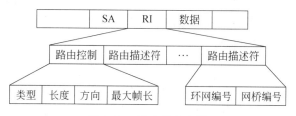

图 3.54 路由信息字段

类型确定包含该路由信息字段的帧的类型,目前定义了三种不同类型的帧,分别是指定路径帧、所有路径发现帧和生成树发现帧,指定路径帧要求沿着路由信息字段中给出的环网和网桥序列传输该帧。所有路径发现帧用于找出源终端至目的终端的所有传输路径。生成树发现帧根据已经产生的生成树找出源终端至目的终端的传输路径。

长度以字节为单位给出路由信息字段的长度。

方向标志位确定传输路径遍历路由描述符的顺序，从左到右或从右到左。

最大帧长指定传输路径的最大传输单元(MTU)。

2. 路径发现算法

必须为互联网中的每一个环网分配唯一的编号，如图 3.53 所示的 1～4(LAN 1～LAN 4)，同时，对连接在同一个环网的多个网桥分配不同的编号。源终端至目的终端的传输路径由该路径经过的环网和网桥编号表示，如终端 A 至终端 B 经过 LAN 1、网桥 1、LAN 2、网桥 3、LAN 4 的传输路径可以由{(1,1)(2,3)(4,0)}表示，由于最后一个环网直接连接目的终端，因此，最后一个路由描述符的网桥编号为 0。

源终端获取目的终端地址后，首先确定目的终端是否和其连接在同一个环网上，因此，源终端传输数据前，先发送一个发现帧，如果返回的发现帧表明源终端和目的终端不在同一个环网上，源终端发送一个所有路径发现帧。当编号为 N 的网桥通过端口 P 接收到所有路径发现帧，且端口 P 连接编号为 X 的环网，网桥进行如下操作：

- 如果路由信息字段中路由描述符为空，则网桥从除端口 P 外的所有其他端口转发所有路径发现帧，如果端口 P1(P1≠P)连接的环网的编号为 Y，则从端口 P1 转发出的所有路径发现帧添加路由描述符(X,N)(Y)；

- 如果路由信息字段中路由描述符非空，假定端口 P1(P1≠P)连接的环网编号为 Y，则从端口 P1 转发所有路径发现帧的前提是：X 等于最后一项路由描述符中给出的环网编号且环网编号 Y 没有出现在已有的路由描述符中，网桥通过端口 P1 转发所有路径发现帧前，在原有的最后一项路由描述符中添加网桥编号 N，然后，增加一项路由描述符(Y)。如原来最后一项路由描述符为(X)，则从端口 P1 转发出的所有路径发现帧的最后两项路由描述符为(X,N)(Y)。网桥从所有满足转发条件的其他端口转发所有路径发现帧。

所有网桥如果发现所连接的环网的最大传输单元小于最大帧长，则用该最大传输单元取代最大帧长。

所有路径发现帧发现终端 A 至终端 B 所有传输路径的过程如图 3.55 所示，其实图 3.55 只给出最终到达目的终端的所有路径发现帧，有些所有路径发现帧在转发过程中因为检测到环路，即转发端口连接的环网编号已经出现在某个路由描述符中，而被终止转发。这些没有最终到达目的终端的所有路径发现帧并没有在图 3.55 中给出，如网桥 3 从端口 1 转发所有路径发现帧{(1,2)(3,3)(2)}，但该所有路径发现帧被网桥 1 和 2 接收后，因为不允许从其他端口转发出去，而被网桥 1 和 2 丢弃，因此没有在图 3.55 中给出经网桥 3 端口 1 转发的所有路径发现帧。如果目的终端接收到多个有着不同传输路径的所有路径发现帧，如图 3.55 中终端 B 接收到 6 个具有不同传输路径的所有路径发现帧，一种情况是由目的终端在多条传输路径中选择一条最佳路径，将最佳路径通过指定路径帧通知源终端，源终端将该最佳路径作为源终端至目的终端的传输路径。另一种情况是目的终端通过指定路径帧将所有传输路径告知源终端，由源终端选择一条最佳路径作为源终端至目的终端的传输路径。

源终端或目的终端常将符合以下一项或多项条件的传输路径作为最佳路径：
- 第一个到达的所有路径发现帧或指定路径帧指定的传输路径；
- 经过网桥最少的传输路径；
- 最大帧长最大的传输路径。

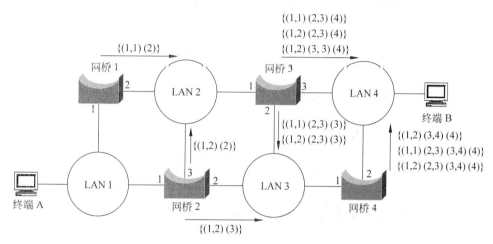

图 3.55　所有路径发现帧发现的终端 A 至终端 B 传输路径

3. 指定路径帧转发过程

指定路径帧中的路由信息字段必须包含源终端至目的终端传输路径所经过的环网和网桥，当编号为 N 的网桥通过端口 P 接收到指定路径帧，且端口 P 连接的环网编号为 X，网桥进行如下操作：
- 根据路由控制子字段中方向标志位指定的检索方向（从左到右或从右到左）检索路由描述符，如果路由信息字段包含环网编号为 X，网桥编号为 N 的路由描述符，继续转发该指定路径帧，否则，丢弃该指定路径帧。
- 假定根据方向标志位指定的检索方向确定的紧邻路由描述符(X,N)的下一个路由描述符中的环网编号为 Y，则网桥从端口 P1 转发该指定路径帧的前提是：P1$\neq$P 且端口 P1 连接的环网的编号为 Y。

图 3.56 中假定终端 A 选择经过 LAN 1、网桥 1、LAN 2、网桥 3、LAN 4 的传输路径作为到达终端 B 的最佳路径，以此生成指定路径帧，并在路由信息字段中用路由描述符序列 {(1,1)(2,3)(4,0)} 给出传输路径，方向标志位指定检索方向是从左到右。终端 A 通过编号为 1 的环网发送的指定路径帧分别被网桥 1 和 2 接收，配置时，网桥 1 和网桥 2 的编号分别为 1 和 2，因此，网桥 1 和 2 分别在指定路径帧的路由信息字段中检索路由描述符(1,1)和(1,2)，由于网桥 1 检索到路由描述符(1,1)，继续该指定路径帧的转发过程，网桥 2 由于没有检索到路由描述符(1,2)，丢弃该指定路径帧。网桥 1 根据方向标志位确定紧邻路由描述符(1,1)的下一个路由描述符是(2,3)，寻找连接编号为 2 的环网且与接收该指定路径帧的端口不同的端口，网桥 2 发现端口 2 连接的环网的编号为 2，且不是该指定路径帧的接收端口，将该指定路径帧从端口 2 转发出去。当然，网桥 2 从端口 2 转发该指定路径帧时，和连接在编号为 2 的环网上的其他终端一样，必须先持有令牌，然后才能发送该指定路径帧。同样，连接在编号为 2 的环网上的网桥中，只有网桥 3 继续通过连接编号为 4 的环网的端口

转发该指定路径帧。

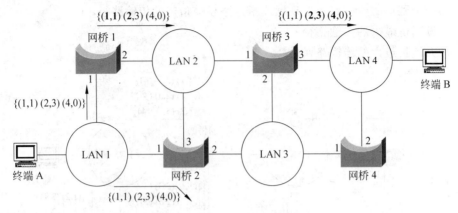

图 3.56 指定路径帧转发过程

从原理上讲，也可以由源路由网桥互连多个总线形以太网，但实际应用中，透明网桥常用于扩展以太网，源路由网桥常用于扩展令牌环网。

习 题 3

3.1 什么是网络拓扑结构？目前存在哪些网络拓扑结构？

3.2 802.3 标准局域网和以太网有什么区别，目前使用的以太网是否是 802.3 标准局域网？为什么？

3.3 冲突域直径是如何确定的？限制冲突域直径的主要因素是信号衰减吗？

3.4 以太网为什么采用曼彻斯特编码？10Mbps 以太网对应的曼彻斯特编码的波特是多少？如果不采用曼彻斯特编码，接收端如何解决基带信号的同步问题？

3.5 求出二进制数 10001101 的曼彻斯特编码。

3.6 什么是帧定界？以太网如何实现帧定界？

3.7 以太网不采用出错重传的差错控制机制，只是在接收端对接收到的 MAC 帧进行差错检验，丢弃传输出错的 MAC 帧，这种简单的差错检验机制，对以太网提出了什么要求？

3.8 以太网最短帧长是如何确定的？为什么必须检测到任何情况下发生的冲突？

3.9 后退算法如何体现它的自适应性？

3.10 什么是捕获效应？总线形以太网适合传输类似数字语音数据这样的多媒体数据吗？为什么？

3.11 以太网通过 CSMA/CD 算法争用总线过程和 HDLC 解决多点接入方式有什么区别？

3.12 假定单根总线的长度为 1km，传输速率为 1Gbps，信号传播速度为 $(2/3)c$，求最短帧长。

3.13 10Mbps 以太网中某个终端在检测到冲突后，后退算法选择了随机数 $r=100$。问该终端需要等待多长时间才能发送数据？如果是 100Mbps 的以太网呢？

3.14 终端 A 和 B 在同一个 10Mbps 以太网网段上，它们之间的传播时延为 225 比特时间,假定在时间 $t=0$ 时,终端 A 和 B 同时发送了数据帧,在 $t=225$ 比特时间时同时检测到冲突发生,并在 $t=225+48=273$ 比特时间发送完干扰信号,假定终端 A 和 B 选择的随机数分别是 0 和 1,请回答:

① 终端 A 和终端 B 何时重传数据帧;

② 终端 A 重传的数据何时到达终端 B;

③ 终端 A 和终端 B 重传的数据会不会再次发生冲突;

④ 终端 B 在后退延迟后是否立即重传数据帧。

3.15 有 10 个终端连接到以太网上,试计算以下三种情况下每一个终端分配到的平均带宽:

① 10 个终端连接到 10Mbps 集线器;

② 10 个终端连接到 100Mbps 集线器;

③ 10 个终端连接到 10Mbps 以太网交换机。

3.16 假定终端 A、B、C 和 D 连接在总线形以太网上,当终端 D 传输数据帧时,终端 A、B 和 C 开始侦听总线,画出终端 A、B 和 C 完成数据帧传输的流程图,要求:

① 成功传输数据帧顺序为终端 B、C 和 A;

② 传输过程中至少发生 4 次冲突。

3.17 以太网上只有两个终端,它们同时发送数据,发生了冲突,于是按二进制指数类型后退算法进行重传,重传次数计为 i,$i=1,2,3,\cdots$,试计算第 1 次、第 2 次、第 3 次重传失败的概率以及某个终端成功发送数据之前的平均重传次数 L。

3.18 以太网传输速率从 10Mbps 发展到 100Mbps、1Gbps、10Gbps 的主要技术障碍是什么? 如何解决? 讨论以太网最终能够成为 LAN、MAN 主流技术的原因。

3.19 假定图 3.57 中作为总线的电缆中间没有接任何中继设备,MAC 帧的最短帧长为 512b,电信号在电缆中的传播速度为 $2/3c$(c 为光速),分别计算出 10Mbps、100Mbps、1000Mbps 以太网所允许的电缆两端最长距离。

图 3.57　题 3.19 图

3.20 网桥分割冲突域的原理是什么? 网桥如何实现属于不同冲突域的终端之间的通信功能?

3.21 说网桥是分组交换设备的依据是什么?

3.22 为什么说交换到无限?

3.23 为什么说交换式以太网是一个广播域? 讨论广播带来的危害。

3.24 现有 5 个终端分别连接在三个局域网上,并且用两个网桥连接起来,如图 3.58 所示,每个网桥的两个端口号都标明在图上。开始时,两个网桥中的转发表都是空的,后来进行以下传输操作:H1→H5,H3→H2,H4→H3,H2→H1,试将每一次传输操作发生的有关事项填写在表 3.4 中。

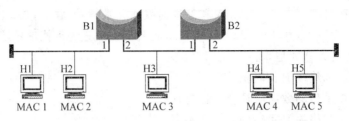

图 3.58　题 3.24 图

表 3.4　题 3.24 表

传输操作	网桥 1 转发表		网桥 2 转发表		网桥 1 的处理 （转发、丢弃、 登记）	网桥 2 的处理 （转发、丢弃、 登记）
	MAC 地址	转发端口	MAC 地址	转发端口		
H1→H5						
H3→H2						
H4→H3						
H2→H1						

3.25　如图 3.59 所示的网络结构有多少个冲突域？多少个广播域？

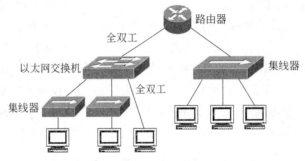

图 3.59　题 3.25 图

3.26　根据图 3.60 所示的网络结构，假定所有以太网交换机的初始转发表为空，给出完成
　　　终端 A→终端 B，终端 E→终端 F，终端 C→终端 A 数据帧传输后各个以太网交换机
　　　转发表的内容。

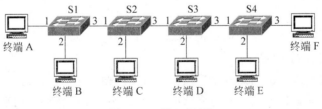

图 3.60　题 3.26 图

3.27　根据图 3.61 标明的各网桥标识符，求出图中网桥所有端口的类型（RP：根端口，DP：
　　　指定端口，NDP：非指定端口）和状态（F：转发状态，B：阻塞状态）。

3.28　为什么要划分 VLAN？802.1Q 有什么作用？连接终端的以太网交换机端口是否只

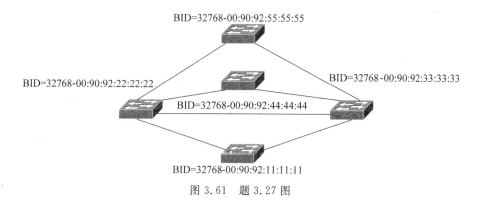

图 3.61　题 3.27 图

能是非标记端口？为什么？

3.29　要求将图 3.62 所示网络中的终端 A、终端 B 和终端 F 划分为 VLAN 1，终端 C、终端 E 划分为 VLAN 2，终端 D、终端 G 和终端 H 划分为 VLAN 3，请给出三个以太网交换机的端口配置。给出在所有终端都广播了以自身 MAC 地址为源 MAC 地址，全 1 广播地址为目的 MAC 地址的广播帧后，3 个 VLAN 相关联的转发表内容。根据转发表内容讲述终端 A→终端 F 的传输过程，说明终端 A→终端 D 不可达的原因。

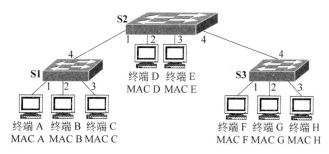

图 3.62　题 3.29 图

3.30　网络结构如图 3.63 所示，根据传输媒体为双绞线和光纤这两种情况，分别计算终端 A 和终端 B 之间的最大传输距离。假定集线器的信号处理时延为 $0.56\mu s$。

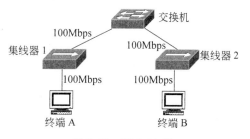

图 3.63　题 3.30 图

3.31　图 3.64 是连接某一幢楼内各个房间中终端的网络拓扑结构图，假定楼高为 30m，楼长为 90m，当图中设备的端口速率分别是 10Mbps 和 100Mbps 时，哪些设备可以是以太网交换机或集线器？哪些设备只能是以太网交换机？为什么？

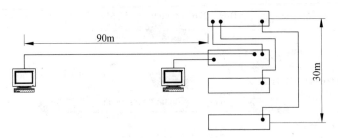

图 3.64　题 3.31 图

3.32　有两幢楼间距离超过 500m 的楼，每幢楼有 5 层，每层有 20 个房间，每个房间至少有一台终端，现在要求设计能够把所有房间中终端连接在一起的交换式以太网，请给出设备配置（多少端口、端口采用的以太网标准），并说明原因。

3.33　假定令牌环网接入 5 个终端，线路总长为 230m，分别根据 4Mbps 和 16Mbps 传输速率和 (2/3)c 信号传播速度计算环传输时延。

3.34　假定令牌环网的传输速率为 100Mbps，环传输时延为 $200\mu s$，每个终端持有令牌时允许传输 1KB 数据帧，分别根据提前释放方式和延迟释放方式计算出终端的最大吞吐率。

3.35　互联网结构如图 3.65 所示，给出终端 A 用所有路径发现帧发现终端 A 至终端 B 所有传输路径的过程。

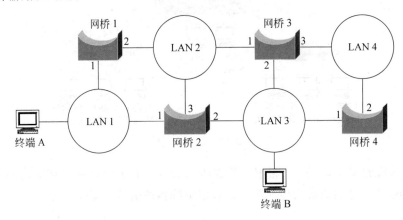

图 3.65　题 3.35 图

第4章　无线局域网

无线局域网(Wireless LAN,WLAN)是一种利用无线电波在自由空间的传播实现终端之间通信的网络,用无线局域网通信的最大好处是终端之间不需要铺设线缆,这一特性不仅使无线局域网非常适用于中间隔着湖泊、公共道路等不便铺设线缆的网络应用环境,而且解决了网络终端的移动通信问题。由于这几年笔记本计算机已经得到普及,人们在工作过程中不时携带笔记本计算机更换工作场合,而且,需要随时利用笔记本计算机访问网络,这就使移动通信的需求不断增长,导致无线局域网在近几年得到飞速发展。

4.1　无线局域网概述

4.1.1　无线局域网体系结构

基于无线局域网的 TCP/IP 体系结构如图 4.1 所示,它和基于以太网的 TCP/IP 体系结构相比多了逻辑链路控制(LLC)子层。在讨论以太网时已经提到,LLC 子层是为了屏蔽多种局域网的 MAC 子层的差异,为网际层提供统一的接口界面而设置的,但随着以太网在局域网中取得垄断地位,LLC 子层已不再作为局域网链路层的一部分,以太网链路层功能由 MAC 层(不再称为 MAC 子层)实现。无线局域网的链路层功能也基本由 MAC 子层实现,这里的 LLC 子层已不再具有 IEEE 802 委员会定义的 LLC 子层的全部功能,只是用来指明无线局域网 MAC 帧中数据字段所包含的数据的类型,完全等同于以太网 MAC 帧中类型字段的功能。实际上,无线局域网用和以太网类型字段相同的类型编码表明 MAC 帧数据字段中数据的类型,只是由于无线局域网的 MAC 帧中缺少类型字段,才采用 LLC 子层的表示方式,图 4.2 给出了 LLC 子层表示数据类型的方式。

由于本章不讨论 LLC 子层的功能,图 4.2 中前 6 个字节的固定内容(AAAA03000000)可以作为标识字段,用于表明后 2 个字节用以太网类型字段相同的类型编码表明数据字段所包含的数据的类型。或许读者会不明白,为什么不在无线局域网的 MAC 帧中增加一个和以太网相同的类型字段来表明数据字段所包含的数据的类型,而是如此复杂地采用图 4.2 所示的通过

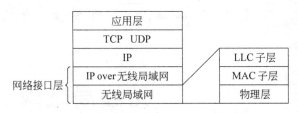

图 4.1 基于无线局域网的 TCP/IP 体系结构

1B	1B	1B	1B	1B	1B	2B	
AA	AA	03	00	00	00	以太网类型字段	数据字段

图 4.2 LLC 子层表示数据类型的方式

LLC 子层表示数据类型的方式，其实，IEEE 802.3 标准定义的 MAC 帧中也没有类型字段，也需要用图 4.2 所示的通过 LLC 子层表示数据类型的方式表明数据字段所包含的数据的类型，DIX Ethernet V2 中定义的 MAC 帧格式才是第 3 章讨论的以太网 MAC 帧格式，而这种帧格式目前成了事实标准，可以说，目前的以太网和 IEEE 802.3 标准定义的局域网并不完全相同。后来的发展表明根本无须用到 LLC 子层定义的服务，直接用以太网 MAC 层和无线局域网 MAC 层提供的服务就可以完成网际层的服务请求。因此，无论是以太网还是无线局域网的体系结构都不需要 LLC 子层，但定义无线局域网的 MAC 帧格式时已经考虑了 LLC 子层的存在，因而导致了无线局域网只能用图 4.2 所示的表示数据类型的方式。可以说，从功能划分的角度出发，无线局域网体系结构中的 LLC 子层并不存在，但从封装过程的角度出发，确实存在 LLC 子层的封装形式。

4.1.2 无线电传输

无线电传输是通过电磁波在自由空间的传播实现的，而实现电磁波在自由空间的传播必须由变化的电场在邻近区域激发变化的磁场，再由变化的磁场在较远区域激发新的变化的电场，这种激发由近及远，不断继续下去的过程就是电磁波的传播过程。电磁波的主要特征参数有频率、初始相位和功率，这一点和按正弦或余弦变化的模拟信号相同。实际上，无线电发射装置就是通过在天线上产生按正弦或余弦变化的电流来激发变化的电场，并因此产生电磁波。电磁波的传播速度在真空中等于光速 c，由于将电磁波峰值之间的距离定义为波长，由此可以得出波长 λ 和频率 f 之间的关系式：$f \times \lambda = c$。

电磁波的频谱如图 4.3 所示，由于波特（码元变化速率）和信号带宽成正比，而数据传输速率又取决于波特和调制技术，因此，要想得到较高数据传输速率，载波信号必须有较高的带宽，而只有处于高频段的电磁波，才有可能获得较高带宽，所以利用无线电进行数据传输时，常常用处于高频段的电磁波作为载波信号。

图 4.3 电磁波的频谱

X 射线和 γ 射线对生物有很大的杀伤性,不能作为载波信号,因此,可用作载波信号的电磁波的频率应在紫外线以下。电磁波的频率越高,其传播特性越接近可见光,而可见光的直线传播特性会对无线局域网的终端布置带来很大限制,因此,无线局域网常采用微波段中的电磁波作为载波信号。相同频率的电磁波在空中会相互干扰,因此,远距离传播的电磁波由于容易对其他电磁波造成干扰,对其频率必须进行严格控制。每个国家都有负责分配电磁波频率并规定其发射功率的权威机构,它必须保证不会在某个区域发生相同频率的电磁波互相干扰的问题。为了满足公众利用无线电进行通信的需求,会开放一些电磁波频段让公众自由使用,但必须将发射功率控制在较小范围,这就好像公共场合不许人声喧哗一样,大家都可以在同一个公共场合交谈,但交谈时发出的声音不能大到影响别人进行正常交谈的程度。为了能够使利用开放频段进行无线电通信的设备标准化,各国都尽量将开放的电磁波频段一致起来,图 4.4 是美国开放的电磁波频段,大多数国家都与此兼容。

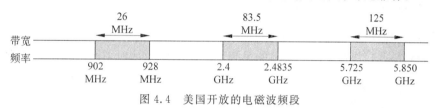

图 4.4　美国开放的电磁波频段

图 4.4 所示的电磁波频段称为 ISM(Industrial Scientific Medical)频段,指的是工业、科学和医疗所使用的电磁波频段,这些单位无须批准就可使用图 4.4 所示的电磁波频段。无线局域网使用的电磁波频段为 2.412GHz～2.462GHz 、5.15GHz～5.35GHz 和 5.725GHz～5.825GHz 这三个频段,显然,5.15GHz～5.35GHz 频段并不完全与 ISM 频段兼容,是专为无线局域网开放的频段。利用无线电传输数据必须考虑电磁波能量损耗、干扰、多径效应等问题。

1. 能量损耗

电磁波在自由空间传播,其能量损耗与传播距离的平方成正比,由于开放频段的发射功率受到限制,因此,无线局域网的无中继通信距离并不远。电磁波频率越高,越接近可见光的传播特性,对于频率处于无线局域网使用的频段的电磁波,障碍物对电磁波传播的影响很大,有些障碍物能直接阻挡电磁波的传播,有些障碍物虽然能够被电磁波穿过,但对电磁波能量的损耗很大。因此,如果发送端在过道,接收端在房间内,房间是否关门都会对接收到的信号的质量产生很大影响。

2. 干扰

电磁波在自由空间的传播过程中,非常容易受具有相同频率的电磁波的干扰,因此,在有效通信范围内,不能存在两个以上发射相同频率电磁波的发射源。

3. 多径效应

多径效应如图 4.5 所示,发送端发射的电磁波由于被障碍物反射,沿着多条传播路径到达接收端,而且,不同传播路径的传播时延和损耗都不同,使得接收端接收到的是由这些信号叠加而成的严重失真的信号。

无线局域网利用电磁波传输数据带来的这些问题,使得终端位于不同位置时,接收到的信号的强度和信噪比都会不同,根据香农公式,数据传输速率取决于载波信号的带宽及信号的信噪比,因此,位于无线局域网中不同位置终端,其传输速率可能不同,这一点和总线形以太网有很大不同。

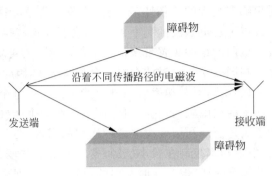

图 4.5　多径效应示意图

4.1.3　无线局域网拓扑结构

无线局域网的最小构成单位是基本服务集（Basic Service Sets,BSS），如图 4.6 所示，它是一组由相同协调功能控制的工作站的集合。由于无线局域网中的工作站共享自由空间，

图 4.6　基本服务集

必须通过争用自由空间中某组电磁波频段进行数据传输，而这种争用过程由协调功能进行控制，由相同协调功能控制的工作站集合，意味着是一组在同一有效通信区域内争用相同电磁波频段进行数据传输的工作站，因此，基本服务集非常类似于以太网同一冲突域内的终端集合。基本服务集所覆盖的地理范围称为基本服务区（Basic Service Area, BSA），它等同于以太网的冲突域。以太网的冲突域直径受

到传输速率和最短帧长的严格限制，同样，基本服务区的直径也受到工作站发射功率的严格限制，因此，由单个基本服务集组成的无线局域网其作用范围是很小的。为了扩大无线局域网的作用范围，构建多个基本服务集，并通过一个分配系统（Distribution System,DS）将这些基本服务集互连在一起，构成扩展服务集（Extended Service Set,ESS），如图 4.7 所示。每一个基本服务集通过称为接入点（Access Point,AP）的设备接入分配系统。分配系统可以是交换式以太网，或是普通 IP 网络，如果分配系统是交换式以太网，则 AP 就是一个实现无线局域网和以太网互连的网桥，从后面章节的讨论中可以得知，无线局域网无论是终端地址格式，还是 MAC 层工作机制和总线形以太网都十分相似，故而有人称它为无线以太网，

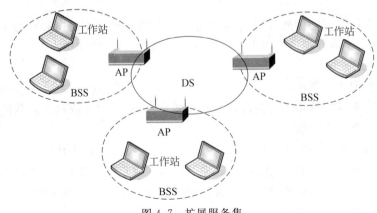

图 4.7　扩展服务集

因而这种类型的扩展服务集是最常见的,如图 4.8 所示。如果分配系统是普通 IP 网络,则 AP 就是一个将无线局域网接入普通 IP 网络的路由器,图 4.9 就是通过一个 ADSL 路由器将一个无线局域网接入 Internet 的实例。

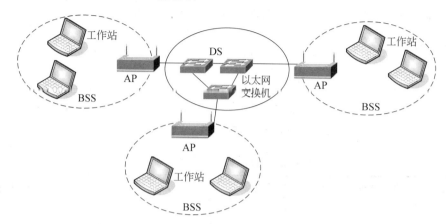

图 4.8　用交换式以太网作为分配系统的扩展服务集

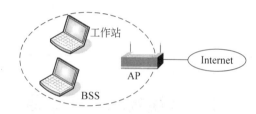

图 4.9　用 ADSL 路由器将无线局域网接入 Internet

　　将图 4.6 所示的完全由工作站组成的基本服务集称作独立基本服务集(Independent BSS,IBSS),而将包含了用于接入分配系统的接入点设备的基本服务集称作基本服务集,以示区别。由于独立基本服务集没有配置用于接入分配系统的接入点设备,因此,属于某个独立基本服务集的工作站无法和其他基本服务集中的工作站进行数据传输,这也是称它为独立基本服务集的原因。基本服务集中的接入点设备用于连接分配系统,是一种固定设备,类似于移动通信系统中的基站,因此,将基本服务集称作有固定基础设施的无线局域网,而将独立基本服务集称作无固定基础设施的无线局域网。独立基本服务集也称作 ad hoc 网络。无线局域网中的工作站是配备无线局域网卡的网络终端,由于这些网络终端配备无线局域网卡,移动比较方便,因而也将这样的工作站称为移动站,当然,可以作为移动站的往往是便携式网络终端,如笔记本计算机。在无线局域网中,工作站和终端是等同的,以后的讨论中,两者之间没有区别。由于本书主要讨论终端访问 Internet 资源的机制和过程,因此,着重讨论无线局域网的 BSS 和 ESS 的工作机制和数据传输过程。

4.1.4　无线局域网标准

　　1997 年,由 IEEE 制定了无线局域网的协议标准——802.11,后来,IEEE 又对 802.11 补充了 802.11b、802.11a 和 802.11g,它们之间的关系如图 4.10 所示。从图 4.10 可以看出,这些协议标准的不同之处在于物理层,MAC 层是相同的。物理层的差异主要体现在以下三方面：一是所使用的电磁波的频段，二是所使用的扩频技术，三是信号调制方法。这些因素决定了每一种协议标准所支持的数据传输速率。四种物理层协议标准所使用的电磁波频段、扩频技术和信号调制方法及支持的数据传输速率如表 4.1 所示。表 4.1 中给出的扩频技术和信号调制方法将在后面章节详细讨论，这里先不作解释。

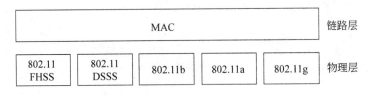

图 4.10　无线局域网各协议标准之间的关系

表 4.1　无线局域网各协议标准特性

协议标准	电磁波频段/GHz	扩频技术	信号调制方法	数据传输速率/Mbps
802.11	2.4	FHSS	2 元 GFSK、4 元 GFSK	1、2
		DSSS	DBPSK、QPSK	1、2
802.11b	2.4	HR-DSSS	CCK	11
802.11a	5		OFDM	54
802.11g	2.4		OFDM	54

4.2　无线局域网物理层

4.2.1　扩频技术

无线局域网所使用的电磁波频段属于开放频段，利用这样的电磁波频段进行数据传输，存在一些实际问题，一是有关机构对开放频段电磁波的发射功率有着严格限制，因此，载波信号能量受到控制。二是其他应用也可能使用相同频段的电磁波，干扰现象无法避免。从香农公式 $C=W\log_2(1+S/N)$ 可以看出，要想提高数据传输速率，或者增加载波信号带宽（W），或者提高信噪比（S/N），而提高信噪比的基本方法就是提高载波信号的能量，这一点恰恰是使用开放频段电磁波进行数据传输的无线局域网所做不到的，这种情况下，只有通过增加载波信号的带宽来提高数据传输速率。为此，无线局域网必须找出一种既能提高数据传输速率，又能增强抗干扰能力的技术来解决使用开放频段电磁波进行数据传输所带来的问题，这种技术就是扩频技术。扩频技术解决上述问题的原理如图 4.11 所示，发送端把调制后的窄带高能量信号，扩展为宽带低能量信号后进行传播，接收端重新将宽带低能量信号还原为窄带高能量信号，并从中解调出数据。如果信号在传播过程中受到干扰，则接收端进行的还原操作将干扰信号分散到宽带信号所覆盖的整个频段上，并等比例降低干扰信号强度，以此提高接收端的信噪比，如图 4.12 所示。需要说明的是，图 4.11 和图 4.12 所示的只是一般原理，实际扩频技术所采用的提高数据传输速率和抗干扰能力的方法各不相同，而且，不同扩频技术的着重点也不相同。

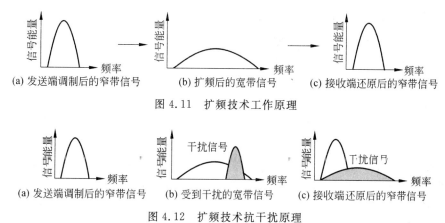

图 4.11　扩频技术工作原理

(a) 发送端调制后的窄带信号 (b) 扩频后的宽带信号 (c) 接收端还原后的窄带信号

(a) 发送端调制后的窄带信号 (b) 受到干扰的宽带信号 (c) 接收端还原后的窄带信号

图 4.12　扩频技术抗干扰原理

4.2.2　802.11 FHSS

1. FHSS 工作机制

跳频扩频(Frequency Hopping Spread Spectrum,FHSS)工作机制如图 4.13 所示,为无线局域网分配多个带宽相同的信道,这些信道的集合称为跳频集。无线局域网每一时刻只能用其中一个信道进行数据传输。每一个信道使用固定一段时间,这段时间称为停延时间(Dwell time),不同停延时间使用不同信道。所有信道全部使用一次为一个跳频周期,跳频周期内使用信道的顺序可以是随意的,由跳频模式控制。图 4.13 就是一个分配 4 个信道,跳频模式为{3,0,2,1}的跳频扩频工作过程。在每一个跳频

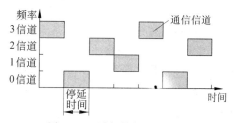

图 4.13　跳频扩频工作机制

周期,首先使用编号为 3 的信道,随后分别是编号为 0、2、1 的信道。这样做的好处一是同一工作区域内允许具有相同跳频集但使用不同跳频模式的多个无线局域网同时进行通信。二是提高了抗干扰的能力,因为固定频率的干扰只能影响其中一个信道的通信过程。图 4.14 给出了用跳频扩频机制解决同一区域内,具有相同跳频集但使用不同跳频模式的两个无线局域网同时通信和抗干扰问题的过程。图 4.14(a)中,一个无线局域网使用的跳频模式为(3,0,2,1),另一个无线局域网使用的跳频模式为(1,3,0,2),这两个无线局域网同时通信而不会相互影响。当然,图 4.14(a)是理想情况,如果跳频模式为(1,3,0,2)的无线局域网的跳频周期延迟一个停延时间,两个无线局域网就会在所有信道相互干扰,而一般情况下,不同无线局域网之间是不进行跳频周期同步的,因此,虽然在理论上允许具有相同跳频集但使

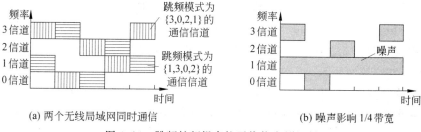

(a) 两个无线局域网同时通信　　　　　　　　(b) 噪声影响 1/4 带宽

图 4.14　跳频扩频提高抗干扰能力的机制

用不同跳频模式的多个无线局域网同时在同一通信区域内进行通信,但由于无法进行调频周期同步,容易造成相互干扰,在实际中不提倡使用。实际应用中,如果同一通信区域内由多个无线局域网同时进行通信,它们使用的跳频集不应存在交集。图 4.14（b）中,噪声频率覆盖信道 1 的频段,但只影响无线局域网 1/4 的带宽。跳频扩频必须保证接收端和发送端同步,即相同停延时间、相同跳频模式和同时开始跳频周期。

802.11 协议标准将 ISM 开放频段中 2.400GHz～2.495GHz 频段以 1MHz 带宽为单位划分成 96 信道,编号为 0～95,但每一个国家允许跳频扩频使用的信道集合并不相同,如美国允许跳频扩频使用的信道集合是编号为 2～79 的信道。采用跳频扩频技术的无线通信的可靠性及带宽利用率与分配的信道数有关,分配的信道数越多,抗干扰能力越好,但带宽利用率越低。因为任何时刻真正用于通信的信道只有一个,如果将编号为 2～79 的信道作为一个跳频集,则相当于分配了 78MHz 的带宽（2.402 GHz～2.479GHz）,但实际用于通信的带宽只有 1MHz。但如果每一个跳频集只分配 1 个信道,带宽利用率很高,但在图 4.14（b）所示的噪声干扰情况下,完全丧失通信能力。因此,802.11 协议标准要求每一个跳频集至少包含 6 个信道。为了保证使用不同跳频集的无线局域网不会发生信道冲突问题,美国将 78 个信道分成 3 组,且使各组信道集合中的信道互不相同。第一组信道集合是（2,5,8,11,14,17,…,77）,第二组信道集合是（3,6,9,12,15,18,…,78）,第三组信道集合是（4,7,10,13,16,19,…,79）,每个跳频集包含其中一组信道且使跳频模式和信道集合中的信道编号顺序相同。即由第一组信道集合构成的跳频集,其跳频模式就是（2,5,8,11,14,17,…,77）。由于每一个跳频集包含 26 个信道,固定频率噪声对通信的影响甚微,对间歇性噪声的抗干扰性也很好。跳频扩频技术的另一个好处是安全,由于用于通信的信道是不断变化的,敌方很难跟踪整个通信过程,但在无线局域网应用中,由于不同国家使用的跳频集和跳频模式都是标准的,安全性就无从谈起了。

802.11 跳频扩频技术实际使用的带宽是 1MHz,选择的码元传输速率为 1M 波特,每一个码元表示的二进制数位数由调制技术决定。

2. 2GFSK 和 4GFSK 调制技术

802.11 FHSS 采用 2 元高斯移频键控（2GFSK）和 4 元高斯移频键控（4GFSK）调制技术,2GFSK 使每一个码元表示一位二进制数,4GFSK 使每一个码元表示 2 位二进制数,因此,采用 2GFSK 调制技术的 802.11 FHSS 的数据传输速率为 1b/码元×1M 码元/秒＝1Mbps。采用 4GFSK 调制技术的 802.11 FHSS 的数据传输速率为 2b/码元×1M 码元/秒＝2Mbps。图 4.15 给出用 4GFSK 调制数据 11010010 后得到的波形。高斯移频键控用高斯滤波器对调制后的信号进行滤波处理,使不同频率的载波信号之间的转换变得比较缓慢、平滑。

图 4.15 中,中心频率为 f_c,f_{d1} 和 f_{d2} 为频率偏差,其中 $f_{d1} > 110$kHz,$f_{d2} \approx 3 \times f_{d1}$,8 位数据 11010010 被分成 4 组（11、01、00、11）,分别用频率为 $f_c + f_{d1}$、$f_c - f_{d1}$、$f_c - f_{d2}$、$f_c + f_{d2}$ 的载波信号表示。确定了码元传输速率后,数据传输速率取决于码元的不同状态数,对于移频键控调制技术,提高码元的不同状态数,需要多种不同频率的载波信号,而在带宽确定的情况下,只能产生有限种不同频率的载波信号,因此,移频键控调制技术的数据传输速率不高,但抗干扰性很好,因为,噪声和衰减容易改变信号的幅度,不容易改变信号的频率。

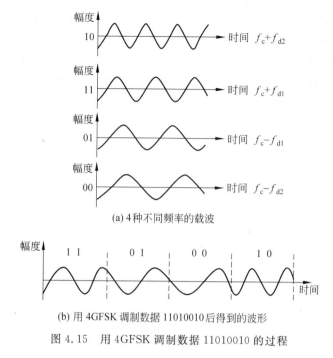

(a) 4 种不同频率的载波

(b) 用 4GFSK 调制数据 11010010 后得到的波形

图 4.15　用 4GFSK 调制数据 11010010 的过程

4.2.3　802.11 DSSS

1. DSSS 工作机制

直接序列扩频（Direct Sequence Spread Spectrum,DSSS）将 ISM 2.4GHz 频段分成 11 个信道,每个信道的带宽为 22MHz,但从图 4.16 可以看出,相邻信道中心频率只相差 5MHz,因此,不同信道之间存在频率重叠问题,如信道 1 的频率范围为 2.401GHz～2.423GHz,而信道 2 的频率范围为 2.406GHz～2.428GHz,它们之间存在 2.406GHz～2.423GHz 的频率重叠范围。因此,为避免相互干扰,通信区域重叠的无线局域网必须采用相互之间不存在频率重叠的信道。由于相邻信道中心频率只相差 5MHz,而两个保证不存在频率重叠问题的信道的中心频率至少相差 22MHz,因此,只有当两个信道之间编号的差大于等于 5 时,这两个信道之间才不会存在频率重叠问题,如信道 2 和信道 7。为了最大程度地利用 ISM 2.4GHz 频段,选用信道 1、6、11 作为通信区域重叠的无线局域网用于数据传输的信道。

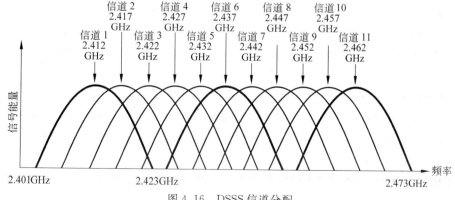

图 4.16　DSSS 信道分配

如果 DSSS 仅仅用带宽为 22MHz 的信道进行数据传输,就不能称为扩频技术。DSSS 实现扩频操作的过程如图 4.17 所示,1 位二进制数 0 或 1,在通过信道传输前,被扩展成由 11 位二进制数组成的码片,需要传输的二进制位流,扩展成码片后,通过信道进行传输。如果数据传输速率为 1Mbps,则信道的传输速率为 1M 码片/秒,由于每个码片由 11 位二进制数组成,转换成以 bps 为单位后,信道的传输速率为 11Mbps。

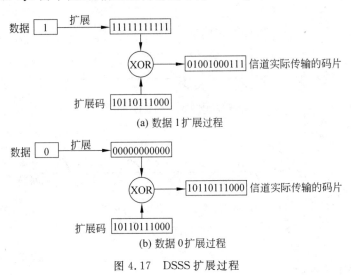

图 4.17　DSSS 扩展过程

数据通过信道传输前,进行图 4.17 所示的扩频操作是为了提高传输可靠性。假定需要传输数据 1011,经过扩频操作后,变为码片 01001000111 10110111000 01001000111 01001000111。假定经过信道传输后,码片变为 0 01 01000111 10 00 0111000 01001000111 01001000111,接收端分别对接收到的码片进行鉴别,鉴别过程首先将接收到的码片和用于表示二进制数 0、1 的码片进行异或操作,然后用最接近的码片还原传输出错的码片,并以此分解出数据。在这里,接收到的码片 0 01 01000111 与 01001000111 异或后,得出不相同的二进制数位数为 2 位,与 10110111000 异或后,得出不相同的二进制数位数为 9 位,用 01001000111 还原 0 01 01000111,并分解出数据 1。同样,接收端经过鉴别操作,用 10110111000 还原 10 00 0111000,分解出数据 0。而其他码片由于传输过程中没有出错,直接分解出数据 1、1,接收端最终获得数据 1011。实际上,只要每个码片出错的二进制位数小于 6 位,接收端均能正确还原出数据。从中可以看出,扩频操作通过扩展信道带宽,在传输可靠性很差的信道上达到正确传输数据的目的。而造成 ISM 频段传输可靠性差的主要原因是频率重叠和信号能量受到严格限制。

2. DBPSK 和 DQPSK 调制技术

802.11 DSSS 采用 2 元相对移相键控(DBPSK)和 4 元相对移相键控(DQPSK)调制技术。DBPSK 调制过程如图 4.18 所示,数据 0 保持和前一个码元同相位,数据 1 和前一个码元相差 $180°$,码元的状态数为 2(和前一个码元同相位或相差 $180°$),因此,每一个码元表示 1 位二进制数,从图 4.18 可以看出每一个码元的时间间隔为 $1/11\mu s$,得出码元传输速率为 11M 码元/秒,由此得出信道传输速率为 11Mbps,但从图 4.17 所示的 DSSS 扩展过程得出：每 1 位数据由 11 位二进制数组成的码片表示，因此，采用 DBPSK 的 DSSS 的真正数据传输速率为 1Mbps。DQPSK 的调制过程如图 4.19 所示，相对移相如表 4.2 所示，码元的状态数为 4，因此，每一个码元表示 2 位二进制数，由于采用 DQPSK 的 DSSS 的码元传输速率与采用 DBPSK 的 DSSS 相同，得出采用 DQPSK 的 DSSS 的真正数据传输速率为 2Mbps。

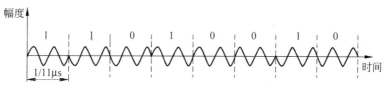

图 4.18　DBPSK 调制过程

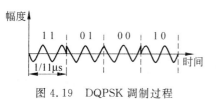

图 4.19　DQPSK 调制过程

表 4.2　DQPSK 相对移相

数　据	相对移相	数　据	相对移相
00	0°	10	270°
01	90°	11	180°

4.2.4　802.11b

802.11b 的信道划分和 802.11 相同，但数据扩展过程不同。802.11b 有两种数据传输速率，一种是 5.5Mbps，另一种是 11Mbps，两种数据传输速率都用由 8 组信号构成的扩展码来表示数据。扩展码用集合 c 表示，$c = \{ e^{j(\varphi_1+\varphi_2+\varphi_3+\varphi_4)}, e^{j(\varphi_1+\varphi_3+\varphi_4)}, e^{j(\varphi_1+\varphi_2+\varphi_4)}, -e^{j(\varphi_1+\varphi_4)}, e^{j(\varphi_1+\varphi_2+\varphi_3)}, e^{j(\varphi_1+\varphi_3)}, e^{j(\varphi_1+\varphi_2+\varphi_3+\varphi_4)}, -e^{j(\varphi_1+\varphi_2)}, e^{j(\varphi_1+\varphi_2+\varphi_3+\varphi_4)}, e^{j\varphi_1} \}$。扩展码中每个信号的时间宽度＝$1/11\mu s$，因此，扩展码的时间宽度＝$8/11\mu s$，扩展码传输速率＝$(11/8)$M 扩展码/秒。每一个扩展码实际上就是一个码元，它所表示的二进制位数确定了数据传输速率。在 5.5Mbps 传输速率时，每一个码元表示 4 位二进制数，得出数据传输速率＝$(11/8)$M 扩展码/秒×4 位/扩展码＝5.5Mbps。在 11Mbps 传输速率时，每一个扩展码表示 8 位二进制数，得出数据传输速率＝$(11/8)$M 扩展码/秒×8 位/扩展码＝11Mbps。下面，分别对 5.5Mbps 和 11Mbps 这两种数据传输速率，讨论数据扩展和信号调制过程。

1. 5.5Mbps 的实现机制

5.5Mbps 传输速率以 4 位二进制数（$b_0 b_1 b_2 b_3$）为单位进行数据扩展和信号调制，$b_0 b_1$ 决定 φ_1，φ_1 是相对移相，取值过程与 DQPSK 相同，由于扩展码中每一个信号都包含 φ_1，因此，由 $b_0 b_1$ 决定扩展码的相对移相，如表 4.3 所示。$\varphi_2 = b_2 \times \pi + \pi/2$，$\varphi_3 = 0$，$\varphi_4 = b_3 \times \pi$。可以推算出 $b_2 b_3$ 与表 4.4 所示的 4 种扩展码的对应关系。

表 4.3　$b_0 b_1$ 和相对移相对应表

$b_0 b_1$	偶数扩展码	奇数扩展码	$b_0 b_1$	偶数扩展码	奇数扩展码
00	0	π	10	$3\pi/2$	$\pi/2$
01	$\pi/2$	$3\pi/2$	11	π	0

表 4.4　$b_2 b_3$ 和扩展码对应表

$b_2 b_3$	c_1	c_2	c_3	c_4	c_5	c_6	c_7	c_8
00	j	1	j	−1	j	1	−j	1
01	−j	−1	−j	1	j	1	−j	1
10	−j	1	−j	−1	−j	1	j	1
11	j	−1	j	1	−j	1	j	1

图 4.20 是数据 0001 对应的调制后的信号波形，由于 $b_0 b_1 = 00$，确定相对移相为 $0°$，$b_2 b_3 = 01$，选择扩展码：$-j$、-1、$-j$、1、j、1、$-j$、1，这里，$-j$ 指移相 $270°$（$-90°$），j 指移相 $90°$，-1 指移相 $180°$，1 指移相 $0°$。

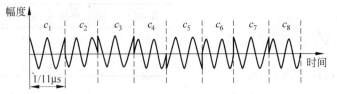

图 4.20　数据 0001 对应的调制后的波形

2. 11Mbps 的实现机制

11Mbps 传输速率以 8 位二进制数（$b_0 b_1 b_2 b_3 b_4 b_5 b_6 b_7$）为单位进行数据扩展和信号调制，和 5.5Mbps 传输速率一样，$b_0 b_1$ 决定相对移相 φ_1，分别由 $b_2 b_3$、$b_4 b_5$、$b_6 b_7$ 决定 φ_2、φ_3 和 φ_4，当对应 2 位二进制数分别为 00、01、10、11 时，φ_i（$i = 2, 3, 4$）对应为 $0°$、$90°$、$180°$ 和 $270°$。

上述调制技术被称为补码键控（Complementary Code Keying，CCK），由于 802.1b 采用与 802.11 DSSS 相同的信道分配方式，而且也同样通过将数据扩展的方法来提高传输可靠性，因此，将 802.1b 通过 CCK 实现数据传输的过程称为高速 DSSS（HR-DSSS）。

3. CCK 提高可靠性的方法

802.11 DSSS 提高可靠性的方法很简单，分别用码片 10110111000 和 01001000111 表示一位二进制数 0 和 1，这两个码片成正交关系，是 11 位编码中相互之间距离最大的两个编码，两个码片之间的距离是指将两个码片异或操作后得到的结果中 1 的位数。码片 10110111000 和 01001000111 异或操作后得到的结果是全 1，距离为 11。因此，只要某个码片通过信道传输后，传输出错的位数没有多到被接收端误认为是另一个码片的地步，接收端均可将其还原为正确的码片，因此，当两个码片之间距离为 11 时，只要传输出错的位数小于 11/2（小于等于 5），接收端均可正确还原。CCK 采用由 8 个信号组成（$c_1 \sim c_8$）的扩展码，每一个信号又可以有 4 种不同的相位（$0°$，$90°$，$180°$ 和 $270°$），因此，扩展码集合共有 4^8 种不同的编码，对于 5.5Mbps 传输速率的情况，可在 4^8 种不同的编码中选择 16 种两两之间距离最大的编码分别用于表示 4 位二进制数的 16 个不同的二进制值。对于 11Mbps 传输速率的情况，可在 4^8 种不同的编码中选择 256 种两两之间距离最大的编码分别用于表示 8 位二进制数的 256 个不同的二进制值。只要表示某个数值的编码传输出错的程度没有严重到被接收端误认为是表示另一个数值的编码,接收端均可正确还原,这就是扩频技术的容错原理。

4.2.5　802.11a

当以太网传输速率从 10Mbps 发展到 10Gbps 时,如果无线局域网传输速率只能限制在 11Mbps,无线局域网只能作为以太网的补充,用于解决不便布线的区域的通信问题。事实上,无线通信的方便性和移动性极大地激发了人们通过无线局域网接入 Internet 的兴趣,但为了和宽带接入技术竞争,必须提高无线局域网的传输速率。为了在无线局域网上开发新的应用,如移动 VOIP,也要求无线局域网提供较高的传输速率。这种情况下,提出了802.11a 标准,它在 5GHz 开放频段提供 54Mbps 数据传输速率。

802.11a 将 5GHz 开放频段划分成多个带宽为 20MHz 的信道,表 4.5 给出了美国在5GHz 开放频段划分的信道及信道的中心频率。中心频率不同的信道可在同一个通信区域内用于数据传输。802.11a 采用正交频分复用(Orthogonal Frequency Division Multiplexing,OFDM)技术,它在 20MHz 带宽内划分出 52 个带宽为 0.3125MHz 的子信道,用其中 48 个子信道进行数据传输,4 个子信道作为导航子信道用于监测子信道的通信质量,信道划分如图 4.21 所示。用于通信的 48 个子信道独立进行调制,调制后的码元传输速率为 250k 码元/秒。数据传输速率取决于调制技术,如果采用 DBPSK,由于每一个码元只有两种状态,只能表示 1 位二进制数,子信道的传输速率等于波特,为 250kbps。如果采用 DQPSK,由于每一个码元有 4 种状态,能表示 2 位二进制数,子信道的传输速率为 2×250kbps。如果采用 QAM-16,由于每一个码元有 16 种状态,能表示 4 位二进制数,子信道的传输速率为 4×250kbps。表 4.6 给出了不同调制技术对应的数据传输速率。

表 4.5　美国用于 802.11a 通信的信道

频 段	信道编号	信道中心频率	频 段	信道编号	信道中心频率
U-NⅡ低频段	36	5.180GHz	U-NⅡ中频段	60	5.300GHz
	40	5.200GHz		64	5.320GHz
	44	5.220GHz	U-NⅡ高频段	149	5.745GHz
	48	5.240GHz		153	5.765GHz
U-NⅡ中频段	52	5.260GHz		157	5.785GHz
	56	5.280GHz		161	5.805GHz

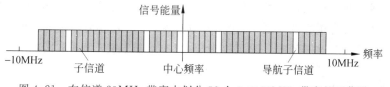

图 4.21　在信道 20MHz 带宽中划分 52 个 0.3125MHz 带宽的子信道

表 4.6　调制技术和信道传输速率

调制技术	子信道传输速率	信道传输速率	编码方式	有效数据传输速率
DBPSK	250kbps	12Mbps	1/2	6Mbps
DBPSK	250kbps	12Mbps	3/4	9Mbps
DQPSK	500kbps	24Mbps	1/2	12Mbps
DQPSK	500kbps	24Mbps	3/4	18Mbps
QAM-16	1Mbps	48Mbps	1/2	24Mbps
QAM-16	1Mbps	48Mbps	3/4	36Mbps
QAM-64	1.5Mbps	72Mbps	2/3	48Mbps
QAM-64	1.5Mbps	72Mbps	3/4	54Mbps

在一个带宽较宽的信道上传输数据，总是先将其划分为多个子信道，然后分别对子信道进行调制操作，这样做的原因是信道的传输速率取决于码元传输速率和码元状态数，由于码元状态数受信道质量和调制技术限制，为了将数据传输速率提高到香农公式给出的理想值，需要提高码元传输速率。码元传输速率只受信道带宽限制，对于带宽较宽的信道，可以取得较高的码元传输速率。但由于不同频率的信号经过传输媒体（导向媒体和非导向媒体）传播时，存在传播时延偏差，在码元传输速率较高时，可能发生属于当前码元的传播时延较大的信号和属于下一个码元的传播时延较小的信号叠加在一起的情况，造成码元间干扰。另外，衰减造成的信号失真也可能使码元变宽，导致相邻码元的信号能量叠加。因此，相邻两个码元的时间间隔不能太小，这就限制了码元传输速率。将带宽较宽的信道划分为多个子信道，使得每一个子信道的带宽较小，使每一个子信道的码元传输速率既接近带宽的限制，以提高信道的带宽利用率，又使相邻两个码元的时间间隔大到足以避免码元间干扰。将 802.11a 子信道的码元传输速率定为 250k 码元/秒就是综合考虑了带宽利用率和相邻码元间的时间间隔后的结果。

表 4.6 中，采用 QAM-64 调制技术时，码元状态数为 64，每一个码元表示 6 位二进制数，当码元传输速率为 250k 波特，得出子信道传输速率为 6 位/码元×250k 码元/秒 =1.5Mbps。由于信道分成 52 个子信道，其中 48 个子信道用于数据传输，因此，信道传输速率=48×1.5Mbps=72Mbps。48 个子信道同时传输 48 个码元，每次传输的二进制位数=48×6=288b，其中用于数据传输的二进制位数为 288×（3/4）=216b，余下 72b 作为纠错码，用于对 216b 中传输出错的二进制数进行纠错。因此，实际用于数据传输的有效传输速率=72Mbps×（3/4）=54Mbps。当然，采用不同编码方式，计算出的有效传输速率就会不同，如表 4.6 所示。

无线局域网用开放频段进行数据传输及通过自由空间传输电磁波的特性，使得无线局域网的传输可靠性成为很大的问题，无论是扩频技术，还是通过编码对传输出错的二进制数进行纠错都是为了应对这一问题。除了物理层，MAC 层仍将继续采取措施应对这一问题。

4.2.6　802.11g

802.11a 利用 ISM 5GHz 开放频段实现数据传输，当时之所以选择 5GHz 开放频段实现高速通信,主要是考虑到 5GHz 开放频段的用户较少,信道受到干扰的可能性较低,容易满足 802.11a 对信道通信质量的要求。但 802.11 和 802.11b 都是利用 2.4GHz 开放频段进行数据传输,因此,为了与已有无线局域网兼容,提出了 802.1g 标准,它在 2.4GHz 开放频段同时支持 802.11、802.11b 和 OFDM,因此,802.1g 的信道分配方式与 802.11 相同,OFDM 调制方式与 802.11a 相同。

在 4.1 节讨论电磁波特性时讲到,由于电磁波能量随着传播距离的增大而急剧下降,同时又受到干扰及多径效应影响,使得位于无线局域网中不同位置的终端的传输速率有所不同,因此,每一个终端都需要通过检测接收到的载波信号的质量确定自己的传输速率,在发送 MAC 帧前,先以最低速率发送先导码,并在先导码中给出 MAC 帧的发送速率,然后,用先导码指定速率发送 MAC 帧,接收端同样用最低速率接收先导码,然后,用先导码中指定的速率接收 MAC 帧。物理层通过这种机制动态调节终端发送、接收速率。

4.3　无线局域网 MAC 层

无线局域网中属于同一基本服务集(BSS)的终端通过争用信道完成数据传输的过程和总线形以太网中终端通过争用总线完成数据传输的过程非常相似,使得无线局域网的 MAC 层操作过程非常类似总线形以太网,这也是为什么将无线局域网称作无线以太网的原因。但无线局域网和总线形以太网相比存在若干不同:一是无线局域网通过自由空间传播电磁波,无法对终端进行总线形以太网这样的接入控制。二是由于很难通过天线同时进行电磁波的发送和接收,更为重要的是,由于无线局域网中存在隐蔽站问题,使得总线形以太网的冲突检测操作在无线局域网中难以实现。所谓隐蔽站问题是指当某个终端发送数据时,属于同一 BSA 的另一个终端检测不到该终端发送的载波信号,误认为物理信道不忙的情况。图 4.22 中,当终端 A 向终端 B 发送数据时,由于终端 C 检测不到终端 A 发送的载波信号,导致终端 C 也向终端 B 发送数据,使得双方发送的数据在终端 B 发生冲突。导致隐蔽站问题发生的原因很多,如 BSS 中,两个终端都能和 AP 进行通信,但两个终端之间的距离已超出电磁波的有效通信距离。另外,由于电磁波受障碍物影响很大,当两个终端之间突然出现新的障碍物时,也有可能发生两个终端相互检测不到对方发送的载波信号的情况。三是在不发生冲突的情况下,基带信号通过同轴电缆传输的可靠性很高,因此,总线形以太网 MAC 帧传输出错的概率很低,但无线局域网由于利用开放频段进行数据传输,信号能量又受到严格限制,而且无法在发生冲突的情况下,通过及时重传 MAC 帧来提高传输可靠性,因此,MAC 帧传输出错的概率远远大于总线形以太网。这些不同使得无线局域网的 MAC 层操作过程不同于总线形以太网。

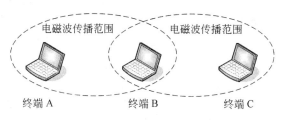

图 4.22　隐蔽站问题

　　MAC层作为链路层,除了具有无线局域网要求的多点接入控制功能外,还需具有帧定界、差错控制、寻址等链路层要求的功能。

4.3.1　MAC帧结构

　　无线局域网MAC帧的帧定界和以太网一样,由物理层编码完成,无线局域网在信道空闲时,信道上是没有载波信号的,或者载波信号的能量低到可以忽略不计。一旦开始传输MAC帧,信道上就出现调制后的载波信号,因此,终端可以通过监测信道上是否存在载波信号来确定MAC帧的开始。无论是以太网,还是无线局域网,在传输MAC帧前,都先传输一组先导码,先导码主要用于接收端同步时钟,在无线局域网中,先导码还有确定数据传输速率的功能,但先导码不是MAC帧的一部分。

　　无线局域网MAC帧结构如图4.23所示,2字节控制字段主要给出协议版本号、MAC帧类型及其他一些信息。持续时间字段以ms为单位给出某次数据传输过程所需要的时间。关联标识符用于确定属于特定关联的终端。地址字段用于确定源终端和目的终端、发送端和接收端的地址,这些地址格式完全和以太网MAC地址相同。顺序控制字段给出MAC帧的序号,用于接收端鉴别出重复接收的MAC帧。数据字段作为净荷字段用于传输高层协议要求传输的数据。帧检验序列(FCS)字段是32位循环冗余检验码,用于接收端检测MAC帧的传输错误。无线局域网除了用于数据传输的数据帧,还有用于鉴别、建立关联等MAC层操作的管理帧和用于解决隐蔽站问题的控制帧,不同类型的MAC帧,帧格式存在很大差别,图4.23所示的是一般帧结构。这里先简单介绍MAC帧各字段的含义,下面结合MAC层操作过程,再详细介绍和MAC层操作过程相关的字段的作用。

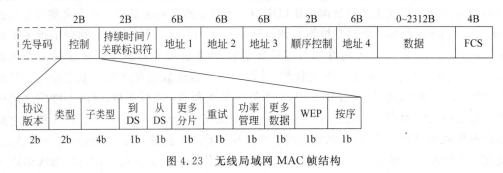

图4.23　无线局域网MAC帧结构

4.3.2　差错控制和寻址过程

　　MAC帧通过自由空间(也称无线传输媒体)传输时,传输可靠性很差,因此,连接无线传输媒体的两端,必须实现差错控制。4.1.3节中给出了无线局域网的三种网络拓扑结构,对于IBSS,连接无线传输媒体的两端就是MAC帧的源终端和目的终端,但对于ESS,连接无线传输媒体的两端不一定是MAC帧的源终端和目的终端,因此,把连接无线传输媒体的两端称作发送端和接收端,以示区别。

　　无线局域网经过无线传输媒体传输时,采用的差错控制机制是停止等待算法,发送端发送完一帧MAC帧后,等待接收端发送确认应答,如果在规定时间内接收到接收端发送的确认应答,发送下一帧MAC帧,否则,重发这一帧MAC帧且置1该MAC帧控制字段中的重试位。接收端保存当前接收到的 MAC 帧的序号,如果接收到的下一帧 MAC 帧的序号和接收端当前保存的序号相同,且该 MAC 帧控制字段中重试位置 1,则丢弃该 MAC 帧,再次发送确认应答。发送端对不同的 MAC 帧分配不同的序号。

　　下面针对各种数据传输过程分别讨论差错控制过程,及地址 1~地址 4 的字段值。图 4.24 是 IBSS 中两个终端通信的情况,这种情况下,MAC 帧的源终端就是发送端,目的终端就是接收端,这种 MAC 帧只需要两个地址字段:地址 1 和地址 2,其中地址 1 是接收端地址,地址 2 是发送端地址,差错控制过程在发送端和接收端之间进行。

　　图 4.25 是属于同一 BSS 的两个终端之间的通信过程。每一个终端只能和 AP 通信,因此,在源终端向 AP 传输数据的过程中,地址 1 是 AP 的地址,地址 2 是源终端地址,这里也是发送端的地址,地址 3 是目的终端地址,差错控制在源终端和 AP 之间进行。在 AP 向目的终端传输数据的过程中,地址 1 是目的终端地址,这里也是接收端的地址,地址 2 是 AP 的地址,地址 3 是源终端地址,差错控制在 AP 和目的终端之间进行。由于需要在每一段无线传输媒体进行差错控制,因此,在传输 MAC 帧时,不仅需要知道源和目的终端的地址,还需知道这一段无线传输媒体的发送端和接收端地址。

图 4.24　IBSS 中两个终端之间通信的情况

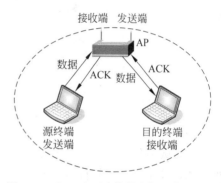

图 4.25　BSS 中两个终端之间通信的情况

　　图 4.26 是两个属于不同 BSS 的终端之间的通信过程,分配系统由以太网实现,源终端和 AP1 之间是无线传输媒体,AP2 和目的终端之间是无线传输媒体,这两段无线传输媒体的差错控制过程与图 4.25 中源终端和 AP 及 AP 和目的终端之间的差错控制过程相同,只是两次传输过程中的 AP 地址分别换成 AP1 地址和 AP2 地址。AP1 和 AP2 之间通信过程通过以太网实现。以太网实现 MAC 帧 AP1 至 AP2 的传输过程需要解决两个问题:一是 AP2 不是 MAC 帧的目的终端,但需要通过 MAC 帧的目的终端地址找到

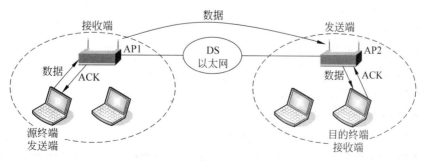

图 4.26　DS 为以太网时 ESS 中两个终端之间通信的情况

AP1 至 AP2 的交换路径。二是需要 AP2 确定自己是以太网中该 MAC 帧的接收端。前一个问题容易解决，当某个 AP 通过以太网发送 MAC 帧时，以太网交换机的转发表中记录下通往该 MAC 帧源终端的交换路径，该交换路径在以太网中也是通往该 AP 的传输路径。因此，只要该 AP 所属的 BSS 中的某个终端通过该 AP 在以太网中传输过 MAC 帧，以太网中将建立通往该终端的传输路径，而该传输路径也是通往该 AP 的传输路径。连接在以太网中的 AP 是否接收某个 MAC 帧的依据是该 MAC 帧的目的终端是否属于 AP 所在的 BSS，因此，BSS 中的每一个终端在允许传输数据前，必须和它所属的 BSS 中的 AP 建立关联。

图 4.27 和图 4.26 不同之处在于 AP1 和 AP2 通过无线传输媒体进行通信，当进行 AP1 和 AP2 之间的通信过程时，MAC 帧地址 1 字段是 AP2 地址，这里也是接收端地址，地址 2 是 AP1 地址，这里也是发送端地址，地址 3 是目的终端地址，地址 4 是源终端地址。

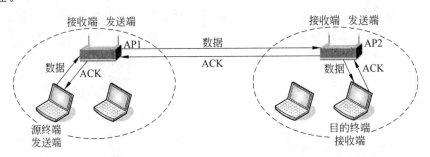

图 4.27　DS 为无线传输媒体时 ESS 中两个终端之间通信的情况

无线局域网和以太网不同之处在于无线局域网对无线传输媒体是逐段传输，逐段确认，因此，MAC 帧中除了源和目的终端地址外，经过每一段无线传输媒体时，还需给出无线传输媒体两端（发送端和接收端）地址。大部分情况下，源和目的终端地址和无线传输媒体两端或其中一端地址相同，当然，也存在图 4.27 中 AP1 和 AP2 之间通信的情况，这种情况下，源和目的终端地址和无线传输媒体两端地址是 4 个不同的地址。

4.3.3　DCF

无线局域网 MAC 层主要实现多点接入控制功能，而用于实现多点接入控制功能的方法是分布协调功能（Distributed Coordination Function，DCF）和点协调功能（Point Coordination Function，PCF）。DCF 基于载波侦听多点接入/冲突避免（Carrier Sense Multiple Access/ Collision Avoidance，CSMA/CA）机制，用于在 IBSS 和 BSS 解决多个终端争用信道的问题。而 PCF 用查询的方法解决 BSS 中多个终端争用信道的问题。PCF 是一种集中控制机制，只能用于存在 AP 这样控制设备的场合。

1. CSMA/CA 操作过程

图 4.28 是 CSMA/CA 的操作过程，当高层协议需要 MAC 层传输数据时，MAC 层首先检测物理信道是否空闲，判定物理信道忙的依据是：信道存在载波信号且载波信号能量超过设定阈值。但图 4.28 表明，物理信道空闲必须满足两个条件：物理信道不忙和网络分配向量（Network Allocation Vector，NAV）为 0。NAV 可以看成是一个计数器，它每隔

1ms 减 1,直到为 0。当 NAV 不为 0 时,终端认为信道处于忙状态,因此,判别 NAV 是否为 0 的过程被称为虚拟载波侦听过程,只有物理侦听和虚拟侦听结果都表示信道不忙时,才认为信道空闲。NAV 赋值过程如下:当终端侦听到某个 MAC 帧且自己不是该 MAC 帧的接收终端时,如果该 MAC 帧的持续时间字段值大于自己保留的 NAV,就用该 MAC 帧的持续时间字段值取代自己保留的 NAV,否则,不改变 NAV。当然,无论是否重新对 NAV 赋值,NAV 的计数器功能不受影响。无线局域网设置 NAV 的原因是无线局域网无法进行冲突检测,因此,必须采用冲突避免机制,避免冲突的最好方法是使终端具有预约信道的能力,一旦某个终端事先公告需要使用信道一段时间,其他终端在该终端预约时间段内不再争用信道。每一个终端通过持续时间字段公告其需要使用信道的时间段,其他终端通过 NAV 确定不争用信道的时间段。

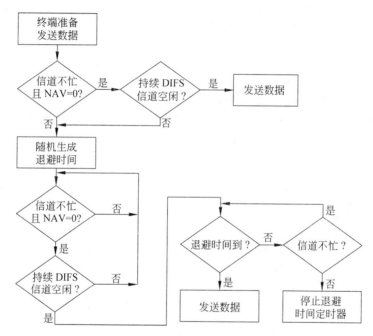

图 4.28　CSMA/CA 操作过程

如果终端发送第一个数据帧时检测到信道空闲,且信道持续空闲 DCF 规定的帧间间隔(DCF InterFrame Space,DIFS),表明没有多个终端同时争用信道,终端可以立即传输数据。如果终端检测到信道忙,在信道忙的这段时间里,可能出现多个终端等待信道空闲的情况,因此,如果允许终端在信道空闲且持续空闲 DIFS 后,立即发送数据,所有在信道忙时开始等待信道空闲的多个终端将同时发送数据,导致冲突发生,如图 4.29 所示。总线形以太网由于具有冲突检测功能,允许终端在信道持续空闲规定时间后,立即发送数据,同时在发送过程中进行冲突检测,在检测到冲突发生后,进行后退、重传操作。但无线局域网由于不具有冲突检测功能,因此,必须避免发生在信道持续空闲 DIFS 后,多个终端同时发送数据的情况。总线形以太网在检测到冲突发生后,终端必须后退一段时间,截断二进制指数类型的后退算法使每一个终端随机产生延迟时间的机制有效地避免了两个或以上终端产生相同延迟时间的情况。无线局域网为了在信道持续空闲 DIFS 后,避免发生多个终端同时发送数据的情况,规定每个终端在信道持续空闲 DIFS 后,还需延迟一段时间才能发送数据,这段延迟时间的产生算法与截断二进制指数类型的后退算法相似,尽量保证各个终端产生的延迟时间不同,并使延迟时间短的终端成功通过信道发送数据。因此,在检测到信道忙的情况下,每个终端随机产生延迟时间,这个延迟时间称为退避时间,在信道持续空闲 DIFS 后,只有在退避时间内一直检测到信道不忙的终端,才能在退避时间结束后,发送数据。某个终端一旦在退避时间内检测到信道忙,将停止退避时间定时器,重新等待信道空闲。这种在信道持续空闲 DIFS 后,只有在退避时间内一直检测到信道空闲的终端才能在退避时间结束后开始数据发送过程的机制,称为退避机制。

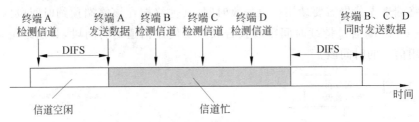

图 4.29　终端检测信道时信道空闲和忙两种情况

允许终端在开始检测信道时就检测到信道空闲且信道持续空闲 DIFS 时间后,不用启动退避机制,直接发送数据的原因是多个终端在这一时刻同时发送数据的概率很小,这就要求信道在该终端准备发送数据时,处于空闲状态。显然,如果该终端连续发送多帧数据帧,除了第一帧数据帧可能满足不用启动退避机制的条件,后续数据帧必须启动退避机制。因此,终端除了在发送第一个 MAC 帧时就检测到信道空闲且信道持续空闲 DIFS 时间这种情况,都需启动退避机制。

2. 退避算法

退避算法和截断二进制指数类型的后退算法类似,终端设置最大和最小争用窗口(CW_{MIN} 和 CW_{MAX}),初始时 $CW=CW_{MIN}$,终端检测到信道忙时,在 $0\sim CW$ 中随机选择整数 R,并使退避时间 $T=R\times ST$,ST 是固定时隙,取决于无线局域网的物理层协议标准和数据传输速率。尽管 R 是 $0\sim CW$ 中随机选择的整数,两个以上终端选择相同 R 的可能性依然存在,而且,这种可能性随着等待信道空闲的终端的增多而增加。一旦两个以上终端选择了相同的随机数 R,它们将同时发送数据,导致冲突发生。虽然发送端无法检测到发生的冲突,但由于接收端在冲突发生后,不能正确接收到 MAC 帧,因此,不能向发送端发送确认应答。发送端如果直到重传定时器溢出,都没有接收到确认应答,就认定冲突发生,发送端将通过 CSMA/CA 算法重新发送该 MAC 帧,但在计算退避时间时,增大 CW 值。如果 i 是重传次数,则,$CW=2^{3+i}-1$,直到 $CW=CW_{MAX}$。一旦发送端接收到确认应答,则将 CW 设置成初值 CW_{MIN}。802.11 标准中,$CW_{MIN}=7$,$CW_{MAX}=255$。

3. 确认应答

接收端正确接收到数据帧后,向发送端发送确认应答(ACK),接收端经过短帧间间隔(Short InterFrame Space,SIFS)后,立即向发送端发送 ACK。接收端发送 ACK 无须用 CSMA/CA 算法,也不用检测信道状态。为确保接收端成功发送 ACK,一是要使 SIFS 远小于 DIFS。二是发送端发送数据帧时,持续时间字段的值＝接收端发送 ACK 所需要的时间＋SIFS,BSS 中所有其他终端将数据帧中持续时间字段值作为 NAV,这些终端在 NAV 减至 0 前,认为信道处于忙状态,不会去争用信道,这就保证了接收端成功发送 ACK。

图 4.30 是终端 A 向 AP 发送数据的过程,由于终端 A 在准备发送数据帧时,检测到信道忙,因此,在信道持续空闲 DIFS 后,还需经过 4 个时隙的退避时间,才开始发送数据帧,整数 4 是终端 A 在 0~7 中随机选择的整数。AP 接收到数据帧后,经过 SIFS,向发送端发送 ACK,其他终端的 NAV 在侦听到终端 A 发送的数据帧后,更新为接收端发送 ACK 所需要的时间＋SIFS。

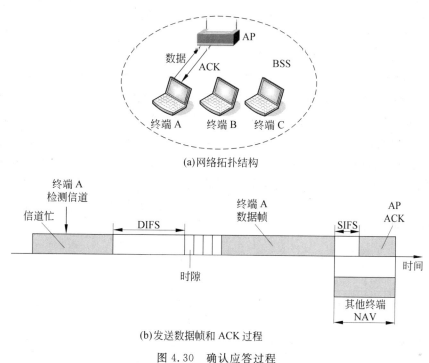

(a)网络拓扑结构

(b)发送数据帧和 ACK 过程

图 4.30　确认应答过程

需要强调的是,接收端只对接收端地址(地址字段 1)是单播地址的 MAC 帧进行确认应答,如果 MAC 帧的接收端地址是组播或广播地址,所有接收该 MAC 帧的接收端都不回送确认应答。

4. RTS 和 CTS

在图 4.31 中,终端 A、B 和 AP 在同一电磁波有效通信范围内,而终端 C 和 AP 也在同一电磁波有效通信范围内,但终端 A、B 和终端 C 不在同一电磁波有效通信范围内,当终端

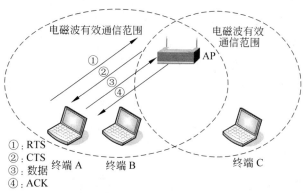

图 4.31　网络拓扑结构

A 向 AP 发送数据时,终端 C 由于检测不到信道中存在的载波信号(载波信号能量低于阈值),认为信道空闲,也向 AP 发送数据,导致两个数据帧在 AP 处发生冲突,这就是隐蔽站问题。为了解决这一问题,终端 A 在开始向 AP 发送数据前,先向 AP 发送请求发送帧(Request To Send,RTS),RTS 的持续时间字段值＝发送数据帧所需要的时间＋发送 CTS 所需要的时间＋发送 ACK 所需要的时间＋3×SIFS。位于和终端 A 同一电磁波有效通信范围的终端都侦听到终端 A 发送的 RTS,将 RTS 的持续时间字段值作为其 NAV。AP 接收到终端 A 发送的 RTS,经过 SIFS,向终端 A 发送允许发送帧(Clear To Send,CTS),CTS 的持续时间字段值＝RTS 持续时间字段值－AP 发送 CTS 所需要的时间－SIFS。位于和 AP 同一电磁波有效通信范围的终端都侦听到 AP 发送的 CTS,如果 CTS 的持续时间字段值大于当前 NAV,将 NAV 更新为 CTS 的持续时间字段值。这样,终端 C 的 NAV 更新为终端 A 发送数据帧所需要时间＋AP 发送 ACK 所需要时间＋2×SIFS。终端 A 在接收到 AP 发送给它的 CTS 后,经过 SIFS,开始发送数据帧。AP 接收到数据帧后,经过 SIFS,向终端 A 发送 ACK。终端 A 接收到 AP 发送的 ACK,表明数据帧已成功发送。由于终端 C 的 NAV 在侦听到 CTS 时被设置成终端 A 发送数据帧所需要时间＋AP 发送 ACK 所需要时间＋2×SIFS,这段时间内,终端 C 认为信道处于忙状态,不会去争用信道,保证了终端 A 的正确发送。整个过程如图 4.32 所示。

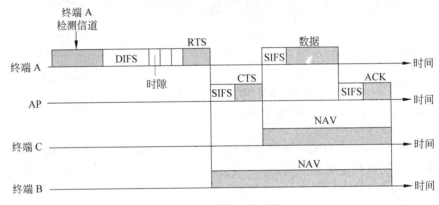

图 4.32　数据传输过程

终端 A 发送的 RTS 仍然可能和终端 C 发送的 MAC 帧发生冲突,因此,终端 A 如果在规定时间间隔内接收不到 AP 发送的 CTS,将重新发送 RTS。由于 RTS 是很短的控制帧,一方面和终端 C 发生冲突的概率较小,另一方面,重新发送 RTS 的代价也较小。但从图 4.32 中可以看出,保证终端 A 成功发送数据的代价是增加了与 AP 交换 RTS 和 CTS 所需要的时间,因此,如果终端 A 发送的数据帧较长,与终端 C 发送的 MAC 帧发生冲突的概率较大,而且,重新发送数据帧的代价也较大,可以采用图 4.32 的数据传输过程。如果终端 A 发送的数据帧较短,直接发送数据帧的效率可能更高。因此,802.11 可以对采用图 4.32 所示的数据传输过程的数据帧的长度设定阈值,只对长度超过阈值的数据帧采用图 4.32 所示的数据传输过程。

5. 分片

无线局域网传输可靠性低、容易发生冲突这一特性要求 MAC 帧的长度不能太长,长度短的 MAC 帧发生冲突的概率较低,而且重新传输的代价较小,因此,无线局域网适合传输短 MAC 帧。但高层协议提供的数据长度是任意的,而且,AP 作为桥设备也可能转发来自以太网的 MAC 帧,因此,无线局域网必须具有将长度较长的 MAC 帧通过分片,产生多个长度较小的 MAC 帧并进行传输的能力。而且,接收端必须对每一个分片后的 MAC 帧进行确认,如果发生传输错误,发送端也只需重新传输出错的这一片 MAC 帧。MAC 帧分片过程如图 4.33 所示,为了使接收端能够重新将这些分片后产生的多个 MAC 帧重新拼接成单个 MAC 帧,分片后产生的多个 MAC 帧必须具有相同的序号和不同的片号,且片号必须递增。MAC 帧中用于表示序号和片号的顺序控制字段的格式如图 4.34 所示,另外,MAC 帧控制字段中有一位更多分片位,分片后产生的 MAC 帧,除最后一片外,其他 MAC 帧都须将更多分片位置 1,接收到更多分片位置 0 的 MAC 帧,表示分片后产生的 MAC 帧已全部接收完。如果分片后产生的多个 MAC 帧都需通过信道争用过程进行传输,势必延长传输时间,因此,DCF 除了分片后产生的第一个 MAC 帧需要通过信道争用过程传输外,后续 MAC 帧可以连续传输,直到分片后产生的 MAC 帧全部传输完毕,图 4.35 给出了终端传输分片后产生的 3 片 MAC 帧的过程。DCF 实现这一功能的方法是除最后一片 MAC 帧外,其他 MAC 帧的持续时间字段值=发送下一片 MAC 帧所需时间+2×发送 ACK 所需时间+3×SIFS。除最后一片 MAC 帧的 ACK 外,其他 ACK 持续时间字段值=发送下一片 MAC 帧所需时间+发送 ACK 所需时间+2×SIFS。这样,就保证了属于同一 BSS 的其他终端在该终端发送分片后产生的多个 MAC 帧的过程中,不去争用信道。

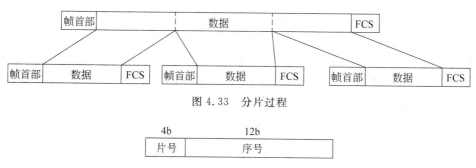

图 4.33　分片过程

图 4.34　序号控制字段格式

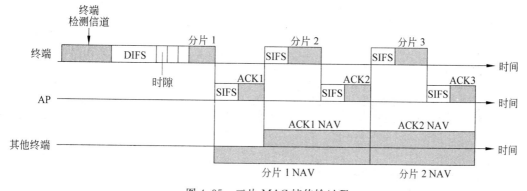

图 4.35　三片 MAC 帧传输过程

6. DCF 操作过程

图 4.36 给出一个 BSS 网络拓扑结构,图 4.37 给出实现终端 A 向终端 C 发送数据,终端 B 向 AP 发送数据的 DCF 操作过程。终端 A、B 开始检测信道,发现信道处于忙状态,终端 A、B 各自随机选择退避时间,结果,终端 A 选择的退避时间为 3 个时隙,而终端 B 选择的退避时间为 5 个时隙,在信道空闲并持续空闲 DIFS 后,终端 A、B 开始进入退避时间,由于终端 A 先结束退避时间,开始向 AP 发送数据帧,导致信道转变为忙状态,使终端 B 停止退避时间定时器,此时,终端 B 剩余 2 个时隙的退避时间。为了体现公平性,终端 B 在下一次争用过程中使用剩余的退避时间,而不用重新选择新的退避时间。终端 A 发送给终端 C 的数据帧,在包含 AP 这样的 BSS

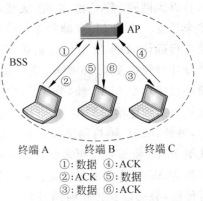

①:数据 ④:ACK
②:ACK ⑤:数据
③:数据 ⑥:ACK

图 4.36 网络拓扑结构

中,先发送给 AP,由 AP 转发给目的终端。AP 接收到终端 A 发送给它的数据帧,经过 SIFS,向终端 A 发送 ACK。同时,AP 也同样需要经过信道争用过程将数据帧发送给终端 C。AP 由于不是第一次发送 MAC 帧,因此,自动随机选择退避时间,并在信道持续空闲 DIFS 后,进入退避时间。由于 AP 选择的退避时间是 1 个时隙,而终端 B 剩余的退避时间是 2 个时隙,AP 先结束退避时间,向终端 C 发送数据帧。终端 C 在接收到 AP 发送给它的数据帧后,经过 SIFS 向 AP 发送 ACK。终端 B 在信道持续空闲 DIFS 后,进入退避时间,并经过 1 个时隙的退避时间后,向 AP 发送数据帧,AP 接收到终端 B 发送给它的数据帧后,经过 SIFS,向终端 B 发送 ACK。如果终端 A 和终端 B 随机选择的退避时间相等,假定都是 3 个时隙,终端 A 和终端 B 将同时发送数据帧,由于发生冲突,AP 接收不到正确的数据帧,不可能向终端 A 或终端 B 发送 ACK,致使终端 A 和终端 B 的重传定时器溢出,终端 A 和终端 B 分别增大争用窗口,并重新在增大后的争用窗口内随机选择退避时间。由于争用窗口分别增大一倍,终端 A 和终端 B 随机选择的退避时间再次相等的概率降低。

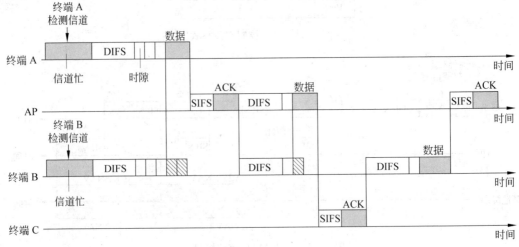

:剩余退避时间

图 4.37 DCF 操作过程

在同一 BSS 内,某个终端发送 MAC 帧时,其他终端都侦听并接收该 MAC 帧,用该 MAC 帧的持续时间字段值更新自己的 NAV,但只有 MAC 地址和该 MAC 帧的接收端地址(地址字段 1)相同的终端才继续处理该 MAC 帧,其他终端将丢弃该 MAC 帧。

4.3.4　PCF

DCF 操作过程中,BSS 内各终端自由、公平地争用信道,但这种信道争用机制也存在一些问题,一是终端间传输时延不可预测,传输时延变化较大,不适合传输多媒体数据。二是在负荷较大的情况下,随着冲突概率的提高,信道利用率降低。为此,无线局域网对于存在 AP 的 BSS,作为可选项,提出了采用集中查询方式的 PCF。

PCF 的操作过程如下:AP 通过发送包含较大持续时间字段值的信标(beacon)帧来控制信道,然后,根据事先建立的查询列表按序逐个查询终端。如果 AP 缓冲器中存有发送给被查询终端的数据,将数据包含在查询帧中。被查询的终端如果存在需要发送给 AP 的数据,经过 SIFS 后,向 AP 发送数据帧,并视需要在数据帧中捎带确认应答(ACK)。由于 PCF 通过查询确定占用信道的终端,为和 DCF 通过争用确定占用信道终端的方式相区分,将 PCF 称为非争用方式。图 4.38 是通过 PCF 实现终端 A 向终端 C 发送数据,终端 B 向 AP 发送数据的操作过程。假定 AP 查询列表中的顺序是终端 A、B、C。AP 由于没有需要发送给终端 A 的数据,因此,在控制信道后,只向终端 A 发送查询帧。由于终端 A 存在需要向 AP 发送的数据,终端 A 向 AP 发送数据帧。AP 在发送给终端 B 的查询帧中捎带发送给终端 A 的确认应答,虽然该查询帧的接收端是终端 B,由于无线局域网中处于同一电磁波有效通信范围内的终端都能接收到经过无线传输媒体传输的 MAC 帧,因此,只要终端 A 在向 AP 发送数据帧后,侦听到捎带确认应答的查询帧,就认为发送给 AP 的数据帧已经被成功接收。终端 B 由于存在需要向 AP 发送的数据,经过 SIFS 后,向 AP 发送数据帧。AP 查询终端 C 时,由于存在需要向终端 C 发送的数据,查询帧中包含 AP 发送给终端 C 的数据。终端 C 由于不存在需要向 AP 发送的数据,只向 AP 发送确认应答。AP 在经过一轮查询后,通过广播结束查询帧来结束 PCF 操作过程。

从图 4.38 可以看出,信标帧的持续时间字段值可能很大,导致 BSS 中各终端维持的 NAV 值也很大,但一旦接收到 AP 广播的结束查询帧,BSS 中各个终端将各自的 NAV 清零。

4.3.5　帧间间隔

帧间间隔是终端在完成当前 MAC 帧发送后,进行下一个 MAC 帧发送前必须等待的一段时间,这段时间的长短取决于终端将要发送的 MAC 帧的类型。一般情况下,终端在开始下一个 MAC 帧发送前,根据发送的 MAC 帧的类型,要求侦听到信道持续空闲帧间间隔后,才能开始发送。当对应的帧间间隔较短的 MAC 帧开始发送后,等待发送对应的帧间间隔较长的 MAC 帧的终端因为侦听到信道忙而停止争用过程。因此,帧间间隔决定了对应类型 MAC 帧的发送优先级,帧间间隔越短,对应类型的 MAC 帧的发送优先级越高。无线局域网为了对不同类型的 MAC 帧分配不同的优先级,确定了四种不同的帧间间隔,这里只讨论和本章内容有关的其中三种。

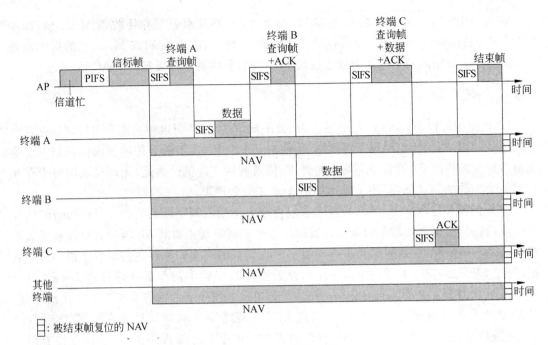

图 4.38　PCF 操作过程

1. 短帧间间隔

短帧间间隔（Short InterFrame Space，SIFS）是无线局域网要求的最短帧间间隔，这段时间用于让终端完成发送方式和接收方式之间的转换。这种帧间间隔所对应的 MAC 帧通常是已经取得信道控制权的终端将要发送的 MAC 帧。

2. 点协调功能帧间间隔

点协调功能帧间间隔（PCF InterFrame Space，PIFS）的时间长度＝SIFS＋1 个时隙，当 AP 通过点协调功能（PCF）进行终端和 AP 之间的数据交换时，在检测到信道持续空闲 PIFS 后，开始发送启动非争用时期（CFP）的信标帧。由于 PIFS 小于 DIFS，因此，PCF 方式的优先级高于 DCF 方式。

3. 分布协调功能帧间间隔

分布协调功能帧间间隔（DCF InterFrame Space，DIFS）的时间长度＝PIFS＋1 个时隙＝SIFS＋2 个时隙。当终端用 DCF 方式传输数据时，必须侦听到信道持续空闲 DIFS 后，才能传输数据或进入退避时间。

无线局域网能够允许 DCF 和 PCF 方式共存的主要原因是采用了不同的帧间间隔和 NAV，当不同设备同时用这两种方式传输数据时，由于 DIFS 大于 PIFS，采用 PCF 方式传输数据的设备先进行数据传输过程，NAV 保证在其完成数据传输过程后，再由采用 DCF 方式传输数据的设备进行数据传输过程。

4.4　无线局域网工作过程

对于第 3 章讨论的总线形以太网，了解了以太网多点接入控制过程，就基本了解了以太网工作过程，但无线局域网和总线形以太网不同，一是必须在开始通过 DCF 或 PCF 进行数据传输过程前,解决信道同步问题,即属于同一 BSS 的终端必须选择相同的信道进行通信,而且终端必须通过同步过程获取 AP 的 MAC 地址、AP 支持的物理层标准和数据传输速率。二是必须对 AP 和接入终端进行鉴别。由于终端通过总线形以太网传输数据前,必须有一个在物理上接入总线形以太网的过程,因此,管理员和用户之间的相互确认比较简单、直接,但无线局域网并不需要这样的物理接入过程,这既是无线局域网的方便之处,也是无线局域网的安全隐患,为了安全,必须完成终端和 AP 之间的相互确认,当然,这种确认并不是通过物理接触实现的。三是必须和终端建立关联。总线形以太网只允许已经接入总线的终端之间相互通信,无线局域网和终端之间必须有类似总线形以太网这样的虚拟接入过程,只有完成虚拟接入过程的终端才能允许通过无线局域网进行数据传输,这种虚拟接入过程就是建立关联的过程。

1. 同步过程

终端和 AP 之间完成同步过程主要有两种方式,一是被动同步过程,二是主动同步过程。终端在被动同步过程中,对物理层标准允许的所有信道逐个侦听,每个信道的侦听时间必须大于 AP 发送信标帧的间隔。AP 通过指定信道周期性地发送信标帧,信标帧中包含有关该 BSS 的一些信息,如支持的物理层标准和传输速率等。终端支持的数据传输速率和物理层标准必须与 AP 支持的数据传输速率和物理层标准存在交集,否则,信道同步过程失败。信标帧中最重要的信息是服务集标识符(Service Set IDentifier,SSID),只有和 AP 具有相同 SSID 的终端才能加入该 BSS。终端在不同信道可能侦听到不同 AP 发送的,但包含相同 SSID 的信标帧,如果该 SSID 和终端配置的 SSID 相同,终端选择和信号最强的 AP 进行同步。在公共应用场合,如机场候机大厅,应该允许所有终端加入 BSS,这种情况下,AP 采用广播 SSID,这种 SSID 表示允许所有终端加入 BSS。终端在这样的场合使用时,也须把 SSID 配置成广播 SSID。

由于 AP 发送信标帧的间隔较长,使得被动同步过程需要较长时间才能完成,终端为了加快信道同步过程,往往采用主动同步过程。在主动同步过程中,终端根据配置的信道列表逐个向信道发送探测请求帧(Probe Request),然后,等待 AP 回送探测响应帧(Probe Response),如果经过了规定时间还没有接收到来自 AP 的探测响应帧,探测下一个信道。AP 接收到探测请求帧后,如果探测请求帧给出的 SSID 和自己的匹配(相同或都是广播 SSID),就回送探测响应帧。终端将信道列表中的所有信道探测一遍,找出信号最强的 AP 进行同步。一旦同步过程结束,终端已经获知 AP MAC 地址、所使用的信道、物理层标准及双方均支持的数据传输速率。

2. 鉴别过程

终端和 AP 之间完成信道同步过程后,进行相互鉴别过程,802.11 支持单向鉴别,即由 AP 对终端进行鉴别,802.11i 支持双向鉴别,即终端和 AP 互相确认对方。这里,只讨论单向鉴别过程。802.11 支持两种鉴别方式:开放系统鉴别和共享密钥鉴别。开放系统鉴别实际上是不需要鉴别,终端向 AP 发送鉴别请求帧(Authentication Request),AP 向终端回送鉴别响应帧(Authentication Response),AP 并没有进行任何鉴别操作,因此,如果 AP 配置成开放系统鉴别方式,所有终端都能得到 AP 确认。

共享密钥鉴别过程如图 4.39 所示,终端向 AP 发送鉴别请求帧,鉴别请求帧中表明采用共享密钥鉴别方法。AP 回送明文字符串,终端将 AP 发送给它的明文字符串用密钥加密后发送给 AP,AP 用密钥对终端发送给它的加密后的密文进行解密,如果解密后的明文字符串和 AP 发送给终端的明文字符串相同,表示鉴别成功,AP 向终端发送鉴别成功的鉴别响应帧,否则,向终端发送鉴别失败的鉴别响应帧。共享密钥鉴别原理如下：假定 P 表示没有加密的明文,Y 表示对明文加密后的密文,E 表示加密算法,D 表示解密算法,K 表示密钥,则 $Y=E_K(P)$,$D_K(Y)=P$,即 $D_K(E_K(P))=P$,表示如果终端与 AP 采用相同的加密、解密算法和密钥,则终端用加密算法和密钥对明文加密后产生的密文,在 AP 用对应的解密算法和相同密钥进行解密后,还原为终端加密前的明文。由于终端和 AP 均采用 802.11 规定的加密、解密算法,只要双方密钥相同,则终端用密钥对 AP 发送给它的明文字符串加密后产生的密文,在 AP 对其用相同密钥解密后,还原出 AP 发送给终端的明文字符串,以此,可判定 AP 和终端是否拥有相同密钥。共享密钥鉴别过程保证只有和 AP 拥有相同密钥的终端才能通过鉴别。

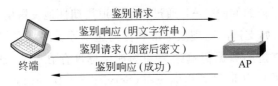

图 4.39 共享密钥鉴别过程

3. 建立关联过程

终端在和 AP 进行数据交换前,必须先和 AP 建立关联(Association),因此,和 AP 建立关联就像在总线形以太网中将终端连接到总线上。终端向 AP 发送关联请求帧(Association Request),关联请求帧中给出终端的一些功能特性,如是否支持查询,是否进入 AP 的查询列表,终端的 SSID 和终端支持的传输速率等。AP 对这些信息进行分析,确定是否和该终端建立关联,如果 AP 确定和该终端建立关联,向该终端回送一个表示成功建立关联的关联响应帧(Association Response),关联响应帧中给出关联标识符。否则,向终端发送分离帧(Disassociation)。AP 和终端成功建立关联的先决条件是：

① AP 完成对该终端的鉴别；

② AP 和该终端的 SSID 匹配；

③ AP 和该终端支持的物理层标准和传输速率存在交集；

④ AP 拥有的资源允许该终端接入 BSS。

AP 在和该终端建立关联后,在关联表中添加一项,该项内容包含终端的 MAC 地址、鉴别方式、是否支持查询、支持的物理层标准、数据传输速率和关联寿命等,关联寿命给出终端不活跃时间限制,只要终端持续不活跃时间超过关联寿命,终端和 AP 的关联自动分离。就像总线形以太网中只有连接到总线上的终端才能进行数据传输一样,BSS 中只有 MAC 地址包含在关联表中的终端才能和 AP 交换数据。

4.5　无线局域网数据传输过程

4.5.1　同一 BSS 内的终端之间数据传输过程

如图 4.40 所示,假定终端 A、终端 B 和终端 C 已经和 AP 建立关联,终端 A 在开始数据发送前已经获取终端 C 的 MAC 地址。

由于终端 A 在加入 BSS 过程中已经获取 AP 的 MAC 地址,该地址也被称为基本服务集标识符(Basic Service Set IDentification,BSSID)。终端 A 构建以 AP 的 MAC 地址(BSSID)为接收端地址(地址字段 1),以终端 A 的 MAC 地址为发送端地址(地址字段 2),以终端 C 的 MAC 地址为目的终端地址(地址字段 3)的 MAC 帧,并将该 MAC 帧的传输方向设置成终端→AP 方向(MAC 帧控制字段中到 DS 位置 1),对于这种传输

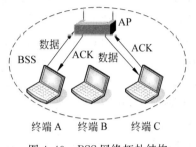

图 4.40　BSS 网络拓扑结构

方向的 MAC 帧,发送端地址也是源终端地址。终端 A 通过 DCF 操作过程将 MAC 帧发送给 AP,AP 首先通过检查该 MAC 帧的地址字段 1 是否是自身的 MAC 地址及控制字段中的到 DS 位是否置 1,确定自己是否是该 MAC 帧的接收端,在确定自己是该 MAC 帧的接收端的情况下,在关联表中检索发送端地址(MAC 帧地址字段 2),如果在关联表中找到匹配项,即 MAC 地址和发送端地址相同的项,继续数据转发过程,否则,丢弃该 MAC 帧。AP 在关联表中找到发送端地址且检测到该 MAC 帧无错后,向发送端发送确认应答。然后,继续在关联表中检索目的终端地址,如果在关联表中找不到目的终端地址,意味着源和目的终端不属于同一个 BSS,AP 将该 MAC 帧发送到 DS,具体操作过程见 4.5.2 节。否则,表明源和目的终端属于同一个 BSS,AP 通过 DCF 操作过程直接将该 MAC 帧发送给终端 C。当然,在通过无线传输媒体发送该 MAC 帧前,将终端 C 的 MAC 地址作为接收端地址(地址字段 1),将 AP 的 MAC 地址(BSSID)作为发送端地址(地址字段 2),将终端 A 的 MAC 地址作为源终端地址(地址字段 3),MAC 帧传输方向设置成 AP→终端方向(MAC 帧控制字段中从 DS 位置 1),对于这种传输方向的 MAC 帧,接收端地址也是目的终端地址。终端 C 在成功接收该 MAC 帧后,向 AP 发送确认应答。数据传输过程中进行的 DCF 操作如图 4.41 所示。

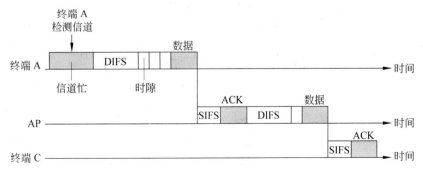

图 4.41　DCF 操作过程

4.5.2 不同 BSS 的终端之间数据传输过程

图 4.42 是由 3 个 BSS 组成的 ESS,其中 DS 是一个由 3 个以太网交换机互连而成的交换式以太网。终端 A 发送数据给终端 I 的过程如下：终端 A 首先要获取终端 I 的 MAC 地址,在获取终端 I 的 MAC 地址后,终端 A 构建以 AP 的 MAC 地址（BSSID）为接收端地址（地址字段 1）,以终端 A 的 MAC 地址为发送端地址（地址字段 2）,以终端 I 的 MAC 地址为目的终端地址（地址字段 3）的 MAC 帧,并将该 MAC 帧传输方向设置成终端→AP 方向（MAC 帧控制字段中到 DS 位置 1）,对于这种传输方向的 MAC 帧,发送端地址也是源终端地址。AP 接收到该 MAC 帧并确认自己是该 MAC 帧的接收端后,用发送端地址检索关联表,在找到匹配项的情况下,继续转发操作,否则,丢弃该 MAC 帧。AP 在关联表中找到发送端地址后,用目的终端地址检索关联表,由于在关联表中找不到目的终端地址,将该 MAC 帧发送给 DS。在 4.1.1 节无线局域网体系结构中已经讲到,由于无线局域网 MAC 帧结构中并没有包含类型字段,因此,用 LLC 封装方式给出数据字段中数据的类型,但以太网 MAC 帧结构（实际上,这种帧结构并不是 802.3 标准给出的帧结构）中含有类型字段,不需要 LLC 封装方式,所以,需要将无线局域网用 LLC 封装方式给出的类型字段直接用以太网 MAC 帧中的类型字段表示。由于以太网两个端点之间传输过程不存在出错重传机制,因此,以太网 MAC 帧中只给出源和目的终端地址。AP 将无线局域网 MAC 帧结构转换成以太网 MAC 帧结构,剥离掉 LLC 封装,用终端 I 的 MAC 地址（无线局域网 MAC 帧地址字段 3）为目的终端地址,用终端 A 的 MAC 地址（无线局域网 MAC 帧地址字段 2）为源终端地址,然后将以太网 MAC 帧通过 AP 连接以太网的端口发送出去。该以太网 MAC 帧进入交换式以太网后,用第 3 章介绍的传输方式在以太网中传输。如果以太网交换机（S1、S2、S3）的转发表中找不到与终端 I 的 MAC 地址对应的项,以太网将以广播方式传输该 MAC 帧,传输过程如图 4.43 所示。这样,AP2 和 AP3 都接收到该 MAC 帧,都用该 MAC 帧的目的终端地址检索关联表,AP2 由于在关联表中检索不到对应项,丢弃该 MAC 帧,AP3 因为在关联表中检索到对应项,通过无线传输媒体转发该 MAC 帧。AP3 在转发该 MAC 帧前,将该 MAC 帧中的类型字段转换成 LLC 封装方式,用目的终端地址作为无线

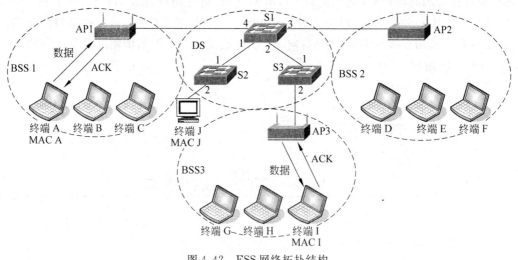

图 4.42 ESS 网络拓扑结构

局域网 MAC 帧的接收端地址(地址字段 1),用 AP3 的 MAC 地址作为无线局域网 MAC 帧的发送端地址(地址字段 2),用源终端地址作为无线局域网 MAC 帧的源终端地址(地址字段 3),将转换后的无线局域网 MAC 帧通过无线传输媒体发送出去。当然,在通过无线传输媒体发送 MAC 帧时,发送端均采用 DCF 操作方式,而且,在发送端和接收端之间执行出错重传机制。整个数据传输过程中涉及的协议转换过程如图 4.44 所示。

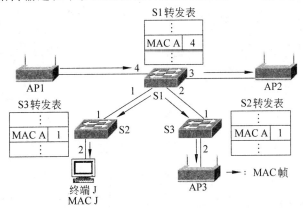

图 4.43　DS 传输 MAC 帧过程

图 4.44　协议转换过程

　　【**例 4.1**】　网络结构如图 4.42 所示,假定终端 A 已经向终端 I 发送了数据,并且 MAC 帧经过 DS 的传输过程如图 4.43 所示,给出终端 J 向终端 A 发送数据的过程和协议转换过程。

　　【**解析**】　终端 J 向终端 A 发送数据过程如图 4.45 所示,由于以太网交换机 1 和 2(S1 和 S2)的转发表中已经存在终端 A 的 MAC 地址对应的项,MAC 帧只从转发表指定的端口将 MAC 帧发送出去,因此,MAC 帧沿着终端 J→S2 端口 2→S2 端口 1→S1 端口 1→S1 端口 4→AP1 交换路径到达 AP1。AP1 用该 MAC 帧的目的终端地址检索关联表,找到匹配项后,进行以太网 MAC 帧格式和无线局域网 MAC 帧格式之间的转换,然后,通过 DCF 操作将 MAC 帧发送给终端 A,终端 A 接收到正确的 MAC 帧后,向 AP1 发送 ACK。协议转换过程如图 4.46 所示。

4.5.3　MAC 层漫游过程

　　这里所说的漫游是无缝漫游,是终端可以在不中断当前事务的情况下,从一个 BSA 移动到另一个 BSA。MAC 层漫游要求漫游域是同一个广播域,即两个 BSA 属于同一个广播域。下面针对图 4.47 所示的网络结构,讨论终端 A 从 BSS1 无缝漫游至 BSS3 的实现机制。为实现 MAC 层无缝漫游,BSS1 和 BSS3 必须属于同一个广播域,为做到这一点,要求终端 A 能够与 AP1 和 AP3 建立关联。

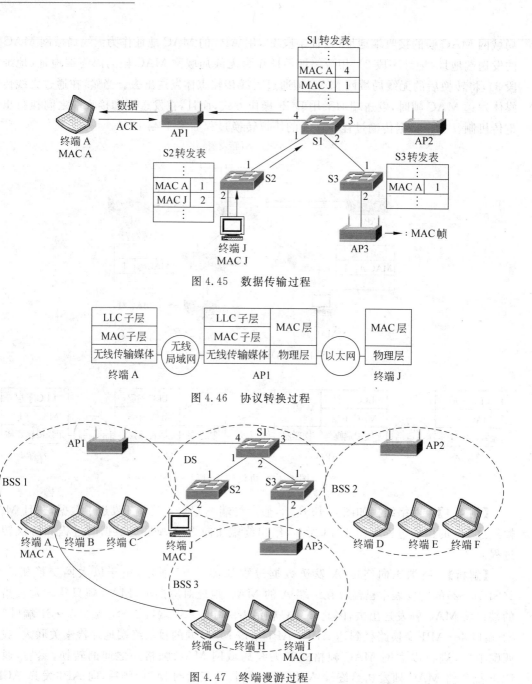

图 4.45　数据传输过程

图 4.46　协议转换过程

图 4.47　终端漫游过程

　　当终端 A 从 BSS1 往 BSS3 移动时,从和 AP1 同步的信道上接收到的信号强度越来越弱,当信号强度低于设定阈值时,终端 A 开始新的信道同步过程,根据配置的信道列表,逐个向信道进行探测过程:发送探测请求帧,等待探测响应帧,如果在规定时间内接收不到探测响应帧,选择下一个信道。在完成信道同步过程后,开始鉴别过程,并在鉴别过程成功完成后,开始建立关联过程。需要指出的是,终端 A 和 AP3 建立关联时发送的是重建关联请求帧(Reassociation Request),该请求帧中给出漫游前和终端 A 建立关联的 AP 的 MAC 地址。对于 AP1,或者终端 A 在检测到信号的强度低于阈值时,向其发送分离帧,结束和 AP1

之间的关联,或者 AP1 在规定时间内一直接收不到来自终端 A 的 MAC 帧(终端不活跃时间超过关联寿命),自动结束和终端 A 之间的关联。但如果终端 A 位于 BSS1 时经过 DS 发送过 MAC 帧,DS 中的以太网交换机都会在转发表中记录下终端 A 的 MAC 地址和通往 AP1 的交换路径之间的对应关系,如图 4.48 所示。这种情况下,如果有其他终端向终端 A 发送数据帧,就有可能出错,对于图 4.48 所示的情况,如果终端 J 向终端 A 发送数据,终端 J 发送的 MAC 帧被 DS 传输到 AP1,而不是 AP3。因此,AP3 在和终端 A 建立关联后,必须发送一个以终端 A 的 MAC 地址为源终端地址,AP1 的 MAC 地址为目的终端地址的 MAC 帧,将转发表中和终端 A 的 MAC 地址对应的交换路径改变为通向 AP3 的交换路径,如图 4.49 所示。

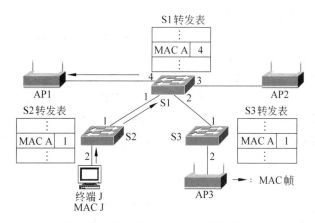

图 4.48　DS 将发送给终端 A 的 MAC 帧错误地传输给 AP1

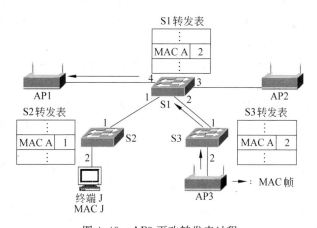

图 4.49　AP3 更改转发表过程

习　题　4

4.1　无线局域网 LLC 子层的作用是什么? 为什么以太网没有 LLC 子层? 802.3 标准定义的局域网就是以太网吗? 它们之间有什么区别?

4.2　如何选择用于无线局域网通信的频段?

4.3 多径效应最严重的情况是经过两条路径传输的电磁波到达接收端时相位相差 180°，如果电磁波的频率是 1GHz，两条路径相差多少距离才会造成这一情况？

4.4 无线局域网的物理层有哪几种？

4.5 电磁波的信号强度和传播距离的平方成反比，而数据传输速率又和电磁波信号强度有关，因此，两个利用无线传输媒体通信的终端，位于不同位置时，其数据传输速率应该不同，无线局域网在哪一层调节数据传输速率？如何调节？

4.6 电磁波频段是公共资源，如何分配电磁波频段？为何需要开放频段？对开放频段有什么要求？为什么？

4.7 AP 是一种怎样的设备？如何实现无线局域网和 DS 的互连？

4.8 无线局域网有哪些标准？它们之间有什么异同？

4.9 扩频技术的容错原理是什么？为什么开放频段需要使用扩频技术？

4.10 FHSS 抗干扰的机制是什么？

4.11 DSSS 抗干扰的机制是什么？它和 FHSS 有什么不同？

4.12 HR-DSSS 和 DSSS 的区别是什么？为什么说 HR-DSSS 仍然是扩频技术？

4.13 OFDM 是扩频技术吗？为什么采用 OFDM？

4.14 用 DSSS、HR-DSSS 和 OFDM 的设备发射电磁波的功率有什么不同？用香农公式进行分析。

4.15 给出 802.11 1Mbps 和 2Mbps 传输速率的实现过程。

4.16 给出 802.11b 5.5Mbps 和 11Mbps 传输速率的实现过程。

4.17 给出 802.11a 和 802.11g 54Mbps 传输速率的实现过程。

4.18 信号强度、数据传输速率和容错这三者之间有什么关联？如何平衡？试举例说明。

4.19 无线局域网为什么使用 CSMA/CA？假定无线局域网满足使用 CSMA/CD 的条件（即允许边发送边接收），是否可以避免冲突？

4.20 为什么无线局域网使用停止等待的差错控制算法，而以太网不需要？这一点对它们的 MAC 层操作有什么影响？

4.21 为什么 RTS 和 CTS 能够解决隐蔽站的问题？短的数据帧需要使用 RTS 和 CTS 吗？

4.22 DCF 如果在发送第一帧数据帧时检测到信道空闲，则无须退避时间，为什么？其他情况下需要退避时间的原因是什么？

4.23 无线局域网传输过程中为什么需要分片？接收端如何完成拼装过程？

4.24 为什么不通过正常争用过程发送 ACK？

4.25 为什么第 2 章停止等待算法中的确认应答（ACK）包含序号，而无线局域网的 ACK 不包含序号？这样做会降低无线局域网的差错控制性能吗？

4.26 无线局域网中三种帧间间隔：SIFS、PIFS、DIFS 的作用是什么？

4.27 PCF 如何实现终端的数据传输过程？AP 为何能在 PCF 操作过程中一直控制信道？

4.28 除了源终端地址和目的终端地址，无线局域网为什么会有发送端地址和接收端地址？它们之间有何关系？

4.29 服务集标识符（SSID）和基本服务集标识符（BSSID）有什么区别？

4.30 终端和 AP 的同步过程能解决什么问题？

4.31　AP 为什么需要对终端进行鉴别?

4.32　为什么说终端只有和 AP 建立关联,才能成为 BSS 中的一员?

4.33　针对图 4.50,给出终端 A 和终端 C 从加电,到它们之间完成一次数据交换的整个过程。

图 4.50　题 4.33 图

4.34　针对图 4.51,给出终端 C 从 BSA1 漫游到 BSA3 的全过程。

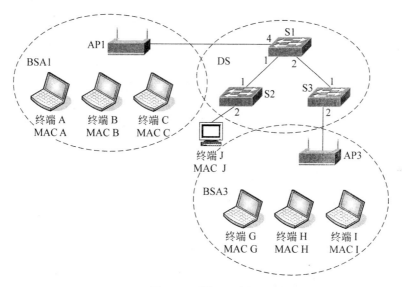

图 4.51　题 4.34 图

4.35　解释无线局域网名词:BSS、ESS、AP、BSA、DCF、PCF、NAV。

第 **5** 章

CHAPTER

IP 和网络互连

第 3 章和第 4 章已经讨论了适合实现局域网作用范围内数据传输的以太网和无线局域网,详细讨论了这两种传输网络的端到端传输过程。在第 1 章介绍 Internet 时,已经讲明 Internet 是由多个不同种类的传输网络互连而成的网际网,而且还强调,实现网络互连的关键是 IP(Internet Protocol,网际协议)。本章主要讨论 IP 实现不同种类传输网络互连的机制。

5.1 网 络 互 连

1. 网络互连需要解决的问题

实现不同种类传输网络(异构网络)的互连就是实现两个连接在不同种类的传输网络上的终端之间的端到端通信。图 5.1 是实现以太网和 PSTN 互连的互连网络结构,在第 1 章讨论电路交换时,已经简单介绍了 PSTN,它是由 PSTN 交换机和互连 PSTN 交换机的物理链路构成的网络,通过呼叫连接建立过程建立两个结点之间的点对点语音信道。图 5.1 所示互连网络的核心是路由器,路由器为了实现以太网和 PSTN 的互连,必须具有以太网端口和 PSTN 端口,能够通过以太网端口实现和连接在以太网上的终端之间的 MAC 帧传输,同样,能够在 PSTN 端口和连接在 PSTN 上的终端之间建立语音信道,并通过语音信道实现数据传输。为了通过以太网实现路由器以太网端口和其他终端之间的 MAC 帧传输,以太网端口需要分配 MAC 地址,同样,为了通过呼叫连接建立过程在路由器 PSTN 端口和终端之间建立语音信道,需要为 PSTN 端口分配电话号码。这样,必须经过路由器中继,才能实现连接在不同传输网络上的两个终端之间的通信过程,因此,图 5.1 中终端 A 至终端 B 的传输路径由两部分组成,一是终端 A 至路由器以太网端口的以太网交换路径,该交换路径由以太网交换机中的转发表和路由器以太网端口的 MAC 地址 MAC R 确定。二是路由器 PSTN 端口和终端 B 之间的语音信道,该语音信道通过路由器 PSTN 端口和终端 B 之间的呼叫连接建立过程建立。实际的数据传输过程应该这样,终端 A 将需要传输给终端 B 的数据封装在以 MACA 为源 MAC 地址、以 MACR 为目的 MAC 地址的 MAC 帧中,通过以太网将该 MAC 帧传输给路由器以太网端口,路由器从 MAC 帧中分离出数据,确定数据的目的终端(终端 B)位于 PSTN 端口连接的 PSTN,通过呼叫连接建立过程建立路由器 PSTN 端口和终端 B 之间的点对点语音信道,然后通过点对点语音信道将数据传输给终端 B,虽然点对点语音信道不需要寻址,但为了检测数据传输过程中是否出错,仍然需要将数据封装成帧,帧中除了数据字段,还须有检错码字段,因此,路由器首先将数据封装成适合点对点语音信道传输的帧格式,然后通过点对点语音信道将帧传输给终端 B。但图 5.1 所示的互连网络结构实现这样的传输过程存在哪些问题呢?

1) 源终端路径选择问题

终端 A 向终端 B 传输数据前,需要获取终端 B 的地址,对于 PSTN,标识终端的地址是电话号码,如图 5.1 中终端 B 的电话号码是 56566767。终端 A 即使获得了终端 B 的电话号码,又如何确定终端 A 至终端 B 的传输路径呢? 对于图 5.1 所示的互连网络结构,终端 A 如何根据终端 B 的电话号码确定实现以太网和 PSTN 互连的路由器及路由器以太网端口的 MAC 地址呢?

图 5.1 互连网络结构

2) 目的终端标识问题

终端 A 传输给终端 B 的数据封装在 MAC 帧中,路由器通过以太网端口接收到 MAC 帧后,需要通过呼叫连接建立过程建立路由器 PSTN 端口和终端 B 之间的语音信道,但 PSTN 的呼叫连接建立过程需要被叫和主叫的电话号码,路由器如何根据接收到的 MAC 帧及封装在 MAC 帧中的数据确定数据的目的终端及目的终端的电话号码?

3) 数据封装问题

适合以太网传输的数据封装是 MAC 帧,适合点对点语音信道传输的数据封装是 PPP 帧(将在 7.2 节中讨论),这是两种截然不同的封装形式,路由器根本无法根据 MAC 帧或 PPP 帧中包含的端到端传输的数据实现这两种封装形式的相互转换。

2. 信件投递过程的启示

图 5.2 是将信件从南京投递到长沙的示意图,首先,寄信人用来传递信息的信纸被封装为信件,信封上写上寄信人和收信人的地址,然后将信件交给南京邮局,南京邮局根据收信人地址:长沙,确定信件的下一站:上海,由于南京至上海采用公路运输系统,因此,信件被封装为适合公路运输系统的形式:信袋,而且信袋上用车次 3536 表明运输该信袋的车辆,及始站与终站,由于上海至长沙采用航空运输系统,上海首先从信袋中提取出信件,然后将其封装成适合航空运输系统的形式:信盒,信盒上用航班号 AU765 表明运输该信盒的飞机及始站与终站。信件经过南京至上海的公路运输系统和上海至长沙的航空运输系统这两阶段的运输服务到达目的地长沙。从图 5.2 的信件投递过程,可以得出以下启示。

(1) 不同运输系统有着不同的封装信件的形式和标识始站与终站的方式;

（2）信件上收信人和寄信人的地址是统一的，与实际提供运输服务的运输系统标识始站与终站的方式无关；

（3）信件是一种标准的封装形式，与实际提供运输服务的运输系统封装信件的形式无关；

（4）南京根据信件上的收信人地址确定下一站：上海，同样，上海也是根据信件上的收信人地址确定下一站：长沙，信件在南京至长沙的传输过程中是不变的；

（5）由实际的运输系统提供当前站至下一站的运输服务。

3. 端到端传输思路

根据图 5.2 所示的信件传输过程，可以引申出实现数据端到端传输的思路：

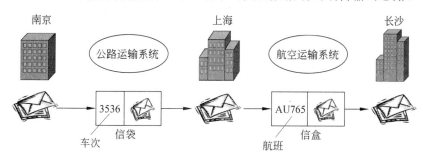

图 5.2　信件传输过程

（1）定义一种和具体传输网络无关的、统一的终端地址格式：IP 地址；

（2）定义一种和具体传输网络无关的、统一的数据封装格式：IP 分组，并在 IP 分组中用 IP 地址标识数据的源和目的终端；

（3）如图 5.3 所示，端到端传输路径由终端、各种不同类型的传输网络和互连不同类型传输网络的路由器组成，终端和路由器称为跳，数据从源终端开始传输，首先传输给源终端至目的终端传输路径上的第一跳路由器，该路由器和源终端连接在同一个传输网络上，对应源终端为下一跳。数据端到端传输过程由多个传输阶段组成，每一个传输阶段实现数据从当前跳至和当前跳连接在同一传输网络的下一跳的传输过程，这种传输方式称为逐跳传输，每一跳通过 IP 分组中目的终端的 IP 地址确定下一跳；

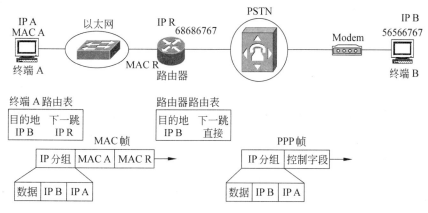

图 5.3　端到端数据传输过程

（4）通过实际的传输网络实现 IP 分组当前跳至下一跳的传输过程，IP 分组经过实际传输网络传输时，须封装成实际传输网络对应的格式。

图 5.3 给出的数据端到端传输过程所涉及的步骤及功能如下：

（1）必须为终端 A、终端 B 及路由器分配统一的 IP 地址——IP A、IP B 和 IP R；

（2）终端 A 和路由器必须通过路由表给出用于根据终端 B 的 IP 地址 IP B 确定下一跳的信息；

（3）终端 A 将传输给终端 B 的数据封装成 IP 分组格式，并在 IP 分组中给出终端 A 和终端 B 的 IP 地址，端到端传输过程中，IP 分组是不变的；

（4）终端 A 根据 IP 分组中终端 B 的 IP 地址确定下一跳——路由器，并获得路由器的 IP 地址——IP R，终端 A 必须根据路由器的 IP 地址确定连接终端 A 和路由器的传输网络——以太网，获得路由器以太网端口的 MAC 地址，将 IP 分组封装成 MAC 帧，经过以太网将 MAC 帧传输给路由器；

（5）路由器从 MAC 帧中分离出 IP 分组，根据 IP 分组中终端 B 的 IP 地址确定下一跳——终端 B（路由器路由表中用直接表明下一跳就是目的终端自身），根据终端 B 的 IP 地址确定连接终端 B 和路由器的传输网络——PSTN，并获得终端 B 的电话号码，通过呼叫连接建立过程建立路由器和终端 B 之间的点对点语音信道，将 IP 分组封装成适合点对点语音信道传输的格式 PPP 帧，并经过点对点语音信道将 PPP 帧传输给终端 B；

（6）终端 B 从 PPP 帧中分离出 IP 分组，再从 IP 分组中分离出终端 A 传输给它的数据。

4. IP 实现网络互连机制

从图 5.3 所示的端到端传输过程，可以得出 IP 实现网络互连的机制：

（1）规定了统一的且与传输网络地址标识方式无关的 IP 地址格式，所有接入互联网的终端必须分配一个唯一的 IP 地址，同时，由于每一个终端都和实际传输网络相连，具有实际传输网络相关的地址，如以太网的 MAC 地址，为了区分，将 IP 地址称为逻辑地址，将实际传输网络相关的地址称为物理地址；

（2）规定了统一的且与传输网络数据封装格式无关的 IP 分组格式，端到端传输的数据必须封装成 IP 分组，每一跳通过 IP 分组携带的目的终端 IP 地址确定下一跳；

（3）对应每一个目的终端，每一跳必须建立用于确定通往该目的终端的传输路径的下一跳的信息，该信息被称为路由项，它主要由两部分组成：目的终端 IP 地址和通往该目的终端的传输路径上的下一跳的 IP 地址，对应多个不同目的终端的路由项集合，称为路由表；

（4）必须由单个传输网络连接当前跳和下一跳，能够根据下一跳 IP 地址确定连接当前跳和下一跳的传输网络，解析出下一跳的传输网络相关地址，即物理地址，能够将 IP 分组封装成传输网络要求的帧格式，并通过互连当前跳和下一跳的传输网络实现 IP 分组当前跳至下一跳的传输过程；

（5）IP 分组经过逐跳传输，实现源终端至目的终端的传输过程。

5. 数据报 IP 分组交换网络

为了简化互连网络端到端数据传输过程，在建立互连网络端到端传输路径时，可以将互连终端和路由器及路由器间互连的传输网络虚化成链路，将图 5.4(a)所示的互连网络结构简化为图 5.4(b)所示的由路由器互连多条链路而成的数据报分组交换网络，在图 5.4(b)所示的数据报分组交换网络中,路由器就是 IP 分组交换机,路由表就是转发表,每一个 IP 分组都是独立的数据报,路由器根据路由表和 IP 分组携带的目的终端 IP 地址实现 IP 分组的转发操作。由于可以将互连网络作为数据报 IP 分组交换网络进行分析、处理,因而常常用数据报 IP 分组交换网络(简称 IP 网络)来称呼互连网络。在 IP 网络中,传输网络的功能等同于逻辑链路,用于实现终端和 IP 分组交换机(路由器),及两个相邻 IP 分组交换机之间的 IP 分组传输,因而将传输网络的分组格式称为帧,将传输网络中的分组交换设备,如以太网交换机,称为链路层设备(第二层设备)。但 OSI 体系结构中定义的用于互连分组交换机的链路是点对点物理链路或广播物理链路(多点接入物理链路),因此,OSI 体系结构定义的网络应该是由终端、物理链路、分组交换机组成的,和图 5.4(a)所示的由终端、传输网络和互连传输网络的路由器组成的互连网络是不同的,对于图 5.4(a)所示的互连网络,端到端传

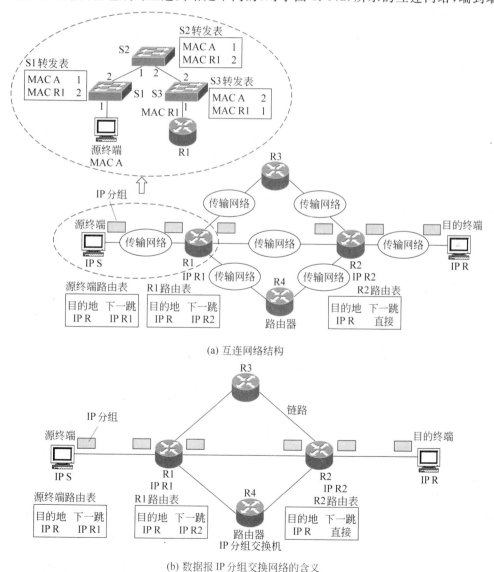

(a) 互连网络结构

(b) 数据报 IP 分组交换网络的含义

图 5.4　数据报 IP 分组交换网络

输路径实际上由两层传输路径组成，一是 IP 层传输路径，由源终端、中间路由器和目的终端组成，如图 5.4(a) 中源终端至目的终端传输路径＜源终端，路由器 R1，路由器 R2，目的终端＞。二是传输网络中当前跳至下一跳的传输路径，如果连接源终端和路由器 R1 的传输网络是如图 5.4(a) 中展开的交换式以太网，则源终端至路由器 R1 传输路径就是由源终端、中间以太网交换机和路由器 R1 组成的交换路径＜源终端，以太网交换机 S1，以太网交换机 S2，以太网交换机 S3，路由器 R1＞。因此，和互连网络有关的内容由三部分组成，它们分别是 IP 协议、路由协议和 IP over X 技术。IP 协议详细规定了 IP 地址格式和 IP 分组格式，路由协议通过为每一个路由器建立路由表实现建立 IP 层传输路径的功能，IP over X(X 指特定的传输网络)技术实现根据下一跳 IP 地址解析出下一跳连接 X 传输网络的端口的物理地址，和 IP 分组经 X 传输网络从当前跳传输给下一跳的功能。

6. 路由器结构

路由器从本质上讲是 IP 分组转发设备，根据 IP 分组首部携带的目的终端 IP 地址完成从输入端口至输出端口的转发过程。图 5.5 是路由器功能结构，从功能上可以把路由器分成三部分：路由模块、线卡和交换模块。

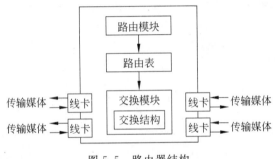

图 5.5　路由器结构

1) 路由模块

路由模块负责运行路由协议，生成路由表，在路由表中给出到达互连网络中任何一个终端的传输路径，当然，由于 IP 分组是逐跳转发，路由器的路由表中只需给出下一跳路由器的地址。由于生成路由表的过程比较复杂，因此，路由模块的核心部件通常是 CPU，大部分功能由软件实现。除了生成路由表，路由模块也承担一些其他的管理功能。

2) 线卡

线卡负责连接外部传输媒体，并通过传输媒体连接传输网络，如连接以太网的线卡通过双绞线或光纤连接以太网交换机。线卡通过端口连接传输媒体，不同类型的传输媒体对应不同类型的端口，如连接 5 类双绞线的端口(俗称电端口)和连接光纤的端口(俗称光端口)。线卡除了实现与传输网络的物理连接，还需要按照所连接的传输网络的要求完成 IP 分组的封装和分离操作。封装操作将 IP 分组封装成适合通过传输网络传输的链路层帧格式，如以太网的 MAC 帧。分离操作和封装操作相反，从链路层帧中分离出 IP 分组。线卡进行接收操作时，从所连接的传输媒体接收到的物理层信号(如曼彻斯特编码流)中分离出链路层帧(如 MAC 帧)，并从链路层帧中分离出 IP 分组。发送操作时，将 IP 分组封装成链路层帧(如 MAC 帧)，将链路层帧通过物理层信号(如曼彻斯特编码流)发送到传输媒体。线卡的每一个端口还须配置输入、输出队列，用于存储无法及时处理的 IP 分组。

3) 交换模块

当线卡从某个端口接收到的物理层信号中分离出 IP 分组,就将该 IP 分组发送给交换模块。交换模块用 IP 分组的目的终端 IP 地址检索路由表,找到输出端口,并把 IP 分组发送给输出端口所在的线卡。随着端口的传输速率越来越高,如 10Gbps 的以太网端口,端口每秒接收、发送的 IP 分组数量越来越大,对于 10Gbps 的以太网端口,在极端情况下(假定 IP 分组的长度为 46B,MAC 帧的长度为 64B),端口每秒接收、发送的 IP 分组数量 $=10 \times 10^9/(64 \times 8) = 19.53M$ IP 分组/s(19.53Mpps),当路由器的多个端口都线速接收、发送 IP 分组时,交换模块的处理压力将变得很大,因此,通常用称为交换结构的专用硬件来完成 IP 分组从输入端口到输出端口的转发处理。由于存在从多个输入端口输入的 IP 分组需要从同一个输出端口输出的情况,即使交换结构能够支持所有端口线速接收、发送 IP 分组,输出端口也需要设置输出队列,用输出队列来临时存储那些无法及时输出的 IP 分组。

路由器是实现不同类型的传输网络互连的关键设备,它一方面通过路由模块建立到达任何终端的传输路径,另一方面,在确定下一跳结点的 IP 地址后,完成下一跳结点 IP 地址到下一跳结点所连接的传输网络所对应的链路层地址的转换,并将 IP 分组封装成传输网络要求的链路层帧格式,通过传输网络传输给下一跳结点。

5.2　网际协议

网际协议(Internet Protocol,IP)是实现连接在不同类型传输网络上的终端之间通信的基础,用于定义独立于传输网络的 IP 地址和 IP 分组格式。

5.2.1　IP 地址分类

在深入讨论 IP 地址前,需要说明,IP 地址不是终端或路由器的标识符,而是终端或路由器接口的标识符,就像地址不是房子的标识符,而只是门牌号一样。一栋房子如果有多个门,则有多个不同的门牌号,也就有多个不同的地址,但以这些地址为收信人地址的信件都能投递到该房子的主人。同样,终端或路由器允许有多个接口,每一个接口都有独立的标识符——IP 地址,但以这些 IP 地址为目的地址的 IP 分组都到达该终端或路由器。接口是终端或路由器连接网络的地方,多数情况下,终端或路由器的每一个端口都连接独立的网络,这种情况下,接口就是端口。但在一些特殊情况下,一个端口可能同时连接多个不同的网络,或是多个端口连接同一个网络,这种情况下,一个端口可能对应多个不同的接口,或是多个端口对应同一个接口。下面章节将针对具体应用,对这些特殊情况进行讨论。由于每一个 IP 地址指向唯一的终端或路由器,因此,从这一点上讲,IP 地址确实有终端或路由器标识符的作用。

1. IP 地址分类方法

图 5.6 给出了 IP 地址的分类方法。一般情况下 IP 地址是指 IPv4 所定义的 IP 地址,它由 32 位二进制数组成,为了表示方便,将 32 位二进制数分成 4 个 8 位二进制数,每个 8 位二进制数单独用十进制表示(0~255),4 个用十进制表示的 8 位二进制数用点分隔,如 32 位二进制数表示的 IP 地址:01011101　10100101　11011011　11001001,表示

成93.165.219.201。

图 5.6　IP 地址分类方法

　　IP 是网际协议,用来实现网络间互连的协议,因此,用来标识互联网中终端设备的每一个 IP 地址由两部分组成:网络号和主机号。最高位为 0,表示是 A 类地址,用 7 位二进制数标识网络号,24 位二进制数标识主机号,A 类地址中网络号全 0 和全 1 的 IP 地址有特别用途,不能作为普通地址使用。0.0.0.0 表示 IP 地址无法确定,终端没有分配 IP 地址前,可以用 0.0.0.0 作为 IP 分组的源地址。127.X.X.X 是环回地址。所有类型的 IP 地址中,主机号全 0 和全 1 的 IP 地址也有特别用途,也不能作为普通地址使用。如网络号为 5 的 A 类 IP 地址的范围为 5.0.0.0～5.255.255.255,但 IP 地址 5.0.0.0 用于表示网络号为 5 的网络地址,而 IP 地址 5.255.255.255 作为在网络号为 5 的网络内广播的广播地址。A 类地址的范围是 0.0.0.0～127.255.255.255,但实际能用的网络号是 1～126,每一个网络号下允许使用的主机号为 $2^{24}-2$,由此可以看出,A 类地址适用于大型网络。

　　最高 2 位为 10,表示 B 类地址,用 14 位二进制数标识网络号,用 16 位二进制数标识主机号,能够标识的网络号为 2^{14},每一个网络号下允许使用的主机号为 $2^{16}-2$。B 类地址的范围是 128.0.0.0～191.255.255.255,适用于大、中型网络。

　　最高 3 位为 110,表示 C 类地址,用 21 位二进制数表示网络号,8 位二进制数表示主机号,能够标识的网络号为 2^{21},每一个网络号下能够标识的主机号为 2^8-2。很显然,C 类地址只适用于小型网络。实际应用中并不使用 B 类和 C 类地址中网络号全 0 的 IP 地址。

　　A、B、C 三类地址都称为单播地址,用于唯一标识 IP 网络中的某个终端,但任何网络内都有一个主机号全 1 的地址作为该网络内的广播地址,这种广播地址不能用于标识网络内的终端,只能在传输 IP 分组时作为目的地址,表明接收方是网络内的所有终端。

　　每一个单播 IP 地址具有唯一的网络号,因此,对应唯一的网络地址,根据单播 IP 地址求出对应的网络地址的过程如下:

　　根据该 IP 地址的最高字节值确定该 IP 地址的类型,根据类型确定主机号字段位数,清零主机号字段得到的结果就是该 IP 地址对应的网络地址。如 IP 地址 193.1.2.7 对应的网络地址为 193.1.2.0。

　　最高 4 位为 1110,表示是组播地址,用 28 位二进制数标识组播组,同一个组播组内的终端可以任意分布在 Internet 中,因此,组播组是不受网络范围影响的。有些组播地址有特殊用途,称为著名组播地址,下面就是一些常用的著名组播地址,这些组播地址表明接收端是同一网络内的特定结点。

　　• 224.0.0.1:表示网络中所有支持组播的终端和路由器。

- 224.0.0.2：表示网络中所有支持组播的路由器。
- 224.0.0.4：DVMRP 路由器。
- 224.0.0.5：表示网络中所有运行 OSPF 进程的路由器。
- 224.0.0.9：表示网络中所有运行 RIP 进程的路由器。

最高 5 位为 11110，表示是 E 类地址，目前没有定义。

2. 互连网络 IP 地址配置原则

互连网络配置 IP 地址的原则如下：

（1）连接在同一传输网络上的终端必须配置具有相同网络号的 IP 地址，如连接在以太网上的终端 A 和 C；

（2）每一个传输网络都有一个网络地址，如图 5.7 中以太网配置的网络地址 192.1.1.0 和 PSTN 配置的网络地址 192.1.2.0；

图 5.7　IP 地址配置

（3）路由器的每一个接口都须配置 IP 地址，该 IP 地址对应的网络地址必须和分配给接口所连的传输网络的网络地址相同，如图 5.7 中连接以太网接口配置的 IP 地址 192.1.1.254，其网络地址为 192.1.1.0，和以太网配置的网络地址相同。

如果一个物理以太网被划分为多个 VLAN，则每一个 VLAN 就是一个独立的传输网络，不同 VLAN 须配置不同的网络地址，需要用路由器实现多个 VLAN 的互连。

5.2.2　IP 地址分层分类的原因和缺陷

1. 根据考号寻找考场的启示

图 5.8 假定考号由 6 位十进制数组成，其中高 3 位是考场号，低 3 位是座位号，同一考场的考号具有相同的考场号。每一个考场的考场号随机分配。用 751×××表示该考场的考场号是 751，座位号包括该考场内的全部座位号，因此，可用 751×××表示考场号是 751 的考场。

图中的考场指示方式必须保证能够将所有考号属于这 8 个考场的考生正确引导到考号指定的考场，每一个考生，在每一个路口，用考号的高 3 位比较路牌中各项的考场号，一旦考号中的考场号和路牌中某项的考场号相同，表示考号和该项匹配，考生将沿着该项给出的方向继续前进，直到正确到达考号指定考场，然后，再在考场内根据座位号找到正确的座位。由于考号分为两层，因此，路口路牌中的每一项只需给出特定考场的考场号及该考场的前进方向，无须为每一个考号设置前进方向。

两层结构减少了路牌中的项数，但当该单位设置多个考场时，路口路牌中的项数仍然偏多，有什么方式在两层结构不变的前提下，减少路牌中的项数呢？

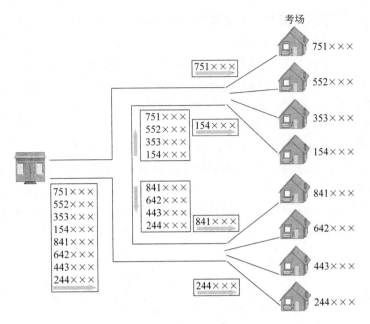

图 5.8　考场分布及引导方式

如果考场号的分配方式如图 5.9 所示，符合如下分配原则：

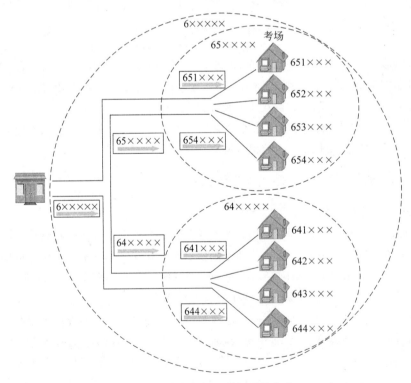

图 5.9　特定条件下考场引导方式

（1）最高位为 6 的考场号只分配给分布在该单位的考场，且该单位所有考场的考场号的最高位一定为 6；

（2）分配给同一个区中考场的考场号的次高位号必须是相同的，且分配给不同区中考场的考场号的次高位必须不同。

根据上述分配原则分配考场号，可以进一步减少路口路牌的项数，但考生在不同路口用于匹配路牌中每一项的考号的位数是变化的，如单位入口用于匹配路牌中每一项的是考号的最高位，丁字路口用于匹配路牌中每一项的是考号的高 2 位，因此，必须在路口路牌中给出用于匹配路牌中每一项的考号位数。

根据两层考号寻找考号对应的考场座位的过程给出以下启示：

（1）考生首先根据考号中考场号找到考场，然后，在考场寻找座位，因此，路口路牌只需指出通往每一个考场的路径；

（2）通过限制考场号的分配，使得路口路牌可以用考场号的最高位或高 2 位指定分布在单位内的所有考场，或分布在单位内某个区中的所有考场，以此减少路口路牌中的项数。

2. IP 地址分层分类的原因

IP 地址分层的目的也是希望用一项路由项指出通往该网络内所有终端的传输路径，如图 5.10 所示。需要说明的是：一般情况下，路由项格式是＜目的网络，下一跳路由器 IP 地址＞，目的网络字段给出目的终端所在网络的网络地址，这里为了讨论问题方便，假定图 5.10 中的路由器都直接用线路相连，因此，路由项中只需给出转发端口就可确定通往目的终端的传输路径上的下一跳路由器，路由项格式变为＜目的网络，转发端口＞。但如果连接两个路由器的是类似以太网这样的传输网络，仅知道转发端口并不能确定通往目的终端的传输路径上的下一跳路由器，必须给出下一跳路由器的 IP 地址。

IP 地址为 192.1.1.1 的终端寻找通往 IP 地址为 192.2.1.1 的终端的传输路径的过程与图 5.8 中考生从单位入口开始根据考号寻找对应的考场座位的过程十分相似，每一个路由器就像路口，而路由表就像路口路牌，转发端口就是前进方向，路由器根据目的终端的 IP 地址确定 IP 分组转发端口的过程如下：

（1）求出目的终端 IP 地址对应的网络地址 N；

（2）用 N 逐项比较路由表中每一项路由项的目的网络字段，如果和其中一项的目的网络字段值相同，表示目的终端的 IP 地址和该路由项匹配，就从该路由项指出的端口转发 IP 分组。

对于路由器 1，首先求出目的终端 IP 地址 192.2.1.1 对应的网络地址 192.2.1.0，然后逐项比较路由表中每一项路由项的目的网络字段值，结果和路由项＜192.2.1.0 端口 2＞的目的网络字段值相同，将 IP 分组从端口 2 转发出去。两个终端之间传输路径上的所有路由器依次转发，最终将 IP 分组送达 IP 地址为 192.2.1.1 的终端。

IP 地址分类的原因是不同单位的网络规模是不同的，有些单位的网络规模很大，可以采用 B 类，甚至 A 类地址，有些单位的网络规模较小，可以采用 C 类地址，使得 IP 地址的分配更贴近实际需要。

3. 固定地址结构的缺陷

图 5.10 所示的路由方式中，路由表必须为每一个网络设置一项路由项，这将使得路由表中的路由项数目非常庞大，由于大量网络之间的传输路径经过核心路由器，核心路由器路由项数目庞大的问题更加严重，路由项数目庞大一是占用大量的存储空间，二是使得路由器

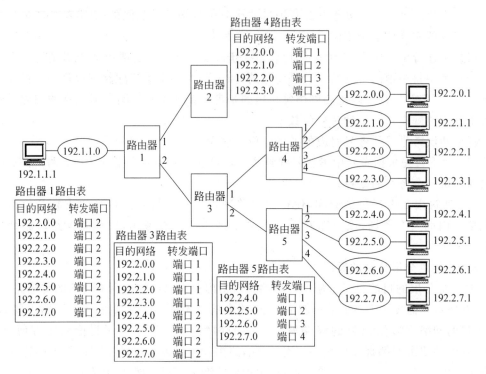

图 5.10 固定地址结构的路由方式

根据目的终端 IP 地址确定下一跳路由器的转发处理变得十分耗时。

当初设计 IP 地址时，将 IP 单播地址分成 A、B、C 三类的目的是为了使 IP 地址能够适应不同规模的网络，地址分配能够更加贴近实际需要，避免浪费。但实际应用中，IP 地址浪费的问题依然十分严重，尽管将地址分成 A、B、C 三类，但许多网络规模介于两类地址之间，如具有 1000 个终端的网络，C 类地址不够，B 类地址又很浪费，因此，20 世纪 90 年代中期就出现 IP 地址短缺问题，而出现 IP 地址短缺问题的主要原因是大量 A 类和 B 类地址空间被浪费。

解决上述问题的关键是能够动态改变 IP 地址中网络号的位数，如图 5.9 所示的根据考号寻找考场座位的过程，如果不同路由器中和同一目的终端 IP 地址匹配的路由项的网络地址中的网络号的二进制位数是可变的，同样可以通过限制网络的网络号分配，用网络号的最高若干位表示网络号连续的一组网络号，更进一步，如果网络号的二进制位数不再固定，可以动态设置，可以根据实际网络规模申请主机号的位数，如 1000 台主机，可以申请一个 10 位主机号，22 位网络号的 IP 地址块，这样，传统的分类不再存在，网络号和主机号位数根据实际情况动态设置，这种思路就是无分类编址（Classless InterDomain Routing，CIDR，直译是无分类域间路由）。

5.2.3　无分类编址

1. 无分类编址机制

无分类编址方式下，32 位 IP 地址中标识网络号和主机号的二进制位数是可变的，这样做，消除了 IP 地址的分类，也解决了因为分类带来的种种问题。但必须提出一种用于指明

IP 地址中作为网络号的二进制位数的方法。无分类编址通过子网掩码(更确切的名称应该是网络掩码,但子网掩码已经成为习惯称呼)指明 IP 地址中作为网络号的二进制位数。子网掩码也是一个 32 位的二进制数,和 IP 地址的表示方法一样,用 4 个用点分隔的十进制数表示,每个十进制数表示 8 位二进制数,如 255.0.0.0,展开成二进制表示为 11111111 00000000 00000000 00000000。子网掩码中为 1 的二进制数对应 IP 地址中作为网络号的二进制数。5.1.1.2/255.0.0.0 表示 IP 地址是 5.1.1.2,对应的子网掩码是 255.0.0.0,如果将子网掩码展开成二进制表示,则只有高 8 位二进制数为 1,其余为 0,这就意味着 IP 地址的高 8 位为网络号,低 24 位为主机号。同样,5.1.1.2/255.255.255.0 表示 IP 地址的高 24 位为网络号,低 8 位为主机号。目前还有一种更直接的表示方式是直接给出 IP 地址中作为网络号的二进制位数,如 5.0.0.0/8、5.1.0.0/16、192.2.0.0/21 等。更简单的表示方式是省略 IP 地址中低位连续的 0,如 5.0.0.0/8 可以表示成 5/8,5.1.0.0/16 可以表示成 5.1/16。图 5.9 中 6×××× 并不是表示一个 1 位考场号,5 位座位号的超大考场,而是考场号最高位为 6 的一组考场号的表示方式,同样,用 N 位网络前缀表示一组最高 N 位相同的连续网络号,网络前缀的表示方式和前面表示网络号的方式相同,可以用子网掩码或数字指定 32 位 IP 地址中网络前缀的位数,但网络前缀和网络号的含义不同,它只是用来表示具有相同网络前缀的一组 IP 地址,这一组 IP 地址称为 CIDR 地址块,可能由分配给不同网络的 IP 地址组成。<网络前缀,主机号>的 IP 地址结构完全取消了原先定义的 A、B、C 三类 IP 地址的概念,因而被称为无分类编址。N 位网络前缀的 CIDR 地址块可以分配给单个网络,这种情况下,N 位网络前缀就是该网络的网络号。也可以分配给多个网络,这种情况下,N 位网络前缀只是用来确定 CIDR 地址块的 IP 地址范围。

2. 聚合路由项

图 5.10 中,路由器 1 对应 8 个网络的路由项有这样的特点:①8 个网络的网络号是连续的,所包含的 IP 地址范围为 192.2.0.0～192.2.7.255。这样范围内的 IP 地址的最高 21 位是相同的,而且地址范围包含了低 11 位($21+11=32$)的全部 2^{11} 种组合。具有这样特性的 IP 地址块可以表示为网络前缀为 21 位的 CIDR 地址块,如果仍然将<网络前缀,主机号>的 IP 地址结构中主机号字段为 0 的地址称为网络地址(也可称为网络前缀地址),通过用最高 21 位为 1 的子网掩码和地址块中任何一个 IP 地址相与后获得的结果作为该 CIDR 地址块的网络地址如下所示:

```
        11000000 00000010 00000001 00000001      ;192.2.1.1
  & &   11111111 11111111 11111000 00000000      ;255.255.248.0
        ─────────────────────────────────────
        11000000 00000010 00000000 00000000      ;192.2.0.0
```

因此,网络地址 192.2.0.0/21 包含的 IP 地址范围等于图 5.10 中 8 个网络所包含的 IP 地址范围。②8 个网络对应的路由项有着相同的转发端口,即有着相同的下一跳。具有这样两个特点的 8 项路由项可以聚合为 1 项路由项<192.2.0.0/21 端口 2>。同样,路由器 3 中网络 192.2.0.0、192.2.1.0、192.2.2.0 和 192.2.3.0 与网络 192.2.4.0、192.2.5.0、192.2.6.0 和 192.2.7.0 所包含的 IP 地址块构成网络前缀为 22 位的 CIDR 地址块,这种地址块的网络地址用最高 22 位为 1 的子网掩码和地址块中任何一个 IP 地址相与后获得,如计算网络 192.2.4.0、192.2.5.0、192.2.6.0 和 192.2.7.0 所包含的 CIDR 地址块对应的网络地址的过程如下:

```
   11000000 00000010 00000101 00000111          ;192.2.5.7
&& 11111111 11111111 11111100 00000000          ;255.255.252.0
───────────────────────────────────────
   11000000 00000010 00000100 00000000          ;192.2.4.0
```

网络地址 192.2.4.0/22 包含的 IP 地址范围等于网络 192.2.4.0、192.2.5.0、192.2.6.0 和 192.2.7.0 包含的 IP 地址范围。同样，网络地址 192.2.0.0/22 包含的 IP 地址范围等于网络 192.2.0.0、192.2.1.0、192.2.2.0 和 192.2.3.0 包含的 IP 地址范围，且这两组网络对应的路由项有着相同的转发端口，因此，每一组网络对应的 4 项路由项可以聚合为 1 项路由项<192.2.0.0/22　端口 1>和<192.2.4.0/22　端口 2>。以此可以得出图 5.11 所示的采用无分类编址后的各路由器中的路由项。和图 5.10 比较，图 5.11 中的路由项数目大幅减少。路由项聚合后得出的由 N 位网络前缀指定的 CIDR 地址块是分配给一组网络号连续且高 N 位相同的网络的 IP 地址集合，只是通往这一组网络的传输路径有着相同的下一跳。

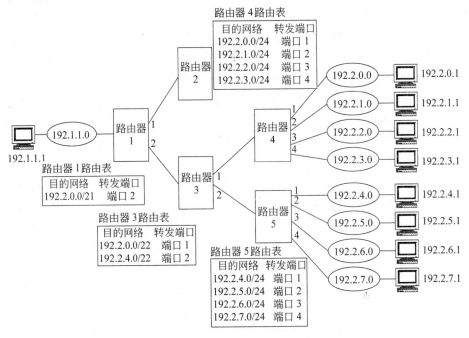

图 5.11　采用无分类编址后的路由项表示

采用无分类编址后，路由器根据 IP 分组的目的终端 IP 地址确定下一跳路由器的过程如下：

（1）根据路由项的网络前缀位数求出目的 IP 地址的网络地址，然后和路由项的目的网络字段值比较，如果相同，表示该目的 IP 地址和该路由项匹配，从路由项指定端口转发该 IP 分组；

（2）对路由表中的每一项路由项进行上述操作，直到找到匹配的路由项，或报错。

如果 IP 分组中的目的 IP 地址为 192.2.5.1，路由器 3 进行如下操作。

对于第一项路由项，由于网络前缀为 22 位，用最高 22 位为 1 的子网掩码（255.255.252.0）和 192.2.5.1 相与后获得对应的网络地址。

```
        11000000 00000010 00000101 00000001        ;192.2.5.1
  &&    11111111 11111111 11111100 00000000        ;255.255.252.0
        ─────────────────────────────────────
        11000000 00000010 00000100 00000000        ;192.2.4.0
```

由于目的 IP 地址对应的网络地址为 192.2.4.0/22 和路由项中的目的网络字段值 192.2.0.0/22 不同,因此,IP 分组的目的 IP 地址和第一项路由项不匹配。由于第二项路由项的网络前缀也是 22 位,目的 IP 地址对应的网络地址同样为 192.2.4.0/22,它和第二项路由项中的目的网络字段值相同,因此,通过端口 2 将 IP 分组转发出去。

3. 任意划分子网

采用无分类编址的另一个好处是可以任意划分子网,假定某个单位有 120 台计算机,这些计算机被分成 6 组,其中 1 组分配 20 台计算机,2 组分配 12 台计算机,3 组分配 45 台计算机,4 组分配 27 台计算机,5 组分配 5 台计算机,6 组分配 11 台计算机,这 6 组计算机属于 6 个子网,如何分配 IP 地址才能使路由表中的路由项最少?为了使路由表中的路由项最少,分配给这些计算机的 IP 地址必须是连续的,因此,用最低 8 位二进制数不同的 256 个 IP 地址作为这些计算机的 IP 地址,如 CIDR 地址块 192.1.2.0/24。最后 8 位二进制数的分配规则如下:

- **00**000000~**00**111111(0~63):分配给 3 组 45 台计算机,网络地址为 192.1.2.0/26;
- **010**00000~**010**11111(64~95):分配给 4 组 27 台计算机,网络地址为 192.1.2.64/27;
- **011**00000~**011**11111(96~127):分配给 1 组 20 台计算机,网络地址为 192.1.2.96/27;
- **1000**0000~**1000**1111(128~143):分配给 2 组 12 台计算机,网络地址为 192.1.2.128/28;
- **1001**0000~**1001**1111(144~159):分配给 6 组 11 台计算机,网络地址为 192.1.2.144/28;
- **10100**000~**10100**111(160~167):分配给 5 组 5 台计算机,网络地址为 192.1.2.160/29。

上述分配过程的思路如下,最多的 3 组有计算机 45 台,需要 6 位二进制数表示,8 位二进制数的表示范围可以分成 4 个 6 位二进制数的表示范围,高 2 位分别为 00、01、10 和 11。高 2 位为 00 的 64 个地址分配给 3 组。4 组和 1 组的计算机台数分别为 27 和 20,需要 5 位二进制数表示,高 2 位为 01 的 64 个地址可以分成高 3 位分别是 010 和 011 的 2 组 32 个地址,分别分配给 4 组和 1 组。2 组和 6 组的计算机台数分别为 12 和 11,需要 4 位二进制数表示,高 2 位为 10 的 64 个地址可以分成高 4 位分别是 1000、1001、1010 和 1011 的 4 组 16 个地址,高 4 位分别为 1000 和 1001 的 2 组 16 个地址分别分配给 2 组和 6 组。高 4 位为 1010 的 16 个地址可以分成高 5 位分别是 10100 和 10101 的 2 组 8 个地址,将高 5 位为 10100 的 8 个地址分配给 5 组。

图 5.12 中的路由器 R1 只需给出 1 项路由项<192.1.2.0/24　192.1.1.1　1>,表明只要目的 IP 地址高 24 位等于 192.1.2 的 IP 分组均转发给 IP 地址为 192.1.1.1 的下一跳路由器 R2,路由器 R2 对每一个子网均需给出 1 项路由项,目的网络字段值给出的 CIDR 地址块必须包含分配给该子网的全部 IP 地址。

【例 5.1】 某网络的 IP 地址空间为 192.168.5.0/24,采用等长子网划分,子网掩码为 255.255.255.248,求子网数和每一个子网内可分配的 IP 地址数。

【解析】 根据子网掩码 255.255.255.248 得出网络号位数为 29 位,主机号位数为 3 位,192.168.5.0/24 IP 地址空间中,用 5 位(29−24=5)作为子网号,求出子网数=

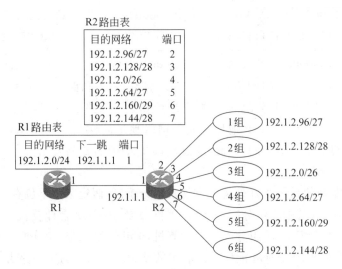

图 5.12　无分类编址任意划分子网过程

$2^5 = 32$，子网内可分配的 IP 地址数 $= 2^3 - 2 = 6$。

4. 最长前缀匹配

图 5.12 中，假定 IP 分组的目的 IP 地址为 192.1.2.150，路由器必须找出通往 IP 地址为 192.1.2.150 的目的终端的传输路径，由于路由器 R1 在用 IP 地址 192.1.2.150 检索路由表时，判定该 IP 地址包含在由目的网络字段值 192.1.2.0/24 表示的 CIDR 地址块中（根据 24 位网络前缀计算出的目的 IP 地址对应的网络地址为 192.1.2.0），该 IP 分组被转发给由该路由项指定的下一跳路由器（路由器 R2），同样，路由器 R2 用 IP 地址 192.1.2.150 检索路由表时，判定该 IP 地址包含在由目的网络字段值 192.1.2.144/28 表示的 CIDR 地址块中（根据 28 位网络前缀计算出的目的 IP 地址对应的网络地址为 192.1.2.144），该 IP 分组被转发给为 6 组配置的网络。

图 5.12 中 6 组对应的网络为了提高访问外部网络的速度，但又不改变自己的配置和访问其他组终端的速度，采用同时连接路由器 R1 和 R2 的方式，如图 5.13 所示。这种情况下，路由器 R1 中的路由项变为 2 项，分别指向路由器 R1 和 6 组对应的网络。当路由器 R1 接收到目的 IP 地址为 192.1.2.150 的 IP 分组时，发现该 IP 地址与目的网络字段值 192.1.2.0/24 和 192.1.2.144/28 都匹配，路由器 R1 应该如何转发该 IP 分组？显然，路由器 R1 应该直接将该 IP 分组转发给 6 组对应的网络，这也是 6 组对应的网络直接连接路由器 R1 的原因。路由器 R1 用最长前缀匹配来确定传输路径的优先级。最长前缀匹配是指如果有多个目的网络字段值和某个 IP 地址匹配，则选择网络前缀最长的目的网络字段值作为最终匹配结果。在路由器 R1 的路由项中目的网络字段值 192.1.2.0/24 的网络前缀是 24 位，而目的网络字段值 192.1.2.144/28 的网络前缀为 28 位，选择目的网络字段值 192.1.2.144/28 作为最终匹配结果。因此，将 IP 分组直接转发给 6 组对应的网络。

5. 默认路由项

如果某个目的 IP 地址和路由表中所有路由项的目的网络字段值均不匹配，或者丢弃该 IP 分组，或者选择默认路由项指定的传输路径，默认路由项的目的网络字段值为 0.0.0.0，对应的子网掩码为 0.0.0.0，表明所有 IP 地址都和默认网络地址 0.0.0.0/0.0.0.0 匹配。

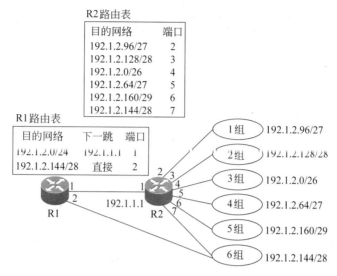

图 5.13　最长前缀匹配过程

当通往多个网络的传输路径具有相同的下一跳时,可用一项默认路由项指明通往这些网络的传输路径。如图 5.14 所示互连网络中,内部网络通过路由器 R1 连接 Internet,由于 Internet 由无数个网络组成,如果在路由器 R2 的路由表中详细列出 Internet 中所有网络对应的路由项,路由项数目将十分庞大。根据如图 5.14 所示互连网络结构,路由器 R2 通往 Internet 的传输路径有着唯一的下一跳:路由器 R1,因此,除了指明通往内部网络的传输路径的路由项外,可用一项默认路由项指明通往 Internet 的传输路径。如果某个 IP 地址和 3 个内部网络的网络地址都不匹配,意味着该 IP 地址标识的目的终端位于 Internet,选择通往 Internet 的传输路径转发目的地址为该 IP 地址的 IP 分组。

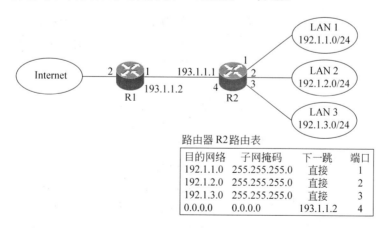

图 5.14　默认路由项功能

6. 举例

【例 5.2】　路由器的路由表如表 5.1 所示,回答以下问题:

① 假定路由器接收到目的 IP 地址为 142.150.71.132 的 IP 分组,给出路由器为该 IP 分组选择的下一跳,并说明理由。

表 5.1 路由表

目的网络及前缀	下 一 跳	目的网络及前缀	下 一 跳
142.150.64.0/24	A	142.150.71.128/30	C
142.150.71.128/28	B	142.150.0.0/16	D

② 请在路由表中增加一项路由项，该路由项的作用仅仅将目的 IP 地址为 142.150.71.132 的 IP 分组转发给下一跳：A，对目的 IP 地址为其他地址的 IP 分组的转发操作没有任何影响。

③ 请在路由表中增加一项路由项，使所有目的 IP 地址和路由表中已有路由项均不匹配的 IP 分组被转发给下一跳：E。

④ 将 142.150.64.0/24 划分为 4 个规模尽可能大的等长子网，给出每一个子网的可分配地址范围和子网掩码。

【解析】 ① 根据路由项的目的网络字段值给出的网络前缀位数确定目的 IP 地址对应的网络地址，分别根据前缀 24、28、30 和 16 确定目的 IP 地址对应的网络地址为 142.150.71.0、142.150.71.128、142.150.71.132 和 142.150.0.0，可以看出，目的 IP 地址对应的网络地址和路由项中目的网络字段值分别为 142.150.71.128/28 和 142.150.0.0/16 的路由项匹配，根据最长前缀匹配规则，选择路由项<142.150.71.128/28 B>作为最终匹配的路由项，确定下一跳为 B。这一问的关键是根据网络前缀长度求出目的 IP 地址对应的网络地址，假定网络前缀长度为 N，求出目的 IP 地址对应的网络地址的过程如下，用最高 N 位为 1 的 32 位二进制数和 32 位目的 IP 地址进行与操作，得出的结果就是该目的 IP 地址对应的网络地址。

② 要求路由项的目的网络字段值唯一匹配目的 IP 地址 142.150.71.132，确定路由项<142.150.71.132/32 A>。

③ 增加默认路由项<0.0.0.0/0 E>。

④ 把原来单个网络地址空间分成 4 个等长的网络地址空间，需要把原来的主机号位数减少 2 位，由 8 位变为 6 位，并用这减下的 2 位标识 4 个不同的子网，这样，每一个网络的网络号位数由 24 位变为 26 位，将 142.150.64.0/24 展开，用 26 位网络号重新划分子网后，可以得出如下 4 个子网的地址范围。

10001110 10010110 01000000 **00** 000000
10001110 10010110 01000000 **00** 111111

子网 0，地址范围 142.150.64.0～142.150.64.63
可分配地址范围 142.150.64.1～142.150.64.62
子网掩码 255.255.255.192

10001110 10010110 01000000 **01** 000000
10001110 10010110 01000000 **01** 111111

子网 1，地址范围 142.150.64.64～142.150.64.127
可分配地址范围 142.150.64.65～142.150.64.126
子网掩码 255.255.255.192

10001110 10010110 01000000 **10** 000000
10001110 10010110 01000000 **10** 111111

子网 2，地址范围 142.150.64.128～142.150.64.191
可分配地址范围 142.150.64.129～142.150.64.190
子网掩码 255.255.255.192

10001110 10010110 01000000 **11** 000000
10001110 10010110 01000000 **11** 111111

子网 3，地址范围 142.150.64.192～142.150.64.255
可分配地址范围 142.150.64.193～142.150.64.254
子网掩码 255.255.255.192

5.2.4　IP 分组格式

1. 首部字段

IP 分组由首部与数据两部分组成。首部由 20 个字节的固定项和可变长度的可选项组成。IP 分组首部格式如图 5.15 所示。

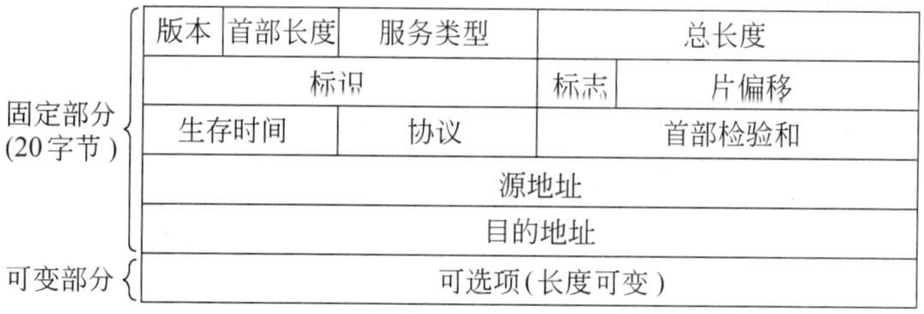

图 5.15　IP 分组首部格式

下面介绍 IP 分组首部各字段的意义。

版本：版本字段给出 IP 分组所属 IP 协议的版本。由于每一个 IP 分组都含有版本字段，就允许存在几个月，甚至几年时间的升级过渡期，在这段时间内，不同版本的 IP 协议可同时在一个网络内运行。目前存在两种版本的 IP 协议：IPv4 和 IPv6，其版本号分别为 4 和 6。

首部长度：由于首部的长度不是固定的，用首部长度字段给出 IP 首部的实际长度，这个字段的长度单位是 32 位的字，也就是说首部长度的基本单位是 4 个字节。字段最小值为 5，用于没有可选项的情况，最大值为 15，这就将首部长度限制在 60 个字节内，意味着可选项长度不能超过 40 个字节。

服务类型：服务类型字段允许终端告诉网络它希望得到的服务，可以通过服务类型字段指定 IP 分组的速度要求、可靠性要求及各种要求的组合。不同应用有不同的性能要求，对于数字化语音，快速到达比正确到达更重要。对于文件传送，无错传送比快速传送更为重要。服务类型字段从左到右包括三位优先级位，三位标志位 D、T、R 和目前没有使用的二位。三位优先级位表示从 0（普通报文）到 7（网络控制报文）8 级分组优先级，优先级高的 IP 分组优先得到服务。三位标志位允许终端指定最希望得到的服务。允许指定的服务是 D：时延，T：吞吐率，R：可靠性。D＝1 表示该 IP 分组特别要求短的时延。T＝1 表示该 IP 分组特别要求高的吞吐率。R＝1 表示该 IP 分组要求尽可能不被损坏或丢弃。这些标志位可以帮助路由器选择对应的传输路径。实际上，早先的路由器一般都不考虑这些标志位，目前为支持多媒体应用，路由器开始支持服务分类（COS）。

总长度：总长度字段给出包括首部和数据的 IP 分组的长度，最大长度值为 65 535 字节。按照目前存在的传输网络的状况，这个值是绰绰有余了。

标识：标识字段告诉目的终端，哪些数据片是属于同一 IP 分组的，属于同一 IP 分组的数据片具有相同标识字段值。发送端维持一个计数器，每发送一个 IP 分组，计数器加 1，计数器的值就作为 IP 分组的标识字段值。

标志：目前定义了 2 位标志位 DF 和 MF 位。DF 位置 1 要求不能对 IP 分组分片，它命令路由器不要把 IP 分组分片成数据片，因为目的终端没有能力把分片后的数据片重新装配成 IP 分组,例如:计算机引导时,ROM 要求把存储映像作为单个 IP 分组送给它。一旦 IP 分组中的 DF 位置 1,表明该 IP 分组只能作为单个数据片传送,这就要求路由器即使选择一条并不是最佳的路由,也要避开只能传输长度很短的 IP 分组的传输网络。要求所有网络至少能传输小于 576 字节的 IP 分组。MF 位置 0 表示是若干数据片中最后一个数据片,除最后一个数据片外,IP 分组分片后所生成的所有其他数据片都必须将 MF 位置 1,MF 位的作用是使接收终端知道某个 IP 分组分片后所生成的所有数据片是否已全部接收到。

片偏移:片偏移字段以 8 个字节为单位给出该数据片在分片前的原始数据中的起始位置。因此,除最后数据片以外的所有其他数据片,它们的长度必须是 8 字节的倍数。由于该字段有 13 位,由此可推出 IP 分组的最大长度为 $2^{13} \times 8 = 65\,536$ 字节。

生存时间:此字段是用于限制 IP 分组存在时间的一个计数器,假定该计数器以秒为单位计数,IP 分组允许存在的最长时间为 255 秒。目前,该字段只是作为最大跳数使用,IP 分组每经过一跳路由器,该字段值减 1,当值减为 0 时,丢弃该 IP 分组并发送一个警告消息给源终端。设置该字段的目的是为了避免 IP 分组因为路由器的路由表被破坏而在网络上无休止地飘荡的事情发生。

协议:当网络层把完整的 IP 分组装配好以后,它需要知道如何处理该 IP 分组。协议类型字段告诉网络层应把该 IP 分组送给哪一个进程处理。TCP 进程和 UDP 进程是最有可能处理该 IP 分组的进程。

首部检验和:根据 2.5.1 节中给出的检验和算法对首部进行计算所得的结果,用于检测首部传输过程中发生的错误。首部检验和经过每一跳路由器都必须重新计算一次,因为每经过一跳至少改变了一个首部字段值(生存时间字段)。

源地址和目的地址:该字段给出了源终端的网络号和主机号及目的终端的网络号和主机号。

可选项:设计该字段的目的主要是:①允许以后协议版本提供原始设计中遗漏的信息;②允许经验丰富的人试验一些新的想法;③避免在报文首部中固定分配一些并不常用的信息字段。可选项长度可变。目前,定义了五种可选项,如表 5.2 所示,需要强调的是并不是所有路由器都支持这五种可选项。

表 5.2　IP 可选项

可 选 项	描　　　述
保密	指定 IP 分组如何保密
严格的源站选路	给出用于传输 IP 分组的完整路由
不严格的源站选路	给出不允许遗漏的一些路由器列表
记录路由	每一个经过的路由器将它的 IP 地址添加到 IP 分组中
时间戳	每一个经过的路由器将它的 IP 地址和时间戳添加到 IP 分组中

保密:该选项给出如何保密 IP 分组,与军事应用有关的路由器可以用该选项来避开某些认为不安全的国家或地区。实际上,所有路由器都忽略该选项。

严格的源站选路:该选项给出从源终端至目的终端传输路径完整的 IP 地址列表,IP 分组必须严格遵循给出的传输路径。系统管理员可以用这种功能在路由器路由表损坏的情况下发送紧急 IP 分组,或者用于发送测量时间参数的 IP 分组。

不严格的源站选路:该选项要求 IP 分组一定要经过列表中指定的路由器,并按指定的顺序经过。但允许通过传输路径上别的路由器。通常通过该选项指定少数几个路由器来强迫 IP 分组经过某一特殊传输路径。例如:强迫从伦敦到悉尼的 IP 分组经过美国西部而不是东部时,选项可指定 IP 分组必须经过纽约、洛杉矶、檀香山的路由器。当出于某种政治或经济考虑,需要 IP 分组经过或避开某些地区或国家时,可用该选项。

记录路由:该选项要求所有经过的路由器把它们的 IP 地址添加到该选项字段中,通过记录路由,可以帮助系统管理员查出路由算法中的一些问题。由于 ARPA 网刚建立时,IP 分组经过的路由器最多不超过 9 个,因此用 40 个字节记录经过的路由器已经很充足了,但对现在的 Internet 来说,用 40 个字节记录经过的路由器是远远不够了。

时间戳:该选项基本上与记录路由选项一样,不同的是,除记录 32 位的 IP 地址外,还记录 32 位的时间戳。该选项也主要用于诊断路由算法发生的错误。

IP 分组首部的可选项有很强的了解、管理网络的功能,常常被用来作为侦察网络的工具,为了网络的安全性,路由器需要关闭一些可选项的支持功能。

2. 分片

传输网络链路层帧净荷字段(也称载荷字段)允许的最大长度称为最大传送单元(Maximum Transfer Unit,MTU),如以太网的 MTU 为 1500 字节,如果 IP 分组长度超过传输该 IP 分组的传输网络的 MTU,必须将 IP 分组分片,分片过程是将 IP 分组净荷字段中的数据分片为多个数据片,除了最后一个数据片,其他数据片的长度必须是 8 字节的整数倍。每一个数据片加上 IP 首部构成 IP 分组,必须保证分片后的数据片长度与 IP 首部长度之和小于传输网络的 MTU,通常情况下,除最后一个数据片,其他数据片长度的分配原则是:须是 8 的倍数,且加上 IP 首部后尽量接近 MTU。为了标识这些由分片同一个 IP 分组净荷字段中的数据产生的 IP 分组序列,这些 IP 分组必须具有相同的标识字段值,为了在目的端将这些 IP 分组中净荷字段包含的数据片重新还原为原始数据,这些 IP 分组中的每一个 IP 分组必须在片偏移字段中给出该 IP 分组包含的数据片在原始数据中的起始位置,为了让目的端确定所有数据片对应的 IP 分组均已到达,必须标志最后一个数据片对应的 IP 分组。分片过程如图 5.16 所示,4000 字节数据被分成 3 个数据片,长度分别是 1480、1480 和 1040。

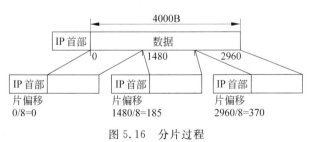

图 5.16　分片过程

【**例 5.3**】　终端 A 和终端 B 之间传输路径由网络 1、网络 2 和网络 3 组成,其中网络 1 的 MTU=1500B,网络 2 的 MTU=800B,网络 3 的 MTU=420B,假定终端 A 传输给终端 B 的数据的长度为 1440B,给出终端 A 及传输路径经过的各个路由器分片数据的过程。

【解析】 终端 A 及传输路径经过的路由器分片数据的过程如图 5.17 所示。终端 A 生成的 IP 分组的总长度为 1460B（包括 20B 首部和 1440B 净荷），由于终端 A 连接路由器 R1 的链路的 MTU＝1500B，终端 A 可以直接将总长度为 1460B 的 IP 分组传输给路由器 R1。当路由器 R1 向路由器 R2 传输该 IP 分组时，发现输出链路的 MTU＝800B，需要对 IP 分组进行分片操作。路由器 R1 将 IP 分组的净荷分成 2 个数据片，2 个数据片的长度分别为 776B 和 664B，加上 20B 的 IP 首部后，分别构成 2 个总长度分别为 796B（20B 首部＋776B 净荷）和 684B 的 IP 分组。这 2 个 IP 分组的标识符字段值相同，后一个 IP 分组的片偏移＝776/8＝97。同样，当路由器 R2 向终端 B 传输这 2 个 IP 分组时，发现输出链路的 MTU＝420B，路由器 R2 需要再一次对这 2 个 IP 分组进行分片操作，776B 的数据片被分片成长度分别为 400B 和 376B 的 2 个数据片，同样，664B 数据片被分片成长度分别为 400B 和 264B 的 2 个数据片，这 4 个数据片加上 IP 首部后构成 4 个 IP 分组，原来 M 标志位为 1 的 IP 分组分片后生成的 IP 分组序列的 M 标志位都为 1。原来 M 标志位为 0 的 IP 分组分片后生成的 IP 分组序列，除由最后一个数据片构成的 IP 分组外，其他 IP 分组的 M 标志位也都为 1。这些 IP 分组的标识字段值都相同，图中每一个 IP 分组首部中的片偏移给出净荷中的数据片在原始净荷中的位置。

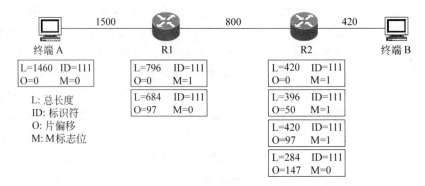

图 5.17 分片数据过程

5.3 路由协议建立路由表过程

5.3.1 IP 分组传输过程

为了深刻理解路由表的作用，详细讨论图 5.18 中终端 A 至终端 B 的 IP 分组传输过程。

1. 确定源和目的终端是否在同一个网络

终端 A 向终端 B 传输数据前，必须先获取终端 B 的 IP 地址，然后将数据封装成以终端 A 的 IP 地址为源 IP 地址，以终端 B 的 IP 地址为目的 IP 地址的 IP 分组，在进行 IP 分组传输前，先确定终端 B 是否和终端 A 位于同一个网络，步骤如下。

(1) 终端 A 根据自己的 IP 地址和子网掩码，求出网络地址：192.1.1.0。

(2) 终端 A 根据终端 B 的 IP 地址和自己的子网掩码，求出终端 B 的网络地址：192.1.2.0。

(3) 如果两个网络地址相同，说明终端 A 和终端 B 位于同一个网络，终端 A 至终端 B

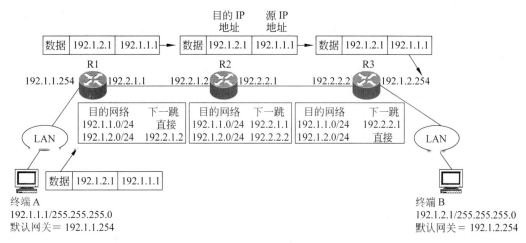

图 5.18 IP 分组传输过程

的 IP 分组传输过程无须经过路由器。

（4）如果两个网络地址不相同,说明终端 A 和终端 B 位于不同的网络,终端 A 将沿着由路由器构成的 IP 分组传输路径,逐跳转发 IP 分组。

2. 根据默认网关找到第一跳路由器

一旦确定终端 B 和终端 A 不在同一个网络,终端 A 将 IP 分组转发给终端 A 至终端 B 传输路径上的第一跳路由器,该路由器的 IP 地址通过配置的默认网关地址获得,这里的默认网关实际上是默认路由器,因此,也将默认网关地址称为默认路由器地址。如果连接终端 A 和第一跳路由器的网络是以太网,必须将 IP 分组封装成以终端 A 的 MAC 地址为源 MAC 地址,以第一跳路由器连接以太网的端口的 MAC 地址为目的 MAC 地址的 MAC 帧,然后将 MAC 帧通过以太网传输给第一跳路由器,IP 分组经过以太网实现从当前跳传输给下一跳的过程在 5.4 节 IP over 以太网中详细讨论。

3. 路由器逐跳转发

IP 分组到达路由器 R1 后,路由器 R1 根据最长前缀匹配算法用 IP 分组的目的 IP 地址匹配路由表中的所有路由项,如果匹配到路由项,将 IP 分组转发给路由项指定的下一跳,路由器 R1 的路由表中,只有路由项<192.1.2.0/24 192.2.1.2>和 IP 分组的目的 IP 地址匹配,IP 分组被转发给 IP 地址为 192.2.1.2 的下一跳路由器。传输路径上的路由器依次逐跳转发,IP 分组到达传输路径上最后一跳路由器 R3。

4. 直接交付

路由器 R3 中和 IP 分组目的 IP 地址匹配的路由项是<192.1.2.0/24 直接>,表明该路由器和终端 B 之间不再有其他路由器,即终端 B 和该路由器的其中一个接口连接在同一个网络上,路由器通过该网络将 IP 分组直接传输给终端 B,如果连接该路由器和终端 B 的网络是以太网,将 IP 分组通过以太网传输给终端 B 的过程通过 5.4 节讨论的 IP over 以太网技术实现。

从上述讨论的 IP 分组端到端传输过程可以得出以下实现 IP 分组端到端传输的基本思路:

（1）建立一条以源终端为始点,以目的终端为终点,中间由若干路由器组成的 IP 分组端到端传输路径，IP 分组沿着端到端传输路径逐跳转发。源终端通过配置的默认网关地址获得第一跳路由器的 IP 地址，中间路由器根据路由表和 IP 分组的目的 IP 地址确定下一跳路由器地址；

（2）在获取下一跳路由器的 IP 地址后，通过 IP over X 技术，实现 IP 分组当前跳至下一跳的传输过程，X 是连接当前跳和下一跳的传输网络，如以太网。

建立端到端传输路径的关键是每一个路由器建立路由表，路由表中每一项路由项指出通往特定网络的传输路径上的下一跳路由器，因此，解决 IP 分组端到端传输的第一步是为互联网中的每一个路由器建立路由表。

5.3.2　配置静态路由表

人工配置静态路由表的过程如图 5.19 所示。假定路由器 R5 要为四个网络（网络地址分别为 192.1.1.0/24，192.1.2.0/24，192.1.3.0/24，192.1.4.0/24）选择最少跳数的传输路径，即经过的路由器数目最少的传输路径，这种传输路径也称为最短路径。管理员可以通过分析图 5.19 所示的互联网拓扑结构，确定路由器 R5 通往这 4 个网络的最短路径，如图 5.19 中箭头指出的传输路径，并因此给出表 5.3 所示的路由表，其中目的网络字段给出需要到达的网络的网络地址，距离字段给出路由器 R5 到达目的网络的最短路径所经过的路由器数目（含路由器 R5），下一跳给出路由器 R5 通往目的网络的最短路径上的下一跳路由器，如果目的网络和路由器 R5 直接相连，下一跳字段中用直接表示。人工配置静态路由表的方法在小型互联网中是可以的，但对于大型互联网，对互联网中的所有路由器配置路由表的工作量是不可想象的，而且路由器的物理分布范围很广，如何保持路由表的一致性也很困难，更为严重的是大型互联网中的网络是随时间不断变化的，因此，必须及时修改各个路由器中的路由表以反映互联网的真实状况，然而这对于人工配置静态路由表的方法而言，几乎是不可能的，所以，路由器中的路由表主要通过路由协议动态生成。

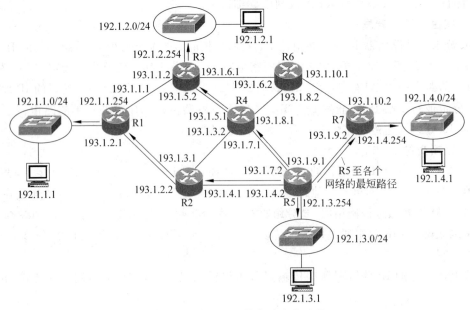

图 5.19　人工配置静态路由表过程

表 5.3　路由器 R5 配置的静态路由表

目的网络	距　离	下一跳路由器	目的网络	距　离	下一跳路由器
192.1.1.0/24	3	193.1.4.1	192.1.3.0/24	1	直接
192.1.2.0/24	3	193.1.7.1	192.1.4.0/24	2	193.1.9.2

【例 5.4】　互联网结构如图 5.20 所示,路由表每一项路由项包含字段＜目的网络,子网掩码,下一跳,接口＞,回答下列问题:

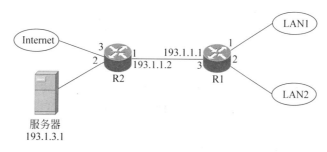

图 5.20　互联网结构

① 将 IP 地址空间 202.115.1.0/24 划分为 2 个子网,分别分配给 LAN 1 和 LAN 2,每个子网分配的 IP 地址数不少于 120,请给出子网划分结果,说明理由或给出必要的计算过程;

② 请给出 R1 的路由表,包含指明通往图 5.20 中所有网络和服务器的传输路径的路由项;

③ 请给出 R2 路由表中指明通往 LAN 1 和 LAN 2 传输路径的路由项。

【解析】　① 由于要求每一个子网的 IP 地址数不小于 120,因此,每一个子网至少用 7 位二进制数作为主机号,这样,可以把给定的 IP 地址空间分成 2 个等长的网络地址空间,把原来的主机号位数减少 1 位,由 8 位变为 7 位,并用这减下的 1 位标识 2 个不同的子网,这样,每一个网络地址空间中的网络号位数由 24 位变为 25 位,将 202.115.1.0/24 展开,用 25 位网络号重新划分子网后,可以得出如下 2 个子网的地址范围。

11001010 01110011 00000001 **0** 0000000 ⎫
10001110 10010110 01000000 **0** 1111111 ⎭

子网 0,地址范围 202.115.1.0～202.115.1.127
网络地址:202.115.1.0
子网掩码:255.255.255.128

11001010 01110011 00000001 **1** 0000000 ⎫
10001110 10010110 01000000 **1** 1111111 ⎭

子网 1,地址范围 202.115.1.128～202.115.1.255
网络地址:202.115.1.128
子网掩码:255.255.255.128

② 路由器 R1 的路由表如表 5.4 所示。由于 2 个子网和路由器 R1 直接相连,表中指明通往 2 个子网的传输路径的路由项的下一跳字段值为直接。指明通往服务器传输路径的路由项中的目的网络和子网掩码字段值必须唯一匹配该服务器的 IP 地址。因此,用 32 位全 1 的子网掩码,表示目的网络只包含单个 IP 地址:193.1.3.1。由于 Internet 是由无数个网络组成的,因此,只能以默认路由项指明通往 Internet 的传输路径。由于路由器 R1 至服务器和 Internet 传输路径上的下一跳是路由器 R2,因此,用路由器 R2 端口 1 的 IP 地址作为

这些路由项的下一跳 IP 地址,这是因为该端口和作为转发接口的路由器 R1 的端口 3 连接在同一个网络上。

表 5.4　路由器 R1 路由表

目的网络	子网掩码	下一跳	接　口
202.115.1.0	255.255.255.128	直接	1
202.115.1.128	255.255.255.128	直接	2
193.1.3.1	255.255.255.255	193.1.1.2	3
0.0.0.0	0.0.0.0	193.1.1.2	3

③ 路由器 R2 应该有 2 项路由项分别指明通往 LAN 1 和 LAN 2 的传输路径,但这 2 项路由项有着相同的转发接口和下一跳,这样的路由项可以尝试聚合为一项路由项,前提是聚合后的目的网络和子网掩码字段确定的 IP 地址空间等于聚合前 2 项路由项所包含的 IP 地址空间,这里,202.115.1.0~202.115.1.127＋202.115.1.128~202.115.1.255＝202.115.1.0~202.115.1.255,因此,可以完成图 5.21 所示的合并过程。

目的网络	子网掩码	下一跳	接口
202.115.1.0	255.255.255.128	193.1.1.1	1
202.115.1.128	255.255.255.128	193.1.1.1	1

目的网络	子网掩码	下一跳	接口
202.115.1.0	255.255.255.0	193.1.1.1	1

图 5.21　路由项合并过程

5.3.3　路由协议分类

在讨论路由协议工作过程之前,首先应该明白:路由协议建立的传输路径是一条由路由器构成的传输路径,当源和目的终端不属于同一个网络时,连接源终端所在网络的路由器必须找到一条通往连接目的终端所在网络的路由器的传输路径,路由协议所建立的就是这样一条传输路径。同一网络内两个设备之间的传输过程由网络的传输机制解决,如同一个以太网内两个终端之间的通信,或同一个以太网内终端和路由器之间的通信,由以太网传输机制解决,不会涉及由路由协议建立的传输路径。

单个路由协议不可能解决类似 Internet 这样由无数个网络互连而成的网际网(或互联网),因此,每一个路由协议都有其作用范围。在 Internet 中,无数个网络和互连网络的路由器被划分成了多个自治系统(Autonomous System, AS),每一个自治系统通常由单一管理部门负责管理,运行相同的路由协议。但自治系统不是孤岛,必须由设备将自治系统互连在一起,这种用于互连自治系统的设备叫做自治系统边界路由器(Autonomous System Boundar Router, ASBR),这样一来,两个不属于同一自治系统的终端之间的传输过程涉及两个层次的传输路径,一是连接源终端所在网络的路由器如何找到一条通往连接源终端所在自治系统的自治系统边界路由器的传输路径,二是连接源终端所在自治系统的自治系统边界路由器如何找到一条通往连接目的终端所在自治系统的自治系统边界路由器的传输路径。前一条传输路径是由属于同一自治系统的路由器构成,后一条传输路径是由互连不同自治系统的自治系统边界路由器构成,如图 5.22 所示。把用于建立第一条传输路径的路由协议称作内部网关协议(Interior Gateway Protocol,IGP),而将用于建立第二条传输路径的路由协议称作外部网关协议(External Gateway Protocol,EGP)。常用的内部网关协议有 RIP(Routing Information Protocol,路由信息协议)、OSPF(Open Shortest Path First,开放最短路径优先),外部网关协议有 BGP(Border Gateway Protocol,边界网关协议),本章主要讨论这三种路由协议。

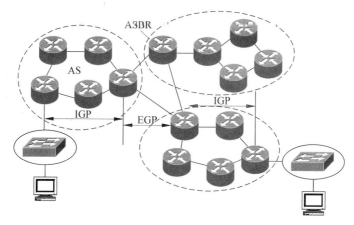

图 5.22　二层传输路径

5.3.4　RIP 建立路由表过程

1. 基本算法

路由信息协议(RIP)是一种基于距离向量的路由选择协议,它的目的是在所有路由器中建立通往所有网络的最短路径。RIP 的工作思路如下:用 $D(i,j)$ 表示路由器 i 到达网络 j 的距离,如果某个路由器 i 直接连接某个网络 j,则该路由器到达该网络的距离最短,距离为 1,$D(i,j)=1$。如果某个路由器 i 没有直接和某个网络 j 连接,则必须找到一个 $D(k,j)$ 为最短路径距离的相邻路由器 k,使 $D(i,j)=D(k,j)+1$,且 $D(i,j)$ 为路由器 i 到达网络 j 的最短路径的距离,即如果路由器 i 的相邻路由器集合 $=\{k_1,k_2,\cdots,k_N\}$,则 $D(i,j)=\mathrm{MIN}[D(i,k_i)+D(k_i,j)]$,$k_i\in\{k_1,k_2,\cdots,k_N\}$。RIP 用 16 表示无穷大距离,用于指示不可达的传输路径距离,如果 $D(i,j)=16$,表明路由器 i 和网络 j 之间不存在传输路径。由此可以得出适用 RIP 的互联网中端到端传输路径的最大跳数不能大于 15,因此,RIP 只适用于较小规模的自治系统。

2. 工作原理

1) 为每一个路由器建立初始路由表

路由器初始路由表中的路由项给出到达与它直接相连的网络的最短路径,实际的应用中,需要为每一个路由器接口定义一个 IP 地址及子网掩码,由此可以推出该接口连接的网络的网络地址,这里为了简单起见,初始路由表中的路由项及以后建立的路由项只和图 5.19 特地指定的 4 个网络有关,因此,只有路由器 R1、R3、R5、R7 建立初始路由表,如表 5.5~表 5.8 所示。

表 5.5　路由器 R1 初始路由项

目的网络	距　离	下一跳路由器
192.1.1.0/24	1	直接

表 5.6　路由器 R3 初始路由项

目的网络	距　离	下一跳路由器
192.1.2.0/24	1	直接

表 5.7　路由器 R5 初始路由项

目的网络	距　离	下一跳路由器
192.1.3.0/24	1	直接

表 5.8　路由器 R7 初始路由项

目的网络	距　离	下一跳路由器
192.1.4.0/24	1	直接

2) 定期交换路由消息

每一个路由器只和相邻路由器交换路由消息,两个路由器相邻指的是两个路由器存在连接在同一个网络的接口,因此,两个路由器可以直接经过该网络实现通信。由于存在多个路由器连接在同一个网络的情况,因此,从某个接口发送出去的路由消息,必须被所有有接口连接在该网络的路由器接收,因此,封装路由消息的 IP 分组的目的 IP 地址是表明这样一组路由器的组播地址: 224.0.0.9,源 IP 地址是发送路由消息的接口的 IP 地址。

路由消息中给出该路由器已经建立的路由项,路由项格式为<目的网络,距离>。在启动路由器后,每一个路由器的路由表中只包含初始路由项,因此,一开始每一个路由器只能向其相邻路由器发送包含初始路由项的路由消息。

随着路由器之间不断交换路由消息,每一个路由器逐渐建立用于指明通往所有网络的最短路径的路由项,由于互联网是不断变化的,因此,路由表中的路由项也是不断变化的,为了使所有路由器及时感知变化的互联网,某个路由器一旦发现路由表中有路由项发生变化,立即向其相邻路由器公告这一变化。为了确定最短路径的工作状态,每一个路由器必须定期向其相邻路由器发送路由消息。

3) 路由器处理路由消息流程

当某个路由器 Y 接收到其相邻路由器 X 发送给它的路由消息,根据路由消息中的路由项<N,D(X,N)>确定路由器 Y 到达网络 N 的最短路径的过程如下。

(1) $D(Y,N)=D(X,N)+1$。

(2) 如果路由器 Y 的路由表中没有用于指明通向网络 N 的最短路径的路由项,说明传输路径 Y→X 和 X→N 是路由器 Y 发现的第一条通往网络 N 的传输路径,以该传输路径为最短路径,生成对应的路由项,目的网络=N,距离=D(Y,N),下一跳=路由器 X(用路由消息的源 IP 地址标识),设置定时器。

(3) 如果路由器 Y 的路由表中已经存在用于指明通向网络 N 的最短路径的路由项,且该路由项指明的通往网络 N 的最短路径和传输路径 Y→X 和 X→N 不同,根据最短路径原则,路由器 Y 将选择距离较短的传输路径作为最短路径,因此,如果路由器 Y 中存在路由项<N,D'(Y,N),X'>,X'≠X 且 $D(Y,N)<D'(Y,N)$,路由器 Y 将传输路径 Y→X 和 X→N 作为最短路径,用新的路由项<N,D(Y,N),X>(目的网络=N,距离=D(Y,N),下一跳=路由器 X)取代原来的路由项,并重新设置定时器,否则保持原来的路由项不变。

(4) 如果路由器 Y 的路由表中已经存在路由项,<N,D'(Y,N),X>,说明路由器 Y 通往网络 N 的最短路径就是传输路径 Y→X 和 X→N,重新设置定时器,如果 $D(Y,N)\neq D'(Y,N)$,说明 X→N 的最短路径距离已经发生变化,必须在路由项中用 D(Y,N)取代

$D'(Y,N)$,以反映当前 Y→N 最短路径的实际距离,如果 $D(Y,N) \geqslant 16$,则将路由项的距离设置为 16,表示该路由项指明的传输路径已经不可达。

(5) 如果 $D(X,N)=16$,意味着 X→N 传输路径已不存在,如果路由器 Y 中路由项指明的通往网络 N 的最短路径包含传输路径 X→N,即目的网络=N 的路由项中,下一跳路由器=X,路由器 Y 将删除或停止使用该路由项(将该路由项距离设置成 16)。

路由表中每一项路由项都有定时器,重新设置定时器表示重新开始定时器计时,如果总是在定时器溢出前进行重新设置定时器操作,定时器将不会溢出,一旦定时器溢出,将该路由项的距离设置为 16,表明该路由项指定的最短路径已经不可达。

【例 5.5】 假定路由器 Y 的路由表如表 5.9 所示,接收到的来自相邻路由器 X 的路由消息如表 5.10 所示,求出路由器 Y 处理如表 5.10 所示的路由消息中路由项后的路由表。

表 5.9　路由器 Y 的路由表

目的网络	距　离	下一跳路由器
N2	3	X
N3	6	A
N4	5	X
N5	7	X

表 5.10　路由器 X 发送的路由消息

目的网络	距　离
N1	3
N2	6
N3	3
N4	4
N5	16

【解析】 对于路由消息中的第一项路由项,由于路由器 Y 的路由表中没有目的网络=N1 的路由项,在路由表中增添路由项<N1,3+1,X>。

对于路由消息中的第二项路由项,由于路由器 Y 的路由表中存在目的网络=N2 且下一跳路由器=X 的路由项,用新的距离 7 取代老的距离 3。

对于路由消息中的第三项路由项,虽然路由器 Y 的路由表中存在目的网络=N3,下一跳路由器=A 的路由项,由于以路由器 X 为下一跳路由器的传输路径距离 4 小于以路由器 A 为下一跳路由器的传输路径距离,用较短距离的传输路径取代原来的传输路径。

对于路由消息中的第四项路由项,由于无论距离,还是下一跳路由器都和路由器 Y 中已经存在的路由项相同,对路由器 Y 中的路由项不做任何修改,只是重新设置定时器。

对于路由消息中的第五项路由项,由于其距离为 16,而且路由器 Y 中已经存在目的网络为 N5 且下一跳路由器为 X 的路由项,将该路由项距离设置成 16,表明该路由项指定的传输路径不可达。

处理完表 5.10 所示的路由消息中路由项后的路由器 Y 路由表如表 5.11 所示。

3. 用 RIP 建立路由器 R5 路由表的过程

下面以如图 5.19 所示的互连网络结构为例,讨论用 RIP 建立路由器 R5 中路由表的过程。首先通过配置路由器,使路由器 R1、R3、R5、R7 建立如表 5.5~表 5.8 所示的到达与它直接相连的网络的路由项。

表 5.11　路由器 Y 处理路由消息后的路由表

目的网络	距　离	下一跳路由器
N1	4	X
N2	7	X
N3	4	X
N4	5	X
N5	16	X

1）路由器 R1 公告路由消息

路由器 R1 为了让其他路由器获悉通过它可以到达的网络，周期性地公告它所具有的路由项，如<192.1.1.0/24 1>，表明经过它可以到达网络 192.1.1.0/24，距离为 1，这些路由项组合成路由消息，路由器 R1 周期性地公告由路由表中全部路由项构成的路由消息。

在本例中，路由器 R1 向它的相邻路由器 R2 和 R3 公告经过它可以到达的网络及距离，如图 5.23 所示。包含这些路由项的路由消息最终封装成 IP 分组，通过路由器 R1 的不同接口发送给相邻路由器，这些 IP 分组的源 IP 地址是路由器 R1 发送该 IP 分组的接口的 IP 地址，由于发送给路由器 R2 和 R3 的 IP 分组从不同的接口发送出去，它们的源 IP 地址并不相同。如果路由器 R1 成了路由器 R2 或 R3 通往某个网络的传输路径上的下一跳路由器，封装该路由消息的 IP 分组的源 IP 地址就是该路由项的下一跳路由器地址。这些 IP 分组的目的 IP 地址是组播地址 224.0.0.9。路由器 R2 接收到路由器 R1 发送给它的路由消息后，在路由表中添加一项用于指明经路由器 R1 转发后，到达网络 192.1.1.0/24 的传输路径的路由项，如表 5.12 所示。同样，路由器 R3 接收到路由器 R1 发送给它的路由消息后，也在路由表中添加用于指明经路由器 R1 转发后，到达网络 192.1.1.0/24 的传输路径的路由项，如表 5.13 所示。

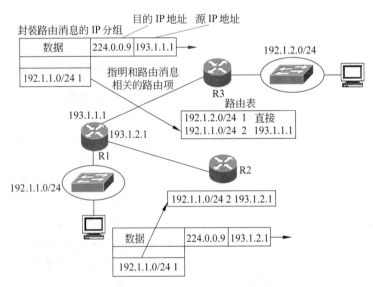

图 5.23　路由器 R1 向路由器 R2、R3 公告路由消息的过程

表 5.12　路由器 R2 生成的路由表

目的网络	距　离	下一跳路由器
192.1.1.0/24	2	193.1.2.1

表 5.13　路由器 R3 生成的路由表

目的网络	距　离	下一跳路由器
192.1.1.0/24	2	193.1.1.1
192.1.2.0/24	1	直接

事实上，路由器 R3 也向路由器 R1 公告路由消息，由于本例着重讨论路由器 R5 通过 RIP 建立路由表的过程，和路由器 R5 建立路由表无关的操作过程不再赘述。

2）路由器 R2、R7 公告路由消息

与路由器 R5 相邻的路由器 R2 和 R7 也周期性地向路由器 R5 公告路由消息，如

图 5.24 所示。路由器 R2 公告的路由消息中包含路由项<192.1.1.0/24 2 >,表明经路由器 R2 转发后,能够到达网络 192.1.1.0/24,距离为 2。由于路由器 R5 的路由表中没有用于指明通往网络 192.1.1.0/24 的传输路径的路由项,可在路由表中添加 1 项,如表 5.12 所示。同样,路由器 R7 也向路由器 R5 公告路由消息,路由消息包含路由项<192.1.4.0/24 1>,表明经过路由器 R7 转发后,能够到达网络 192.1.4.0/24,距离为 1,由于路由器 R5 的路由表中没有用于指明通往网络 192.1.4.0/24 的传输路径的路由项,在路由表中添加用于指明通往网络 192.1.4.0/24 的传输路径的路由项,如表 5.14 所示。

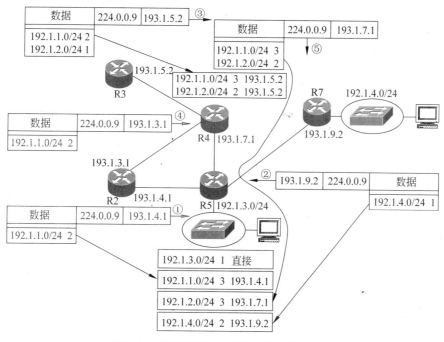

图 5.24　路由器 R5 生成最终路由表的过程

表 5.14　路由器 R5 生成的路由项

目 的 网 络	距 离	下一跳路由器	目 的 网 络	距 离	下一跳路由器
192.1.1.0/24	3	193.1.4.1	192.1.3.0/24	1	直接
192.1.4.0/24	2	193.1.9.2			

3) 路由器 R4 接收路由消息

路由器 R4 同样接收到路由器 R2 和 R3 公告给它的路由消息,图 5.24 的情况是路由器 R4 先接收到路由器 R3 公告给它的路由消息,在路由表中添加了分别用于指明通往网络 192.1.1.0/24 和 192.1.2.0/24 的传输路径的路由项,如表 5.15 所示。当路由器 R4 接收到路由器 R2 公告给它的路由消息时,发现路由表中已经存在用于指明通往网络 192.1.1.0/24 的传输路径的路由项,根据最短路径原则,路由器 R4 应该选择最短路径作为它的路由项,但在本例中,经路由器 R3 转发后,到达网络 192.1.1.0/24 的距离与经路由器 R2 转发后,到达网络 192.1.1.0/24 的距离相等。这种情况下,路由器 R4 采用路由表中已有的路由项。反之,如果路由器 R4 先接收到路由器 R2 公告的路由消息,路由器 R4 建立的路由表如表 5.16 所示。

表 5.15　路由器 R4 根据路由器 R3、R2 的
路由消息生成的路由表

目的网络	距　离	下一跳路由器
192.1.1.0/24	3	193.1.5.2
192.1.2.0/24	2	193.1.5.2

表 5.16　路由器 R4 根据路由器 R2、R3 的
路由消息生成的路由表

目的网络	距　离	下一跳路由器
192.1.1.0/24	3	193.1.3.1
192.1.2.0/24	2	193.1.5.2

4) 路由器 R4 公告路由消息

路由器 R4 也向路由器 R5 公告路由消息，路由消息中包含路由项<192.1.1.0/24 3>
和<192.1.2.0/24 2>，由于路由器 R5 的路由表中没有用于指明通往网络 192.1.2.0/24
的传输路径的路由项，因此，该路由项被添加到路由器 R5 的路由表中，如表 5.17 所示。但
路由器 R5 的路由表中已经存在用于指明通往网络 192.1.1.0/24 的传输路径的路由项，而
且，该路由项所给出的距离 3 比经过路由器 R4 转发的传输路径所给出的距离 4 小，因此选
择原路由项。路由器 R5 最终生成的路由表如表 5.17 所示，整个过程如图 5.24 所示。

表 5.17　路由器 R5 最终生成的路由项

目的网络	距　离	下一跳路由器	目的网络	距　离	下一跳路由器
192.1.1.0/24	3	193.1.4.1	192.1.3.0/24	1	直接
192.1.4.0/24	2	193.1.9.2	192.1.2.0/24	3	193.1.7.1

通过分析路由器 R5 用 RIP 建立路由表的操作过程，可以总结出路由器通过 RIP 生
成路由表的步骤：一是经过配置生成到达和其直接相连的网络的路由项，二是通过周期
性地和相邻路由器交换各自的路由项，逐渐在所有路由器中建立到达所有网络的路
由项。

4. RIP 动态适应网络变化的过程

RIP 作为路由协议的最大的好处在于能够根据网络拓扑结构的变化，自动调整各个路
由器中的路由表。如果图 5.19 所示的网络中，路由器 R5 和 R2 之间的通信出现问题，出现
通信问题的一种原因可能是连接路由器 R5 和 R2 的物理链路发生故障，这种情况下，路由
器 R5 能够立即检测到连接路由器 R2 的物理链路失效，在路由表中删除所有以路由器
R2 为下一跳路由器的路由项（或者将其距离改为无穷大值 16）。另一种原因可能是路由器
R2 发生故障，不再向它的相邻路由器公告路由消息，当然，也不可能正确地转发 IP 分组。
这种情况下，路由器 R5 无法立即检测到路由器 R2 的故障，但路由表中的每一项路由项都
和定时器相关联，只要从接收到的路由消息中能够重新推导出该路由项，就重新设置定时
器，因此，只要能够周期性地接收到包含该路由项的路由消息，和该路由项相关联的定时器
就不会溢出，该路由项就长期有效。但一旦长时间接收不到包含该路由项的路由消息，就一
直无法重新设置和该路由项关联的定时器，最终导致定时器溢出，使该路由项无效。
图 5.25 中，路由器 R5 一直接收不到路由器 R2 公告的路由消息，就一直无法重新设置与以
路由器 R2 为下一跳路由器的路由项关联的定时器，最终导致定时器溢出，使这些路由项无
效。当然无效的结果可以是从路由表中删除该路由项，或将其距离变为无穷大值(16)。一

且以路由器 R2 为下一跳路由器的路由项变为无效,路由器 R5 中就没有用于指明通往网络
192.1.1.0/24 的传输路径的路由项,当接收到路由器 R4 公告的路由消息,就根据其中包含
的和网络 192.1.1.0/24 相关的路由项,推导出以路由器 R4 为下一跳路由器的通往网络
192.1.1.0/24 的传输路径,并将其添加到路由表中,这样,路由器 R5 重新有了用于指明通
往网络 192.1.1.0/24 的传输路径的路由项,并以此为根据转发以网络 192.1.1.0/24 为目
的网络的 IP 分组。

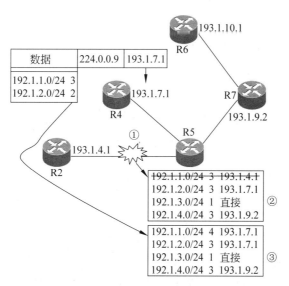

图 5.25　RIP 动态调整路由器 R5 路由表的过程

5. 计数到无穷大和水平分割

在互连网络正常的情况下,路由器 R1 和 R2 生成图 5.26 (a)所示的用于指明通往网络
NET1 的路由项。但一旦路由器 R1 连接网络 NET1 的链路发生故障,路由器 R1 中和网络
NET1 关联的路由项的距离将变为 16,表示网络 NET1 不可达。如果路由器 R1 先向路由
器 R2 发送了和网络 NET1 相关的、距离为 16 的路由项,根据路由器处理路由消息的流程
中情况⑤的处理方式,路由器 R2 将从路由表中删除目的网络为 NET1,下一跳路由器为 R1
的路由项,路由器 R1、R2 的路由表趋于稳定,如图 5.26(b)所示。

但如果路由器 R1 在向路由器 R2 发送和网络 NET1 相关的路由项前,先接收了路由器
R2 向它公告的路由消息,通过路由项<NET1 2>获悉可以经路由器 R2 转发后,到达网络
NET1,距离为 2。路由器 R1 重新在路由表中生成和网络 NET1 相关的路由项<NET1 3
R2>,如图 5.26(c)所示。当然,路由器 R1 也向路由器 R2 公告路由消息,路由消息中包含
和网络 NET1 相关的路由项<NET1 3>,由于路由器 R2 中和网络 NET1 相关的路由项的
下一跳路由器为 R1,因此用新距离 4 代替原来的距离 2。同样,当路由器 R2 再次向路由器
R1 公告路由消息时,也使路由器 R1 中和网络 NET1 相关的路由项的距离变为 5。经过若
干往复,最终使路由器 R1 和 R2 中与网络 NET1 相关的路由项的距离都变成 16,表明网络
NET1 不可达,路由器中路由表趋于稳定,这就是计数到无穷大的问题。

在前面讨论用距离 16 作为网络不可达的标志时已经提出,这样做将极大地限制 RIP
所作用的互连网络的规模,但实际上这是一个无奈的选择,如果上调表示无穷大的值,势必

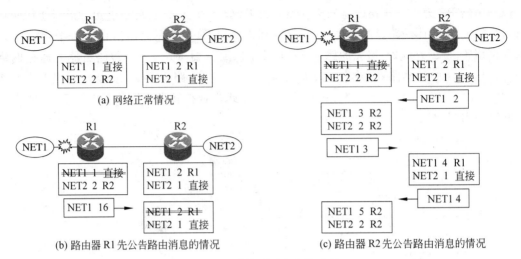

图 5.26　计数到无穷大的过程

延长图 5.26(c)所示的计数到无穷大的过程,使互连网络中路由器的路由表一直不能收敛,影响路由器转发 IP 分组的操作。

　　图 5.26(c)所示的计数到无穷大的问题是可以解决的,导致该问题发生的根本原因在于路由器 R2 中和网络 NET1 相关的路由项是通过路由器 R1 公告的路由消息得出的,因此,该路由项的下一跳路由器指明为路由器 R1,而路由器 R2 又向路由器 R1 公告包含该路由项的路由消息,导致该路由项的公告环路,即路由器 R1 对路由器 R2 说经过我转发可以到达网络 NET1,而路由器 R2 又对路由器 R1 说经过我转发可以到达网络 NET1。消除图 5.26(a)所示互连网络结构下的路由项公告环路问题并不困难,只要规定:如果某个路由项是根据通过某个接口接收到的路由消息得出的,那么,以后从该接口公告的路由消息中不允许包含该路由项,这就是 RIP 的水平分割规则,如果路由器 R2 遵守该规则,那么,通过连接路由器 R1 的接口公告的路由消息中不可能包含以路由器 R1 为下一跳路由器的路由项,图 5.26(c)中的计数到无穷大的问题就不复存在了。

　　但实际上,即使遵守水平分割规则,计数到无穷大的问题依然可能发生,对于图 5.27(a)所示的互连网络结构,正常情况下,路由器 R1、R2 和 R3 都能使自己的路由表收敛在一个稳定的状态,如图 5.27(a)所示。一旦路由器 R3 连接网络 NET1 的链路发生故障,路由器 R3 中和网络 NET1 相关的路由项的距离变为 16,表示不可达,如果路由器 R3 能够及时向路由器 R1 和 R2 公告包含路由项<NET1 16>的路由消息,路由器 R1 和 R2 将删除和网络 NET1 相关的路由项,所有路由器均认为网络 NET1 不可达。但如果公告路由消息的顺序如下:首先是路由器 R3 向路由器 R1 公告包含路由项<NET1 16>的路由消息,导致路由器 R1 中和网络 NET1 相关的路由项被删除。随后,路由器 R2 向路由器 R1 公告路由消息,由于路由器 R2 中和网络 NET1 相关的路由项的下一跳路由器为路由器 R3,因此,向路由器 R1 公告的路由消息中包含和 NET1 相关的路由项<NET1 2>。路由器 R1 根据路由器 R2 向它公告的路由消息推导出和网络 NET1 相关的路由项<NET1 3 R2>。这时,路由器 R1 中和网络 NET1 相关的路由项的下一跳路由器为路由器 R2,因此,当路由器 R1 向路由器 R3 公告路由消息时,包含该路由项<NET1 3>,使路由器 R3 推导出和网络 NET1

相关的路由项＜NET1 4 R1＞。路由器 R3 同样在向路由器 R2 公告的路由消息中包含该路由项＜NET1 4＞,由于路由器 R2 中和网络 NET1 有关的路由项的下一跳路由器为 R3,用新距离 5 代替原来的距离 2。如此循环,不断增加和网络 NET1 相关的路由项的距离值,直到无穷大值(16),所有路由器都收敛在网络 NET1 不可达的状态,如图 5.27(b)所示。

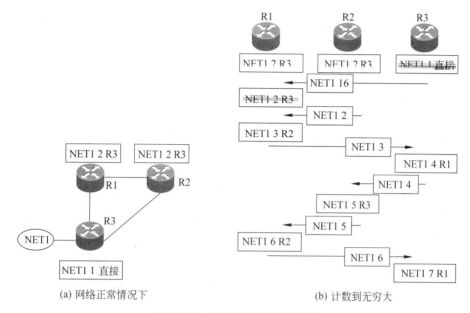

(a) 网络正常情况下　　　　　　　　　　　(b) 计数到无穷大

图 5.27　计数到无穷大的问题

RIP 最大的问题就是路由表的收敛过程,在互连网络拓扑结构发生一些变化的情况下,可能需要很长的收敛过程,一方面由于被迫规定距离值 16 为不可达标志而限制了互连网络规模,另一方面,由于路由表长时间没有收敛在稳定状态而影响了路由器转发 IP 分组的操作。

5.3.5　OSPF 建立路由表过程

1. OSPF 工作原理

开放最短路径优先(OSPF)协议是一种链路状态协议,该路由协议在构建路由表前,必须先让路由器获取整个互连网络的链路状态,并在此基础上构建路由表。对于图 5.19 所示的互连网络结构,每一个路由器在获取整个互连网络的链路状态后,得出图 5.28 所示的无向图。用无向图表示互连网络结构是因为路由器之间的链路都是对称的,即路由器 R2 至路由器 R5 的代价等同于路由器 R5 至路由器 R2 的代价,代价是链路性能的综合描述,它通常是综合考虑链路带宽、距离、传输时延后得出的值,链路带宽越高,链路代价越小。链路距离越长,传输时延越大,链路代价越大。无向图中,路由器之间的链路用线段表示,路由器和LAN 用结点表示。某个路由器求出和互连网络中所有 LAN 相关的路由项的过程,就是通过图 5.28 所示的无向图计算出该路由器到达所有 LAN 的最短路径的过程。最短路径是指经过链路的代价之和最小的路径。实际的互连网络结构中,不同路由器之间的链路的代价是不同的,本例为了和距离向量路由协议构建的路由表一致,假定所有链路的代价为 1。

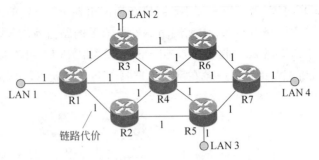

图 5.28　图 5.19 所示互连网络结构对应的无向图

根据图 5.28 计算出路由器 R5 到达所有 LAN 的最短路径的过程如下。

令 D(v)为源结点（路由器 R5）到达结点 v 的距离，它是从源结点沿着某一路径到达结点 v 所经过的链路的代价之和，L(i,j)为结点 i 至结点 j 的距离。整个过程分为两部分：

（1）初始化，以源结点为树根，求出各个结点和根结点之间距离。

$$D(v) = \begin{cases} L(R5,v), & \text{若结点 } v \text{ 与 R5 直接相连} \\ \infty, & \text{若结点 } v \text{ 与 R5 不直接相连} \end{cases}$$

（2）找出与根结点距离最短的结点（假定为结点 w），将该结点连接到以源结点为根的树上，并重新对剩下的结点计算到达根结点的距离，D(v)＝MIN{D(v)，D(w)＋L(w,v)}。

（3）重复步骤（2），直到所有结点都连接到以源结点为根的树上。

图 5.28 无向图最终生成的以路由器 R5 为根的最短路径树如图 5.29 所示。

如果每一个路由器都生成了以自己为根的最短路径树，就可以找出到达所有网络的最短路径并以此为基础构建路由表。因此，OSPF 的关键是得出整个互连网络的链路状态，并将其分布

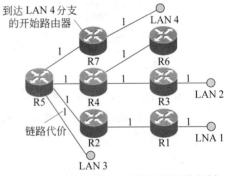

图 5.29　以路由器 R5 为根的最短路径树

到互连网络中的所有路由器，为了实现这一点，每一个路由器都建立自身链路状态，然后将其传输给互连网络中的所有其他路由器，每一个路由器的自身链路状态包括该路由器直接连接的网络、相邻路由器及连接网络和相邻路由器的链路的代价，两个路由器相邻指的是两个路由器存在连接在同一个传输网络的接口。当互连网络中的所有路由器都建立了自身链路状态，并将其传输给互连网络中的所有其他路由器后，互连网络中的每一个路由器都将拥有整个互连网络的链路状态。由此可以得出如下 OSPF 建立路由表的步骤。

- 发现邻居，确定到达邻居的代价。
- 泛洪链路状态信息。
- 建立链路状态数据库并计算路由表。

为完成上述步骤，OSPF 定义了 5 种类型的报文，它们分别是 Hello、数据库描述、链路状态请求、链路状态更新和链路状态确认报文，这些报文的作用和包含的内容将在后面讨论 OSPF 工作机制时介绍。

2. 建立自身链路状态

路由器通过人工配置获取接口代价及与该接口相连的网络的网络地址和子网掩码，接口代价作为该接口连接的链路的代价。通过启动 OSPF 的接口周期性发送 Hello 报文，以此公告自己的存在，通过接收其他路由器发送的 Hello 报文，发现和该接口连接在同一传输网络上的其他路由器。启动 OSPF 的接口是指通过用户配置，确定需要发送、接收 OSPF 报文的接口。Hello 报文中给出自身标识符和发送 Hello 报文的接口的代价，如果已经通过该接口接收到的 Hello 报文发现和该接口连接在同一传输网络上的其他路由器，Hello 报文中还需给出这些路由器的标识符，路由器标识符往往是叮以在互联网中唯一标识该路由器的 IP 地址。图 5.30 给出路由器 R1 和 R2 通过发送、接收 Hello 报文互相发现对方的过程。

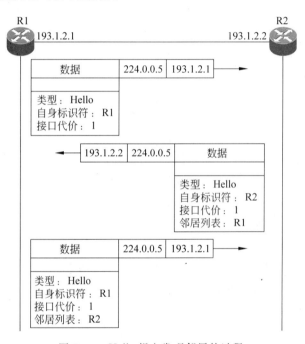

图 5.30　Hello 报文发现邻居的过程

路由器 R1 将 Hello 报文封装为以接口 IP 地址为源 IP 地址，组播地址 224.0.0.5 为目的 IP 地址的 IP 分组，通过连接路由器 R2 的接口发送出去，组播地址 224.0.0.5 表明接收端是网络内所有启动 OSPF 的接口，因此，只有和该 Hello 报文的发送接口连接在同一个网络且配置为启动 OSPF 的接口的其他接口才接收并处理该 Hello 报文，这里，只有路由器 R2 连接路由器 R1 的接口接收并处理该 Hello 报文，路由器 R2 在邻居列表中记录 Hello 报文中的自身标识符 R1，将封装该 Hello 报文的 IP 分组的源 IP 地址作为路由器 R1 的邻居接口 IP 地址，如果路由器 R2 通过连接路由器 R1 的接口向路由器 R1 发送单播 IP 分组，以路由器 R1 的邻居接口 IP 地址作为单播 IP 分组的目的 IP 地址。因此，如果路由器 R1 是路由器 R2 通往某个网络的传输路径上的下一跳，路由器 R1 的邻居接口 IP 地址就是该路径上的下一跳路由器地址。路由器 R2 发送给路由器 R1 的 Hello 报文中除了自身信息，还需通过邻居列表给出通过该接口接收到的 Hello 报文发现的邻居。当路由器 R1 在路由器

R2 发送给它的邻居列表中发现自身标识符，确定成功建立和路由器 R2 的邻居关系，同样，

当路由器 R2 在随后接收到的路由器 R1 发送
的 Hello 报文的邻居列表中发现自身标识符，
确定成功建立和路由器 R1 的邻居关系。当
路由器 R1 和所有相邻路由器成功建立邻居
关系后，建立表 5.18 所示的链路状态。当然，
其他路由器通过和相邻路由器交换 Hello 报
文，成功建立邻居关系后，也建立和表 5.18 所
示内容相似的自身链路状态。

表 5.18　路由器 R1 的链路状态

邻　居	邻居接口 IP 地址	链路代价
R2	193.1.2.2	1
R3	193.1.1.2	1
192.1.1.0/24		1

3. 泛洪链路状态

　　每一个路由器在发现邻居并确定到达邻居的代价后，用泛洪方式向其他路由器公告自
己的链路状态。对于图 5.19 所示的网络拓扑结构，路由器 R1 用泛洪方式向其他路由器公
告其链路状态的过程如图 5.31 所示。路由器 R1 通过所有启动 OSPF 的接口发送链路状
态更新报文后，链路状态更新报文中给出自身的链路状态，封装链路状态更新报文的 IP 分
组的源 IP 地址为发送接口的 IP 地址，目的 IP 地址为组播地址 224.0.0.5，如图 5.32 所示。
当某个路由器通过启动 OSPF 的接口接收到链路状态更新报文后，用报文中给出的始发路
由器标识符和序号比较前面接收到的链路状态更新报文，如果发现前面接收到的链路状态
更新报文中存在路由器标识符与当前接收到的链路状态更新报文相同，且序号大于或等于
当前接收到的链路状态更新报文的链路状态更新报文，丢弃当前接收到的链路状态更新报
文，不再继续转发该链路状态更新报文。否则，存储当前接收到的链路状态更新报文，向发
送该链路状态更新报文的路由器发送链路状态确认报文，从除接收该链路状态更新报文的
接口以外的所有启动 OSPF 的接口发送该链路状态更新报文。某个启动 OSPF 的接口发送
链路状态更新报文前，重新将其封装为源 IP 地址为发送接口的 IP 地址，目的 IP 地址为组
播地址 224.0.0.5 的 IP 分组，如图 5.32 所示。经过中间路由器不断转发，路由器 R1 始发
的链路状态更新报文遍历互连网络中的所有路由器，链路状态更新报文中的始发路由器和
序号用于标识该路由器发送的最新链路状态。因此，路由器发送的不同的链路状态更新报
文中的序号是不同的，且随着发送顺序的递增，同一个路由器发送的链路状态更新报文中，
序号最大的链路状态更新报文是最新的。

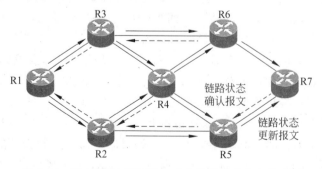

图 5.31　路由器 R1 用泛洪方式公告其链路状态的过程

　　当所有路由器发送的链路状态更新报文遍历互连网络中所有路由器后，互连网络中每

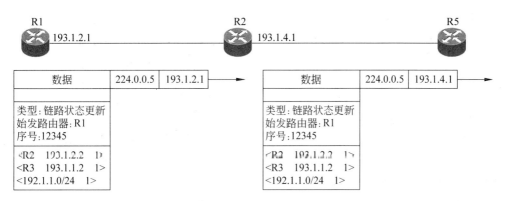

图 5.32　链路状态更新报文内容和封装格式

一个路由器都记录了其他路由器的链路状态,表 5.19 就是互连网络中任何一个路由器记录下的整个互连网络的链路状态。像表 5.19 这种包含了互连网络中每一个路由器的链路状态的表结构形式称为链路状态数据库。

表 5.19　图 5.19 所示互连网络对应的链路状态数据库

邻　　居	邻居接口 IP 地址	链路代价	邻　　居	邻居接口 IP 地址	链路代价
R1 链路状态			**R4 链路状态**		
R2	193.1.2.2	1	R5	193.1.7.2	1
R3	193.1.1.2	1	R6	193.1.8.2	1
192.1.1.0/24		1	**R5 链路状态**		
R2 链路状态			R2	193.1.4.1	1
R1	193.1.2.1	1	R4	193.1.7.1	1
R4	193.1.3.2	1	R7	193.1.9.2	1
R5	193.1.4.2	1	192.1.3.0/24		1
R3 链路状态			**R6 链路状态**		
R1	193.1.1.1	1	R3	193.1.6.1	1
R4	193.1.5.1	1	R4	193.1.8.1	1
R6	193.1.6.2	1	R7	193.1.10.2	1
192.1.2.0/24		1	**R7 链路状态**		
R4 链路状态			R5	193.1.9.1	1
R2	193.1.3.1	1	R6	193.1.10.1	1
R3	193.1.5.2	1	192.1.4.0/24		1

4. 构建路由表算法

当互连网络中所有路由器都构建了表 5.19 所示的链路状态数据库,每个路由器都可以计算出到达网络 192.1.1.0/24、192.1.2.0/24、192.1.3.0/24、192.1.4.0/24 的最短路径,并据此构建路由表,但路由表中针对每一个网络的路由项只需给出通往该网络的传输路径上的下一跳路由器,无须给出传输路径经过的所有路由器,对于以特定路由器为根的最短路径树,所有分支都从该路由器的某个邻居开始,因此,只要求出连接某个网络 N 的分支的开始路由器 R 和根路由器到达该网络的距离 D,根路由器就可得出该网络对应的路由项＜目的网络＝N,距离＝D,下一跳＝R＞。根据最短路径算法和每一个网络对应的路由项的特点,得出以下构建路由表中每一个网络对应的路由项的算法。

创建确认列表和临时列表,列表中的每一项为格式为＜目的网络,距离,下一跳＞的路由项,临时列表中的路由项是中间路由项,确认列表中的路由项是最终路由项。目的网络为根结点的路由项格式为＜根结点标识符,0,－＞;目的网络为和根结点直接相连的网络的路由项格式为＜目的网络,链路代价,直接＞;目的网络为和根结点直接相连的路由器的路由项格式为＜路由器标识符,链路代价,路由器标识符＞,对这些和根结点直接相连的路由器,下一跳为自身。如果目的网络为连接在以根结点为树根的最短路径树中某个分支上的路由器或网络,下一跳为该分支的开始路由器,即如果某个分支的开始路由器为根结点相邻路由器 R,则对于连接在该分支上的所有路由器和网络对应的路由项,下一跳＝R,距离等于从根结点沿着该分支到达指定路由器或网络所经过的链路的代价之和。

① 初始化确认列表,第 1 项为根结点路由器 S 对应的路由项＜S,0,－＞。

② 假定确认列表中新增的路由项是目的网络为路由器 N 的路由项,初始化时,N＝S,对 N 的所有邻居进行③或④要求的操作。

③ 从链路状态数据库中找出 N 的邻居 R 或直接连接的网络 X,如果 N＝S,则在临时列表中增加路由项＜R,链路代价,R＞,或＜X,链路代价,直接＞。

④ 如果 N≠S,距离 D＝目的网络为 N 的路由项中距离＋连接 N 和 R(或 X)的链路代价,下一跳 Y＝目的网络为 N 的路由项中的下一跳,产生路由项＜R,D,Y＞或＜X,D,Y＞。

- 如果确认列表和临时列表中均没有路由项＜R,D,Y＞或＜X,D,Y＞,在临时列表中增加路由项＜R,D,Y＞或＜X,D,Y＞。

- 如果临时列表中存在目的网络为 R 或 X 的路由项,但路由项中的距离大于 D,用路由项＜R,D,Y＞或＜X,D,Y＞取代临时列表中已经存在的目的网络为 R 或 X 的路由项。

⑤ 从临时列表中找出距离最小的路由项,将其移到确认列表,如果临时列表为非空,转到②继续处理。

5. 构建路由表举例

表 5.20 给出了路由器 R5 创建路由表的每一个步骤,当路由项＜R2,1,R2＞在步骤③被移到确认列表时,需要重新计算和 R2 相邻的路由器或网络相关的路由项,计算结果为路由项＜R5,2,R2＞、＜R4,2,R2＞和＜R1,2,R2＞,由于确认列表中存在目的网络为 R5 的路由项,因此,路由项＜R5,2,R2＞不再增加到临时列表。由于临时列表中存在目的网络为 R4 的路由项＜R4,1,R4＞,且路由项中的距离(1)小于路由项＜R4,2,R2＞中距离(2),不能用路由项＜R4,2,R2＞取代临时列表中已经存在的路由项＜R4,1,R4＞。由于确认列表和临时列表中均无路由项＜R1,2,R2＞,将路由项 ＜R1,2,R2＞增加到临时列表。根据最终确认列表中 4 个网络对应的路由项和链路状态数据库中给出的 R2、R4 和 R7 作为 R5 邻居时的邻居接口 IP 地址,最终生成表 5.21 所示的路由器 R5 路由表。

表 5.20　路由器 R5 创建路由表的过程

步　骤	确认列表	临时列表	说　明
1	<R5,0,—>		初始化时,确认列表中只有根结点对应的路由项
2	<R5,0,—>	<R2,1,R2> <R4,1,R4> <R7,1,R7> <193.1.3.0/24,1,直接>	计算和 R5 直接相连的路由器或网络相关的路由项
3	<R5,0,—> <R2,1,R2>	<R4,1,R4> <R7,1,R7> <193.1.3.0/24,1,直接> <R1,2,R2>	将临时列表中距离最小的路由项<R2,1,R2>移到确认列表,重新计算和 R2 相邻的路由器或网络相关的路由项,得到路由项<R1,2,R2>
4	<R5,0,—> <R2,1,R2> <R4,1,R4>	<R7,1,R7> <193.1.3.0/24,1,直接> <R1,2,R2> <R3,2,R4> <R6,2,R4>	将临时列表中距离最小的路由项<R4,1,R4>移到确认列表,重新计算和 R4 相邻的路由器或网络相关的路由项,得到路由项<R3,2,R4>和<R6,2,R4>
5	<R5,0,—> <R2,1,R2> <R4,1,R4> <R7,1,R7>	<193.1.3.0/24,1,直接> <R1,2,R2> <R3,2,R4> <R6,2,R4> <193.1.4.0/24,2,R7>	将临时列表中距离最小的路由项<R7,1,R7>移到确认列表,重新计算和 R7 相邻的路由器或网络相关的路由项,得到路由项<193.1.4.0/24,2,R7>
6	<R5,0,—> <R2,1,R2> <R4,1,R4> <R7,1,R7> <193.1.3.0/24,1,直接>	<R1,2,R2> <R3,2,R4> <R6,2,R4> <193.1.4.0/24,2,R7>	由于临时列表中距离最小的路由项<193.1.3.0/24,1,直接>中的目的网络是末梢网络,不会影响其他路由项中的距离值
7	<R5,0,—> <R2,1,R2> <R4,1,R4> <R7,1,R7> <193.1.3.0/24,1,直接> <R1,2,R2>	<R3,2,R4> <R6,2,R4> <193.1.4.0/24,2,R7> <193.1.1.0/24,3,R2>	将临时列表中距离最小的路由项<R1,2,R2>移到确认列表,重新计算和 R1 相邻的路由器或网络相关的路由项,得到路由项<193.1.1.0/24,3,R2>
8	<R5,0,—> <R2,1,R2> <R4,1,R4> <R7,1,R7> <193.1.3.0/24,1,直接> <R1,2,R2> <R3,2,R4>	<R6,2,R4> <193.1.4.0/24,2,R7> <193.1.1.0/24,3,R2> <193.1.2.0/24,3,R4>	将临时列表中距离最小的路由项<R3,2,R4>移到确认列表,重新计算和 R3 相邻的路由器或网络相关的路由项,得到路由项<193.1.2.0/24,3,R4>

续表

步　骤	确认列表	临时列表	说　明
9	＜R5,0,－＞ ＜R2,1,R2＞ ＜R4,1,R4＞ ＜R7,1,R7＞ ＜193.1.3.0/24,1,直接＞ ＜R1,2,R2＞ ＜R3,2,R4＞ ＜R6,2,R4＞	＜193.1.4.0/24,2,R7＞ ＜193.1.1.0/24,3,R2＞ ＜193.1.2.0/24,3,R4＞	将临时列表中距离最小的路由项＜R6,2,R4＞移到确认列表,重新计算和R6相邻的路由器或网络相关的路由项,没有产生新的或距离更小的路由项
10	＜R5,0,－＞ ＜R2,1,R2＞ ＜R4,1,R4＞ ＜R7,1,R7＞ ＜193.1.3.0/24,1,直接＞ ＜R1,2,R2＞ ＜R3,2,R4＞ ＜R6,2,R4＞ ＜193.1.4.0/24,2,R7＞ ＜193.1.1.0/24,3,R2＞ ＜193.1.2.0/24,3,R4＞		将临时列表中目的网络为末梢网络的路由项根据距离大小依次移到确认列表,生成最终确认列表内容

表 5.21　路由器 R5 路由表

目 的 网 络	距　离	下一跳路由器	目 的 网 络	距　离	下一跳路由器
192.1.1.0/24	3	193.1.4.1	192.1.3.0/24	1	直接
192.1.2.0/24	3	193.1.7.1	192.1.4.0/24	2	193.1.9.2

6. OSPF 动态适应网络变化的过程

如果路由器 R2 和 R5 之间的链路发生故障,或者路由器 R2 或 R5 直接检测到物理连接断开,或者因为长时间无法交换 Hello 报文获知对方不可达,一旦获知对方不可达,路由器 R2 和路由器 R5 将立即通过泛洪标明路由器 R5 和 R2 相互不可达的链路状态更新报文,将它们之间相互不可达的信息传播到互连网络中的所有路由器,路由器 R5 最终生成的链路状态数据库将删除路由器 R2 和 R5 互为邻居的链路状态。路由器 R5 根据新的链路状态数据库产生的最短路径树和最终确认列表内容如图 5.33 所示,根据确认列表内容生成的路由表如表 5.22 所示。

路由器只有监测到自身链路状态发生变化时,才向互连网络中的所有路由器泛洪链路状态更新报文。如果某个路由器因为某种原因重新启动,它可以通过向相邻路由器发送链路状态请求报文,请求相邻路由器通过链路状态更新报文通告其链路状态数据库,以此建立和相邻路由器相同的链路状态数据库。

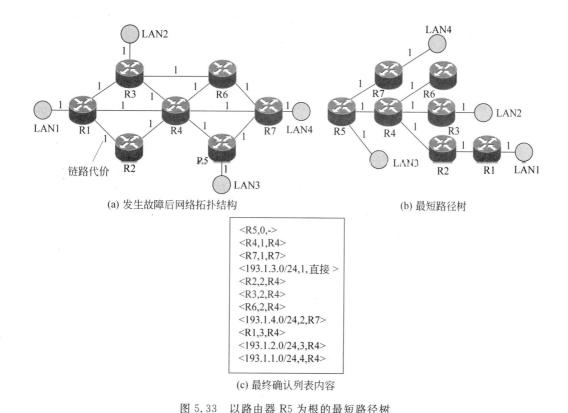

(a) 发生故障后网络拓扑结构　　　　　　　(b) 最短路径树

<R5,0,->
<R4,1,R4>
<R7,1,R7>
<193.1.3.0/24,1,直接>
<R2,2,R4>
<R3,2,R4>
<R6,2,R4>
<193.1.4.0/24,2,R7>
<R1,3,R4>
<193.1.2.0/24,3,R4>
<193.1.1.0/24,4,R4>

(c) 最终确认列表内容

图 5.33　以路由器 R5 为根的最短路径树

表 5.22　路由器 R5 根据最短路径树生成的路由表

目 的 网 络	距　离	下一跳路由器	目 的 网 络	距　离	下一跳路由器
192.1.1.0/24	4	193.1.7.1	192.1.3.0/24	1	直接
192.1.2.0/24	3	193.1.7.1	192.1.4.0/24	2	193.1.9.2

7. OSPF 和 RIP 的区别

在 OSPF 中,路由器一旦检测到自身链路状态发生变化,就立即将包含变化后的自身链路状态的链路状态更新报文泛洪给互连网络中的所有路由器,而 RIP 是周期性地和相邻路由器交换包含所有路由项的路由消息。因此,OSPF 是将部分信息泛洪给互连网络中所有其他路由器,而 RIP 是将所有信息传输给相邻路由器。在 OSPF 中,每一个路由器可以根据不同的应用要求设定链路代价,也可根据链路状态数据库计算出多条到达指定网络的传输路径,以此实现负载均衡。而 RIP 只能得出最小跳数传输路径。OSPF 由于可以及时更新每一个路由器的链路状态数据库,路由表能够及时反映最新的互连网络拓扑结构,而 RIP 存在好消息传得快,坏消息传得慢的问题。

8. OSPF 分区域建立路由表的过程

RIP 由于存在计数到无穷大的问题,必须用较小的距离值表示无穷大值(RIP 确定为16),这就使得 RIP 适用的互连网络只能是规模较小的互连网络。OSPF 虽然没有计数到无穷大的问题,但一旦互连网络规模较大,各个路由器泛洪链路状态更新报文造成的传输压力就很大,而且,每一个路由器必须保持和整个互连网络拓扑结构相对应的链路状态数据库,并以此构建路由表。通过表 5.19 已经看到和图 5.19 这样一个小规模互连网络对应的链路状态数据库已经如此复杂,一个大规模互连网络对应的链路状态数据库的复杂程度可想而知,而且根据一个复杂的链路状态数据库来构建路由表的计算过程也十分烦琐、耗时。OSPF 划分区域的功能较好地解决了互连网络规模和链路状态传输开销及构建路由表的计算复杂性之间的矛盾。

1) 划分区域

OSPF 划分区域的方式如图 5.34 所示,在图 5.34 中,整个互连网络被划分成了三个区域:区域 1、2、3,这三个区域都和一个主干区域(区域 0)相连,区域 1 包含路由器 R11、R12、R13、R14 和同时互连区域 1 和主干区域的区域边界路由器 R01、R02,对于区域边界路由器 R01、R02,区域 1 称为它们的所在区域。区域 2 包含路由器 R21、R22、R23、R24、R25 和同时互连区域 2 和主干区域的区域边界路由器 R03、R04。区域 3 包含路由器 R31、R32、R33、R34 和同时互连区域 3 和主干区域的区域边界路由器 R05、R06。对于图 5.34 所示的多个区域结构,每一个路由器接口都需要配置该接口所属区域的区域标识符,相邻路由器定义为存在连接在同一个网络且区域标识符相同的接口的路由器,链路状态更新报文中携带始发路由器发送该链路状态更新报文的接口的区域标识符,互连网络中其他路由器只从配置的区域标识符和该链路状态更新报文携带的区域标识符相同的接口转发该链路状态更新报文。因此,OSPF 只在本区域内作用,即每一个路由器只在本区域内泛洪它的链路状态更新报文,区域内的每一个路由器只记录和本区域的网络拓扑结构相对应的链路状态数据库,并以此为基础构建路由表。那么,某个区域内的路由器如何获知到达另一个区域内网络的传输路径? 如区域 1 内的路由器 R11 如何建立到达网络 NET3、NET4、NET5、NET6 的路由项?

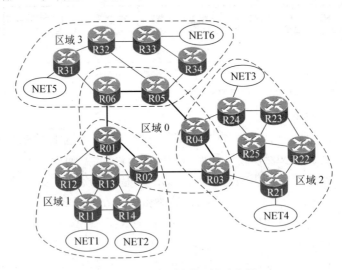

图 5.34　OSPF 划分区域示意图

2) 建立跨区域传输路径的过程

区域边界路由器同时运行两个分别作用于主干区域和所在区域的 OSPF 进程,如区域边界路由器 R01、R02,一方面运行作用于区域 1 的 OSPF,最终建立和区域 1 网络拓扑结构相对应的链路状态数据库,并计算出到达区域 1 内网络 NET1、NET2 的传输路径和距离。

另一方面又运行作用于主干区域(区域 0)的 OSPF,该 OSPF 在主干区域内泛洪的链路状态更新报文中,给出标明主干区域内路由器之间相邻关系的链路状态和到达它所在区域内网络的距离。如 R01 在主干区域内泛洪的链路状态更新报文中不仅给出标明主干区域内路由器之间相邻关系的链路状态,还需给出到达它所在区域内网络 NET1、NET2 的距离。这样一来,主干区域内路由器最终建立的链路状态数据库不仅包含了和主干区域拓扑结构相对应的链路状态,还包含了各个区域边界路由器到达其所在区域内网络的距离,根据这样的链路状态数据库所构建的路由表,不仅给出了到达主干区域内其他路由器的最短路径,也给出了到达其他区域内网络的最短路径。同理,区域边界路由器作用于所在区域的 OSPF 在所在区域内泛洪的链路状态更新报文,除了给出标明该区域内路由器之间相邻关系的链路状态,也需要给出到达其他区域内网络的距离,到达其他区域内网络的距离通过作用于主干区域的 OSPF 获得。因此,该区域内的路由器最终建立的链路状态数据库,不仅包含了和本区域拓扑结构相对应的链路状态,也包含了区域边界路由器到达其他区域内网络的距离,因此,以此为根据构建的路由表能够给出到达其他区域内网络的传输路径和距离。

3) 区域边界路由器构建的到达本区域内网络的路由项

每一个区域内的路由器通过和相邻路由器交换 Hello 报文建立邻居,然后向区域内的其他路由器泛洪链路状态更新报文,当区域内所有路由器发送的链路状态更新报文遍历区域内每一个路由器后,区域内每一个路由器建立和本区域网络拓扑结构对应的链路状态数据库,以此为基础构建到达区域内网络的路由项,各个区域边界路由器构建的路由表如表 5.23～表 5.28 所示。

表 5.23　路由器 R01 到达所在区域内网络的路径及代价

目的网络	距　离	下一跳路由器
NET1	3	R12
NET2	3	R13

表 5.24　路由器 R02 到达所在区域内网络的路径及代价

目的网络	距　离	下一跳路由器
NET1	3	R13
NET2	2	R14

表 5.25　路由器 R03 到达所在区域内网络的路径及代价

目的网络	距　离	下一跳路由器
NET3	3	R25
NET4	2	R21

表 5.26　路由器 R04 到达所在区域内网络的路径及代价

目的网络	距　离	下一跳路由器
NET3	2	R24
NET4	3	R03

表 5.27　路由器 R05 到达所在区域内网络的路径及代价

目的网络	距　离	下一跳路由器
NET5	3	R06
NET6	3	R32

表 5.28　路由器 R06 到达所在区域内网络的路径及代价

目的网络	距　离	下一跳路由器
NET5	2	R31
NET6	4	R05

4) 主干区域链路状态数据库

区域边界路由器在主干区域内泛洪的链路状态更新报文,不仅给出标明主干区域内路由器之间相邻关系的链路状态,还给出到达它所在区域内网络的距离。如路由器 R01 在主干区域内泛洪的链路状态更新报文中不仅给出标明它和路由器 R02、R06 相邻的链路状态,还给出到达它所在区域内网络 NET1、NET2 的距离。当主干区域内所有路由器发送的链路状态更新报文遍历主干区域内所有路由器后,主干区域内每一个路由器建立表 5.29 所示的链路状态数据库。

表 5.29 主干区域链路状态数据库

邻居或可达网络	链路代价或传输路径距离	邻居或可达网络	链路代价或传输路径距离
R01 链路状态		**R04 链路状态**	
R02	1	R03	1
R06	1	R05	1
NET1	3	NET3	2
NET2	3	NET4	3
R02 链路状态		**R05 链路状态**	
R01	1	R04	1
R03	1	R06	1
NET1	3	NET5	3
NET2	2	NET6	3
R03 链路状态		**R06 链路状态**	
R02	1	R05	1
R04	1	R01	1
NET3	3	NET5	2
NET4	2	NET6	4

5) 区域边界路由器构建的到达其他区域内网络的路由项

一旦建立表 5.29 所示的主干区域链路状态数据库,主干区域内的每一个区域边界路由器可以仿照表 5.20 所示的路由器 R5 创建路由表的过程构建路由表,路由表中包含用于指明通往互连网络中所有网络的传输路径的路由项。表 5.30 和表 5.31 分别给出了区域边界路由器 R01、R02 构建的路由表。当区域边界路由器在所在区域内泛洪链路状态更新报文时,链路状态更新报文中包含其到达其他区域内网络的距离。

表 5.30　区域边界路由器 R01 主干区域路由表

目的网络	距　离	下一跳路由器
NET1	`3	直接
NET2	3	直接
NET3	5	R02
NET4	4	R02
NET5	3	R06
NET6	5	R06

表 5.31　区域边界路由器 R02 主干区域路由表

目的网络	距　离	下一跳路由器
NET1	3	直接
NET2	2	直接
NET3	4	R03
NET4	3	R03
NET5	4	R01
NET6	6	R01

6) 区域内路由器构建到达其他区域内网络的路由项

当区域 1 内所有路由器,包括区域边界路由器 R01 和 R02 发送的链路状态更新报文遍历区域 1 内所有路由器后,区域 1 内每一个路由器建立表 5.32 所示的区域 1 内链路状态数据库。当然,区域边界路由器发送的链路状态更新报文,不仅给出标明区域 1 内路由器之间相邻关系的链路状态,还给出其到达其他区域内网络的距离,区域 1 内每一个路由器可以据此计算路由表,如路由器 R11 计算出的路由表如表 5.33 所示。

表 5.32　区域 1 链路状态数据库

邻居或可达网络	链路代价或传输路径距离	邻居或可达网络	链路代价或传输路径距离
R11 链路状态		**R01 链路状态**	
R12	1	R12	1
R13	1	R13	1
R14	1	R02	1
NET1	1	NET1	3
R12 链路状态		NET2	3
R11	1	NET3	5
R13	1	NET4	4
R01	1	NET5	3
R13 链路状态		NET6	5
R11	1	**R02 链路状态**	
R12	1	R01	1
R14	1	R13	1
R01	1	R14	1
R02	1	NET1	3
R14 链路状态		NET2	2
R11	1	NET3	4
R13	1	NET4	3
R02	1	NET5	4
NET2	1	NET6	6

表 5.33 路由器 R11 的路由表

目 的 网 络	距 离	下一跳路由器	目 的 网 络	距 离	下一跳路由器
NET1	1	直接	NET4	5	R13
NET2	2	R14	NET5	5	R12
NET3	6	R13	NET6	7	R12

7) 跨区域传输路径的组成

当各个区域内的链路状态数据库稳定后,跨区域传输路径由三段路径组成,一是源区域内路由器至源区域最佳区域边界路由器的传输路径,该传输路径根据源区域的链路状态数据库建立,最佳区域边界路由器是指最短距离的跨区域传输路径经过的区域边界路由器,如路由器 R11 通往 NET6 的传输路径中,源区域最佳区域边界路由器是 R01,路由器 R11 至区域边界路由器 R01 的传输路径 R11→R12→R01 通过区域 1 的链路状态数据库建立。二是源区域最佳区域边界路由器至目的区域最佳区域边界路由器的传输路径,该传输路径根据主干区域的链路状态数据库建立,如路由器 R11 通往 NET6 的传输路径中,源区域最佳区域边界路由器至目的区域最佳区域边界的传输路径是 R01→R06,表 5.30 中路由项 <NET6,5,R06> 反映了这一点。三是目的区域最佳区域边界路由器至目的网络的传输路径,该传输路径根据目的区域的链路状态数据库建立,如路由器 R11 通往 NET6 的传输路径中,目的区域最佳区域边界路由器至目的网络传输路径 R06→R05→R32→R33→NET6 通过区域 3 的链路状态数据库建立。

5.3.6 BGP 和分层路由结构

1. 分层路由的原因

图 5.35 是由 3 个自治系统组成的网络结构,每一个自治系统分配全球唯一的 16 位自治系统号,如 AS1 中的 1,自治系统内部采用内部网关协议,如 RIP 和 OSPF,自治系统之间采用外部网关协议,这里是边界网关协议——BGP。划分自治系统的目的不仅仅是为了解决互连网络规模和路由信息传输开销及计算路由项的计算复杂度之间的矛盾,因为如果将图 5.35 所示的互连网络结构作为单个自治系统,OSPF 可以通过采用划分区域,将链路状态的泛洪范围控制在各个区域内的方法,解决网络规模过大的问题。之所以不能将不同的自治系统作为 OSPF 的不同区域处理,是因为下述原因:一是不同的自治系统由不同的管理机构负责管理,因此,很难在代价的取值标准上取得一致,也就很难通过 OSPF 这样的最短路径路由协议求出不同自治系统之间的最佳路由。二是出于安全考虑,自治系统内部结构是不对外公布的,因此,没有人可以在了解各个自治系统的内部结构后,对由多个自治系统组成的互连网络进行区域划分和配置。三是 IP 分组传输过程中选择自治系统时,更多地考虑政策因素和安全因素,这一点和内部网关协议非常不同。四是对于 Internet 这样大规模的网络,用划分区域的方法很难解决互连网络规模和路由信息传输开销及计算路由项的计算复杂度之间的矛盾。因此,自治系统之间需要的是这样一种路由协议:它可以在不了解各个自治系统内部结构、不需要统一各个自治系统的代价取值标准的情况下,在满足政策

和安全的前提下建立自治系统之间的传输路径,而 BGP 就是这样一种路由协议。

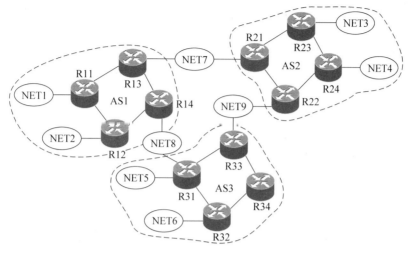

图 5.35   分层路由结构

2. BGP 报文类型

BGP 定义了 4 种类型的报文,打开(OPEN)报文用于和相邻自治系统中的 BGP 发言人建立邻居。保活(KEEPALIVE)报文用于维持和相邻自治系统中的 BGP 发言人之间的邻居关系。更新(UPDATE)报文用于向相邻自治系统中的 BGP 发言人传输路由信息,其中包括新增加的路由和需要撤销的路由。通知(NOTIFICATION)报文用于通知检测到的错误。为了使某个自治系统中的路由器获取到达另一个自治系统中网络的传输路径,自治系统之间需要交换路由信息,为了减少交换路由信息产生的信息流量,每一个自治系统选择若干个路由器作为 BGP 发言人,自治系统之间通过各自的 BGP 发言人交换路由信息。

3. BGP 工作机制

某个自治系统中,和其他自治系统直接相连的路由器称为自治系统边界路由器,简称为 AS 边界路由器,所谓直接相连是指该路由器和属于另一个自治系统的 AS 边界路由器存在连接在同一个网络上的接口,如图 5.35 中的路由器 R14 和 R31 分别是自治系统 AS1 和 AS3 的 AS 边界路由器,一般情况下,选择 AS 边界路由器作为 BGP 发言人,两个相邻自治系统的 BGP 发言人往往是两个存在连接在同一个网络上的接口的 AS 边界路由器,如选择路由器 R14 和 R31 分别作为自治系统 AS1 和 AS3 的 BGP 发言人。每一个 BGP 发言人向其他自治系统中 BGP 发言人发送的路由信息是该自治系统可以到达的网络,及通往该网络的传输路径经过的自治系统序列,这样的路由信息称为路径向量,如路由器 R31 发送给路由器 R14 的路径向量可以是<NET5:AS3>、<NET4:AS3,AS2>,表明经过 AS3 可以到达网络 NET5,经过 AS3 和 AS1 可以到达网络 NET4。对于任何一个特定网络,每一个自治系统选择经过自治系统最少的传输路径作为通往该网络的传输路径。由于 BGP 对任何外部网络,即位于其他自治系统中的网络,选择经过自治系统最少的传输路径作为通往该外部网络的传输路径,因此,称 BGP 为路径向量路由协议,需要注意的是,选择经过自治系统最少的传输路径和选择距离最短的传输路径是不同的,计算距离需要统一度量,而且还需要知道自治系统内部拓扑结构,计算经过的自治系统不需要知道自治系统内部拓扑结构和每一个自治系统对度量的定义。下面通过 AS1 中路由器 R11 建立通往外部网络的传输路径为例,详细讨论 BGP 的工作机制。

1) 建立 BGP 发言人之间的邻居关系

BGP 发言人之间实现单播传输,因此,每一个 BGP 发言人都必须知道和其相邻的 BGP 发言人的 IP 地址。在图 5.35 中,AS1 中的 R13 和 AS2 中的 R21、AS1 中的 R14 和 AS3 中的 R31,AS1 中的 R13 和 R14,由于需要相互交换 BGP 报文,必须建立邻居关系。为了实现有着邻居关系的两个路由器之间的可靠传输,在通过打开报文建立这两个路由器之间的邻居关系前,须先建立这两个路由器之间的 TCP 连接,以此保证 BGP 报文的可靠传输。

2) 自治系统各自建立内部路由

每一个自治系统通过各自的内部网关协议建立到达自治系统内各个网络的传输路径,表 5.34、表 5.35 和表 5.36 给出了 AS1 中路由器 R11,AS2 和 AS3 中 BGP 发言人(AS 边界路由器 R21、R31)通过内部网关协议建立的用于指明到达自治系统内各个网络的传输路径的路由项。

表 5.34 路由器 R11 路由表

目的网络	距离	下一跳路由器
NET1	1	直接
NET2	2	R12
NET7	2	R13
NET8	3	R12

表 5.35 路由器 R21 路由表

目的网络	距离	下一跳路由器
NET3	2	R23
NET4	3	R23
NET7	1	直接
NET9	2	R22

表 5.36 路由器 R31 路由表

目的网络	距离	下一跳路由器
NET5	1	直接
NET6	2	R32
NET8	1	直接
NET9	2	R33

3) BGP 发言人之间交换路由信息

如图 5.36 所示,建立邻居关系的 BGP 发言人之间相互交换更新报文,更新报文中给出通过它所在的自治系统能够到达的网络,通往这些网络的传输路径经过的自治系统序列及下一跳路由器地址,如果交换更新报文的两个 BGP 发言人属于不同的自治系统,如 R13 和 R21,下一跳路由器地址给出的是 BGP 发言人发送更新报文的接口的 IP 地址,而这一接口通常和相邻自治系统的 BGP 发言人的其中一个接口连接在同一个网络上。如果交换更新报文的两个 BGP 发言人属于同一个自治系统,如 R13 和 R14,下一跳路由器地址是原始更新报文中给出的地址,本例中,R13 转发的来自 R21 的更新报文中的下一跳路由器地址仍然是路由器 R21 连接网络 NET7 的接口的 IP 地址,图 5.36(c)中用 R21 表示。当 AS1 中 BGP 发言人接收过相邻自治系统中 BGP 发言人发送的更新报文,同时,又在 AS1 中 BGP 发言人之间交换过各自接收到的更新报文,AS1 中 BGP 发言人建立如表 5.37 所示的用于指明通往外部网络的传输路径的路由项,路由类型 E 表明目的网络位于其他自治系统。

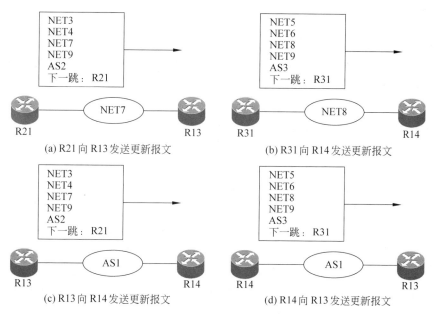

图 5.36　相邻 BGP 发言人相互交换更新报文的过程

表 5.37　AS1 中 BGP 发言人建立的对应外部网络的路由项

目的网络	距　　离	下一跳路由器	路由类型	经历的自治系统
NET3		R21	E	AS2
NET4		R21	E	AS2
NET5		R31	E	AS3
NET6		R31	E	AS3
NET9		R21	E	AS2

表 5.37 中路由项<NET3,R21,AS2>中下一跳路由器 R21 的作用是用于给出通往自治系统 AS2 的传输路径,为了建立自治系统 AS1 通往自治系统 AS2 的传输路径,当 AS2 中路由器 R21 向 AS1 中的 BGP 发言人 R13 发送路径向量时,还需给出自己连接网络 NET7 的接口的 IP 地址,注意:NET7 是互连路由器 R13 和 R21 的网络,它既和自治系统 AS1 相连,又和自治系统 AS2 相连,由于 AS1 内部网关协议建立的路由表包含了用于指明通往属于 AS1 的所有网络的传输路径的路由项,自然包含目的网络为 NET7 的路由项,因此,在确定路由器 R21 连接网络 NET7 的接口的 IP 地址为 AS1 通往 AS2 传输路径上的下一跳 IP 地址后,能够结合 AS1 内部网关协议建立的路由表创建用于指明通往网络 NET3 的传输路径的路由项。

实际 BGP 操作过程中,所有建立相邻关系的 BGP 发言人之间不断交换更新报文,然后由 BGP 发言人选择经过的自治系统最少的传输路径作为通往某个外部网络的传输路径,并记录在路由表中。由于本例只讨论路由器 R11 建立完整路由表过程,和该过程无关的更新报文交换过程不再赘述。

4) 路由器 R11 建立完整路由表的过程

路由器 R11 通过内部网关协议建立表 5.34 所示的目的网络属于本自治系统的路由项，在本自治系统中的 BGP 发言人建立表 5.37 所示的目的网络为外部网络的路由项后，通过内部网关协议向本自治系统中的其他路由器公告表 5.37 所示的路由项，当路由器 R11 接收到本自治系统中的 BGP 发言人 R13 或 R14 公告的表 5.37 所示的目的网络为外部网络的路由项，结合表 5.34 所示的目的网络为内部网络，即属于本自治系统的网络的路由项，得出表 5.38 所示的完整的路由表，其中目的网络为外部网络的路由项中给出的下一跳路由器，是路由器 R11 通往表 5.37 中给出的下一跳路由器的自治系统内传输路径上的下一跳路由器，如表 5.37 中目的网络为 NET3 的路由项中的下一跳路由器是 R21，实际表示的是 R21 连接 NET7 的接口的 IP 地址，路由器 R11 通往 NET7 的传输路径上的下一跳是 R13，距离是 2，因此，通往外部网络 NET3 的本自治系统内传输路径上的下一跳路由器是 R13，距离是 2。需要指出的是，由自治系统中的 BGP 发言人选择通往外部网络的传输路径，选择的依据是经过的自治系统最少的传输路径。自治系统内的其他路由器只是被动接受本自治系统中的 BGP 发言人选择的通往外部网络的传输路径，然后根据内部网关协议生成的路由项确定自治系统内通往外部网络的这一段传输路径，无论是路由项中的距离，还是下一跳路由器都是对应这一段传输路径的，这一段传输路径实际上是路由器通往本自治系统连接相邻自治系统的网络的传输路径，而该相邻自治系统是通往该外部网络的传输路径经过的第一个自治系统。

表 5.38　R11 完整路由表

目的网络	距　　离	下一跳路由器	路由类型	经历的自治系统
NET1	1	直接	I	
NET2	2	R12	I	
NET3	2	R13	E	AS2
NET4	2	R13	E	AS2
NET5	3	R12	E	AS3
NET6	3	R12	E	AS3
NET7	2	R13	I	
NET8	3	R12	I	
NET9	2	R13	E	AS2

5.4　IP over 以太网

5.4.1　ARP 和地址解析过程

图 5.37 中，假定终端 A 和服务器 B 都属于同一个网络，即使如此，终端 A 访问服务器 B 时所给出的也不会是服务器 B 的 MAC 地址，往往是服务器 B 的域名，经过域名服务器解析后得到的也是服务器 B 的 IP 地址。第 3 章已经详细讨论过以太网交换机的工作原理，它

只能根据 MAC 帧的目的 MAC 地址和转发表来转发 MAC 帧,这就意味着:①不能在以太网上直接传输 IP 分组,必须将 IP 分组封装成 MAC 帧;②在将 IP 分组封装成 MAC 帧前,必须先获取同一个网络内的源终端和目的终端的 MAC 地址。源终端的 MAC 地址可以直接从安装的网卡中读取,问题是如何根据目的终端的 IP 地址来获取目的终端的 MAC 地址。ARP 和地址解析过程就用于实现这一功能,ARP 请求帧格式如图 5.38 所示。

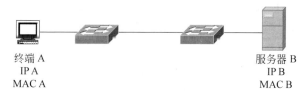

图 5.37　以太网内传送 IP 分组过程

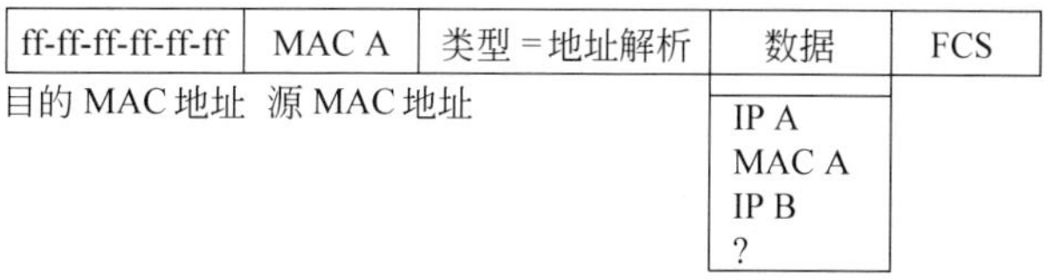

ff-ff-ff-ff-ff-ff	MAC A	类型 = 地址解析	数据	FCS
目的 MAC 地址	源 MAC 地址		IP A MAC A IP B ?	

图 5.38　用于地址解析的 MAC 帧

　　图 5.39 中,终端 A 获知了服务器 B 的 IP 地址 IP B 后,广播一个 MAC 帧,该 MAC 帧的格式如图 5.38 所示,它的源 MAC 地址为终端 A 的 MAC 地址 MAC A,目的 MAC 地址为广播地址(ff-ff-ff-ff-ff-ff),MAC 帧中的数据字段包含终端 A 的 IP 地址 IP A 和 MAC 地址 MAC A,同时,包含服务器 B 的 IP 地址 IP B,该帧是 ARP 请求帧,它要求 IP 地址为 IP B 的网络终端回复它的 MAC 地址。

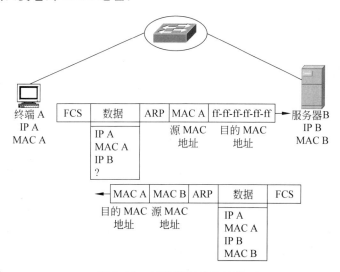

图 5.39　ARP 解析地址过程

　　由于该 MAC 帧的目的地址为广播地址,同一网络内的所有终端都能够接收到该 MAC 帧,每一个接收到该 MAC 帧的终端首先检测自己的 ARP 缓冲区,如果 ARP 缓冲区中没有发送终端的 IP 地址和 MAC 地址对,将发送终端的 IP 地址和 MAC 地址对(IP A 和 MAC

A）记录在 ARP 缓冲区中，然后比较 MAC 帧中给出的目的 IP 地址是否和自己的 IP 地址相同，如果相同，回复自己的 MAC 地址，整个过程如图 5.39 所示。

　　ARP 地址解析过程只能发生在连接在同一个以太网上的源终端和目的终端之间，如果源终端和目的终端不在同一个网络内，则 IP 分组需要逐跳转发，源终端必须先将 IP 分组发送给由默认网关地址指定的第一跳路由器，当然，如果连接源终端和第一跳路由器的网络是以太网，源终端通过 ARP 地址解析过程获取第一跳路由器连接以太网的接口的 MAC 地址。同样，如果连接第一跳和下一跳路由器的网络也是以太网，如图 5.40 所示，第一跳路由器也需通过 ARP 地址解析过程获取下一跳路由器连接以太网的接口的 MAC 地址。总之，如果互连当前跳和下一跳的网络是以太网，IP 分组封装成 MAC 帧后才能经过以太网实现当前跳至下一跳的传输过程，在将 IP 分组封装成 MAC 帧前，必须获取下一跳连接以太网的接口的 MAC 地址，ARP 地址解析过程用于完成根据下一跳连接以太网的接口的 IP 地址至 MAC 地址的转换过程。

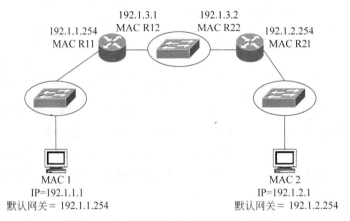

图 5.40　由多个以太网互连而成的互联网

5.4.2　三层交换

1. 路由器用不同的物理端口连接不同的 VLAN

　　在第 3 章讨论 VLAN 时已经讲到，为了缩小广播域，通过划分 VLAN 的方法将一个交换式以太网划分成多个相互隔离的广播域，但这些广播域之间的通信，必须经过路由器才能实现，图 5.41 就是一个通过路由器实现三个 VLAN 之间相互通信的互连网络结构图。

　　正常情况下，路由器的每一个端口都需要分配一个 IP 地址，分配的 IP 地址必须属于为该端口连接的网络所分配的网络地址。同时，每一个端口还具有一个和该端口连接的网络相关的物理地址，比如，如果某个端口连接的网络是一个以太网，则该端口还具有一个 MAC 地址。图 5.41 中，用一个带三个以太网端口的路由器来互连三个 VLAN，这三个以太网端口必须分配和连接的 VLAN 相同网络地址的 IP 地址，并各自具有 MAC 地址。当 VLAN 1 中 IP 地址为 192.1.1.1 的终端希望向 VLAN 3 中 IP 地址为 192.1.3.1 的终端发送 IP 分组时，执行下述操作过程：

　　(1) 通过和子网掩码的"与"操作，确定源和目的终端不在同一个子网，源终端首先将 IP 分组发送给默认网关：192.1.1.254。IP 地址 192.1.1.254 是路由器连接 VLAN 1 的端

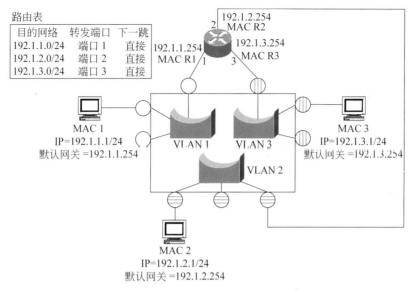

图 5.41 用路由器实现三个 VLAN 之间通信

口的 IP 地址。由于源终端和该端口之间的传输网络是以太网(VLAN 1),因此,源终端通过 ARP 地址解析过程,获取该端口的 MAC 地址 MAC R1,并因此构建以 MAC 1 为源 MAC 地址,MAC R1 为目的 MAC 地址的 MAC 帧,通过以太网将该 MAC 帧发送给默认网关。

(2) 默认网关从 MAC 帧中分离出 IP 分组,根据 IP 分组的目的 IP 地址去检索路由表,找到匹配的路由项<192.1.3.0/24 端口 3 直接>。通过在端口 3 连接的子网进行的 ARP 地址解析过程,直接获取目的终端(IP 地址=192.1.3.1)的 MAC 地址,在获取目的终端的 MAC 地址(MAC 3)后,构建以默认网关连接目的终端所在网络的端口的 MAC 地址(MAC R3)为源 MAC 地址,目的终端 MAC 地址(MAC 3)为目的 MAC 地址的 MAC 帧,并通过以太网将该 MAC 帧转发给目的终端。

2. 路由器用单个物理端口连接不同的 VLAN

图 5.41 所示的互连网络结构直观、简单,容易理解,但在具体的实现过程中不易操作,问题在于 VLAN 的划分是动态变化的,因此,无法在设计、实施网络时确定路由器的以太网端口数,为解决这一问题,将图 5.41 所示的互连网络结构转换成图 5.42 所示的互连网络结构。

图 5.42 所示的互连网络结构中,路由器连接以太网的物理端口被划分成 3 个逻辑接口,每个逻辑接口连接一个 VLAN,因此,这 3 个逻辑接口分别连接 VLAN 1、VLAN 2、VLAN 3,分别有了 VLAN 标识符 1、2、3,也分别配置了和 VLAN 1、2、3 网络地址统一的接口地址:192.1.1.254(VLAN 1 网络地址=191.1.1.0/24)、192.1.2.254(VLAN 2 网络地址=192.1.2.0/24)和 192.1.3.254(VLAN 3 网络地址=192.1.3.0/24)。接口是功能上完全等同于一个独立的物理端口,但物理上必须和其他接口共享一个物理端口的一种连接外部网络的方式。物理端口通过接收到的 MAC 帧所携带的 VLAN 标识符来确定真正接收该 MAC 帧的接口,因此,发送给路由器的 MAC 帧必须携带 VLAN 标识符。以太网交换机中连接路由器的以太

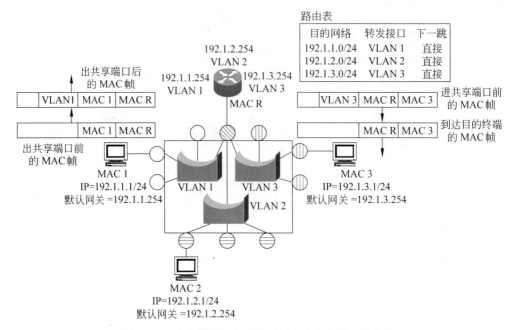

图 5.42　路由器单一物理端口划分成多个接口的方法

网端口必须是三个 VLAN 共享的以太网端口,当然还必须是一个 802.1Q 标记端口。当图 5.42 中 VLAN 1 中 IP 地址为 192.1.1.1 的终端希望向 VLAN 3 中 IP 地址为 192.1.3.1 的终端发送 IP 分组时,执行以下操作过程。

(1) 通过和子网掩码的"与"操作,确定源和目的终端不在同一网络,源终端首先将 IP 分组发送给默认网关。为了获取默认网关的 MAC 地址,源终端在 VLAN 1 内广播 ARP 请求帧,该 MAC 帧通过所有属于 VLAN 1 的端口发送出去,包括被 3 个 VLAN 共享的以太网交换机端口,通过该端口发送出去的 MAC 帧被加上 VLAN 标识符:VLAN 1。路由器回送默认网关的 MAC 地址时,也在 ARP 响应帧加上 VLAN 标识符:VLAN 1。该 MAC 帧进入被 3 个 VLAN 共享的以太网交换机端口时,通过该 MAC 帧携带的 VLAN 标识符获知用于转发该 MAC 帧的网桥,通过和 VLAN 1 相关联的网桥将该 MAC 帧转发给源终端。源终端构建以它的 MAC 地址(MAC 1)为源 MAC 地址,默认网关 MAC 地址 (MAC R)为目的 MAC 地址的 MAC 帧,并将该 MAC 帧提交给以太网,同样,当该 MAC 帧从被 3 个 VLAN 共享的以太网交换机端口转发出去时,被加上了 VLAN 标识符: VLAN 1。

(2) 路由器接收到该 MAC 帧,从中分离出 IP 分组,根据 IP 分组的目的 IP 地址去检索路由表,找到匹配的路由项<192.1.3.0/24 VLAN 3 直接>。为了获取目的终端的 MAC 地址,路由器也构建 ARP 请求帧,但该 ARP 请求帧被加上 VLAN 标识符:VLAN 3。当路由器发送的 ARP 请求帧进入被 3 个 VLAN 共享的以太网交换机端口时,通过其携带的 VLAN 标识符获悉它所属的 VLAN,因此,该 MAC 帧只在 VLAN 3 中广播。目的终端将自身的 MAC 地址通过 ARP 响应帧回送给路由器。路由器构建一个以它的 MAC 地址 (MAC R)为源 MAC 地址,目的终端 MAC 地址(MAC 3)为目的 MAC 地址的 MAC 帧,同时为 MAC 帧加上 VLAN 标识符:VLAN 3,将该 MAC 帧发送给以太网。当该 MAC 帧通过被 3 个 VLAN 共享的以太网交换机端口进入以太网交换机时,通过其携带的 VLAN 标识符找到和该 VLAN 相关联的网桥,并由该网桥将该 MAC 帧转发给目的终端。

3. 三层交换机实现 VLAN 间通信过程

图 5.42 所示的互连网络结构解决了动态划分 VLAN 的问题,在一段时间内也成为通过路由器实现 VLAN 间通信的典型方法,但这种方法的问题也是显而易见的:一是路由器和以太网互连的物理链路往往成为传输瓶颈;二是和所有通过路由器互连 VLAN 的方式一样,仅仅为了实现 VLAN 间通信,需要在交换式以太网的基础上增加一台路由器,增加了网络的设备成本。

目前功能强一点的以太网交换机都采用机箱式结构,机箱内装有背板,各个功能模块插在背板上,功能模块之间通信通过背板实现,背板的带宽设计得非常高。这种情况下,以太网交换机厂商自然想到通过在以太网交换机中增加一个路由模块,将以太网交换机变成一个集交换、路由功能于一体的新设备:三层交换机。将一个集交换、路由功能于一体的新设备称作三层交换机的原因是因为路由功能是网际层的功能,而在基于以太网的 TCP/IP 体系结构中,网际层位于第三层,因此,将具有路由功能的设备称作三层设备,而将只有 MAC 层功能的设备称作二层设备,也有了二层交换机和三层交换机的叫法。当然,目前情况下,并不是只有机箱式以太网交换机才有可能是三层交换机,许多固定端口的以太网交换机也安装了路由模块。用三层交换机实现 VLAN 间通信的互连网络结构如图 5.43(a)所示,对应的配置信息和 VLAN 间通信过程如图 5.43(b)所示。

图 5.43 中的三层交换机主要由两部分组成:支持 VLAN 划分的二层交换结构和路由模块,两者之间通过背板完成信息交换。路由模块的功能就像一个传统的路由器,运行路由协议,建立路由表,完成 IP 分组转发等。而二层交换结构就像普通的以太网交换机一样,用目的 MAC 地址检索转发表,根据转发表给出的路由信息转发 MAC 帧。

假定图 5.43(a)中的各个交换机已经建立了如图 5.43(b)所示的转发表,同一 VLAN 内两个终端之间的通信就像在普通交换式以太网中通信一样,不需要涉及路由模块。如终端 A→终端 B 之间的通信,终端 A 将以 MAC A 为源 MAC 地址, MAC B 为目的 MAC 地址的 MAC 帧发送给以太网交换机 1(S1),以太网交换机 1 根据接收该 MAC 帧的端口确定该 MAC 帧属于 VLAN 1,由和 VLAN 1 关联的网桥转发该 MAC 帧。和 VLAN 1 关联的网桥检索对应的转发表,找到转发端口(端口 5),由于转发端口被 2 个 VLAN 所共享且被配置为标记端口,因此,将该 MAC 帧从端口 5 转发出去之前,先加上 VLAN 标识符: VLAN 1。从以太网交换机 1 端口 5 转发出去的 MAC 帧通过端口 1 进入以太网交换机 2(S2)。以太网交换机 2 通过该 MAC 帧携带的 VLAN 标识符: VLAN 1 确定该 MAC 帧所属的 VLAN,并将该 MAC 帧提交给和 VLAN 1 关联的网桥进行转发,和 VLAN 1 关联的网桥通过检索对应的转发表,找到转发端口(端口 2),由于转发端口也是一个被 2 个 VLAN 所共享且被配置为标记端口的端口,因此,从该端口转发出去的 MAC 帧仍然携带 VLAN 标识符: VLAN 1。同样,该 MAC 帧进入以太网交换机 3(S3)后,确定由和 VLAN 1 关联的网桥转发该 MAC 帧,并通过检索 VLAN 1 对应的转发表找到转发端口,由于转发端口(端口 1)是一个非标记端口,从这样的端口转发出去的 MAC 帧必须去除 VLAN 标识符。没有携带 VLAN 标识符的 MAC 帧通过端口 1 到达终端 B,完成了 MAC 帧终端 A→终端 B 的传输过程。

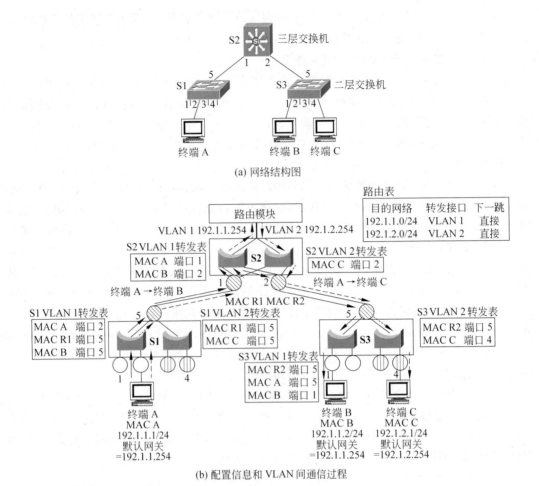

(a) 网络结构图

(b) 配置信息和 VLAN 间通信过程

图 5.43　用三层交换机实现 VLAN 之间通信

为了实现属于不同 VLAN 的终端之间的通信，必须对路由模块进行配置：建立两个逻辑接口，分别对应 VLAN 1 和 VLAN 2，为这两个逻辑接口分配和对应 VLAN 网络地址一致的接口地址，如图 5.43(b) 中，接口 1 对应 VLAN 1，分配接口地址 192.1.1.254（VLAN 1 的网络地址为 192.1.1.0/24），接口 2 对应 VLAN 2，分配接口地址 192.1.2.254（VLAN 2 的网络地址为 192.1.2.0/24）。完成上述配置后，路由模块自动在路由表中增添 2 项路由项，如图 5.43(b) 所示。这种情况下，通过三层交换机可以实现属于不同 VLAN 的两个终端之间的通信。下面以终端 A→终端 C 通信过程为例，讨论三层交换机实现 VLAN 之间通信的过程。

（1）终端 A 通过将自身的 IP 地址和目的终端（终端 C）的 IP 地址与子网掩码进行"与"操作后发现，源终端和目的终端不在同一个子网，终端 A 确定需要将 IP 分组先转发给默认网关。为了获取默认网关的 MAC 地址，终端 A 广播一个 ARP 请求帧，该 ARP 请求帧到达 VLAN 1 内所有终端和路由模块。路由模块发现 ARP 请求帧中要求解析的 IP 地址是自己的接口地址，但路由模块本身没有端口，因此也不会有 MAC 地址，但三层交换机中的每一个端口均有 MAC 地址，路由模块将三层交换机接收该 ARP 请求帧的端口的 MAC 地址（MAC R1）作为自身的 MAC 地址，回复给终端 A。终端 A 就构建一个以自身 MAC 地址（MAC A）为源 MAC 地址，以太网交换机 2 端口 1 的 MAC 地址（MAC R1）为目的 MAC

地址的 MAC 帧,并将该 MAC 帧送入以太网。该 MAC 帧最终进入以太网交换机 2 端口 1,由于该 MAC 帧的目的 MAC 地址是以太网交换机 2 自身端口的 MAC 地址,以太网交换机 2 直接将这样的 MAC 帧转发给路由模块,而不是通过和某个 VLAN 关联的网桥进行转发操作。

（2）路由模块从该 MAC 帧中分离出 IP 分组,根据目的 IP 地址检索路由表,获知可以直接通过以太网将 IP 分组转发给目的终端。也通过广播 ARP 请求帧来获取目的终端的 MAC 地址,该 ARP 请求帧在 VLAN 2 中广播,到达 VLAN 2 中的所有终端。但从不同的以太网交换机 2 端口中发送出来的 ARP 请求帧,其源 MAC 地址是不一样的,因为所有由路由模块发送的 MAC 帧,都用发送该 MAC 帧的以太网交换机端口的 MAC 地址作为该 MAC 帧的源 MAC 地址。终端 C 接收到该 ARP 请求帧后,回复一个响应帧,并将其 MAC 地址告知路由模块。路由模块构建一个以终端 C MAC 地址（MAC C）为目的 MAC 地址,并携带 VLAN 标识符：VLAN 2 的 MAC 帧,并将该 MAC 帧提交给和 VLAN 2 关联的网桥。接下来以二层交换的方式将该 MAC 帧转发给终端 C,完成了不同 VLAN 之间的通信过程。

三层交换机和普通路由器的区别在于三层交换机以某个 VLAN 作为 IP 接口,分配 IP 地址,而一个 VLAN 可以包含多个三层交换机物理端口,发送给某个 IP 接口的 MAC 帧可以从属于对应 VLAN 的任何一个物理端口接入该三层交换机,并由三层交换机转发给该 IP 接口,通过 IP 接口进入路由模块。由于三层交换机集二层交换和三层路由功能于一身,因此,进入三层交换机的 MAC 帧首先必须确定是进行普通二层转发的 MAC 帧,还是需要转发给路由模块的 MAC 帧,三层交换机根据 MAC 帧的目的 MAC 地址鉴别 MAC 帧的类型,如果该 MAC 帧以三层交换机某个物理端口的 MAC 地址为目的 MAC 地址,该 MAC 帧被直接转发给路由模块,否则,以二层交换方式转发该 MAC 帧。

三层交换机是目前实现不同 VLAN 间通信的主要技术手段,三层交换技术的发展很快,图 5.43 所示的是最原始的三层交换技术,但可以用它来说明三层交换机如何同时支持交换和路由功能的工作机制。

4. 三层交换机同时作为路由器和以太网交换机的实例

下面通过一个例子来进一步说明三层交换机同时作为路由器和以太网交换机的工作机制,以及通过路由协议建立路由表的过程。

【例 5.6】　一个交换式以太网结构如图 5.44 所示,假定终端 A、B 属于 VLAN 1,终端 C 属于 VLAN 2,终端 D、E 和 F 属于 VLAN 3,各个 VLAN 对应的网络地址如图 5.44 所示,以太网交换机 1、4（S1、S4）为二层交换机,以太网交换机 2、3（S2、S3）为三层交换机,要求实现 VLAN 内和 VLAN 间通信。给出各个以太网交换机的配置信息,并解释通信过程。

【解析】　各个以太网交换机的配置如图 5.44 所示,按照例题要求,以太网交换机 1 的端口 1、2 作为非标记端口分配给 VLAN 1,端口 3 作为非标记端口分配给 VLAN 2,虽然例题没有要求,但为了实现 VLAN 间通信,VLAN 1 和 VLAN 2 内的终端都需要与三层交换机中的路由模块通信,因此,以太网交换机 1 的端口 4 和以太网交换机 2 的端口 1 必须作为 802.1Q 标记端口被 VLAN 1 和 VLAN 2 共享。但由于以太网交换机 4 的端口 1、2 和 3 都分配给同一个 VLAN（VLAN 3）,因此,路由模块和这些端口之间通路上的所有端口（以太

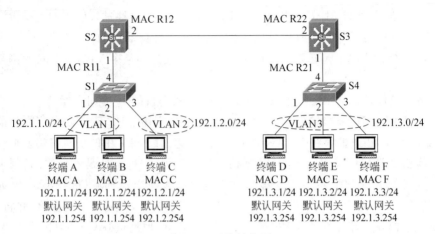

图 5.44 网络结构图

网交换机 4 的端口 4 和以太网交换机 3 的端口 1)均可作为非标记端口分配给 VLAN 3。为了通过路由模块实现 VLAN 间通信,必须在三层交换机中为所有 VLAN 定义 IP 接口并分配 IP 地址和子网掩码。某个 IP 接口的 IP 地址就是该 IP 接口所对应的 VLAN 内终端的默认网关地址,而子网掩码和 IP 地址的"与"操作结果就是该 IP 接口所对应的 VLAN 的网络地址。交换机 2 端口 2 和交换机 3 端口 2 分配给 VLAN 4,VLAN 4 在例题中也没有要求,它的作用是为了实现两个三层交换机之间的通信。如果将三层交换机中的路由功能提取出来,可以生成如图 5.46 所示的逻辑结构。

通过图 5.45 可以看出,在转发表完全建立的情况下,VLAN 内通信比较简单,在单个二层交换机内实现。下面通过终端 C→终端 D 的通信过程,讨论 VLAN 间通信的工作机制。

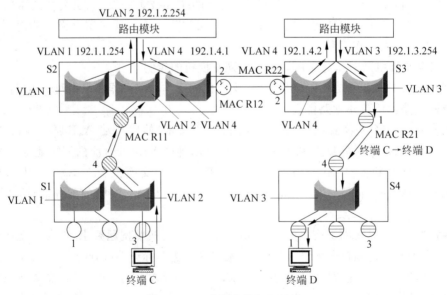

图 5.45 以太网交换机配置图

在配置完 IP 接口的 IP 地址后,两个三层交换机分别生成表 5.39 和表 5.40 所示的路

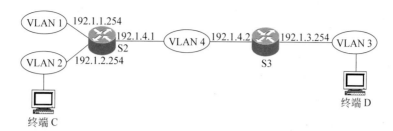

图 5.46　等同于图 5.45 的逻辑结构图

由表,路由表中给出了三层交换机到达和其直接相连的 VLAN 的路由项。如果需要通信的两个 VLAN 分别连接在两个不同的三层交换机上,无法根据表 5.39 或表 5.40 给出的路由项完成源终端至目的终端的通信过程,每一个三层交换机必须获得用于指明通往连接在其他三层交换机上的 VLAN 的传输路径的路由项,两个三层交换机通过交换 RIP 路由消息实现这一功能。因此,在配置完 IP 接口的 IP 地址后,必须在连接另一个三层交换机的 IP 接口上启动 RIP。

表 5.39　以太网交换机 2 生成的路由表

目的网络	距　离	输出接口	下一跳路由器
192.1.1.0/24	1	VLAN 1	直接
192.1.2.0/24	1	VLAN 2	直接
192.1.4.0/24	1	VLAN 4	直接

表 5.40　以太网交换机 3 生成的路由表

目的网络	距　离	输出接口	下一跳路由器
192.1.3.0/24	1	VLAN 3	直接
192.1.4.0/24	1	VLAN 4	直接

在 VLAN 4 对应的 IP 接口上启动 RIP 后,以太网交换机 2 向以太网交换机 3 发送图 5.47(a)所示的路由消息,而以太网交换机 3 向以太网交换机 2 发送图 5.47(b)所示的路由消息,两个三层交换机分别对接收到的路由消息进行处理,最终生成表 5.41、表 5.42 所示的路由表。

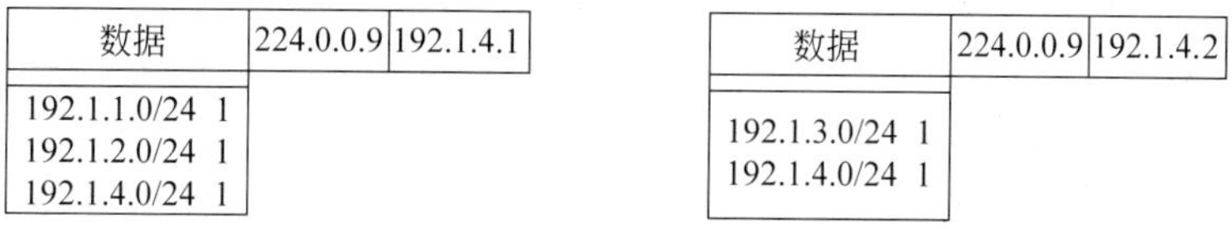

数据	224.0.0.9	192.1.4.1
192.1.1.0/24　1		
192.1.2.0/24　1		
192.1.4.0/24　1		

(a) 以太网交换机 2 发送的路由消息

数据	224.0.0.9	192.1.4.2
192.1.3.0/24　1		
192.1.4.0/24　1		

(b) 以太网交换机 3 发送的路由消息

图 5.47　三层交换机发送的路由消息格式

表 5.41　以太网交换机 2 生成的路由表

目的网络	距　离	输出接口	下一跳路由器
192.1.1.0/24	1	VLAN 1	直接
192.1.2.0/24	1	VLAN 2	直接
192.1.3.0/24	2	VLAN 4	192.1.4.2
192.1.4.0/24	1	VLAN 4	直接

表 5.42　以太网交换机 3 生成的路由表

目的网络	距　离	输出接口	下一跳路由器
192.1.1.0/24	2	VLAN 4	192.1.4.1
192.1.2.0/24	2	VLAN 4	192.1.4.1
192.1.3.0/24	1	VLAN 3	直接
192.1.4.0/24	1	VLAN 4	直接

在建立完整的路由表后,可以开始终端 C→终端 D 的通信过程。终端 C 获取终端 D 的 IP 地址后,通过比较网络地址,确定不在同一网络,先将 IP 分组发送给默认网关。通过 ARP 地址解析过程获取默认网关的 MAC 地址,构建以 MAC C 为源 MAC 地址、MAC R11 为目的 MAC 地址的 MAC 帧,通过 VLAN 2 将该 MAC 帧发送给路由模块。路由模块从该 MAC 帧中分离出 IP 分组,用目的 IP 地址去检索路由表,获知下一跳路由器的 IP 地址是 192.1.4.2。再次通过 ARP 地址解析过程获取下一跳路由器的 MAC 地址,构建以 MAC R12 为源 MAC 地址,MAC R22 为目的 MAC 地址的 MAC 帧,通过 VLAN 4 将该 MAC 帧发送给下一跳路由器(以太网交换机 3 路由模块)。以太网交换机 3 路由模块从该 MAC 帧中分离出 IP 分组,用目的 IP 地址去检索路由表,获知转发接口为 VLAN 3,同样通过 ARP 地址解析过程获取终端 D 的 MAC 地址,构建以 MAC R21 为源 MAC 地址,MAC D 为目的 MAC 地址的 MAC 帧,通过 VLAN 3 将该 MAC 帧发送给终端 D,整个通信过程结束。

5.5　网络地址转换

Internet 中的每一个终端都必须分配一个全球唯一的 IP 地址,其他终端可以通过该 IP 地址在 Internet 中找出通往该终端的传输路径,并以此实现和该终端的相互通信。这样的 IP 地址由 Internet 的管理机构负责分配,被称为全球 IP 地址,Internet 中的路由器只能路由以全球 IP 地址为目的 IP 地址的 IP 分组。但实际应用中经常见到图 5.48 所示的网络结构,某个家庭或小型机构的局域网通过以太网路由器接入 Internet,Internet 服务提供者只能为以太网路由器动态分配一个全球 IP 地址,而局域网中可能有多个用户需要同时访问 Internet。这种情况下,只能为局域网中的终端分配本地 IP 地址,用本地 IP 地址在局域网内唯一地标识某个终端,并用该 IP 地址在局域网中找出通往该终端的传输路径。但局域网内终端发送的、以发送终端本地 IP 地址为源 IP 地址的 IP 分组一旦通过以太网路由器进入 Internet,源 IP 地址和目的 IP 地址都必须转换成全球 IP 地址,否则,无法经过 Internet 实现相互通信。因此,以太网路由器必须具有全球 IP 地址和本地 IP 地址之间的转换功能,它就是网络地址转换(Network Address Translation,NAT)。分配给内部网络的本地 IP 地址和全球 IP 地址之间不应重叠,否则有可能出现内部网络终端希望通信的某个外部网络终端的全球 IP 地址恰巧和内部网络中的某个终端的本地 IP 地址相同的情况,导致内部网络终端发送的、以该外部网络终端的全球 IP 地址为目的 IP 地址的 IP 分组被错误地传输给内部网络中的终端。因此,IETF 推荐三组不在全球 IP 地址范围内的 IP 地址作为内部网络的本地 IP 地址。这三组 IP 地址是:10.0.0.0/8;172.16.0.0/12;192.168.0.0/16。

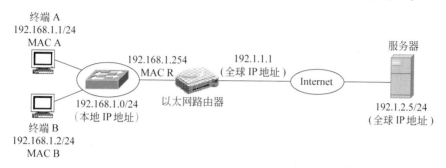

图 5.48　本地 IP 地址和全球 IP 地址共存的情况

1. 端口地址转换

当图 5.48 中分配了本地 IP 地址 192.168.1.1 的终端想访问 Internet 中全球 IP 地址为 192.1.2.5 的服务器时,就构建一个以本地 IP 地址(192.168.1.1)为源 IP 地址,服务器 IP 地址(192.1.2.5)为目的 IP 地址的 IP 分组。由于配置终端时,默认网关地址为 192.168.1.254,终端将这样的 IP 分组发送给以太网路由器。分配给终端的本地 IP 地址只在局域网内有效,Internet 并不认可这种地址分配,如果服务器以此地址作为目的 IP 地址向局域网内终端发送 IP 分组,Internet 是无法正确地将该 IP 分组转发给局域网内终端的,因此,须用 ISP 分配给以太网路由器的全球 IP 地址作为 IP 分组的源 IP 地址。但由于 ISP 分配给以太网路由器的全球 IP 地址只有一个,如果同时有多个局域网内终端访问 Internet,这些局域网内的终端用于访问 Internet 的 IP 分组经过以太网路由器转发后,就有了相同的源 IP 地址(192.1.1.1),而服务器回复给这些局域网内的终端的 IP 分组的目的 IP 地址都是相同的,以太网路由器如何能够从这些目的 IP 地址相同的 IP 分组中鉴别出属于不同局域网内的终端的 IP 分组呢? 在第 1 章讨论网络分层结构时已经讲到,IP 地址只能唯一标识网络终端,而通信是进程间的事情,对于多任务系统,终端上可能同时运行多个进程,因此,必须在传输层报文首部提供用于唯一标识进程的端口号。这样,标识 IP 分组源地址的信息由两部分组成:源 IP 地址和源端口号,在无法用源 IP 地址唯一标识源终端的情况下,可用源端口号来唯一标识源终端。但源终端传输层构建传输层报文时,只是用源端口号唯一标识终端内的发送进程,源端口号具有本地意义,即不同的终端可能用相同的源端口号标识终端内的进程。因此,以太网路由器必须用局域网内唯一的源端口号取代 IP 分组中原来的源端口号,以此实现用源端口号唯一标识局域网内终端的目的。这种通过将局域网内不同终端映射到不同源端口号的方法就是端口地址转换(Port Address Translation,PAT)。以太网路由器在用 ISP 分配给它的全球 IP 地址取代 IP 分组中的源 IP 地址时,必须用局域网内唯一的源端口号取代 IP 分组中原来的源端口号,然后在地址转换表中记录一项,把 IP 分组的原来源端口号、源 IP 地址和以太网路由器取代的唯一的源端口号和全球 IP 地址绑定在一起。当服务器回送的 IP 分组到达以太网路由器时,用该 IP 分组的目的端口号去检索地址转换表,找到对应项,用对应项中的源 IP 地址、原来源端口号取代该 IP 分组的目的 IP 地址、目的端口号,然后将完成取代操作后的 IP 分组转发给局域网,如图 5.49 所示。

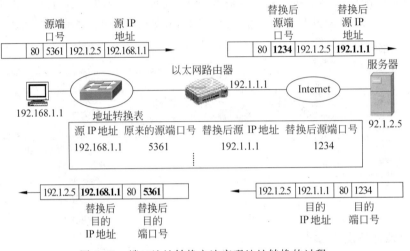

图 5.49   端口地址转换方法实现地址转换的过程

两个进程间的通信过程称为会话,在会话期间,必须采用相同的地址转换过程,即属于同一会话的 IP 分组,转换后的源 IP 地址和源端口号必须相同,因此,必须将图 5.49 中的地址转换表中的每一项和某个会话绑定在一起,在该会话开始时创建该转换项,在会话结束时删除该转换项。每一个会话用源和目的 IP 地址、源和目的端口号唯一标识。

2. 动态 NAT

动态 NAT 和端口地址转换不同,它分配给内部网络一组,而不是一个全球 IP 地址,所有希望访问 Internet 的终端先申请一个全球 IP 地址,如果分配给内部网络的全球 IP 地址没有分配完,路由器就分配一个全球 IP 地址给该终端,在会话期间,该全球 IP 地址一直被该终端使用。一旦会话结束,路由器收回分配给该终端的全球 IP 地址。

假定为图 5.48 中的内部网络分配了一组全球 IP 地址(192.1.1.2～192.1.1.5),当本地 IP 地址为 192.168.1.1 的内部终端发送属于和 Internet 中某个终端之间会话的第一个 IP 分组时,路由器从还没有分配的全球 IP 地址中选择一个全球 IP 地址(192.1.1.2)分配给该终端,并将地址转换关系和终端开始的会话绑定在一起,如图 5.50 所示的转换表。以后,所有由本地 IP 地址为 192.168.1.1 的终端发送的、属于该会话的 IP 分组,源 IP 地址一律用 192.1.1.2 替代。同样,路由器一旦接收到来自 Internet 的目的 IP 地址为 192.1.1.2 的 IP 分组,将目的 IP 地址还原为 192.168.1.1。如果内部终端发送属于和 Internet 中某个终端之间会话的第一个 IP 分组时,路由器已经分配完所有全球 IP 地址,路由器将丢弃该 IP 分组,使其无法开始和 Internet 中某个终端之间的会话。从原理上讲,动态 NAT 可用于净荷不是传输层报文的 IP 分组,但由于地址映射是针对会话,而不是单个 IP 分组的,因此,必须具有明确的开始和结束标志的通信过程才能使用动态 NAT。

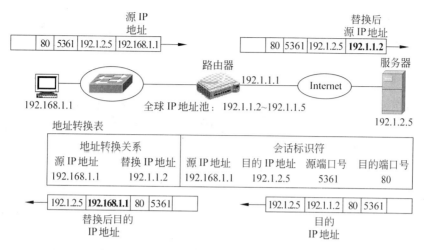

图 5.50 动态 NAT 方法实现地址转换的过程

3. 静态 NAT

无论是端口地址转换还是动态 NAT 都只能实现单向会话,即会话发起者必须是内部网络中的终端,由内部网络中的终端发送属于和 Internet 中某个终端之间会话的第一个 IP 分组,由该 IP 分组在内部网络和外部网络之间的边界路由器建立地址转换关系及地址转换关系和相关会话的绑定。如果 Internet 中的终端希望发起和内部网络中的终端之间的会话,由于在边界路由器建立内部网络中的终端的本地 IP 地址和某个全球 IP 地址之间的地址转换关系前,无法获得内部网络中的终端的全球 IP 地址,因而无法向内部网络中的终端发送 IP 分组。因此,如果想要实现双向会话,无须内部网络中的某个终端发送属于和 Internet 中的终端之间会话的第一个 IP 分组,就在边界路由器建立该终端的本地 IP 地址和某个全球 IP 地址之间的映射,这种地址转换方法就是静态 NAT,它通过配置,在边界路由器建立某个内部网络终端的本地 IP 地址和全球 IP 地址之间的映射,这样,外部网络终端就可用该全球 IP 地址发起和该内部网络终端的会话。整个过程如图 5.51 所示。

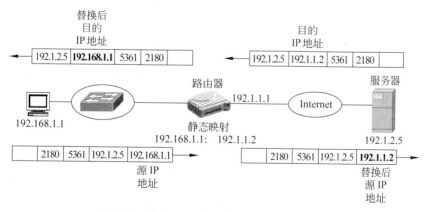

图 5.51 静态 NAT 方法实现地址转换的过程

5.6　IP组播

5.6.1　组播的基本概念

Internet 中存在三种 IP 分组传输方式：单播、广播和组播。单播是指把 IP 分组传送给唯一的接收终端的传输方式。而广播是指把 IP 分组传送给同一网络内所有终端的传输方式。组播是指把 IP 分组传送给分布在多个网络中，但属于同一组播组的所有终端的传输方式。为了区别，将这三种 IP 分组分别称为单播 IP 分组、广播 IP 分组和组播 IP 分组。对于点对多点应用方式，如图 5.19 中其他三个网络中同时有终端需要从 IP 地址为 192.1.1.1 的终端下载同一个文件的应用方式，如果采用单播传输方式，需要源终端重复发送三个单播 IP 分组，如图 5.52(a)所示。如果采用组播传输方式，只需源终端发送一个组播 IP 分组，具有组播功能的路由器在必要的分枝复制该组播 IP 分组，使该组播 IP 分组到达每一个要求下载文件的终端，如图 5.52(b)所示。一般情况下，路由器需要同时支持组播和单播功能。对于单播传输方式，通过路由协议在各个路由器建立的路由表，确定源终端至目的终端的最短路径，源终端发送的单播 IP 分组沿着图 5.52(a)所示的最短路径到达目的终端。对于组播传输方式，组播 IP 分组的目的地址是 D 类地址定义的 28 位组播地址，每一个组播组分配一个唯一的组播地址，组播 IP 分组将沿着最短路径到达属于由目的地址标识的组播组的所有终端，问题是如何通过组播地址确定通往属于组播地址标识的组播组的所有终端的最短路径呢？另外，每一个组播组的成员是动态变化的，因此，目的地址为同一组播地址的组播分组，其目的终端集合是动态变化的。这就引申出组播传输方式需要解决的问题：对于指定的源终端 S 和组播组 G，建立源终端 S 至属于组播组 G 的所有终端的最短路径，并允许组播组 G 的成员动态变化。

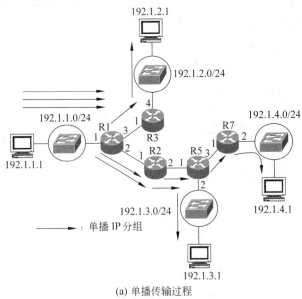

(a) 单播传输过程

图 5.52　单播和组播 IP 分组传输过程

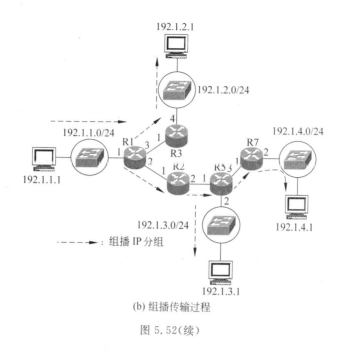

(b) 组播传输过程

图 5.52(续)

5.6.2　广播树建立过程

1. 基本思路

以源终端 S 为根,源终端 S 通往所有网络的最短路径为分枝的树,就是源终端 S 对应的广播树。建立图 5.52(b)所示的广播树的过程就是建立源终端 S 至其他 3 个网络的最短路径的过程。如果某个路由器 I 与路由器 J 和 K 相邻,且路由器 J 在源终端 S 至某个网络的最短路径中先于路由器 I,路由器 K 在源终端 S 至某个网络的最短路径中后于路由器 I,称路由器 J 为路由器 I 的前一跳路由器,路由器 K 为路由器 I 的下一跳路由器,为了保证组播 IP 分组沿着源终端 S 对应的广播树传播,组播 IP 分组只有从连接前一跳路由器的接口进入,才需要转发,而且,只从连接下一跳路由器的接口转发出去。路由器 R5 针对图 5.52(b)所示的广播树,只转发从接口 1 进入的组播 IP 分组,且只从接口 2 和 3 输出组播 IP 分组。因此,针对特定源终端 S 建立广播树的过程就是在每一个路由器建立确定连接源终端 S 至所有网络最短路径上的前一跳和下一跳路由器的接口的过程。某个路由器连接源终端 S 至所有网络最短路径上的上一跳路由器的接口,称为输入接口,连接下一跳路由器的接口称为输出接口,不同源终端对应的源终端至所有网络的最短路径是不同的,图 5.53 给出 IP 地址为 192.1.2.1 的源终端至图 5.19 中所有其他网络的最短路径,因此,每一个路由器需要在组播路由表中为不同的源终端建立一项组播路由项,该组播路由项中给出该源终端至所有网络最短路径对应的输入和输出接口。对于图 5.52(b)和图 5.53 所示的广播树,路由器 R5 需要建立表 5.43 所示的组播路由表。表中的源终端网络给出源终端所在的网络。

每一个路由器建立类似表 5.43 所示组播路由项的思路如下:如果传输路径是对称的,即源终端 S 至该路由器的最短路径和该路由器至源终端 S 的最短路径相同,某个路由器 R 单播路由表中以源终端 S 所在网络为目的网络的路由项中的下一跳路由器,就是源终端

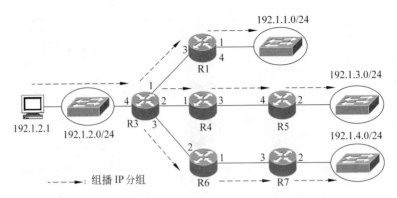

图 5.53 以网络 192.1.2.0/24 中终端为源终端的广播树

表 5.43 路由器 R5 组播路由表

源终端网络	距 离	前一跳路由器	输入接口	输出接口
192.1.1.0/24	3	193.1.4.1	1	2,3
192.1.2.0/24	3	193.1.7.1	4	2

S 至路由器 R 的最短路径上的前一跳路由器,如果源终端 S 至某个网络的最短路径经过路由器 R,则源终端 S 至路由器 R 的最短路径上的前一跳路由器就是源终端 S 至该网络的最短路径上的前一跳路由器。因此,只要某个路由器位于源终端 S 至某个网络的最短路径上,根据该路由器的单播路由表就可以确定源终端 S 至该网络的最短路径上的前一跳路由器。确定路由器连接下一跳路由器的接口的工作也比较简单,如果该路由器直接连接某个网络,则连接某个网络的接口就是源终端 S 对应的输出接口,否则,如果某个路由器 R 通过单播路由表确定源终端 S 至某个网络最短路径上的前一跳路由器 X,则路由器 X 连接路由器 R 的接口就是路由器 X 连接下一跳路由器的接口,路由器 R 可以通过连接路由器 X 的接口发送一个特定路由项,该路由项的源终端为 S,距离为特定值,当路由器 X 通过某个接口接收到源终端为 S 的特定路由项,就可以确定该接口为源终端 S 对应的输出接口。

2. DVMRP 建立组播路由表过程

距离向量组播路由协议(Distance Vector Multicast Routing Protocol,DVMRP)是一种在路由器中构建组播路由表的组播路由协议。它的工作思路和 RIP 相似,都是找出某个路由器通往特定网络的最短路径,只是最短路径的含义不同,在组播路由表中,最短路径表示属于该网络的源终端至该路由器的最短路径,这样,表 5.44 所示的路由器 R5 的单播路由表可以直接转换成表 5.45 所示的路由器 R5 的组播路由表。

表 5.44 路由器 R5 单播路由表

目的网络	距 离	下一跳路由器	输出接口
192.1.1.0/24	3	193.1.4.1	1
192.1.2.0/24	3	193.1.7.1	4
192.1.3.0/24	1	直接	2
192.1.4.0/24	2	193.1.9.2	3

表 5.45　路由器 R5 组播路由表

源终端网络	距　离	前一跳路由器	输入接口	输出接口
192.1.1.0/24	3	193.1.4.1	1	
192.1.2.0/24	3	193.1.7.1	4	
192.1.3.0/24	1	—	2	
192.1.4.0/24	2	193.1.9.2	3	

　　DVMRP 求出表 5.45 中通往源终端所在网络的最短路径、前一跳路由器及输入接口的过程,和 RIP 求出表 5.44 所示的通往目的网络的最短路径、下一跳路由器和输出接口的过程完全相同,值得强调的是 DVMRP 求出表 5.45 中输出接口一栏中的内容的过程。输出接口分为两类,一类是直接连接网络的接口,这类接口通过初始配置获得。另一类是作为源终端至某个路由器的最短路径上的前一跳路由器用于连接该路由器的接口,如图 5.52(b)所示的广播树中,路由器 R5 作为源终端至路由器 R7 的最短路径上的前一跳路由器,而接口 3 是 R5 用于连接 R7 的接口。如果对于特定的源终端,某个路由器的输出接口都是直接连接网络的接口,该路由器被称为以该源终端为根的广播树的叶路由器。由于 DVMRP 是类似 RIP 的距离向量路由协议,因此,R5 本身是无法通过 DVMRP 推导出输出接口的,但 R7 可以通过 DVMRP 得出源终端至 R7 的最短路径上的前一跳路由器 R5,并可以通过毒性反转技术通知 R5:它是源终端至 R7 的最短路径上的前一跳路由器,R5 将接收到毒性反转信息的接口作为输出接口。毒性反转技术是指某个路由器如果从接口 X 接收到的路由消息中推导出组播路由项 Y,可以断定接口 X 是组播路由项 Y 的输入接口,组播路由项 Y 对应的前一跳路由器和接口 X 相连,因此,通过接口 X 发送一个包含组播路由项 Y 的路由消息,但将组播路由项 Y 的距离值设置成一个特殊值。当前一跳路由器接收到包含特殊距离值的组播路由项 Y,就将接收该路由消息的接口作为组播路由项 Y 对应的输出接口。

　　DVMRP 为了求出每一个组播路由项对应的输出接口,要求在发送给某个相邻路由器的路由消息中包含从该相邻路由器学习到的组播路由项,但用特殊的距离值标明这些从该相邻路由器学习到的组播路由项。DVMRP 用 32 作为无穷大值,用 32＋距离值表明该路由项是从发送该路由消息的接口接收到的路由消息中学习到的组播路由项。由于路由器 R4 的组播路由表中源网络为 192.1.3.0/24 和 192.1.4.0/24 的组播路由项从接口 3 接收到的路由消息中学习到的,因此,路由器 R4 从接口 3 发送的路由消息中包含源网络为 192.1.3.0/24 和 192.1.4.0/24 的组播路由项,但距离值设置成 32＋3(3 是该组播路由项中的距离)。当路由器 R5 通过接口 4 接收到该路由消息,发现源网络为 192.1.3.0/24 和 192.1.4.0/24 的组播路由项的距离值设置成 32＋3,确定路由器 R4 是通过自己发送的路由消息学习到这两项组播路由项,自己是组播路由项指定的源网络至路由器 R4 的最短路径上的前一跳路由器,将接收该路由消息的接口(接口 4)设置成这两项组播路由项的输出接口,如图 5.54 所示。当和路由器 R5 相邻的路由器均通过毒性反转技术将路由器 R5 为前一跳路由器的组播路由项告知路由器 R5,路由器 R5 建立图 5.54 所示的所有组播路由项的输出接口内容。最终生成的组播路由表如表 5.46 所示。

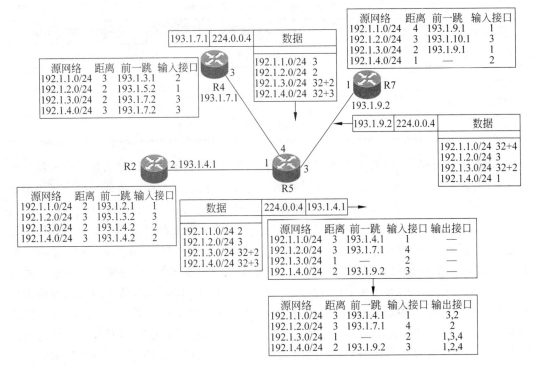

图 5.54　路由器 R5 生成最终组播路由表的过程

表 5.46　路由器 R5 组播路由表

源 网 络	距 离	前一跳路由器	输入接口	输出接口
192.1.1.0/24	3	193.1.4.1	1	2,3
192.1.2.0/24	3	193.1.7.1	4	2
192.1.3.0/24	1	—	2	1,3,4
192.1.4.0/24	2	193.1.9.2	3	1,2,4

5.6.3　Internet 组管理协议

图 5.52(b)和图 5.53 是跨网络的广播树,因为源终端发送的组播 IP 分组到达所有其他网络。但事实上,每一个网络中的任何终端可以随时加入任何组播组,也可以随时离开某个组播组,因此,即使源终端相同,不同组播地址的组播 IP 分组的组播过程也不尽相同,并且应该随该组播组成员的变化而变化。各个路由器用 DVMRP 建立的组播路由表并没有考虑每一个组播组的组成情况。

每一个终端可以自由加入和离开某个组播组,终端通过 Internet 组管理协议(Internet Group Management Protocol,IGMP)向路由器连接终端所在的网络的接口通报终端所属的组播组。

图 5.55 是多个组播组并存的情况,每个终端通过 IGMP 向路由器连接它所在的网络的接口通报它所加入的组播组和对应的源终端,图 5.56 给出了终端通过 IGMP 加入某个

组播组的过程。对于图 5.55 所示的互连网络结构,假定源终端属于网络地址为
192.1.1.0/24 的网络,路由器 R3、R5 和 R7 分别在接口 4、2 和 2 中记录的接口所连接的网
络终端加入组播组的情况如表 5.47 所示。表中(192.1.1.0/24,G1)表明接口连接的网络
中有终端加入组播组 G1,但只接收由属于网络 192.1.1.0/24 的源终端发送的、目的地址表
明是组播组 G1 的组播 IP 分组。

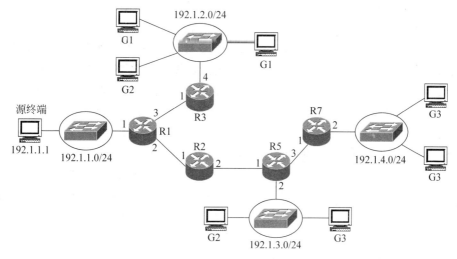

图 5.55　多个组播组并存的情况

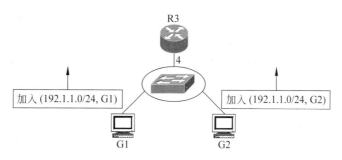

图 5.56　终端通过 IGMP 加入组播组

表 5.47　连接网络的接口记录的信息

路由器接口	网络中终端加入组播组的情况
R3 接口 4	(192.1.1.0/24,G1),(192.1.1.0/24,G2)
R5 接口 2	(192.1.1.0/24,G2),(192.1.1.0/24,G3)
R7 接口 2	(192.1.1.0/24,G3)

5.6.4　剪枝

　　用 DVMRP 建立的属于网络 192.1.1.0/24 的源终端对应的广播树如图 5.55 所示,源
终端发送的分别属于组播组 G1、G2 和 G3 的组播 IP 分组将到达图 5.55 中的所有路由器,
这将极大地浪费链路带宽。如果某个路由器接口连接的分枝中没有属于组播组 G 的终端,

该接口应该截断以 G 为目的地址的组播 IP 分组。如果某个接口连接的分枝中没有存在属于组播组 G 且愿意接收来自源终端 S、目的地址为 G 的组播 IP 分组的终端,称该接口和(S,G)不匹配,一旦该接口和(S,G)不匹配,将截断和(S,G)匹配的组播 IP 分组,即来自源终端 S、目的地址为 G 的组播 IP 分组,这个过程称为针对(S,G)的剪枝过程,即在广播树中剪除不需要传输和(S,G)匹配的组播 IP 分组的分枝。针对图 5.55 所示广播树的剪枝过程如下:源终端发送的、属于组播组 G1、G2 和 G3 的第 1 个组播 IP 分组到达图 5.55 中的所有路由器,当路由器 R3 接收到属于组播组 G3 的组播 IP 分组时,发现接口 4 登记的状态中没有和(192.1.1.1,G3)匹配的项,而且,路由器 R3 又是叶路由器,即组播树中该分枝的最后一个路由器。路由器 R3 向它的前一跳路由器发送剪枝消息,剪枝消息包含的信息表明该分枝不需转发和(192.1.1.0/24,G3)匹配的组播 IP 分组。路由器 R1 将在接口 3 截断和(192.1.1.0/24,G3)匹配的组播 IP 分组。完成上述操作后,对于匹配(192.1.1.0/24,G3)的组播 IP 分组,图 5.55 所示广播树中和路由器 R1 的接口 3 连接的分枝已被剪除。同样,路由器 R7 向前一跳路由器 R5 发送表明不需转发和(192.1.1.0/24,G1)、(192.1.1.0/24,G2)匹配的组播 IP 分组的剪枝消息,路由器 R5 将在接口 3 截断和(192.1.1.0/24,G1)、(192.1.1.0/24,G2)匹配的组播 IP 分组。由于路由器 R5 直接连接网络的接口也没有和(192.1.1.0/24,G1)匹配的项,路由器 R5 向它的前一跳路由器发送表明不需转发和(192.1.1.0/24,G1)匹配的组播 IP 分组的剪枝消息。路由器 R2 将在接口 2 截断和(192.1.1.0/24,G1)匹配的组播 IP 分组,由于路由器 R2 连接的所有分枝均要求截断和(192.1.1.0/24,G1)匹配的组播 IP 分组,路由器 R2 向它的前一跳路由器发送表明不需转发和(192.1.1.0/24,G1)匹配的组播 IP 分组的剪枝消息,使路由器 R1 在接口 2 截断和(192.1.1.0/24,G1)匹配的组播 IP 分组。经过这一轮剪枝消息的传输,图 5.55 针对组播组 G1、G2 和 G3 的组播树分别如图 5.57(a)、(b)和(c)所示。之所以将剪枝后的广播树称为组播树,是因为组播树只将特定组播 IP 分组传输给包含属于该组播 IP 分组目的地址指定组播组的终端网络。

各个网络终端加入组播组的情况如图 5.55 所示,且各个路由器已经完成剪枝操作,路由器 R5 的组播路由表中和源终端网络 192.1.1.0/24 对应的路由项变成表 5.48 所示内容。

表 5.48 路由器 R5 对应特定组播组的组播路由表

源终端网络	组播组	前一跳路由器	距离	输入接口	输出接口
192.1.1.0/24	G1	193.1.4.1	3	1p	2p,3p
192.1.1.0/24	G2	193.1.4.1	3	1	2,3p
192.1.1.0/24	G3	193.1.4.1	3	1	2,3
192.1.2.0/24		193.1.7.1	3	4	2
192.1.3.0/24		—	1	2	1,3,4
192.1.4.0/24		193.1.9.2	2	3	1,2,4

对于表中组播组 G1 对应的路由项,输入接口 1 后面的字符 p 意味着通过该接口向前一跳路由器发送了表明不需转发和(192.1.1.0/24,G1)匹配的组播 IP 分组的剪枝消息。

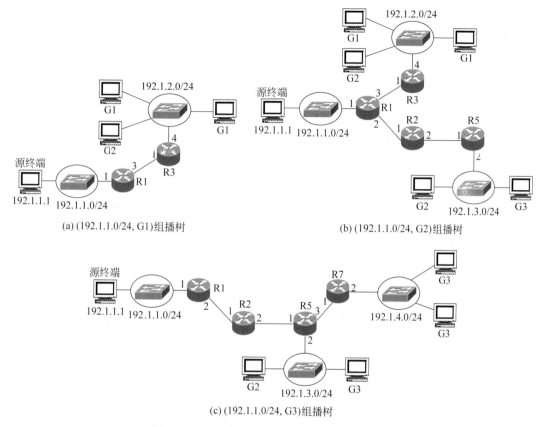

(a) (192.1.1.0/24, G1)组播树

(b) (192.1.1.0/24, G2)组播树

(c) (192.1.1.0/24, G3)组播树

图 5.57　和特定源终端及组播组关联的组播树

输出接口后面的字符 p 表明接口所连接的网络中没有和(192.1.1.0/24,G1)匹配的终端，或者接口接收到表明不需转发和(192.1.1.0/24,G1)匹配的组播 IP 分组的剪枝消息。某个路由器向前一跳路由器发送某个路由项对应的剪枝消息的前提是该路由项中的所有输出接口都被截断。表中和组播组 G2 对应的路由项表明接口 3 接收到表明不需转发和(192.1.1.0/24,G2)匹配的组播 IP 分组的剪枝消息。

　　每一个输出接口的截断状态都是受定时器控制的，一旦在规定时间内接收不到对应的剪枝消息，将去除输出接口的截断状态。因此，路由项中标识 p 的输入接口必须周期性地向前一跳路由器发送剪枝消息，当然，如果该路由项中的某个输出接口的状态从截断变为正常转发，输入接口将立即停止向前一跳路由器发送剪枝消息。由于前一跳路由器的输出接口从不再接收到剪枝消息到变为正常转发状态有一段时延，为了加快前一跳路由器输出接口从截断状态变为正常转发状态，可以向前一跳路由器发送嫁接消息，嫁接消息的作用和剪枝消息刚好相反，如果某个路由器的输出接口接收到嫁接消息，该输出接口和特定组播组对应的状态立即从截断变为正常转发。

5.6.5　组播 IP 分组的传输过程

1. 路由器转发组播 IP 分组的过程

源终端如果发送组播 IP 分组，构建以源终端 IP 地址为源 IP 地址，组播组对应的组播地址为目的 IP 地址的组播 IP 分组，并将其传输给直接连接源终端所在网络的路由器，该路由器接收到该组播 IP 分组后，在组播路由表中检索源终端网络和该组播 IP 分组的源 IP 地址匹配，组播组和该组播 IP 分组的目的 IP 地址相等的组播路由项，通过该组播路由项中所有接口状态为正常转发的输出接口转发该组播 IP 分组。

图 5.55 中，如果 IP 地址为 192.1.1.1 的源终端发送属于组播组 G2 的组播 IP 分组，该组播 IP 分组的源 IP 地址为 192.1.1.1，目的 IP 地址为组播地址 G2。当路由器 R5 接收到该组播 IP 分组，在组播路由表检索源终端网络和 192.1.1.1 匹配、组播组等于 G2 的组播路由项，因为 IP 地址 192.1.1.1 属于网络地址 192.1.1.0/24，因此，检索结果为和 (192.1.1.0/24,G2)匹配的组播路由项，该组播路由项的输出接口中接口状态为正常转发的接口只有接口 2，通过接口 2 转发该组播 IP 分组。

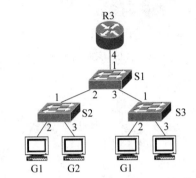

图 5.58　路由器 R3 和终端之间的连接过程

2. 组播 IP 分组 over 以太网

1) IP 组播地址对应的 MAC 组地址

假定路由器 R3 和终端之间的连接过程如图 5.58 所示，路由器 R3 如何通过以太网传输组播 IP 分组？路由器 R3 通过以太网传输组播 IP 分组前，须把组播 IP 分组封装成 MAC 帧，该 MAC 帧的源 MAC 地址当然是路由器 R3 接口 4 的 MAC 地址，但目的 MAC 地址呢？

以太网 MAC 地址分为两类，一类是单播地址，另一类是组地址，这两种地址类型通过 MAC 地址高字节中的第 0 位进行区分，如果该位为 1，表明是组地址，如果该位为 0，表明是单播地址。组播 IP 分组如果希望同时转发给多个接收终端，必须将组播 IP 分组中目的 IP 地址字段给出的组播地址映射为 MAC 组地址，这种映射过程如图 5.59 所示。

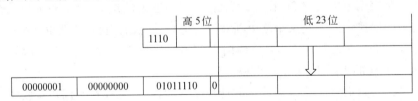

图 5.59　IP 组播地址映射到 MAC 组地址过程

从图 5.59 中可以看出，映射后的 MAC 地址的高 25 位固定为 00000001、00000000、01011110 和 0，低 23 位等于组播地址的低 23 位。由于组播地址中用于标识组播组的地址有 28 位，因此，标识组播组的组播地址中的高 5 位在映射过程中没有使用，这就使得组播地址和 MAC 组地址之间的映射不是唯一的，32 个不同的组播地址有可能映射为同一个 MAC 组地址。图 5.60 给出了 32 个不同的组播地址(224.85.170.170、224.213.170.170、225.85.170.170……239.213.170.170)映射到同一个 MAC 组地址(01-00-5E-55-AA-AA)的过程。

2) 以太网交换机转发以 MAC 组地址为目的地址的 MAC 帧的过程

以太网交换机对 MAC 组地址的处理过程等同于 MAC 广播地址(ff-ff-ff-ff-ff-ff)，如果

图 5.60　32 个不同的组播地址映射到同一个 MAC 组地址

MAC 帧的目的 MAC 地址为 MAC 组地址,以太网交换机从除接收该 MAC 帧的端口以外的所有端口转发该 MAC 帧。因此,对于图 5.58 所示的网络结构,一旦路由器 R3 发送封装组播 IP 分组的 MAC 帧,该 MAC 帧以广播方式在以太网中传输,如图 5.61 所示。显然,这种传输方式无论对以太网带宽,还是终端都造成了很大的压力。在讨论 IGMP 时已经讲到,某个终端如果希望加入某个组播组,向直接连接终端所在网络的路由器发送加入报文。当离开某个组播组时,向该路由器发送离开报文。封装加入或离开报文的 IP 分组是一个组播 IP 分组,目的 IP 地址就是终端要求加入或离开的组播组所对应的组播地址。该组播 IP 分组被封装成 MAC 帧时,目的 MAC 地址就是通过图 5.59 所示映射过程得到的 MAC 组地址。以

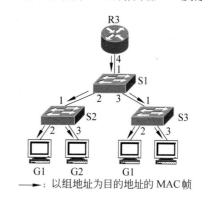

图 5.61　以太网广播以组地址为目的 MAC 地址的 MAC 帧的过程

太网交换机对所有以这样的 MAC 组地址为目的 MAC 地址的 MAC 帧进行分析,如果是加入报文,将输入该 MAC 帧的端口和该 MAC 帧的目的 MAC 地址绑定在一起。如果是离开报文,则删除已经建立的绑定,整个过程如图 5.62 所示。以太网交换机通过 IGMP 建立端口和组播组之间的绑定关系后,一旦接收到以 MAC 组地址为目的 MAC 地址的 MAC 帧,以太网交换机先检索绑定表,只从和该 MAC 组地址绑定的端口转发该 MAC 帧,如图 5.63 所示。这种技术就是 IGMP 侦听技术,以太网交换机通过侦听 IGMP 报文建立 MAC 组地址和端口之间的绑定,在转发封装组播 IP 分组的 MAC 帧时,只从和该组播组绑定的端口,即那些接收到请求加入该组播 IP 分组属于组播组的加入报文的端口转发该 MAC 帧。

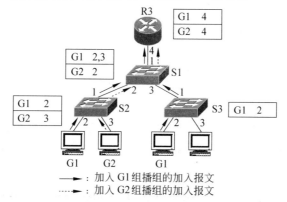

图 5.62　以太网交换机建立端口和 MAC 组地址之间绑定的过程

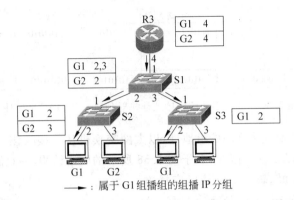

图 5.63　以太网组播以组地址为目的 MAC 地址的 MAC 帧的过程

5.6.6　PIM-SM 建立组播树过程

DVMRP 是一种比较简单的组播路由协议，它不需要借助单播路由协议，如 RIP、OSPF 等内部网关协议，就可直接生成组播路由表。但从 5.5.2 节的讨论中可以看出：一是 DVMRP 是距离向量协议，它所得出的最短路径是最少跳数的传输路径，而用于确定链路代价的因素应该很多，不仅仅是经过的路由器跳数。二是 DVMRP 建立的是广播树，指定源终端发送的第一个组播 IP 分组将遍历互连网络中的所有路由器，在通过剪枝操作后，才将广播树剪枝成组播树。如果在 Internet 中广播一个组播 IP 分组，其代价是无法想象的，因此，DVMRP 只能用于小规模网络。

目前有多种适用于不同组播应用环境的组播路由协议，如 PIM-SM（Protocol Independent Multicast-Sparse Mode，协议无关组播——稀疏方式）和 PIM-DM（Protocol Independent Multicast-Dense Mode，协议无关组播——密集方式）。这两种组播路由协议称为协议无关是指源终端至其他终端的最短路径由其他单播路由协议建立，和组播路由协议无关，因此，最短路径的含义由对应的单播路由协议确定，和组播路由协议无关。这一点恰好弥补了 DVMRP 用最少跳数路径作为最短路径的缺陷。PIM-DM 的适用环境和 DVMRP 相似，只能用于小规模互连网络且网络中的大部分终端都是组播组成员的组播应用环境。PIM-SM 和 DVMRP 及 PIM-DM 相反，适用于大规模互连网络且互连网络中只有少量终端是组播组成员的组播应用环境。

1. 构建共享组播树

构建组播树的困难之处在于如何平衡状态信息和链路效率之间的问题，DVMRP 之所以建立广播树，是因为对应源网络和组播组的两两组合构建组播树的工作量和所要求的状态信息量是巨大的，叶路由器之所以在接收到第一个和所有输出接口的状态都不匹配的组播 IP 分组时，才针对该组播 IP 分组的源网络和组播组开始剪枝过程，也是因为事先无法对输出接口状态中不包含的所有可能的源网络和组播组的两两组合展开剪枝过程。如果作为组播组成员的终端在互连网络中比较稀疏时，为了提高链路效率，可以事先构建对应互连网络中有终端成为其成员的组播组的组播树，但必须采取措施尽可能减少状态信息量。对于图 5.64 所示的互连网络结构和组播组成员分布，针对每一个组播组建立共享组播树，所谓

第 5 章 IP 和网络互连 **241**

共享组播树是该组播树被所有属于不同源网络的源终端共享。建立共享组播树的步骤如下：首先配置一个汇聚点(Rendezvous Point,RP)路由器,并将 RP 路由器的单播地址通告所有其他路由器,假定将图 5.64 所示的互连网络中的路由器 R4 配置成 RP 路由器,所有直接连接的网络存在属于组播组 G 的终端的路由器通过单播 IP 分组向 RP 路由器发送加入消息,请求加入(∗,G)组播树,这里的 ∗ 表示所有源终端,G 表示该组播组。该加入消息沿着发送路由器至 RP 路由器的最短路径传输,每一个接收到该加入消息的路由器在接收接口状态中增加(∗,G),表示通过该接口转发源终端为任何终端,目的地址为 G 的组播IP 分组,并继续沿着通往 RP 路由器的最短路径转发该加入消息。一旦该加入消息到达RP 路由器或者到达某个接收该加入消息的接口已经包含状态(∗,G)的其他路由器,表明成功建立 RP 路由器至该加入消息发送路由器之间的分枝。当路由器 R2、R3、R6 和 R7 均发送请求加入指定组播组对应的组播树的加入消息后,RP 路由器接口 1、2 和 3 的状态为(∗,G2),接口 4 的状态为(∗,G1),R5 接口 1 的状态为(∗,G2),意味着对应组播组G2 的组播树,分别建立 RP 路由器至路由器 R2、R3 和 R7 的分枝。对应组播组 G1 的组播树,分别建立 RP 路由器至路由器 R6 的分枝。当源终端 S1 发送组播地址为 G2 的组播IP 分组时,首先将该组播 IP 分组发送给源终端 S1 的指定路由器 R1,由路由器 R1 将该组播 IP 分组封装在以路由器 R1 的 IP 地址为源 IP 地址,以 RP 路由器的 IP 地址为目的 IP 地址的单播 IP 分组的净荷中,以单播传输方式将该单播 IP 分组传输给 RP 路由器,这种以一个完整组播 IP 分组作为净荷重新封装成的单播 IP 分组称为隧道报文,封装隧道报文的过程非常类似于用一个信封套另一封信件,并在新的信封上写上新的寄信人和收信人地址的过程。当 RP 路由器接收到隧道报文,从中分离出源终端为 S1、目的地址为组播地址 G2 的组播IP 分组,开始该组播 IP 分组的组播过程。每一个路由器接收到该组播 IP 分组后,只从接口状态中包含(∗,G2)或者(S1,G2)的接口转发该组播 IP 分组,因此,该组播 IP 分组分别沿着 RP 路由器至路由器 R2、R3 和 R7 的分枝到达路由器 R2、R3 和 R7。通过共享组播树只完成源终端至直接连接存在属于该组播组的终端网络的路由器的组播过程,该路由器至目的终端的组播过程由该路由器直接连接的网络实现,如 5.5.5 节讨论的以太网组播过程。

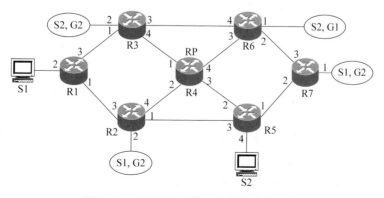

图 5.64　互连网络结构和组播组成员分布

2. 构建源终端至 RP 路由器之间的分枝

组播 IP 分组封装成隧道报文后完成源终端 S1 至 RP 路由器的传输过程,这样做会增加 RP 路由器的处理负担,降低链路带宽的效率,因此,RP 路由器在接收到源终端 S1 以隧道报文格式传输的组播 IP 分组后,通过向源终端 S1 发送请求加入(S1,G2)组播树的加入消息,建立源终端 S1 至 RP 路由器的分枝,RP 路由器发送的加入消息封装成以 RP 路由器的 IP 地址为源 IP 地址,源终端 S1 的 IP 地址为目的 IP 地址的单播 IP 分组,加入消息沿着 RP 路由器至源终端的最短路径传输,中间经过的路由器 R2、R1 分别在接收该加入消息的接口 4 和接口 1 的状态中增加(S1,G2)。这样,当源终端 S1 发送的组播地址为 G2 的组播 IP 分组到达路由器 R1 时,沿着路由器 R1 至 RP 路由器的分枝传输,中间经过路由器从除接收该组播 IP 分组的接口以外的其他所有接口状态包含(S1,G2)或(* ,G2)的接口转发该组播 IP 分组。当该组播 IP 分组到达路由器 R2 时,路由器 R2 从接口状态包含(S1,G2)的接口 2 和 4 转发该组播 IP 分组,一方面沿着源终端至 RP 路由器分枝将该组播 IP 分组传输给 RP 路由器,另一方面完成该组播 IP 分组源终端至其中一个目的终端的传输过程,注意,由于该组播 IP 分组直接通过源终端 S1 至路由器 R2 最短路径传输给路由器 R2,没有经过 RP 路由器,提高了链路效率。RP 路由器通过已经建立的共享组播树完成该组播 IP 分组 RP 路由器至另一个目的终端的传输过程。

3. 构建(S1,G2)组播树分枝

当路由器 R7 接收到该组播 IP 分组,确定接口 1 连接的网络中存在要求接收该组播 IP 分组的终端,通过接口 1 转发该组播 IP 分组后,向源终端 S1 发送请求加入(S1,G2)组播树的加入消息,同样,该加入消息被封装成以路由器 R7 的 IP 地址为源 IP 地址,源终端 S1 的 IP 地址为目的 IP 地址的单播 IP 分组,加入消息沿着路由器 R7 至源终端 S1 最短路径传输,中间经过的路由器 R5、R2 在接收该加入消息的接口 1 的状态中增加(S1,G2),由于路由器 R2 已经通过接口 3 转发过请求加入(S1,G2)组播树的加入消息,因此,不再通过同一接口转发请求加入相同组播树的加入消息。一旦该加入消息到达源终端 S1 或者到达通过同一接口转发过请求加入相同组播树的加入消息的路由器,对应(S1,G2)组播树,已经成功建立源终端 S1 至路由器 R7 之间的分枝。这样,源终端 S1 发送的组播地址为 G2 的组播IP 分组将分别沿着源终端至RP 路由器和源终端至路由器 R7 分枝传输。该组播 IP 分组经路由器 R1 的接口 1 转发后到达路由器 R2,路由器 R2 将从接口状态包含(S1,G2)的接口 1、2 和 4 转发该组播 IP 分组,从接口 1 转发的该组播 IP 分组将经过路由器 R5 到达路由器 R7,而从接口 4 转发的该组播 IP 分组将到达 RP 路由器,当 RP 路由器通过共享组播树组播该组播 IP 分组时,该组播 IP 分组经过路由器 R5 再次到达路由器 R7,因此,当路由器 R7 直接建立与源终端 S1 之间的分枝后,应该通过剪枝过程从共享组播树剪除通往路由器 R7 的分枝。

PIM-SM 建立组播树的过程和 DVMRP 不同,它需要为每一个组播组 G 确定一个核心路由器(汇聚点路由器),直接连接存在属于组播组 G 的终端的网络的路由器首先建立和核心路由器之间的分枝,源终端以单播传输方式将目的地址为 G 的组播 IP 分组传输给核心路由器,再由核心路由器完成核心路由器至各个直接连接存在属于组播组 G 终端的网络的路由器之间的传输过程。因此,将以这种方式构建的组播树称为基于核心组播树(Core Based Tree,CBT)。

5.7　移动 IP

5.7.1　互连网络结构

　　移动 IP 用于实现网络层无缝漫游,这种功能对于实现移动终端的 VoIP 应用是至关重要的。对于图 5.65 所示的互连网络结构,移动 IP 需要解决的问题是,当终端 B 从 BSS1 移动到 BSS2 时,互连网络中的其他终端仍然能够用终端 B 在 BSS1 时分配的 IP 地址与其进行通信。

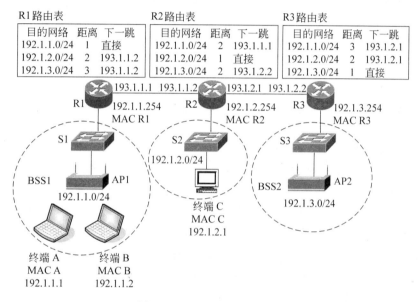

图 5.65　互连网络拓扑结构

5.7.2　正常通信过程

　　在讨论移动 IP 实现过程前,先讨论移动终端之间的正常通信过程。对于图 5.65 所示的互连网络结构,终端 B 在 BSS1 时,终端 C 与其通信的过程如下:终端 C 构建一个以 192.1.2.1 为源 IP 地址,192.1.1.2 为目的 IP 地址的 IP 分组,并将该 IP 分组封装在以 MAC C 为源 MAC 地址,MAC R2 为目的 MAC 地址的 MAC 帧中,通过以太网将该 MAC 帧传输给路由器 R2。路由器 R2 从 MAC 帧中分离出 IP 分组,用 IP 分组的目的 IP 地址检索路由表,找到匹配的路由项＜192.1.1.0/24　2　193.1.1.1＞,通过互连路由器 R1 的传输网络,将该 IP 分组传输给路由器 R1。路由器 R1 将该 IP 分组封装在以 MAC R1 为源 MAC 地址,MAC B 为目的 MAC 地址的 MAC 帧中,通过以太网将该 MAC 帧传输给接入点 AP1。AP1 将该以太网 MAC 帧转换成无线局域网 MAC 帧,通过无线局域网将该 MAC 帧传输给终端 B,完成终端 C 至终端 B 的传输过程。在上述传输过程中,假定终端 C 通过配置已经获取路由器 R2 连接终端 C 所在网络的接口的 IP 地址,并通过 ARP 地址解析过程得到了该接口的 MAC 地址。同样,路由器 R1 也通过 ARP 地址解析过程得到终端 B 的 MAC 地址,只是路由器 R1 发送的 ARP 请求帧在 AP1 被转换成无线局域网 MAC 帧。而终端 B 发送的 ARP 响应帧也在 AP1 被转换成以太网 MAC 帧。这就是 AP 作为网桥必须具有的功能：完成两种不同类型的传输网络的链路层帧格式之间的相互转换。

5.7.3 移动 IP 工作原理

当终端 B 移动到 BSS2 时，正常情况下，终端 B 在和 AP2 建立关联后，需要重新配置 IP 地址，配置的 IP 地址必须和 BSS2 的网络地址一致。但如果终端 B 在移动时正在和终端 C 通信，一旦对终端 B 重新配置 IP 地址，势必中断正在和终端 C 进行的通信过程。如果终端 C 和终端 B 正通过无线局域网和 VoIP 技术进行语音通信，这种中断是不能容忍的。因此，要求终端 B 移动到新的 BSS 时，仍然能够用移动前所在的 BSS 分配的 IP 地址和其他终端进行通信，这就是网络层无缝漫游。终端 B 移动到新的 BSS 时，仍然使用原来的 IP 地址和其他终端通信会带来很多问题，如果终端 C 发送一个以 192.1.2.1 为源 IP 地址，192.1.1.2 为目的 IP 地址的 IP 分组，该 IP 分组将被路由器转发给路由器 R1，因为各个路由器中的路由表所给出的通往网络 192.1.1.0/24 的传输路径都以路由器 R1 为目的路由器。这种情况下，其他终端发送给终端 B 的 IP 分组根本到达不了 BSS2。为解决这一问题，必须提出新的传输技术，这种传输技术就是移动 IP 技术。

移动 IP 技术将互连网络划分成多个区域，每个区域的范围是移动终端可能加入的某个网络，如图 5.65 中的 BSS1 和 BSS2 就是两个不同的区域。移动终端移动前分配的 IP 地址称为本地 IP 地址，该地址所属的网络称为本地区域，其他区域称为外地区域。每一个区域设置一个代理，本地区域的代理称为本地代理，外地区域的代理称为外地代理。配置终端时，给出本地代理的 IP 地址，许多情况下，代理的功能往往由直接连接本地区域所包含的网络的路由器提供。图 5.65 中，根据终端 B 的 IP 地址 192.1.1.2 和子网掩码255.255.255.0确定终端 B 的本地区域是网络 192.1.1.0/24，本地代理是路由器 R1，本地代理的 IP 地址是 192.1.1.254。网络 192.1.3.0/24 是外地区域，外地代理是路由器 R3，外地代理的 IP 地址是 192.1.3.254。当终端 B 移动到外地区域 BSS2 时，由于终端 B 的 IP 地址不变，其他终端发送给终端 B 的 IP 分组或经过本地代理转发（发送终端不在 BSS1 的情况），或直接发送给终端 B（发送终端在 BSS1 的情况）。对于前一种情况，必须由本地代理将发送给终端 B 的 IP 分组转发给终端 B 所在区域的外地代理。对于后一种情况，本地代理必须先截获 BSS1 内终端直接发送给终端 B 的 IP 分组，然后，再将该 IP 分组转发给终端 B 所在区域的外地代理。外地代理必须能够将以终端 B 本地 IP 地址为目的地址的 IP 分组转发给终端 B。为实现这一功能，必须完成以下操作：

① 终端 B 移动到外地区域 BSS2 时，首先找出所在区域的外地代理，并将自己的本地 IP 地址和链路层地址注册到外地代理。这样做的目的是当外地代理接收到以终端 B 的本地 IP 地址为目的的地址的 IP 分组时，能够直接将该 IP 分组封装成以终端 B 的 MAC 地址为目的的地址的 MAC 帧，然后，通过 BSS2 将该 IP 分组转发给终端 B。

② 终端 B 还将自己的本地 IP 地址和外地代理的 IP 地址注册到本地代理。这样做能够使本地代理将以终端 B 的本地 IP 地址为目的地址的 IP 分组转发给外地代理。

③ 本地代理通过发送 ARP 请求帧，将终端 B 的本地 IP 地址和自己连接本地区域网络的接口的链路层地址绑定在一起。这样做使 BSS1 内的所有终端都将终端 B 的本地 IP 地址和本地代理连接本地区域网络的接口的 MAC 地址绑定在一起，导致 BSS1 内其他

终端发送的,以根据终端 B 本地 IP 地址解析到的 MAC 地址为目的 MAC 地址的 MAC 帧都被发送到本地代理。

完成上述操作后,当其他终端仍然用终端 B 的本地 IP 地址为目的 IP 地址发送 IP 分组时,该 IP 分组最终到达本地代理,本地代理通过检索注册信息,找出终端 B 所在区域的外地代理,将该 IP 分组作为净荷,封装在以外地代理的 IP 地址为目的 IP 地址,本地代理的 IP 地址为源 IP 地址的 IP 分组中。这种 IP 分组中包含另一个 IP 分组的封装格式称为隧道格式。这种隧道格式的 IP 分组通过正常的网络传输过程到达外地代理,外地代理从隧道格式中分离出原来的 IP 分组,用 IP 分组的目的 IP 地址检索注册信息,找出终端 B 的链路层地址(MAC B),将该 IP 分组封装成以终端 B 的 MAC 地址为目的地址,路由器 R3 连接网络 192.1.3.0/24 的接口的 MAC 地址为源 MAC 地址的 MAC 帧,并通过连接终端 B 的传输网络,将该 MAC 帧传输给终端 B,完成其他终端至终端 B 的 IP 分组传输过程。整个传输过程如图 5.66 所示。

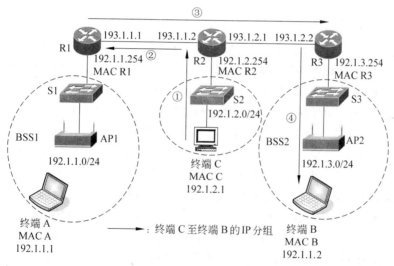

图 5.66　移动 IP 技术实现终端 C 至终端 B 的 IP 分组传输的过程

从上述分析可以得出:移动 IP 技术分三步实现网络层无缝漫游,它们分别是发现外地代理、注册和建立隧道。

1. 发现外地代理

移动终端的本地 IP 地址和本地代理的 IP 地址通过配置获得,当移动终端移动到外地区域时,如何发现外地代理,获取外地代理的 IP 地址呢?

代理周期性地发送代理通告,通告中主要给出代理的 IP 地址,由于该地址用于转发传输给移动终端的 IP 分组,也将该地址称为转发地址。如果移动终端希望立即发现外地代理,获取转发地址,也可以发送代理请求,外地代理接收到移动终端发送的代理请求,应立即回送代理通告。在这里,外地代理发送代理通告所使用的目的 IP 地址可以是网络内广播地址(全 1)或是用于表示网络内所有系统的组播地址 224.0.0.1。移动终端发送代理请求所使用的目的 IP 地址可以是网络内广播地址(全 1)或是用于表示网络内所有路由器的组播地址 224.0.0.2。代理通告和代理请求的源 IP 地址都是发送该 IP 分组的接口的 IP 地址。移动终端通过发送代理请求获取外地代理的转发地址的过程如图 5.67 所示。当然,在进行

图 5.67 所示的发现外地代理过程前，移动终端必须已经和 AP2 建立关联。

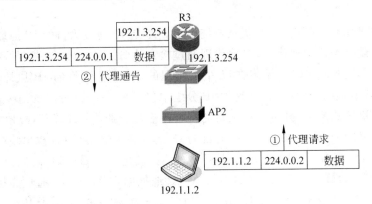

图 5.67　移动终端发现外地代理的过程

2. 注册

移动终端发现外地代理后，开始注册过程。首先由移动终端向外地代理发送注册请求，注册请求中给出移动终端的本地 IP 地址、本地代理的 IP 地址和通过外地代理发现过程获得的转发地址，外地代理在访问者列表中记录下移动终端的本地 IP 地址和移动终端的链路层地址之间的关联，如图 5.66 中终端 B 的 IP 地址：192.1.1.2 和 MAC 地址：MAC B。移动终端的本地 IP 地址由注册请求给出，移动终端的链路层地址由封装注册请求的链路层帧给出。外地代理记录下有关移动终端的信息后，将注册请求转发给本地代理。本地代理记录下移动终端本地 IP 地址和转发地址之间的绑定后，向外地代理发送注册响应，注册响应中给出注册结果（注册成功或失败）和移动终端本地 IP 地址及本地代理的 IP 地址。外地代理向移动终端转发注册响应。本地代理记录下移动终端的本地 IP 地址和转发地址之间的绑定后，向移动终端的本地 IP 地址所属网络广播 ARP 请求帧，该 ARP 请求帧的目的是将移动终端的本地 IP 地址和本地代理连接该本地区域网络的接口的链路层地址之间的绑定公告给网络内的所有终端，这样，所有以移动终端的本地 IP 地址为目的 IP 地址的 IP 分组都被传输给本地代理。注册过程如图 5.68 所示。

3. 建立隧道

本地代理获得外地代理的转发地址后，建立隧道，分别用本地代理的 IP 地址和外地代理的转发地址作为隧道两端的 IP 地址，本地代理截获以移动终端的本地 IP 地址为目的 IP 地址的 IP 分组后，将该 IP 分组封装成隧道格式。隧道格式实际上就是在该 IP 分组外部再加上一个 IP 首部，外层 IP 首部的源 IP 地址为本地代理的 IP 地址，目的 IP 地址为外地代理的转发地址，终端 C 发送给终端 B 的 IP 分组封装成隧道格式后如图 5.69 所示。

以移动终端的本地 IP 地址为目的 IP 地址的 IP 分组，封装成隧道格式后，通过正常网络传输过程，到达外地代理。

4. 外地代理转发过程

当外地代理接收到隧道格式的 IP 分组，从隧道格式中分离出发送给移动终端的 IP 分组，如终端 C 传输给终端 B 的 IP 分组，用该 IP 分组的目的 IP 地址检索访问者列表，找出该 IP 地址对应的 MAC 地址，将该 IP 分组封装成以移动终端 MAC 地址为目的 MAC 地址，以外地代理连接外地区域网络的接口的 MAC 地址为源 MAC 地址的 MAC 帧，通过以太网将该 MAC

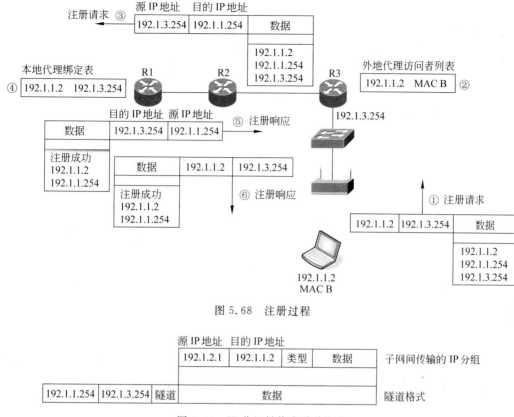

图 5.68　注册过程

图 5.69　IP 分组封装成隧道格式

帧传输给 AP,AP 将其转换成无线局域网帧格式,通过 BSS 将该 MAC 帧传输给移动终端。

5.7.4　数据传输过程

假定图 5.65 中的终端 B 从 BSS1 移动到了 BSS2,终端 C 至终端 B 和终端 A 至终端 B 之间的数据传输过程将作何变化?

1. 终端 C 至终端 B 的传输过程

终端 C 构建一个以终端 B 的本地 IP 地址(192.1.1.2)为目的 IP 地址,终端 C 的 IP 地址为源 IP 地址的 IP 分组,通过以太网将该 IP 分组传输给路由器 R2。路由器 R2 根据终端 B 的本地 IP 地址,将该 IP 分组传输给路由器 R1。路由器 R1 作为本地代理首先检索绑定表,发现该 IP 分组的目的 IP 地址已经和转发地址 192.1.3.254 绑定在一起,将该 IP 分组封装成图 5.69 所示的隧道格式,并通过正常的网络传输过程传输隧道格式的 IP 分组。路由器 R1 根据隧道格式的目的 IP 地址,将其传输给路由器 R2。路由器 R2 又将其传输给路由器 R3。由于路由器 R3 是该隧道格式的 IP 分组的目的地,路由器 R3 从隧道格式中分离出被封装的 IP 分组,用该 IP 分组的目的 IP 地址检索访问者列表,找出该 IP 地址对应的 MAC 地址:MAC B,将该 IP 分组封装成以 MAC B 为目的 MAC 地址,以转发地址对应的接口的 MAC 地址:MAC R3 为源 MAC 地址的 MAC 帧,通过以太网将该 MAC 帧传输给 AP2,AP2 将其转换成无线局域网帧格式,通过 BSS2 将该 MAC 帧传输给终端 B。整个传输过程如图 5.70 所示。

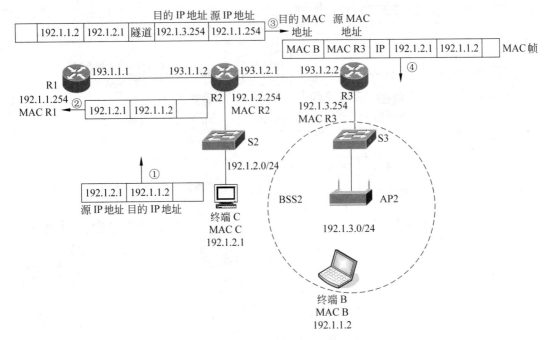

图 5.70　终端 C 至终端 B 的传输过程

2. 终端 A 至终端 B 的传输过程

当终端 A 用终端 B 的本地 IP 地址向终端 B 传输数据时，由于终端 A 的 IP 地 址 (192.1.1.1) 和终端 B 的本地 IP 地址 (192.1.1.2) 具有相同网络地址 (192.1.1.0/24)，因此，终端 A 直接通过 BSS1 向终端 B 传输以终端 B 的本地 IP 地址 (192.1.1.2) 为目的 IP 地 址，终端 A 的 IP 地址 (192.1.1.1) 为源 IP 地址的 IP 分组。由于路由器 R1 已经广播过将 终端 B 本地 IP 地址和路由器 R1 连接网络 192.1.1.0/24 的接口的 MAC 地址绑定在一起 的 ARP 请求帧，终端 A 将 IP 地址 192.1.1.2 和 MAC 地址 MAC R1 关联在一起，因此，终 端 A 认为终端 B 的 MAC 地址是 MAC R1。终端 A 构建一个以 MAC A 为源 MAC 地址，MAC R1 为目的 MAC 地址的 MAC 帧，通过无线传输媒体将该 MAC 帧传输给 AP1。AP1 将其转换成以太网帧格式，传输给路由器 R1。由于路由器 R1 被设置成本地代理，因此，从 MAC 帧中分离出 IP 分组后，首先用 IP 分组的目的 IP 地址去检索绑定表，找到转发 地址，将该 IP 分组封装成隧道格式，并通过正常的网络传输过程传输隧道格式的 IP 分组。后面的传输过程和终端 C 至终端 B 的传输过程相同。

3. 终端 B 向其他终端发送 IP 分组过程

终端 B 向互连网络中的其他终端发送 IP 分组时，由于路由器只根据 IP 分组的目的 IP 地址确定传输路径，一般不检测源 IP 地址的合理性，因此，可以直接通过互连网络传输 IP 分组。但有的路由器设置的防火墙可能检测源 IP 地址欺骗攻击，检测方法是当路由器 通过某个接口 X 接收到某个 IP 分组时，用该 IP 分组的源 IP 地址检索路由表，如果匹配的 路由项给出的转发接口是接口 X，表示该 IP 分组的源 IP 地址合理，路由器继续转发该 IP 分组。否则，认为该 IP 分组的源 IP 地址是伪造的，路由器将丢弃该 IP 分组。如果路由 器 R2 设置了防止源 IP 地址欺骗攻击的防火墙功能，当从连接路由器 R3 的接口接收到以终端 B 的本地 IP 地址 192.1.1.2 为源 IP 地址的 IP 分组时,用该 IP 分组的源 IP 地址去检索路由表,发现匹配的路由项给出的转发接口是连接路由器 R1 的接口,不是接收到该 IP 分组的接口,路由器 R2 将丢弃该 IP 分组。这种情况下,路由器 R3 作为外地代理将采用反向隧道功能,即在绑定表中记下移动终端的本地 IP 地址和本地代理之间的绑定,一旦发现接收到的 IP 分组的源 IP 地址和绑定表中的某个移动终端的本地 IP 地址相同,通过隧道传输方式将该 IP 分组传输给本地代理,再由本地代理通过正常传输方式传输该 IP 分组。

5.8　Internet 控制报文协议

Internet 控制报文协议(Internet Control Message Protocol,ICMP)属于 Internet 控制协议,其作用是监测Internet的操作,报告IP分组传输过程中发生的意外情况,测试Internet的运行状态。ICMP 报文的种类有两种:ICMP 差错报告报文和 ICMP 询问报文,差错报告报文主要用于报告 IP 分组传输过程中发生的意外情况,而询问报文主要用于测试 Internet 的运行状态。每一种报文又由若干个不同报文类型的 ICMP 报文组成,如表 5.49 所示。

下面简要介绍不同报文类型的 ICMP 报文的功能。

表 5.49　ICMP 报文类型

ICMP 报文种类	ICMP 报文类型
差错报告报文	终点不可达
	源站抑制
	超时
	参数问题
	改变路由
询问报文	回送请求和响应
	时间戳请求和响应
	子网掩码请求和响应
	路由器询问和通告

终点不可达:终点不可达分为网络不可达、主机不可达、协议不可达、端口不可达、需要分片但 DF 位置 1,以及源路由失败 6 种情况。一旦 IP 分组传输过程中碰到其中一种情况,就向该 IP 分组的发送终端发送终点不可达报文。

源站抑制:当路由器或主机由于拥塞而丢弃 IP 分组时,就向 IP 分组发送终端发送源站抑制报文,要求 IP 分组发送终端降低发送速率。

超时:当路由器接收到生存时间为零的 IP 分组,或者接收终端在规定时间内不能接收到分割某个 IP 分组后产生的全部数据片时,就向 IP 分组的发送终端发送超时报文。

参数问题:当路由器或目的终端接收到首部字段有错的 IP 分组,且已无法再继续转发该 IP 分组时,向 IP 分组发送终端发送参数问题报文。

改变路由:为了减少传输路由信息造成的开销,网络中的主机是不参与路由协议的操作过程的,因此,主机中只有人工配置的一条默认路由,有些情况下,默认路由并不是最短路由,如图 5.71 中,终端 A 配置的默认网关是路由器 A,但通往网络 192.1.2.0/24 的传输路径必须经过路由器 B,因此,当路由器 A 将终端 A 发送给属于网络 192.1.2.0/24 的终端的 IP 分组转发给属于同一网络的路由器 B 时,就向终端 A 发送改变路由报文,终端 A 添加一路由项<192.1.2.0/24 192.1.1.253>,表明以后所有发送给属于网络 192.1.2.0/24 的终端的 IP 分组均转发给路由器 B,而不是转发给默认路由器 A。

回送请求和响应:路由器或主机通过回送请求报文向一个特定的目的设备发出询问,

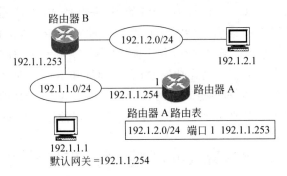

图 5.71　改变路由过程

接收到该报文的目的设备（主机或路由器）必须向发送回送请求报文的源设备回答一个回送响应报文，以此测试目的设备是否可达，并了解其相关状态。人们常用的用于测试某个目的设备是否可达的实用程序 PING 就是通过回送请求和回送响应报文实现的。

时间戳请求和响应：时间戳请求报文用于向某个目的设备询问当前的日期和时间，而时间戳响应报文用于回送接收请求报文的日期和时间及发送响应报文的日期和时间。

子网掩码请求和响应：主机通过子网掩码请求和响应来获知所在网络的子网掩码。

路由器询问和通告：主机通过广播路由器询问报文查询网络内路由器的工作状态，接收到路由器询问报文的路由器通过广播路由器通告报文来通告其路由信息。

【例 5.7】　若路由器 R 因为拥塞丢弃 IP 分组，则 R 可以向该 IP 分组源主机发送的 ICMP 报文的类型是（　　）。

　　A. 路由重定向　　　B. 目的不可达　　　C. 源站抑制（或源抑制）　　　D. 超时

【解析】　路由器 R 因为拥塞丢弃 IP 分组时，向该 IP 分组源主机发送的 ICMP 报文的类型是源站抑制（或源抑制），因此，正确答案是 C。

习　题　5

5.1　为什么说 IP 是一种网际协议？IP 实现连接在不同传输网络上的终端之间通信的技术基础是什么？

5.2　为什么为每一个接口分配 IP 地址？

5.3　作为中继系统，转发器、网桥和路由器有何区别？

5.4　解释不能用网桥实现两个分别连接在以太网和 ATM 网络的终端之间通信的原因。

5.5　解释路由器和网桥的主要区别。

5.6　何为默认网关？终端配置默认网关的作用是什么？

5.7　路由器实现不同类型的传输网络互连的技术基础是什么？

5.8　路由器主要由几部分组成？如何实现 IP 分组的转发过程？

5.9　IP 地址分为几类？各如何表示？它们的主要特点是什么？

5.10　试说明 IP 地址和 MAC 地址之间的不同，及各自的作用。

5.11　为什么需要无分类编址？它为路由项聚合和子网划分带来什么好处？

5.12　什么是最长前缀匹配算法？在什么条件下需要使用最长前缀匹配算法？

5.13　子网掩码 255.255.255.0 代表什么意思？如果某一网络的子网掩码为 255.255.255.248,该网络能够连接多少个主机？

5.14　以下地址中的哪一个地址和网络前缀 86.32/12 匹配,说明理由。

A. 86.33.224.123　　B. 86.79.65.216　　C. 86.58.119.74　　D. 86.68.206.154

5.15　以下网络前缀中的哪一个和地址 2.52.90.140 匹配,说明理由。

A. 0/4　　　　　　B. 32/4　　　　　　C. 4/6　　　　　　　D. 80/4

5.16　请辨认以下 IP 地址的网络类型。

(1) 128.36.199.3

(2) 21.12.240.17

(3) 183.194.76.253

(4) 192.12.69.248

(5) 89.3.0.1

(6) 200.3.6.2

5.17　一个 3200b 的 TCP 报文传到 IP 层,加上 160b 的首部后成为 IP 分组,下面的互联网由两个局域网通过路由器连接起来,但第二个局域网的 MTU=1200b,因此,IP 分组必须在路由器进行分片,试问第二个局域网实际需要为上层传输多少 b 的数据?

5.18　假定传输层将包含 20 字节首部和 2048 字节数据的 TCP 报文递交给 IP 层,源终端至目的终端传输路径需要经过两个网络,其中第一个网络的 MTU=1024 字节,第二个网络的 MTU=512 字节,IP 首部是 20 字节,给出到达目的终端时分片后的 IP 分组序列,并计算出每一片的净荷字节数和偏移。

5.19　路径 MTU 是端到端传输路径所经过网络中最小的 MTU,假定源终端能够发现路径 MTU,并以路径 MTU 作为源终端封装 IP 分组的依据,根据 5.18 题的参数,给出到达目的终端分片后的 IP 分组序列,并计算出每一片的净荷字节数和偏移。

5.20　有人说"ARP 向网络层提供了转换地址的服务,应该属于数据链路层",为什么说这种说法是错误的?

5.21　ARP 缓冲器中每一项的寿命是 10~15 分钟,表述寿命太长或者太短可能出现的问题。

5.22　如果重新设计 IP 地址时,将 IP 地址设计为 48 位,能否通过 IP 地址和 MAC 地址之间的一一对应关系消除 ARP 地址解析过程?

5.23　设某路由器建立了如下路由表(这三列分别是目的网络、子网掩码和下一跳路由器,若直接交付,则最后一列给出转发接口)

128.96.39.0	255.255.255.128	接口 0
128.96.39.128	255.255.255.128	接口 1
128.96.40.0	255.255.255.128	R2
192.4.153.0	255.255.255.192	R3
默认		R4

现收到 5 个 IP 分组,其目的 IP 地址如下:

(1) 128.96.39.10

(2) 128.96.40.12

(3) 128.96.40.151

(4) 192.4.153.17

(5) 192.4.153.90

请分别计算下一跳路由器或转发接口。

5.24 某单位分配到一个 B 类 IP 地址，其网络地址为 124.250.0.0，该单位有 4000 多台机器，分布在 16 个不同的地点，如果选用的子网掩码为 255.255.255.0，请分别给每个地点分配一个网络地址，并根据网络地址计算出每个地点可分配的 IP 地址范围。

5.25 一个 IP 分组的数据长度为 4000 字节（固定长度首部），需要经过一个 MTU 为 1500 字节的网络，试问应当划分为几个数据片？每一个数据片的数据字段长度、片偏移字段和 MF 标志为何值？

5.26 IP 分组中的首部检验只检验 IP 分组首部，这样做的好处是什么？坏处是什么？IP 分组首部检错码为什么不采用 CRC？

5.27 一个自治系统有 5 个局域网，其连接如图 5.72 所示，LAN 2～LAN 5 上的主机数分别为 91、150、3 和 15，该自治系统分配到的 IP 地址块为 30.138.118.0/23，试给出每一个局域网的地址块（包括前缀）。

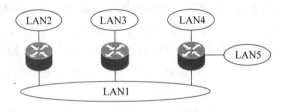

图 5.72　题 5.27 图

5.28 对如下 4 个地址块进行最大可能的聚合。

212.56.132.0/24

212.56.133.0/24

212.56.134.0/24

212.56.135.0/24

5.29 根据图 5.73 所示的网络地址配置，给出路由器 R1、R2 和 R3 的路由表。如果要求路由器 R2 中的路由项最少，如何调整网络地址配置？并根据调整后的网络地址配置，给出路由器 R1、R2 和 R3 的路由表。

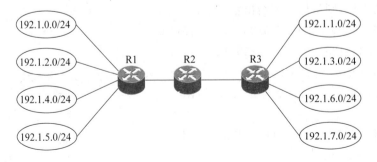

图 5.73　题 5.29 图

5.30　根据图 5.74 所示的互连网络结构,为每一个局域网分配合适的网络前缀(假定 CIDR 地址块为 192.77.33.0/24,图中每一个局域网旁边标明的数字是该局域网的主机数)。

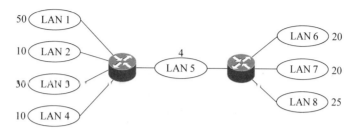

图 5.74　题 5.30 图

5.31　某单位分配到一个地址块 136.23.12.64/26,现在需要进一步划分为 4 个一样大的子网,试问:

(1) 每个子网的网络前缀有多长?

(2) 每个子网有多少地址?

(3) 每个子网的地址块是什么?

(4) 每个子网可分配给主机的最小和最大地址是什么?

5.32　网络结构如图 5.75 所示,给出的 CIDR 地址块是 192.1.1.64/26,确定每一个子网的网络地址,将最大可用地址分配给路由器连接对应子网的端口,给出路由器 R1、R2 的路由表。

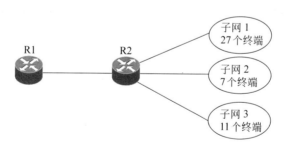

图 5.75　题 5.32 图

5.33　为什么路由协议得出的端到端传输路径是由一系列路由器组成的? 路由表中的下一跳路由器和当前路由器之间有什么限制?

5.34　为什么说 RIP 是好消息传得快,坏消息传得慢? 根据图 5.19 所示的互连网络举例说明。

5.35　什么是 RIP 的计数到无穷大的问题? 能否彻底解决?

5.36　根据 RIP 操作过程,求出图 5.19 中路由器 R3 的路由表的收敛过程。

5.37　假定路由器 B 的路由表中有如下项目(三列分别是目的网络、距离和下一跳):

N1　　　7　　　　A

N2　　　2　　　　C

N6　　　8　　　　F

N8　　　4　　　　E

N9   4   F

现路由器 B 接收到路由器 C 发来的路由消息（二列分别是目的网络和距离）如下：

N2   4

N3   8

N6   4

N8   3

N9   5

试求出路由器 B 更新后的路由表（详细说明每一个步骤）。

5.38　假定互连网络中结点 A 和结点 F 的路由表如表 5.50 和表 5.51 所示，距离为跳数，画出和这两个结点路由表一致的互连网络拓扑结构图。

表 5.50　结点 A 的路由表

结　点	距　离	下一跳结点
B	1	B
C	1	C
D	2	B
E	3	C
F	2	C

表 5.51　结点 F 的路由表

结　点	距　离	下一跳结点
A	2	C
B	3	C
C	1	C
D	2	C
E	1	E

5.39　OSPF 优于 RIP 的地方是什么？

5.40　根据 OSPF 工作原理，给出图 5.76 中结点 B 至其他各个结点最短路径的步骤。

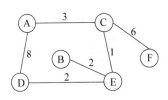

图 5.76　题 5.40 图

5.41　OSPF 如何保证只在本区域内泛洪链路状态？

5.42　为什么 OSPF 需要划分区域？

5.43　根据 OSPF 操作过程，求出图 5.34 中路由器 R31 的路由表的收敛过程。

5.44　为什么需要 BGP？不能用 OSPF 取代 BGP 的原因是什么？

5.45　OSPF 得出的到达其他区域中的网络的传输路径是最短路径吗？解释原因。

5.46　为什么说 BGP 是路径向量协议，它和 RIP 的最大不同是什么？

5.47　BGP 得出的到达其他自治系统中网络的传输路径是最短路径吗？解释原因。

5.48　根据 BGP 操作过程，求出图 5.35 中 R12 的路由表收敛过程。

5.49　IP over 以太网技术能解决什么问题？如何解决？

5.50　VLAN 之间通信需要通过路由器或三层交换机是物理限制，还是逻辑限制？它与分别连接在以太网和 ATM 网络上的两个终端之间通信必须经过路由器的原因有何异同？

5.51　给出图 5.77 中的 VLAN 划分和 IP 接口配置,并给出终端 A→终端 E 及终端 A→终端 D 之间的通信过程。要求:两个三层交换机都必须作为三层交换机使用。

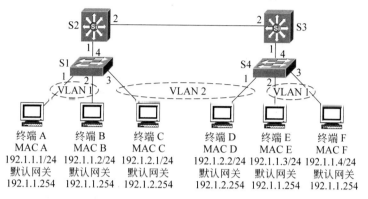

图 5.77　题 5.51 图

5.52　三层交换机和路由器有什么异同?

5.53　NAT 缓解 IP 地址短缺的原因是什么?

5.54　NAT 对提高网络安全有什么帮助?

5.55　NAT 对网络通信有什么副作用? 如何解决?

5.56　配置图 5.48 所示的内部网络时,常常采用任意网络地址作为本地 IP 地址,也很少发生错误,为什么? 这种方法可取吗?

5.57　不同的内部网络能否采用相同的本地 IP 地址? 如果两个内部网络分配了相同的本地 IP 地址,会对两个内部网络中的终端之间的通信过程带来麻烦吗?

5.58　图 5.78 如何配置路由器 R1、R2 的 NAT,才能实现终端 A 和终端 C 之间的相互通信。

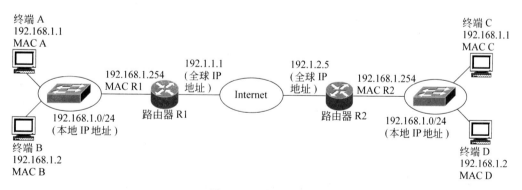

图 5.78　题 5.58 图

5.59　互连网络结构如图 5.79 所示。

① 补齐图中终端和路由器的配置信息,包括路由表。使其能够实现终端 A 和终端 B 之间的 IP 分组通信。

② 以①补齐的配置信息为基础,给出终端 A 至终端 B 的 IP 分组传输过程中涉及的所有 MAC 帧,并给出这些 MAC 帧的源和目的 MAC 地址(假定终端和路由器的 ARP 缓冲器为空)。

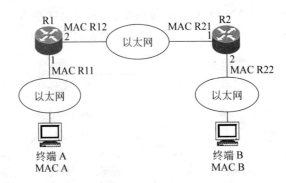

图 5.79 题 5.59 图

5.60 什么是组播？组播的主要应用有哪些？

5.61 为什么需要构建广播树？用广播树传输组播 IP 分组和用泛洪方式传输组播 IP 分组有什么不同？以图 5.19 为例进行分析。

5.62 DVMRP 是何种类型的路由协议？它和 RIP 有哪些异同点？

5.63 根据图 5.80 所示网络结构和组播组成员组成，给出用 DVMRP 构建广播树的步骤和剪枝过程。

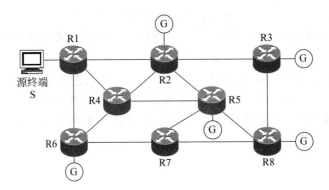

图 5.80 题 5.63、题 5.67 图

5.64 根据图 5.19，给出用 DVMRP 构建路由器 R4 的组播路由表的过程。

5.65 IGMP 的作用是什么？

5.66 为什么需要嫁接过程？嫁接过程如何进行？

5.67 根据图 5.80 所示的网络结构和组播组成员组成，给出用 PIM-SM 构建组播树的步骤。

5.68 DVMRP 和 PIM-SM 有什么本质不同？

5.69 针对图 5.81 的组播组分布，求出路由器 R5 对应源终端 192.1.2.1 和三个组播组的组播路由表。

5.70 什么是网络层无缝漫游？为什么需要网络层无缝漫游？

5.71 移动 IP 能解决什么问题？

5.72 代理的作用是什么？移动终端如何获取本地代理和外地代理的 IP 地址？

5.73 隧道封装格式如何解决向移动终端传输 IP 分组的问题？

5.74 图 5.65 中终端 B 从 BSS1 移动到 BSS2 时，MAC 层需要完成哪些功能？

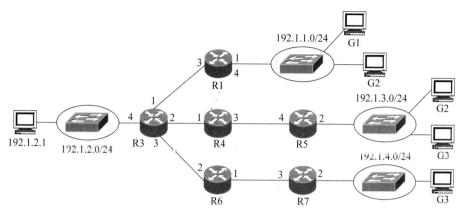

图 5.81　题 5.69 图

5.75　为了实现 MAC 层漫游,对图 5.59 中终端 B 和 AP1、AP2 的配置有什么要求?

5.76　终端 B 移动到 BSS2 后,给出终端 A 至终端 B 传输 IP 分组的全过程。

5.77　如果终端 B 向其他终端传输 IP 分组时,需要外地代理采用反向隧道技术,本地代理和外地代理需要增加什么功能? 给出用反向隧道技术完成图 5.65 中终端 B 至终端 C 的 IP 分组传输的全过程。

第**6**章 IPv6

6.1　IPv4 的缺陷

以 IPv4 为基础的 Internet 在过去十多年间得到了飞速发展,Internet 的规模和应用方式发生了巨大的变化,面对庞大的规模和多种多样的应用方式,以 IPv4 为基础的 Internet 开始面临各种各样的问题,IPv4 的局限性开始显现。

1. 地址短缺问题

IPv4 用 32 位二进制数表示 IP 地址,虽说 32 位二进制数能够提供四十多亿个 IP 地址,可满足全世界 2/3 人口的上网需求,但实际能够使用的地址空间远没有那么多,这是因为:

- IPv4 地址的分层结构导致大量地址空间被浪费,虽然无分类编址 (CIDR)极大地缓解了这一问题,但浪费地址空间的现象依然存在。
- 保留的 E 类地址和用作组播的 D 类地址占用了近 12% 的地址空间。
- 一些无法分配给网络终端的特殊地址,如主机号全 0 或全 1 的 IP 地址占用了近 2% 的地址空间。

因此,随着 Internet 规模的不断扩大,地址短缺问题日益突出。目前普遍用于解决地址短缺问题的方法是 NAT,正是无分类编址和 NAT 的出现,使得 IPv4 的地址短缺问题得到了缓解,有一部分人甚至认为 IPv4 的地址短缺问题已经得到解决,这也是 IPv6 在很长一段时间内得不到重视,在未来很长一段时间内 Internet 仍然以 IPv4 为主的主要原因。但 NAT 也带来一些问题:一是破坏了 IP 的端到端通信模型,使得对等通信的双向会话变得困难。同时由于隐藏了源终端地址,使得一些需要在应用层 PDU 中给出源终端地址的应用难以实现。二是边界路由器需要记录大量的地址转换信息,这不仅对边界路由器的性能提出了更高要求,而且还影响网络性能。三是类似 IPSec 这样的端到端安全功能不容许在传输过程中改变 IP 首部内容,因此,NAT 使类似 IPSec 这样的端到端安全功能变得难以实现。四是 NAT 都是针对会话绑定地址映射,因此,一旦采用 NAT,必须先创建会话,这就将无连接的 IP 分组传输过程转变成了面向连接的传输过程。可以说无分类编址和

NAT极大地缓解了IPv4的地址短缺问题,使人们有更充分的时间来部署IPv6,但NAT只是权宜之计,不是解决IPv4地址短缺问题的根本方法。

随着无线局域网和PDA(Personal Digital Assistant,个人数字助理)的兴起,集移动通信和访问Internet资源的功能于一身的PDA将成为人们的首选,大量移动用户一旦成为Internet用户,地址短缺问题将立即成为亟待解决的紧迫问题。随着计算机和通信技术的发展,人们通过网络监测控制家电已不是梦想,但这一切都以家电成为网络终端设备为前提,一旦大量家电都需要接入Internet,地址短缺问题更是迫在眉睫。

2. 复杂的分组首部

分组首部结构影响路由器转发分组的速率,目前通信链路的传输速率越来越高,10Gbps的SDH和以太网正成为主流广域网和局域网技术,这种情况下,路由器实现线速转发越来越困难,路由器正日益成为网络性能的瓶颈。为了提高路由器转发速率,要求减少路由器转发分组所必须进行的操作,如差错检验。传统IPv4首部中有一首部检验和字段,路由器通过该字段检验IPv4分组首部在传输过程中是否出错,由于IPv4分组每经过一跳路由器,都会改变首部中TTL字段值,导致每一跳路由器都需要重新计算IPv4首部检验和字段值,增加了路由器转发IPv4分组所进行的操作。另一方面,随着通信技术的发展,通信链路的传输可靠性越来越高,传输出错的概率越来越小,而且链路层和传输层的差错控制足以检验出传输出错的分组,在网际层进行差错检验的必要性越来越小。在前面章节中也讲过,由于网络终端的处理能力越来越高,目前的趋势是尽量将处理功能转移到网络终端,以此简化路由器的转发处理,提高路由器转发分组的速率。因此,IPv4复杂的首部结构及与此对应的转发处理要求极大地限制了路由器转发IPv4分组的速率,也与目前尽量将处理功能转移到网络终端的趋势相悖。

3. QoS实现困难

设计IPv4时是无法想象到以它为基础的Internet能够支持目前的规模和应用方式,可以说,IPv4的成功已经远远超出了设计者的预期。但随着统一网络的设想逐步得到实现,IPv4尽力而为服务的缺陷也日益显现。虽然人们尽了很大的努力来弥补这一缺陷,但IPv4对分类服务的先天不足仍然严重制约了类似VoIP、IPTV等实时应用的开展。由于IPv4首部中没有用于标识流的流标签字段,路由器需要更多的处理能力对流分类,并在流分类的基础上提供分类服务。这一方面加重了路由器的处理负担,影响路由器转发速率,另一方面也同样与目前尽量将处理功能转移到网络终端的趋势相悖。

4. 安全机制先天不足

IPv4的设计目的是尽量方便进程间的通信,因此,并没有较多考虑安全问题,但随着电子商务活动的日益频繁,信息资源的安全性越来越重要,需要总体上对网络安全进行设计,而不是软件补丁似的头痛医头、脚痛医脚。

IPv4的以上种种不足表明确实需要根据目前Internet的规模和应用方式,提出一种新的,既能体现IPv4分组交换灵活性,又能有效解决IPv4地址短缺,路由器转发处理复杂,路由器分类流困难,信息资源安全机制先天不足等问题的网际协议,它就是IPv6,也称下一代IP。

6.2　IPv6 首部结构

6.2.1　IPv6 基本首部

　　IPv6 基本首部如图 6.1(a)所示,与图 6.1(b)所示的 IPv4 基本首部相比,去掉了和分片有关的字段,及首部检验和字段,增加了流标签字段,下面详细介绍 IPv6 基本首部各字段的含义及与 IPv4 基本首部的不同。

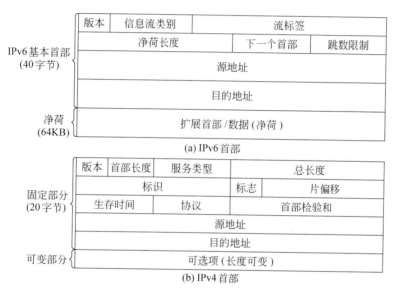

图 6.1　IPv6 和 IPv4 首部

　　① 版本:4b,给出 IP 的版本号,IPv6 的版本号为 6,由于 IPv6 和 IPv4 的版本字段位于 IP 分组的同一位置,可用该字段值区分 IP 分组所属的 IP 版本。

　　② 信息流类别:8b,该字段给出 IP 分组对应的服务类别,其作用和 IPv4 的服务类型字段相同,在采用区分服务(DS)时,IPv6 的信息流类别字段和 IPv4 的服务类型字段值都是区分服务码点(DSCP),用 DSCP 标识该 IP 分组的服务类别。

　　③ 流标签:20b,流指一组具有相同的发送和接收进程的 IP 分组。分类服务有两大类,一是区分服务(DiffServ),二是综合服务(IntServ)。区分服务定义若干服务类别,路由器为不同的服务类别设置不同的服务质量,当转发某个 IP 分组时,根据 IP 分组的服务类别字段值确定该 IP 分组所属的类别,并提供对应的服务质量。这种分类服务只能提供有限的服务类别,相同服务类别的 IP 分组具有相同的服务质量,当多个有着相同服务类别的 IP 分组在路由器中等待转发时,路由器按照先进先出的原则进行处理。综合服务是将属于特定会话的一组 IP 分组作为流,并为每一种流设置对应的服务质量。如两个 IP 电话之间的一次通话过程所涉及的 IP 分组就是一种流,路由器需要为该流预留带宽,以此保证两个 IP 电话之间的通话质量。区分服务是将信息流划分成有限的若干类,并为不同类别的信息流分配不同的服务质量,是宏观控制。综合服务是将信息流细分成流,并为每一种流设置相应的服务质量,是微观控制。路由器实施区分服务比较容易,但实施综合服务比较困难,首

先需要确定 IP 分组所属的流,由于流是属于特定会话的一组 IP 分组,需要根据 IP 分组的源和目的 IP 地址、源和目的端口号,甚至应用层 PDU 中的特定位置值来确定 IP 分组所属的流,这个过程比较复杂,会对路由器转发 IP 分组的速率产生严重影响。因此,一旦要求路由器实施综合服务,就需要牺牲转发速率。实际上,源终端在创建会话后,能够确定属于该会话的 IP 分组,因此,可以由源终端完成 IP 分组的流分类工作,并对属于特定流的 IP 分组分配唯一的流标签,路由器只需根据 IP 分组的源 IP 地址和流标签就可确定 IP 分组所属的流,并提供该流对应的服务质量,这样就减少了路由器分类 IP 分组的处理负担,也符合目前尽量将处理功能转移到网络终端的趋势。因此,IPv6 首部中增加的流标签字段对路由器实施综合服务有莫大的帮助。

④ 净荷长度:16b,给出 IPv6 分组净荷的字节数。

⑤ 下一个首部:8b,IPv6 取消了可选项,增加了扩展首部,但扩展首部作为净荷的一部分出现在净荷字段中,这样,扩展首部的长度只受净荷字段长度的限制,而不像 IPv4,将可选项的总长度限制在 40B。当存在扩展首部时,用下一个首部给出扩展首部类型。当没有扩展首部时,该字段等同于 IPv4 的协议字段,用于指明净荷所属的协议。

⑥ 跳数限制:8b,给出 IP 分组允许经过的路由器数,IP 分组每经过一跳路由器,该字段值减 1,当该字段值减为 0 时,如果 IP 分组仍未到达目的终端,路由器将丢弃该 IP 分组,以此避免 IP 分组在网络中无休止地飘荡。IPv4 对应的是生存字段,它可以给出 IP 分组允许在网络中生存的时间,但实际上,路由器都将该字段作为跳数限制字段使用,因此,IPv6 只是使该字段名副其实。

⑦ 源地址和目的地址:128b,源地址和目的地址字段的含义和 IPv4 相同,但 IPv6 的地址字段的长度是 128b,是 IPv4 的 4 倍,IPv6 彻底解决了 IPv4 面临的地址短缺问题。

IPv6 的首部长度是固定的,就是基本首部的长度,扩展首部属于净荷的一部分,因此,不需要首部长度字段。

对于 IPv4 分组,由于每经过一跳路由器,都会改变 TTL 字段值,需要重新计算首部检验和字段值,这将严重影响路由器的转发速率,而且,无论链路层,还是传输层都有差错控制功能,在目前通信链路的可靠性有所保证的前提下,在网际层重复差错控制功能的必要性不高,因此,IPv6 去掉首部检验和字段。

在 IPv4 中,当 IP 分组的长度超过输出链路的最大传输单元(MTU)时,由路由器负责将 IP 分组分片,因此,在 IP 首部中给出了和分片有关的字段。在 IPv6 中,源终端通过协议获得源终端至目的终端传输路径所经过的链路的最小 MTU,并以此确定是否需要将 IP 分组分片,在需要分片的情况下,由源终端完成分片功能,因此,中间路由器是不涉及和分片有关的操作的,因此,将和分片有关的字段放在分片扩展首部中。

6.2.2 IPv6 扩展首部

1. 扩展首部组织方式

IPv4 首部如果包含了可选项,中间经过的每一跳路由器都需要对可选项进行处理,增加了路由器的处理负担,降低了路由器转发 IPv4 分组的速率。IPv6 除了逐跳选项扩展首部外,中间路由器将扩展首部作为分组净荷对待,不对其作任何处理,以此简化路由器转发 IP 分组所进行的操作,提高路由器的转发速率。IPv6 目前定义的扩展首部有逐跳选项、路由、分片、鉴别、封装安全净荷、目的端选项这六种,当 IP 分组包含多个扩展首部时,扩展首部按照以上顺序出现,上层协议数据单元(PDU)总是放在最后面。图 6.2 是上层协议数据单元(PDU)为 TCP 报文时,IPv6 分组的格式。

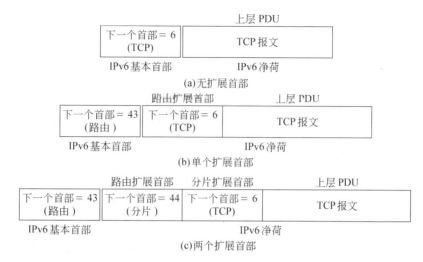

图 6.2　IPv6 基本首部、扩展首部和上层协议数据单元之间的关系

图 6.2(a)的 IPv6 分组没有扩展首部,净荷字段中只包含上层协议数据单元(TCP 报文),因此,基本首部中的下一个首部字段值给出上层协议类型:6,指明上层协议为 TCP。图 6.2(b)的 IPv6 分组中包含单个扩展首部,净荷字段中首先出现的是路由扩展首部,而基本首部中的下一个首部字段值给出扩展首部的类型,扩展首部中的下一个首部字段值给出上层协议类型。图 6.2(c)的 IPv6 分组中包含两个扩展首部,依次在净荷字段中出现的是路由和分片扩展首部,基本首部中的下一个首部字段值给出第 1 个扩展首部的类型(路由),路由扩展首部中的下一个首部字段值给出第 2 个扩展首部的类型(分片),分片扩展首部中的下一个首部字段值给出上层协议类型(TCP)。当净荷字段中包含两个以上的扩展首部时,由前一个扩展首部中的下一个首部字段值给出下一个扩展首部的类型,最后一个扩展首部的下一个首部字段值给出上层协议类型。

2. 扩展首部应用实例

下面通过分片扩展首部的应用,说明 IPv6 简化路由器转发操作的过程。分片扩展首部格式如图 6.3 所示。它的各个字段的含义和 IPv4 首部中与分片有关的字段的含义相同,片偏移给出当前数据片在原始数据中的位置,标识符用来唯一标识分片数据后产生的数据片序列,接收端通过标识符鉴别出因为分片数据后产生的一组数据片。M 标志位用来标识最后一个数据片(M=0)。图 6.4 是一个网络结构图,链路上标出的数字是链路 MTU,对于 IPv4 分组,由路由器根据输出链路 MTU 和 IPv4 分组的总长确定是否对 IP 分组分片,并在需要分片的情况下,完成分片操作。对于 IPv6 分组,由源终端通过路径 MTU 发现协议找出源终端至目的终端传输路径所经过的链路的最小 MTU,称为路径 MTU,并由源终端完成分片操作,通过分片扩展首部给出各个数据片的片偏移及标识符。目的终端通过分片扩展首部中给出的信息,重新将各个数据片拼接成原始 IPv6 分组,整个操作过程如图 6.4 所示。

图 6.3　分片扩展首部

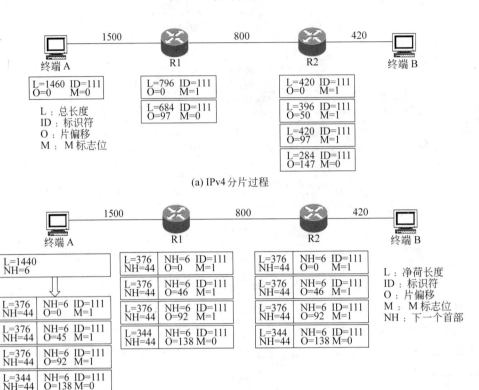

(a) IPv4分片过程

(b) IPv6分片过程

图 6.4　IPv4 和 IPv6 分片过程

IPv4 的分片操作过程已经在 5.2.4 节【例 5.3】中作了详细介绍，值得强调的是，IPv4 由路由器负责分片操作，而且可能由多个路由器对同一 IP 分组反复进行分片操作，如图 6.4(a)所示，这将严重影响路由器的转发速率，因此，在 IPv6 中，改由源终端完成分片操作。源终端首先通过路径 MTU 发现协议获取源终端至目的终端传输路径所经过的链路的最小 MTU(路径 MTU)，然后，对净荷进行分片，通常情况下，除最后一个数据片，其他数据片长度的分配原则是，须是 8 的倍数，且加上 IPv6 首部和分片扩展首部后尽量接近路径 MTU。假定路径 MTU＝M，净荷长度＝L，将净荷分成 N 个数据片，则 L＋ N ×48≤ M×N。48B 包括40B IPv6 首部和 8B 分片扩展首部。在本例中，M＝420B，L＝1440B，根据 1440＋N×48≤420×N，得出 N≥1440/(420−48)＝3.87，N 取满足上述等式的最小整数 4。前 3 个数据片长度应该是满足小于等于(420−48)且是 8 的倍数的最大值，这里是 368B，加上 8B 的分片扩展首部后，得出净荷长度＝376B，最后 1 个数据片的长度是 1440− 3×368＝336B，得出净荷长度＝344B。4 个数据片的片偏移分别是 0、368/8＝46、736/8＝ 92、1104/8＝138。值得说明的是，在每个会话的存在期间，源终端和目的终端之间都有大量 IP 分组传输，因此，源终端先通过路径 MTU 发现协议获取源终端至目的终端传输路径所经过的链路的最小 MTU(路径 MTU)是值得的,否则,对每一个 IP 分组都进行图 6.4(a)所示的分片操作会对路由器的转发速率产生巨大影响。

6.3　IPv6 地址结构

开发 IPv6 的主要原因是为了解决 IPv4 的地址短缺问题,因此,IPv6 的地址字段长度是 IPv4 的 4 倍・128b。有人计算过,2^{128} 的 IPv6 地址空间可以为地球表面每平方米的面积提供 6.65×10^{23} 个不同的 IPv6 地址,这么多的 IPv6 地址可以为地球上的每一粒沙子分配唯一的 IPv6 地址。如此巨大的地址空间,为使用 IPv6 地址提供了非常大的灵活性。

6.3.1　IPv6 地址表示方式

1. 基本表示方式

基本表示方式是将 128b 以 16 位为单位分段,每一段用 4 位十六进制数表示,各段用冒号分隔,下面是几个用基本表示方式表示的 IPv6 地址。

```
2001:0000:0000:0410:0000:0000:0001:45FF
0000:0000:0000:0000:0001:0765:0000:7627
```

2. 压缩表示方式

基本表示方式中可能出现很多 0,甚至可能整段都是 0,为了简化地址表示,可以将不必要的 0 去掉。不必要的 0 是指去掉后,不会错误理解段中 16 位二进制数的那些 0。如 0410 可以压缩成 410,但不能压缩成 41 或 041。上述用基本表示方式表示的 IPv6 地址可以压缩成如下表示方式。

```
2001:0:0:410:0:0:1:45FF
0:0:0:0:1:765:0:7627
```

用压缩表示方式表示的 IPv6 地址仍然可能出现相邻若干段都是 0 的情况,为了进一步缩短地址表示方式,可用一对冒号::表示连续的一串 0,当然,一个 IPv6 地址只能出现一个::,这种用::表示连续的一串 0 的压缩表示方式就是 0 压缩表示方式,上述地址用 0 压缩表示方式表示如下。

```
2001::410:0:0:1:45FF
::1:765:0:7627
```

2001:0:0:410:0:0:1:45FF 也可表示成 2001:0:0:410::1:45FF,但不能表示成 2001::410::1:45FF,因为后一种表示无法确定每一个::表示几个相邻的 0。

【例 6.1】　将下列用基本表示方式表示的 IPv6 地址用 0 压缩表示方式表示。

```
0000:0000:0000:0000:FE80:0000:0000:0000
0000:0001:1000:0000:0000:0000::0000:0000
0100:0000:0001:1000:0000:0000:0001:1000
```

【解析】　用 0 压缩表示方式表示如下。

```
::FE80:0:0:0
```

```
0:1:1000::
100:0:1:1000::1:1000
```

【例 6.2】 将下述用 0 压缩表示方式表示的 IPv6 地址还原成基本表示方式。

```
::1:10:0:0
FE00:1000::
0:0:1::FE00
```

【解析】 上述用 0 压缩表示方式表示的 IPv6 地址还原成如下基本表示方式。

```
0000:0000:0000:0000:0001:0010:0000:0000
FE00:1000:0000:0000:0000:0000:0000:0000
0000:0000:0001:0000:0000:0000:0000:FE00
```

3. 特殊地址

1) 内嵌 IPv4 地址的 IPv6 地址

这种地址是为了解决 IPv4 和 IPv6 共存时期配置不同版本的 IP 地址的终端之间通信问题而设置的，128b 的地址中包含 32b 的 IPv4 地址，32b 的 IPv4 地址仍然采用 IPv4 的地址表示方式，以 8 位为单位分段，每一段用对应的十进制值表示，段之间用点分隔，地址的其他部分采用 IPv6 的地址表示方式。以下是常用的 2 种内嵌 IPv4 地址的 IPv6 地址的表示方式。这两种地址的使用方式将在后面章节中讨论。

```
0000:0000:0000:0000:0000:FFFF:192.167.12.16 或::FFFF:192.167.12.16
0000:0000:0000:0000:FFFF:0000:192.167.12.16 或::FFFF:0:192.167.12.16
```

2) 环回地址

::1 是 IPv6 的环回地址，等同于 IPv4 的 127.×.×.×。

3) 未确定地址

全 0 地址（表示成::）作为未确定地址，当某个没有分配有效 IPv6 地址的终端需要发送 IPv6 分组时，可用该地址作为 IPv6 分组的源地址。该地址不能作为 IPv6 分组的目的地址。

4. 地址前缀

IPv6 采用无分类编址方式，将地址分成前缀部分和主机部分，用前缀长度给出地址中表示前缀的二进制位数，用下述表示方式表示地址前缀。

IPv6 地址/前缀长度

IPv6 地址必须是用基本表示方式或 0 压缩表示方式表示的完整地址，前缀长度是一个 0～128 的整数，给出 IPv6 地址的高位中作为前缀的位数。下述是正确的前缀表示方式。

```
::FE80:0: 0: 0/68
::1:765:0:7627/60
2001:0000:0000:0410:0000:0000:0001:45FF/64
```

6.3.2 IPv6 地址分类

IPv6 地址分为单播、组播和任播这三种类型。

单播地址：唯一标识某个接口，以该种类型地址为目的地址的 IP 分组，到达目的地址标识的唯一的接口。

组播地址：标识一组接口，而且，大部分情况下，这组接口分属于不同的结点（终端或路由器），以该种类型地址为目的地址的 IP 分组，到达所有由目的地址标识的接口。

任播地址：标识一组接口，而且，大部分情况下，这组接口分属于不同的结点（终端或路由器），以该种类型地址为目的地址的 IP 分组，到达由目的地址标识的一组接口中的其中一个接口，该接口往往是这一组接口中和源终端距离最近的那个接口。

1. 单播地址

1）链路本地地址

链路不是物理线路，它指的是实现连接在同一网络的两个结点之间通信的传输网络，如以太网。链路本地地址指的是在同一传输网络内作用的 IP 地址，它的作用一是用于实现同一传输网络内两个结点之间的网际层通信。二是用于标识连接在同一传输网络上的接口，并用该 IP 地址解析接口的链路层地址。一旦某个接口被定义为 IPv6 接口，该接口自动生成链路本地地址。链路本地地址格式如图 6.5 所示。

10b	54b	64b
1111111010	0	接口标识符

图 6.5　链路本地地址结构

链路本地地址的高 64b 是固定不变的，低 64b 是接口标识符。接口标识符用于在传输网络内唯一标识某个连接在该传输网络上的接口，它通常由接口的链路层地址导出。不同类型的传输网络导出接口标识符的过程不同，下面是通过以太网或无线局域网的 MAC 地址导出接口标识符的过程。

48 位 MAC 地址由 24 位的公司标识符和 24 位的扩展标识符组成，公司标识符由 IEEE 负责分配。公司标识符最高字节的第 0 位是 I/G（单播地址/组地址）位，该位为 0，表明是单播地址，该位为 1，表明是组地址。第 1 位是 G/L（全局地址/本地地址）位，该位为 0，表明是全局地址，该位为 1，表明是本地地址。一般情况下，MAC 地址都是全局地址，G/L 位为 0。MAC 地址导出接口标识符的过程如图 6.6 所示，首先将 MAC 地址的 G/L 位置 1，然后在公司标识符和扩展标识符之间插入十六进制值为 FFFE 的 16 位二进制数。

24b		24b
ccccccg/li/gcccccccccccccccccmmmmmmmmmmmmmmmmmmmmmmmm		

MAC 地址

24b	16b	24b
cccccci/gccccccccccccccccc1111111111111110mmmmmmmmmmmmmmmmmmmmmmmm		

c：公司标识符
m：扩展标识符

接口标识符

图 6.6　MAC 地址导出接口标识符的过程

【例 6.3】　假定 MAC 地址为 0012:3400:ABCD，求接口标识符。

【解析】

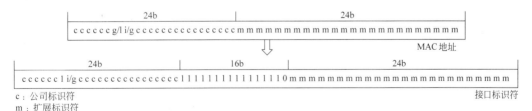

00000000 00010010 00110100 00000000 10101011 11001101

000000⬜0 00010010 00110100 11111111 11111110 00000000 10101011 11001101

接口标识符为 0212:34FF:FE00:ABCD。

【例 6.4】 假定 MAC 地址为 0012:3400:ABCD,求接口的链路本地地址。

【解析】 链路本地地址为 FE80:0000:0000:0000:0212:34FF:FE00:ABCD 或者 FE80::0212:34FF:FE00:ABCD。

2) 站点本地地址

站点本地地址类似于 IPv4 的本地地址（或称私有地址）,它不是全球地址,只能在内部网络内使用。和链路本地地址不同,它可以用于标识内部网络内连接在不同子网上的接口。因此,除了接口标识符字段外,还有子网标识符字段,用子网标识符字段标识接口所连接的子网。站点本地地址不能自动生成,需要配置,在手工配置站点本地地址时,接口标识符可以和链路本地地址的接口标识符一样,通过接口的链路层地址导出,也可手工配置一个子网内唯一的标识符作为接口标识符。站点本地地址格式如图 6.7 所示。

10b	38b	16b	64b
1111111011	0	子网标识符	接口标识符

图 6.7　站点本地地址结构

3) 可聚合全球单播地址

可聚合全球单播地址格式如图 6.8 所示。

48b	16b	64b
全球路由前缀	子网标识符	接口标识符

图 6.8　可聚合全球单播地址结构

图 6.8 将地址分成三级,它们分别是全球路由前缀、子网标识符和接口标识符,全球路由前缀用于 Internet 主干网中路由器为 IPv6 分组选择传输路径,因此,分配全球路由前缀时,要求尽可能将高 N 位相同的全球路由前缀分配给同一物理区域,如将高 5 位相同的全球路由前缀分配给亚洲,而将高 8 位相同的全球路由前缀分配给中国,当然,高 8 位中的最高 5 位和分配给亚洲的全球路由前缀的高 5 位相同,以此最大可能地聚合路由项。应该说除了已经分配的 IPv6 地址空间外,其余的地址空间都可分配作为可聚合全球单播地址,但目前已经指定作为可聚合全球单播地址的是最高 3 位为 001 的 IPv6 地址空间。子网标识符用于标识划分某个公司或组织的内部网络所产生的子网。接口标识符用来确定连接在某个子网上的接口。需要说明的是,上述地址结构只是在全球范围内分配 IPv6 地址时有用,在转发 IPv6 分组时,路由项中的地址只有两部分:网络前缀和主机号,没有图 6.8 所示的地址结构。在全球范围内分配 IPv6 地址时采用图 6.8 所示的地址结构,和尽可能将高 N 位相同的全球路由前缀分配给同一物理区域的目的是,为了尽可能地聚合路由项,减少路由表中路由项的数目,提高转发速率。图 6.9 给出了尽可能聚合路由项的全球路由前缀分配过程。

对于图 6.9 所示的网络结构,为 AS1 和 AS2 分别分配高 5 位相同的全球路由前缀,如 00100 和 00101。为 AS1 中 R11、R12 和 R13 连接的三个分支分别分配高 8 位相同的全球路由前缀,如 00100000、00100001 和 00100010。为 R111 等路由器连接的分支分别分配高 12 位相同的全球路由前缀,如 001000000000。其他路由器连接的分支依次分配,可以得出表 6.1 所示的地址分配结构。

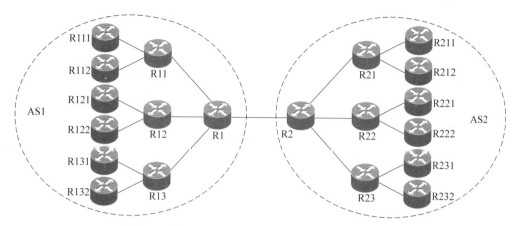

图 6.9 尽可能聚合路由项的全球路由前缀分配过程

表 6.1 地址结构

路由器	全球路由前缀	子网标识符	接口标识符
R111	00100　000　0000	×	×：×：×：×
R112	00100　000　0001	×	×：×：×：×
R121	00100　001　0000	×	×：×：×：×
R122	00100　001　0001	×	×：×：×：×
R131	00100　010　0000	×	×：×：×：×
R132	00100　010　0001	×	×：×：×：×
R211	00101　000　0000	×	×：×：×：×
R212	00101　000　0001	×	×：×：×：×
R221	00101　001　0000	×	×：×：×：×
R222	00101　001　0001	×	×：×：×：×
R231	00101　010　0000	×	×：×：×：×
R232	00101　010　0001	×	×：×：×：×

根据表 6.1 给出的地址结构，可以得出路由器 R1 到达图 6.9 中所有网络的路由项，如表 6.2 所示。

表 6.2 路由器 R1 的路由表

目的网络	下一跳	备　注
2800::/5	R2	指向 AS2 的路由项
2000::/8	R11	指向 R11 连接的分支的路由项
2100::/8	R12	指向 R12 连接的分支的路由项
2200::/8	R13	指向 R13 连接的分支的路由项

从表 6.1 中可以看出，由于为每一个分支所连接的网络分配了高 N 位相同的全球路由前缀，只需一项路由项就可以指出通往某个分支所连接的所有网络的传输路径。

2. 组播地址

组播地址格式如图 6.10 所示，高 8 位固定为十六进制值 FF，4 位标志位中的前 3 位固定为 0，最后 1 位如果为 0，表示是由 IANA(Internet Assigned Numbers Authority，Internet 号码指派管理局)分配的永久分配的组播地址，这些组播地址有特定用途，因而也被称为著名组播地址。最后位如果为 1，表示是非永久分配的组播地址(临时的组播地址)。范围字段中正常使用的值如下。

2：链路本地范围

5：站点本地范围

8：组织本地范围

E：全球范围

图 6.10　组播地址结构

链路本地范围指组播只能在单个传输网络范围内进行。站点本地范围指组播在有多个传输网络组成的站点网络内进行。组织本地范围指组播在有多个站点网络组成，但由同一组织管辖的网络内进行。全球范围指在 Internet 中组播。

IANA 分配的常用著名组播地址有：

FF02::1　链路本地范围内所有结点

FF02::2　链路本地范围内所有路由器

FF05::2　站点本地范围内所有路由器

FF02::9　链路本地范围内所有 RIP 路由器

3. 任播地址

没有为任播地址分配单独的地址格式，在单播地址空间中分配任播地址，如果为某个接口分配了任播地址，必须在分配地址时说明。目前只有路由器接口允许分配任播地址，本教材不对任播地址的应用方式进行讨论。

6.4　IPv6 操作过程

实现图 6.11 中的终端 A 至终端 B 的数据传输，必须完成两方面的操作，一是网际层必须完成如下操作：

- 终端配置全球 IPv6 地址；
- 终端配置默认路由器地址；
- 路由器建立路由表。

二是连接终端和路由器及互连路由器的传输网络必须完成 IPv6 over X(X 指不同类型的传输网络)操作，本节讨论 IPv6 的网际层操作过程。

在 IPv4 网络中，路由器接口地址手工配置，终端接口的 IPv4 地址和默认路由器地址可以手工配置，也可通过动态主机配置协议(DHCP)自动获取。路由器中的路由表通过路由

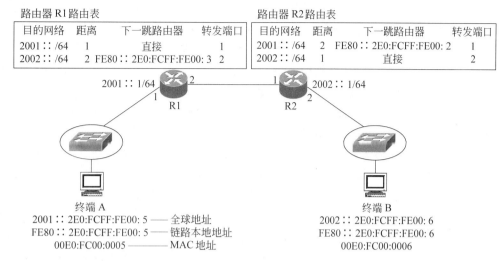

图 6.11 IPv6 网络结构

协议动态建立。

在 IPv6 网络中,可以为路由器接口配置多种类型的地址,一种是全球地址,需要手工配置,另一种是链路本地地址,在指定某个接口为 IPv6 接口后,由路由器自动生成。终端接口也有多种类型的接口地址,一种是全球地址,用于向其他网络中的终端传输数据。另一种是只在终端接口所连接的传输网络内作用的链路本地地址,在指定终端接口为 IPv6 接口后,由终端自动生成。终端接口的全球地址和默认路由器地址与 IPv4 网络一样,可以手工配置,也可以通过 DHCP 自动获取。如果手工配置,配置人员必须了解终端所连接子网的拓扑结构和路由器配置信息。如果通过 DHCP 自动获取,必须管理、同步 DHCP 服务器内容。由于 IPv6 可能被未来家电用于数据传输,而人们对家电总是希望即插即用,不愿意在对家电进行配置或向某个管理人员注册后启用家电。为此,IPv6 提供了邻站发现(Neighbor Discovery,ND)协议,以此来解决 IPv6 终端的即插即用问题。

6.4.1 邻站发现协议

1. 终端获取全球地址和默认路由器地址过程

终端将接口定义为 IPv6 接口后,自动为接口生成链路本地地址,在图 6.11 中,假定终端 A 和终端 B 的 MAC 地址分别为 00E0:FC00:0005 和 00E0:FC00:0006,终端 A 和终端 B 分别生成链路本地地址 FE80::2E0:FCFF:FE00:5 和 FE80::2E0:FCFF:FE00:6。同样,根据路由器 R1、R2 的端口 1 和端口 2 的 MAC 地址分别求出如表 6.3 所示的链路本地地址。

表 6.3 路由器各个端口的链路本地地址

路由器端口	MAC 地址	链路本地地址
路由器 R1 端口 1	00E0:FC00:0001	FE80::2E0:FCFF:FE00:1
路由器 R1 端口 2	00E0:FC00:0002	FE80::2E0:FCFF:FE00:2
路由器 R2 端口 1	00E0:FC00:0003	FE80::2E0:FCFF:FE00:3
路由器 R2 端口 2	00E0:FC00:0004	FE80::2E0:FCFF:FE00:4

　　终端 A 和终端 B 分别求出链路本地地址后，需要求出接口的全球地址和默认路由器地址，由于终端和默认路由器连接在同一个传输网络，具有相同的网络前缀，因此，终端只要得到默认路由器的网络前缀，和通过接口的链路层地址导出的接口标识符就可得出全球地址。由于接口标识符为 64 位，因此，网络前缀也必须是 64 位，这样才能组合出 128 位的全球地址。现在的问题是终端如何获取默认路由器地址和网络前缀呢？

　　IPv6 路由器定期通过各个接口组播路由器通告，该通告的源地址是发送接口的链路本地地址，目的地址是表明接收方是链路中所有结点的著名组播地址 FF02::1，通告中给出为接口配置的全球地址的网络前缀、前缀长度及路由器生存时间等参数。当终端接收到某个路由器通告，该通告的源地址就是路由器连接终端所连接的网络的接口的地址，就是默认路由器地址，通告中给出的网络前缀和前缀长度即是终端所连网络的网络前缀，当该网络前缀的长度为 64 位时，终端将其和通过终端接口链路层地址导出的接口标识符组合在一起，构成 128 位的终端全球地址。为了将这种全球地址获取方式和通过 DHCP 服务器的自动获取方式相区别，称这种地址获取方式为无状态地址自动配置，而称通过 DHCP 服务器获取地址的方式为有状态地址自动配置。由于路由器是定期发送路由器通告，因此，当某个终端启动后，可能需要等待一段时间才能接收到路由器通告。如果终端希望立即接收到路由器通告，终端可以向路由器发送路由器请求，该路由器请求的源地址是终端接口的链路本地地址，目的地址是表明接收方是链路中所有路由器的著名组播地址 FF02::2。当路由器接收到路由器请求，立即组播一个路由器通告。图 6.12 给出了终端获取全球地址及默认路由器地址的过程。

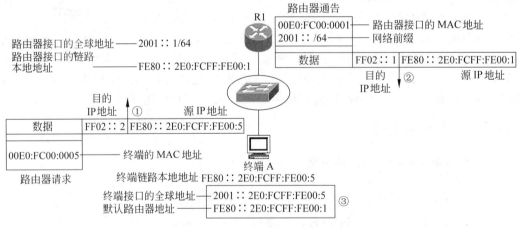

图 6.12　终端获取全球地址和默认路由器地址的过程

　　从图 6.12 中可以看出，无论是终端发送的路由器请求，还是路由器发送的路由器通告，都给出了发送接口的链路层地址（这里是以太网的 MAC 地址），这主要是因为 IPv6 分组必须封装在 MAC 帧的数据字段中，才能通过传输网络传输给下一跳结点，因此，在通过传输网络传输 IPv6 分组前，必须先获取下一跳结点的 MAC 地址，在路由器请求和通告中给出发送接口的链路层地址就是为了这一目的。IPv4 over 以太网通过 ARP 实现地址解析，即根据下一跳结点的 IPv4 地址获取下一跳结点的 MAC 地址，IPv6 通过邻站发现协议解决这一问题，下一节 IPv6 over 以太网将详细讨论 IPv6 的地址解析过程。

2. 重复地址检测

无论是链路本地地址,还是通过无状态地址自动配置方式得出的全球地址,其唯一性都依赖于接口标识符的唯一性,由于不同网络的网络前缀是不同的,因此,只要保证同一网络内不存在相同的接口标识符,就可保证地址的唯一性。重复地址检测(Duplicate Address Detection,DAD)就是用来确定网络中是否存在另一个和某个接口有着相同的接口标识符的接口。

当结点的某个接口自动生成了 IPv6 地址(链路本地地址或全球地址),结点通过该接口发送邻站请求来确定该地址的唯一性,该邻站请求的接收方应该是可能具有相同接口标识符的接口,为此,对任何进行重复检测的单播地址,都定义了用于指定可能具有相同接口标识符的接口集合的组播地址,该组播地址的网络前缀为 FF02::1:FF00:0/104,低 24 位为单播地址的低 24 位,实际上就是接口标识符的低 24 位。这就意味着链路中所有接口标识符低 24 位相同的接口组成一个组播组,以该组播地址为目的地址的 IP 分组被该组播组中的所有接口接收。某个接口的地址在通过重复地址检测前属于试验地址,不能正常使用,因此,某个源结点为确定接口地址唯一性而发送的邻站请求,其源地址为未确定地址::(全0),目的地址是根据需要进行重复检测的接口地址的低 24 位导出的组播地址。邻站请求中的目标地址字段给出需要重复检测的单播地址,即试验地址。当属于由目的地址指定的组播组的接口(接口标识符低 24 位和需要重复地址检测的单播地址的低 24 位相同的接口)接收到邻站请求,接收到邻站请求的结点(目的结点)用接收邻站请求的接口的接口地址和邻站请求中包含的试验地址比较,如果相同,且该接口的接口地址也是试验地址,该接口将放弃使用该试验地址。如果该接口的接口地址是正常使用的地址(非试验地址),目的结点向源结点发送邻站通告,该通告的源地址是接收邻站请求的接口正常使用的接口地址,目的地址是表明接收方是链路中所有结点的组播地址 FF02::1,通告中目标地址字段给出对应的邻站请求中的目标地址字段值和该接口的链路层地址。如果目的结点接收到邻站请求的接口的接口地址和邻站请求中包含的试验地址不同,目的结点不作任何处理。当源结点发送邻站请求后,如果接收到邻站通告,且通告中包含的目标地址字段值和接口的试验地址相同,源结点将放弃使用该接口地址。如果源结点发送邻站请求后,在规定时间内一直没有接收到对应的邻站通告,确定链路中不存在和其接口标识符相同的其他接口,将该接口地址作为正常使用的地址。整个过程如图 6.13 所示。

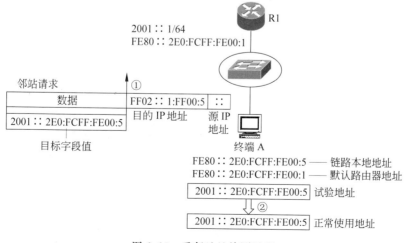

图 6.13　重复地址检测过程

6.4.2 路由器建立路由表过程

IPv6 中路由器通过路由协议建立路由表的过程和 IPv4 基本相同，只是路由项中的目的网络用 IPv6 地址的网络前缀表示方式表示。封装路由消息的 IP 分组的源地址是发送该路由消息的接口的链路本地地址，目的地址是表示链路本地范围内所有 RIP 路由器的著名组播地址：FF02::9。因此，路由表中下一跳路由器地址也是下一跳路由器对应接口的链路本地地址。下面通过用 RIPng（RIP Next Generation，下一代 RIP）建立图 6.11 所示 IPv6 网络结构中路由器 R1 和 R2 的路由表为例，讨论 IPv6 网络中路由器建立路由表的过程。

当路由器 R1 的端口 1 和路由器 R2 的端口 2 配置了全球地址和网络前缀后，路由器 R1、R2 自动生成图 6.14 所示的原始路由表。然后路由器 R1 和 R2 周期性地向对方发送包含路由表中路由项的路由消息。图 6.14(a) 是路由器 R1 向路由器 R2 发送路由消息的过程，当路由器 R2 接收到路由器 R1 发送的路由消息，进行 5.3.4 节中讨论的 RIP 路由消息处理流程，在路由表中增添用于指明通往网络 2001::/64 的传输路径的路由项。同样，路由器 R2 也向路由器 R1 发送路由消息，使得路由器 R1 也得出指明通往网络 2002::/64 的传输路径的路由项，整个过程如图 6.14(b) 所示。

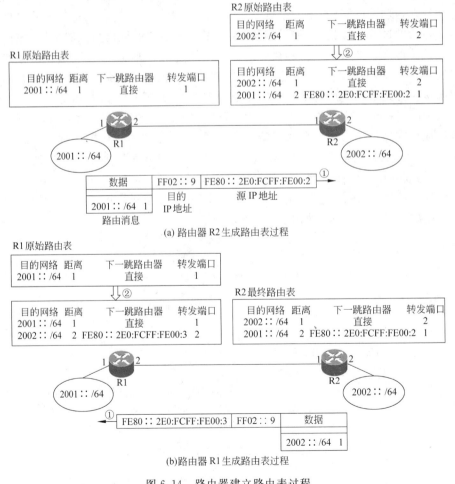

图 6.14　路由器建立路由表过程

6.5　IPv6 over 以太网

1. 地址解析过程

当图 6.11 中的终端 A 想给终端 B 发送数据时,终端 A 构建一个以终端 A 的 IPv6 地址 2001::2E0:FCFF:FE00:5 为源地址,以终端 B 的 IPv6 地址 2002::2E0:FCFF:FE00:6 为目的地址的 IPv6 分组。终端 A 在开始发送该 IPv6 分组前,先检索路由表。根据图 6.11 所示的配置,终端 A 的路由表中存在如表 6.4 所示的两个路由项。和 IPv4 相同,终端的路由表内容通过配置和邻站发现协议获得,而不是通过路由协议获得。

第 1 项指明终端 A 所连接网络的网络前缀,第 2 项指明默认路由。和 IPv4 一样,终端 A 首先确定 IPv6 分组的目的终端是否和源终端连接在同一个网络(在 IPv6 网络,称为 on-link),这个过程需要比较目的地址的网络前缀和终端 A 所连接网络的网络前缀。由于目的地址的网络前缀 2002::/64 和终端 A 所连接网络的网络前缀 2001::/64 不同,确定源终端和目的终端不在同一个网络(在 IPv6 网络,称为 off-link),终端 A 选择将该 IPv6 分组发送给默认路由器。在获取默认路由器的 IPv6 地址后,在将 IPv6 分组封装成经过以太网传输的 MAC 帧前,需要根据默认路由器的 IPv6 地址解析出 MAC 地址。这一过程称为地址解析过程,对应的 IPv6 地址称为解析地址。在前一节讨论终端获取网络前缀和默认路由器地址的过程(无状态地址自动配置过程)中已经讲到,路由器在链路本地范围内组播的路由器通告不仅包含网络前缀,还包含路由器连接该链路的接口的链路层地址,如果链路是以太网,接口的链路层地址就是 MAC 地址。因此,终端在完成获取网络前缀和默认路由器地址的过程后,不仅建立如表 6.4 所示的两个路由项,而且还建立如表 6.5 所示的邻站缓存,邻站缓存中的每一项给出邻站的 IPv6 地址和对应的链路层地址。如果在邻站缓存中找到默认路由器的 IPv6 地址对应的项,终端 A 可以立即通过该项给出的 MAC 地址封装 MAC 帧。否则,需要通过地址解析过程来获取默认路由器的 MAC 地址。和 IPv4 的 ARP 缓存相同,邻站缓存中的每一项都有寿命,如果在寿命内没有接收到用于确认 IPv6 地址和对应的链路层地址之间关联的信息,该项将因为过时而不再有效。这种情况下,终端也将通过地址解析过程获取和某个 IPv6 地址关联的链路层地址。

表 6.4　终端 A 建立的路由表

目的网络	下一跳路由器
2001::/64	本地连接
::/0	FE80::2E0:FCFF:FE00:1

表 6.5　终端 A 邻站缓存

邻站 IPv6 地址	邻站链路层地址
FE80::2E0:FCFF:FE00:1	00E0:FC00:0001

地址解析过程首先由需要解析地址的终端发送邻站请求,邻站请求的源地址是发送该邻站请求的接口的 IPv6 地址,由于每一个接口有多个 IPv6 地址,如终端 A 连接链路的接口有链路本地地址和全球地址,选择作为邻站请求的源地址的原则是选择最有可能被邻站用来解析接口的链路层地址的 IPv6 地址。由于终端 A 用全球地址作为发送给终端 B 的 IPv6 分组的源地址,那么,终端 B 回送给终端 A 的 IPv6 分组必定以终端 A 的全球地

址作为目的地址。当路由器 R1 通过以太网传输终端 B 回送给终端 A 的 IPv6 分组时,需要通过该 IPv6 分组的目的地址解析终端 A 的链路层地址,因此,在这次数据传输过程中,路由器 R1 最有可能用来解析终端 A 的链路层地址的接口地址是全球地址。因此,终端 A 用接口的全球地址作为邻站请求的源地址。邻站请求的目的地址是组播地址,组播组标识符是解析地址的低 24 位,表示接收方是接口地址低 24 位等于组播组标识符的接口。邻站请求包含解析地址和发送邻站请求的接口的链路层地址。所有接口地址的低 24 位和解析地址的低 24 位相同的接口都接收该邻站请求,目的结点首先在邻站缓存中检索邻站请求源地址对应的项,如果找到对应项且对应项给出的链路层地址和邻站请求中给出的链路层地址相同,更新寿命定时器,否则,在邻站缓存中记下源地址和链路层地址之间的关联。如果发现接收邻站请求的接口具有和解析地址相同的接口地址,目的结点回送邻站通告,通告中给出解析地址和解析出的链路层地址。终端 A 解析出默认路由器的链路层地址的过程如图 6.15 所示。

上一节讨论重复地址检测时用到的也是邻站请求和邻站通告,这一节同样用邻站请求和邻站通告完成地址解析,目的结点必须区分出接收到的邻站请求是用于完成重复地址检测的邻站请求,还是用于完成地址解析的邻站请求。目的结点通过接收到的邻站请求的源地址区分出两种不同用途的邻站请求。由于通过重复地址检测前,分配给接口的地址是试验地址,不能正常使用,因此,邻站请求的源地址是未确定地址: ::。而进行地址解析时,邻站请求的源地址是发送接口的正常使用地址。不同用途下邻站请求包含的目标地址字段值也不同,重复地址检测时发送的邻站请求中的目标地址字段给出用于进行重复检测的试验地址,而地址解析时发送的邻站请求中的目标地址字段给出用于解析出邻站链路层地址的邻站 IPv6 地址。

2. IPv6 组播地址和 MAC 组地址之间的关系

终端 A 组播的邻站请求封装成 MAC 帧后,才能通过以太网进行传输,IPv6 分组封装成 MAC 帧的过程和 IPv4 相同,只是类型字段给出的十六进制值是 86DD,表明数据字段中数据的类型是 IPv6 分组。由于邻站请求是组播分组,目的 MAC 地址是根据 IPv6 组播地址转换成的 MAC 组地址。IPv6 组播地址转换成 MAC 组地址的过程如图 6.16 所示,MAC 组地址的高 16 位固定为 3333,低 32 位是 IPv6 组播地址的低 32 位。

3. IPv6 分组传输过程

终端 A 解析出默认路由器 R1 的 MAC 地址后,将传输给终端 B 的 IPv6 分组封装成 MAC 帧,通过以太网传输给路由器 R1。路由器 R1 从接收到的 MAC 帧中分离出 IPv6 分组,用 IPv6 分组的目的地址检索路由表,找到下一跳路由器。同样用下一跳路由器的 IPv6 地址解析出下一跳路由器的 MAC 地址,再将 IPv6 分组封装成 MAC 帧,经过以太网将 MAC 帧传输给路由器 R2。经过逐跳转发,最终到达终端 B。整个传输过程如图 6.17 所示。

讨论 IPv4 over 以太网时讲过,IPv4 over 以太网涉及三方面内容:地址解析、IPv4 分组封装和 MAC 帧传输,IPv6 over 以太网同样涉及这三方面内容,除了地址解析过程,其余两方面内容和 IPv4 完全相同。IPv4 的地址解析过程通过 ARP 实现,ARP 报文被直接封装成 MAC 帧格式后进行传输,因此,ARP 只能实现以太网的地址解析过程,这就意味着 IPv4 对不同的传输网络,采用不同的地址解析协议。而邻站发现协议以 IPv6 分组格式传输协议

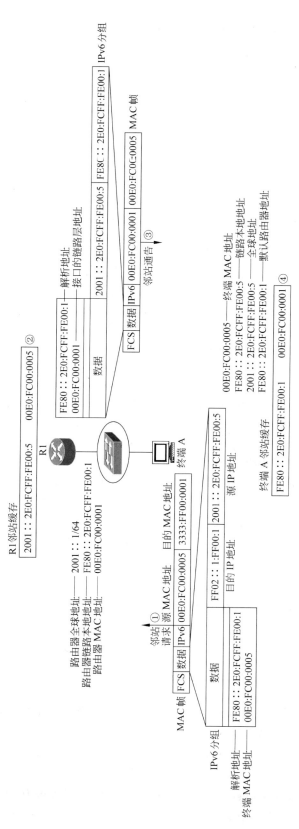

图 6.15　终端 A 解析出默认路由器的链路层地址的过程

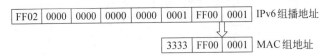

图 6.16　IPv6 组播地址转换成 MAC 组地址的过程

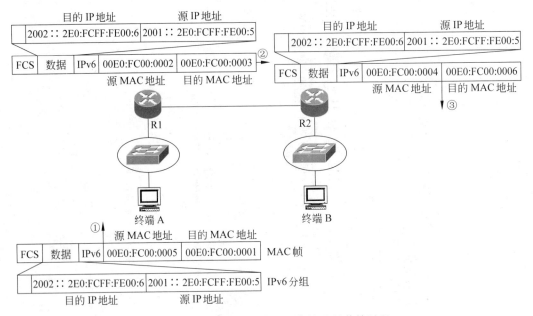

图 6.17　IPv6 分组终端 A 至终端 B 的传输过程

报文，和传输网络无关，因此，IPv6 地址解析协议独立于传输网络，不同传输网络均可用邻站发现协议实现地址解析过程。更重要的是，由于通过 IPv6 的鉴别和封装安全净荷扩展首部，可以对源终端进行鉴别，避免了其他终端冒用源终端的情况发生，因此，也不会出现类似 ARP 欺骗攻击这样的问题。ARP 欺骗攻击是指某个终端通过发送 ARP 请求，把别的终端的 IPv4 地址和自己的 MAC 地址绑定在一起，以此实现窃取发送给别的终端的 IPv4 分组的目的的攻击手段。

6.6　IPv6 网络和 IPv4 网络互连

在 6.1 节中讨论网络互连时已经讲到，必须通过一种高于传输网络且独立于传输网络的协议来解决互连问题。因此，如果真正要求实现 IPv4 网络和 IPv6 网络互连，仿照通过 IP 实现不同类型的传输网络互连的方式，必须设计出一种高于 IPv4 和 IPv6 且独立于 IPv4 和 IPv6 的协议，这种协议能够对 IPv4 网络和 IPv6 网络中的终端分配统一的、独立于 IPv4 和 IPv6 的协议地址，因而可以在这一层的协议数据单元（PDU）中对位于 IPv6 或 IPv4 网络的源和目的终端给出统一的协议地址。而实现这一层协议的设备应该是某种网关设备，源终端至目的终端的传输路径由一系列这样的网关组成，而互连网关的网络是 IPv6 或 IPv4 网络，该协议数据单元通过 X over IPv4 或 X over IPv6（X 指独立于 IPv6 和 IPv4 的上一层协议）技术实现相邻网关之间的传输。如果 IPv6 和 IPv4 网络也像不同类型的传输网络那样独立发展,实现 IPv4 网络和 IPv6 网络的互连必须走上述道路。但事实是,IPv6 网络和 IPv4 网络共存是暂时的,最终是 IPv6 网络取代 IPv4 网络,因此,实现 IPv4 网络和 IPv6 网络互连的需求也是暂时的。因而只能采用一些简单的方法来解决共存时期的通信问题,而不会像用 IP 实现不同类型的传输网络互连那样开发出一整套的协议和设备来实现 IPv4 网络和 IPv6 网络的互连。

6.6.1　双协议栈技术

IPv4 和 IPv6 虽然互不兼容,各自有着独立的编址空间,但它们为传输层提供的服务是相同的,而且 IPv4 over X 技术和 IPv6 over X(X 指各种类型的传输网络)又十分相似,因此,人们开始生产同时支持 IPv4 和 IPv6 的路由器,这种路由器称为双协议栈路由器。由这种路由器构成的网络中,允许同时存在 IPv4 和 IPv6 终端,当然,IPv4 终端只能和另一个 IPv4 终端通信,IPv6 也同样。如果某个终端希望既能和 IPv4 通信又能和 IPv6 终端通信,这个终端也必须支持双协议栈。双协议栈体系结构如图 6.18 所示。

图 6.18　双协议栈结构

图 6.19 是采用双协议栈路由器的网络结构,路由器一旦采用双协议栈,它同时运行 IPv4 协议系列和 IPv6 协议系列,必须将所有接口定义为 IPv4 和 IPv6 接口,为接口分配 IP 地址,启动路由协议如 IPv4 的 RIP 和 IPv6 的 RIPng,并通过各自的路由协议建立如图 6.19 所示的 IPv4 和 IPv6 路由表。对于 IPv6 终端,配置相对简单,在采用无状态地址自动配置方式时,自动获取图 6.19 所示的配置信息。对于 IPv4 终端,或者手工配置,或者通过 DHCP 获取图 6.19 所示的配置信息。无论是终端 A 向终端 B 发送数据,还是终

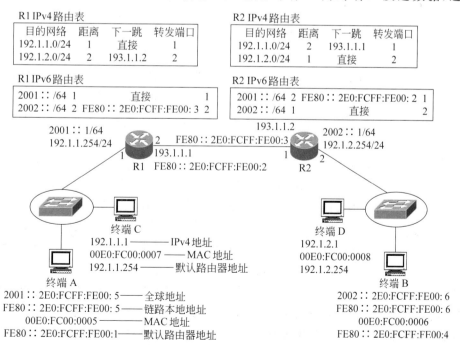

图 6.19　采用双协议栈路由器的网络结构

端C向终端D发送数据,都必须先获取目的终端的IP地址,通过目的终端的IP地址确定下一跳路由器的IP地址,通过IPv4 over以太网或IPv6 over以太网技术实现下一跳路由器(或目的终端)的地址解析、MAC帧封装及MAC帧传输过程。当路由器接口接收到MAC帧,通过MAC帧的类型字段确定数据字段包含的IP分组类型,将分离出的IP分组提交给对应的网际层进程,对应的网际层进程在对应的路由表中完成检索,获取下一跳路由器地址,再次通过IPv4 over X或IPv6 over X(X指传输网络类型)技术将IP分组传输给下一跳路由器,最终将IP分组传输给目的终端。需要说明的是,图6.19所示的网络结构是无法实现IPv4终端和IPv6终端之间通信的,除非终端支持双协议栈,否则只能和采用同一网际层协议的终端通信。

6.6.2　隧道技术

双协议栈虽然是解决IPv4和IPv6共存问题的一种有效方法,但当前的Internet是IPv4网络,路由器只支持IPv4,而且在短时间内很难使Internet中的路由器支持IPv6,因此,IPv6网络在未来一段时间内只能是孤岛,无法融入Internet,图6.20给出了IPv6网络的发展路线图。那么,在当前IPv6网络为孤岛的情况下,如何实现这些IPv6孤岛的互连呢? 隧道技术就是一种用于实现IPv6孤岛互连的机制。

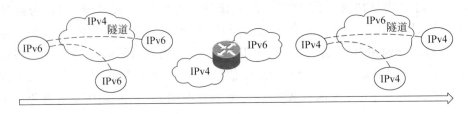

图6.20　IPv6网络的发展路线图

图6.21是用隧道实现两个IPv6孤岛互连的网络结构图,图中路由器R1的接口2和路由器R2的接口1同时配置为IPv4和IPv6接口,并配置IPv4和IPv6地址。分别在路由器R1和R2中定义IPv4隧道,隧道两个端点的IPv4地址分别为192.1.1.1和192.1.2.2,同时在路由器中设置到达隧道另一端的IPv4路由项,路由器配置的信息如图6.21所示。当终端A发送IPv6分组给终端B时,以2001::2E0:FCFF:FE00:5为源地址,2002::2E0:FCFF:FE00:6为目的地址的IPv6分组到达路由器R1,路由器R1用IPv6分组的目的地址检索IPv6路由表,找到下一跳路由器,但发现连接下一跳路由器的是隧道1。根据路由器R1配置隧道1时给出的信息:隧道1源地址为192.1.1.1、目的地址为192.1.2.2,路由器R1将IPv6分组封装成隧道格式。由于隧道1是IPv4隧道,隧道格式外层首部为IPv4首部,封装后的隧道格式如图6.22所示。隧道格式被提交给路由器R1的IPv4进程,IPv4进程用隧道格式的目的地址检索IPv4路由表,找到下一跳路由器,通过对应的IPv4 over X技术将隧道格式转发给路由器R3。经过IPv4网络的逐跳转发,隧道格式到达路由器R2。由于路由器R2的接口1被定义成隧道1的另一个端点,当路由器R2从接口1接收到隧道格式时,从中分离出IPv6分组,并用IPv6分组的目的地址检索IPv6路由表,找到下一跳结点(目的终端),通过IPv6 over以太网技术将IPv6分组传输给目的终端。

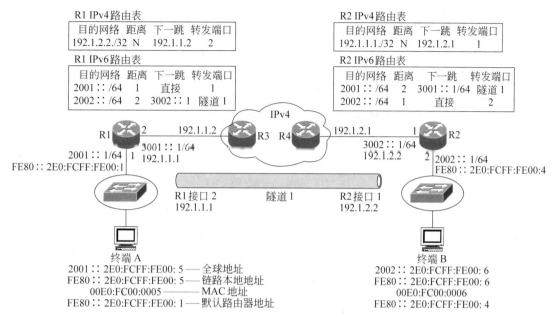

图 6.21　用隧道实现两个 IPv6 孤岛互连

图 6.22　IPv6 分组封装成 IPv4 隧道格式

6.6.3　网络地址和协议转换技术

隧道技术只能解决两个 IPv6 孤岛通过 IPv4 网络进行通信的问题,当 IPv4 网络和 IPv6 网络共存时,更需要一种解决两个分别属于这两种不同网络的终端之间的通信问题的方法,SIIT 和 NAT-PT 就是解决两个分别属于这两种不同网络的终端之间通信问题的协议。

1. SSIT

当 IPv4 网络中的终端和 IPv6 网络中的终端相互通信时,必须在网络边界实现 IPv4 分组格式和 IPv6 分组格式之间的转换,无状态 IP/ICMP 转换(Stateless IP/ICMP Translation,SIIT)就是一种用于完成 IPv4 分组格式和 IPv6 分组格式之间转换的协议。它需要在 IPv6 网络中为那些要求实现和 IPv4 网络通信的终端分配 IPv4 地址,但这些 IPv4 地址在 IPv6 网络中被转换成::FFFF:0:a.b.c.d 格式的 IPv6 地址。当 IPv6 网络中的终端希望发送数据给 IPv4 网络中的终端时,它直接在 IPv6 分组的目的地址字段给出 IPv4 网络中的终端的 IPv4 地址,但以::FFFF:a.b.c.d 的 IPv6 地址格式给出。IPv6 网络必须将以::FFFF:a.b.c.d 格式的 IPv6 地址为目的地址的 IPv6 分组路由到网络边界的地址和协议转换器，由地址和协议转换器完成 IPv6 分组格式至 IPv4 分组格式的转换。同样，当 IPv4 网络中的终端希望向 IPv6 网络中的终端发送数据时，它直接在 IPv4 分组的目的地址字段给出分配给 IPv6 网络中终端的 IPv4 地址，IPv4 网络也必须将以分配给 IPv6 网络终端的 IPv4 地址为目的地址的 IPv4 分组路由到网络边界的地址和协议转换器，由地址和协议转换器完成 IPv4 分组格式至 IPv6 分组格式的转换。下面结合图 6.23 所示的网络结构详细讨论 IPv4 网络中的终端和 IPv6 网络中的终端用 SIIT 实现相互通信的过程。

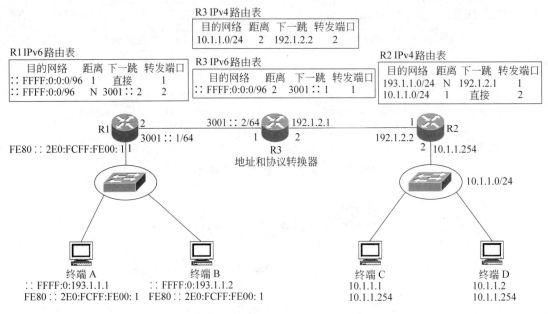

图 6.23 SIIT 实现网络地址和协议转换过程

在图 6.23 所示的网络结构中，分配给 IPv6 网络中终端的 IPv4 网络地址是 193.1.1.0/24，这些地址必须是 IPv4 网络没有使用的地址，IPv4 网络必须保证将目的地址属于 193.1.1.0/24 的 IPv4 分组路由到 IPv4 网络边界的地址和协议转换器（路由器 R3），图 6.23 中路由器 R2 路由表中的路由项<193.1.1.0/24 N 192.1.2.1 1>就反映了这一点。同样，IPv6 网络也必须保证将以::FFFF:a.b.c.d 格式的 IPv6 地址为目的地址的 IPv6 分组路由到 IPv6 网络边界的地址和协议转换器，图 6.23 中路由器 R1 路由表中的路由项<::FFFF:0:0/96 N 3001::2 2>也反映了这一点。作为地址和协议转换器的路由器 R3 支持双协议栈，接口 1 为 IPv6 接口，分配 IPv6 地址。接口 2 为 IPv4 接口，分配 IPv4 地址。通过 IPv6 接口接收到的 IPv6 分组转换成 IPv4 分组后，通过 IPv4 接口转发出去，反之亦然。当图 6.22 中的终端 A 发送数据给终端 C 时，终端 A 构建以::FFFF:0:193.1.1.1 为源地址，::FFFF:10.1.1.1 为目的地址的 IPv6 分组，该 IPv6 分组经过路由器 R1 转发后到达路由器 R3。路由器 R3 完成表 6.6 所示的 IPv6 首部字段至 IPv4 首部字段的转换，用转换后的 IPv4 分组的目的地址(10.1.1.1)检索路由表，找到下一跳路由器，将 IPv4 分组转发给路由器 R2。IPv4 分组经过路由器 R2 转发后，到达终端 C，完成了终端 A 至终端 C 的数据传输过程。

表 6.6　**IPv6 首部至 IPv4 首部字段的转换**

IPv6 首部字段	IPv4 首部字段
版本：6	版本：4
	首部长度：5
信息流类别：X	服务类型：X
净荷长度：Y	总长度：Y+20(20 是 IPv4 首部长度)
	标识：0
	MF=0,DF=1
	片偏移：0
跳数限制：Z	生存时间：Z
下一个首部：A	协议：A
	首部检验和：重新计算
源地址：::FFFF:0:193.1.1.1	源地址：193.1.1.1
目的地址：::FFFF:10.1.1.1	目的地址：10.1.1.1

　　当终端 C 向终端 A 发送数据时,终端 C 构建以 10.1.1.1 为源地址,193.1.1.1 为目的地址的 IPv4 分组,该 IPv4 分组经过路由器 R2 转发后到达路由器 R3,路由器 R3 完成表 6.7 所示的 IPv4 首部字段至 IPv6 首部字段的转换,用转换后的 IPv6 分组的目的地址检索路由表,找到下一跳路由器,将 IPv6 分组转发给路由器 R1。IPv6 分组经过路由器 R1 转发后,到达终端 A,完成了终端 C 至终端 A 的数据传输过程。为简单起见,假定 IPv4 分组和 IPv6 分组都没有任何可选项或扩展首部,其格式如图 6.24 所示。

表 6.7　**IPv4 首部至 IPv6 首部字段的转换**

IPv4 首部字段	IPv6 首部字段
版本：4	版本：6
服务类型：X	信息流类别：X
	流标签：0
总长度：Y	净荷长度：Y−20(20 是 IPv4 首部长度)
协议：A	下一个首部：A
生存时间：Z	跳数限制：Z
源地址：10.1.1.1	源地址：::FFFF:10.1.1.1
目的地址：193.1.1.1	目的地址：::FFFF:0:193.1.1.1

IPv4首部	TCP或UDP报文	⟷	IPv6首部	TCP或UDP报文

图 6.24　IPv4 和 IPv6 分组格式

IPv6 分组转换成 IPv4 分组时，一些 IPv4 首部字段值可以直接从对应的 IPv6 首部字段中复制，如服务类型、生存时间、协议。一些 IPv4 首部字段值可以通过对应的 IPv6 首部字段值导出，如总长度、源地址、目的地址。一些 IPv4 首部字段值只能设置成约定值，如标识、片偏移、MF 和 DF 标志位。

同样，IPv4 分组转换成 IPv6 分组时，一些 IPv6 首部字段值可以直接从对应的 IPv4 首部字段中复制，如信息流类别、下一个首部、跳数限制。一些 IPv6 首部字段值可以通过对应的 IPv4 首部字段值导出，如净荷长度、源地址、目的地址。一些 IPv6 首部字段值只能设置成约定值，如流标签。

SIIT 能够比较简单地解决属于两种不同网络（IPv4 和 IPv6 网络）的终端之间的通信问题，但需要为 IPv6 网络中的终端分配 IPv4 地址，而且这种地址分配是静态的，IPv6 网络中只有分配了 IPv4 地址的终端才能和 IPv4 网络中的终端通信。这就可能需要为 IPv6 网络分配大量的 IPv4 地址，而引发 IPv6 的最主要原因就是 IPv4 地址短缺问题，因此，这种通过对 IPv6 网络中的终端静态分配 IPv4 地址来解决 IPv4 终端和 IPv6 终端之间通信问题的方式，存在很大的局限性。多数情况下，虽然 IPv6 网络中有多个终端需要和 IPv4 网络中的终端通信，但需要同时通信的终端并不多，因此，可以只对 IPv6 网络分配少许 IPv4 地址，以此构成 IPv4 地址池，IPv6 网络中需要和 IPv4 网络通信的终端临时从地址池中分配一个空闲的 IPv4 地址，在通信结束后自动释放该 IPv4 地址。由于每一个 IPv4 地址都不固定分配给 IPv6 网络中的终端，将这种地址分配方式称为动态地址分配方式，而 5.5.2 节讨论的动态 NAT 就是这样一种分配机制。

2. NAT-PT

1）单向会话通信过程

网络地址和协议转换（Network Address Translation-Protocol Translation，NAT-PT）是一种将 SIIT 和动态 NAT 有机结合的地址和协议转换技术，它对 IPv6 网络中终端的地址配置没有限制，也不需要对想和 IPv4 网络通信的终端分配 IPv4 地址。它和 IPv4 网络所采用的动态 NAT 一样，在网络边界的地址和协议转换器设置一组 IPv4 地址，并以此构成 IPv4 地址池，当 IPv6 网络中的某个终端发起和 IPv4 网络中的终端之间的会话时，由地址和协议转换器为发起会话的终端分配一个 IPv4 地址，并将该 IPv4 地址和该终端发起的会话绑定在一起。如果会话是 TCP 连接，则可用会话两端的源和目的地址、源和目的端口号来标识该会话，TCP 会话建立和释放过程将在第 8 章详细讨论。在会话存在期间，该 IPv4 地址一直分配给发起会话的终端，当属于该会话的 IPv6 分组经过地址和协议转换器进入 IPv4 网络时，用该 IPv4 地址取代 IPv6 分组的源地址，并完成 IPv6 分组至 IPv4 分组的转换。IPv4 网络中的终端用该 IPv4 地址和发起会话的终端通信，当属于该会话的 IPv4 分组进入地址和协议转换器时，用该 IPv4 分组的目的地址检索会话表，用会话表中给出的发起会话的终端的 IPv6 地址取代 IPv4 分组的目的地址，并完成 IPv4 分组至 IPv6 分组的转换。在 SIIT 中，IPv6 网络用::FFFF:a.b.c.d 格式表示 IPv4 地址 a.b.c.d，在 NAT-PT 中，96 位网络前缀可以是其他的值，但必须保证 IPv6 网络将目的地址和该 96 位网络前缀匹配的 IPv4 分组路由到网络边界的地址和协议转换器。地址和协议转换器将和 96 位网络前缀匹配的目的地址的低 32 位作为 IPv4 地址。反之，地址和协议转换器在 IPv4 分组的源地址前加上 96 位网络前缀后作为 IPv6 分组的源地址。下面结合图 6.25 详细讨论 NAT-PT 的工作机制。

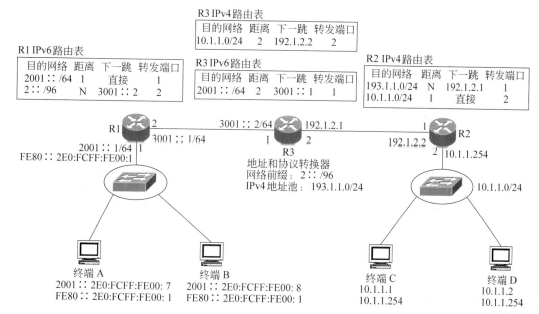

图 6.25　NAT-PT 实现网络地址和协议转换过程

在图 6.25 中,当终端 A 发起和终端 C 的会话时,终端 A 发送一个以 2001∷2E0∶FCFF:
FE00∶7 为源地址,以 2∷10.1.1.1 为目的地址的 IPv6 分组,该 IPv6 分组被 IPv6 网络路由
到路由器 R3。路由器 R3 在会话表中检索该 IPv6 分组属的会话,由于该 IPv6 分组是发
起会话的 IPv6 分组,会话表中找不到该 IPv6 分组所属的会话,路由器 R3 为终端
A 分配一个 IPv4 地址,这里假定是 193.1.1.1,同时,在会话表中创建一项,将分配该终端
A 的 IPv4 地址和终端 A 发起的会话绑定在一起,如表 6.8 所示。路由器 R3 将该 IPv6 分
组转换成 IPv4 分组,通过 IPv4 路由表确定的传输路径将 IPv4 分组转发给下一跳路由器
R2。该 IPv4 分组经过路由器 R2 转发后到达终端 C,完成终端 A 至终端 C 的传输过程。
IPv6 分组转换成 IPv4 分组时各字段的转换过程和 SIIT 相同,如表 6.6 所示,源和目的地
址的转换如图 6.26 所示。

表 6.8　IPv4 地址和会话之间的绑定

IPv6 地址	IPv4 地址	会话标识符			
		源地址	源端口号	目的地址	目的端口号
2001∷2E0∶FCFF:FE00∶7	193.1.1.1	2001∷2E0∶FCFF:FE00∶7	1123	2∷10.1.1.1	2326

图 6.26　IPv6 分组至 IPv4 分组转换过程

当终端 C 向终端 A 发送数据时,终端 C 构建一个以 10.1.1.1 为源地址,193.1.1.1 为
目的地址的 IPv4 分组,该 IPv4 分组被 IPv4 网络路由到路由器 R3。路由器 R3 用该

IPv4 分组的目的地址检索会话表，找到对应项，用对应项给出的 IPv6 地址取代目的地址。由于为路由器 R3 配置的网络前缀为 2∷/96，源地址被转换成 2∷10.1.1.1。IPv4 分组转换成 IPv6 分组时各字段的转换过程和 SIIT 相同，如表 6.7 所示，源和目的地址的转换如图 6.27 所示。

图 6.27　IPv4 分组至 IPv6 分组转换过程

终端 A 后续发送给终端 C 的 IPv6 分组，由于在会话表中找到对应项，可以根据对应项中给出的 IPv4 地址进行源地址转换。在会话存在期间，会话表中给出的地址映射一直保持。一旦会话结束，这种地址映射也随之撤销，分配的 IPv4 地址可以再次分配给其他 IPv6 网络中的终端。不同类型会话的结束方式不同，有些类型的会话有会话结束过程，有些类型的会话没有明显的会话结束过程，后一种类型的会话用规定时间内一直没有属于该会话的 IP 分组经过地址协议转换器转发作为该会话的结束条件。

2）双向会话通信过程

和 IPv4 动态 NAT 一样，NAT-PT 只能用于由 IPv6 网络中的终端发起会话的应用，如果某个应用需要由 IPv4 网络中的终端发起会话，NAT-PT 是无法实现的，因为，IPv4 网络中的终端是无法用某个 IPv4 地址来绑定 IPv6 网络中的某个终端的。如果非要实现由 IPv4 网络中的终端发起的会话，需要采用静态 NAT，即在路由器 R3 配置静态的 IPv4 地址和 IPv6 地址之间的映射。如图 6.28 中，如果终端 C 希望访问 IPv6 网络中的 DNS 服务器

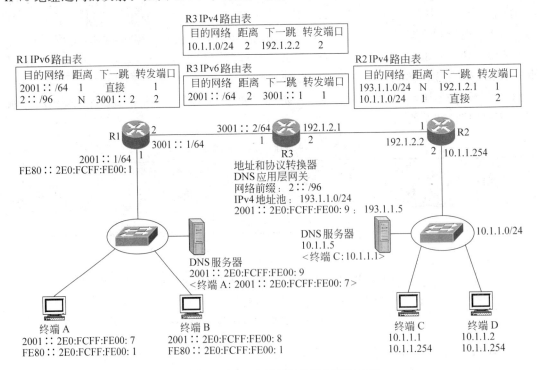

图 6.28　用 DNS 应用层网关实现双向会话

(IPv6 DNS),就构建以 10.1.1.1 为源地址,以 193.1.1.5 为目的地址的 IPv4 分组,该 IPv4 分组到达路由器 R3 后,路由器 R3 通过配置的静态地址映射,将目的地址转换成 2001∷2E0∶FCFF∶FE00∶9。但如果对 IPv6 中的其他终端也采用静态地址映射,NAT-PT 将重新变为 SIIT,需要为所有可能和 IPv4 网络通信的终端静态分配 IPv4 地址,这显然是不可能的。对于图 6.28 所示的网络结构,路由器 R3 不仅是地址和协议转换器,还是 DNS 应用层网关,DNS 用于将完全合格的域名解析成 IP 地址,如果是 IPv6 网络,则解析成 IPv6 地址,如果是 IPv4 网络,则解析成 IPv4 地址。DNS 服务器给出完全合格的域名和对应的 IP 地址之间的映射,如＜终端 A∶2001∷2E0∶FCFF∶FE00∶7＞。DNS 应用层网关完成 IPv4 DNS 协议和 IPv6 DNS 协议之间的转换,这种转换除了消息格式转换外,还包括命令和响应的转换。当终端 C 想发起和终端 A 之间的会话时,首先通过 DNS 解析出终端 A 的完全合格的域名:终端 A 所对应的 IPv4 地址。由于在路由器 R3 中已经静态配置了 IPv6 网络中 DNS 服务器的 IPv6 地址:2001∷2E0∶FCFF∶FE00∶9 和 IPv4 地址:193.1.1.5 之间的映射,终端 C 配置的 DNS 服务器地址为 193.1.1.5,因此,当需要 DNS 解析出完全合格的域名:终端 A 所对应的 IPv4 地址时,向 IPv4 地址为 193.1.1.5 的 DNS 服务器发送请求报文,请求报文被封装成 IPv4 分组后进入 IPv4 网络,被 IPv4 网络路由到路由器 R3。由路由器 R3 完成 IPv4 DNS 请求报文至 IPv6 DNS 请求报文的转换,并将请求报文封装成以2∷10.1.1.1 为源地址,以 2001∷2E0∶FCFF∶FE00∶9 为目的地址的 IPv6 分组,通过 IPv6 网络将该 IPv6 分组传输到 IPv6 网络的 DNS 服务器。IPv6 网络的 DNS 服务器根据完全合格的域名终端 A 解析出 IPv6 地址:2001∷2E0∶FCFF∶FE00∶7,并将该地址通过 DNS 响应报文回送给地址为 2∷10.1.1.1 的终端(终端 C)。响应报文被 IPv6 网络路由到路由器 R3,由路由器 R3 在 IPv4 地址池中选择一个未分配的 IPv4 地址,这里假定是 193.1.1.1,将其分配给终端 A,同时在会话表中建立 2001∷2E0∶FCFF∶FE00∶7 和 193.1.1.1 之间的映射。路由器 R3 将 IPv6 DNS 响应报文转换为 IPv4 DNS 响应报文,并将 IPv4 DNS 响应报文封装成以 10.1.1.1 为目的地址的 IPv4 分组,通过 IPv4 网络将该 IPv4 分组传输到终端 C,终端 C 随后用 IPv4 地址:193.1.1.1 和终端 A 进行通信。需要指出的是,在上述通信过程中,IPv4 网络中的终端通过 DNS 的地址解析过程创建会话,并将地址映射和该会话绑定在一起,所有源地址为 2001∷2E0∶FCFF∶FE00∶7 的 IPv6 分组或目的地址为 193.1.1.1 的 IPv4 分组都属于该会话,按照会话表中给出的地址映射完成地址转换。这种类型的会话,只能用规定时间内一直没有属于该会话的 IP 分组经过地址协议转换器转发作为该会话的结束条件。

　　IPv4 网络中所有终端和服务器对应的 IPv6 地址是固定的,IPv6 网络中的终端可以获取 IPv4 网络中所有终端和服务器对应的 IPv6 地址,因此,IPv6 网络中的终端可以通过直接给出 IPv6 地址的方式和 IPv4 网络中的终端通信。当然,记住完全合格的域名总比记住 128 位的 IPv6 地址容易,因此,IPv6 网络中的终端可能通过完全合格的域名(如终端 C)发起和 IPv4 网络中的终端之间的会话。这种情况下,由 IPv6 终端向 IPv4 网络的 DNS 服务器发送 DNS 请求报文,由路由器 R3 完成 IPv6 DNS 请求报文至 IPv4 DNS 请求报文的转换。当路由器 R3 接收到 IPv4 网络中的 DNS 服务器回送的 DNS 响应报文时,一方面通过加上网络前缀 2∷,将解析出的 IPv4 地址转换成 IPv6 地址,另一方面完成 IPv4 DNS 响应报文至 IPv6 DNS 响应报文的转换。

隧道技术和 NAT-PT 都是解决 IPv6 网络和 IPv4 网络互连的权宜之计,存在很多问题,也有很大的局限性,它们只能解决 IPv4 或 IPv6 网络中一方占据主导地位时,和作为孤岛的另一方中的终端的通信问题。因此,如果 IPv6 网络和 IPv4 网络长时间平分秋色的话,必须用更合适的技术来解决它们的互连问题。目前情况下,IPv4 占据绝对的主导地位,但网络发展的趋势是用 IPv6 代替 IPv4,只是不知道这个过程何时开始,需要多长时间。

习 题 6

6.1 IPv4 的主要缺陷有哪些?

6.2 IPv4 短时间内是否会被 IPv6 取代? 并解释原因。

6.3 IPv6 和 IPv4 相比,有什么优势?

6.4 这样设计 IPv6 首部的理由是什么? 增加的字段有什么作用?

6.5 IPv6 取消首部检验和字段的理由是什么?

6.6 IPv6 的扩展首部是否只是取代 IPv4 的可选项? 它有什么作用?

6.7 IPv6 分片过程和 IPv4 分片过程相比,有哪些优势?

6.8 IPv6 地址结构的设计依据是什么?

6.9 将以下用基本表示方式表示的 IPv6 地址用零压缩表示方式表示。

    (1) 0000:0000:0F53:6382:AB00:67DB:BB27:7332

    (2) 0000:0000:0000:0000:0000:0000:004D:ABCD

    (3) 0000:0000:0000:AF36:7328:0000:87AA:0398

    (4) 2819:00AF:0000:0000:0000:0035:0CB2:B271

6.10 将以下用零压缩表示方式表示的 IPv6 地址用基本表示方式表示。

    (1) ::

    (2) 0:AA::0

    (3) 0:1234::3

    (4) 123::1:2

6.11 给出以下每一个 IPv6 地址所属的类型。

    (1) FE80::12

    (2) FEC0::24A2

    (3) FF02::0

    (4) 0::01

6.12 下述地址表示方法是否正确?

    (1) ::0F53:6382:AB00:67DB:BB27:7332

    (2) 7803:42F2:::88EC:D4BA:B75D:11CD

    (3) ::4BA8:95CC::DB97:4EAB

    (4) 74DC::02BA

    (5) ::00FF:128.112.92.116

6.13 IPv6 为什么没有广播地址? 哪个组播地址等同于全 1 的广播地址?

6.14 IPv6 设置链路本地地址的目的是什么？

6.15 为什么使用无状态地址自动配置方式？IPv4 为什么不使用这种地址分配方式？

6.16 IPv4 是否不需要重复地址检测？如果需要，如何实现重复地址检测？

6.17 分别用 IPv6 和 IPv4 设计一个有 30 个终端的交换式以太网，并使各个以太网内的终端之间能够相互通信，给出设计步骤，并比较其过程。

6.18 IPv4 over 以太网用 ARP 实现目的终端地址解析，ARP 报文直接用 MAC 帧封装，而 IPv6 over 以太网用邻站发现协议实现目的终端地址解析，用 IPv6 分组封装邻站发现协议的报文，这两者有什么区别？

6.19 根据图 6.29 所示的网络结构，配置终端和三层交换机，并讨论终端 A 至终端 B 的 IPv6 分组传输过程。

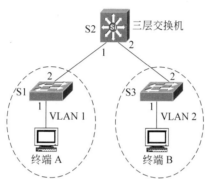

图 6.29　题 6.19 图

6.20 根据图 6.30 所示的网络结构，配置终端和三层交换机，讨论三层交换机之间用 RIPng 建立路由表的过程，并给出终端 A 至终端 D 的 IPv6 分组传输过程。

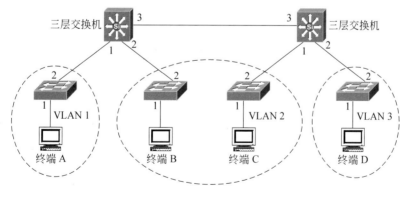

图 6.30　题 6.20 图

6.21 IPv4 和 IPv6 互连的技术有哪些？各自在什么应用环境下使用？

6.22 假定图 6.30 中，VLAN 2 使用 IPv4，其他 VLAN 使用 IPv6，请给出用双协议栈解决 IPv4 和 IPv6 网络共存和同一网络内终端之间通信问题的配置，并讨论终端 B 至终端 C、终端 A 至终端 D 之间的通信过程。

6.23 假定图 6.30 中，VLAN 2 使用 IPv4，其他 VLAN 使用 IPv6，请给出用 SIIT 解决属

于不同类型的网络的终端之间通信问题的配置，并讨论终端 A 至终端 B、终端 C 至终端 D 之间的通信过程。

6.24 假定假定图 6.30 中，VLAN 2 使用 IPv4，其他 VLAN 使用 IPv6，请给出用 NAT-PT 和 DNS 应用层网关解决属于不同网络的终端之间通信问题的配置，并讨论终端 A 至终端 B、终端 C 至终端 D 之间的通信过程。

6.25 SIIT 的局限性是什么？

6.26 NAT-PT 的局限性是什么？

6.27 NAT-PT 实现双向会话的原理是什么？

6.28 能否仿照 IP 互连不同类型传输网络的模式，提出一种真正实现 IPv4 和 IPv6 网络互连的模式？

第 **7** 章

CHAPTER

PPP 与 Internet 接入

Internet(因特网)大致由三种不同类型的网络组成：实现用户终端接入 Internet 的接入网、实现企业和校园内终端连网的局域网和实现全球范围内接入网和局域网互连的主干网。第 3、4 章已经详细讨论了局域网，这一章重点讨论 Internet 接入网。

7.1 Internet 接入过程

用户终端接入 Internet 的过程如图 7.1 所示。接入网络(Access Network,AN)互连用户终端和接入控制设备，接入控制设备互连接入网络和 Internet。

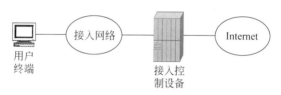

图 7.1 Internet 接入过程

1. 接入网络

接入网络的主要功能是提供用户终端和接入控制设备之间的数据传输通路，不同类型接入网络所提供的数据传输通路是不同的，拨号接入方式下的接入网络是 PSTN，用户终端和接入控制设备通过呼叫连接建立过程建立它们之间全双工点对点物理链路(语音信道)。以太网接入方式下的接入网络是以太网，由它提供用户终端和接入控制设备之间的交换路径。

2. 接入控制设备

接入控制设备首先是一个实现接入网络和 Internet 互连的路由器，但除了普通路由器的功能外，接入控制设备必须具有以下功能。

1) 接入用户身份鉴别

由 ISP 提供接入网络，并通过接入网络实现用户终端对 Internet 的访问，但 ISP 提供这样的服务是有偿的，因此，ISP 在确认提供接入服务的对象，并保证收取该对象的服务费用后，才能提供接入服务。通常情况下，用户先到 ISP 申请注册，在 ISP 确认用户身份，并相信用户有能力支付服务费用的情况下，完成注册，提供用于在网上标识用户身份的用户名和口令。当用户终端连接接入网络并建立和接入控制设备之间的数据传输通路后，必须由接入控制设备完成对接入用户的身份鉴别，即接入用户必须向接入控制设备提供有效的用户名和口令。

2）动态分配 IP 地址

接入控制设备完成接入用户的身份鉴别后，为其分配一个全球 IP 地址。每一个接入 Internet 的终端，只有分配全球 IP 地址后，才能和 Internet 上的其他终端进行通信，但用户终端接入 Internet 必须完成建立和接入控制设备之间的数据传输通路；接入用户身份鉴别；全球 IP 地址分配；Internet 访问和终止接入这样的过程，一旦用户终端终止接入，接入控制设备可以收回分配给该用户终端的全球 IP 地址，并将其分配给其他接入用户终端，因此，用户终端和全球 IP 地址之间的映射是动态的，用户终端只在接入 Internet 期间分配全球 IP 地址，同一用户终端不同接入过程所分配的全球 IP 地址可以不同。为了实现全球 IP 地址的动态分配，一个用户终端必须通过启动和终止接入的操作完成一次接入 Internet 的过程。

3）动态建立指向用户终端的路由项

用户终端首先建立和接入控制设备之间的数据传输通路，然后由接入控制设备为用户终端分配一个全球 IP 地址，接入控制设备必须将该全球 IP 地址和已经建立的用户终端与接入控制设备之间的数据传输通路绑定在一起，这样，接入控制设备才能根据 IP 分组的目的 IP 地址找到连接用户终端的数据传输通路，并通过该数据传输通路将 IP 分组传输给用户终端。如图 7.2 所示，接入网络是 PSTN，用户终端 A 和接入控制设备之间建立的数据传输通路是点对点语音信道：语音信道 1，当接入控制设备为用户终端 A 分配全球 IP 地址 IP A，必须将语音信道 1 和 IP A 绑定在一起。当接入控制设备接收到目的 IP 地址为 IP A 的 IP 分组时，通过检索动态路由项，获取连接 IP 地址为 IP A 的用户终端的数据传输通路是语音信道 1，通过语音信道 1 将 IP 分组传输给用户终端 A。

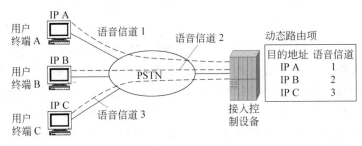

图 7.2　动态路由项建立过程

7.2　点对点协议

用户终端和接入控制设备之间必须完成数据传输通路建立、身份鉴别、全球 IP 地址分配和数据传输等功能，因此，必须定义一种既能实现用户终端和接入控制设备之间数据传输功能,又能实现接入控制设备对用户终端身份鉴别和全球 IP 地址分配等接入控制功能的协议,由于数据传输功能和接入网络类型有关,因此,需要基于特定的接入网络来定义实现用户终端接入 Internet 的协议,点对点协议(Point-to-Point Protocol,PPP)就是一种基于 PSTN 的接入控制协议,它包含两部分功能,一是针对点对点物理链路的链路层功能,即基于点对点物理链路的数据传输功能,如差错控制、帧定界和 IP 分组封装等,由于点对点物理链路只在两端接入两个结点,因此,对于任何一次数据传输过程,两端接入的结点非发送端,即为接收端,因此,不存在寻址问题。另一部分是针对用户接入操作的功能,如用户身份鉴别、全球 IP 地址分配等。

7.2.1　PPP 基本链路层功能

1. PPP 帧结构

PPP 帧结构如图 7.3 所示,各字段值均以十六进制表示,功能如下。

图 7.3　PPP 帧结构

- 帧开始标志和帧结束标志:1B,用于标识帧的开始和结束;
- 协议:2B,给出数据字段所包含的数据的类型;
- 信息:可变长,作为 PPP 帧的净荷字段,用于承载需要经过 PPP 帧传输的数据,如 IP 分组等上层协议数据单元;
- 帧检验序列:2B,循环冗余检验码(CRC),用于检测 PPP 帧传输过程中发生的错误;
- 地址和控制字段:1B,为固定值,表示 PPP 帧传输过程中不需要用到这两个字段。

所有需要经过点对点物理链路传输的数据,均需封装成 PPP 帧后,才能发送到点对点物理链路。

2. 差错检测

PPP 和以太网 MAC 层相同,接收端对接收到的帧进行差错检验,丢弃传输过程中发生错误的帧,但没有重传机制,这主要因为物理链路的可靠性越来越高,帧在传输过程中出错的概率越来越小,随着用户终端的处理能力越来越强,目前的趋势是由用户终端在传输层实施差错控制功能,以此减轻网络结点的处理负担。

3. 帧定界

PPP 需要在链路层封装上层协议数据单元的原因有二,一是通过帧中检错码检测数据传输过程中发生的错误,二是实现帧定界,并通过帧定界确定上层协议数据单元的起止字节。下面以 IP 分组为例讨论 PPP 实现帧定界,并通过帧定界确定 IP 分组的起止字节的过程。

如果将 IP 分组封装成 PPP IP 分组帧，根据图 7.3 所示的 PPP 帧结构，只要能够在连续的字节流中正确区分出每一个 PPP IP 分组帧的首、尾字节，就可根据 PPP IP 分组帧的帧结构，正确地从 PPP IP 分组帧中分离出 IP 分组。

PSTN 作为接入网络的接入方式称为拨号接入方式，在拨号接入过程中，PPP 是一个面向字节，而不是面向比特的链路层协议，因此，必须由物理层完成字节同步，即由物理层从数字信号中正确分离出每一个字节。在物理层实现字节同步的前提下，链路层接收到的是一组字节流，帧定界就是在一组字节流中确定每一帧的开始、结束字节。从图 7.3 中可以看出，PPP 用 7E 作为每一个 PPP 帧的开始、结束标志字节，也就是说，只要检测到值为 7E 的字节，标志当前 PPP 帧结束，下一个 PPP 帧开始。由于 7E 已经作为帧的开始、结束标志，因此 PPP 帧中的其他字段就不允许出现值为 7E 的字节，在所有出现值为 7E 字节的地方，用其他值的字节代替，为了说明该字节是用来代替值为 7E 的字节，而不是真正具有该值的数据字节，必须在替换字节前面插入一个转义符，用来表示紧跟转义符后面的字节是值为 7E 的替代字节。在 PPP 帧结构定义中，规定转义符的值为十六进制 7D，这样一来，除标志字段外，所有其他字段中出现 7E 和 7D 的字节均须以 7D 加替换字节这样的字节组合代替。替换字节值和源字节值的关系如下：将源字节值的第六位求反（假定字节的最高位为第八位），即为替换字节的值，因此 7E 用 7D 与 5E 这样的字节组合代替，7D 用 7D 与 5D 这样的字节组合代替。

许多 Modem 用 ASCII 码中的控制字符（值位于十六进制 0～1F 之间的字节）完成一些特定功能，因此，PPP 帧中值小于十六进制 20 的字节在经过 Modem 传输时，极有可能被 Modem 误作为控制字符进行处理。为避免这种情况发生，在构成 PPP 帧时将所有值小于 20 的字节也用 7D 加替换字节这样的字节组合代替，替换字节的产生规则也是在源字节值中求反第六位后得到的值，如代替 1C 的字节组合为 7D 与 3C。

7.2.2　PPP 接入控制过程

PPP 作为基于 PSTN 的接入控制协议，除了一般链路层协议要求的功能外，还需要具有物理连接监测、PPP 链路参数协商、用户身份鉴别和用户终端 IP 地址分配等接入控制功能，PPP 实现接入控制的过程如图 7.4 所示，图 7.4(a)中方框给出 PPP 接入控制过程需要经过的几个状态，箭头线旁边的注释是状态转换条件，如建立语音信道是终止物理链路状态转换为建立 PPP 链路状态的条件。图 7.4(b)给出了 PPP 实现接入控制过程需要交换的控制帧。

1. 物理连接监测

PPP 开始操作的前提是已经建立用户终端和接入控制设备之间的点对点语音信道，任何时候，只要用户终端和接入控制设备之间的语音信道断开，PPP 也将终止操作过程，关闭用户终端和接入控制设备之间建立的 PPP 链路，接入控制设备收回分配给用户终端的 IP 地址，从路由表中删除对应路由项。因此，PPP 必须能够监测用户终端和接入控制设备之间的物理连接状态，针对不同的状态采取相应的操作。

2. LCP 协商参数

一方面在开始用户身份鉴别前，需要用户终端和接入控制设备之间通过协商指定用于鉴别用户身份的鉴别协议。另一方面，双方在开始进行数据传输前，也必须通过协商，约定

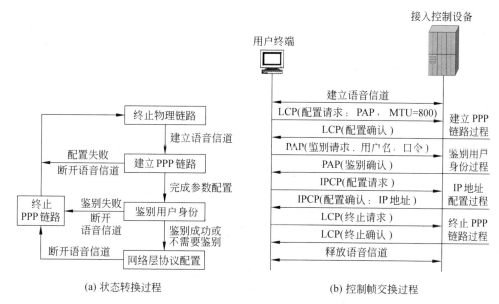

(a) 状态转换过程　　　　　(b) 控制帧交换过程

图 7.4　PPP 接入控制过程

一些参数,如是否采用压缩算法,PPP 帧的 MTU 等,这种协商过程就是 PPP 链路建立过程。因此,在建立物理连接后,必须通过建立 PPP 链路完成双方的协商过程。PPP 用于建立 PPP 链路的协议是链路控制协议(Link Control Protocol,LCP),建立 PPP 链路时双方交换的是 LCP 帧。

3. 用户身份鉴别

用户身份鉴别方法有多种,一种是用户事先向 ISP 注册,ISP 为用户分配一个用户名和口令,用户访问 Internet 前,先向 ISP 提供自己的用户名和口令,ISP 确认是注册用户,才允许该用户访问 Internet,并计算费用。另一种是用户不用事先向 ISP 注册就可直接访问 Internet,费用计算到用户的电话费上,这时,用户可以用公用的用户名和口令,如用户名:16300,口令:16300,访问 Internet。

在建立 PPP 链路后,由接入控制设备对接入用户进行身份鉴别,目前用于鉴别用户身份的协议有口令鉴别协议(Password Authentication Protocol,PAP)和挑战握手鉴别协议(Challenge Handshake Authentication Protocol,CHAP),PAP 在建立 PPP 链路后,由用户终端以明文方式向接入控制设备发送用户名和口令,由接入控制设备对用户终端发送的用户名和口令进行鉴别,如果确定是注册用户名和口令,向用户终端发送表示鉴别成功的鉴别确认帧。否则,发送表示鉴别失败的鉴别否认帧,并终止 PPP 链路,整个鉴别过程如图 7.5(a)所示。CHAP 在建立 PPP 链路后,由接入控制设备向用户终端发送一个随机数

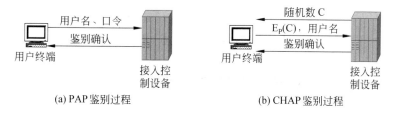

(a) PAP 鉴别过程　　　　　(b) CHAP 鉴别过程

图 7.5　用户身份鉴别过程

（该随机数被称为挑战），用户终端以口令为密钥对该随机数进行加密运算，并将包含加密运算结果和用户名的响应帧发送给接入控制设备。接入控制设备根据用户名检索出对应的口令，同样以口令为密钥对保存的随机数进行加密运算，如果加密运算结果和响应帧中包含的结果相同，向用户终端发送鉴别确认帧。否则，发送鉴别否认帧，并终止 PPP 链路。整个鉴别过程如图 7.5(b)所示。

4. 分配 IP 地址

由于用户终端通过 PSTN 访问 Internet 是动态的，因此，ISP 也采用动态分配 IP 地址的方法。当用户终端和接入控制设备之间建立语音信道，并完成用户身份鉴别后，由接入控制设备为用户终端临时分配一个全球 IP 地址，用户终端可以利用该 IP 地址访问 Internet。接入控制设备在为用户终端分配 IP 地址后，必须在路由表中增添一项路由项，将该 IP 地址与用户终端和接入控制设备之间的点对点语音信道绑定在一起。在用户终端结束 Internet 访问后，接入控制设备收回原先分配给用户终端的 IP 地址，并在路由表删除相关路由项，收回的全球 IP 地址可以再次分配给其他用户终端。用户终端和接入控制设备通过交换 IPCP（IP Control Protocol，IP 控制协议）帧实现 IP 地址分配，IPCP 属于网络控制协议（Network Control Protocol，NCP），用于对用户终端配置网络层信息。

7.3 拨号接入技术

7.3.1 拨号接入网络结构

用户终端通过 PSTN 接入 Internet 的网络结构如图 7.6 所示，用户终端通过串行口（RS-232）连接 Modem，并通过 Modem 和 PSTN 用户线连接，因此，Modem 必须具备两种类型的接口，一种是和用户终端串行口相连的接口，另一种是和用户线相连的接口。Internet 服务提供者(ISP)通过远程用户接入设备将通过 Modem 接入 PSTN 的用户终端接入 Internet。远程用户接入设备就是一种接入控制设备，它一方面连接 PSTN，另一方面连接 Internet。远程用户接入设备连接 PSTN 的最简单的方式是通过用户线，当然，为了同时支持多个远程用户终端拨号上网，ISP 远程用户接入设备必须连接多对用户线（用户线对数就是允许同时拨号上网的用户终端数），随着用户终端数的不断增加，ISP 远程用户接入设备通过用户线连接 PSTN 的方式变得不可取，因此，ISP 远程用户接入设备直接用数字链路（如 E3 链路）接入 PSTN，一条类似 E3 这样的数字链路可支持 480 个用户终端同时上网，数字链路的含义在下一节详细讨论。

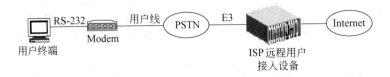

图 7.6 用户终端通过 PSTN 接入 Internet 的方式

7.3.2 PSTN 和点对点语音信道建立过程

1. PSTN 结构

主叫(发起通信的一方)和被叫(接收通信的一方)进行通信的前提是它们之间必须建立

点对点的连接,保证任何两个话机之间都能建立点对点连接的关键设备是交换机,这种交换机和第 3 章讨论的以太网交换机是有本质差别的,它的功能是根据需要在某个输入端口和某个输出端口之间建立连接,如图 7.7 所示。在早期的电话网中,由话务员实现输入和输出端口之间的连接,读者或许在以 20 世纪早期为时代背景的电影中看到过这样的镜头:人们摇动电话机接通话务员,告诉话务员要和某个地区、某个号码的人员通信,话务员手工完成当前交换机对应输入和输出端口之间的连接,并通知下一站话务员继续类似工作,直到两个话机之间通信通路上的所有交换机都由话务员实现图 7.7 所示的对应输入、输出端口之间的连接。

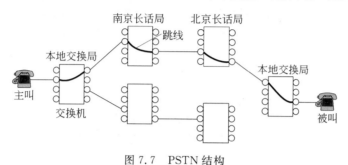

图 7.7　PSTN 结构

这种由话务员完成交换机输入端口和输出端口之间连接的方式不仅不方便,也延长了通话前建立主叫和被叫之间点对点连接的时间,随着电子技术的发展,人们开始生产能够自动根据主叫和被叫号码在交换机对应输入端口和输出端口之间建立连接的交换机,这种交换机在连接建立过程中必须具有接收并处理与建立主叫和被叫之间连接相关的信息的能力;能够根据被叫标识信息(被叫号码)确定正确的输出端口的能力。

2. 呼叫连接建立过程

主叫为了建立和被叫之间的点对点连接,必须向连接它的交换机传输一些相关信息,这些信息至少包含被叫号码及付费方式等内容,这种在主叫和被叫之间建立点对点连接而必须在主叫和主叫直接连接的交换机之间,及点对点通路上相邻交换机之间传输的信息,称为信令,根据信令确定正确的输出端口的过程称为路由。

每一个交换机通过人工配置建立如图 7.8 所示的路由表,路由表中的每一项称为路由项,路由项指明通往被叫的路径,如南京 847 局交换机中的路由项<0 * 端口 7>,表明所有区间呼叫必须经过端口 7 连接的线路。0 * 是被叫号码模式,用于表示第一位为 0,长度任意,其他号码为任意数字的一组被叫号码,这一组被叫号码包含了所有属于区间呼叫的被叫号码。

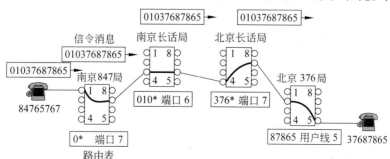

图 7.8　呼叫连接建立过程

用户通过对主叫话机拨号开始呼叫连接建立过程,用户拨入的被叫号码经过连接话机的用户线传输给本地局交换机,如图7.8中的南京847局交换机,本地局交换机用被叫号码检索路由表,检索的过程是判别被叫号码是否和路由表中其中一项路由项的被叫号码模式匹配,所谓匹配是指被叫号码属于由路由项的被叫号码模式指定的一组被叫号码。由于图7.8中的南京847局交换机中路由项<0＊端口7>的被叫号码模式包含了所有第一位为0的被叫号码,因此,被叫号码01037687865和被叫号码模式0＊匹配,一旦匹配某项路由项,交换机在接收到信令消息的端口和路由项指定的端口之间建立连接,如图7.8中南京847局交换机在端口1(连接主叫话机用户线)和端口7之间建立的连接。然后,通过路由项指定的端口(端口7)将信令消息发送出去。通往被叫话机路径所经过的每一个交换机依次处理,最终建立主叫话机和被叫话机之间的语音信道,需要指出的是这种语音信道是点对点专用通路,性能特性等同于点对点线路。

图中给出的北京长话局交换机的路由项用于指明通往北京376局交换机的路径,其中被叫号码模式376＊表示一组局号为376的被叫号码,用被叫号码匹配该路由项时,只使用北京地区号码,不包含北京地区区号010。同样,用被叫号码匹配北京376局交换机中路由项时,只使用局内号码87865,不包含北京地区区号和376局局号。

3. PCM和时分复用

用模拟信号的方式传输语音信号会带来很多问题,由于远距离传输电信号会造成信号衰减,因此,传输过程中需要逐段放大模拟信号,这种经过多级放大的模拟信号会造成失真,影响远距离通话效果。另外,随着光纤的出现和普及,用光纤通信已成为主流,而光纤只能传输数字信号,因此,无论从通信技术发展需要,还是从提高远距离通话质量的角度看,数字通信应该成为语音通信的基础。但目前话机只能生成模拟信号,如果实施端到端数字通信,势必需要更换已有的全部话机,这是目前不可能实现的事情,因此,当前PSTN中,交换机之间实现数字通信,而交换机和话机之间仍然传输模拟信号,这就要求直接连接话机的交换机(通常称为本地局交换机),必须具备模拟信号和数字信号的双向转换功能,即需要将传输给远端交换机的模拟信号转换成数字信号,并经过交换机间线路将数字信号传输给远端交换机,同时,必须将经过交换机间线路接收到的数字信号还原成模拟信号后,通过用户线传输给话机。

1) PCM

通过A/D转换将模拟信号转换成数字信号,A/D转换的关键指标为采样频率和量化精度。采样过程是将时间和幅值都连续的模拟信号变成时间上离散,但幅值仍然连续的信号,如图7.9所示。

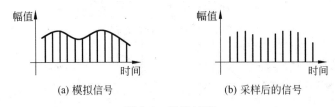

（a）模拟信号　　　　　　　　（b）采样后的信号

图7.9 采样过程

为了保证能够用采样后的信号来还原模拟信号,对采样密度有一定要求,已有研究证明:采样频率至少为模拟信号中所含有的最大频率谐波信号的两倍频率,对于带宽为

$0\sim 4\text{kHz}$ 的语音信号,其采样频率至少为 8kHz。

量化精度解决用有限位二进制数表示采样后得到的信号幅值的问题,假定信号幅值范围为 $0\sim 5\text{V}$,如果用 2 位二进制数来表示采样后的幅值,那么可以用 00 表示 0V,01 表示 1.25V,10 表示 2.5V,11 表示 3.75V,如果采样后的幅值 $V_i < 1.25\text{V}$,就用 00 表示。$1.25 \leqslant V_i < 2.5$ 就用 01 表示,$2.5 \leqslant V_i < 3.75$ 就用 10 表示,$3.75 \leqslant V_i$ 就用 11 表示。由于两位二进制数只能表示 4 种幅值,连续幅值的信号只能用这 4 种幅值进行拟合,拟合后的幅值与采样后得到的原始幅值之间的最大误差为 $5\text{V}/2^2 = 1.25\text{V}$。显然,为了提高拟合精度(量化精度),需要增加表示采样后幅值的二进制数位数。如果将二进制数位数定为 8 位,那么语音信号经 A/D 转换后产生的数字信号的传输速率为 8 位 $\times 8000$ 次/秒 $= 64000\text{bps}$。从中可以看出,增加表示采样后幅值的二进制数位数可以提高拟合精度(最大误差 $\leqslant V/2^n$;V 为最高信号幅值,n 为二进制数位数),但同时提高数字信号的传输速率,因此,需要在精度和传输速率之间进行取舍。对于语音通信而言,经过研究表明,用 8 位二进制数表示采样后的幅值已经能够保证量化精度,也就是说,用这样精度的数字信号还原成模拟信号后,能够保证语音信号质量。这种以 8kHz 采样频率和 8 位二进制数表示精度实现的将模拟信号转变为数字信号的过程在 PSTN 中称作脉冲编码调制(Pulse Code Modulation,PCM)过程,最终产生的数字语音信号称作 PCM 信号(或称 PCM 码),脉冲编码调制(PCM)过程中采用的 8kHz 采样频率和 8 位二进制数表示精度,及由此推导出的 64kbps 的数字信号传输速率作为 PSTN 数字传输系统的基本参数。数字传输系统是指直接以数字信号形式进行通信的系统,数据传输网络是指适合传输具有间歇性、突发性特征的数据的传输网络,这两者有些不同,希望读者加以区分。

　2) 时分复用技术

同样,交换机间优质线路,尤其是光纤的传输速率远大于 64kbps,对于数字传输线路,通过时分复用技术实现在一条高速的数字传输线路上同时传输多路数字化的语音信号。

为了在一条传输速率为 2.048Mbps 的线路上传输多路传输速率为 64kbps 的数字语音信号,需要将线路的传输时间以 $T = 125\mu\text{s}$ 为周期进行划分,采用 $125\mu\text{s}$ 作为时间周期是因为脉冲编码调制过程中的采样频率为 8kHz,意味着每一路数字语音信号每间隔 $125\mu\text{s}$ 产生 8 位二进制数的 PCM 码。传输速率为 2.048Mbps 的线路每一周期内可以传输的字节数 $= 125\mu\text{s} \times 10^{-6} \times 2.048 \times 10^6 / 8 = 32$,相同时间周期内,每一路语音信号需要传输 1 字节 PCM 码,这样,可以把 $125\mu\text{s}$ 分成 32/1 时间片,每一个时间片称为时隙,每一个时隙用于传输 1 字节 PCM 码,32 个时隙可以同时传输 32 路传输速率为 64kbps 的数字语音信号。图 7.10 是 4 路传输速率为 64kbps 的数字语音信号,通过时分复用技术同时经过传输速率为 256kbps 的线路进行传输的过程。

图 7.10 中,每一路传输速率为 64kbps 的数字语音信号每 $125\mu\text{s}$ 传输 1 个字节,4 路数字语音信号每 $125\mu\text{s}$ 传输 4 个字节,而传输速率为 256kbps 的线路每 $125\mu\text{s}$ 传输 4 个字节,恰好能够将 4 路传输速率为 64kbps 的数字语音信号在 $125\mu\text{s}$ 时间内传输的 4 个字节全部传输完毕。

一旦确定线路传输速率,也就确定了 $125\mu\text{s}$ 时间内包含的时隙数,这些时隙构成一个物理帧,帧中的每一个时隙都有唯一的编号,如图 7.11 所示的传输速率为 2.048Mbps 线路构成的物理帧,其中 $\text{Ch}i(i = 0, 1, \cdots, 31)$ 表示不同的时隙。

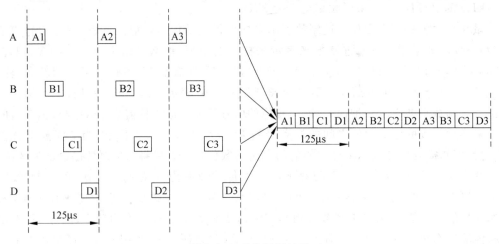

图 7.10　时分复用过程

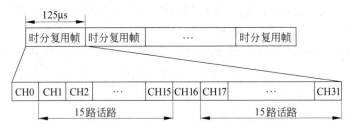

图 7.11　E1 的时分复用帧

在实际应用中，图 7.11 所示的 32 个时隙并不能全部用作数字语音通信，其中 2 个时隙用于传输同步信息和信令，因此，真正能够用作数字语音通信的只有 30 个时隙，意味着传输速率为 2.048Mbps 的线路能够同时支持 30 路语音通信。

时分复用的过程就是把 125μs 划分成多个传输 8 位二进制数需要的时隙，通过将多路数字语音信号对应到多个时隙来达到同一线路同时传输多路数字语音信号的目的。时隙的长度由线路的传输速率决定，传输速率越高，125μs 时间内容纳的时隙数越多，能够同时传输的语音路数也越多。在这样的速率设计中，2.048Mbps 称为 E1 速率，比 E1 更高的是 E2 速率，表 7.1 给出不同的传输速率及能够同时传输的语音路数。

表 7.1　E 系列传输速率和语音路数

速率类型	一次群（E1）	二次群（E2）	三次群（E3）	四次群（E4）	五次群（E5）
传输速率（Mbps）	2.048	8.448	34.368	139.264	565.148
语音路数	30	120	480	1920	7680

从表 7.1 中可以看出：交换机间线路的传输速率不是任意的，这样做的目的是为了使交换机标准化，就像到商店买衣服，不可能存在任意尺寸的衣服，人们只能在有限尺寸标准的衣服中选择合适的，这就是规模生产带来的副作用。

4. 转接表和时隙交换

图 7.12 是多对话机通过时分复用实现同时通信的过程，交换机间的通信线路是全双工

通信链路。交换机 1 给出的转接表说明用户线 1 和时隙 7 对应,即话机通过用户线 1 传输到交换机 1 的模拟信号经交换机 1 转换成数字信号后,通过交换机间线路的时隙 7(编号为 7 的时隙)传输给交换机 2,同样,交换机 1 也将交换机 2 至交换机 1 线路中时隙 7 所传输的数字信号经 D/A 转换后,还原成模拟信号,通过用户线 1 传输给话机。交换机 2 的转接表说明交换机间线路的时隙 7 和用户线 2 相对应,这说明交换机 1 用户线 1 所连话机产生的模拟信号最终到达交换机 2 用户线 2 所连话机,同样,交换机 2 用户线 2 所连话机产生的模拟信号最终到达交换机 1 用户线 1 所连话机,这就实现了交换机 1 用户线 1 所连话机和交换机 2 用户线 2 所连话机的语音通信。通过分析转接表,还可以得出同时进行语音通信的还有:交换机 1 用户线 2 所连话机和交换机 2 用户线 4 所连话机,交换机 1 用户线 3 所连话机和交换机 2 用户线 1 所连话机,交换机 1 用户线 4 所连话机和交换机 2 用户线 3 所连话机。

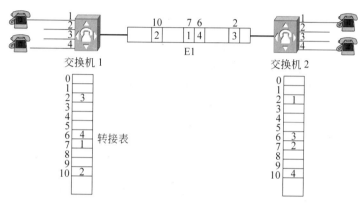

图 7.12 多对话机通过时分复用线路实现同时通信的过程

图 7.12 中互连交换机 1 和交换机 2 的 E1 链路,等同于 30 条传输速率为 64kbps 的全双工链路,交换机通过转接表实现的时隙交换过程等同于在用户线和对应的传输速率为 64kbps 的输出链路之间建立连接,图 7.13 给出了图 7.12 对应的连接方式。

图 7.13 时隙交换的本质

图 7.12 中交换机所具有的转接表在呼叫连接建立过程中创建,如果交换机间线路采用时分复用技术,则图 7.8 中建立的语音信号传输路径转变为图 7.14 所示,交换机不是在输入端口和输出端口之间建立连接,而是在输入线路某个时隙和输出线路某个时隙之间建立转接关系。

如图中南京 847 局交换机中转接项<1:7.7>,表明南京 847 局交换机将通过连接端口 1 的用户线接收到的模拟信号,经 PCM 后,转换成数字信号,通过连接端口 7 的通往南京长

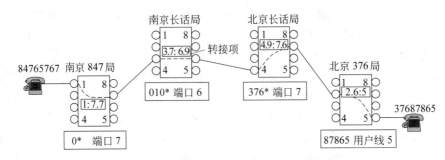

图 7.14 时分复用下的语音信号传输路径

话局交换机的输出链路的时隙 7 发送出去，同样，也将通过连接端口 7 的来自南京长话局交换机的输入链路的时隙 7 接收到的数字信号，经 D/A 转换后，还原成模拟信号，通过连接端口 1 的用户线发送出去。

5. 用户终端和接入控制设备之间的语音信道

用户终端利用图 7.6 所示的方式拨号上网，必须建立用户终端和 ISP 远程用户接入设备之间的语音信道，语音信道属于电路交换方式的传输通路，在用户终端上网期间，一直存在用户终端和 ISP 远程用户接入设备之间的语音信道，并占用其带宽。

为了建立用户终端和远程用户接入设备之间的语音信道，用户终端必须通过 Modem 完成和 ISP 远程用户接入设备之间的呼叫连接建立过程，用户终端和 ISP 远程用户接入设备之间建立呼叫连接的过程和两个普通话机之间建立呼叫连接的过程完全相同，只是 ISP 远程用户接入设备用单个号码表示成千上万条用户线（实际上是 E 系列数字链路），如中国电信的 16300。完成呼叫连接建立过程后，图 7.15 中的 PSTN 交换机 1 就建立了用户线 1 和连接 PSTN 交换机 2 的 E3 数字链路上的固定时隙 3.17（E3 信号包含多个 E1 信号，3.17 表示 E3 信号中编号为 1 的 E1 信号中编号为 17 的时隙）之间的关联。而 PSTN 交换机 2 也建立了连接 PSTN 交换机 1 的 E3 数字链路上的固定时隙 3.17 和连接 ISP 远程用户接入设备的 E3 数字链路上的固定时隙 2.12 之间的关联。这样，用户终端输出的数据经 Modem 调制后，变成 4kHz 带宽内的模拟信号，模拟信号通过用户线 1 到达 PSTN 交换机 1，经 PSTN 交换机 1 A/D 转换后变成每秒 8000 个、每个 8 位的 PCM 码。这些间隔均匀的 PCM 码通过连接 PSTN 交换机 2 的 E3 数字链路中的时隙 3.17（64kbps 数字语音信道）到达 PSTN 交换机 2。经 PSTN 交换机 2 时隙交换操作后，最后通过连接 ISP 远程用户接入设备的 E3 数字链路的时隙 2.12 到达 ISP 远程用户接入设备，PSTN 交换机 2 的时隙交换操作是从连接 PSTN 交换机 1 的 E3 数字链路的时隙 3.17 中取出 PCM 码，然后插入连接

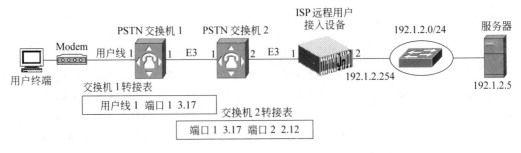

图 7.15 用户终端和远程用户接入设备之间的语音信道

ISP 远程用户接入设备的 E3 数字链路的时隙 2.12 中。值得强调的是：远程用户接入设备接收到的 PCM 码和用户终端输出的原始数据并不一致，PCM 码转变为用户终端输出的原始数据的过程是将 PCM 码经过 D/A 转换后，还原成经过用户线 1 传输给 PSTN 交换机 1 的原始模拟信号，然后对原始模拟信号进行解调，得出用户终端输出的原始数据。由于所有 E3 数字链路都是全双工通信，ISP 远程用户接入设备和用户终端之间的传输通路也是全双工的。

6. Modem V.34 和 V.90 标准

用户终端使用的 Modem 有两种标准，一种是 V.34 标准，它基于远程用户接入设备用模拟用户线连接 PSTN 的方式，这种方式下，用户终端和远程用户接入设备之间的双向传输速率相同，均为 33.6kbps。另一种是 V.90 标准，它基于远程用户接入设备用类似 E3 链路这样的数字链路连接 PSTN 的方式，这种方式下，用户终端至远程用户接入设备之间的传输速率为 33.6kbps。而远程用户接入设备至用户终端的传输速率为 56kbps。由于目前远程用户接入设备普遍采用数字链路连接 PSTN 的方式，因此，V.90 标准是目前最常见的 Modem 标准。

7.3.3　成功接入后的拨号接入网络配置

一旦建立用户终端和远程用户接入设备之间的语音信道，远程用户接入设备通过 PPP 完成对用户终端的身份鉴别和全球 IP 地址分配，并将分配给用户终端的全球 IP 地址和连接用户终端的点对点语音信道绑定在一起，如图 7.16(a) 所示，远程用户接入设备分配给用户终端的全球 IP 地址是 192.1.1.9，连接用户终端的点对点语音信道的标识符是时隙 2.12，远程用户接入设备在路由表中将分配给用户终端的全球 IP 地址 192.1.1.9 和用于标识连接用户终端的点对点语音信道的时隙 2.12 绑定在一起，并注明用 PPP 封装传输给用户终端的数据。

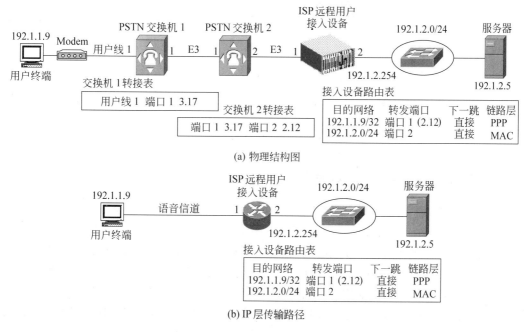

图 7.16　成功接入后的拨号接入网络配置

7.3.4 用户终端访问 Internet 过程

图 7.16(b)给出用户终端和服务器之间的 IP 层传输路径,远程用户接入设备相当于一个互连点对点链路和以太网的路由器,路由表中的两项路由项分别指向直接用点对点链路与远程用户接入设备相连的用户终端和直接连接远程用户接入设备的以太网。如果用户终端要访问服务器(192.1.2.5),用户终端构建一个目的 IP 地址＝192.1.2.5、源 IP 地址＝192.1.1.9 的 IP 分组,该 IP 分组封装成 PPP IP 分组帧。组成 PPP IP 分组帧的字节流通过用户终端的串行口发送给 Modem,Modem 将其转换成模拟信号后,通过用户线 1 发送给 PSTN 交换机 1。经 PSTN 交换机 1 A/D 转换后变成 PCM 码,然后通过预留的时隙传输给 ISP 远程用户接入设备。ISP 远程用户接入设备经过数字信号处理过程,将 PCM 码还原成模拟信号,并经过解调,还原成用户终端输出的用来组成 PPP IP 分组帧的字节流。然后通过帧定界从字节流中分离出 PPP IP 分组帧,再从 PPP IP 分组帧中分离出 IP 分组,根据 IP 分组的目的 IP 地址检索路由表,找到对应项,然后将 IP 分组封装成 MAC 帧,经过以太网发送给服务器,完成用户终端至服务器的 IP 分组传输过程。

服务器发送给用户终端的 IP 分组的传输过程刚好相反。服务器构建源 IP 地址＝192.1.2.5、目的 IP 地址＝192.1.1.9 的 IP 分组,将该 IP 分组封装成 MAC 帧后传输给远程用户接入设备。远程用户接入设备从中分离出 IP 分组,用 IP 分组的目的 IP 地址检索路由表,确定输出物理链路是 E3 数字链路的时隙 2.12,将 IP 分组封装成 PPP IP 帧,然后将组成 PPP IP 帧的字节流通过远程用户接入设备至用户终端的点对点语音信道传输给用户终端。如果用户终端采用 V.34 标准 Modem,远程用户接入设备传输字节流至用户终端的信号变换过程和用户终端传输字节流至远程用户接入设备的信号变换过程相同。用户终端通过帧定界从字节流中分离出 PPP IP 分组帧,再从 PPP IP 分组帧中分离出 IP 分组,完成服务器至用户终端的 IP 分组传输过程。

用户终端和服务器之间 IP 分组传输过程中所涉及的协议转换过程如图 7.17 所示。

图 7.17　协议转换过程

7.3.5 远程用户接入设备的作用

拨号接入网络中的关键设备是远程用户接入设备,在转发 IP 分组时,它就是一台路由器,在图 7.18 中,当用户终端 A、B、C 连接接入网络,并分配 IP 地址 IP A、IP B、IP C 后,远程用户接入设备就在路由表中添加对应的路由项,通过这些路由项,远程用户接入设备可以正确地将目的地址为 IP A、IP B、IP C 的 IP 分组转发给用户终端 A、B、C。同时,远程用户接入设备也通过路由协议建立用于指明通往其他网络的传输路径的路由项,可以正确地路由目的网络为其他网络的 IP 分组。但远程用户接入设备和普通路由器相比,还多了一些特殊的功能。

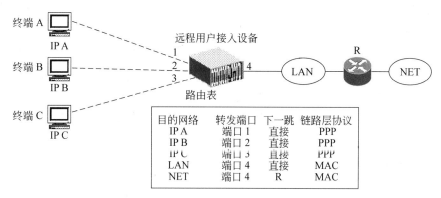

图 7.18　远程用户接入设备作用示意图

（1）和用户终端之间的点对点物理连接不是长期存在的,是通过呼叫连接建立过程建立的。因此,如果远程用户接入设备通过多条用户线接入 PSTN,它还是一个相当于集成了多个 Modem 的设备,需要具有 Modem 的调制解调、响应呼叫请求等功能。如果远程用户接入设备通过数字链路接入 PSTN ,它还须具有 PSTN 本地局交换机的功能。

（2）路由表中和用户终端对应的转发端口与远程用户接入设备接入 PSTN 的方式有关,如果远程用户接入设备通过多条用户线接入 PSTN,转发端口就是连接对应用户线的端口。如果远程用户接入设备通过数字链路接入 PSTN,转发端口就是和该用户终端之间的语音信道相关联的数字链路中的时隙。

（3）远程用户接入设备必须具有鉴别用户身份的能力,因此,或者本身具有注册用户信息库,或者虽然本身不具有注册用户信息库,但具有访问到注册用户信息库中信息的能力。

（4）远程用户接入设备对用户终端采用动态分配 IP 地址的方式,因此,必须具有一个IP 地址池,在用户终端和远程用户接入设备之间建立语音信道并成功通过用户身份鉴别时,从地址池中选择一个未分配的 IP 地址,分配给用户终端。在用户终端断开和远程用户接入设备之间的语音信道时,收回分配给它的 IP 地址。为了方便其他路由器建立路由项,地址池中的 IP 地址应该是连续的。

（5）路由表中和用户终端相关的路由项在用户终端和远程用户接入设备之间建立语音信道,通过用户身份鉴别,并分配 IP 地址后添加到路由表中,在用户终端断开和远程用户接入设备之间的语音信道时从路由表中删除。

7.4　以太网接入技术

随着交换式以太网和全双工通信方式的普及,以太网交换机之间的无中继传输距离已达到 70km,而且,随着以太网交换机和光缆的价格不断下降,构建交换式以太网的成本也在不断降低,以太网的高传输速率(10Mbps)更是其成为人们热选的接入技术的主要原因。用以太网作为接入网络虽然需要重新铺设光缆和电缆(光缆到小区中的每一幢楼,电缆到楼内的每一户),但其传输速率方面的强大优势正吸引着越来越多的用户,随着 Internet 上的多媒体应用日益增多,如 IPTV、VoIP、VoD 等,用户对接入网络的传输速率的要求也越来越高,可以预计,随着 Internet 应用的不断深入,具有传输速率优势的以太网接入技术将越来越受到用户的青睐。

1. 接入网络结构

图 7.19 是用户终端通过以太网接入技术接入 Internet 的过程，在图 7.19 中，中心交换机通过 1Gbps 传输速率的以太网链路直接和宽带接入服务器相连，通过光缆构成的 100Mbps 传输速率的以太网链路连接小区中的分区交换机，而分区交换机也通过光缆构成的 100Mbps 传输速率的以太网链路连接每一栋楼内的交换机，楼内交换机用电缆接入楼内每一户的终端，连接楼内用户终端的以太网链路的传输速率为 10Mbps。

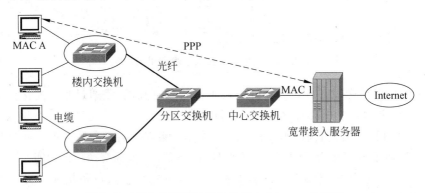

图 7.19　用户终端通过以太网接入 Internet 的过程

2. PPPoE

1）PPPoE 的作用

当以太网作为接入网络时，宽带接入服务器作为接入控制设备也同样需要通过 PPP 对用户终端进行身份鉴别、IP 地址分配以及在宽带接入服务器的路由表中建立用于指明通往用户终端的传输路径的路由项的操作。完成这些操作后，宽带接入服务器和用户终端之间才算成功建立 PPP 连接，它们之间才可以通过交换 PPP IP 分组帧实现双向数据传输。但 PPP 是基于点对点物理链路的链路层协议，宽带接入服务器对用户终端通过 PPP 完成上述操作的前提是，已经建立宽带接入服务器和用户终端之间的点对点物理链路。但图 7.19 所示的宽带接入服务器和用户终端之间的传输通路是以太网交换路径，不是点对点物理链路，因此，必须在以太网基础上构建功能等同于点对点物理链路的虚拟线路，PPPoE（PPP over Ethernet，基于以太网的 PPP）就是构建基于以太网的虚拟线路的协议。

2）PPPoE 发现过程

PPPoE 构建基于以太网、功能等同于点对点物理链路的点对点虚拟线路的思路是在以太网上建立隧道，隧道对应的传输通路就是用户终端和宽带接入服务器之间的交换路径，因此，用交换路径两端的 MAC 地址标识隧道。PPP 帧封装成隧道格式后，能够像通过点对点物理链路传输一样在隧道两端之间正确传输。

在拨号接入方式中，用户终端通过分配给远程用户接入设备的电话号码完成和远程用户接入设备之间的呼叫连接建立过程，并因此建立和远程用户接入设备之间的点对点物理链路。在以太网接入方式中，用户终端通过 PPPoE 发现过程确定宽带接入服务器，获取宽带接入服务器的 MAC 地址，并因此建立和宽带接入服务器之间的基于以太网的隧道，这种隧道在 PPPoE 中被称为 PPP 会话。

如图 7.20 所示,用户终端启动 PPPoE 后,广播一个发现启动报文,用于寻找宽带接入服务器。发现启动报文封装在以用户终端的 MAC 地址为源地址,全 1 广播地址为目的地址的 MAC 帧中,由于是广播帧,连接在以太网中的所有其他结点都能接收到发现启动报文。接收到发现启动报文的结点中,只有配置成宽带接入服务器且接收到发现启动报文的端口支持 PPPoE 的结点才回送发现应答报文。发现应答报文是源地址为宽带接入服务器连接以太网端口的 MAC 地址,目的地址为用户终端的 MAC 地址的单播帧,内容包含有关宽带接入服务器的一些信息。如果接入网络中存在多个这样的宽带接入服务器,则用户终端可能接收到多个来自不同宽带接入服务器的发现应答报文。用户终端选择其中一个宽带接入服务器作为建立 PPP 会话的宽带接入服务器,向其发送发现请求报文。宽带接入服务器接收到发现请求报文,为该 PPP 会话分配 PPP 会话标识符,向用户终端回送会话确认报文。用户终端接收到会话确认报文,表明已成功建立 PPP 会话。用户终端和宽带接入服务器用两端的 MAC 地址和 PPP 会话标识符唯一标识该 PPP 会话。

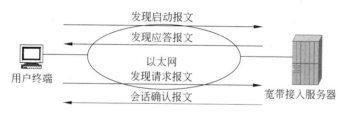

图 7.20　PPPoE 发现过程

PPP 会话的目的是通过以太网实现用户终端和宽带接入服务器之间的 PPP 帧传输,通过将 PPP 帧作为以用户终端和宽带接入服务器的 MAC 地址为源和目的 MAC 地址的 MAC 帧的净荷,可以实现用户终端和宽带接入服务器之间的 PPP 帧传输,但在图 7.21 所示的应用方式中,网桥 1 和网桥 2 之间必须建立两个 PPP 会话,分别对应两对终端之间的点对点虚拟线路,因此,除了网桥 1 和 2 连接以太网端口的 MAC 地址,还须用会话标识符区分这两个两端 MAC 地址相同的 PPP 会话。

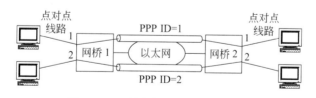

图 7.21　两端相同的多个 PPP 会话

3) PPP 会话传输 PPP 帧机制

对于 PPP 会话两端的设备,PPP 会话等同于点对点物理链路,如图 7.22 所示,所有需要在两端设备之间传输的 PPP 帧,如用于建立 PPP 链路的 LCP 帧、用于鉴别用户身份的 PAP 或 CHAP 帧、用于为用户终端分配 IP 地址的 IPCP 帧及用于传输 IP 分组的 IP 分组帧先被封装成如图 7.23 所示的基于以太网的隧道格式(或称 PPP 会话格式),然后通过 PPP 会话进行传输。

根据图 7.23 所示的封装过程,只要解决 MAC 帧的帧定界问题,就自然解决了 PPP 帧的帧定界问题,因此,PPP 帧不再需要用于帧定界的帧开始、结束标志字节。PPP 帧中的地

图 7.22　基于以太网的点对点虚拟线路

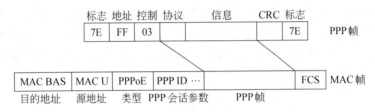

图 7.23　PPP 帧封装成 MAC 帧过程

址和控制字段本来就没有实际意义，只是为了和 HDLC 帧结构兼容，在这里也可省略。已经由 MAC 帧的帧检验序列(FCS)字段对 MAC 帧传输过程中发生的错误进行检验，因此，PPP 帧不再需要帧检验序列字段。但 MAC 帧的数据字段中除了 PPP 帧，还需包含会话标识符等与 PPP 会话有关的一些参数。

3. PPP 接入控制机制

从以太网工作原理而言，图 7.19 中任何一个接入楼内交换机的用户终端均可直接访问 Internet，但对 ISP 而言，必须对每一个用户终端接入 Internet 的过程进行监控，因此，在用户访问 Internet 前，必须先由 ISP 对其进行身份鉴别、IP 地址分配等，ISP 用于对接入用户进行身份鉴别、IP 地址分配的协议是点对点协议(PPP)。

图 7.24(a)是用户终端用 PPP 和 PPPoE 实现接入过程的例子。用户终端通过启动 PPPoE 客户软件，建立和宽带接入服务器之间的点对点虚拟线路(PPP 会话)，用户终端和宽带接入服务器通过已经建立的点对点虚拟线路交换 PPP LCP 帧、PPP PAP 或 CHAP 帧和 PPP IPCP 帧完成用户身份鉴别和 IP 地址分配，并在宽带接入服务器的路由表中，将分配给用户终端的 IP 地址与用户终端和宽带接入服务器之间的点对点虚拟线路绑定在一起。获取宽带接入服务器的 MAC 地址的 PPPoE 发现过程，一方面让用户终端获得了宽带接入服务器的 MAC 地址，另一方面也在用户终端和宽带接入服务器之间的交换路径所经过的交换机的转发表中建立了对应项。图 7.24(b)给出用户终端和服务器之间的 IP 层传输路径，宽带接入服务器相当于一个互连虚拟点对点线路和以太网的路由器，路由表中的两项路由项分别指向直接用虚拟点对点线路与宽带接入服务器相连的用户终端和直接连接宽带接入服务器的以太网，只是虚拟点对点线路是基于以太网的 PPP 会话，用 PPP 会话两端的 MAC 地址和分配给 PPP 会话的会话标识符唯一标识该虚拟点对点线路。当用户终端希望和 IP 地址为 192.1.2.5 的服务器交换数据时，用户终端构建以 192.1.1.9 为源 IP 地址，以 192.1.2.5 为目的 IP 地址的 IP 分组，由于源和目的终端不属于同一个网络，用户终端首先将 IP 分组传输给宽带接入服务器(默认网关)，又由于用户终端和宽带接入服务器之间的传

输通路是点对点虚拟线路,用户终端需要将 IP 分组封装在 PPP IP 分组帧中进行传输,而用户终端和宽带接入服务器之间的点对点虚拟线路又以以太网为物理承载通路,因此,PPP IP 分组帧必须封装在以用户终端的 MAC 地址(MAC A)为源 MAC 地址,以宽带接入服务器的 MAC 地址(MAC 1)为目的 MAC 地址的 MAC 帧中,封装过程如图 7.25 所示,然后将该 MAC 帧通过用户终端和宽带接入服务器之间的交换路径传输给宽带接入服务器。宽带接入服务器从中分离出 IP 分组,用 IP 分组的目的 IP 地址检索路由表,找到转发端口,重新将 IP 分组封装在 MAC 帧中,通过连接服务器的以太网,将 IP 分组传输给服务器,完成了用户终端和服务器之间的数据传输。用户终端和服务器之间传输 IP 分组所涉及的协议转换过程如图 7.26 所示。

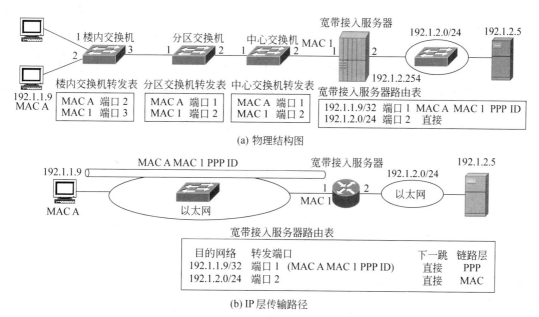

图 7.24　用户终端用 PPP 和 PPPoE 实现接入过程

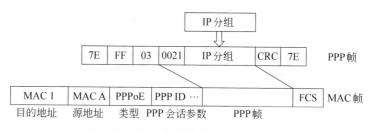

图 7.25　IP 分组封装成 MAC 帧的过程

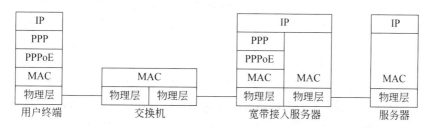

图 7.26　协议转换过程

习　题　7

7.1　试论两种接入技术各自的特点。

7.2　拨号上网时，Windows 的连接程序完成了哪些功能？

7.3　简述 PSTN Modem 的功能。

7.4　简述远程用户接入设备的功能。

7.5　用户拨号上网后，用 IPCONFIG 命令查看 IP 配置，看到如下信息，请结合远程用户接入设备的功能解释为什么？

　　IP 地址：202.12.26.132

　　子网掩码：255.255.255.255

　　默认路由器：202.12.26.132

7.6　一个用户完成拨号接入需要哪些步骤？每一步完成什么功能？使用什么协议？

7.7　PSTN 交换机之间采用数字传输系统的优势是什么？为什么用户线不采用数字传输技术？

7.8　根据图 7.27，讲述主叫至被叫语音信号传输过程。

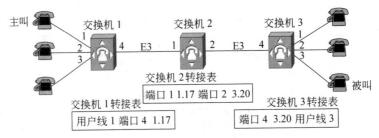

图 7.27　习题 7.8 图

7.9　4kHz 的载波信号能够达到 33.6kbps 数据传输速率的原因是什么？用图画出由 8 种电压幅度实现一个信号元素传输 3 位二进制数的调制过程。

7.10　用户通过 PSTN 接入 Internet 和通过以太网技术接入 Internet 都需要运行连接程序，这两种连接程序的功能有何异同？

7.11　一个用户完成以太网接入需要哪些步骤？每一步完成什么功能？使用什么协议？

7.12　基于点对点物理链路的链路层协议的基本功能有哪些？PPP 如何实现这些功能？

7.13　Internet 接入为什么需要用户身份鉴别和 IP 地址分配功能？PPP 如何完成这些功能？

7.14　简述宽带接入服务器的功能。

7.15　PPPoE 的功能是什么？用户终端使用 PPPoE 的理由是什么？

7.16　如果通过以太网接入技术实现局域网接入 Internet，需要什么功能的设备？

7.17　当图 7.24 中在用户终端接入 Internet 后，说明用 IPCONFIG 命令查看用户终端配置有哪些信息，并解释原因。

7.18　PPP 是基于点对点物理链路的链路层协议，为什么会用于以太网这样并不存在点对点物理链路的接入过程？PPP 在这样的应用环境会有什么问题？需要解决什么问题？

7.19　画出采用以太网接入过程将一个局域网接入 Internet 的结构图。

第**8**章 传 输 层

传输网络与网际协议(IP)实现了 IP 分组从一个网络终端到另一个网络终端的端到端传输功能,但人们最终的网络应用方式并不是端到端 IP 分组传输,而是实现两个应用进程之间的远程通信。如用户用浏览器远程访问某一个 Web 服务器,浏览器和 Web 服务器都是在物理终端设备上运行的应用软件,用户用浏览器访问 Web 服务器的过程,实际上就是两个应用进程之间的远程交互过程。不能直接通过 IP 分组的端到端传输功能实现两个应用进程之间的远程交互过程的主要原因如下。

① IP 分组只给出源和目的终端的 IP 地址,而一个物理终端可以同时运行多个应用进程,因此,只能通过 IP 分组的目的 IP 地址将 IP 分组正确传输到某个物理终端,但无法通过 IP 分组的目的 IP 地址将 IP 分组正确地传送给对应的应用进程,就像家庭地址只能给出收信人所居住的房屋的位置,如果房屋内同时居住若干人,光靠家庭地址是无法正确地将信件送达收信人的,除了家庭地址,还须给出收信人姓名。

② IP 分组在传输过程中,经过的每一跳路由器只检验 IP 分组首部,并不检验 IP 分组的数据字段,因此,即使 IP 分组中的数据在传输过程中出错,网际层既不知晓,也不会作任何处理。对于类似文件传输这样的应用,传输可靠性是至关重要的,而网际层并不提供任何有关传输可靠性的功能。

③ 可以将用户通过浏览器远程访问 Web 服务器的过程想象成用户坐车去银行进行存、取款操作。为了顺利完成存、取款操作,用户事先必须弄清楚两点:一是银行目前的状态,如是否有大量客户排队等待存、取款操作,以至于银行用于客户排队的空间都没有了。二是通往银行的道路的状态,如通往银行的道路是否十分拥挤,以至于用户根本无法到达银行。对应到用户用浏览器访问 Web 服务器的操作过程,可以将这两点对应为一是 Web 服务器是否有能力对用户的访问请求作出响应。二是网络能否顺利地将包含浏览器和 Web 服务器交互时需要相互传输的数据的 IP 分组送达目的终端。而网际层无论在传输 IP 分组前,还是在传输 IP 分组的过程中均不会对双方终端的状态及互连双方终端的互连网络的状态进行监测。

鉴于上述原因,必须在应用进程和网际层之间插入另一个功能层,这个功能层必须能够实现以下功能:

① 必须提供类似收信人姓名这样用于鉴别应用进程的信息，使其和 IP 地址一道实现应用进程之间的通信，而不是终端之间通信。

② 通过差错控制，实现两个应用进程之间的可靠传输。

③ 根据双方终端的状态及互连双方终端的互连网络的状态及时调整两个应用进程之间的通信过程。

这个需要在应用进程和网际层之间插入的功能层就是传输层，需要提供的三个功能称为端口、差错控制和流量与拥塞控制。TCP/IP 协议结构中，用作传输层的协议有两个，分别是用户数据报协议（User Datagram Protocol，UDP）和传输控制协议（Transmission Control Protocol，TCP），如图 8.1 所示。

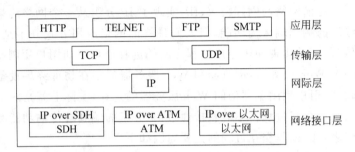

图 8.1 TCP/IP 协议结构

8.1 传输层端口的概念

IP 分组携带的源和目的 IP 地址就像普通信件上的寄信人和收信人地址，而传输层携带的源和目的端口号就像普通信件上的寄信人和收信人姓名，因此，两个应用进程开始通信前，不但要知道双方的 IP 地址，而且还要知道双方的端口号。端口号必须具有本地唯一性，即同一个物理终端上运行的两个应用进程必须具有不同的端口号。当用户用浏览器访问某个 Web 服务器时，不但需要给出运行 Web 服务器进程的物理终端的 IP 地址，还需要给出 Web 服务器进程的端口号，用户通常通过直接输入 IP 地址或输入完全合格的域名来给出物理终端的 IP 地址，但似乎无须给出端口号。实际上，为了方便用户访问 Internet 资源，一些常用服务器进程的端口号是固定不变的，这些端口号被称为著名端口号，如表 8.1 所示。当用户通过指定应用层协议来指定对应的服务器进程时，也就指定了服务器进程的端口号，如用 HTTP 访问 Web 服务器时，目的端口号为 80，用 FTP 访问文件服务器时，目的端口号为 21。

表 8.1 常用的著名端口号

应用进程	FTP	TELNET	SMTP	DNS	TFTP	HTTP	SNMP	…
著名端口号	21	23	25	53	69	80	16	…

传输层用 16 位二进制数表示端口号，因此，可标识 2^{16} 个不同的应用进程。由于端口号只有本地意义，因此，对某个物理终端而言，2^{16} 个端口号应该是足够了。2^{16} 个端口号中

0~1023 端口号用来分配著名端口号,因此,用来标识一般应用进程的端口号应该大于 1024。在实际通信过程中,IP 地址和端口号一起才能唯一标识通信双方的应用进程,因此,将 32 位 IP 地址和 16 位端口号一起称为插口(也称为套接字),用 48 位插口唯一标识某个应用进程,如图 8.2 所示。

图 8.3 就是传输层实体通过端口号鉴别数据的发送或接收进程的过程,端口号和缓冲队列及缓冲队列和应用进程之间的绑定由操作系统实现,有些端口号和应用进程之间的绑定是动态的,即某个应用进程需要和其他终端上的应用进程通信时,由操作系统选择一个本终端没有使用的端口号,将其分配给该应用进程,并建立图 8.3 所示的绑定关系。在该应用进程结束通信时,释放该端口号,这类端口号称为短暂端口号,而著名端口号和对应应用进程之间的绑定是固定的。

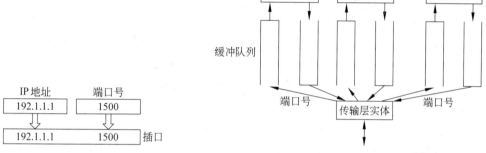

图 8.2　插口和 IP 地址、端口之间的关系　　　图 8.3　端口号和应用进程绑定过程

8.2　用户数据报协议

1. UDP 报文格式

用户数据报格式如图 8.4 所示,源端口号和目的端口号用于标识通信双方的应用进程,检验和字段用于检测 UDP 报文(包括用户数据)传输过程中发生的错误。以 2 个字节为单位,根据 2.5.1 节给出的检验和算法计算检验和时,在 UDP 首部前面加上一个 12 字节长度的伪首部,如图 8.5 所示,伪首部由 IP 首部中的源和目的 IP 地址字段、协议字段和 UDP 首部中的报文长度字段组成,为了使伪首部长度是 4 的倍数,添加 1 个全 0 字节。由于 UDP 报文是端到端报文,即由发送端产生检验和,由接收端检验和检测 UDP 报文传输过程中是否发生错误,因此,通过在计算检验和时增加伪首部,可以对 IP 首部关键字段进行端到端检错。

源端口号	目的端口号
UDP 报文长度	检验和
用户数据	

图 8.4　UDP 报文格式

源 IP 地址		
目的 IP 地址		
0	17	UDP 报文长度
源端口号		目的端口号
UDP 报文长度		检验和
用户数据		

伪首部

图 8.5　伪首部内容

本章一开始讨论传输层功能时，指出传输层的主要功能有：①标识通信双方应用进程；②通信过程中进行差错控制；③流量和网络拥塞控制。从图8.4中可以看出，UDP报文增加的源和目的端口号实现了对通信双方应用进程的标识，检验和字段能够发现UDP报文传输过程中发生的错误，但没有差错控制功能。发送端根据检验和算法和UDP报文内容（加上伪首部）计算出检验和字段值，接收端通过检验和字段对接收到的UDP报文进行检错，如果发现UDP报文传输过程中发生错误，接收端丢弃该UDP报文，并向发送端发送一个"端口不可达"的ICMP报文。ICMP是网际层协议，因此，可以说UDP除对UDP报文进行检错外，没有其他差错控制功能，流量和网络拥塞控制功能更是无从谈起。

2. UDP用途

从上述分析中可以看出，UDP除了实现应用进程之间通信和对包含的数据进行检错的功能外，与网际层提供的功能相似。在实际应用中需要这种仅仅实现应用进程之间通信，对传输可靠性、流量和网络拥塞控制不作要求的数据传输服务吗？答案是肯定的，最典型的应用例子是VoIP(Voice over IP)系统。

为了通过IP网络实现语音通信，必须在发送端按照8kHz采样频率对模拟语音信号进行采样，然后将采样值经过量化后变为用8位二进制数表示的PCM码，若干这样的PCM码构成UDP报文，然后再将UDP报文封装成IP分组传输到目的终端。假定每一个UDP报文包含4ms的PCM码，即8000个/秒×0.004秒＝32字节数字语音数据，那么从某个时间点t开始，依次产生的UDP报文包含$t\sim t+4$、$t+4\sim t+8$、$\cdots$、$t+(n-1)\times 4\sim t+n\times 4$ms的数字语音数据。当接收端接收到包含$t\sim t+4$ms数字语音数据的UDP报文后，延迟一段时间开始播放语音。为了能够真实还原语音信号，一旦开始播放后，就不允许停顿。但如果包含$t+(K-1)\times 4\sim t+K\times 4$ms数字语音数据的UDP报文传输出错或丢弃，接收端不可能在播放完包含$t+(K-2)\times 4\sim t+(K-1)\times 4$ms数字语音数据的UDP报文后停下来，开始等待，直到接收到发送端重新发送的包含$t+(K-1)\times 4\sim t+K\times 4$ms数字语音数据的UDP报文后再继续播放。因此，接收端宁可空过这一段时间，也不会通过长时间停顿来等待重发的UDP报文，如图8.6所示。这种情况下，接收端只需检验UDP报文传输过程中是否出错，不会要求发送端重新发送传输出错的UDP报文。另一方面，由于语音通信的实时性，为了保证VoIP系统的通信质量，需要在网络中预留带宽。在网络中预留带宽就像城市交通中设置公交车专用车道一样，网络发生拥塞不会对已经在网络中预留带宽的语音通信造成很大影响。因此，对于VoIP系统这样的应用，网络拥塞控制也不是必不可少的功能。鉴于上述情况，采用UDP这样简洁的传输层协议来实现语音通信是比较恰当的。

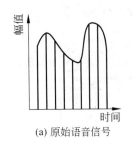
(a) 原始语音信号

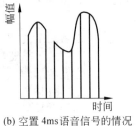
(b) 空置4ms语音信号的情况

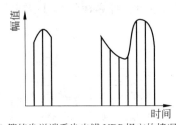
(c) 等待发送端重发出错UDP报文的情况

图8.6 UDP不要求发送端重发出错UDP报文的原因

8.3 传输控制协议

8.3.1 TCP 的主要特点

TCP 主要具有如下特点。

1. 面向连接

TCP 和 UDP 的最大不同在于 TCP 是真正提供传输层三大功能的协议,而且 TCP 是面向连接的协议,UDP 是无连接的。

面向连接的传输层协议完成数据传输过程通常需要三个阶段:一是连接建立阶段,二是数据传输阶段,三是连接释放阶段。TCP 的连接建立阶段主要解决以下三个问题:

(1) 互相感知对方的存在;

(2) 双方约定一些参数,如初始序号,初始窗口大小等;

(3) 分配用于本次数据传输所需要的资源,如缓冲队列,TCP 连接表中的项目等。

每一个 TCP 连接采用双方的 IP 地址和端口号,即两端插口来唯一标识。

2. 面向字节流和可靠传输

应用进程提交给 TCP 的数据是一串无结构的字节流,可靠传输是必须将发送端应用进程提交的字节流无差错、不丢失、不重复、按序送达接收端的应用进程。但 TCP 进程的传输单位是 TCP 报文,因此,发送端 TCP 进程在开始传输发送端应用进程提交的数据前,必须将数据分段,然后将每一段数据封装成 TCP 报文,如图 8.7 所示。

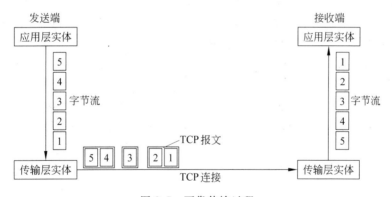

图 8.7 可靠传输过程

3. 实施流量控制和拥塞控制

流量控制在发送端和接收端之间进行,保证发送端将发送数据速率控制在接收端有能力处理的范围内。而拥塞控制在终端和网络之间进行,通过终端和网络之间的相互作用,使进入网络的流量维持在网络能够承受的范围内。

8.3.2 TCP 报文格式

TCP 报文格式如图 8.8 所示。TCP 报文首部各字段的含义如下。

(1) 源端口号和目的端口号:各占 2 个字节,用于标识通信双方的应用进程。

(2) 序号和确认序号:各占 4 个字节,TCP 将应用进程提交给它的数据视作字节流,字

源端口号								目的端口号	
序号									
确认序号									
TCP 首部 长度	保留	U R G	A C K	P S H	R S T	S Y N	F I N	窗口	
检验和								紧急指针	
可选项									
数据									

图 8.8　TCP 报文格式

节流中的每一个字节都编上一个序号，由于受网络最大传输单元（Maximum Transfer Unit，MTU）的限制（如以太网一次传输数据不能超过 1500 字节，即 MTU＝1500B），TCP 不可能用一个 TCP 报文就将应用进程要求它发送的数据发送完成，而是需要将数据分段，每一段数据用一个 TCP 报文进行封装，序号就是这一段数据的第一个字节的序号。TCP 是提供差错控制的传输层协议，差错控制过程就是接收端首先对接收到的 TCP 报文进行检验，如果没有发现传输错误，就向发送端发送一个确认 TCP 报文，确认 TCP 报文中的确认序号是接收端已经正确接收到的字节流中最后一个字节的序号加 1，之所以加 1 就是将确认序号作为接收端期待接收的下一段数据的第一个字节的序号。接收端正确接收的字节流是指没有传输错误，且又按序到达的一系列数据段。

（3）TCP 首部长度：4 位二进制数，它以 32 位二进制数（4 字节）为单位给出 TCP 首部的长度，由此可以算出 TCP 首部的最大长度为 $15\times4＝60$ 字节。由于紧随 TCP 首部的是数据，该值也给出了数据相对于 TCP 报文开始字节的相对位移，因此也被称作数据偏移字段。

TCP 报文首部中包含 6 个控制位，下面对这些控制位逐个进行讨论。

- 紧急位（URG）：当 URG＝1，表明紧急指针字段有效，TCP 报文中含有紧急数据。紧急数据位于 TCP 报文数据字段的开始部分，由紧急指针给出紧急数据最后一个字节相对于数据开始处的位移。紧急数据是发送端要求接收端立即处理的数据，如发送端通过键盘发出中断命令（Ctrl＋C 键），该中断命令如果作为紧急数据传输，到达接收端后立即处理，否则，就需要在接收端缓冲队列中排队等待处理。
- 确认位（ACK）：只有当 ACK＝1，确认序号字段才有效。
- 推送位（PSH）：接收端 TCP 进程向应用进程提交数据的方式是多种多样的，但不会每接收到一个字节，就向应用进程提交一个字节，而是当接收端缓冲队列有了一定数量的字节后才向应用进程提交数据。同样发送端也不是每当应用进程向发送端 TCP 进程提交一个字节，发送端 TCP 进程就发送一个字节，因为 TCP 报文中数据字段长度直接影响网络的实际传输效率。因此，从发送端应用进程产生命令，到接收端应用进程作出响应是存在一定的时延的。如果在某个交互性要求较高的应用中，发送端应用进程希望输出命令后，立即得到接收端应用进程的响应，就要求发送端 TCP 进程在接收到这样的命令后，立即将命令封装成 TCP 报文发送出去，并将 PSH 位置 1。接收端 TCP 进程接收到这样的 TCP 报文后,就立即将缓冲队列中的数据提交给接收端应用进程。注意,PSH 位置 1 只是加速接收端 TCP 进程向接收端应用进程提交数据的速度,并不能改变接收端应用进程处理数据的顺序,这和 URG 位不同。

- 复位位(RST):当 RST=1,表明 TCP 连接中出现严重错误,必须复位该 TCP 连接,复位该 TCP 连接就是先释放该 TCP 连接,然后重新建立 TCP 连接。
- 同步位(SYN):如果 SYN=1、ACK=0,意味着连接请求 TCP 报文,如果 SYN=1、ACK=1,意味着同意建立连接的响应 TCP 报文,因此,如果 SYN=1,则处于 TCP 连接建立过程。
- 终止位(FIN):当 FIN=1,表明发送端已完成数据传输,请求释放 TCP 连接。

(4) 窗口:流量控制根据接收端的状态进行,接收端状态用于表明接收端当前的处理能力,这种处理能力通过接收端能够接收的字节数来表示。窗口字段值就是接收数据的一方用于向发送数据的一方公告其能够接收的字节数,而且该字节数以确认序号为基准。如果确认序号为 501,窗口字段值为 200,意味着接收端可以接收序号范围为 501～700 的字节。发送端发送的数据的字节数不仅受制于接收端状态,也受制于网络状态,因此,窗口字段值是发送端允许发送的数据的字节数的上限,发送端实际发送的数据的字节数还受网络状态的制约。

(5) 检验和:2 个字节,表明计算检验和时以 2 个字节为单位。发送端根据检验和算法对 TCP 报文(同样需要加上伪首部,只是伪首部中协议字段值为 6)进行计算,并将计算结果填入检验和字段,接收端重新根据检验和算法对接收到的 TCP 报文进行检错,如果检测结果表明 TCP 报文在传输过程中没有出错,且按序到达,就向发送端发送确认应答,如果检测结果表明 TCP 报文在传输过程中出错,接收端将丢弃该 TCP 报文,并期待发送端重新传输该 TCP 报文。

8.3.3 流量控制过程

TCP 对每一个字节分配序号,由于序号只有 32 位,一旦发送端发送数据的长度超过 2^{32} 字节,序号就会重复,因此,实际传输过程中,序号可能需要循环使用,这里为了讨论方便,假定序号可以无限递增。由操作系统对每一个发送进程分配一个发送缓冲队列,对每一个接收进程分配一个接收缓冲队列,大多数应用进程需要双向通信,因此,既要分配发送缓冲队列,又要分配接收缓冲队列,这里假定一个进程发送,另一个进程接收。数据传输过程中缓冲队列变化情况如图 8.9 所示。发送进程不断产生数据,并将其写入发送缓冲队列,最新写入序号(P_3)是发送进程写入发送缓冲队列最后一个字节的序号,如图 8.10 所示,当然,随着发送进程不断向发送缓冲队列写入数据,该指针不断沿着序号增长方向滑动。发送端最后字节序号(P_2)是发送端发送的最后一个字节的序号,确认序号(P_1)是发送端接收到的最大确认序号,序号在 P_1～P_2 范围内的字节是已经发送,但没有被接收端确认的字节,这些字节必须保存在发送缓冲队列中,如果确定发送窗口为 SW(SW 为字节数),则 $P_2-P_1 \leqslant$ SW。同样,随着发送端不断发送数据,并接收确认应答,指针 P_2、P_1 不断沿着序号增长方向滑动。接收端最后字节序号(P_6)是接收端接收到的字节中的最大序号,接收序号(P_5)是接收端期待按序到达的字节的序号,如果所有字节都按序到达,则 $P_5 = P_6+1$,当存在不按序到达的字节时，$P_5 \leqslant P_6 - 1$。接收进程不断从接收缓冲队列取出字节，最新读出序号（P_4）是接收进程最后取出的字节的序号。同样，随着接收端不断接收数据，接收进程不断从接收缓冲队列取出字节，指针 P_4、P_5 和 P_6 不断沿着序号增长方向滑动。接收端允许接收数据的前提是存在空闲的接收缓冲队列空间，这就要求接收进程从接收缓冲队列中取出数据的速率和接收端接收数据的速率匹配，当接收进程处理能力跟不上接收端接收数据的速率，接收端必须要求发送端减少发送的数据，这个过程就是流量控制过程，接收端通过确认应答中给出的窗口字段值（该窗口称为通知窗口，用 AW 表示）来限制发送端的发送窗口，发送端必须保证：发送窗口 SW $\leqslant$ 接收端通知窗口 AW。

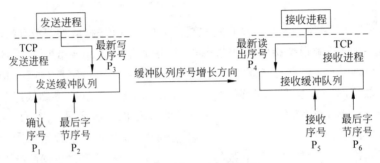

图 8.9　缓冲队列变化情况

AW 由接收缓冲队列长度（RBL）和指针 P_4、P_5 确定：$AW = RBL - ((P_5 - 1) - P_4)$。显然，接收端的通知窗口就是接收端的接收窗口。

接收缓冲队列中 $P_4 \sim P_5 - 1$ 是按序到达，但没有被接收进程及时取出的字节数，这些字节被接收进程取出之前，一直占用接收缓冲队列。通知窗口基于确认序号给出，即允许发送端发送序号范围在确认序号～确认序号＋AW 的字节，而确认应答中的确认序号等于接收端的接收序号，因此，通知窗口给出了允许接收的序号大于或等于接收序号的最大字节数。

发送端根据确认应答中给出的确认序号 P 和窗口字段值 AW 计算可用窗口（也称有效窗口），如果发送端 $P_1 < P$，使得 $P_1 = P$，否则，维持 P_1 不变，可用窗口＝$AW - (P_2 - (P_1 - 1))$，可用窗口是在通知窗口限制下，发送端允许继续发送的字节数。

如果接收进程的处理速度低于接收端接收数据的速度，将导致接收缓冲队列被等待接收进程处理的数据填满，接收端发送 AW＝0 的确认应答。发送端接收到 AW＝0 的确认应答，将禁止发送数据，但为了通过接收端发送的确认应答及时了解接收端接收缓冲队列的状态，将周期性发送只包含单个字节的 TCP 数据报文，以此触发接收端发送确认应答。

需要强调的是，发送端和接收端进行的流量控制只是使发送端发送数据的速率维持在接收端的处理能力允许的范围内，并没有考虑网络的承载能力，发送端实际的发送窗口不仅需要考虑接收端的处理能力，还需考虑网络的承载能力。

8.3.4　序号和窗口字段分析

TCP 序号字段为 32 位二进制数，窗口字段为 16 位二进制数，意味着序号不重复的字节数为 2^{32}，最大窗口值为 64KB。为了保证接收端不重复接收数据，在 TCP 报文的最大生存时间内，不允许出现序号重复的现象，但对于 10Gbps 的链路，如果不考虑发送窗口的限制，发送完 2^{32} 字节数据需要的时间＝$(2^{32} \times 8)/(10 \times 10^9) = 3.44s$，它远远小于 IETF 推荐的 120s 的 TCP 报文最大生存时间。同样,假定终端连接 10Gbps 的链路,往返时延＝100ms,如果需要实现 100％ 的传输效率,必须要求发送端的发送窗口＝$(10 \times 10^9 \times 100 \times 10^{-3})/8$＝125MB,远远超出了窗口字段的表示范围,因此,对于连接高速链路的终端,序号字段和窗口字段的位数都无法满足要求,为此,TCP 通过窗口扩大选项和时间戳选项来解决序号字段和窗口字段位数过少的问题。

8.3.5　TCP 差错控制机制

通过两个终端之间 TCP 连接传输数据的基本单位称为段,在每段数据上加上 TCP 首部就构成 TCP 报文,由于每一个 TCP 报文都封装成 IP 分组进行传输,而且,多个 IP 分组经过网络传输后可能错序,因此,到达接收端 TCP 进程的 TCP 报文的顺序可能和发送端 TCP 进程发送 TCP 报文的顺序不同。除此之外,TCP 报文在传输过程中,有可能被损坏、丢失或复制。TCP 差错控制的目的就是保证接收端能够正确、按序地向应用进程提交 TCP 报文,为了实现这一目标,TCP 采用了分段、确认应答和重传这三种机制。

1. 分段

发送端 TCP 进程对传输给接收端 TCP 进程的一串字节流中的每一个字节都分配一个序号,接收端 TCP 进程根据序号对接收到的错序的段重新进行排序。每一个 TCP 首部携带一个用于标识该段数据的 32 位序号,该序号是发送端 TCP 进程分配给该段数据的第一个字节的序号,如图 8.10 所示。

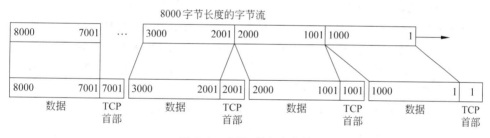

图 8.10　TCP 报文和序号

在图 8.11 中,发送端应用进程要求 TCP 进程传输一串由 8000 字节构成的数据给接收端应用进程,发送端 TCP 进程接收到来自应用进程的数据后,将数据分成 8 段,每一段包含 1000 字节数据,并为每一段数据加上一个 TCP 首部,构成一个 TCP 报文,这样的 TCP 报文也称 TCP 段,TCP 首部中给出的序号即为每一数据段的第一个字节的序号。

2. 确认应答过程

发送端 TCP 进程和接收端 TCP 进程之间发送和确认应答过程如图 8.11 所示,假定每一个 TCP 报文包含 1000 字节数据,对图 8.11 可以作如下说明。

(1) TCP 传输过程采用连续 ARQ 机制,接收端的通知窗口在确认应答(也称肯定应答)中给出(在全双工通信过程中,可以在接收端向发送端发送的数据中捎带确认应答),发送端的发送窗口＝MIN[根据网络拥塞情况得出的拥塞窗口,接收端的通知窗口],允许发送端 TCP 进程在连续发送完由发送窗口确定的 TCP 报文后,等待接收端的确认应答。发送端根据发送窗口确定的允许发送的数据的序号范围为:确认序号～确认序号＋发送窗口。

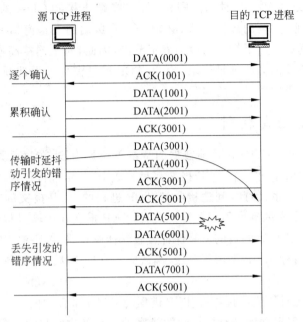

图 8.11　发送确认应答过程

（2）接收端对接收到的数据可以逐个确认，也可以累积确认，确认应答中给出的确认序号是正确接收到的数据中末端字节序号加 1，它也是接收端期待接收的数据的开始字节序号。在全双工通信时，接收端通常在发送的数据中捎带确认应答，因此，如果确定即将向发送端发送数据，接收端在接收到来自发送端的数据后，不立即发送确认应答，而是等到向发送端发送数据时，捎带确认应答，当然，必须控制等待时间，以免发送端重传定时器溢出。

（3）由于不同 TCP 报文的传输时延不同，导致接收端接收到错序的 TCP 报文，由于接收端存在通知窗口，因此，接收端仍然接收错序的 TCP 报文，但序号在由通知窗口推导出的允许接收的序号范围内的数据。接收端一旦接收到错序的 TCP 报文，立即向发送端发送确认应答，但由于确认序号是正确接收到的数据中末端字节序号加 1，因此，因为接收到错序的 TCP 报文而发送的确认应答，其确认序号等于前面因为接收到正确的数据而发送的确认应答，被称为重复的确认应答。当接收端接收到因为传输时延过长而先发后到的数据，如图中序号为 3001 的 TCP 报文，接收端发送的确认应答中的确认序号将体现前面接收到的虽然错序但仍然接收，并存储在接收缓冲队列中的 TCP 报文。接收端允许接收的序号范围为：接收序号～接收序号＋通知窗口。

（4）一旦某个 TCP 报文在传输过程中丢失，序号大于该 TCP 报文的其他 TCP 报文都将被接收端作为错序的 TCP 报文，和因为传输时延抖动引发错序的情况不同，在发送端重发丢失的 TCP 报文前，接收端一直接收到错序的 TCP 报文，因而一直发送重复的确认应答。

【例 8.1】　主机甲与主机乙之间已建立一个 TCP 连接，主机甲向主机乙发送了两个连续的 TCP 段，分别包含 300 字节和 500 字节的有效载荷，第一个段的序列号为 200，主机乙正确接收到两个段后，发送给主机甲的确认序列号是哪一个？

　　A．500　　　　　　　B．700　　　　　　　C．800　　　　　　　D．1000

【解析】 确认序列号是主机乙期待接收的字节的序号,它等于正确接收到的最后 1 个字节的序号加 1,显然,第一个 TCP 段包含序号范围 200～200＋300－1 的字节,第二个 TCP 段包含序号范围 500～500＋500－1 的字节,确认序号应该等于 1000,正确答案是 D。

【例 8.2】 主机甲和主机乙之间已成功建立 TCP 连接,TCP 最大段长为 1000 字节,主机甲当前的拥塞窗口为 4000 字节,在主机甲连续向主机乙发送两个最大段后,接收到主机乙对第一段的确认应答,确认应答中通告的窗口值为 2000 字节,此时主机甲可以向主机乙发送的最大字节数是多少?

A. 1000   B. 2000   C. 3000   D. 4000

【解析】 确认应答中的窗口值以确认序号为基准,给出了主机甲允许发送的序号范围,假定主机甲发送的两个最大段的序号分别是 S 和 S＋1000,则确认应答中的确认序号为 S＋1000,如果窗口值为 2000 字节,主机甲允许发送的序号范围为 S＋1000～S＋3000－1,由于主机甲已经发送了序号为 S＋1000～S＋2000－1 的字节(第二段),允许继续发送的是序号范围为 S＋2000～S＋3000－1 的 1000 个字节,因此,正确答案是 A。

3. 重传机制

差错控制机制的本质是出错重传,出错是指发生下列情况中的其中一种。

- TCP 报文传输过程中丢失;
- TCP 报文因为传输出错被接收端丢弃;
- TCP 报文因为错序且序号不在接收端由通知窗口推导出的允许接收的序号范围内被接收端拒绝。

接收端对所有这些被确定为出错的 TCP 报文都不发送确认应答。发送端需要根据接收端发送的确认应答来推测出错的 TCP 报文,并予以重发。TCP 确定某个 TCP 报文丢失的依据有两个,一是重传定时器溢出,二是连续接收 3 个重复确认应答。

1) 重传定时器溢出

发送端每发送一个 TCP 报文,就将该 TCP 报文暂存在发送缓冲队列,同时,为该 TCP 报文设置一个定时器,如果在定时器溢出(也称超时)之前,接收到表明接收端成功接收该 TCP 报文的确认应答,就从发送缓冲队列中删除该 TCP 报文,当然也关闭为该 TCP 报文设置的定时器。如果直到定时器溢出,仍未接收到表明接收端成功接收该 TCP 报文的确认应答,说明该 TCP 报文传输出错或丢失,发送端重新发送该 TCP 报文,并重新为该 TCP 报文设置定时器。由于设置该定时器的目的是为了控制 TCP 报文重传,因而称其为重传定时器(也称超时计时器)。

重传定时器的溢出时间应该大于端到端的往返时延(Round-Trip Time,RTT),否则,即使某个 TCP 报文被接收端成功接收,也因为重传定时器溢出时间太短,在接收到接收端发送的确认应答前,再次发送该 TCP 报文,造成网络资源的浪费。由于端到端传输路径可能包含多个不同的网络,而且,由于路由协议可以动态地改变端到端传输路径,使得前后发送的 TCP 报文的传输路径可能不同。随着网络拥塞程度的变化,TCP 报文经过转发结点(交换机或路由器)的转发时延也随之变化,因此,在接收到该 TCP 报文的确认应答前,正确地估计出该 TCP 报文的端到端往返时延是比较困难的。

在建立 TCP 连接过程中,TCP 进程记录下初始往返时延 RTT(从发送连接请求报文到接收到连接响应报文的时延),在以后发送数据时,对每一个接收到确认应答的 TCP 报文求出该 TCP 报文的往返时延 RTT_i，该往返时延被称为采样往返时延。根据下式计算平均往返时延。

初始平均往返时延＝RTT

新平均往返时延＝$\alpha\times$原平均往返时延＋$(1-\alpha)\times RTT_i$　$(0\leqslant\alpha<1)$

α 的值确定新采集到的 TCP 报文往返时延对重新计算后的平均往返时延的影响力，如果 $\alpha=0$，则完全由新采集到的 TCP 报文的往返时延取代平均往返时延，这样做的优点是由于网络拥塞程度发生变化，导致 TCP 报文往返时延发生变化时，平均往返时延能够及时地反映出这种变化。缺点是由于新采集到的往返时延的滞后效应，用前一次 TCP 报文的往返时延作为这一次 TCP 报文的往返时延的估计值，有可能出错。如发送端发送的某个 TCP 报文，经过某个结点时，该结点恰好空闲，该 TCP 报文在该结点的转发时延几乎为零，因而使得该 TCP 报文的往返时延较短。但当发送端发送下一个 TCP 报文时，该结点的拥塞程度有所提高，使得这一次发送的 TCP 报文的往返时延有所增大，这样，用前一次 TCP 报文的往返时延作为这一次 TCP 报文的往返时延的估计值，就有可能出错。如果 $\alpha=1$，则平均往返时延固定等于初始往返时延，对网络状态的变化不作响应，当然也会和实际的 TCP 报文的往返时延造成较大误差。因此，必须精心选择 α 值，使其既能比较真实地反映网络状态，又不会因某个 TCP 报文偶尔快速或慢速传输，导致平均往返时延有较大的波动。IETF 推荐的 α 值＝1/8。

为了尽可能精确地预测往返时延，引入往返时延偏差 RTT_D，初始 $RTT_D=RTT/2$。

在计算出新平均往返时延后，根据下式计算新的 RTT_D。

新的 $RTT_D=(1-\beta)\times$原 $RTT_D+\beta\times|$新平均往返时延$-RTT_i|$　$(0\leqslant\beta<1)$

IETF 推荐的 β 值＝1/4。

重传定时器溢出时间＝新平均往返时延＋$4\times$新的 RTT_D。

2）连续接收到多个重复的确认应答

根据图 8.11 所示的确认应答过程，接收端接收到错序但序号在由通知窗口推导出的允许接收的序号范围内的 TCP 报文时，发送重复确认应答，导致错序的原因有二，一是某个 TCP 报文传输时延比其他 TCP 报文大，发生先发后到的情况，这种情况下，随着先发后到的 TCP 报文到达接收端，接收端发送的确认应答将恢复正常。二是其中某个 TCP 报文丢失，导致后续 TCP 报文全部成为错序的 TCP 报文，接收端一直发送重复确认应答。为了区别这两种不同的情况，发送端将接收到少量几个重复确认应答的情况视为某个 TCP 报文发生先发后到的情况，将连续接收到 3 个重复确认应答视为某个 TCP 报文传输出错的情况。

3）两种重传情况的比较

连续接收到多个重复的确认应答的情况如图 8.12 所示，发生这种情况的原因往往是在连续发送的多个 TCP 报文的中间偶尔丢失了某个 TCP 报文。发生重定定时器溢出的原因一是某组数据的最后几个 TCP 报文丢失，且经过较长间隔后发送下一组数据，如图 8.13 所示。二是有大量 TCP 报文（包含数据报文和确认应答）传输出错，如图 8.14 所示。对于因为连续接收到多个重复的确认应答而引发重传的情况，发送端往往只需重传确定丢失的单个 TCP 报文。对于因为重定定时器溢出而引发重传的情况，发送端需要重传发送缓冲队列中确定丢失的 TCP 报文及所有在该 TCP 报文后面发送的 TCP 报文，这种重传机制称为 GO-back-N。

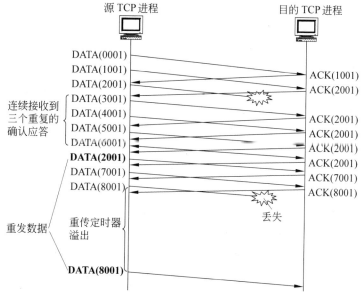

图 8.12 偶尔丢失 TCP 报文情况

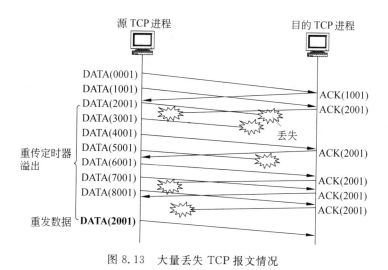

图 8.13 大量丢失 TCP 报文情况

8.3.6 TCP 拥塞控制机制

TCP 假定网络采用隐式通知机制向发送端通报发送端至接收端传输路径上发生的拥塞,因此,发送端一旦发现有 TCP 报文丢失,就断定发送端至接收端传输路径发生拥塞。拥塞控制的目标一是避免发生拥塞,二是在发生拥塞的情况下,减缓,直至消除拥塞。拥塞控制的根本是控制进入网络的流量,发送端的发送速率由发送窗口控制,而发送窗口又受接收端的通知窗口控制,接收端通过向发送端公告通知窗口大小来实现接收端和发送端之间的流量控制,TCP 拥塞控制机制的目的是找出网络能够承载的发送端至接收端的流量,这种流量用拥塞窗口(CWND)表示,因此,发送端的发送窗口=MIN[拥塞窗口,通知窗口],可用窗口=发送窗口-(P_2-(P_1-1))(P_2:发送端最后字节序号,P_1:发送端确认序号)。发送端确定或调整拥塞窗口的方法如下：

- 在 TCP 连接刚建立时,发送端通过逐步增大拥塞窗口来探测网络能够承载的流量;
- 当发送端检测到有 TCP 报文丢失时,立即向下调整拥塞窗口;
- 由于检测到 TCP 报文丢失的方法有重传定时器溢出和连续接收到多个重复确认应答这两种,而且这两种方法所反映出的 TCP 报文丢失程度也不同,因此,发送端对应的向下调整拥塞窗口的方法也应不同。

1. 慢启动

当 TCP 连接刚建立时,发送端对网络的传输能力一无所知,为了尽快探测到网络能够承载的端到端流量,发送端采用慢启动机制,发送端在慢启动过程中,一开始只传输单个 TCP 报文,然后等待接收端的确认应答。当发送端接收到来自接收端的确认应答,将拥塞窗口从 1 个 TCP 报文长度增加到 2 个 TCP 报文长度,然后连续传输 2 个 TCP 报文。当发送端 TCP 进程接收到表明接收端成功接收这 2 个 TCP 报文的确认应答,将拥塞窗口从 2 个 TCP 报文长度增加到 4 个 TCP 报文长度,并连续传输 4 个 TCP 报文。拥塞窗口一直呈指数增大,使得发送端发送窗口或者到达接收端公告的通知窗口大小,或者发送端通过发现 TCP 报文丢失确定网络发生拥塞。

拥塞窗口的初始值＝建立 TCP 连接时确定的最大报文段长度(Maximum Segment Size,MSS),发送端每接收一个确认应答,CWND＝CWND＋MSS。由于允许接收端累积确认,因此根据确认的字节数来计算拥塞窗口的增量,如果根据确认序号计算出的新确认的字节数为 2 个 MSS,则将 CWND 增加 2 个 MSS。从开始发送发送窗口允许的 TCP 报文,到接收到对应最后一个字节的确认应答的时间间隔称为一个轮次,需要强调的是 TCP 定义的往返时延,不是指从开始发送某个 TCP 报文,到接收到该 TCP 报文对应的确认应答的时间间隔,而是指从开始发送发送窗口允许的 TCP 报文,到接收到对应最后一个字节的确认应答的时间间隔,即 1 个轮次,对应图 8.14 所示的轮次 3,往返时延等于从连续发送 4 个 TCP 报文,到接收到 4 个 TCP 报文对应的确认应答的时间间隔。TCP 慢启动过程中,在没有发生 TCP 报文丢失的前提下,每经过 1 个轮次,拥塞窗口增长 1 倍。拥塞窗口的实际单位是字节,为了方便讨论,有时将 TCP 报文作为拥塞窗口单位。

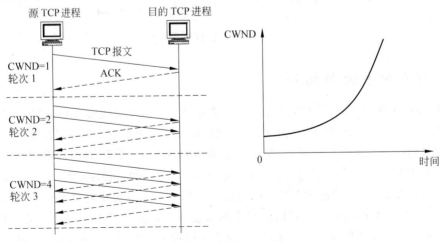

图 8.14　TCP 慢启动过程

2. 重传定时器溢出时向下调整拥塞窗口机制

当发送端因为和某个 TCP 报文关联的重传定时器溢出,而发现有 TCP 报文丢失时,它将当前发送窗口的一半作为慢启动阈值(SSTH),并重新返回到慢启动过程。在这次慢启动过程中,拥塞窗口仍然呈指数增长,直到拥塞窗口等于慢启动阈值。当拥塞窗口(CWND)等于慢启动阈值时,发送端开始线性增长拥塞窗口,即每经过 1 个轮次,拥塞窗口增加 1 个 TCP 报文长度,通过这种缓慢增长发送窗口的方式,发送端逐渐接近原先导致网络丢弃 TCP 报文时的发送窗口。这种在拥塞窗口等于慢启动阈值的情况下,通过线性增长拥塞窗口,使其逐渐接近原先导致网络丢弃 TCP 报文的发送窗口的过程称为拥塞避免过程。整个操作过程如图 8.15 所示,当 CWND ≤ SSTH 时,发送端每接收 1 个确认应答,CWND=CWND+MSS。当 CWND>SSTH 时,CW=CWND,发送端每接收 1 个确认应答,CWND=CWND+MSS×MSS/CW。这意味着当 CWND=10×MSS 时,必须接收到 10 个确认应答(或者根据确认序号计算出的新确认的字节数是 10×MSS)才能使 CWND 增加 1 个 TCP 报文长度。也就是说如果 CWND=10×MSS,必须经过发送 10 个 TCP 报文,并接收到 10 个 TCP 报文对应的确认应答这样 1 个轮次,才能使 CWND 增加 1 个 TCP 报文长度。

TCP 在每一次因为重传定时器溢出而确定 TCP 报文丢失后,将当时的发送窗口减少一半后作为慢启动阈值,并重新返回到慢启动模式,其结果,当某个时间段内由于网络拥塞导致报文连续丢失时,发送端的慢启动阈值及注入网络的信息流量将呈指数下降,使路由器可以清空它们的输出队列。

3. 连续接收到多个重复确认应答时向下调整拥塞窗口机制

如果发送端连续接收到 3 个重复确认应答(ACK),意味着发送端仍然能够将 TCP 报文送达接收端,当然,送达接收端的 TCP 报文不是接收端期待接收的 TCP 报文。在这种情况下,发送端并不需要通过返回到慢启动过程来骤然地降低数据的传输速率,而是在重传确定丢失的 TCP 报文后,直接进入快速恢复过程。快速恢复过程使发送端在重传确定丢失的 TCP 报文后,跳过慢启动过程,直接进入拥塞避免过程。将当前发送窗口减半后作为新的拥塞窗口,每经过 1 个轮次,递增拥塞窗口,直到发送窗口达到接收端公告的通知窗口,或者再一次检测到有 TCP 报文丢失。这样做,可以为 TCP 连接提供更高的吞吐率,整个操作过程如图 8.16 所示。在偶尔有 TCP 报文丢失的前提下,连续接收 3 个重复确认应答的时间间隔小于重传定时器的溢出时间,因此,这种重传方式被称为快速重传方式。

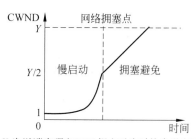

Y:发送端发现有 TCP 报文丢失时的发送窗口

图 8.15　重传定时器溢出时拥塞窗口调整过程

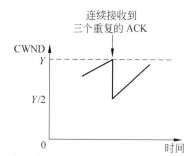

Y:发送端发现有 TCP 报文丢失时的发送窗口

图 8.16　连续接收到多个重复确认
应答时拥塞窗口调整过程

【例 8.3】   一个 TCP 连接总是以 1KB 的最大段长发送 TCP 段，发送方有足够多的数据要发送，当拥塞窗口为 16KB 时发生了超时，如果接下来的 4 个 RTT 时间内 TCP 段的传输都是成功的，那么当第 4 个 RTT 时间内发送的所有 TCP 段都得到肯定应答时，拥塞窗口大小是(   )。

A. 7KB   B. 8KB   C. 9KB   D. 16KB

【解析】   由于超时，以当前拥塞窗口的一半(8KB)作为慢启动阈值，然后进入慢启动过程，第 1 个 RTT，拥塞窗口＝1KB。第 2 个 RTT，拥塞窗口＝2KB。第 3 个 RTT，拥塞窗口＝4KB。第 4 个 RTT，拥塞窗口＝8KB。进入第 4 个 RTT 时，由于拥塞窗口等于慢启动阈值，发送端进入拥塞避免过程，每经过一个 RTT，拥塞窗口增加 1 个最大段长，因此，当第 4 个 RTT 时间内发送的所有 TCP 段都得到肯定应答时，拥塞窗口大小是 9KB，正确答案是 C。

8.3.7   TCP 连接管理

1. TCP 连接建立过程

TCP 作为可靠、按序的传输层协议，在双方进程实际传输数据之前，必须事先进行联络，并约定一些参数，这种事先联络并约定参数的过程，就叫做建立连接过程。

TCP 采用客户/服务器方式，主动发起连接建立的应用进程称为客户(Client)，而被动等待连接建立的应用进程叫服务器(Server)。在实际的用户用浏览器访问 Web 服务器的

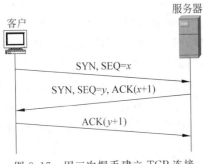

图 8.17   用三次握手建立 TCP 连接

过程中，Web 服务器首先通过被动打开命令，要求它的 TCP 进程不断侦听端口号为 80 的连接建立请求，而用户一旦单击某个链接，浏览器在获取该链接相关的 IP 地址后，发出连接建立请求。Web 服务器侦听到该连接建立请求后，开始作出响应，图 8.17 就是客户和服务器进程建立 TCP 连接的过程。

在图 8.17 中，客户端用 SYN＝1、ACK＝0 作为连接建立请求的标志，服务器端如果响应该连接建立请求，就用 SYN＝1、ACK＝1 作为连接建立响应的标志，图中用 ACK($x+1$)表示 ACK＝1，确认序号＝$x+1$。只有当客户端接收到 SYN＝1、ACK＝1 的响应后，才确认服务器端同意建立 TCP 连接，并向服务器发送 ACK＝1 确认报文，客户端可以在确认报文中开始传输数据。在连接建立过程中，双方必须约定初始发送序号和窗口大小，客户端在发出连接建立请求时，将序号设置为初始发送序号 x，服务器端如果认可该序号，就以 $x+1$ 作为确认序号，该序号将作为客户端以后发送的数据的第一个字节的序号，即客户端的初始发送序号。同样，服务器端在响应中，也将序号设置为初始发送序号 y，如果客户端认同该序号，就在确认报文中以 $y+1$ 作为确认序号，服务器端将该序号作为以后发送的数据的第一个字节的序号，即服务器的初始发送序号。同时，客户、服务器分别在请求、响应、确认中给出各自的窗口大小。

2. TCP 连接释放过程

一旦完成数据传输，必须释放连接，释放连接的主要目的是让双方释放为实现传输而分

配的资源,如缓冲器等,只有将分配的资源释放出来,新的 TCP 连接才能再次使用这些资源。释放连接的过程如图 8.18 所示。

如果其中一方(客户)完成数据发送,就向对方(服务器)发送一个连接释放请求,该请求用 FIN＝1 作为标志,序号 u 是发送完成的数据的最后一个字节的序号加 1,服务器在接收到该连接释放请求后,以确认序号 u+1 作为该连接释放请求的确认应答,并释放为接收数据而分配的资源,但服务器端仍可继续向客户端发送数据,客户端也仍然对正确接收的数据作出确认应答。如果服务器端也完成数据发送,向客户端发出连接释放请求,客户端一方面向服务器端发出确认应答,一方面释放为接

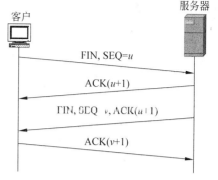

图 8.18 释放 TCP 连接的过程

收数据而分配的资源,关闭整个连接。同样,服务器端在接收到客户端的确认应答后,释放和该 TCP 连接相关的所有资源,关闭整个连接。

8.3.8 TCP 与 RED

当某个输出端口的报文到达速率高于输出端口的报文传输速率时,就会发生网络拥塞,解决网络拥塞的最根本的方法就是迫使终端降低发送数据的速率,减少进入网络的信息流量。在 TCP 拥塞控制中已经讲到,终端是通过检测到 TCP 报文丢失来感知网络拥塞状态的,因此,当网络发生拥塞时,必须丢弃一些 IP 分组(TCP 报文只有封装成 IP 分组,才能进入 IP 网络,并经过 IP 网络到达目的终端),以此迫使终端降低发送数据的速率缓解,直至消除网络拥塞。

1. 尾丢弃

尾丢弃是一种最原始的丢弃 IP 分组的方法,当 IP 分组到达某个队列,而该队列已经耗尽分配给它的缓冲器空间,该 IP 分组及后续 IP 分组都被丢弃,直到队列中空出缓冲器空间,如图 8.19 所示。

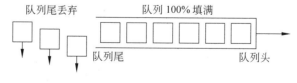

图 8.19 尾丢弃

尾丢弃方法的性能优势如下:
- 尾丢弃容易实现,而且易被用户理解。
- 尾丢弃能够减少被丢弃的 IP 分组数量,尤其在每一队列都分配了大量缓冲器空间时,更是如此。但随着队列长度的增加,经该队列传输的所有信息流的平均端到端传输时延也随之增加。

尾丢弃的应用限制如下:
(1) 在队列 100% 填满,队列缓冲器空间 100% 耗尽之前,尾丢弃方法不丢弃任何 IP 分

组,终端系统并不能意识到网络中已经发生拥塞(终端系统通常只有在检测到报文丢失时,才意识到网络中已经发生拥塞),这样有可能使队列长期处于几乎填满的状态,失去了队列缓冲器吸收突发性报文流的功能。

(2) 对基于 TCP 的信息流,尾丢弃是一种极坏的丢弃 IP 分组的方法,一旦队列 100% 填满,所有到达拥塞队列的 TCP 报文全部被丢弃,发送这些 TCP 报文的 TCP 进程一旦检测到 TCP 报文被丢弃,就认为网络中已经发生拥塞,开始降低发送数据的速率。由于这些 TCP 进程都有连续多个 TCP 报文被丢弃,导致所有经过拥塞队列传输 TCP 报文的 TCP 连接几乎同时回到慢启动过程,降低发送数据的速率,清空拥塞队列。随后又几乎同时呈指数增大发送数据的速率,使该队列再次拥塞,这种现象就是全局 TCP 同步现象。全局 TCP 同步现象使得 TCP 信息流出现周期性的浪涌,使输出端口交替处于过载和欠载状态。

(3) 单个 TCP 连接由于有多个封装 TCP 报文的 IP 分组丢失,导致传输速率急剧下降,因此,恢复到正常传输速率需要的时间也增大,导致总的吞吐率下降。

2. 早期随机丢弃

在讨论 TCP 拥塞控制时已经说明,通过丢弃单个 TCP 报文已经足以警示终端系统的传输层协议,因此,路由器通过丢弃单个 TCP 报文,向发送端 TCP 进程发出一个隐式警告:在通往目的 TCP 进程的端到端传输路径上的某个结点已经发生了拥塞。正常情况下,发送端 TCP 进程将通过降低传输速率对隐式警告作出响应,以此保证路由器的队列缓冲器不会溢出。

早期随机丢弃(Random Early Discard,RED)通过使用 IP 分组丢弃概率来控制丢弃 IP 分组的激烈程度,RED 对一系列不同的队列占用长度定义了相应的丢弃概率,队列占用长度指 IP 分组实际占用队列的长度。如果队列占用长度停留在用户定义的最低阀值(MinTH)下,RED 不会丢弃队列中的任何 IP 分组,如果队列占用长度超出了用户定义的最高阈值(MaxTH),RED 对队列的管理操作变得和尾丢弃一样,丢弃所有后续 IP 分组。如果队列占用长度处于最低阈值和最高阈值之间,根据用户配置的丢弃概率来丢弃 IP 分组。

计算队列占用长度时,用加权平均的方法计算平均队列占用长度。

$$L_{AV} = (1-\delta) \times (原\ L_{AV}) + \delta \times L_S \quad 0 \leqslant \delta \leqslant 1$$

L_{AV} 是新计算出的平均队列占用长度。原 L_{AV} 是上一次计算出的平均队列占用长度,L_S 是瞬间队列占用长度。在图 8.21 中,当平均队列占用长度低于 MinTH 时,IP 分组不存在丢弃可能性(0 概率),当平均队列占用长度超过 MaxTH,IP 分组 100% 被丢弃。当平均队列占用长度处于 MinTH 和 MaxTH 之间时,根据下式计算某个 IP 分组的丢弃概率 P。

$$P_{temp} = P_{MAX} \times (L_{AV} - MinTH)/(MaxTH - MinTH) \tag{8-1}$$

$$P = P_{temp}/(1 - count \times P_{temp}) \tag{8-2}$$

式(8.2)中的 count 是连续进入队列的 IP 分组数,一旦有 IP 分组被丢弃,清零 count。式(8.1)根据图 8.20 定义的 RED 丢弃概率和平均队列占用长度之间的关系计算出 L_{AV} 对应的丢弃概率 P_{temp}。式(8.2)保证根据丢弃概率 P_{temp} 丢弃 IP 分组。假定根据式(8.1)计算出的 P_{temp} 是 0.25。意味着每 4 个 IP 分组需要丢弃一个 IP 分组,count 清零后第 1 个 IP 分组的丢弃概率为 0.25。一旦连续 3 个 IP 分组进入队列,计算出第 4 个 IP 分组的丢弃概率＝0.25/(1－3×0.25)=1,第 4 个 IP 分组 100% 被丢弃,这就保证在 L_{AV} 对应的丢弃概率

$P_{\text{temp}}=0.25$ 的情况下，只要 L_{AV} 不变，不可能有连续 4 个 IP 分组进入队列。

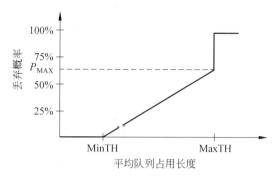

图 8.20　RED 丢弃概率和平均队列占用长度之间关系

RED 丢弃方法和尾丢弃方法相比，有如下性能优势：

- RED 能够检测到拥塞早期状态，并通过随机丢弃 IP 分组对拥塞早期状态作出响应，如果拥塞程度继续加重，RED 更加激烈地丢弃 IP 分组，防止队列空间 100% 占用，这样就避免了对新到达 IP 分组的拒绝服务。由于允许 RED 对队列占用长度设置上限，即使终端传输层协议不能和 RED 协调操作，RED 也能将平均队列占用长度维持在设定的上限；

- 由于 RED 不是等到队列 100% 占用后才开始丢弃报文，因此，任何时候都允许队列接收突发性信息流，并且不会丢弃突发性信息流中的全部 IP 分组。由于 RED 不可能丢弃属于多个 TCP 连接的成组 IP 分组，避免了全局 TCP 同步现象的发生；

- RED 保证将队列中的信息流量维持在一个适中的程度，队列中的信息流量不会人为地过低，导致输出端口带宽不能充分使用，也不会使队列中的信息流量接近最大容量，并因而丢弃大量 IP 分组，导致大部分 TCP 连接同时减少它们的传输速率，反而使输出端口带宽不能得到充分利用。RED 将队列占用长度保持在能够最佳利用输出端口带宽的程度。

习　题　8

8.1　说明传输层的作用。

8.2　UDP 报文和 IP 分组有何差别？为什么需要 UDP？

8.3　说明 UDP 适合传输多媒体数据的原因。

8.4　TCP/IP 体系结构为什么把差错控制和拥塞控制放在传输层？

8.5　TCP 实现拥塞控制的前提是什么？哪些类型的传输网络使用 TCP 会出现问题？

8.6　端口的作用是什么？用什么唯一标识网络中的某个进程？

8.7　解释 TCP 报文中序号的作用，如果应用层要求传输层传输的数据长度超过序号表示范围，如何传输？

8.8　传输层报文序号范围和传输层报文在网络中的最大生存时间有何关系？

8.9　假定 TCP 运行在 100Mbps 的网络上，往返时延为 100ms，TCP 报文最大生存时间为 60s，如果要求传输效率等于 100% 且 TCP 报文最大生存时间内不出现重复序号，重新得出序号和窗口字段位数。

8.10 假定 TCP 在开始建立连接时，发送方设定超时重传时间 RTO＝6s。

    （1）当发送方接收到对方的连接响应报文时，测量出 RTT 样本值为 1.5s，试计算出现在的 RTO 值。

    （2）当发送方发送数据报文，并根据接收到的确认应答测量出 RTT 样本值为 2.5s，试计算出现在的 RTO 值。

8.11 重传定时器溢出和连续接收到重复的确认应答是发现 TCP 报文丢失的两种依据，它们之间有什么区别？为什么会对拥塞控制机制产生影响？

8.12 TCP 为每一字节分配序号，能否为每一 TCP 报文分配序号，两者在差错控制过程中有区别吗？能否举例说明两者之间的区别？

8.13 TCP 连接刚建立时采用慢启动机制发送 TCP 报文的理由是什么？为什么重传定时器溢出也需要采用慢启动机制来降低传输速率？为什么两种慢启动过程设置不同的慢启动阈值？

8.14 讲述网络和 TCP 进程相互配合解决网络拥塞的过程。

8.15 TCP 是面向连接的传输层协议，它和面向连接的传输网络，如 ATM，有何不同？经过 TCP 连接传输的 TCP 报文能否按序到达接收端？

8.16 TCP 连接的本质含义是什么？为什么存在 TCP 连接建立过程？

8.17 TCP 的发送窗口和接收窗口的含义是什么？

8.18 在第 2 章中讨论连续 ARQ 时，确定发送窗口大小主要基于链路的传输效率，与接收窗口大小没有必然关系，但为什么 TCP 的发送窗口受制于接收窗口？

8.19 是否只有网络拥塞才会导致 TCP 报文丢失？如果因为其他原因导致 TCP 报文丢失，会对 TCP 进程造成何种影响？

8.20 设 TCP 的慢启动阈值为 8（单位为 TCP 报文），当拥塞窗口为 12 时，发送端重传定时器溢出，分别求出 1～15 轮次发送时的拥塞窗口值（一个轮次指当发送端发送完发送窗口规定的 TCP 报文，到接收到最后一个字节的确认应答所需要的时间间隔，它等于往返时延）。

8.21 TCP 拥塞窗口值与发送轮次 n 的关系如表 8.2 所示：

表 8.2 TCP 拥塞窗口值与发送轮次 n 的关系

拥塞窗口 n	1 1	2 2	4 3	8 4	16 5	32 6	33 7	34 8	35 9	36 10	37 11	38 12	39 13
拥塞窗口 n	40 14	41 15	42 16	21 17	22 18	23 19	24 20	25 21	26 22	1 23	2 24	4 25	8 26

    （1）指出属于慢启动过程的轮次。

    （2）指出属于拥塞避免过程的轮次。

    （3）指出确定 TCP 报文丢失的轮次及依据。

    （4）第几轮次发送第 70 个 TCP 报文？

8.22 假定双方都需要发送 512 字节，客户端和服务器端的初始序号分别为 120 和 160，双方窗口为 100 字节，给出用 TCP 传输数据的全过程（包括连接建立、数据传输、连接释放）。

8.23 用浏览器单击某个链接失败,属于 TCP 的原因有哪些?

8.24 假定发送端的端口速率为 10Mbps,往返时延为 20ms,对方设定的窗口为 100 字节, 求发送端的传输效率。如果将发送端的端口速率提高到 1Gbps,会发生什么问题? 如果想提高发送端的传输效率,有什么措施? 有什么办法可以使传输效率等于 1?

8.25 给出适用 TCP 和 UDP 的应用实例,并解释原因。

8.26 TCP 是端到端协议,即终端运行的协议,从 TCP 工作机制可以看出网络对终端自觉 性的依赖,如果两个终端通过 IP 网络进行数据传输,它可以不受限制地连续发送数 据吗? 网络对此有何对策?

8.27 一个 UDP 报文的数据字段长度为 8192B,在链路层使用以太网来传输,试问如何分 片? 给出分片后产生的每一个 IP 分组中的数据字段长度和片偏移字段值。

8.28 终端 A 向终端 B 发送一个长度为 L 字节的文件,每一个 TCP 报文的数据字段长度 为 1460 字节。

(1) 在序号不重复使用的条件下,L 的最大值是多少?

(2) 根据(1)求出的 L 最大值,假定传输层、网际层和链路层首部之和为 66 字节,链 路的传输速率为 10Mbps,求出文件的最短发送时间。

8.29 终端 A 向终端 B 连续发送两个序号分别为 70 和 100 的 TCP 报文。请给出:

(1) 第一个 TCP 报文的数据字段长度。

(2) 终端 B 对应第一个 TCP 报文的确认序号。

(3) 如果终端 B 对应第二个 TCP 报文的确认序号为 180,第二个 TCP 报文的数据字 段长度值。

(4) 如果第一个 TCP 报文丢失,第二个 TCP 报文到达终端 B,终端 B 对应第二个 TCP 报文的确认序号。

8.30 一个应用进程使用 UDP 传输数据,某个 UDP 报文到了 IP 层被划分成 4 个数据片发 送出去,结果前两个数据片丢失,后两个数据片正确到达接收端,过了一段时间,该应 用进程再次重传该 UDP 报文,UDP 报文到了 IP 层,又被划分成 4 个数据片发送出 去,这一次是前两个数据片正确到达接收端,后两个数据片丢弃,接收端能够将这分 两次接收到的数据片正确还原成 UDP 报文吗? 为什么?

8.31 用户用浏览器访问 Web 服务器时,感到很慢,从 TCP 工作机制着手分析,可能有哪 些原因?

第 **9** 章 应　用　层

CHAPTER

9.1　网络应用模型

9.1.1　客户/服务器模型

　　前面内容已经详细讨论了应用进程之间的通信过程,这一章主要讨论应用进程如何在已经实现的进程间通信服务的基础上,解决用户的应用问题的过程。计算机网络中用应用层协议来规范两个应用进程为解决某个应用问题而进行的协调过程。许多应用层协议都是基于客户/服务器(C/S)模型,这里的客户和服务器是指一起协调解决某个应用问题的两个应用进程,其中称为客户应用进程的是服务请求方,而称为服务器应用进程的是服务提供方,用户的应用问题就在客户和服务器之间反复进行的服务请求和服务响应过程中得到解决,如图 9.1 所示。

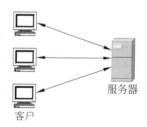

图 9.1　客户/服务器模型

　　客户和服务器既然是两个一起协调解决某个应用问题的应用进程,就需要运行在某个平台上,这个平台至少包括计算机硬件和操作系统,对应就有了客户端硬件平台和服务器端硬件平台,客户端操作系统和服务器端操作系统。由于某个服务器端硬件平台往往同时运行多个服务器应用进程,每一个服务器应用进程需要同时响应多个客户应用进程提出的服务请求,因此,服务器端硬件和操作系统平台的性能、功能应该强于客户端硬件和操作系统平台。许多文献中将客户端和服务器端平台也称为客户和服务器,因此,需要根据上下文区分是作为进程的客户和服务器,还是作为硬件和操作系统平台的客户和服务器。

　　在客户/服务器模型中,服务器集中了让客户共享的一切资源,这些资源包括硬件资源(如 CPU 处理能力)、信息资源(如文件)等,服务器为客户提供服务的过程实际上也是让客户共享资源的过程。客户之间不能直接共享资源,如果某个客户希望其他客户共享他拥有的某个文件,该客户必须先将该文件上传给服务器,其他客户通过请求/响应过程从服务器下载该文件。目前,大量的网络应用采用客户/服务器模型,因此,存在大量对应特定应用的客户和服务器,如浏览器和 Web 服务器,Outlook 和 E-mail 服务器等。客户/服务器模型的最大好处是实现和管理简单,服务器作为应用系统的核心,集中了所有资源并负责为客户提供服务,只要维护好服务器,就能保证应用系统的正常运行,缺点是由于服务器需要同时对多个客户提供服务,服务器的处理能力和连接网络链路的带宽往往成为应用系统的瓶颈。另外,一旦服务器发生故障,整个应用系统将崩溃,因此,常常需要对服务器提供备份。

9.1.2 P2P 模型

P2P 是 peer-to-peer 的缩写,peer 在英语里有"(地位、能力等)同等者"、"同事"和"伙伴"等意义,因此 P2P 也可以称为"对等网"。P2P 模型和客户/服务器模型的最大不同在于终端间需要共享的资源不是集中在单个服务器上,而是分散在各个终端上,当一组终端为了解决某个特定应用问题而协调工作时,这些终端的地位和作用是平等的,它们对等地连接在一起,解决某个应用问题所需要的资源分布在这些终端中,终端之间直接实现数据传输,如图 9.2 所示。

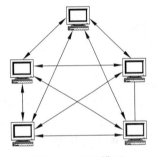

图 9.2　P2P 模型

P2P 模型带来的问题是资源定位和资源共享过程复杂,和客户/服务器模型不同,解决某个应用问题所需要的资源分布在一组终端中,每一个终端只拥有部分资源,定位解决该应用问题所需要的其他资源,并通过适当的共享方式使用这些资源是一个比较复杂的过程。P2P 模型的好处是由于目前终端的存储和计算能力都有较大提高,终端拥有了比较丰富的硬件和信息资源,如果能够将数目巨大的终端集成在一起,通过综合利用这些终端的硬件和信息资源解决特定应用问题,不仅可以大大降低该应用系统的成本,而且能够极大地提高该应用系统的健壮性。目前,基于 P2P 模型构建的应用系统主要是以下四类:对等计算、协同工作、搜索引擎、文件交换。

1. 对等计算

通过众多计算机来完成超级计算机的功能,一直是科学家梦寐以求的事情。采用 P2P 模型的对等计算,可以把网络中的众多计算机暂时不用的计算能力连接起来,使用积累的能力执行超级计算机的任务,如天气预报、动画制作、基因组的研究等,有了对等计算之后,就不再需要昂贵的超级计算机了。

2. 协同工作

公司机构的日益分散,使得给员工和客户提供高效、方便的协作工具变得日益重要。网络的出现,使协同工作成为可能,但传统的 C/S 模型给服务器带来了极大的负担,造成了昂贵的成本支出。P2P 模型的出现,使得互联网上任意两台 PC 都可建立实时的联系,构建成一个共享的虚拟空间,通过交互人们可以协同完成各种各样的工作。

3. 搜索引擎

P2P 模型的另一个优势是能够开发出功能强大的搜索工具。P2P 模型使用户能够深度搜索文档,而且这种搜索无须通过 Web 服务器,也可以不受信息文档格式和宿主设备的限制,可达到传统目录式搜索引擎无可比拟的深度(理论上可以包括网络上所有开放的信息资源)。以著名的 P2P 软件 Gnutella 为例:一台 PC 上的 Gnutella 软件可将用户的搜索请求同时发给网络上另外 10 台 PC,如果搜索请求未得到满足,这 10 台 PC 中的每一台都会把该搜索请求转发给另外 10 台 PC,这样,搜索范围将在几秒钟内以几何级数增长,几分钟内就可搜遍几百万台 PC 上的信息资源。可以说,P2P 模型为互联网的信息搜索提供了全新的解决之道。

4. 文件交换

文件交换的需求直接引发了 P2P 模型热潮。在传统的 HTTP 和 FTP 方式中,要实现文件交换需要服务器的参与,拥有文件的终端将文件上传到某个特定的网站,其他用户再到该网站搜索需要的文件,然后下载,这种方式的不便之处不言而喻。P2P 模型由于其独特的工作方式,在大范围文件交换方面具有明显的优势。从软件的数量上看,用于文件交换的 P2P 应用也是最丰富的。

9.2　域名系统

当某个客户需要向服务器提出服务请求时,它首先需要给出标识服务器的插口。插口由 32 位 IP 地址和 16 位端口号组成,32 位 IP 地址给出运行服务器的硬件平台的 IP 地址,16 位端口号指定该硬件平台中作为服务器的应用进程。客户和服务器通信时需要的插口往往由用户提供,如用户启动浏览器后,需要在地址栏输入标识服务器的地址信息。要用户记住每一个服务器的插口是一件十分困难的事,就像人们很难记住每一个朋友的电话号码一样。在现实生活中,通常用通信簿来解决这个问题,通信簿中记录了每一个朋友的名字及对应的电话号码,而手机可以直接用通信簿中的名字进行呼叫连接。计算机网络中也采用了类似通信簿这样的方法来解决服务器的标识问题,在实际访问某个服务器时,用域名来表示运行服务器的硬件平台的 IP 地址,而用服务器对应的应用层协议来标识服务器对应的端口号。

域名是一种便于人们记忆,方便人们检索的终端标识方式,而且由于 IP 地址和终端所在的物理区域有关,当服务器从某个物理区域内的终端,移植到另一个物理区域内的终端时,服务器的 IP 地址将发生变化。由于域名只是和服务器关联的一个符号,因此,在服务器继续提供服务的期间内,域名和服务器之间的关联是不会改变的。但在实际通信过程中,真正用于标识目的应用进程的仍然是插口,如何完成从域名至 IP 地址的转换过程? 如何在运行服务器的硬件平台的 IP 地址发生变化的情况下,更新域名和 IP 地址的绑定信息呢?

现实生活中,人们常用通信簿来实现名字到电话号码的转换,当某个朋友的电话号码发生变化时,通过相互通知,及时更新通信簿中的信息来保证朋友名字和电话号码之间绑定信息的正确性。但在计算机网络中,要求每一个客户都建立一个域名和 IP 地址之间的关联信息库是不现实的,因为用户访问的服务器不是固定不变的。就是现实生活中的通信簿也只是记录了经常联系的朋友的电话号码,建立呼叫连接时用到的被叫电话号码也常常需要通过查询 114,或通过其他朋友得到,而且往往通过 114 这样的机构查询到的被叫电话号码才有正确性。计算机网络中也采用类似 114 这样的设施来实现域名至 IP 地址的转换,这种设施就是域名系统(Domain Name System,DNS)。

域名系统采用 C/S 模型,需要域名服务器提供域名至 IP 地址的转换服务。最简单的域名系统是用一台域名服务器来存储网络中所有域名和 IP 地址的绑定信息,但这样做,一是不可靠,一旦该域名服务器发生故障,整个网络应用都将瘫痪。二是会大量增加网络的信息流量,因为用户每一次向服务器请求服务前,都需要先访问域名服务器,全球数以千万计的客户都不断地向域名服务器发送将某个域名解析成 IP 地址的请求报文,导致网络中的信息流量剧增。三是域名服务器也不堪负荷，性能最好的硬件平台也无法支撑这样大的处理负荷。四是为了便于管理、分配域名，域名采用层次结构，因此，用于解析域名的域名服务器组成也必须体现这种层次结构。因此，域名系统必须是一个分布式的数据库系统，而且保证由本地域名服务器来完成大部分解析任务。本地域名服务器是物理上离客户最近的域名服务器。

9.2.1　域名结构

　　因特网采用分层的域名结构，如图 9.3 所示。不同层的域名之间用点分隔，最顶层是无名的根域（Root），其次是一级域名（也称顶级域名），一级域名包含两种类型的域名，它们分别是国家域名和通用域名。国家域名表示国家域，如 . cn 表示中国，. us 表示美国。通用域名表示某类组织或机构，如 . com 表示公司企业，. org 表示非营利性组织，. edu 表示教育机构。大部分通用域名只表示美国的组织或机构，如 . edu 只表示美国的教育机构。

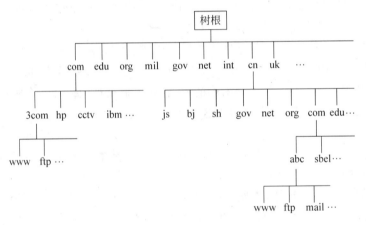

图 9.3　因特网域名结构

　　顶级域名下是二级域名，如中国的公司、企业域，用 . com. cn 表示，而中国的教育机构可用 . edu. cn 表示。

　　二级域名下可再分三级域名，如中国的 ABC 企业，用域名 abc. com. cn 表示。域名表示一个域，而域表示一个领域，子域是对该领域的进一步细分，如果用最后一级域名表示的子域就是一台终端，该子域就是域名树的树叶，称为叶结点，将从根结点至叶结点分枝所经过的所有域名用点作为分隔符连接在一起，就是该叶结点的完全合格的域名（Fully Qualified Domain Name，FQDN），如 ABC 公司的 Web 服务器，其完全合格的域名就是 www. abc. com. cn，用完全合格的域名唯一标识某个终端。

9.2.2　域名解析过程

　　域名和 IP 地址之间的绑定信息存储在域名服务器中，而域名服务器的分布结构和域名结构是对应的。对照图 9.3 所示的域名结构和图 9.4 所示的企业 abc. com. cn 内部网络结构与服务器配置可以得出图 9.5 所示的域名服务器结构。首先需要一个根域名服务器，由于根域名下的顶级域名都不是叶结点域名（简称叶域名），因此，根域名服务器中给出的域名和 IP 地址的绑定信息，是域名和用于负责域名所指定域内域名至 IP 地址转换的域名服务器的 IP 地址，如根域名服务器中包含的顶级域名 . com 和负责 . com 域内域名至 IP 地址转换的域名服务器的 IP 地址 192.5.6.30 的绑定信息。而.com 域内的域名服务器给出的是下一级域名和该域名对应的 IP 地址的绑定信息,如果下一级域名是叶域名,则给出叶域名和叶域名指定终端的 IP 地址的绑定信息。如果下一级域名不是叶域名,则意味着下一级域名指定的域还可以再进一步细分,则给出下一级域名和负责该下一级域名所指定域内域名至 IP 地址转换的域名服务器的 IP 地址的绑定信息,如.com 域内的域名服务器包含的域名.3com 和负责.3com 域内域名至 IP 地址转换的域名服务器的 IP 地址 192.42.93.30 的绑定信息。而.3com 域内的域名服务器给出叶域名 www 和该叶域名指定的 Web 服务器的 IP 地址 202.1.1.9 的绑定信息。对于完全合格的域名 www.3com.com,负责.3com.com 域内域名至 IP 地址转换的域名服务器就是由完全合格的域名 www.3com.com 指定的 Web 服务器的授权域名服务器,用户向它注册完全合格的域名 www.3com.com 和指定的 Web 服务器的 IP 地址的绑定信息,并在指定的 Web 服务器的 IP 地址发生变化的情况下,重新注册新的绑定信息。除了根域名服务器,其他域名服务器还须给出根域名服务器的 IP 地址 198.41.0.4。

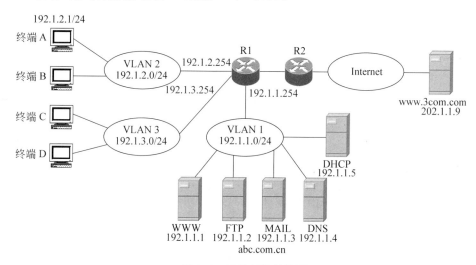

图 9.4 网络拓扑结构图

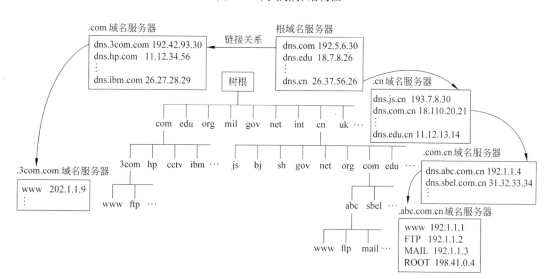

图 9.5 域名服务器结构

下面结合图 9.4 所示的网络拓扑结构和图 9.5 所示的域名服务器结构,讲述终端 A 如何根据用户输入的完全合格的域名：www.3com.com 解析出对应 IP 地址 202.1.1.9 的过程。

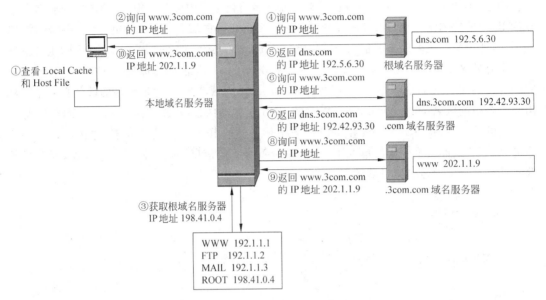

图 9.6　域名至 IP 地址的解析过程

域名至 IP 地址的解析过程如图 9.6 所示。终端 A 在开始域名至 IP 地址的解析过程前,必须先获知本地域名服务器的 IP 地址 192.1.1.4。本地域名服务器的 IP 地址或者通过配置得到,或者通过自动获取 IP 地址过程获得(自动获取 IP 地址过程在 9.3 节讨论)。当终端 A 获得用户输入的完全合格的域名 www.3com.com 时,先在本机的高速缓存和文件名为 Host 的文件中查找该域名和 IP 地址的绑定信息。就像每个人都有一个记录经常通信的朋友的电话号码的通信簿一样,每个终端也在本机的高速缓存(Cache)和 Host 文件中记录一些经常访问的服务器的完全合格的域名和 IP 地址的绑定信息。如果在本机高速缓存和 Host 文件中找不到该完全合格的域名和 IP 地址的绑定信息,就向本地域名服务器发送一个请求将完全合格的域名 www.3com.com 转换成 IP 地址的请求报文。由于 DNS 是应用层协议,该请求报文被封装成 UDP 报文后,传输给本地域名服务器。本地域名服务器接收到该请求报文后,查找自己的绑定信息库。本地域名服务器的绑定信息库中给出所管理域内的叶域名和叶域名指定终端的 IP 地址的绑定信息、根域名服务器的 IP 地址及所管理域内终端经常访问的服务器的完全合格的域名和 IP 地址的绑定信息。如果本地域名服务器中存在完全合格的域名 www.3com.com 和 IP 地址 202.1.1.9 的绑定信息,则可以立即向终端 A 返回一个包含解析后得到的 IP 地址的响应报文。如果本地域名服务器中没有该绑定信息,再由本地域名服务器开始完全合格的域名 www.3com.com 至 IP 地址 202.1.1.9 的解析过程。本地域名服务器首先请求根域名服务器完成完全合格的域名 www.3com.com 至 IP 地址的转换,但根域名服务器中并不包含完全合格的域名 www.3com.com 和 IP 地址的绑定信息,但包含管理顶级域.com 的域名服务器(域名为 dns.com)的 IP 地址 192.5.6.30,就将该 IP 地址返回给本地域名服务器。本地域名服务器又向管理.com 域的域名服务器发送请求完成完全合格的域名 www.3com.com 至 IP 地址的转换的请求报文,管理.com 域的域名服务器中也不包含完全合格的域名 www.3com.com 和 IP 地址的绑定信息,但包含管理.3com.com 域的域名服务器(域名为 dns.3com.com)的 IP 地址192.42.93.30,就将该 IP 地址返回给本地域名服务器。本地域名服务器再一次向管理.3com.com 域的域名服务器发送请求完成完全合格的域名 www.3com.com 至 IP 地址的转换的请求报文,管理.3com.com 域的域名服务器在绑定信息库中找到叶域名 www 和 IP 地址 202.1.1.9 的绑定信息,将该 IP 地址返回给本地域名服务器,本地域名服务器又将该 IP 地址返回给终端 A,完成了域名至 IP 地址的解析过程。

在图 9.6 所示的域名至 IP 地址的解析过程中,如果本地域名服务器中存储了管理.3com 域的域名服务器 dns.3com.com 和 IP 地址 192.42.93.30 绑定信息,就无须从根域名服务器开始查询,因此,每一级域名服务器都会存储最近查询到的一些完全合格的域名和 IP 地址,及管理某个域的域名服务器和 IP 地址的绑定信息,但由于这些域名服务器不是这些完全合格的域名或某个域的域名服务器的授权域名服务器,当这些完全合格的域名或某个域的域名服务器和 IP 地址的绑定发生变化时,会导致解析失败或错误的解析结果,因此,需要对这些绑定信息设置寿命。一旦域名解析失败,将无法访问由域名指定的服务器或终端,因此,必须对各级域名服务器提供备份。

图 9.6 所示域名至 IP 地址的解析过程称为迭代查询过程,由本地域名服务器一次又一次地查询包括根域名服务器的各级域名服务器(类似迭代过程,因而得名),另一种域名至 IP 地址的解析过程如图 9.7 所示,由上一级域名服务器负责查询下一级域名服务器,下一级域名服务器又将查询到的结果返回给上一级域名服务器,其过程类似递归,称为递归查询过程。递归查询过程可能导致根域名服务器负荷过重的情况发生。

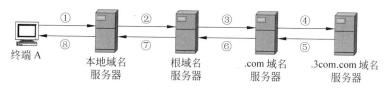

图 9.7　递归查询过程

【**例 9.1**】　如果主机和本地域名服务器无缓存,当采用递归方法解析另一个网络中某个主机的域名时,主机和本地域名服务器发送的域名解析请求的条数分别是多少?

　　A. 1 条,1 条　　　　B. 1 条,多条　　　　C. 多条,1 条　　　　D. 多条,多条

【**解析**】　根据图 9.7 所示的递归查询过程,主机和本地域名服务器发送的域名解析请求均只需一条,因此,正确答案是 A。

9.3　动态主机配置协议

每一个终端在允许访问网络中的资源前,必须配置下述信息:

- IP 地址;
- 子网掩码;
- 默认网关(或称默认路由器)地址;
- 本地域名服务器地址。

这些信息称为网络配置信息,可以由用户手工配置,也可通过动态主机配置协议(Dynamic Host Configuration Protocol,DHCP)自动获取,DHCP采用C/S模型,需要DHCP服务器为终端提供网络配置信息。如果采用手工配置方式,用户只有在非常清楚地了解终端接入的网络的情况后,才能获取上述信息,并因此完成对终端的配置。如果采用自动获取方式,用户则无须关心终端接入的网络的情况,由终端和DHCP服务器通过DHCP的操作过程完成上述信息的获取。

9.3.1 无中继配置过程

终端在自动获取网络配置信息前,自身没有IP地址,也不知道DHCP服务器的地址,因此,只能通过广播的方式来寻找DHCP服务器。由于DHCP是应用层协议,终端发送的DHCP报文必须先封装成UDP报文格式,再将UDP报文封装成IP分组格式,最后将IP分组封装成MAC帧格式,如图9.8所示。DHCP报文封装成UDP报文时,客户端口号为68,服务器端口号为67,这两个都是著名端口号。当UDP报文封装成IP分组时,由于终端不知道自身和DHCP服务器的IP地址,因此,将源IP地址设置成0.0.0.0,目的IP地址设置成255.255.255.255,意味着IP分组是广播分组。当IP分组封装成MAC帧时,源MAC地址是终端的MAC地址,如终端A的MAC A,目的MAC地址是广播地址ff:ff:ff:ff:ff:ff。DHCP报文包含的内容为终端的终端标识符(通常是终端的MAC地址,如MAC A)和请求分配IP地址的请求信息等。由于广播只能在同一网络内进行,因此,通常情况下,必须为每一个网络配置一个DHCP服务器。

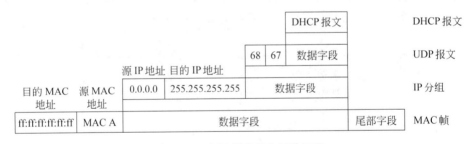

图 9.8 DHCP请求报文封装过程

终端通过DHCP自动获取网络配置信息的过程如图9.9所示。终端A首先通过广播DHCP发现报文来确定网络中配置的DHCP服务器,一个网络可以配置多个DHCP服务器,所有DHCP服务器接收到DHCP发现报文(根据UDP报文的端口号和DHCP报文的操作码确定DHCP报文类型)后,确定是否能够对其提供网络信息配置服务,在确定自己是该网络的DHCP服务器的情况下,在该网络对应的作用域中分配一个未使用的IP地址,然后,向该终端发送称为提供报文的响应报文,提供报文中给出为该终端分配的IP地址和作为DHCP服务器标识符的DHCP服务器地址,此时,DHCP服务器并没有真正分配该IP地址,为了避免响应其他终端发送的DHCP发现报文时再次分配该IP地址,DHCP服务器可以冻结该IP地址一段时间,在冻结期间,不再分配该IP地址。DHCP服务器将提供报文封装成IP分组时,由于终端并没有真正分配IP地址,因此,目的IP地址依然是0.0.0.0,由于DHCP服务器已经通过发现报文获得终端的MAC地址,因此,在封装MAC帧时,将MAC帧封装成以终端MAC地址为目的地址,DHCP服务器MAC地址为源地址的单播帧。由于网络中允许配置多个 DHCP 服务器,因此,终端可能接收到多个 DHCP 提供报文,通常情况下,终端选择第一个提供报文的发送者作为完成本次网络信息配置的 DHCP 服务器,然后,广播请求报文。在获取 DHCP 服务器地址的情况下,广播请求报文,存在通知其他 DHCP 服务器不再需要继续冻结提供报文中给出的 IP 地址的目的。具有和请求报文中给出的 DHCP 服务器标识符相同 IP 地址的 DHCP 服务器完成对终端的网络信息配置,通过确认报文将配置给终端的网络配置信息传输给终端,并将分配给该终端的 IP 地址和作为终端标识符的 MAC 地址绑定在一起,然后,为该 IP 地址分配一个租用期,如图 9.9 中的 8 大。

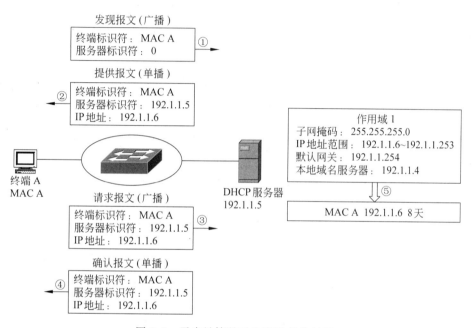

图 9.9　无中继情况下 DHCP 操作过程

终端在分配的 IP 地址的租用期即将到期的情况下,需要通过发送 DHCP 请求报文来延长使用该 IP 地址的租用期,这种情况下,终端发送的请求报文是单播报文,DHCP 服务器在允许的情况下,通过返回确认报文允许终端继续使用该 IP 地址。

9.3.2　中继配置过程

对于校园网这样子网众多,而且子网内的终端配置也经常变化的互连网络结构,为每一个子网配置一个 DHCP 服务器是不太现实的,因此,往往采用图 9.4 所示的服务器配置方式,用单个 DHCP 服务器完成所有子网内终端的配置过程。那么,某个终端在所属子网内广播的 MAC 帧如何到达 DHCP 服务器呢?不同子网都有单独的地址范围,如 VLAN 2 的地址范围为 192.1.2.0/24,即 VLAN 2 内的终端只能在 192.1.2.1~192.1.2.253 的 IP 地址范围内分配 IP 地址(192.1.2.0 和 192.1.2.255 有特殊用途,不能作为普通 IP 地址进行分配,192.1.2.254 已分配给路由器 R1 连接 VLAN 2 的接口),当 DHCP 服务器接收到某个终端发送的请求分配 IP 地址的 DIICP 发现或请求报文时,如何确定发送终端所属的 VLAN 呢?

如图 9.10 所示，为了使终端 A 在 VLAN 2 内广播的 MAC 帧能够传输到连接在 VLAN 1 内的 DHCP 服务器，必须启动路由器 R1 的中继代理功能，并将 DHCP 服务器的 IP 地址设置为中继地址。当路由器 R1 通过连接 VLAN 2 的端口接收到目的地址为广播地址的 MAC 帧时，就从 MAC 帧中分离出 IP 分组，并从 IP 分组中分离出 UDP 报文，当路由器 R1 发现 UDP 报文的目的端口号为 67，确定这是需要转发给 DHCP 服务器的报文，就重新以 DHCP 服务器的 IP 地址为目的 IP 地址将 UDP 报文封装成 IP 分组，并将接收该广播 MAC 帧的接口的 IP 地址 192.1.2.254 作为网关地址写入 DHCP 报文中，然后以正常的单播方式，通过 VLAN 1 将该 DHCP 报文发送给 DHCP 服务器。一旦在路由器 R1 启动了中断代理功能，所有接收到的以广播方式传送（MAC 帧的目的 MAC 地址和 IP 分组的目的 IP 地址都是广播地址）且 UDP 目的端口号为 67 的 DHCP 报文，都转换成单播方式，由路由器 R1 转发给 DHCP 路由器，这就解决了在一个 VLAN 内广播的 DHCP 报文，正确传输到连接在另一个 VLAN 内的 DHCP 服务器的问题。中继路由器和 DHCP 服务器之间可以是任何类型的传输网络或多个传输网络互连成的互联网，因此，封装单播 IP 分组的链路层帧不一定是 MAC 帧。但互连终端和中继路由器的传输网络必定是以太网，中继路由器可以将 IP 分组通过封装成以终端的 MAC 地址为目的地址的单播 MAC 帧，直接经过以太网发送给终端。所以，DHCP 服务器发送给终端的提供或确认报文封装成以发现报文中网关地址为目的 IP 地址的 IP 分组，以单播方式传输给中继路由器，中继路由器重新将提供或确认报文封装成目的 IP 地址为 0.0.0.0 的 IP 分组，根据提供或确认报文给出的终端 MAC 地址，将 IP 分组封装成以终端 MAC 地址为目的地址的单播 MAC 帧，通过由网关地址指定的接口发送出去。

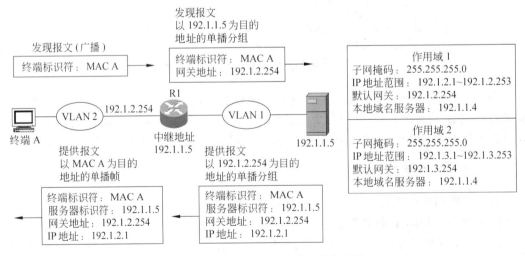

图 9.10   有中继情况下 DHCP 操作过程

在配置 DHCP 服务器时，需要创建多个作用域，每一个作用域对应一个子网，通过默认网关地址，将子网和作用域给出的 IP 地址范围绑定在一起。如图 9.10 中，DHCP 服务器就定义了两个作用域：作用域 1 和作用域 2，作用域 1 对应 VLAN 2，IP 地址范围为 192.1.2.1～192.1.2.253，用默认网关地址 192.1.2.254 将作用域 1 和 VLAN 2 绑定在一起。作用域

2 对应 VLAN 3,IP 地址范围为 192.1.3.1～192.1.3.253,用默认网关地址 192.1.3.254 将作用域 2 和 VLAN 3 绑定在一起。

当 DHCP 服务器接收到终端 A 发送的 DHCP 发现或请求报文,首先判别 DHCP 报文是否携带默认网关地址,在携带默认网关地址的情况下,用 DHCP 报文携带的默认网关地址去匹配作用域,然后在匹配到的作用域所给出的 IP 地址范围内,为终端 A 选择一个未分配的 IP 地址,如图 9.10 中的 IP 地址:192.1.2.1。

在图 9.10 中,DHCP 发现报文由于经过路由器中继后,变为单播报文发送给 DHCP 服务器,由于路由器 R1 中只配置了单个作为中继地址的 DHCP 服务器的 IP 地址,因此,在 VLAN 2 和 VLAN 3 内部不配置 DHCP 服务器的情况下,图 9.10 中的两次信息交换过程都只和单个 DHCP 服务器进行。实际上,网络中可以配置多个 DHCP 服务器,路由器可以配置多个对应不同 DHCP 服务器的 IP 地址的中继地址,当路由器接收到发现报文时,对应多个中继地址,产生多个以中继地址为目的 IP 地址的单播报文,将这些单播报文发送给多个不同的 DHCP 服务器。当路由器接收到请求报文时,如果请求报文的目的 MAC 和 IP 地址是广播地址,与发现报文的转发过程相同。DHCP 服务器根据请求报文携带的服务器标识符确定自己是否是终端选择的 DHCP 服务器。

9.4　HTTP 和 WWW

万维网(World Wide Web,WWW)简称 Web,是 Internet 上最成功的应用之一,是促使 Internet 和人们的生活、娱乐紧密相连的重要因素。Web 将分布在 Internet 中多个不同站点的信息链接在一起,如图 9.11 中链接了站点 B 和站点 D 页面的站点 A 的页面,使人们能够通过一个站点的页面方便地访问到其他站点的页面。一旦页面中包含链接,可以通过单击链接直接切换到被链接的页面,这完全改变了传统文本的顺序阅读方式,因此,将这种包含链接的文本称为超文本,如果包含链接的页面不仅仅包含文本,还包含其他表示方式的信息,如图像、声音、视频等,将这样的页面称为超媒体。

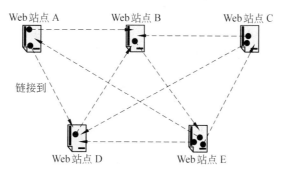

图 9.11　Web 链接过程

WWW 采用客户/服务器模型,客户进程被称为浏览器(Browser),服务器进程被称为 Web 服务器,目前最常见的浏览器有微软公司的 Internet Explorer(IE),Web 服务器视服务器操作系统平台的不同而不同。客户进程用统一资源定位器(Uniform Resource

Locator，URL）来标识需要访问的 Internet 资源，这些资源包括 Internet 上所有可以被访问的对象，如文件、文档、目录、图像、声音等，浏览器和 Web 服务器之间通过超文本传输协议（HyperText Transfer Protocol，HTTP）完成信息交换。为了在不同的计算机系统之间统一 Web 页面显示格式，必须用标准的语言来制作 Web 页面，这种用来制作 Web 页面的标准语言就是超文本标记语言（HyperText Markup Language，HTML）。

1. 统一资源定位器

WWW 用统一资源定位器（URL）唯一标识 Internet 中所有可被访问的对象，URL 的通用形式如下。

<URL 的访问方式>：//<主机>:<端口>/<路径>

常见的 URL 访问方式有三种，分别是文件传输协议（File Transfer Protocol，FTP），超文本传输协议 HTTP 和 USENET 新闻组。本节只讨论前两种使用较多的访问方式。

主机字段用完全合格的域名方式或 IP 地址方式给出被访问对象所在的 Web 服务器。

端口字段给出 Web 服务器侦听的端口号，由于针对不同的访问方式，Web 服务器都有对应的著名端口号，如果 Web 服务器没有选用与访问方式对应的著名端口号不同的端口号，端口字段可以省略。

路径字段给出访问对象在 Web 服务器中的存放位置，如文件的访问路径。下面是针对 FTP 和 HTTP 两种不同访问方式的 URL 实例。

ftp://rtfm.mit.edu/pub/abc.txt
http://www.tsinghua.edu.cn/chn/yxse/index.htm

FTP 访问方式中的主机名：rtfm.mit.edu 是麻省理工学院（MIT）匿名服务器 rtfm 的完全合格的域名，/pub/abc.txt 是存放文件 abc.txt 的路径，表明 abc.txt 存放在服务器 pub 目录下。

HTTP 访问方式中，主机名：www.tsinghua.edu.cn 是清华大学 Web 服务器的完全合格的域名，/chn/yxse/index.htm 是指向层次结构的从属页面的路径。

使用 URL 访问 Internet 的资源时，必须给出资源所在的位置，如果某个资源复制多份后，存储在 Internet 中的多个位置，用 URL 来访问这些资源就显得不方便，无法动态实现负载均衡问题。目前可以用一种只与被访问的对象有关，而与对象所在位置无关的标识方法来唯一标识 Internet 中的所有资源，这种标识方法就是通用资源标识符（Universal Resource Identifier，URI），URI 使得资源的名字与资源所在位置无关，甚至与访问资源的方式无关。

2. HTTP

1）HTTP 操作过程

HTTP 是用于浏览器和 Web 服务器之间进行信息传输的协议，是一种请求、响应型协议。客户需要访问 Web 服务器的资源时，向 Web 服务器发送请求报文，服务器接收到客户发送给它的请求报文后，按照请求报文所要求的访问操作，完成资源检索，并将检索结果和资源封装在响应报文中返回给客户。HTTP 请求报文所要求的访问操作主要有以下这些。

GET URL：请求读取由 URL 标识的信息。

PUT URL：在 URL 标明的位置下存储一个文档。

DELETE URL：删除 URL 标识的资源。

响应报文中包含表示操作结果的状态和请求报文中要求读取的信息，操作状态包含操作成功，访问的资源不存在等。下面通过如图 9.12 所示的用浏览器访问某个 Web 页面的过程来讨论 HTTP 的操作过程。

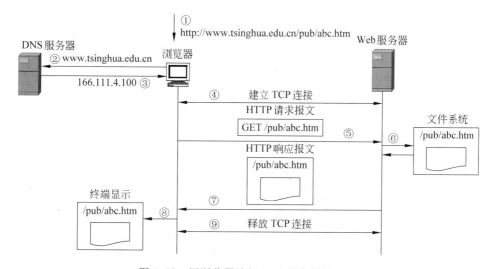

图 9.12　用浏览器访问 Web 服务器的过程

① 在浏览器地址栏中输入 http://www.tsinghua.edu.cn/pub/abc.htm；

② 浏览器从 URL 中分离出主机域名（www.tsinghua.edu.cn），并向 DNS 服务器发出解析域名请求；

③ DNS 服务器完成域名解析过程，返回 IP 地址：166.111.4.100；

④ 浏览器与 Web 服务器建立 TCP 连接；

⑤ 浏览器向 Web 服务器发出包含取文件命令 GET /pub/abc.htm 的 HTTP 请求报文；

⑥ Web 服务器根据文件路径/pub/abc.htm 检索文件系统，获取文件/pub/abc.htm；

⑦ Web 服务器将文件/pub/abc.htm 包含在 HTTP 响应报文中，并将 HTTP 响应报文发送给浏览器；

⑧ 浏览器通过 HTML 解释器显示文件/pub/abc.htm 内容；

⑨ 浏览器与 Web 服务器释放 TCP 连接。

根据图 9.12 所示的 HTTP 操作过程，可以得出：

• HTTP 请求报文定义了浏览器要求 Web 服务器完成的操作，及完成操作所需要的参数；

• HTTP 响应报文定义了 Web 服务器的操作结果状态，及请求报文要求访问的资源；

• 浏览器的核心功能是根据用户输入的 URL，构建对应的 HTTP 请求报文，并把请求报文发送给 URL 指定的 Web 服务器，并在接收到 * . html 文件时，根据 HTML 语法正确显示文件内容；

- Web 服务器的核心功能是完成 HTTP 请求报文指定的资源的访问过程，并将结果通过 HTTP 响应报文发送给浏览器；
- 浏览器成功访问某个 URL 指定资源的前提是 URL 中主机名指定的 Web 服务器处于就绪状态，即等待接收 HTTP 请求报文状态，同时，Web 服务器能够检索到 URL 指定的资源。

2）HTTP 报文结构

HTTP 报文由三部分组成，开始行、消息首部和消息体，请求报文的开始行称为请求行，由方法、URL 和版本三部分组成，响应报文的开始行称为状态行，由版本、状态码和说明文本组成。消息首部用于说明浏览器、Web 服务器或消息体的一些信息，消息体是请求访问的信息，一般只包含在响应报文中。图 9.13 和图 9.14 分别是请求报文和响应报文开始行和消息首部的实例。

```
GET http://www.abc.com.cn HTTP/1.1(请求行,方法= GET,版本= HTTP/1.1,中间是 URL)
Connection: close(首部行,通知服务器发送完请求的页面后,就可释放连接)
Accept-Language:cn(首部行,优先得到中文版本的页面)
```

图 9.13　请求报文组成

```
HTTP/1.1 301 Moved Permanently(状态行,版本= HTTP/1.1,状态码= 301,其余是说明文本)
Location: http://www.xyz.com.cn(首部行,给出页面新的 URL)
```

图 9.14　响应报文组成

3. HTML

多个在不同操作系统上运行的浏览器可能访问同一个 Web 页面，带来的问题是如何保证这些浏览器以同样的格式在屏幕上显示该 Web 页面呢？这就要求用一种标准的语言来描述 Web 页面的显示格式，这种标准语言就是 HTML，它以标签的方式定义了多个用于排版的命令，表 9.1 给出了几个常用的 HTML 标签。图 9.15 和图 9.16 是一个 HTML 文档和显示格式的实例。

表 9.1　一些常用的 HTML 标签

标　　签	说　　明
<HTML>…</HTML>	声明这是用 HTML 写成的万维网文档
<HEAD>…</HEAD>	定义页面首部
<TITLE>…</TITLE>	定义页面标题,该标题显示在浏览器的标题栏中
<BODY>…</BODY>	定义页面主体
<Hn>…</Hn>	定义一个 n 级题头
<P>…</P>	定义一个段落

```
<HTML>
<HEADL>
          <TITLE>这是一个 HTML 文档显示实例</TITLE>
</HEAD>
<BODY>
<H1>显示文档主体</H1>
<P>第一个段落,
由两行组成</P><P>第二个段落</P>
</BODY>
</HTML>
```

图 9.15　一个 HTML 文档实例

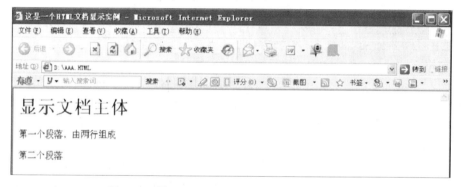

图 9.16　图 9.15 HTML 文档的浏览器显示格式

9.5　电子邮件

9.5.1　电子邮件传输过程

电子邮件也是 Internet 最主要的应用之一,人们通过电子邮件系统完成信息交换功能,图 9.17 是电子邮件传输过程中涉及的设备和协议。

用户代理(User Agent,UA)负责电子邮件的撰写、显示和处理,撰写是指通过方便的邮件编辑环境和通信录等辅助工具生成、编辑信件。显示是指通过计算机屏幕显示邮件内容,包括声音和图像,这就要求用户代理(UA)能够集成其他应用系统。处理是指对邮件的存储、打印、转发和删除操作,目前最常见的用户代理是微软公司的 Outlook。

用户代理在发送邮件前,必须先在某个邮件服务器创建一个信箱,获得信箱的电子邮件(E-mail)地址,同时,还须获得接收方的 E-mail 地址。E-mail 地址由用户名、分隔符和邮件服务器域名这三部分组成,如 abc@163.com 就是一个 E-mail 地址,abc 是用户名,@是分隔符,读作"at",163.com 是 163 邮件服务器域名。

邮件服务器是电子邮件系统的核心,负责发送和接收邮件,同时向发信人报告邮件传送情况,如已交付、被拒绝、丢失等。

用户代理向邮件服务器发送邮件使用简单邮件传输协议(Simple Mail Transfer

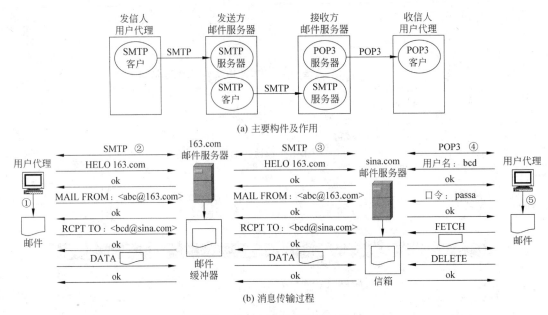

图 9.17 电子邮件传输过程

Protocol,SMTP),邮件服务器之间传输邮件也使用 SMTP,而用户代理从邮件服务器读取邮件使用邮局协议第 3 版(Post Office Protocol 3,POP3)。

SMTP 和 POP3 采用客户/服务器模型,用户代理向邮件服务器发送邮件或通过邮件服务器接收邮件时作为客户,邮件服务器作为服务器。但当邮件服务器之间通过 SMTP 传输邮件时,发送邮件的邮件服务器为客户,接收邮件的邮件服务器为服务器。

整个邮件传输过程由下述步骤组成:

① 用户通过发信人用户代理编辑邮件;

② 发信人用户代理通过 SMTP 将邮件传输给发送方邮件服务器;

③ 发送方邮件服务器通过 SMTP 将邮件传输给接收方邮件服务器;

④ 收信人用户代理通过 POP3 从接收方邮件服务器读取邮件;

⑤ 收信人用户代理向用户显示邮件内容。

1. SMTP 发送邮件操作过程

电子邮件传输过程由发信人用户代理发起,由于 SMTP 是基于 TCP 的应用层协议,因此,发信人用户代理首先必须建立和邮件服务器之间的 TCP 连接,在 TCP 连接成功建立后,由邮件服务器向用户代理发送服务器就绪的状态信息。用户代理在接收到邮件服务器就绪的状态信息后,向邮件服务器发送 HELO 命令,表示要求向邮件服务器发送邮件,如图 9.17 所示,命令中给出发信人邮件服务器域名。如果邮件服务器有能力接收邮件,就向用户代理发送服务器 ok 状态消息。此时,用户代理可以开始向邮件服务器发送邮件的过程。用户代理通过 MAIL 命令开始邮件发送过程,MAIL 命令中给出邮件的发信人地址,如果邮件服务器已准备好接收邮件,就向用户代理发送接收就绪状态信息。用户代理随后通过 RCPT 命令向邮件服务器发送收信人地址。如果在邮件服务器之间传输邮件,客户为发送邮件的邮件服务器,服务器为收信人信箱所在的邮件服务器,因此,它可以在接收邮件前,先判别是否存在收信人地址指定的信箱,如果存在,则通过它向发送邮件的邮件服务器发送接收就绪的状态信息,允许发送邮件的邮件服务器发送邮件。但在用户代理和邮件服务器之间传输邮件时,本地邮件服务器并不知道是否确实存在收信人地址指定的信箱,因此,在没有确认由收信人地址指定的邮件服务器和信箱已经就绪的情况下,就允许用户代理发送邮件。如果在稍后向由收信人地址指定的邮件服务器发送邮件时失败,就以邮件方式通知用户代理:邮件发送失败。一旦用户代理接收到接收就绪状态信息,就开始通过 DATA 命令发送邮件内容,邮件服务器在接收到完整的邮件内容后,向用户代理发送正确接收状态信息,此时,邮件传输过程结束。用户代理释放与邮件服务器之间的 TCP 连接。发送方邮件服务器将接收到的邮件存储在邮件缓冲器中,在方便时,通过 SMTP 将其发送给接收方邮件服务器。发送方邮件服务器和接收方邮件服务器通过 SMTP 传输邮件的过程与发信人用户代理和发送方邮件服务器传输邮件的过程相同,接收方邮件服务器接收到邮件后,将其存放在由收信人 E-mail 地址指定的信箱,如图 9.17 所示的 bcd@sina.com。

2. POP3 读取邮件操作过程

由收信人用户代理发起邮件读取过程,同样,由于 POP3 也是基于 TCP 的应用层协议,因此,收信人用户代理首先建立和接收方邮件服务器之间的 TCP 连接,在 TCP 连接成功建立后,由邮件服务器向用户代理发送服务器就绪状态信息。用户代理在接收到邮件服务器就绪的状态信息后,开始登录过程。它先向邮件服务器发送用户名,邮件服务器确认是注册用户后,向用户代理发送用户名正确状态信息,用户代理接收到用户名正确状态信息后,再向邮件服务器发送口令,邮件服务器确认用户名和口令与某个注册信箱匹配后,向用户代理发送成功登录状态信息。用户代理通过 FETCH 命令从邮件服务器读取邮件,POP3 在读取邮件后,通过 DELETE 命令从信箱中删除已读取的邮件。用户代理在读取完邮件后,释放与邮件服务器之间的 TCP 连接。

9.5.2 电子邮件信息格式

1. SMTP 邮件格式

SMTP 邮件格式如图 9.18 所示,邮件首部由关键词和参数组成,中间用冒号分隔。常见的关键词如下。

- Date:给出邮件发送日期、时间。
- From:给出发信人名称和邮箱地址。
- Subject:给出邮件主题,用于向收信人提示邮件内容。
- To:给出收信人邮箱地址。
- Cc:一封邮件可以抄送给多个收信人,给出抄送者的邮箱地址。

```
Date:   Mon,16 Mar 2009,11:11:11
From:   abc@163.com
Subject:   Weekend Plan        ⎫邮件首部
To:   cbd@126.com
Cc:   def@yahoo.com.cn

Cbd and def:
Play football at 2.0 pm sunday  ⎫邮件体
        abc
```

图 9.18 SMTP 邮件格式

SMTP 邮件体可以给出邮件内容。SMTP 只能传输 7 位 ASCII 码,因此,无法传输由任意二进制位流构成的邮件体,如可执行文件和包含非英语国家文字的文档。为了解决这一问题，提出了通用 Internet 邮件扩充（Multipurpose Internet Mail Extension，MIME）。

2. MIME 邮件格式

MIME 主要包括以下三部分内容：

- 5 个新的邮件首部字段，用于提供有关邮件体的信息。
- 定义了多种邮件内容格式，对多媒体电子邮件的表示方法进行了标准化。
- 定义了传送编码，可对任何内容格式进行转换，使其能够被 SMTP 邮件系统正常传输。

图 9.19 给出了 MIME 和 SMTP 的关系，发送用户需要传输的邮件内容可以是任何二进制位流，这些内容被组织成 MIME 格式，然后转换成适合经过 SMTP 邮件系统传输的编码格式。同样，接收端 SMTP 代理首先将邮件内容还原成 MIME 格式，然后提交给接收用户，接收用户从 MIME 格式中提取出由任意二进制位流组成的邮件内容。

MIME 邮件格式如图 9.20 所示，它在 SMTP 首部的基础上增加了以下 5 个首部。

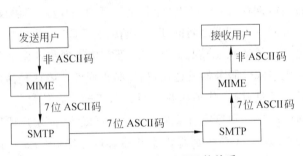

图 9.19 MIME 和 SMTP 的关系

图 9.20 MIME 邮件格式

- MIME-Version：版本号，目前为 1.0。
- Content-Type：通过类型/子类型参数说明邮件体内容类型。
- Content-ID：内容标识符，唯一标识指定邮件内容。
- Content-Transfer-Encoding：用于说明实际传送的邮件的编码方式。
- Content-Description：描述邮件体对象的可读字符串。

表 9.2 给出了 MIME 支持的邮件体内容类型，可以看出，MIME 邮件体不再仅仅由标准 ASCII 码组成，可以是任意二进制位流，包括图像、动画和音频。表 9.3 给出了编码邮件体内容的编码方式，最常用的是 base64 编码，它将任意二进制位流以 6 位为单位分组，在 ASCII 字符集中选择 64 个可打印字符，对应 6 位二进制数的 64 种不同的值。这 64 个可打印字符分别是 26 个大写字母、26 个小写字母、10 个数字和"＋/"，每一种 6 位二进制数值用对应的 8 位可打印 ASCII 字符表示，以此将邮件体任意二进制位流编码为一组可打印的 ASCII 字符。为了能够以 6 位为单位划分二进制位流，首先以 3B 为单位划分二进制位流，然后将 3B 划分为 4 组 6 位二进制数。如果二进制位流不是 3B 的整数倍，后面添加 1 个或 2 个字符"＝"。

表 9.2 MIME Content-Type 参数组合及含义

类 型	子 类 型	说 明
Text	Plain	无格式文本,简单 ASCII 字符串
	Enriched	提供较多格式灵活性的文本类型
Multipart	Mixed	邮件由多个子报文组成,多个不同子报文相互独立,但一起传输,并按照在邮件中的顺序提供给收信人
	Parallel	和 Mixed 基本相同,但提供给收信人时,没有给各个子报文定义顺序
	Alternative	不同子报文是同一信息的不同版本,提供最佳版本给收信人
	Digest	和 Mixed 基本相同,但每一个子报文是一个完整的 rfc822 邮件
Message	rfc822	rfc822 邮件
	Partial	为传输一个超大邮件,以对收信人透明的方式分割邮件
	External-body	包含一个指向存储在其他地方的对象的指针
Image	jpeg	JPEG 格式图像,JFIF 编码
	gif	GIF 格式图像
Video	mpeg	MPEG 格式动画
Audio	Basic	单通道 8 位 μ 律编码,8kHz 采样速率
Application	PostScript	Adobe Postscript
	Octet-stream	不间断字节流

表 9.3 MIME 传送编码

编 码	说 明
7b	数据由短行(每行不超过 1000 字符)的 7 位 ASCII 字符表示
8b	存在非标准 ASCII 字符,即最高位置 1 的 8 位数据
binary	不仅允许包含非标准 ASCII 字符,而且每行长度可以超过 1000 字符
quoted-printable	一种既实现用 ASCII 字符表示数据,又尽可能保持原来的可读性的编码
base64	一种用 64 个 8 位二进制表示可打印的 ASCII 字符,表示任意 6 位二进制数的编码
x-token	用于命名非标准编码

```
Date: Mon,16 Mar 2009,11:11:11
From: abc@163.com
Subject: Weekend Plan
To: cbd@126.com
Cc: def@yahoo.com.cn
MIME-Version:1.0
Content-Type:multipart/mixed;boundary=ZZYYXX

--ZZYYXX
```

CBD 和 DEF:
周末郊外踏青,后面附郊外风景照。

                 ABC

--ZZYYXX

Content-Type:image/gif

Content-Transfer-Encoding:base64

(风景照像素数据)

--ZZYYXX--

以上是一个 MIME 邮件,它由两个独立的子报文组成,一个只包含字符信息的子报文和一个包含图像数据的子报文,首部中关键词 Content-Type: 后面的参数 multipart/mixed 说明了这一点。boundary=ZZYYXX 定义了分隔字符串,如果出现紧跟两个连字符"--"后面的字符串 ZZYYXX,表明新的子报文开始。分隔字符串后面紧跟两个连字符"--",表明整个 multipart 结束。

9.6 文件传输协议

文件传输和万维网、电子邮件一样,都是 Internet 最重要的应用之一,文件传输服务是指把远程计算机上某个目录下的文件下载到本地终端,或者把本地终端上的某个文件上传到远程计算机的某个目录下,它所提供的是在本地终端和远程计算机之间传输完整文件的服务。

文件传输协议(File Transfer Protocol,FTP)的工作模型如图 9.21 所示,用户接口用来接收用户输入的命令,并把命令执行结果返回给用户,不同客户系统提供的用户接口也不同,有的提供图形界面,有的提供命令行界面。协议解释器对 FTP 命令或响应按照 FTP 定义的操作进行处理,如接收到 GET 命令,则打开文件,通过数据连接将文件内容传输出去。接收到 PUT 命令,则将通过数据连接接收到的文件内容存储到指定目录下。为实现文件传输功能,客户和服务器之间需要建立两个 TCP 连接,一个 TCP 连接作为控制连接,在客户和服务器之间传输 FTP 命令和响应。另一个 TCP 连接作为数据连接,在客户和服务器

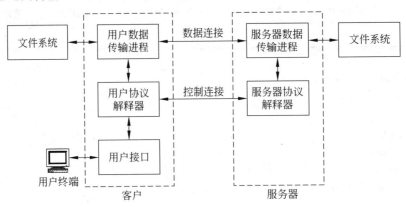

图 9.21 FTP 工作模型

之间传输文件内容。数据传输进程根据协议解释器的要求,或从文件系统中打开某个文件,并把文件内容通过数据连接传输给对方,或将通过数据连接接收到的文件内容,写入文件系统中的某个目录下。

客户首先与服务器建立控制连接,并经过控制连接交换 FTP 命令和响应,在需要传输文件的情况下,再由服务器发起建立数据连接,并在文件传输完成后,关闭数据连接。客户在完成与服务器之间的文件传输任务后,可关闭与服务器之间的控制连接。服务器端控制连接的端口号为 21,数据连接的端口号为 20,客户端也必须选择两个不同的端口号分别用于控制连接和数据连接。

习 题 9

9.1 互联网的域名结构是怎样的?它与目前电话号码的结构有何异同之处?

9.2 域名系统的功能是什么?如何实现域名至 IP 地址的转换?

9.3 ARP 和 DNS 都有高速缓存,但高速缓存中这些项的寿命不同,ARP 一般 10 分钟左右,而 DNS 一般以天为单位。请解释原因。

9.4 什么是完全合格的域名?为什么只有完全合格的域名才能转换成 IP 地址?

9.5 DHCP 如何实现自动配置功能?为什么需要路由器(或三层交换机)的中继功能?

9.6 简述浏览器访问某个 Web 服务器主页的过程。

9.7 浏览器访问 URL 指定的资源的过程中使用了哪些应用层和传输层协议?

9.8 结合图 9.17(b),简述两个用户代理之间传输邮件的过程。

9.9 一个二进制文件的长度为 3072 字节,若使用 base64 编码,并且每发送完 80 字节就插入一个回车符和换行符,问一共发送了多少字节?

9.10 简述从 FTP 服务器下载文件的过程。

9.11 为什么本章中有的应用层协议传输层采用 UDP,而有的应用层协议传输层采用 TCP?

附 **A** 录　部分习题答案

第 1 章

1.2　不能保证可靠传输,传输时延大,传输时延抖动大。通过分类服务,为语音等实时性强的数据提供高可靠性,低时延,较小时延抖动的传输服务。

1.6　发送时延 $=(1500\times8)/(10\times10^6)=0.0012s$,传播时延 $=2.5/200000=0.0000125s$。
比例 $=0.0012/0.0000125=96$。
端口传输速率为 1Gbps 时,发送时延 $=(1500\times8)/10^9=0.000012s$。
比例 $=0.000012/0.0000125=0.96$。

1.7　电路交换独占端到端传输路径所经过的物理链路带宽,分组交换和其他发送端共享端到端传输路径所经过的物理链路带宽。数据网络终端发送数据的特性是间歇性、突发性,独占带宽方式的线路效率低。两个海量数据存储设备之间全盘复制适合电路交换。

1.8　比特时间 $=1/10^9s$,每一比特物理距离 $=(2\times10^8)/10^9=0.2m$,能容纳的二进制数 $=1000/0.2=5000b$。

1.9　视频 $=640\times480\times3\times8\times30=221.184Mbps$,音频 $=44.6\times10^3\times16=713.6kbps$。

1.10　分组交换机制是存储转发,输出端口发生拥塞时排队等待,拥塞严重时因为输出队列溢出而丢弃分组,因此,数据传输网络的特点是转发结点可能丢弃部分分组,发生拥塞时传输时延急剧增大,传输时延和网络流量分布密切相关,导致传输时延变化大。

1.11　在学完第 7 章之前,可以这样理解电路交换结点的工作机制。电路交换结点两个端口之间直接物理连接,数据在两个端口之间直接转发。分组交换结点存储转发,具体过程为输入端口接收完整分组,差错检验,根据分组路由信息和分组交换结点中的转发表确定输出端口,通过交换结构将分组传输到输出端口,输出队列排队输出。

1.12　直接转发的前提是在输入链路、输出链路和输入端口与输出端口之间的交换结构中预留固定带宽,分组交换显然没有。另外,分组交换需要对接收到的分组进行差错检验,这也不是直接转发能实现的。

1.14 电路交换总的时延＝$(M\times 8)/X+K\times d+s$，分组交换总的时延＝$(M\times 8)/X+d+$ $(K-1)\times((P\times 8)/X+d)=(M\times 8)/X+K\times d+(K-1)\times((P\times 8)/X)$，因此，当 $(K-1)\times((P\times 8)/X)\leqslant s$ 时，分组交换时延小于电路交换。

当路由信息＝H 字节时，总的时延＝$\lceil M/P\rceil(((P+H)\times 8)/X)+d+(K-1)\times$ $(((P+H)\times 8)/X+d)=(\lceil M/P\rceil+(K-1))(((P+H)\times 8)/X)+K\times d$。对总时延求导，令其为 0，得出 $P=\sqrt{(M\times N)/(K-1)}$。

1.15 最少时间要求数据传输选择最短路径，因此，H1 至 H2 的传输路径只经过两跳分组交换机，每一个分组中净荷长度为 980 字节，980000 字节文件需要分成 980000/980 ＝1000 个分组，经过时间 $(1000\times 1000\times 8)/(100\times 10^6)=0.08$s，最后一个分组被第一跳分组交换机接收。最后一个分组从第一跳分组交换机开始发送，到被 H2 接收所需要的时间＝$2\times((1000\times 8)(100\times 10^6))=0.00016$s，总时延＝$0.08+0.00016=$ 0.08016s。

1.23 两种不同的网际层地址和分组格式的转换十分困难，如 IPv6 和 IPv4 之间的相互转换，详细内容参见第 6 章。

1.24 协议是对等层之间实现通信的规则，服务是下一层为上一层提供的通信功能，每一层通过该层协议和下一层提供的服务实现提供给上一层的服务。

1.26 困难在于从物理层提供的比特流或字节流中分离出链路层帧。

1.28 互联网中结点分配唯一的、独立于传输网络的 IP 地址，端到端传输独立于传输网络的分组格式——IP 分组，通过 IP over X（X 指传输网络类型）技术实现 IP 分组连接在相同传输网络上的两个结点之间的传输，路由器根据 IP 分组携带的目的终端的 IP 地址确定通往目的终端的传输路径。

第 2 章

2.3 由于数字信号可以再生，越洋语音通信的质量和市话相当。因为模拟信号逐级放大加剧了信号的失真，随着通信距离的加大，语音质量变差。

2.4 调制成模拟信号后进行传输的速率更高，由于需要多次谐波分量组成基带信号，基带信号的传输速率和带宽等级相同，而调制后的数据传输速率取决于信号不同的状态数，$C=2W\log 2L$，这里的 W 为物理链路的带宽，L 为信号的状态数。

2.6 一是同轴电缆不好布线，办公室终端布置受到严格限制。二是同轴电缆和双绞线相比太贵。三是需要两根同轴电缆才能实现全双工通信。四是和光纤相比，同轴电缆无中继传输距离太短，且易受电磁干扰。五是采用星形拓扑结构时，和双绞线相比，同轴电缆的接头既贵又复杂。

2.7 在采用相同编码的前提下，带宽和基带信号传输速率为同一等级，传输速率相差 10 倍，带宽也应相差 10 倍，因此，6 类的带宽应该是 5 类的 10 倍。

2.9 光纤的带宽非常大，目前光纤传输速率的限制主要在于光/电或电/光转换速率上。为了充分利用光纤的带宽，采用波分复用技术，在一根光纤上同时传输多束不同波长的光。

2.11 $f_1=f=v/\lambda=(2\times 10^8)/(1.1\times 10^{-6})=1.818\times 10^{14}\,\mathrm{Hz}=1.818\times 10^5\,\mathrm{GHz}$
$f_2=f=v/\lambda=(2\times 10^8)/(0.9\times 10^{-6})=2.222\times 10^{14}\,\mathrm{Hz}=2.222\times 10^5\,\mathrm{GHz}$

$$f_2 - f_1 = 2.222 \times 10^5 - 1.818 \times 10^5 = 4.04 \times 10^4 \text{GHz}$$

2.12　波特是信号变化速率,理想情况下波特$=2\times$带宽。不能据此计算最大传输速率。

2.13　$C = W\log_2(1 + S/N) = 3000 \times \log_2(1 + 1000) = 29.9\text{kbps}$。$48/3 = 16$,$S/N = 2^{16} - 1 = 65535$。

2.14　适用于在带宽较窄的物理链路上实现较高传输速率的情况,由于调制后的模拟信号是以载波信号频率为中心频率的带通信号,而带通信号的频率范围在物理链路的带宽内,因此,不会引发严重的模拟信号失真问题。当然,严重的失真肯定会影响数字信号传输的正确性。

2.16　$C = 2000 \times \log_2 16 = 8\text{kbps}$。

2.18　QAM16 时,$C = 2 \times W \times \log_2 L = 2 \times 3000 \times 4 = 24\text{kbps}$。QAM256 时,$C = 48\text{kbps}$。

2.24　A、D 发送 1,B 发送 0,C 没有发送。

2.27　11001010**0**,因为网络传输过程中一般容易出现连续多位错,对于这种出错情况,奇偶校验码只能检验出 50% 的错误。

2.28　110100110000/10011 的余 $=1001$,1101001 $\boxed{0}$ 1001/10011 的余 $=0011$,不等于 0。

2.31　1101011111 $\boxed{0}$ 01011111 $\boxed{0}$ 101011111 $\boxed{0}$ 110。

2.32　1101011111 1011111 01011111 110,没有错。

2.33　01101011111 10100111111 $\boxed{1}$ 0110101111110,有错,7 位连续的 1。

2.34　由于其他层很容易通过下一层的 PDU 分离出 SDU,而下一层的 SDU 就是上一层的 PDU,链路层需要从二进制位流或字节流中确定每一帧的边界,因此,只有链路层才有帧定界。

2.37　(1)$20/200000 = 10^{-4}\text{s}$,(2)$> 2 \times 10^{-4}\text{s}$,(3)除非累积确认时,接收端发送确认应答时,离接收第一个帧的时延较大,(4)发送窗口 $= (2 \times 10^{-4} \times 10^{10})/(1000 \times 8) = 250$,$2^N \geqslant 250 + 1$,$N = 8$。$2^N \geqslant 250 + 250$,$N = 9$。

2.38　停止等待算法中确认应答帧不需要序号的前提是①不出现后发先至的情况,②确认应答不会在定时器溢出后到达,即不会出现定时器溢出时间小于往返时延的情况。

2.40　假定 $n = 3$,源终端发送了序号为 01234567 的数据,目的终端成功接收了这 8 组数据,并回复了表明成功接收这 8 组数据的确认应答,并将接收序号重新变为 0,如果目的终端发送给源终端的确认应答全部丢失,源终端在缓冲器中序号为 0 的数据所关联的定时器溢出的情况下,重发这 8 组数据,由于目的终端的接收序号为 0,目的终端将再次依次接收这 8 组数据,导致目的终端重复接收数据的情况发生。如果将发送窗口大小改为 $2^n - 1$,该问题将不复存在。
　　假定 $n = 3$,发送和接收窗口大小为 7,源终端发送了序号为 0~6 的数据,目的终端成功接收了这些数据并向发送端发送了确认应答,但针对序号为 3 的数据的确认应答因为传输出错而未能到达发送端,导致发送端重发缓冲器中序号为 3 的数据。目的终端向应用进程传送序号为 0~6 的数据后,接收窗口允许接收的数据的序号范围变为 7,0~5,序号为 3 的数据在允许接收的数据的序号范围内,目的终端将该重发的数据作为有效数据接收下来,导致该数据被目的终端重复接收两次。

端到端传输时,除非保证分组最大生存时间内不会出现循环使用序号的情况,否则,重复接收不可避免。

第3章

3.3 根据以太网的作用范围确定冲突域直径为 2500m,同时根据电缆衰减特性和中继器转发时延得出 $25.6\mu s$ 的最大信号传播时延,并因此得出争用期为 $25.6\mu s \times 2$。由于可以通过中继器再生基带信号,信号衰减不是限制冲突域直径的主要因素。由于数据帧发送时间必须大于争用期,因此,在传输速率提高的前提下,或者增加数据帧长度,或者减少争用期时间,并以此减少冲突域直径。

3.4 为了同步接收端时钟。10Mbps 对应的曼彻斯特编码=20M 波特,由于发送端和接收端时钟的误差不大,因此无须对每一个时钟周期进行同步,只要在连续 0 或连续 1 中间插入用于接收端时钟同步的跳变即可。

3.5

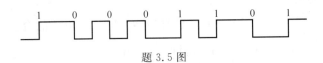

题 3.5 图

3.7 前提是在不发生冲突的情况下,以太网传输可靠性很高,以此减少以太网差错控制开销。但必须能够检测出任何情况下发生的冲突。

3.9 负载轻时,能够尽量减少后退时间,负载重时,能够尽量保证决定出终端发送顺序。

3.11 CSMA/CD 允许每一个终端独立争用总线,所有终端争用总线过程中是平等的。HDLC 由主站控制从站的数据传输顺序。

3.12 传播时延 $t = 1/(200000) = 5 \times 10^{-6}\,s$,最短帧长 $M = 2t \times$ 传输速率 $= 2 \times 5 \times 10^{-6} \times 10^9 = 10000b$。

3.13 基本时间是冲突域中距离最远的两个终端的往返时延,10Mbps 时是 $51.2\mu s$,100Mbps 时是 $5.12\mu s$,因此,当选择随机数为 100 时,10Mbps 时的等待时间 $= 100 \times 51.2\mu s$,100Mbps 时的等待时间 $= 100 \times 5.12\mu s$。

3.14

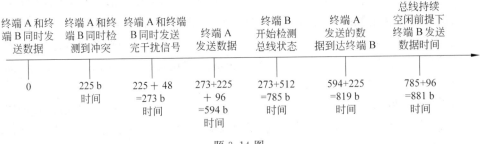

题 3.14 图

① 终端 A 在 594b 时间,终端 B 在 881b 时间重传数据帧。

② 终端 A 重传的数据 819b 时间到达终端 B。

③ 不会,因为终端 B 只有 785b～881b 时间段检测到总线状态一直空闲才发送数据,
但 819b 时间起,总线处于忙状态。

④ 不是,要求持续 96b 时间检测到总线空闲。

3.15　①1Mbps;②10Mbps;③10Mbps。

3.16　思路:当终端 D 传输完成后,由于终端 A、B 和 C 同时检测到总线空闲,第一次传输
肯定发生冲突。随机产生后退时间后,如果有两个终端选择随机数 0,又立即发生冲
突,如果两个终端选择随机数 1,在选择 0 的终端传输完成后,这两个终端又将再次
发生冲突,重新选择后退时间。

3.17　第 i 次重传失败的概率 $P_i = 2^{-i}$,因此,重传 i 次才成功的概率 $= (1 - 2^{-i}) \prod\limits_{K=1}^{K=i-1} 2^{-K}$ 平
均重传次数 $= \sum i \times$ 重传 i 次才成功的概率。

3.18　随着传输速率的提高,冲突域直径和最短帧长的矛盾越来越突出。通过网桥设备互
连冲突域,增加以太网端到端传输距离。以太网成功的主要原因在于一是从共享发
展到交换,二是从低速发展到高速,三是终端与交换机端口之间、交换机端口与交换
机端口之间用双绞线和光缆作为传输媒体,且广泛采用全双工通信方式。

3.19　10Mbps 时 MAC 帧的发送时间 $= 512/(10 \times 10^6) = 51.2\mu s$
100Mbps 时 MAC 帧的发送时间 $= 512/(100 \times 10^6) = 5.12\mu s$
1000Mbps 时 MAC 帧的发送时间 $= 512/(1000 \times 10^6) = 0.512\mu s$
端到端传播时间 $=$ MAC 帧发送时间/2
电缆两端最长距离 $=$ 端到端传播时间 $\times (2/3)c$
10Mbps 电缆两端最长距离 $= (51.2/2) \times (2/3)c = 5120m$
100Mbps 电缆两端最长距离 $= (5.12/2) \times (2/3)c = 512m$
1000Mbps 电缆两端最长距离 $= (0.512/2) \times (2/3)c = 51.2m$

3.20　网桥隔断信号传播,根据转发表,用存储转发方式转发不同冲突域之间的 MAC 帧。

3.24

传输操作	网桥 1 转发表		网桥 2 转发表		网桥 1 的处理（转发、丢弃、登记）	网桥 2 的处理（转发、丢弃、登记）
	MAC 地址	转发端口	MAC 地址	转发端口		
H1→H5	MAC 1	1	MAC 1	1	转发、登记	转发、登记
H3→H2	MAC 3	2	MAC 3	1	转发、登记	转发、登记
H4→H3	MAC 4	2	MAC 4	2	丢弃、登记	转发、登记
H2→H1	MAC 2	1			丢弃、登记	接收不到该帧

3.25　3 个冲突域,2 个广播域。

3.26

S1 转发表	
MAC 地址	转发端口
MAC A	1
MAC E	3
MAC C	3

S2 转发表	
MAC 地址	转发端口
MAC A	1
MAC E	3
MAC C	2

S3 转发表	
MAC 地址	转发端口
MAC A	1
MAC E	3

S4 转发表	
MAC 地址	转发端口
MAC A	1
MAC E	2

3.27

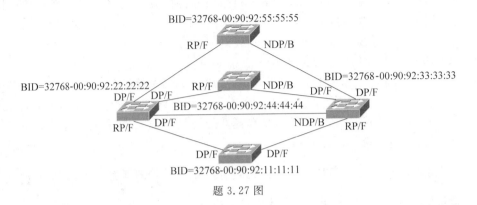

题 3.27 图

3.28 整个以太网是一个广播域，广播传输方式浪费带宽和终端处理能力，但广播传输方式又无法避免，只能将广播传输限制在必要的范围内，而且允许动态调整某种广播传输的必要范围，这就是 VLAN 的起因。可以说，VLAN 提高了以太网链路带宽的效率和信息传输的安全性。802.1Q 解决共享端口确定 MAC 帧所属 VLAN 的问题。终端一般不支持 802.1Q，某个终端属于哪一个 VLAN 往往不是由终端决定，而是由连接终端的交换机端口决定的。

3.29

端口配置表

VLAN 1	VLAN 2	VLAN 3	标 记 端 口
S1 端口 1 S1 端口 2 S3 端口 1	S1 端口 3 S2 端口 3	S2 端口 2 S3 端口 2 S3 端口 3	S1 端口 4(VLAN 1 和 2) S2 端口 1(VLAN 1 和 2) S2 端口 4(VLAN 1 和 3) S3 端口 4(VLAN 1 和 3)

交换机转发表

S1		S2			S3	
VLAN 1 转发表	VLAN 2 转发表	VLAN 1 转发表	VLAN 2 转发表	VLAN 3 转发表	VLAN 1 转发表	VLAN 3 转发表
MAC A 1	MAC C 3	MAC A 1	MAC C 1	MAC D 2	MAC A 4	MAC D 4
MAC B 2	MAC E 4	MAC B 1	MAC E 3	MAC G 4	MAC B 4	MAC G 2
MAC F 4		MAC F 4		MAC H 4	MAC F 1	MAC H 3

终端 A→终端 F 存在交换路径：S1 端口 1→S1 端口 4→S2 端口 1→S2 端口 4→S3 端口 4→S3 端口 1。

终端 A→终端 D 不存在交换路径。

3.30 双绞线，最大传输距离＝400m。光纤，由于集线器的信号处理时延为 $0.56\mu s$，每一个冲突域直径＝$(2.56-0.56)\times10^{-6}\times2\times10^{8}=400m$，因此，最大传输距离＝400m×2。

3.31 如右图，由于最远两个终端距离接近 $2\times30+2\times$

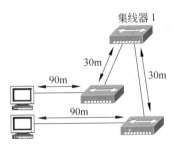

题 3.31 图

90＝240m,已超出 100Mbps 的冲突域直径限制,因此,10Mbps 情况下允许所有设备都是集线器,100Mbps 情况下,连接各层集线器的设备(图中集线器 1)应该是交换机,这样才能使每一个冲突域直径小于 216m。当然,全部采用交换机更好。

3.32 设备配置如下图,两台楼交换机,每一台楼交换机 1 个 1000BASE-LX 端口,连接两楼之间的光缆,5 个 100BASE-TX 端口,分别连接同一楼内的 5 台楼层交换机。两楼共 10 台楼层交换机,每一台楼层交换机 1 个 100BASE-TX 端口,用于连接楼交换机,20 个 10BASE-T 端口用于连接 20 个房间中的终端。这种设计基于跨楼、跨层通信比较频繁的情况,保证有足够带宽实现楼层间和楼间的通信。

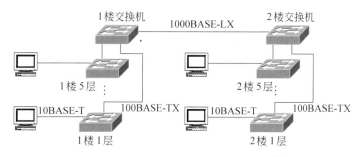

题 3.32 图

3.34 提前释放方式最大吞吐率 100％,延迟释放方式传输 1KB 需要的时延＝$(1000\times8)/(100\times10^6)+200\times10^{-3}=200.08\times10^{-3}$s,该时延允许传输的数据＝$(100\times10^6)\times(200.08\times10^{-3})=20.008$Mb,吞吐率＝$(1000\times8)/20.008$Mb＝$4\times10^{-4}$。

3.35

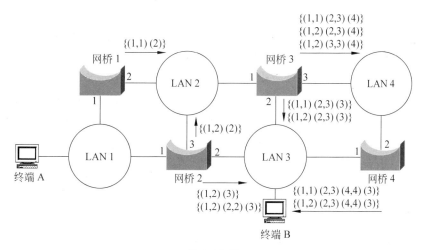

题 3.35 图

第 4 章

4.2 能取得较高带宽,但又尽量避免直线传播特性。

4.3 两条路径相差 0.5 个波长,$\lambda＝c/f＝(3\times10^8)/10^9＝0.3$m,两条路径相差 0.15m。

4.5 终端以最低速率发送先导码,先导码中给出终端的传输速率,AP 以先导码确定的传输速率接收 MAC 帧，属于物理层。

4.7 AP 是一种将无线局域网和另一种网络互连的设备，如果 AP 只是实现两个传输网络对应的链路层帧的转发和转换，它是一种网桥设备，如果 AP 实现两个传输网络之间的 IP 分组转发，它是路由器。

4.9 提高信号强度是提高可靠性和传输速率的基础，如果信号强度受到限制，必须通过降低传输速率来提高可靠性。如果既要保证数据传输速率，又要限制信号强度，则必须提高带宽。扩频技术容错原理是通过高带宽，及和带宽不对称的低速率来提高传输的可靠性的。开放频段信号能量受到限制，又容易被干扰，且存在多径效应，因此，传输可靠性不高。

4.13 OFDM 不是扩频技术，它是通过划分子信道和正交调制技术实现规定带宽下高速传输的技术。

4.14 DSSS、HR-DSSS 和 OFDM 的带宽相似，但传输速率相差很大，根据香农公式，在带宽不变的情况下，只有提高信噪比，才能提高传输速率，因此，发射功率是 OFDM＞HR-DSSS＞DSSS。

4.20 无线局域网一是很难实现冲突检测，二是存在隐蔽站问题，三是无线电传输很容易受干扰影响，因此，传输可靠性很差。一旦实现停止等待算法，经过每一段传输媒体传输时，必须给出传输媒体两端设备的 MAC 地址，它们是发送端和接收端地址，而源终端地址和目的终端地址是实现端到端传输的终端地址。

4.23 分片是为了减少单个 MAC 帧的长度，如果接收到一组序号相同，片号连续的 MAC 帧，且最小片号为 0，最大片号 MAC 帧的控制字段中更多分片位置 0。表示接收到分片后产生的所有 MAC 帧，按照片号顺序将这些 MAC 帧中的数据拼装在一起。

4.24 为了简化差错控制过程，重传定时器溢出时间最好是固定的，如果 ACK 通过正常争用过程发送，则发送端从发送数据至接收 ACK 的时间间隔变得不确定，不好设置重传定时器的溢出时间。

4.25 ACK 中需要序号的目的是防止因为某个帧的定时器溢出时间太短，导致 ACK 到达发送端时，发送端因为定时器溢出已经重传该帧，错误地将迟到的 ACK 作为重传帧的确认应答，而将真正的重传帧对应的确认应答当做下一帧的确认应答。如果保证一旦定时器溢出，再也不可能接收到该帧的确认应答，即或者该帧已经丢失，或者该帧对应的确认应答已经丢失，确认应答就无须携带序号。

4.29 SSID 是一组允许相互通信的终端和 AP 的标识符，具有相同 SSID 的终端和 AP 才能构成一个服务集。BSSID 是 BSS 内 AP 的 MAC 地址。

4.30 确定 AP 使用的信道，AP 支持的物理层标准和传输速率，AP 的 MAC 地址。

4.31 无线电通信的开放性导致任何终端都可以与 AP 进行通信，为了保证通信终端只能是授权终端，必须对终端进行鉴别。

4.32 终端只有和 AP 建立关联，AP 的关联表中才能有该终端的 MAC 地址，而 AP 只接收、转发关联表中存在源 MAC 地址的 MAC 帧，因此，某个终端只有和 AP 建立关联，才能通过 AP 传输 MAC 帧。

4.33 一是终端 A 和终端 C 和 AP 进行同步。二是由 AP 完成对它们的鉴别。三是终端 A 和终端 C 分别和 AP 建立关联。四是终端 A 通过 DCF 操作过程向 AP 发送 MAC

帧,AP 向终端 A 回送 ACK 帧。五是 AP 通过 DCF 操作过程向终端 C 发送 MAC 帧,终端 C 回送 ACK 帧。

4.34　终端 C 逐渐离开 BSA1,导致通过和 AP1 同步的信道接收到的信号的强度越来越弱,终端 C 在信号强度低于某个阈值时,重新开始同步过程,由于通过和 AP3 同步的信道接收到的信号强度大于通过和 AP1 同步的信道接收到的信号强度,终端 C 和 AP1 分离,建立和 AP3 之间的关联,AP3 发送一个以 AP1 的 MAC 地址为目的 MAC 地址,以终端 C 的 MAC 地址为源 MAC 地址的 MAC 帧。

第 5 章

5.1　IP 用于解决的是属于两个不同网络的终端之间的通信问题,技术基础体现在以下几个方面:独立于传输网络的分组形式和地址格式,构建由源和目的终端及路由器组成的传输路径,通过 IP over X 技术实现连接在传输网络 X 上的当前跳至下一跳的 IP 分组传输过程。

5.2　接口是终端或路由器连接网络的地方,是实现和网络通信的门户,经过网络传输的链路层帧都是以接口作为网络的始端和终端。而 IP 层传输路径通过下一跳 IP 地址确定下一跳连接网络的接口,因此,除了连接点对点链路的路由器接口,其他接口都需要配置 IP 地址。

5.3　主要是处理的对象不同,转发器处理的对象是物理层定义的电信号或光信号,用于再生这些信号,因而是物理层设备。网桥处理的对象是 MAC 层定义的 MAC 帧,用于实现 MAC 帧同一个以太网内的端到端传输过程,因此,是 MAC 层设备。路由器处理的对象是网际层的 IP 分组,用于实现 IP 分组连接在不同网络的终端之间的端到端传输,因此,它是网际层设备。

5.6　终端通过配置获取默认网关地址,它是终端通往其他网络传输路径上的第一跳路由器,存在和终端连接在同一网络上的接口。路由器 IP 层传输路径由源终端、中间经过的路由器和目的终端组成,源终端根据默认网关确定源终端至目的终端传输路径上的第一跳路由器,路由器根据路由协议建立的路由表确定源终端至目的终端传输路径上的下一跳。

5.7　一是互连网络中的每一个终端需分配唯一的 IP 地址,端到端数据封装成 IP 分组格式,IP 分组用源和目的 IP 地址标识源和目的终端。二是路由器不同的接口可以连接不同的网络。三是路由器建立的路由表给出通往目的终端所在网络的传输路径。四是路由器能够从连接 X 网络的接口接收到的链路层帧中,分离出 IP 分组,根据 IP 分组的目的 IP 地址和路由表确定该 IP 分组的下一跳结点,并把 IP 分组封装成连接路由器和下一跳结点的 Y 网络对应的链路层帧,从连接 Y 网络的接口发送出去。

5.10　IP 地址是独立于传输网络的逻辑地址,连接在不同网络上的终端都需分配唯一的 IP 地址,每一个终端的 IP 地址必须和终端连接的网络的网络地址一致,端到端传输的 IP 分组用 IP 地址标识源和目的终端,路由器根据 IP 分组的目的 IP 地址确定 IP 层传输路径。MAC 地址是局域网地址或称物理地址,用于标识连接在局域网上的每一个终端,同一局域网内两个终端之间传输的 MAC 帧用 MAC 地址标识源和目的终端,网桥根据 MAC 地址确定交换路径。

5.13 子网掩码 255.255.255.0 代表该网络的网络号为 24 位,子网掩码 255.255.255.248 代表该网络的主机号为 3 位,实际可用的 IP 地址数 $=2^3-2=6$。

5.14 答案 A,IP 地址的最高 12 位必须是 01010110 0010,符合此要求的 IP 地址只有 A。

5.15 答案 A,IP 地址的高 8 位是 00000010,网络前缀 0/4 表示最高 4 位为 0,和 IP 地址匹配。

5.16 (1)B,(2)A,(3)B,(4)C,(5)A,(6)C。

5.17 取符合不等式 $1200\times n\geqslant 3200+n\times 160$ 的最小整数 n,求出 $n=4$,得出第 2 个局域网实际需要为上层传输的二进制数 $=3200+160\times 4=3840b$。

5.18 根据 $1024\times n\geqslant 2068+n\times 20$,求出 $n=3$。将 2068 分成 3 段,前两段长度须是 8 的倍数,且加上 IP 首部后尽量接近 MTU,因此,3 段长度分别是 1000、1000 和 68,得出 IP 分组的总长分别是 1020、1020 和 88。每一段数据在原始数据中的片偏移分别是 0、1000/8=125、$2\times 1000/8=250$。第二个局域网,前 2 个 IP 分组包含的数据需分成 3 段,长度为 488、488 和 24,得出的片偏移如下图。

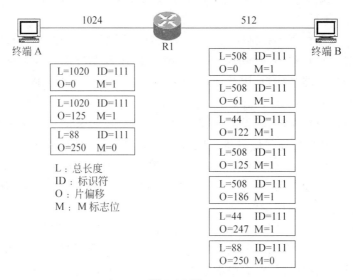

题 5.18 图

5.19 根据 $512\times n\geqslant 2068+n\times 20$,求出 $n=5$,将 2068 分成 5 段,前 4 段长度须是 8 的倍数,且加上 IP 首部后尽量接近 MTU,取值 488,最后一段长度是 116。因此,前 4 个 IP 分组的总长为 508,最后一个 IP 分组的总长是 136,片偏移分别是 0、61、2×61、3×61、4×61。与上一题相比,最终到达的 IP 分组少了 2 个。

5.20 ARP 为网际层实现 IP 地址至物理地址的解析功能,但必须调用 MAC 层提供的广播传输服务,MAC 层为 ARP 报文提供广播传输服务的过程,和为 IP 分组提供单播传输服务过程是一样的。因此,ARP 不是链路层功能。

5.21 IP 地址和 MAC 地址的映射是动态的,如果太长,可能因为 IP 地址和 MAC 地址的映射已经改变,而无法正确传输数据,太短导致频繁地进行地址解析过程。

5.22 不能,IP 地址是两层地址结构,终端 IP 地址必须和所连接的网络的网络地址一致,但同一个网络的终端的 MAC 地址并没有这样的特性,因此,IP 地址和 MAC 地址的映射只能是动态的。

5.23 (1)接口 0,(2)R2,(3)R4,(4)R3,(5)R4。

5.24   其中一种地址分配方案如下表。

题 5.24 表

网　络　号	IP 地址范围
124.250.0.0/24	124.250.0.1～124.250.0.254
124.250.1.0/24	124.250.1.1～124.250.1.254
⋮	⋮
124.250.15.0/24	124.250.15.1～124.250.15.254

5.25 $1500 \times n \geqslant 4000 + n \times 20$,求出 $n = 3$,3 个数据片的长度分别是 1480、1480 和 1040,片偏移分别是 0、185 和 370。MF 标志位分别是 1、1 和 0。

5.26   为了减少路由器的转发处理,好处是提高了路由器转发 IP 分组的速率,坏处是路由器继续转发净荷已经发生错误的 IP 分组。检验和兼顾了 IP 首部检错能力和检错操作的计算量。

5.27   LAN2 需要 7 位主机号,LAN3 需要 8 位主机号,LAN4 需要 3 位主机号,LAN5 需要 5 位主机号,LAN1 至少需要 3 位主机号,符合要求的地址分配方案很多,以下是其中一种。

　　　　LAN2:30.138.119.0/25,LAN3:30.138.118.0/24,LAN4:30.138.119.128/29

　　　　LAN5:30.138.119.160/27,LAN1:30.138.119.144/29

5.28   212.56.132.0/22

5.29

R1 路由表		
目的网络	距离	下一跳
192.1.0.0/24	1	直接
192.1.2.0/24	1	直接
192.1.4.0/24	1	直接
192.1.5.0/24	1	直接

R2 路由表		
目的网络	距离	下一跳
192.1.0.0/24	1	R1
192.1.2.0/24	1	R1
192.1.4.0/23	1	R1
192.1.1.0/24	1	R3
192.1.3.0/24	1	R3
192.1.6.0/23	1	R3

R3 路由表		
目的网络	距离	下一跳
192.1.1.0/24	1	直接
192.1.3.0/24	1	直接
192.1.6.0/24	1	直接
192.1.7.0/24	1	直接

　　　　将 R1 连接的 4 个网络的网络地址改为 192.1.0.0/24、192.1.1.0/24、192.1.2.0/24 和 192.1.3.0/24,将 R3 连接的 4 个网络的网络地址改为 192.1.4.0/24、192.1.5.0/24、192.1.6.0/24 和 192.1.7.0/24,路由表如下。

R1 路由表		
目的网络	距离	下一跳
192.1.0.0/24	1	直接
192.1.1.0/24	1	直接
192.1.2.0/24	1	直接
192.1.3.0/24	1	直接

R2 路由表		
目的网络	距离	下一跳
192.1.0.0/22	1	R1
192.1.4.0/22	1	R3

R3 路由表		
目的网络	距离	下一跳
192.1.4.0/24	1	直接
192.1.5.0/24	1	直接
192.1.6.0/24	1	直接
192.1.7.0/24	1	直接

5.30 以下是其中一种地址分配方案。

LAN1：192.77.33.0/26、LAN2：192.77.33.192/28、LAN3：192.77.33.64/27、
LAN4：192.77.33.208/28、LAN5：192.77.33.224/29、LAN6：192.77.33.96/27、
LAN7：192.77.33.128/27、LAN8：192.77.33.160/27

5.31

前缀长度	地址数	地址块	最小、最大地址
28	16	136.23.12.64/28	136.23.12.65、136.23.12.78
28	16	136.23.12.80/28	136.23.12.81、136.23.12.94
28	16	136.23.12.96/28	136.23.12.97、136.23.12.110
28	16	136.23.12.112/28	136.23.12.113、136.23.12.126

5.32

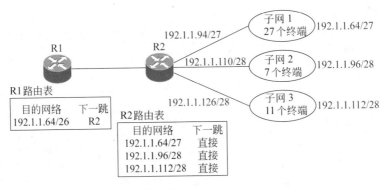

题 5.32 图

5.33 IP 网络是一个由路由器互连多个传输网络构成的互联网，可以将互连路由器的传输网络虚化为链路，这样，互连网络成为由终端、链路和用多个端口连接多条链路的路由器组成的数据报分组交换网络，这样的 IP 网络中，端到端传输路径由链路和连接链路的路由器组成，路由器通过下一跳指定输出链路和端到端传输路径上的下一跳路由器。路由器和下一跳路由器必须存在连接在同一个网络上的接口，一般情况下，同一个网络由单种类型传输网络组成，有时，同一网络可以由网桥互连的多种类型传输网络组成。

5.34 当某条传输路径上的下一跳路由器不能正常转发 IP 分组时，可能直到和该路由项关联的定时器溢出才能删除该路由项，另外，因为链路失效导致的计数到无穷大问题也影响了收敛速度。但当某个路由器发现更短路径时，根据及时发送更新路由消息机制可以快速扩散该好消息。

5.36 R1 向 R3 发送路由消息<192.1.1.0/24,1,193.1.1.1>,其中 192.1.1.0/24 是目的网络,1 是距离,193.1.1.1 是封装路由消息的 IP 分组的源 IP 地址。R7 向 R6 发送路由消息<192.1.4.0/24,1,193.1.10.2>,使得 R6 向 R3 发送路由消息<192.1.4.0/24,2,193.1.6.2>,R5 向 R4 发送路由消息<192.1.3.0/24,1,193.1.7.2>,使得 R4 向 R3 发送路由消息<192.1.3.0/24,2,193.1.5.1>,R3 综合这些路由消息得出如下 R3 路由表。

R3 路由表

目的网络	距 离	下 一 跳
193.1.1.0/24	2	193.1.1.1
193.1.2.0/24	1	直接
193.1.3.0/24	3	193.1.5.1
193.1.4.0/24	3	193.1.6.2

5.37 N1 7 A;无新消息,不改变。

N2 5 C;相同下一跳,新距离取代原来的距离。

N3 9 C;新添路由项。

N6 5 C;发现更短路径。

N8 4 E;不同的下一跳,距离相同,维持源路由项不变。

N9 4 F;不同的下一跳,距离更大,维持源路由项不变。

5.38

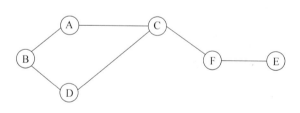

题 5.38 图

5.40 ①<B,0,—>,②<E,2,直接>,③<C,3,E>,④<D,4,E>,⑤<A,6,E>,⑥<F,9,E>。

5.49 根据下一跳的 IP 地址获得下一跳连接以太网接口的 MAC 地址,将 IP 分组封装成 MAC 帧,经过以太网将 MAC 帧传输给下一跳。ARP 地址解析过程、MAC 帧结构和以太网端到端传输机制。

5.50 是逻辑限制,相同的是两个 VLAN 互连与以太网和 ATM 网互连都是两个不同的传输网络互连,不同的是由路由器物理上分隔以太网和 ATM 网,而 VLAN 之间的分隔是逻辑上的,可以动态改变。

5.51

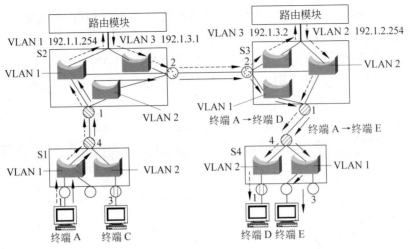

题 5.51 图

5.52 三层交换机和路由器都具有网际层功能,能够解决 VLAN 间数据传输、建立路由表、
转发 IP 分组等。

但三层交换机同时具有二层交换机功能,能够建立跨三层交换机的 VLAN,但通常
不允许存在跨路由器的 VLAN。路由器可以连接不同类型的传输网络,三层交换机
一般只实现 VLAN 间通信。对于三层交换机,属于同一 VLAN 的多个端口等同
于同一个接口,路由器一般不会将多个端口作为一个接口使用。但随着 Cisco 公
司三层交换机和路由器的分解线越来越模糊,三层交换机和路由器的差别越来
越小。

5.58 路由器 R1 配置静态映射 192.168.1.1:192.1.1.2,路由器 R2 配置静态映射 192.
168.1.1:192.1.2.1,终端 A 发送的 IP 分组以 192.168.1.1 为源 IP 地址,192.1.2.1
为目的 IP 地址,经过路由器 R1 转发后,源 IP 地址变换为 192.1.1.2。该 IP 分组到
达路由器 R2 后,目的 IP 地址变换为 192.168.1.1,由路由器 R2 将该 IP 分组转发给
终端 C。

5.59

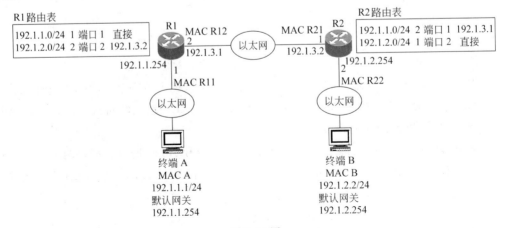

题 5.59 图

目的地址	源地址		
ff:ff:ff:ff:ff:ff	MAC A	ARP 请求	终端 A → R1
MAC A	MAC R11	ARP 响应	R1→终端 A
MAC R11	MAC A	IP 分组	终端 A → R1
ff:ff:ff:ff:ff:ff	MAC R12	ARP 请求	R1 → R2
MAC R12	MAC R21	ARP 响应	R2 → R1
MAC R21	MAC R12	IP 分组	R1 → R2
ff:ff:ff:ff:ff:ff	MAC R22	ARP 请求	R2 →终端 B
MAC R22	MAC B	ARP 响应	终端 B → R2
MAC B	MAC R22	IP 分组	R2 →终端 B

图 5.59(续图)

5.63

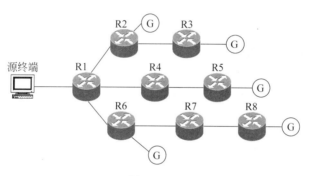

题 5.63 图

5.69

源终端网络	组播组	前一跳路由器	距离	输入接口	输出接口
192.1.2.0/24	G1	R4	3	4p	2p
192.1.2.0/24	G2	R4	3	4	2
192.1.2.0/24	G3	R4	3	4	2

5.74   由于通过和 AP1 同步的信道接收到的信号的强度越来越弱,终端 B 开始新的同步过程,获悉 AP2 使用的信道、MAC 地址、支持的物理层标准和数据传输速率。由 AP2 完成对终端 B 的身份鉴别。终端 B 和 AP2 建立关联。

第 6 章

6.4   固定基本首部长度、取消首部检验和字段使得路由器转发 IPv6 分组的操作过程变得简单,极大提高了转发速率。扩展首部作为净荷的一部分消除了对扩展首部长度的限制。流标签字段使得路由器对 IPv6 分组实施分类服务变得简单。128 位地址长度彻底消除了地址短缺问题,也使得 IP 地址分配更加灵活,路由器实施路由项聚合更加容易、有效。

6.6　不是,IPv6 扩展首部作为净荷一部分,这样做的好处一是长度不受限制,二是除了逐跳选项,中间路由器不对扩展首部进行处理。由于扩展首部只对源终端和目的终端有意义,因此,可以加入鉴别、封装安全净荷这样用于鉴别源终端身份和实现端到端保密传输的扩展首部。

6.7　IPv6 通过路径 MTU 发现协议确定端到端传输路径所经过链路的最小 MTU,以此为依据进行分片,因此,只要端到端传输路径不改变,分片产生的 IPv6 分组序列就不会发生输出链路 MTU 和 IPv6 分组长度不匹配的问题,而且中间经过的所有路由器都不需要进行分片操作,极大简化了路由器转发 IPv6 分组的操作过程。

6.8　一是大容量地址空间,二是支持即插即用,三是路由器更加容易、有效地实现路由项聚合。

6.9　(1) ::F53:6382:AB00:67DB:BB27:7332　　(2) :: 4D:ABCD

　　(3) ::AF36:7328:0:87AA:398　　(4) 2819：AF:: 35：CB2:B271

6.10　(1) 0000:0000:0000:0000:0000:0000:0000:0000

　　(2) 0000:00AA:0000:0000:0000:0000:0000:0000

　　(3) 0000:1234:0000:0000:0000:0000:0000:0003

　　(4) 0123:0000:0000:0000:0000:0000:0001:0002

6.11　(1)链路本地地址,(2)站点本地地址,(3)组播地址,(4)环回地址。

6.12　(1) "0F53"改为"F53"　　(2) ":：:"改为"::"　　(3) 不允许出现两个"::"

　　(4) "02BA"改为"2BA"　　(5) "00FF"改为"FF"

6.16　需要,通过解析自身 IP 地址的 ARP 请求报文实现。

6.17　差别主要在于终端 IP 地址的配置过程,IPv4 需要选择网络地址,根据选定的网络地址手工配置每一个终端的 IP 地址,或根据选定的网络地址配置 DHCP 服务器中的 IP 地址范围。IPv6 一旦将终端以太网接口设置为 IPv6 接口,自动生成链路本地地址,可以用链路本地地址实现同一个以太网内终端之间通信。

6.18　Pv6 分组可以通过鉴别和封装安全净荷扩展首部实现源终端身份鉴别和数据保密传输,避免了类似 ARP 欺骗攻击的问题。

6.19　S1 端口 1,2 和 S2 端口 1,VLAN 1,非标记端口。S3 端口 1,2 和 S2 端口 2,VLAN 2,非标记端口。为 S2 VLAN 1 接口配置全球地址和网络前缀 2001::1/64,为 S2 VLAN 2 接口配置全球地址和网络前缀 2002::1/64。终端以太网接口配置为 IPv6 接口,S2 根据端口 1 的 MAC 地址生成 VLAN 1 接口的链路本地地址,根据端口 2 的 MAC 地址生成 VLAN 2 接口的链路本地地址,通过无状态地址自动配置方式分别为终端 A 和终端 B 配置网络前缀和默认路由器地址,终端 A 和 B 根据对应的网络前缀生成全球地址,完成重复地址检测。然后允许终端 A 和终端 B 通过全球地址相互通信。

第 7 章

7.1　可以从以下三方面比较,速度:拨号接入上行是 33.6kbps,下行是 56kbps;以太网双向 10Mbps。传输媒体:拨号接入是用户线,以太网是专用线缆(光缆和双绞线);接入控制协议:拨号接入是 PPP,以太网是 PPP+PPPoE。

7.3　PSTN Modem 物理层设备,完成用户终端输出的数字信号和用户线传输的模拟信号之间的相互转换,即调制和解调功能。

7.5　由于远程用户接入设备和用户终端之间用点对点物理链路连接,远程用户接入设备一端不需要分配 IP 地址,因此,可以将这种直接用点对点物理链路连接用户终端的网络看成是只有单个终端的网络。

7.6　通过 PSTN 信令建立和远程用户接入设备之间的语音信道;通过 LCP 建立 PPP 链路;通过 PAP 或 CHAP 完成用户身份鉴别;通过 IPCP 为用户终端动态分配 IP 地址。

7.7　一是数字信号可以再生,因此,远距离通信质量和本地通信质量相同,二是程控交换机广泛采用数字处理器,三是数字传输系统的广泛应用。关键是大量话机不是数字话机,而是模拟话机。

7.8　主叫话机产生的模拟信号经过用户线 1 传输给交换机 1,交换机 1 经过 PCM 过程,每间隔 $125\mu s$ 产生一个 8 位的 PCM 码,每一个 PCM 码插入 E1 帧中的时隙 17,多个 E1 帧复用成 E3 帧,时隙 1.17 表明插入 PCM 码的时隙是位于 E3 帧中编号为 1 的 E1 帧中编号为 17 的时隙。插入时隙 1.17 的 PCM 码到达交换机 2 时,交换机 2 将存放在连接端口 1 的 E3 链路中 1.17 时隙的 PCM 码取出,重新插入连接端口 2 的 E3 链路中编号为 3.20 的时隙,交换机 2 的这个动作称为时隙交换,同样,交换机 3 每隔 $125\mu s$ 将存放在连接端口 4 的 E3 链路中 3.20 时隙的 PCM 码取出,作为 D/A 电路的输入数据,D/A 电路输出的模拟信号经过用户线 3 到达被叫话机。

7.9　QAM 调制技术允许一个码元携带多位二进制数。

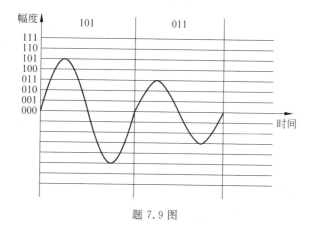

题 7.9 图

7.10　主要区别在于拨号接入需要通过呼叫连接建立过程建立终端和远程用户接入设备之间的语音信道,因此,需要输入标识远程用户接入设备的电话号码,以太网需要建立终端和宽带接入服务器之间的 PPP 会话,但这一过程由 PPPoE 发现过程完成,不需要用户输入有关宽带接入服务器的信息。后面的 PPP 操作过程是相同的,只是传输

PPP 帧的方式不同,拨号接入直接通过语音信道传输构成 PPP 帧的字节流,以太网接入通过连接用户终端和宽带接入服务器的以太网传输 PPP 帧。

7.11　通过 PPPoE 建立用户终端和宽带服务器之间的 PPP 会话;通过 LCP 建立 PPP 链路;通过 PAP 或 CHAP 完成用户身份鉴别;通过 IPCP 为用户终端动态分配 IP 地址。

7.14　宽带接入服务器具有传统路由器功能,另外具有通过 PPPoE 建立至用户终端的 PPP 会话的功能,用 PPP 实现对用户终端身份鉴别和动态 IP 地址分配的功能。

7.16　双端口以太网路由器,一个以太网端口连接本地网络,另一个以太网端口连接以太网接入网,由宽带接入服务器完成对以太网路由器的身份鉴别和 IP 地址分配,以太网路由器完成 IP 分组转发和网络地址转换。

7.17
> IP 地址:192.1.1.9
> 子网掩码:255.255.255.255
> 默认路由器:192.1.1.9

7.18　所有接入网络都须具有用户身份鉴别和 IP 地址分配这样的接入控制功能,PPP 是目前最完善的接入控制协议,但它是基于语音信道这样的点对点物理链路开发的,对于以太网,或者重新开发有针对性的接入控制协议,或者通过改良提供适合 PPP 操作的传输通路。

7.19

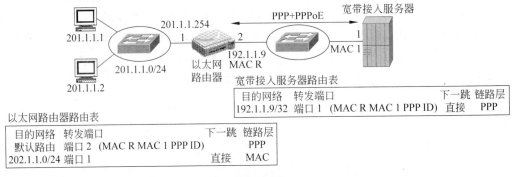

题 7.19 图

第 8 章

8.2　UDP 通过端口标识同一物理终端上的多个进程,通过检验和字段检测数据传输过程中发生的错误,这些功能都是 IP 不具备的。

8.3　多媒体数据的实时性要求不允许重传出错数据,IP 网络的分类服务功能也能保障传输多媒体数据需要的网络资源。因此,传输多媒体数据的传输层服务特别要求低时延和较小的时延抖动,不需要出错重传功能,也可以没有拥塞控制机制。

8.4　一方面传输网络的可靠性越来越高,而且随着传输网络的传输速率越来越高,转发结点已经成为网络性能瓶颈。因此,由路由器或交换机等转发结点在网际层或网络接口层提供目前传输层提供的服务已经变得不合适。另一方面,网络终端的处理能力越来越强,而且,解决网络拥塞的根本在于控制进入网络的信息流量,因此,由网络终端实施差错和拥塞控制较为合适。

8.5　前提是造成 TCP 报文丢失的主要原因是网络拥塞,不是传输出错。如果端到端传输路径经过某个传输可靠性差,且自身又没有差错控制机制的传输网络,通过 TCP 传输数据会出现问题。

8.7　由于 TCP 为每一个字节分配序号,因此序号的作用主要有两个,一是接收端用于重新对接收到的字节进行排序,二是防止接收端重复接收某组字节。重复使用序号,对于端到端传输,应该保证在 TCP 报文生存时间内,发送端不应该发送序号重复的数据段。

8.9　求出最大生存时间内发送端发送的字节数 $=(100\times10^6\times60)/8=750$MB,往返时延内发送端发送的字节数 $=(100\times10^6\times100\times10^{-3})/8=1.25$MB。序号字段位数 $=\log_2 750\times10^6=30$。窗口字段位数 $=\log_2 1.25\times10^6=21$。

8.10　(1) 初始 $RTT=1.5$,初始 $RTT_D=RTT/2=1.5/2=0.75$,求出 $RTO=RTT+4\times RTT_D=1.5+4\times0.75=4.5$s。

　　　(2) 初始平均往返时延 $=RTT=1.5$s,$RTT_i=2.5$s,求出新的平均往返时延 $=0.875\times1.5+0.125\times2.5=1.625$s,新的 $RTT_D=0.75\times0.75+0.25\times(2.5-1.625)=0.78125$,$RTO=RTT+4\times RTT_D=1.625+4\times0.78125=4.75$s。

8.12　排序和检测重复接收的对象不同,一个是以字节为对象,另一个是以报文为对象。

8.13　为防止骤然增加流量导致网络发生拥塞,试探着求出网络目前能够承载的流量。重传定时器溢出表明网络丢失 TCP 报文的现象很严重,需要发送端快速降低发送速率。两种慢启动过程设置不同的慢启动阈值的原因是重传定时器溢出后需要以较慢的增长速度靠近发生拥塞时的流量值。

8.14　TCP 采用隐式拥塞通知机制,当某个转发结点检测到拥塞,丢弃一部分经过拥塞链路传输的 IP 分组时,发送端通过重传定时器溢出或者连续接收到三个重复确认应答,确定端到端传输路径包含拥塞链路,通过降低发送速率来减少流经拥塞链路的流量,以此消除拥塞。

8.15　由于 TCP 是可靠传输协议,因此,需要在传输数据前保证双方已经就绪,并约定相关参数,分配本次传输所需资源,连接建立过程就是两个终端之间的协商过程,不涉及端到端传输路径。而面向连接的传输网络需要在建立连接时,确定端到端传输路径,并在端到端传输路径所经过的转发结点中建立相应转发项,并分配资源。对于应用层而言,TCP 连接提供可靠、按序传输服务,但 TCP 报文并不是按序到达接收端,需要 TCP 差错控制机制予以解决。

8.17　TCP 的接收窗口主要给出接收端的处理能力,具有控制发送端流量的功能,因此,它不仅仅是为了给出存放错序的 TCP 报文的缓冲器容量。TCP 发送窗口同样决定发送端的传输效率,但它受网络状态和接收端处理能力的制约。

8.20　拥塞窗口从 1 开始,在到达慢启动阈值前,每一个轮次成倍增加,到达慢启动阈值后,每一个轮次增 1,由于慢启动阈值为 8,前 4 个轮次分别是 1、2、4、8,随后的轮次,分别是 9、10、11、12,一旦重传定时器溢出,慢启动阈值为当时的拥塞窗口值的一半,重新开始慢启动过程,因此,9~15 轮次的拥塞窗口值分别是 1、2、4、6、7、8、9。

8.21 (1) 1~6 轮次,23~26 轮次,依据是拥塞窗口值从 1 开始,成倍增加。

(2) 6~16 轮次,17~22 轮次。

(3) 16 轮次,接收到三个重复的确认应答,因为拥塞窗口减半后直接进入拥塞避免过程,22 轮次,重传定时器溢出,因此,直接进入慢启动。

(4) 7 轮次。

8.23 无法建立 TCP 连接;网络拥塞严重,TCP 报文重传规定次数仍然接收不到确认报文。

8.24 20ms 时间内能够发送的比特数 $= 20 \times 10^{-3} \times 10 \times 10^{6} = 2 \times 10^{5}$,实际发送的比特数 $= 100 \times 8 = 800$,传输效率 $= 800/(2 \times 10^{5}) = 4 \times 10^{-3}$。当传输速率提高到 1Gbps 时,传输效率降为 4×10^{-5}。对方设定窗口值 $= (20 \times 10^{-3} \times 10^{9})/8 = 2.5 \times 10^{6}$ 字节。

8.27 IP 分组的净荷长度是 UDP 报文长度,等于 UDP 报文数据字段长度 8192+首部长度 8,根据 $1500 \times n \geqslant 8200 + n \times 20$,求出最小长度 $n = 6$,前 5 个数据片的长度为 1480,第 6 个数据片的长度为 800,片偏移字段值分别是 0、1480/8=185、370、555、740、925。

8.28 (1) 由于序号为 32 位,可以标识的字节数为 2^{32}。

(2) 求出传输文件所需要的 TCP 报文数 $= \text{INT}(2^{32}/1460) + 1 = 2941759$,得出总的字节数 $= 2^{32} + 2941759 \times 66 = 4489123390$,发送时间 $= (4489123390 \times 8)/(10 \times 10^{6}) = 3591.3\text{s}$。

8.29 (1) 100−70=30B; (2) 100; (3) 180−100=80B; (4) 70

8.30 不能,两组 IP 分组的标识字段值不同。

第 9 章

9.1 都是层次结构,电话号码的区号、局号有着物理区域的限制,但域名结构中的域没有物理区域限制,如.com 域的分布范围可以是整个 Internet。

9.2 采用和域名结构对应的域名服务器组织结构,从根域名服务器开始查询,直到包含叶域名的域名服务器。

9.3 ARP 高速缓存存放的是某个终端的 IP 地址和对应的 MAC 地址之间的关联,这种关联随着该终端 IP 地址的改变而改变,对于移动终端,这种改变是经常发生的。而 DNS 高速缓存中存放的是完全合格的域名或域名服务器和 IP 地址之间的关联,这种关联的改变不会是经常的。

9.4 IP 地址只能对应唯一的终端或服务器,而只有完全合格的域名唯一标识某个终端或服务器,因此,只有完全合格的域名才能和分配给某个终端或服务器的 IP 地址建立关联。

9.5 DHCP 服务器保存配置信息,终端通过广播发现 DHCP 服务器,并获得配置信息,为了避免为每一个子网配置 DHCP 服务器,通过路由器或三层交换机的中继功能实现用一个 DHCP 服务器完成对属于多个子网的终端的配置功能。

9.7 应用层协议 HTTP、DNS,传输层协议 TCP、UDP。

9.9   二进制文件转换成的 ASCII 码字符数＝（3072/3）×4＝4098，实际传输字节数＝4096＋（4096/80）×2＝4096＋104＝4200。

9.11   TCP 是面向连接的传输层协议，因此，适用于两端插口确定，又需要可靠传输一定长度数据的应用层协议，UDP 适用于需要通过广播发现目的终端或者每次只传输简短消息的应用层协议。

英文缩写词

ADSL(Asymmetric Digital Subscriber Line)：非对称数字用户线（1.3）

AN(Access Network)：接入网络（7.1）

AP(Access Point)：接入点（4.1）

ARP(Address Resolution Protocol)：地址解析协议（5.4）

ARPA(Advanced Research Project Agency)：美国国防部高级研究计划署（1.3）

ARQ(Automatic Repeat reQuest)：自动请求重传（2.5）

ASK(Amplitude Shift Keying)：振幅键控调制技术（2.3）

ATM(Asynchronous Transfer Mode)：异步传输模式（1.3）

BGP(Border Gateway Protocol)：边界网关协议（5.3）

BPDU(Bridge Protocol Data Unit)：网桥协议数据单元（3.2）

BSA(Basic Service Area)：基本服务区（4.1）

BSS(Basic Service Sets)：基本服务集（4.1）

BSSID(Basic Service Set IDentification)：基本服务集标识符（4.5）

CCK(Complementary Code Keying)：补码键控（4.2）

CDMA(Code Division Multiple Access)：码分多址（2.4）

CIDR(Classless InterDomain Routing)：无分类域间路由（5.2）

CHAP(Challenge Handshake Authentication Protocol)：挑战握手认证协议（7.2）

CoS(Class of Service)：分类服务（1.3）

CRC(Cyclic Redundancy Check)：循环冗余检验（2.5）

CSMA/CD(Carrier Sense Multiple Access/ Collision Detection)：载波侦听多点接入/冲突检测（3.2）

CSMA/CA(Carrier Sense Multiple Access/ Collision Avoidance)：载波侦听多点接入/冲突避免（4.3）

CTS(Clear To Send)：清除发送（4.3）

CWND (Congestion Window)：拥塞窗口（8.3）

DAD(Duplicate Address Detection)：重复地址检测（6.4）

DCF(Distributed Coordination Function)：分布协调功能（4.3）

DHCP(Dynamic Host Configuration Protocol)：动态主机配置协议（9.3）

DIFS(DCF InterFrame Space)：分布协调功能帧间间隔（4.3）

DNS(Domain Name System)：域名系统（9.2）

DS(Differentiated Services)：区分服务（6.2）

DS(Distrubution System)：分配系统（4.1）

DSCP(Differentiated Services CodePoint)：区分服务码点（6.2）

DSP(Digital Signal Processing)：数字信号处理（7.3）

DSSS(Direct Sequence Spread Spectrum)：直接序列扩频（4.2）

DVMRP(Distance Vector Multicast Routing Protocol)：距离向量组播路由协议（5.6）

ESS(Extended Service Set)：扩展服务集（4.1）

FDM(Frequency Division Multiplexing)：频分复用（2.4）

FHSS(Frequency Hopping Spread Spectrum)：跳频扩频（4.2）

FQDN(Fully Qualified Domain Name)：完全合格的域名（9.2）

FSK(Frequency Shift Keying)：移频键控调制技术（2.3）

FTP(File Transfer Protocol)：文件传输协议（9.5）

HTML(HyperText Markup Language)：超文本标记语言（9.3）

HTTP(HyperText Transfer Protocol)：超文本传输协议（9.2）

IANA(Internet Assigned Numbers Authority)：Internet 号码指派管理局（6.3）

IBSS(Independent BSS)：独立基本服务集（4.1）

ICMP(Internet Control Message Protocol)：Internet 控制报文协议（5.8）

IGMP(Internet Group Management Protocol)：Internet 组管理协议（5.6）

IP(Internet Protocol)：网际协议（5.2）

IPCP(IP Control Protocol)：IP 控制协议（7.2）

ISM(Industrial，Scientific，and Medical)：工业、科学和医疗（4.1）

ISO(International Organization for Standardization)：国际标准化组织（1.5）

ISP(Internet Service Provider)：Internet 服务提供者（1.2）

LAN(Local Area Network)：局域网（1.4）

LCP(Link Control Protocol)：链路控制协议（7.2）

LLC(Logical Link Control)：逻辑链路控制（3.2）

MAC(Medium Access Control)：媒体接入控制（3.2）

MAN(Metropolitan Area Network)：城域网（1.4）

MIME(Multipurpose Internet Mail Extension)：通用 Internet 邮件扩充（9.5）

MSS(Maximum Segment Size)：最长报文段（8.3）

NAP(Network Access Point)：网络接入点（1.2）

NAT (Network Address Translation)：网络地址转换（5.5）

NAT-PT(Network Address Translation-Protocol Translation)：网络地址和协议转换（6.5）

NAV(Network Allocation Vector)：网络分配向量（4.3）

NCP(Network Control Protocol)：网络控制协议（7.2）

ND(Neighbor Discovery)：邻站发现（6.4）

OFDM(Orthogonal Frequency Division Multiplexing)：正交频分复用（4.2）

OSPF(Open Shortest Path First)：开放最短路径优先（5.3）

OSI/RM(Open Systems Interconnection/Reference Model)：开放系统互连/参考模型（1.5）

PAP(Password Authentication Protocol)：口令认证协议（7.2）

PAT(Port Address Translation)：端口地址转换（5.5）

PCM(Pulse Code Modulation)：脉冲编码调制（7.3）

PCF(Point Coordination Function)：点协调功能（4.3）

PDA(Personal Digital Assistant)：个人数字助理（6.1）

PDU(Protocol Data Unit)：协议数据单元（1.5）

PIFS(PCF InterFrame Space)：点协调功能帧间间隔（4.3）

PIM-DM(Protocol Independent Multicast-Dense Mode)：协议无关组播－密集方式（5.6）

PIM-SM(Protocol Independent Multicast-Sparse Mode)：协议无关组播－稀疏方式（5.6）

POP3(Post Office Protocol 3)：邮局协议第 3 版（9.5）

PPP(Point-to-Point Protocol)：点对点协议（7.2）

PPPoE(PPP over Ethernet)：基于以太网的 PPP（7.4）

PSK(Phase Shift Keying)：移相键控调制技术（2.3）

PSTN(Public Switched Telephone Network)：公共交换电话网（7.3）

QAM(Quadrature Amplitude Modulation)：正交幅度调制（2.3）

RED(Random Early Discard)：早期随机丢弃（8.3）

RIP(Routing Information Protocol)：路由信息协议（5.3）

RIPng(RIP Next Generation)：下一代 RIP（6.4）

RTS(Request To Send)：请求发送（4.3）

RTT(Round-Trip Time)：往返时延（8.3）

SDH(Synchronous Digital Hierarchy)：同步数字体系（1.3）

SDU(Service Data Unit)：服务数据单元（1.5）

SIFS(Short InterFrame Space,)：短帧间间隔（4.3）

SIIT(Stateless IP/ICMP Translation)：无状态 IP/ICMP 转换（6.6）

SMTP(Simple Mail Transfer Protocol)：简单邮件传输协议（9.5）

SSID(Service Set Identifier)：服务集标识符（4.4）

STP(Spanning Tree Protocol)：生成树协议（3.2）

TCP(Transmission Control Protocol)：传输控制协议（8.3）

TDM(Time Division Multiplexing)：时分复用（2.4）

UA(User Agent)：用户代理（9.5）

UDP(User Datagram Protocol)：用户数据报协议（8.2）

URI(Universal Resource Identifier)：通用资源标识符（9.4）

URL(Uniform Resource Locator)：统一资源定位符（9.4）

VLAN(Virtual LAN)：虚拟局域网（3.2）

VoD(Video on Demand)：视频点播（6.1）

VoIP(Voice over IP)：基于 IP 网络的语音信号传输系统（6.1）

WAN(Wide Area Network)：广域网（1.4）

WDM(Wavelength Division Multiplexing)：波分复用（2.4）

WLAN(Wireless LAN)：无线局域网（4.1）

WWW(World Wide Web)：万维网（9.4）

参 考 文 献

［1］ Larry L Peterson, Bruce S Davie. Computer Networks, A Systems Approach. Fourth Edition. 北京：机械工业出版社,2008.

［2］ Andrew S. Tanenbaum. Computer Networks. Fourth Edition. 北京：清华大学出版社,2004.

［3］ Kennedy Clark, Kevin Hamilton. Cisco LAN Switching. 北京：人民邮电出版社,2003.

［4］ Padmanand Warrier, Balaji Kumar. XDSL Architecture. 北京：清华大学出版社,2002.

［5］ 谢希仁. 计算机网络. 5 版. 北京：电子工业出版社,2009.

［6］ 沈鑫剡,等. 计算机网络技术及应用. 北京：清华大学出版社,2007.

［7］ 沈鑫剡. 计算机网络. 北京：清华大学出版社,2008.

［8］ 沈鑫剡. 计算机网络安全. 北京：清华大学出版社,2009.

［9］ 沈鑫剡,等. 多媒体传输网络与 VoIP 系统设计. 北京：人民邮电出版社,2005.

［10］ 沈鑫剡,等. IP 交换网原理、技术及实现. 北京：人民邮电出版社,2003.

［11］ 沈鑫剡. 广域网原理、技术及实现. 北京：人民邮电出版社,2000.

［12］ 沈鑫剡. 交换式以太网原理、技术及实现. 北京：人民邮电出版社,1999.

［13］ James Trulove 著. 局域网布线. 沈鑫剡译. 北京：人民邮电出版社,2002.

普通高校本科计算机专业特色教材精选

Windows 程序设计教程　杨祥金 ISBN 978-7-302-14340-6
编译设计与开发技术　斯传根 ISBN 978-7-302-07497-7
汇编语言程序设计　朱玉龙 ISBN 978-7-302-06811-2
数据结构(C++版)　王红梅 ISBN 978-7-302-11258-7
数据结构(C++版)教师用书　王红梅 ISBN 978-7-302-15128-9
数据结构(C++版)学习辅导与实验指导　王红梅 ISBN 978-7-302-11502-1
数据结构(C语言版)　秦玉平 ISBN 978 7 302-11598-4
算法设计与分析　王红梅 ISBN 978-7-302-12942-4

图形图像与多媒体技术

多媒体技术实用教程(第2版)　贺雪晨
多媒体技术实用教程(第2版)实验指导　贺雪晨

网络与通信

计算机网络　胡金初 ISBN 978-7-302-07906-4
计算机网络实用教程　王利 ISBN 978-7-302-14712-1
数据通信与网络技术　周昕 ISBN 978-7-302-07940-8
网络工程技术与实验教程　张新有 ISBN 978-7-302-11086-6
计算机网络管理技术　杨云江 ISBN 978-7-302-11567-0
TCP/IP 网络与协议　兰少华 ISBN 978-7-302-11840-4